望海樓

The Life Watching Tower

汪聰／著

中国文史出版社

图书在版编目（C I P）数据

望海楼 / 汪聰著. -- 北京 : 中国文史出版社,
2022.3
ISBN 978-7-5205-3369-0

Ⅰ. ①望… Ⅱ. ①汪… Ⅲ. ①长篇小说—中国—当代
Ⅳ. ①I247.5

中国版本图书馆CIP数据核字(2021)第238661号

责任编辑：刘　夏
装帧设计：欧阳春晓

出版发行：中国文史出版社
网　　址：www.wenshipress.com
社　　址：北京市海淀区西八里庄路69号　　邮编：100036
电　　话：010-81136606　81136602　81136603（发行部）
传　　真：010-81136655
印　　装：北京温林源印刷有限公司
经　　销：全国新华书店
开　　本：1/16
印　　张：28　　　字　数：338千字
版　　次：2022年4月北京第1版
印　　次：2024年1月第2次印刷
定　　价：68.00元

目　录

Contents

目 录 Contents

一　1976年的病床

许仲杰跟第一任妻子离婚之后，有意识地让自己保持单身汉的状态，生活了十多年才决定再次结婚。

刘宝杨跟他从小一块长大，见几十年的老朋友如今活得快乐似神仙，就差自己揪着头发飞上天了，心里难免嫉妒，但嘴里说出来的话却是硬气得很，说道，你这家伙终于想通了，这就对嘛，想当年我多次劝你，没想到这么一件事，也要经过几十年才转过脑筋，这就是你许仲杰的脾气。许仲杰听他这么说，言语之中明显有些揶揄嘲讽的意味，一时找不到话说。

只有他知道为什么要刻意这样做，其实是学了人家刘宝杨的活法。后来才发现，这种活法真是其乐无穷，这才从生活方式的角度体会到了特殊的乐趣。许仲杰很高兴，相比刘宝杨的官员身份，他各方面的条件都比刘宝杨好，而且好了不止几倍。那个时候，他的几家公司经营情况都很好，他都搞不清楚自己已经拥有了多大的资产，他早已过了暗自数钱的阶段，觉得没有必要搞那么清楚。

可是后来一连串发生的几件事，让许仲杰的情绪变得很消沉，他才体会到古人说的“财聚人散，财散人聚”这句话的奥妙。其实到了哪个时代人心都还是人心。他躺在医院的病床上，公司的人都巴结着争先恐后地来来往往，新朋友也是络绎不绝地晃来晃去，但是几十年的老朋友，却是一个也见不着。

此时正值中秋节前几天，天气少有地好，月上树梢头，可是天边还残留着一抹红灰相间的云彩。许仲杰一个人躺在医院的贵宾间，额头上、手臂上磕破了几处，包扎着绷带。他是昨天晚上心脏突发不适，晕倒在桑拿房差一点死掉，幸好被身边的朋友及时发现叫来救护车送到医院。

每周五下午五点到七点打羽毛球，这是他保持了十多年的习惯。圈子里的一些老板都很重视保养身体，组建了一个私人俱乐部，还请来一个从专业队退下来的运动员当他们的教练。昨天下午打完球之后，出了几身汗，几个朋友招呼着去洗桑拿再做个按摩，不想就出了这个事情。当时许仲杰做完桑拿，带着一身的汗，披着浴衣去撒尿，撒完了那一瞬间有一些轻松的快感，突然就一头晕倒在小便池旁边，刚好被后面进来方便的人看见，当时把那几个人吓得不轻，七嘴八舌地说，没有想到，许总看起来身体一直蛮好的，平时也很注重养生，谁也想不到差点就死掉了。是呀，如果稍晚发现几分钟，不死也是个废人了。哎呀，人有时候真的很脆弱啊！

这个时候医护人员也都离开了。灯光是白的，墙壁是白的，所有被褥用具也都是白色的，今天上午不知什么时候有人送来的两只半人高的花篮，长沙发旁边立着一个，对面电视机旁边立着一个，越发显得这屋子里的空荡。许仲杰一时觉得很虚无缥缈，身体就像悬浮在半空中，没有重量。

他转过头，看着窗外的月亮。今晚是上弦月，空气很好，天幕湛蓝，那月亮就像剪纸贴在窗子玻璃上，很近、很清晰，高楼林立，各色霓虹灯你呼我应地起伏明灭，把湛蓝色的一片天空浸染得乌七八糟，越发显出那一轮弦月的皎洁和清高。

这是他平生以来第二次住院，这一点无须多想，他记得很清楚。他有些悲伤地想到，可能以后住院的次数会多起来，这是随着人的年龄增长而决定的。一九七六年初秋，第一次住院，他是躺在一所乡村卫生院的病床上，因为得了疟疾。病房也很大，但是住进了四个人，泥巴地面被无数人群的鞋底磨得锃亮，土墙刷白多处剥落，暴露出灰黄色的土砖。靠近装着木格栅的窗户，他也是很呆地躺着看着外面的月亮。窗外一百多米是公社的种牛配种站，不时传来几声公牛哞——哞——的叫声，风吹过还会带来一股新鲜牛粪的腥臭气味。有了这样的思绪，跟着就仿佛闻到了一股新鲜牛粪的气息。

如今这个被称为贵宾间的病房，位于走廊的尽头，就住着他一个人，很安静，有大把的时间供他胡思乱想。一时间他感觉自己其实就躺在一个巨大的棺材里。他记得，当年那间乡村卫生院的病房连他一起住了四个人，三个女的，两个被人捆绑来做了计划生育手术，一个修水库被石头砸断了脚掌，做结扎手术的是姐妹俩，长得白白净净的，砸断脚掌的这一个面皮黑红，丰满结实，她躺在床上哼哼唧唧、骂骂咧咧的，房间里满是女人身上的奶腥味、尿臊味、劣质烟草味、老母鸡汤味、煮面条蒸鸡蛋的味……

公社卫生院吴院长，一个身材矮瘦的中年男人，脑袋却出奇地大，嘴巴也大，嘴唇总是不愿意主动合拢，以至于给人感觉他总是在笑。他朝你走过来，宽大的白大褂敞开的，里面穿的是红色背心和黑色短裤，脚下是蓝色的塑料拖鞋，走一步拖鞋就吱吱扭扭地发出声音。

吴院长问许仲杰，中午吃了一碗蒸鸡蛋，感觉好点了吧？

这时旁边的几个女人和她们的家属一起嚷嚷了，吴院长、吴院长，戚戚哎哎地叫成一串，叫他过去看看她们。吴院长走过去，掀开一张白床单，查看做了手术的女人。此时女人下半身是光着的，什么都没有穿，因为手术前必须做备皮处理，许仲杰不好意思地转过眼睛。只听见吴院长连声说，很好很好，手术做得很好，伤口没有感染。

然后另外两张床上的女人也叫起来，我的呢我的呢，我这里还很痛很痛啊！吴院长于是又转到另一个女人身旁，掀开床单，扫视一眼，也是说，很好很好，这几天注意伤口不要沾水了。

听见外面有一个女声喊，吴院长，你在查房吗。跟着走进来药房的小萍，二十五六岁，已经在这个公社生活了七年多了，去年由地区卫生学校毕业回到这里，在药房管发药。小萍的故事许仲杰听到过好几段。小萍的家虽然是在城市，但父母都是街道小工厂的工人，五个兄弟姐妹，家里经常需要向亲友邻居借钱、借粮才能过日子，没有钱也没有势力，因此这山村里所有人从不把小萍看成城里人，也不把她看成一个有城里人味道的姑娘，人们津津乐道的是小萍谈过多次恋爱的故事，有城里的工人和山村的农民，也有教师、机关干部和军人，结果大多不是被男人骗了就是很快被别人甩了，常常是小萍在前面走，后面就有几个人对她指指点点的。因为说的人很神秘的样子，意思是要想听更多的故事就给他买一包香烟来，许仲杰立即就没了兴趣，心想，拉倒吧，我也对她没想法。小萍小萍，所有人都这么叫她，姓什么却不知道，许仲杰住了两天了，也没有兴趣问她。只是第一次见面，小萍就没来由气哼哼地对着许仲杰说：老子家里没有人没有背景，好不容易苦熬了七年招工了，又把老子分到这种又小又穷的卫生院。

这里的成年人不管男女，但凡说到自己不高兴的地方抑或高兴的地方，都自然地把第一人称变成“老子”，入乡随俗，许仲杰他们一来这里很快也习惯这样说了，觉得很爽口、很痛快。

许仲杰听了她这有头无尾的话，只好报以微笑，心里想到那些人说她的事情大概是有些可信的吧。吴院长见到小萍扭着腰肢走进病房，马上眼睛闪亮，笑了，撑开满脸皱纹，那咧开的嘴一下子就占据了半张脸。

小萍舔舔嘴唇，说，院长哎，四环素、青霉素，注射液、头痛粉都没有了耶，我明天要去县城进药了。吴院长说，进吧，还要多进一些计划生育的东西，要记得。

小萍嗯一声，也不着急走的样子。吴院长拿出一根尺八长的铁条一类的东西，在小萍面前晃动着说，知道这是什么吗？小萍扫一眼，故意说，不知道。

吴院长笑着说，刮伢子的，这东西刮伢子好哇。小萍一听，甩手推开吴院长伸过来的手臂，尖着嗓子嚷嚷说，刮你刮你，刮你好。

小萍扭身走出去。这时，跟小萍对面走进病房的是刘宝杨，手里提着一个红蓝相间的网兜，沉沉地往下坠着。刘宝杨和许仲杰是同一个知青点的。刘宝杨一进屋就说，天热得要命啊，借了队长的自行车，那破自行车，半路上还爆胎了，害得老子推着来的。

刘宝杨说着话，眼睛一直扫视着床上的几个女人光着的大腿和敞开来的胸部。那几个女人并不避讳也不遮掩，笑呵呵地看着一头大汗的刘宝杨，七嘴八舌地说，是热是热呀，俗话说嘛，立秋不是秋，还有一个月的好热头。又说，小伙子你也不戴个草帽，就这样子光着头，在大太阳底下跑。

许仲杰说，我在这里有吃有喝的，要你跑一趟干什么，大热的天。刘宝杨说，队长叫来的，本来他要来，让我来给记半个工分。

坐下来又说，你要交桃花运了，听说你病了，几个女生正商议着准备给你买什么好吃的呢。哎，我说你怎么就那么招人哪，走哪儿都有人惦记着你。

许仲杰说，不需要，让她们快别来了，我知道，这跑来跑去的，也不为别的什么，就是大家闷得慌，找个理由出来聚聚玩玩，吵吵闹闹地吃一顿。刘宝杨没有听他说，看起来心不在焉的模样，突然靠近他，悄声说，来看你还有一件重要的事，要你帮忙。许仲杰不解地问道，重要的事，你还有什么重要的事？

刘宝杨附在他耳边说了，许仲杰知道了，原来是要他趁着住院的时机，从卫生院药房帮他偷几个避孕套。这种东西在当时外面商店是买不到的，在城市都是由各个单位一年几次定时配给，在广大农村还不普及，因为男人都不愿意使用，说不舒服、不习惯。农民一年到头面朝黄土背朝天在土里刨食，什么娱乐活动都没有，一年看两场电影就算是娱乐了。

知青中有个擅长写诗的，在省级报刊上发表过诗作，青年诗人经过实地采风，模仿四言古诗写出来：耕田靠牛，点灯靠油，日复一日，娱乐靠球。当地村民耕田犁地的时候习惯唱歌，是直着喉咙嘶吼的那种风格，有人就试着嘶吼了一遍诗歌，觉得唱起来很是上口，又问道，你写的“球”是什么意思？诗人一番解释，众人听了直是摇头，说道，不好不好，文绉文绉的，没有前面几句直接明了，唱不出力道。于是就要求诗人改词，诗人一阵抓耳挠腮，然后很无奈地说，这是艺术创作，不能什么东西都说得那么直白，我改不了。

许仲杰很奇怪，说，前一段咱们不是来卫生院偷过几个吗？这么快就用坏了？你王八蛋哪儿有那么多的用场？

刘宝杨不好意思地挠挠头皮，说，哪是用坏了，你不知道，前天茅河对过知青点那几个上海人过来玩，也没什么东西送他们，就当是我学雷锋了吧。

许仲杰嘴里切一声说，这么说，你还学雷锋做好事哪。怎么做，还跟上次一样的做法?

刘宝杨说，对，还跟上次一样，很快，十几秒就完事。那就赶紧吧，趁现在中午吃饭时间。

于是，两个人说着话站起身，躺在病床上的几个女人一起把眼睛直勾勾地看过去，许仲杰跟刘宝杨个头一般高，但是跟刘宝杨站在一起许仲杰就显得瘦弱多了，白净的脸庞，头发总是干净并柔顺地分开两边，怎么看都是个书生的模样，而很多人都说，刘宝杨不说不笑的模样，很适合扮演一个警察，国字脸，深眼阔腮，一头直硬的黑发剪成一个帽子的形状，一股英武之气写在脸上。那个时候，许、刘二人走在村子里，经常引来姑娘、大嫂欣赏的眼光，当地的女人从来不愿意掩饰自己的心理活动。但是，俩人的性格却与相貌形成反差，许仲杰容易冲动，是瞬间可以激情四射的人，内心刚强有主意；刘宝杨却性格比较内敛，思维敏捷但做事谨慎，几十年后，海内外影视剧里卧底的、缉匪的警官都是这个模样。

许仲杰连日来发高烧，又没有怎么吃东西，连天着躺在床上打吊水，一站起来走路还真有点轻飘摇晃。刘宝杨帮着他一手举着吊瓶，两人走到药房，正碰上小萍拿着饭盒要出去，刘宝杨立即笑嘻嘻地打招呼，小萍姐小萍姐，好久不见了，你看你，也不给许仲杰做点好吃的，看他这几天瘦得都抽巴了。

许、刘二人以前到公社办事，到镇上买东西，都要到卫生院遛一趟，到小萍的药房坐坐，知道小萍这里的各路消息多，跟她山南海北地说一会儿话。小萍就去厨房要一壶茶，是当地制作的一种味道很重的山茶，茶汤有中药一样的颜色。小萍几次说，这茶好，特别对你们小伙子好，清火健脾，要经常喝。小萍看见刘宝杨半截塔似的叉着腰站在面前，一只手把吊瓶举过头顶，有些像某个国家的那座标志性塑像，先把他从头到脚迅速地扫描一眼，哈哈笑开了，提高了嗓门，声音很清亮地说，我怎么就没给他做好吃的呀，昨晚我不就给他下了一碗鸡蛋面吗。

许仲杰听见了，马上跟着说，你可不要这样说小萍姐，小萍姐对我很好，我都感动了。

一时间，两人嘴里小萍姐叫成一片，小萍就说，中午在哪儿吃饭？走吧，跟我一起去公社食堂吃去，我跟食堂师傅和厨娘都是朋友。

许仲杰说，不了，我这会儿突然头晕心跳的，要虚脱的感觉，小萍姐，你帮我听听再量一下血压，你是医生呵。

小萍平日里最喜欢有人叫她医生，她在卫校学了两年，总觉得把她放到药房是欺负她没门路，喊她医生就会教她快乐半天的。

小萍把他们两人带进药房，拿起听诊器先挂到脖子上，又打开血压计，这个时候，刘宝杨已经溜到了药房两排木架中间开始寻找。不大一会儿，他走过来，站在许仲杰背后捏一把，意思告诉他东西到手了。

多年之后，他们两人说到这些事的时候发出很多感慨，那个时候他们高中毕业从学校到农村，十七八岁的年龄，正是读书学知识的时候，却学到了一些乱七八糟的东西。

吃了午饭，许仲杰想让刘宝杨找个地方睡一会儿，看他大热天跑来一趟也累，刘宝杨却对他露出一脸的怪笑，用手指指门外的方向，许仲杰明白了，问道，你这王八蛋有把握吗，跟人家说好了吗？

刘宝杨笑了，悄声说道，你真是，这种事情还要说什么，看看她的眼神就知道了，都经过好几次碰撞了。他眼前又浮现出小萍与他对接的那一瞥眼风，说完，摆摆手就出去了。许仲杰看他这样自信，一时觉得不可思议，心里直是骂道，这王八蛋在这方面真有才。

时值正午，一条大黄狗趴在门口的青砖地上，热得吐出半截粉色的舌头，树叶间的知了"吱吱"地叫成一片。这个时候，刘宝杨看看暗黑的走廊里空寂无人，一道斜阳如长剑插入门洞，看得见远方青山如黛。他走到小萍门前轻轻敲了几下，门里轻声问道，谁呀？刘宝杨说，是我，小萍姐。门斜着开了一道缝，刘宝杨像一条滑溜的鱼，迅速钻进了门缝，他立即眼睛瞪大嘴张开，俩人什么话也不说，就狠狠地搂抱在一起，随后，刘宝杨一挺腰身，抱起小萍放在床上的竹席上，动作如饿虎扑食，身后的一台电扇，把床上的蚊帐吹得如旗帜般飞扬。

刘宝杨做完那件事情之后，回到病房不住地抓挠自己的脑袋，皱着眉头说，哎呀，头皮疼。许仲杰看了，说道，你看吧，大热的天，我看你也想把自己折腾出病来。

二　院子里的一树海棠

许仲杰和刘宝杨，都是二十世纪五十年代末生人，他们俩从小学一年级就是同班同学，一直到初中，高中不同班但也是同校。后来一起插队又在一个知青点，竟然混到一个屋子里住、一个锅里吃饭。

最近这几年，因为国人好像突然有钱又有了闲，特别时兴搞聚会，从大学同学一直搞到小学同学，还有党校同学、军队战友，然后是球友、牌友、书友、画友、歌友、舞友、钓友、群友，等等。聚会必发朋友圈，经常从微信视频里看见，十几个男女围着一张大圆桌，边吃边唱，一往情深，泪光点点，一顿饭四五个小时，从傍晚搞到午夜，非把所有记得的歌唱过一遍才算过瘾。

大家经常见面的机会多了，一些人没事就爱回忆过去，据许仲杰对往事的认真检索和考据，认为三年幼儿园其实他们也是同班的。当时说这个话题的时候，许、刘二人正在京城一家高档俱乐部做桑拿，包括全套的精油按摩，这家俱乐部当时是全北京四家档次最高的会员制俱乐部之一，这次是刘宝杨请客，当然有人替他买单了。听到许仲杰说这话，就让刘宝杨更有一番感慨了，于是摩挲着肚皮连声说，历史悠久，历史悠久啊。

这是长江中下游的一座中心城市，一座闻名遐迩的古都，它的建城历史几乎跟国家有文字记载的文明史一样漫长，这就让好做深究的明白人反而想不明白，看着四面八方满大街摩肩接踵的人群，日日夜夜地奔忙，脚下的土地被无数年代的人践踏了几千年，尘埃和遗留物一层一层地叠加，好像是有开头而没有结果的，莫名其妙地产生一种五千年也是弹指一挥间的感觉，就越发觉得再深究也无趣了。

许、刘二人童年到少年阶段的那个时候，这座长江边的城市并没有今天这样巨大的规模，中心城区居住人口就达到了几百万，那时很像现在正在发展的六七十万人口的中等城市，骑一辆自行车，不到一个小时可以穿越整个城区，这就是如今专家们倡导的所谓适合人类居住的城市规模。

从小到大，许仲杰的表现都是压他刘宝杨一头。在学校里，刘宝杨经常看着自己的伙伴在各种场合出头露脸，感觉他的身上总是带着一圈光环，而自己总是跟着这个光环走的。多少年，他开始没有这个意识，等到有了这个意识就有些心情憋屈，这是从不自觉到自觉的。后来，刘宝杨突然就有了扬眉吐气的出口，每年全校的运动会成了他施展身手的大舞台。中短跑和三级跳远是他的长项，代表学校参加全市的大型比赛。这以后，刘宝杨每到新学期开始，心里就希望召开运动会的日子快些到来。有一天，班主任老师对全班同学宣布，全市少年诗歌诵读比赛大会，学校推荐的代表队由五个学生组成，本班的许仲杰被挑选上了。当时，听了老师这个消息，整个教室很安静，刘宝杨看见大家都把头低下去了，他知道，这是大家无形中表示佩服和羡慕的意思。刘宝杨看到只有一个女生没有低头，反而是转向许仲杰，盯着他看。这个女生叫冯爱玲。

冯爱玲从会走路开始，但凡看到她的人都会认为，这是一个长得很漂亮的女孩，她的特点是只要出现在一个人群中，你从外面首先注意到的是她，站在这个人群里，吸引你的还是她。冯爱玲把她的目光不时地投向许仲杰，在那个时候，她稚嫩的小脸蛋变得光芒四射，那是一朵霎时间转向太阳怒放的葵花。

两排小军鼓敲出整齐而清脆的鼓点，两把小军号特意系上了一尺多长的红绸，金红相间煞是好看，几把小号也吹得激越昂扬。那天是学校少先队接纳新生入队的仪式，女校长周新媛也来参加，所以就格外隆重一些。周新媛是全国劳模，是这所全国示范小学的校长，她从小读的美国的教会学校，是新中国成立之前的名牌大学毕业生，四十多岁，却一直单身没有结过婚，这些令人羡慕又让人讳莫如深的履历，被很多人编织了一层神秘的面纱，罩在女校长周新媛的头上，使她成为这座城市里的一个知名女士，也就平添了许多供人咀嚼的故事。

少先队入队仪式给许仲杰和冯爱玲提供了第一次密切交往的机会。班主任老师选定许、冯两人担任入队仪式的领誓人，带领大家宣读入队誓言，还有后面祭扫烈士陵园合唱节目的领唱人。因为这个任务是周校长指定由这个班负责，班主任就觉得这是代表全班也是代表她自己的大事。班主任是个语文老师，当然就喜欢一些诗情画意的那一套，下课之后把许、冯两人留下来，讲解了她的各项要求，从每一个手势、动作、表情，到每一个语句的抑扬顿挫，还有服装、化妆，等等，一下子把两个孩子说得大眼瞪小眼，气都不敢出，从来没有见过这么复杂的阵仗，但是第一次体会到的惊喜，也使得男孩女孩心跳加速，各自的手掌不知不觉地攥出了细汗。

冯爱玲回过头来看看跟在后面的许仲杰。这个时候都放学了，校园里安静下来，没有了尖叫和嬉闹追打的声音，太阳正在西沉，漫天余晖红灿灿的，把操场周围的白杨树叶子染成无数个金晃晃的铃铛，就是没有叮叮当当的声音，这样就越发显得周围一片出奇地静。

许仲杰向前走了两步，站在冯爱玲的对面。这是他第一次单独和一个女孩子站在一起，而且还是挨得这么近。他一下子就听见了冯爱玲的呼吸，唇绽樱颗，吹气若兰，一股清新的香气被许仲杰一口吸进了嘴里。小美女冯爱玲张开稍微显大的元宝嘴迎着他笑，枣圆脸盘，额头光洁，太阳光照得她贝壳一样的牙齿亮晶晶的。有谁说过，九岁左右的女孩美丽清新，就是人间天使。那一口清新的气息和绽开的笑脸，从此就永远地镌刻在许仲杰的记忆深处，成为他的人生底色。

冯爱玲说，许仲杰，老师说的要求你记得吗？刚才我们应该用笔写下才好。许仲杰说道，我记得，这很容易记住。

冯爱玲看看周围，说，你能记得就好，咱们去哪儿练习呢，去你家可以吗，你爸妈在家吗？许仲杰说，不知道，这个时候也应该下班了。冯爱玲嗯一声说道，那就去我家吧。

出了校门公交车坐三站地，下车穿过一条主要商业街，转入一条小巷，地面是青石板铺路，一路泛着蓝幽幽的一层暗光，很干净，小巷两边都是店铺，有招牌也有旗幌，红的、黄的、白的，迎风招展一路排开去，几家手艺人的小铺子，传出“叮叮当当”的敲打声，小吃店飘过新出锅的生煎包油腻的香气。俩人走过一座小石桥，走不过十几米又经过一座，桥面宽的有七八步，窄的却只有三四步，桥下的流水虽不大也还是有的，浅浅弯弯地泛着层层水纹，水草碧绿，沙砾浅黄，几寸长的小鱼游弋水底。这个地方有个名称叫“五步两个桥”，形容小桥之多，但用的又是“个”字，是说这里的桥也真是小，古人心思之缜密，描摹之逼真，功力可见。

又转过一座小桥，拐进去是一条小巷，窄了一些，小巷尽头，几棵老树后面一座粉墙黛瓦的建筑，几层马头墙高出屋脊，在空中悬挑出俊朗的线条。许仲杰是第一次到这里来，他家住的区域是市委大院，那里是新建居住区，跟这里是完全不一样的环境。走一路，都是冯爱玲拉着他的手，穿街过巷。一直到几十年之后，许仲杰走在这座城市老城区的街道上，路过某个街角，还会不由自主地想起这一幕情景，小巷转角处，一个女孩的身影一闪而过，手一握，女孩那温润柔软的手就在自己的手掌之中。每当这个时候，他的手就会不由自主地捏紧一下。

青石和水磨砖砌成的门楼，上下都有石雕、砖雕，黑漆大门也许是多年没有刷新，有几处起了漆皮，但门环的铜兽首依然铮亮，上了几级台阶，有人拉开大门，一位四十开外身穿棕色衣裤的男人迎着冯爱玲笑道，姑娘回来啦。冯爱玲答应一句，余伯伯好。

冯爱玲拉着许仲杰穿过厅堂，他一眼就看见，天井两边各有一棵两人多高的海棠，此时正是五月天，一树海棠开得正是好时候，左边一树艳红的多，右边一树粉白的多，团团簇簇地争相拥出绿叶枝头，在安静空旷的庭院中，伫立凝视的那一刻，枝头轻摇，似可听见一树花朵丝丝拉拉地绽放，炫耀着它们的美丽和娇艳。

走过厢房，雕花格子木门窗顶天立地，铺地青砖擦洗得很干净，倒映着人影，又穿过一个天井，看见前面厅房里坐着两个老人，一个戴着眼镜在看书，一个正在看着他俩笑。冯爱玲跳起来两步，叫道，爷爷奶奶，这是我同学，到我们家准备功课来了。

许仲杰跟着趋步向前，垂首弯腰，朗声叫道，爷爷奶奶好！一声喊，惊得挂在庭前枇杷树上的鸟儿扑棱着翅膀跟着唧唧尖叫。

奶奶听到说，好好，好个清秀漂亮的小伙子！爷爷摘下眼镜，对着许仲杰摇摇手，算是打过招呼。

这时，冯爱玲回过身，对着许仲杰问道，我渴了，你渴吗？许仲杰顿一下说，渴了。他进门后跟着走，穿厅跨坎，一明一暗的，现在有些发蒙。冯爱玲又喊一嗓子，奶奶，我们渴了，给我们拿点水喝，谢谢！

两人练习了一顿饭工夫，天已经擦黑了，这座老宅子就更显得暗一些。就见冯奶奶领着一个中年女佣端着两碟吃的走上来，一碟是红丝绿丝糯米云片糕，一碟是洗净切好的苹果。那云片糕是本地特产，许仲杰倒是经常吃，就是这苹果的吃法是第一次。在家里是妈妈递过来一个洗净的苹果，几个人一起张嘴就啃，就见这碗碟里的苹果已经削皮切好，都成月牙状地摆成一圈，还有两把银晃晃的小叉子。

听见冯爱玲叫一声，呆子，快吃呀！许仲杰还不忘记礼貌，赶紧站起来，对着跟进来的冯爷爷和冯奶奶又是鞠躬致谢。冯爷爷说，好，这孩子看上去沉稳大方，眉骨之间有俊朗刚毅的气象，是个好苗子。冯爱玲跟着一撇嘴，说道，啊呀，什么好苗子，是树苗豆苗，还是什么苗啊。

亮灯时分，街上行人车马一下子变得稀落了，家家户户都是吃饭的时候。许仲杰一路小跑，跌跌撞撞地走过几条大街和小巷。几十年之后，这天黄昏时分穿街过巷的影像仍然多次出现在他的梦中，他有时梦见自己像一只鹰隼，闪电般迅疾地在半空中穿过，有时梦见自己的双脚如同灌了铅沙，每迈动一步都很艰难，于是垂首顿足地奋力挣扎往前走，一直到梦醒过来，惊出一身汗。走近大院大门，就看见母亲正站在大门外不住地四处张望。

进了大院，朝自家住的那栋三层住宅楼走去，母亲一路上不住地责问，说道，你今天过生日的，还回来这么晚，跑哪儿去了？

进了家门，看见父亲和姐姐都坐在餐桌那里吃饭了。父亲许从岳狠狠地瞪着他，口气是命令似的，为什么这么晚，啊，给我到那一边站着去，站一个钟头。许仲杰听了，没等父亲那句话落音，他已经走到门口的一角，面壁站立。母亲过来说，你这是干什么，孩子回来晚了，先让他吃了饭再站着，这么饿着肚子罚站，受得了吗？父亲说道，吃了饭再站着，他就记不住了，那还站着有什么用。母亲说，那就一桌子的饭菜，等凉了，再热着吃，还不都是我的事情吗。

姐姐也帮腔说，爸爸，今天是弟弟的生日，你就饶了他一次吧。许仲杰听了，回过头大声说道，关你什么事，吃饱了没事干了。姐姐嚷嚷道，哎呀，你这人真不识好歹，讨厌，你就活该罚站饿着。父亲见此情况，不说话，站起身，走进房间。母亲看见他走了，也不说话，伸手拉过许仲杰，把他摁到凳子上。

看见桌上一桌子好吃的，红烧鱼是必有的，因为是过生日的风俗，还有两个染红的鸡蛋。边吃着饭，许仲杰嘟嘟囔囔地把下午的经过说了一遍。母亲还没等他说完，就接过话说道，你早说呀，你去了冯院长家。冯家可是一个深宅大院，可是漂亮了，我们还是前年冯老过六十寿辰，学院领导带着我们一起去的。

陶文英是艺术学院音乐系的老师，听见母亲这么说，许仲杰跟着不停地点头，觉得一下子遇到知音似的。这时，许从岳也听见了，慢步走过来，神情放松了，四方脸上有了笑容，把眼睛认真地看住儿子，说，噢，你是去了冯老的家，那你回家就应该说啊。陶文英说道，你让他说话了吗，进门就像对待罪犯似的。许从岳又说，那个，冯老的家不是随便可以去的，市里的领导去，也是要事先跟冯老打电话。

许仲杰抬头看一眼，不说话。陶文英说，你们那是公事公办，搞得那么严肃，一群人去人家那里就像开会一样。许从岳问道，冯老在家吗？我跟冯老在抗战时期就有交往，我们是彼此熟悉的。

那天晚上，许仲杰听到了一些有关冯家的故事。冯家是当地的名门望族，祖上跟随孙中山从广东迁入定居，已经经营了祖孙几代一百多年的历史。冯爱玲的爷爷现任本省一个民主党派的副主席，这是一个虚衔，还有一个职务是艺术学院的副院长。在新中国成立之初，冯爱玲的爷爷担任过几年的副市长，后来就不声不响地卸职了，有人说是他自己主动提出来不做副市长的。其实，当时有五六个民主党派的副市长都没有再干了，形势和国情变化了。这些情况，许仲杰随着年龄的增长，知道的东西越来越多，就拼贴成了这个城市近代二百年的历史图册，冯家也只是其中的一幅图画而已。

三　杏花们的格律新诗

如今，还有很多人都记得，一九七六年的时候，吃顿猪肉，可是一件让人高兴好几天的事。

那一天，病房里，吃饭的时候突然来了很多人。那三张病床，每一张周围都围了一圈子，人们站在那里吃饭。一时间，屋子里不但显得小，而且被辣椒、臭豆腐乳的气味，腌肉味混合着男女的汗味包裹充塞，所有人都在大声说笑，年轻一些的男女还不住地打情骂俏，你推我搡，饭粒、菜星子到处飞舞，一根骨头从门边一个姑娘手里飞过来，却没有砸中一个人。这一屋子的人，一直把许、刘二人逼仄到墙角，从外面看过去，都找不着他们俩，一屋子的人都在说笑。

刘宝杨不解，问道，怎么这么多人在这吃饭，这么乱，这还叫个医院吗？许仲杰说，都是家里人送饭来吃，赶着了，也就跟病人一起吃了。你就少见多怪了。两人一时沉默，许仲杰看着窗外，发呆，神情有明显的抑郁。刘宝杨靠墙坐着，架着腿抽烟，问道，冯爱玲最近有信来吗？许仲杰说，来得少。刘宝杨说，都是这样的，渐渐地淡了，你们算不错了，耗了一年多。许仲杰眨一下眼睛，冯爱玲的音容笑貌随即在窗外飘过，舔一下干裂的嘴唇，发烧两天，刚有些退烧，哑着嗓子说，随便吧。

刘宝杨看看一屋子的人都在吃饭，说，这哪里像个病房，就是食堂。我们也做饭吧。说着，从床底下拉出煤油炉，蹲在地上，把炉子点着了，坐上铁锅，倒上菜籽油，一路动作很熟练，一会儿，油烟气呛着他了，不住地咳嗽，吭吭地，就像个小老头。

许仲杰说，就下个面吃吧，炒什么菜。刘宝杨说，做红烧肉，我跟队里老乡买了两斤肉，五花肉，早就说好了，一直盯着怕他不给。

许仲杰听见有肉，高兴了，问道，肉是哪家的？刘宝杨说，杏花家的，那个婆娘还跟我卖好，买两斤猪肉好像不给她钱似的，说了好几句，说她是把给队长家的扣了两斤给我的。许仲杰听说笑道，这娘们说话出口就是故事，而且还是自己的，皮友怎么说的？

说的这个叫皮友的，是许、刘二人插队村里的一个农民，杏花的丈夫。刘宝杨也笑道，皮友怕老婆是出了名的，杀猪卖肉收钱这么一个大事，任谁找他都是答应了，临了到了杏花那里都不作数，还被他老婆骂个狗血喷头的。

刘宝杨说到杏花，也来了精神，不咳嗽了，蹲在地上手上忙乱着，一边跟许仲杰描述杏花家杀猪摆酒请客的情形。

五月天麦子已有八成熟了，这个时候，很多人家就会杀一头猪，先吃个肚子里存油，为紧接着到来的农忙时节积攒体能。大块吃肉是一件大事，远近五里八村的人，就会赶过来买肉，杀猪人家会留下几十斤猪肉，腌制起来吃它个半年的日月。俗话说“九成熟，十成收，十成熟，一成丢”。等到六月初新麦一下来，家家户户都会蒸粑，很好吃。粑，是一种像北方馒头一样的面食，不过没有经过发酵，做得比馒头薄很多，有点像厚厚的面饼，一个个像人脑袋大小。由于是刚收割的新麦，特别清甜可口，糯软绵香，当地壮小伙子一口气就能吃它八个、十个的。这个时候，你走在山乡村道间，看见家家户户都在蒸粑，新麦被高温蒸熟的特殊清香形成热浪，弥漫到半空中，一路跟随着你，醉了，迷糊了，而且，只有这个时候，你走近任何一家的屋檐下，从竹篩里随手拿走几个粑，还是挑着那热的、刚出锅的，咬一口转身就走，没有人过来吆喝着骂你是小偷，还会有个女人隔着灶间窗口的木栅栏，尖着嗓子喊，那个老几，多拿几个咯，路上吃。跟着是她的一声笑，就像唱歌似的。

都道是江南鱼米乡，山村麦收季节的新麦味道让人怀恋一辈子。

皮友的老婆是远近闻名的一个女人，长得比大多数女人好看一些，这个她自己必然也知道，又读过小学三年级，因而言谈举止也就有了一些风情。许、刘二人刚下放到生产队没有几天，杏花就是他们见识的当地第一个新闻人物。那一天下雨不出工，队长丁奉勤走进他们知青点的小屋，三间房，两间卧室，进门一间是灶间带吃饭的。丁奉勤一进来，就大模大样地躺到刘宝杨的床上，跷着腿抽烟，说道，我把生产队的基本情况给你们几位说说啊。

知青点一共三个人，还有一个叫何勇，也是与许、刘俩人相仿的年龄，却是“老干部”了，他已经到这里两年了，没有读高中就来了。因为家里父母养了七个孩子，让他早点到农村插队，还比在家里吃得饱一些，挣得工分钱买衣服穿，比在城里捡哥姐的破旧衣服强，起码没有见补丁了。何勇在农村干了这么几年，从瘦小的学生伢子，干成了膀大腰圆的壮劳力，已经跟队里的青壮年男劳力挣一样的工分，很是快活地过着自己的生活，按照他的话说，生活里什么都不缺少了，就是缺一个婆娘。

几个人都走过来听丁队长说话，何勇抽出一根香烟，很熟练地隔老远给队长弹了过去。队长说：我们这个生产队比别家的要大，人数多，一共是二十一户人家，一百二十多口人，其中有一户地主，两户是富农，这三家一共是十七口人，这就是阶级矛盾的基本情况。队长说道，我们这个村子呀，过去还是很有钱的，方圆百十里外，谁不知道我们丁家大屋，出手艺人，木匠、石匠、泥瓦匠，那可不是随便吹牛的，几代都是手艺人，只是这十来年不行了，不让你出去干，抓住了就说你是阶级斗争新动向，要批斗游街，还要罚工分钱，谁也不敢了，这手艺眼见着就要荒废了。

刘宝杨问道，那队里自家的活儿总可以干吧？队长一笑，队里有什么活儿，一年到头也不见哪家建屋修房的，除了碰到哪家娶媳妇。

许仲杰说，公社里呢，前天在公社开欢迎会，我们看见那边正在建会议礼堂呢。队长一听，翻身坐起来，说道，对呀，那里的工匠都是我丁家大屋派出去的，还是我家老小从县里给公社打电话，不然的话，这好事早就被人家抢了。

老小指的是丁队长的弟弟，在县委办公室当秘书，早年是队里唯一一个读完高中的文化人，也成了队长经常挂在嘴上的招牌。

正说着话，进来一个看起来经过打扮的女人，二十七八的年龄，个子在当地算是高的，上身穿一件阴丹士林斜襟大褂，袖口和衣襟滚着粉白桃红的花边，下身是黑色宽脚裤，黑色鞋面绣了一朵花，头上包着一块黑底红格子方巾，一头浓密的黑发朝气蓬勃地从头巾里挣扎出来，披散在双肩。她站在门边只是笑着，并不马上进来，一只脚踏着木门槛，身子斜靠住门框，也不说话，双手抱在腰间，朝一屋子的男人看着，滚圆的胸部往外凸出着。

队长见了她，咧开大嘴无声地笑着，说道，杏花，你倒是闻着人家新来男伢子的味儿跟来了，你也不能空着手就来啊？

杏花笑道，哪有空着手的，我也不能丢你队长的面子，说我不懂规矩的。说着，变戏法似的，伸手从后腰里拽出一个报纸包的尺八长的东西，一扭身体放在灶台上。几个人就闻到了一股腌腊肉的气味。队长笑道，难得，杏花你这铁公鸡舍得拔毛了。

杏花站在地上，从胸口斜襟里拉出粉红手绢，擦擦脸，又团在手里搅来搅去，说道，你们城里来的伢子，过不惯我们这里的瓜苦的生活，也是作孽啊。

说着，又眯眼笑着对许仲杰说道，你看这个伢子，啧啧，生得水皮净白的，恐怕在大田里劳作几日就折了嫩腰了。

几个人听了，也转过头都看着许仲杰，队长说，我也看出来了，你们几个人，就数小许身子骨柔弱，真怕是吃不下做田的这份苦。许仲杰听了，上来了一股气，说，有什么大不了的，一不怕苦二不怕死，跟你们一样干。

杏花说道，队长，你照顾小许，也叫他跟着我看牛吧，就不要让他下田了。队长听见，马上瞪大一双酒杯似的豹子眼，说道，噢，正好你就想勾搭人家男伢子了，想得倒是周全。杏花听见，伸手跺脚，骂道，你个杀千刀的死不正经的老东西，我也是见你可怜人家嫩秧子一样的伢子，才这样子说一句的。

说完，一扭腰身，跺着脚噔噔地走了。队长看见她出门，笑一声，说道，你们两个还不知道吧，她是我们这里有名的骚婆娘，她偷人，吹哨集合起来站一打谷场。

当天夜里下了一场雨，山乡到处是烟翠葱茏，山远水近的景色怎么看都是一幅天然的中国水墨画。这个地方属于华东丘陵地带，距离县城十几公里，距离地区管辖市五六十公里，但是因为经济发展得迟缓，交通很不发达，百姓生活很是清贫，生活水平与几十年前相比几乎没有什么进步。

早晨，队长吹哨招呼人们出工干活，男女老少在队屋前的打谷场上站了白晃晃的一片，全是白衣黑裤，半空中弥漫开一片烟雾，那是从男人们叼在嘴里的旱烟袋里冒出来的，几乎每个成年男人都抽当地的旱烟。队长说，昨夜下了雨，土湿，好种红薯，每个人都要去，家家户户都不许留人。

这里的红薯很好吃。但是，如果天天把它当饭吃，就不好吃了，肚子胀，老放屁，让人不舒服。

许、刘二人是第一次出工，不免有些新奇，跟在人群后面朝队里的农田走去，又都是光着脚，走在田埂上踩着土坷垃小石子，硌得脚底皮肉生疼的，许仲杰看见自己的一双脚白净细长的，再看看刘宝杨的脚，也是白，就是脚指头短粗一点，俩人的脚夹在晃动着的男人女人黑苍苍的大脚、小脚之间，越发显得很不顺眼。

队长说，你俩第一次干农家活，耙地拉沟，跟不上男人壮劳力，就跟着他们女人插红薯苗吧。

许、刘二人从男人堆里走过去，很有些无奈的表情，何勇站在那里，下巴拄着铁锄木杆，看着他俩一脸讪笑，刘宝杨说，这不是故意出我们的洋相吗？许仲杰说，不着急，不出半年，我们跟他们一样干，这有什么难的，不就是出苦力流大汗嘛。

女人群里一片笑声，大妈、媳妇、姑娘、嫂子都把眼睛上上下下地打量这两个人，眼神是丝毫没有任何遮掩的直勾勾，真是一场广阔天地之中的男色欣赏喜宴。

说笑中干活，杏花故意问道，你们俩有媳妇吗？女人们一起都笑道，怎么会呢，他们城里人结婚都晚哩。杏花又说道，你们俩长这么大了，跟女的睡过觉吗？

这么直勾勾地问，还真是让人第一次经历，许、刘二人禁不住脸红了，任是刘宝杨平日里一张好嘴厉舌，也一时找不到对应的词句来。女人们跟着一阵放浪的大笑，有心软的就说道，看杏花你把人家伢子搞得不好意思的，人家伢子还一定是处头男哩！

杏花也笑得浑身肉颤，隔着衣服也看见胸部一阵波动。杏花说，我说个谜语，叫你们猜猜说的什么，你们都是喝墨水长大的文化人。也不等众人说什么，就自己唱歌似的拖着嗓子说道，小娘长得嫩，每天街上混……后面那两句赤裸裸的描述，不能用文字记录。

一众女人听了，一起哈哈大笑，许、刘二人听得明白，只是觉得语言太过粗辣荤腥了，俩人对视一眼，觉得怎么也开不了口。这时就有几个婆婆年龄的女人看不过去了，对着杏花几声责骂，人家伢子刚从城里来，还没有搞过婆娘哪，杏花啊，你也要教人学好，不带这么作弄人家男伢子的呀。

连着干了几天农活，早出晚归的，每天都是机械性重复几百遍的耕作动作，感觉人的思维活动也变得慢了。这天还没起床，就听见外面一片沙沙的雨声，这雨下了一夜了，屋檐一溜地形成了灰白色的雨帘。今天不出工了。到了中午，几个人才知道午饭只有米，没有一点菜。何勇挠挠头皮，脱落的细碎头皮屑像一群虫子飞落，说道，走吧，出去找点菜吧。

几个人打着伞出来，手里举着伞，像是领导巡游视察似的在村子里转悠，到处看不见人影，却是到处袅袅炊烟斜升在细雨中。天地之间经过春雨的洗刷，土更黄、树更绿、花更红，但是，这个时候谁也没有心思看周围的绿肥红瘦，几个人肚子正饿着呢，就看着“老干部”何勇怎么找中午的菜。

转到西边坡坎上的一户人家，何勇神秘地说道，就是这里了，你们给我望着风，我去去就来。

说话间，他已经径直奔向另一个方向去了。许、刘二人看见大门落了锁，还是有些年代的大铜锁，半尺长地挂在门环上，就跟着绕到屋后，可能是做贼心虚的必然反应，俩人靠近窗户，想看看屋里是否真的没人，就听见一个女人一声声地叫唤，你这个杀千刀的，快些啊。贴近看见，队长和杏花躺在大木床上。许仲杰看了，闪身退后了一步，刘宝杨就立即凑上去看，停顿了一会儿，他们绕回到屋前的院子。这时只见何勇一手举着伞，一手扯着衣襟兜着什么东西，一路小跑过来了，走过去一看，是几个鸡蛋、一把香芹菜和十来个尖椒。

何勇一路跑得微微气喘，说道，菜有了，队长在屋子里跟杏花做那个事情吧，做吧，皮友到公社做工去了，那婆娘从不闲着。刘宝杨问道，村里人知道吗？何勇说，知道，多少年了，再说这种事在这里就不算个什么鸟事，哪个村都有，拿两块“固本”牌肥皂，就能找到婆娘愿意跟你做。许仲杰哈哈一声呵斥说道，你这家伙，怪不得前一段你问我借肥皂，借去了也不还。刘宝杨说，城里肥皂都凭票买，每人定量的，你都这么用了，到哪儿找到肥皂票啊，可不要找人借了吗。何勇低头嘿嘿笑，再不说话。

晚上，一盏煤油灯立在方桌上，半明半暗，灯光飘忽，许、刘二人对灯枯坐，不时翻看着从家里带出来的书。许仲杰抬头看着对面白粉墙，灯光投射出来一个巨大的身影，他悠悠地吐出一口长气，说道，到农村广阔天地接受再教育。刘宝杨嘿嘿一笑说，接受再教育。

四　许家的风琴

许、刘、冯读书的这所小学是当地的一所名校，具备当时中国还很罕见的健全的初级教育建制，除了国家规定的六年制教育之外，还建有学校自有的三年制幼儿园，基本上是不面对社会招生的，也没有后来所说的，以户口所在地就近上学。这所小学在清朝末年建校，历经历史风云的震荡，也经过各种主义的洗礼，但学校当初教学育人的根基还是有传承的，最根本的表现就是校名，学校名称是以一位在清朝末年追随孙中山推翻封建帝制的烈士的名字命名的，学校从建立起至今名称没有改变。

另外一个情况也是很少见的，从建校那时起，与生俱来的就有了一个贵族似的徽印，这当然跟那一枚杏核大小的校徽没有什么关系，但跟挂着这枚校徽的人却大有关系，能进入这所小学读书的孩子当然就不是平常人家的孩子。你可以想见，全市的大街小巷，只有那么几百个人在胸前的衣襟上别着这枚小圆章，而且肯定是有一副与众不同的神态，那必然是要让周围的人多看一眼的，就如鲁迅所描述的，在别人眼光注视之下，把脖子扭它一扭，很标致的模样。不是因为那枚挂着的徽印，而是因为它把人群划分开了等级，在男孩女孩的心里刻下了不一样的烙印。一百多年前，那些血染黄沙的烈士们所追求的目标，应该不是这枚徽印，那肯定不是他们的初衷。

从冯爱玲家回来，按照班主任老师的布置，许仲杰在家里还需要练习歌曲的领唱部分，冯爱玲领唱前半部分，他要领唱后半部分。这歌名叫《踏着烈士的脚印前进》。母亲问道，你会唱吗？许仲杰说，刚学过一点，老师音乐课教过。

上初二年级的姐姐走过来，姐姐比他大了五岁，说道，那歌满大街都是唱的，谁都会，来，我来唱一遍，你跟着唱。母亲笑道，也是啊，先让你姐带着你唱两遍，明天我去学校图书馆借唱片，我们学校应该有，回家再对照练习。

家里的小客厅就响起了一个女孩清亮的歌声。父亲从里屋伸头往外看一眼，就把自己房间的门关上了。这就是他们家每天晚上的情景，父亲几乎不跟孩子说什么，在许仲杰的记忆里，他回家除了吃饭，就是在看书或看文件，母亲在小客厅里忙她的事情。客厅里有一架立式风琴，深棕色的烤漆，反射着玻璃窗的亮光靠墙立着，是那个年代许家唯一让人眼亮的东西，也是母亲的一件宝贝，有两张写字台，一张大一点压着玻璃板的是母亲的，一张裸出白茬的小书桌是许仲杰的，这张小书桌原来也在卧室里，姐姐因为大了，前年把许仲杰轰到客厅，睡觉做作业都在这里。

许家住在二楼，这是一栋三层住宅楼。在这个大院子里，分布着三个大的住宅组团。进大门左手是传达室，一条甬道向前，上空是长长的葡萄架，自然形成了一个凉棚，甬道左边绿树簇拥之中是六栋三层住宅楼，住的是市委、市政府的中层干部，右边是四层住宅楼，有七八栋，没有阳台和家庭厕所，住的是普通干部，往里还有一片平房，是各工种、各部门后勤服务部门的家属住房。经过一片草坪和花圃，小山坡上散落有几栋小楼，粉墙红瓦，市级的领导都住在那里。许家客厅里的木地板还很结实平整，就是多处红漆磨损了，光怪陆离地留下各种图形。许仲杰记得，前几年星期天休息，父亲还会带着他给地板打蜡，后来渐渐就作罢了。玻璃窗里面装有一层纱窗，南方夏天蚊虫多，窗纱倒是能保持绿色常新的，因为每年都由公家单位修缮换新，据说这是给这几栋楼比较高级的配置了。

这里距离刘宝杨家大约五六百米，出大院门是一条小巷，紧邻着一大片老居民区，你从横七竖八晾晒着万国旗似的衣服床单中穿过去，看到一片白墙黑瓦砖木结构的老式住宅，外表简陋陈旧，没有围墙，直接面对着一条马路，刘宝杨家就住在其中两间房，又依着房子的外墙搭建了一间低矮的小屋做厨房。

许、刘二人从小学开始就是同学，跟许仲杰不一样，刘宝杨七岁之前是在农村生活的，山西运城一个交通不便僻静的山村。七岁之前的生活留下的记忆，对于一个人，尤其是对于一个男人的成长有着多大、多深刻的作用，这个题目又是专家们需要做的文章了。

刘宝杨家的生活习惯与许仲杰家大不一样，他们家以吃面食为主，而许家是吃米饭的，几乎做不来面食；刘宝杨父母连着生了四个孩子，三男一女，还要负担各自父母的生活费，手头一直比较紧；刘宝杨的父亲是公交公司的一个科长，母亲在一家工厂当会计，四个孩子都是相隔两三年出生，刘宝杨的大哥比他大八岁。一对夫妇生了四个孩子，不算多，在当时是很常见的。十几年之后，刘宝杨参与中国人口问题的讨论，有人说笑，如果从五十年代开始实行计划生育，在座的开口说话的人要有大半会被计划掉了。刘宝杨哈哈笑道，那肯定的，我在家排行老三，肯定是被计划掉了。刘宝杨母亲也因为连续生育营养跟不上和操劳的原因，身体一直不好，不能给予每一个孩子比较多的呵护。刘宝杨为了引起母亲的注意，在路上走着故意摔跤，但是得到的不是亲切的询问，而是一阵厉声责骂。刘宝杨从小就有了对于母亲的怨恨，尤其是从山西农村回到城里父母身边，随着成长的各种见闻和感受的积累，这种怨恨非但没有消减，反而经常触景生情地迸发出来。这种怨恨的记忆一直长久地跟随着他。有一次从许仲杰家回来，刘宝杨第一次不愿回家，在大街小巷到处徘徊溜达，家家户户的灯光到处在闪烁，温馨地招呼匆忙路过的人，十岁的男孩第一次感到对自己家庭、对自己母亲强烈的不满。

他希望能换一个家庭，换一对父母，如果要他具体说是什么样的，他会说，就是像许家那样子的。第一次去许仲杰家，进了家门，许仲杰说道，这是我同学刘宝杨。陶文英立即弯下腰来，伸手摩挲着他的脸颊，笑着说道，哦，好精神的孩子，长得壮乎乎的，真可爱。

刘宝杨感觉到那只手的温暖和柔软，还带着一股雪花膏的清香，许家母亲说话悦耳好听，就像广播里听到的播音员的声音，那一刻他像做了一个梦，碰见了童话书里所描写的情景，又睁眼看见了许家所有不一样的陈设，再一转眼，那个梦又瞬间清醒了。

陶文英招呼他坐下，刘宝杨扭捏犹豫，他担心自己的裤子上沾了泥巴和土，搞脏了沙发上铺着的毛巾。陶文英说，不怕的，毛巾拿下来抖搂抖搂就好了，坐下坐下。一会儿，拿来几根香蕉，皮色有些焦黄，还有装在小瓷盘里的水果糖，招呼他们吃。许仲杰说，你知道吗，香蕉等它皮变黑了一些的时候吃，最甜，最好吃了。许仲杰不知道，这是刘宝杨第一次吃到香蕉这种热带水果，他正在眼睛瞪着香蕉看，陶文英已经剥好了一根递给他了。刘宝杨的小心脏一阵颤动，眼泪差点就流下来。

从此以后一直到读高中阶段，许家一直是他们俩人的活动据点。刘宝杨数不清在许家吃了多少顿饭，也记不清有多少次在许家过夜，俩人倒脚睡在一张单人木床上。上了高中，俩人都是一米七几的个子了，单人床睡不下，许家有一张行军床，是许从岳很多年前在新四军江南第四支队用过的东西，土灰色的帆布，包裹着十来根木杆，拼插起来就是一张很窄的行军床，大多数的时候刘宝杨就睡在这张行军床上，平时不用的话就扎成一捆，放在壁橱里。

有一次又赶上在许家吃饭，陶文英坐在餐桌上，静静地看着两个孩子，说道，宝杨身体好，看你吃饭有多香啊，你看我们家仲杰啊，吃个饭就像是受刑一样子的，非得硬逼着才能吃一些，你们两个人啊，一个像山坡上的一棵树，一个像温室里的小苗，不晓得将来你们能成为什么样子的人。

刘宝杨听了，一扬脑袋突然说，我小时候算命的先生说，我长大了会发财，还会有几个老婆。

陶文英听了先是一愣神，继而哈哈哈地笑起来，她边笑着边轻叩餐桌说道，你这孩子太有意思了。谁给你说的这话？刘宝杨眨巴眨巴眼睛，说，我奶奶说的，在我们老家。许仲杰听了，嘟嘟囔囔地说，你还要几个老婆，他们就是胡说，课本里说了，地主和资本家才会要几个老婆。

陶文英笑道，仲杰啊，你刚出生的时候，奶奶也找人给你做过八字算命，我也跟你说过。许仲杰出生后，爷爷奶奶从苏南地区过来，在他们家住过一段时间。因为许仲杰是长房长孙，老太太坚持要请人给许仲杰做周易预测算命。许从岳阻止不了，还搞得老太太很不高兴，说道，这是我们许家的规矩，你也算过。

许仲杰爷爷以前是私塾先生，不是一个泥古不化的人，也能接受新思想和新文化，劝说儿子道，算一卦也不是什么坏事。八字算命这个东西，重在预测，命运有预测，但凡听之，有扬长避短的准备，这就是常说的“凡事预则立，不预则废”的道理。不知命无以为君子，此命非指宿命，实指天命。

许家奶奶找的那位算命先生可是难请的，但是，私底下请他的人还是很多，那个年代，他已经不敢有公开的店铺和招牌，但是那招牌却又在许多人的心里立着，口口相传替他传播着影响。

那天早晨，老先生带着徒弟上门来，许从岳早就托词不在家待着，陶文英跟爷爷奶奶一起，热情地接待了他们。老先生进门，先是抬眼挨个看了家里的每一个人，还有家里的各项陈设气氛，而后走近婴儿床。老先生带着一整套的工具，先是测量了婴儿的头围、眼距，仔细看了双手的掌纹，测量了身长，观察了睡姿，等等，接着详细询问了陶文英受孕时间和婴儿出生的时辰，沉吟半刻和缓说道，贵公子骨骼清俊，命相高贵，以后必然天资聪颖，将来善结人缘，必能担当大任，就是身体天生虚弱一些，需要父母长辈多加爱护。

许家奶奶急忙问道，身体虚弱倒是不怕，以后不会有什么大病吧？老先生说道，贵公子有善始善终的命相。说完，在一张洒金红纸上写下了两句话，并不给家人，折好放进随身带来的一个云锦包裹的小锦盒里，说道，这两句话，我走后请你们再看。

过后，许家爷爷展开那半尺大小的洒金红纸，只见写了这么两句：逢难有贵人，荣华独飘零。

这是这位老先生几十年的做法，只写两句，或四言或五言，从没有留过七言。在这座城市里，几十年来，很多人都说这位老先生是极有眼力，也很有德行的。过去年代，一些高官富贾、名媛才俊也都慕名找他算过。那留下的两句话，很多人在经历世事沧桑多种变故后，或心灰意冷了无情趣，或是雄心勃发不可一世，有一天，也会突然顿悟似的，自己写下了另外两句，变成了一首写自己的四言或五言诗，当然秘不外传，个中滋味只有他自己知道。

过了几天，学校课间休息，许仲杰当着刘宝杨的面问冯爱玲，你家人给你算过命吗？我和刘宝杨都算过。冯爱玲说，算过呀，听奶奶说，我刚出生的时候算过。许仲杰问道，算命先生怎么给你算的，说什么了？冯爱玲说，你问这个干吗，这是我的秘密，不告诉你。许仲杰问道，看你下课也很少玩，坐在那里写字，写什么呢？冯爱玲低头说，我抄写古诗。

许、刘二人茫然不知，互相看一眼，许仲杰想想说，是那个唐诗宋词吧，我家里也有。冯爱玲说，是爷爷要我抄写五言古诗。冯爱玲转身进教室，许仲杰回过头看她，教室门外不远处，一树石榴花嫣红摇动，地上落英缤纷，大多被路人踩踏过去，一片散碎零落。

五　千千万万人陪着

都知道一句话，“湖广熟，天下足”，这是流传了几百年的说法，夸张了很多，形容长江中游平原自然条件适合农作物耕种，因而比较富裕。其实，浏览一下历史会发现，在这片广大富饶的土地上，千百年来饿死的人并不比其他地方少，还不算战乱频仍、血海尸山死去的人。还有，这里也并不是每一个村子都有东西很轻易就“熟”。

许、刘二人插队的这个地区，地处丘陵地带，人多地少，加上土壤比好的地方薄了一半，收获的东西也就少了一半。二十几年来日子过得一直不富裕，祖上虽有手艺的传承，可是英雄无用武之地，每年能混个温饱就很好了，那必定是碰上风调雨顺的年景。所以，此地自古以来就有“三多”的流传：当兵的多，手艺人多，逃荒要饭的多。据县志记载，从明朝初年开始，这里男人出去当兵的就很多。遗憾的是，男人们沙场拼杀，带回家乡的血汗钱没有用作子弟的读书，所以，在江南很多地方看到的耕读传家的痕迹，比如举人、进士匾、状元牌楼、女子贞节牌坊之类的，这里却是从来没有的。倒是有格外不一样的民风，虽然算不上是敦厚淳朴的，但那也是直率坦荡，见到的都是狷狂率性的活生生的人，一扫那些百年传家的厚重承袭带来的沉闷，总是透着一派人在少年时期的单纯。县志有记载的将军，从明朝到民国，从国民党到共产党，说有几百个是千真万确的，就是文字里找不到一个贞妇烈女的名字。

从春到秋，再经历一次“双抢”的农忙季节，许、刘二人觉得当农民是很容易的。对于农活，要想做门门都会、样样都精的一把好手，当然不容易，但是跟在别人后面干，干活时起到一个人的作用，也还是容易的。

“双抢”忙季，每天下田干活都是起早贪黑赶上两头黑。何勇已经是壮劳力了，他跟随大队人马去干割稻、打稻脱粒的重活，割稻和脱粒都没有机器，全靠人力。队长分配许、刘二人去种子田里插秧，比较轻松一些。头一天队长带着他们俩人和一群妇女，把人畜的粪便挑到田间，均匀地撒到留有一层清水的稻田里，让毒太阳整整晒它一天，人畜肥料渗透到泥水里，待到第二天再用耙锄把稻田的泥巴深翻一遍，为了增加地力。队长说，这块田是块好地，收上来的稻谷是要做种子的。第三天走近田里，只见泥水上漂浮着一层人畜的粪便，稀稀拉拉的，有的粪便还保持着完整的条状，一股恶臭弥漫在稻田四周，几乎让人窒息。队长走到田边，也不说话，抬脚一跃，就跳进了稻田里，溅起的粪水黄绿色，在腿肚子边直冒气泡。杏花看着他俩站在那里龇牙咧嘴眼神发呆，捂着嘴笑，说，书上说得好，没有大粪臭，哪有稻花香嘛。自己一闪腰身也跟着下去了，许仲杰看到一众妇女都拉拉杂杂地开始插秧了，站在那里太难看，一拉刘宝杨，一咬牙，俩人也蹚进了粪水和着泥巴的稻田里。

插秧一上午回去做饭吃，两手到手腕那里沾的都是粪水，先跑到茅河里洗手，回去又用带来的肥皂洗，怎么洗手上还是留着一股腥臭。队长对许、刘俩人说，鲜肉容易变臭坏掉，一个“双抢”干下来，你们两个就变成了咸肉了，就不怕烂掉了。

一年下来，许、刘二人看上去都有了明显的变化，不仅是外貌和神态，言语用词也多了一些粗粝，刘宝杨更是特别着意地靠近当地的流行用语。辛苦劳累这都不重要，重要的是他们每天一睁开眼睛，第一件事就是想到今天怎么去填饱肚子，对付着吃过早饭，接着想午饭怎么解决，然后是晚饭，一天除了睡觉，醒着的时候，大概一半的时间都是在想吃饭的问题，为解决吃饭的问题而奔波。多年以后，许仲杰出差住进一家酒店，酒宴应酬之后，回来躺在柔软的带着薰衣草香味的大床上，身体深陷在软绵绵的床褥里，两脚互相搓着光脚丫子，看到国家电视台纪录片频道播出一部纪录片，是讲非洲大草原狮子、野牛、鬣狗等动物的故事，其中说道，动物们每天除了睡觉，平均要花费七到十二个小时的时间寻找食物，也就是说，它们除了睡觉，其他时间大多是在为寻找食物而四处奔走。许仲杰一个人暗自发笑，不由得想到过去，那个时候他们也要花费差不多的时间为填饱肚子而奔走。他想，其实，人如果每天只为填饱肚子这一件事动脑筋和奔忙，倒也是很充实、很幸福的。每天太阳升起，不知道自己为什么而醒来，为什么而穿衣吃饭，那倒是很难受的。

许仲杰有了一个外号，叫“小嫩肉”，叫得十里八里地的人们都知道了，这个外号是杏花叫出来的。多少年之后，出现了一个叫“小鲜肉”的词，变成了形容年轻、帅气，聪明伶俐、穿着时尚的美少男的专用词，让很多有文化、有教养的中老年男人和女人十分不解，等了解了它的意思之后，又有十分的仇视和哀叹。“小嫩肉”以一字之差横空出世，证明了那个时候杏花的叫法具有丰富的创造力，也具有历史进步的前瞻性。

许仲杰为何有了这个“小嫩肉”的外号，实在是跟他的皮肤有关系，别人的皮肤经过一个夏天大毒太阳的暴晒，每天在田间山地里劳作，都晒黑了，但许仲杰就是晒不黑，皮肤晒得通红，转而变得浅黄，秋风起天渐凉之后，脱了一层皮，又恢复原先的模样，一张白净的长圆脸，两条卧蚕眉黑亮秀直，像是画师精心勾画而成。

隔着一条河有一个生产队，从丁家大屋这边坡地看过去，很近，那边猪马牛羊的叫声、女人呼喊男人做什么的声音，都听得清楚。因而，干农活的时候，两边女人隔着河水就经常用唱歌似的高嗓门，彼此说话。他们那里也有一个知青点，是几个来自上海的女知青。

这一天干活时碰见了，那边的女高音喇叭就顺风送过来一句话，说道，我们家的女伢子说了，让你们家的男伢子过河来玩。

这边一听，就有了一片笑声，女高音喊着回答，你们家的女伢子怎么自己不说啊？

那边又喊，人家女伢子不好意思说啊。又听见一个女人喊道，你们家还有个小嫩肉嘛，也让他过河来给我们看看。

男女众人哈哈笑，都把眼睛朝许仲杰看过去，刘宝杨瞥一眼，看见他的脸霎时就变成铁青色里带着血红，腮帮子咬得凸出几条肉筋来。

何勇听见对岸女人这么说，很高兴，挺起肚皮吼一嗓子，好啊，过几天队里闲着，我们几个哥们儿过去，找你们家女伢子喝酒。

许仲杰顺着何勇的方向望过去，很清楚地看见了那边女人队伍里，有几个穿着不一样的女孩，其中有一个戴着一顶白色宽边帽子，她们停止劳作也朝这边看着。

这两天生产队还在准备一件事，有一人家要娶媳妇了。昨天，队长弟弟丁奉为专门从县城赶回来。这个村里，家家户户都有亲缘关系，大家都是供奉一个祖宗，但凡谁家婚丧嫁娶，都是全村的大事，其实背后大家更为期待，有一次大块吃肉、大碗喝酒的机会。

丁奉为与他兄长的相貌大不一样，似乎不是一个亲娘生养的。队长是高大粗壮的身材，头发稀疏，额头凸出，一双豹眼环睁，说话高门大嗓，在电影里扮演个游击队长或者土匪之类的都不用怎么化装。丁奉为比他兄长矮了大半个头，五官纤秀，留着黑亮的中分头发，看人总是带有一种阴郁的眼神，穿一身干净的深蓝色中山装，黑布鞋，在山村土路上，晃动着双手慢条斯理地走过来，煞是醒目惹眼。他是这个山村培养的学历最高的人，也是最给他们长脸的人，因此，全村男女老少对他很敬重，再有，他跟村里的男人不一样，什么时候从不跟姑娘媳妇打情骂俏的，见到了谁，该喊什么、怎么称呼，都依着姓氏辈分来，杏花任谁都敢贴上去胡说，唯独见了这个男人，她不敢，老远地就绕开走了。

他们三个人都看见丁奉为从坡坎那边走过来，从打开的窗户看出去，一幅画，空旷的蓝天，浑黄的土地，丁奉为一个人甩着双手走路，深蓝色制服的人影子一点点变大了。他们的屋子有窗户，但是窗户上没有玻璃，是用白色的塑料薄膜代替的。丁奉为走进知青点的房门，说道，哎，你们做了一件好事，给茅河起了正式的名字，几百年了，没人想到要做，功德无量。

三个人都站起来，何勇和刘宝杨指着许仲杰说，他，那是许仲杰的功劳。

丁奉为说道，我知道，小许啊，原先县志里也不知道怎么写，就根据老百姓的发音，写成了猫河，县里养的那帮秀才也不负责任，管他猫河、狗河，反正也不是他们的家乡。这样改成茅河，很好，含义很好，我都想不到。我找了县志办的领导，请他们从此就改正了，以后我们家的这条河，就叫茅河。

事情是这样的，许仲杰他们一来这里，就听见大家叫这条河名字，他就问起来怎么写的，队长说道，有写猫河的，也有写毛河的，还有写摸河的，就这样叫了几百年了，不晓得到底是哪个字。

许仲杰闲着的时候，沿着这条河往前走。只见前方丘峦如带，绿草如甸，河中水流急急缓缓，一川碎石其小如拳其大如斗，绵绵细沙，在太阳光下闪着或白或黄的颜色，偶见黄牛、水牛随意地或躺或溜，两岸坡地起起伏伏，生长着一望无际一人多高的青茅，这种青茅，叶长秆粗，秋冬季节砍了当作烧火做饭的柴火，春夏季节又自己长成两排茂密的青纱帐，对于村民来说，几百年来，如果没有青茅，在这丘陵地区拿什么当作生活燃料？家家户户从古至今都是依靠它烧火做饭，青茅就是上苍给予人们的恩赐。

当时灵感突现，他想到，何不就叫这条河为“茅河”，词义贴切，而且有了村民对于大自然感恩的意思。

丁家大屋有人家要娶媳妇，这个消息很快传遍了五里八村，人们平时没有什么娱乐，就非常期待有这样的聚会。男人们大块吃肉，大碗喝酒，大声嘶吼，无异于剩余精力发泄，无异于憋得太久在田野里撒一泡尿那种的痛快，更何况还有新娘子，不管是否漂亮，偷着摸一把捏一下，引起一片哄笑就是男人们最有面子的时候。

这里女人的衣着服饰并不跟着城市的流行走，还顽强地保留着当地的风格。年轻的姑娘喜欢穿大红大绿的，媳妇大嫂都是阴丹士林蓝的上衣，黑色的灯笼裤，大妈奶奶的上衣就都是一律的黑色，但不管是什么年龄段、什么颜色的上衣，都必然要自己镶一道衣边，尤其是斜襟的那一道镶边，真是千姿百态的，每个人都用了心思，所以就有了这样的情景，远看她们的胸前是一片乱花迷眼，近看仔细了却是各不相同，脚下都是黑布面或黑绒面的绣花鞋，鞋面上的花，有一朵独开的，也有枝丫横斜的，衣服的几处方寸之间花是枯的，却透露着女人们活泼泼的灵动的心思。

丁奉为碍着都是亲戚的面子，不好让人说自己到了县城当了干部，看不起家族的人，大凡有亲缘关系婚丧嫁娶的，都要回来参加，但他却从来不加入后面的嬉闹，跟一众亲友喝几杯酒，就悄然溜走，回家看书或睡觉。

山村十月，人们刚刚经过了“麦黄杏熟”的欢喜，又连续多少天，顿顿吃新麦做成的粑，精神和力气都是全年的最佳状态。因为农闲时节不需要每天经受太阳暴晒，女人们的脸渐渐变得白了一些，一下子显得眼睛格外的黑亮有神，身体也多长了几斤肉，在特殊部位就显出女人更多的曲线来，因为她们穿的都是自己做的布鞋，仔细观察，她们走路时就有一个共同特征，身体习惯往后坐，这样的体态就越发显示出她们个个都是丰乳肥臀的美人。山村女人的美丽只有在山村的天地之间，你才会感受到她们完全可以跟城里的美女平分秋色。

男人们，每天可以看到他们走村串户，或端着水烟筒，黄铜打造的，或嘴上叼着旱烟袋，趿拉着脚上的黑布鞋，这家坐坐喝壶茶，那家坐坐抽袋烟，摸一把脸就打一个哈欠，神态木然的，不想什么又似乎在想着什么，就等着掌灯时分吃饭，然后上床摁着婆娘干。这里不管穷富，家家必要打造一张大木床，床四周有木架横梁，因为床体做得高，都在床前摆一张长方形的脚踏，进屋一看，那张大床纱帐垂围，就好像屋子里多出一个小房子。这个季节孕育的婴儿都会比平常要强壮好养，也会聪明一些。人们基本上把一年的营养都吸收进了肚子里，储藏了，好去过冬，这也好像山里准备过冬的动物，其实一样的道理，人本来也是动物。

何勇和刘宝杨脸上的粉刺，这一段时间疯长，颗粒饱满地布满了整个脸盘，许仲杰的脸上也长了，就是比他俩少一些，他们几个人闲来无事，就各自端着一面小镜子，坐在屋檐下的光亮之处，挤出一个个粉刺的油脂，意图是让它变小一点，让自己的脸干净一些，不那样坑坑洼洼的。刘宝杨拿来一张信纸放在腿上，对着镜子瞪大眼睛、咬牙切齿，动作精准地挤破一个就用指头按在纸上，黄色的浓汁带着血丝，一会儿就排列整齐布满了纸面。村子里几个未出嫁的姑娘听说了，专门跑过来看，也不好意思走近了，距离七八米远，挤在一起站着，像看几个笼子里的猴子在抓耳挠腮、挤眉弄眼地做出各种怪样，于是不住地捂着各自的嘴笑，未出嫁村姑的模样很好看，神态娇憨，眼神坦率，直勾勾地看过来，透出一派天真烂漫的气息。

许仲杰见了，高声招呼，说道，要看就过来看仔细了，挑一个长得壮实的跟你回家，好生一窝伢子。几个姑娘听见，不好意思再看下去了，你推我搡，嘻嘻哈哈地跑远了。

他们听说，茅河对岸女知青点的那几个女孩子也要过来参加村里的喜宴。何勇不止一次地说了，茅河对岸那个长得胖乎乎，胸部挺得很高，笑起来嘎嘎脆的女孩对他有点那个意思。

许、刘二人跟何勇说不到一块儿，虽然住在一个屋檐之下，收工回屋各自关上房门，一天没有几句话。何勇从城里探亲回村，带回来特产什么的从不愿拿出来大家共享一下，到了晚上自己关上房门，经常一个人悄悄地吃东西，刘宝杨站在何勇房间门外，就故意地咳嗽一声，何勇“窸窸窣窣”嘴嚼的声响一下就没了。刘宝杨嘀咕一声，这家伙，一个人吃独食，好意思吗。以后，许、刘二人做什么事情也不告诉何勇，出去到哪儿也不跟他说，就是不带他一起玩了。

这天吃过晚饭了，天还没有完全黑下来，西边的天空还透出一带金红的云彩。刘宝杨示意许仲杰出门。许仲杰悄声说，怎么着也得带点东西吧，不然有点不好意思的，第一次登门。

刘宝杨说道，我准备了，上次从家里带出来有几块方巾手绢，棉麻绣花的，好看得很。许仲杰听了，沉吟半刻，说，那是你的，我带几块肥皂吧，她们女孩子喜欢洗衣服，应该需要。

俩人悄无声息地走出屋子，径直走到河边，准备过河。这条茅河有个特点，白天河段各处生产队都要用水浇地灌溉，每个地段都建有自己的小水闸，一围起来，河水就变小了，到了晚间，家家都放开水闸，河水就自动涨高涨满，时间越晚水面越宽，所以，河上从来就没有桥，白天过河大家都是踩着河面上露出的水闸石桩，一步一跳地走过去，天热的时候，男人女人们都是挽起裤脚摸着石头直接走过河，水深不过膝盖。改革开放之后有一句话叫摸着石头过河，真是从民间、从实践中得来的。

许、刘二人走过河的时候，河水还在水闸石桩下面，东边挂着一轮圆月，看上去就像年轻姑娘的笑脸。

俩人一路小跑，看准了那座白墙黑瓦的小屋子，站在门口，俩人不约而同地止步，憋一口气，对望一眼再去敲门。

“丁家大屋的前来拜访。”刘宝杨见到一个姑娘开门，就自报家门说道。那姑娘一听，立时瞪大一双眼睛，很好看的一双杏眼，姑娘叫一声，哎哎哎，丁家大屋的男伢子来啦，都出来呀！

从屋里跑出来另一个姑娘，看上去胖胖的，中等身高，头发梳出一个高髻，如鸡冠般的竖立在头上，穿一身白地小红碎花的睡衣，在山村里很少见，有些讲究，脚上是水红色的塑料拖鞋，站在地上看着他们俩一脸笑眯眯。长着好看杏眼的姑娘转一下身子，喊道，哎哎，姜红薇姜美人，你在干什么？

突然，两个姑娘似有默契一样，拖长音调说道，姜美人，赶快出来接客。说完，俩人一阵“哈哈哈”大笑。欢快的女声一时回响在房顶下，好比山歌。许、刘二人也有近一年的时间没有跟年轻女孩接触了，这一阵欢快的女声，让他们真个是心旌摇动、眼光迷离。

只见面前蓝格子布门帘挑起处，站出来一个姑娘，上身穿一件粉红暗团花大翻领长衫，下身是一条青蓝色半长不短的裤子，露出半截裸着的白皙的小腿，脚下是粉红印花拖鞋，高挑身材鸭蛋脸，一眼看去，是山村荒野的地方极难见到的干净俊秀的模样。

许仲杰看一眼，心下顿时就纳闷，想着，穷乡僻壤的地方，还真难见到长得这样干净的女孩。几年的风吹日晒，竟然没有损坏如花般娇丽的面容，也是她对自己的煞费苦心的经营了。这样想着，就看到那姑娘的眼锋一扫，落在了他的脸上，顿时她的眼睛也忽闪了一下。

几个人嚷嚷着，围在一张方桌周边坐下，转眼间，桌上就有了瓜子、花生、红枣、核桃等山货，许仲杰看着很吃惊，不知道这几个姑娘家里还藏着这许多好吃的，大家就一迭声地叫着，各自伸手抓吃的，姜红薇却不动手，安静地看她两个同伴不停地说话，刘宝杨一脸的油光闪闪，额头上几粒青春痘暴凸。

许仲杰于是找话题问她，你的名字听起来倒是别致，是哪几个字？刘宝杨说道，哎，你们注意听了哦，有文化吧，一开口就是不一样了。那两个姑娘说道，是呀，我们早就听说了，有名的才子嘛。不是还有一个雅号叫什么……俩人故意停顿不语，其中一个低下头，斜着眼光看许仲杰，嗲声低语，小嫩肉啊。几个人轰然笑开了。许仲杰双手抱着膀子，冷眼观看着，只好自嘲着说道，小嫩肉如今变成老咸肉啦，你们才是小嫩肉呢。其中一个姑娘朗声接过话来，说道，啊呀，咱们也变成老黄瓜了。姜红薇等安静了才说道，名字父母亲起的，都是革命的意思，我倒是很不喜欢的。许仲杰听见她的嗓音却有久违的熟悉，很像冯爱玲的声音，一时很惊诧地看着她。

这时，胖胖的姑娘听见他们说话，插话说道，姜红薇可是我们的才女，作文写得好，还喜欢文艺，在学校是广播站的播音员。

许仲杰看着姜红薇点头，刘宝杨似乎知道他在想什么，立即说道，那很好，跟我们许仲杰正好配对，他中学五年一直是学校团委宣传委员，刚好负责广播站，他写稿子，女同学播音，经常关在广播站一间小黑屋子里，半天的，里面不知道有多少风流浪漫的故事，我们恨不得砸门。

大家一起笑，嚷嚷着要许仲杰讲讲风流故事，姜红薇也笑得眼睛亮晶晶的，定定地看他。许仲杰笑笑，说道，刘宝杨就是让我说他，这是我们学校的体育健将，三级跳远和四百米接力两项，代表学校参加全市运动会，每次运动会之后，刘宝杨都会接到几个女生塞给他的纸条。

长着一双杏眼的姑娘听了，举手一拍刘宝杨的肩膀，说道，兄弟好身体，将来争取推荐当兵去，混个军官，我负责给你找个上海美女。刘宝杨一听，就势觍着脸说，我现在就喜欢姐姐了，不想着什么将来。胖胖的姑娘一听，眼睛往周围一瞄，说道，哎哟，原来都是瞄好了对象来的，看来就是老娘有空档了。她看一眼姜红薇，故意说道，姜红薇一直是香饽饽哦，已经被人瞄上了，订婚了，青年军官，男方家已经摆了酒席了。

大家一时沉默了，都把目光转向姜红薇。姜红薇的脸霎时就红了，嗔怪地看她一眼，说，呸，就你话多，谁订婚了，不就是见过两次面吗，还早着呢。另一个姑娘就打圆场，说，你关心那么多闲事干啥，订不订的，也是人家姜红薇的主意，如今也不是旧社会。刘宝杨不知道出于什么目的，说道，这年头，谁不多谈几次恋爱的，闲着也是闲着，不是有俗话嘛，骑着骡子找马，只要还没有正式结婚，考察比较，反复考察比较，直到找到你心目中的白马王子。大家都笑开了，说，就是那么回事，如今谁也不傻。姜红薇的眼睛波光闪亮，看了刘宝杨一眼，似有感谢他暗中帮忙的意味。

这话一说开了，刘宝杨就势说要到房间里坐坐，方桌周围的人于是都站起身来，许仲杰就跟着姜红薇进了她的房间。

姑娘的房间就是不一样，置身其中，感觉到一股暗香浮动。桌上的一支煤油灯玻璃灯罩擦得晶亮的，虽是煤油灯，也显得屋子里很亮堂，不像他的屋子里，煤油灯罩总是被油烟熏得污秽不堪的。雪白的蚊帐里横斜着一床粉红的夹被，没有叠起，绸缎绣花的被面，许仲杰一眼瞥见，好像看见一个女人正躺在床上的似的，立即转过头去，看见红漆小方桌上摊开了一本书，一个笔记本，一架“红灯牌”半导体收音机。就这么站了一会儿，许仲杰发现，这间屋子给他的感觉温暖又熟悉，姜红薇也不说话，站在一边静静地看着他，这时走过去拉上窗帘，轻声说道，坐吧，随便坐。许仲杰坐到桌子边，随手翻过书来看，书名《金蔷薇》，禁不住笑起来，说道，好书，我也有一本。姜红薇也笑了，说，你也有啊，真巧。许仲杰说，这本书很多段落我记得，我背诵一段你听。说着，随口背诵了一段。姜红薇说，真不错，你挺厉害的。你肯定看过很多书吧。许仲杰说，多少不知道，我就喜欢看书，到处找书看，但凡见到印着字的东西，都要拿过来翻翻看看，很多次，为了跟别人借一本书，从家里跑到郊区，骑车十几里路。姜红薇听了，呵呵笑了，眼睛眯缝着看他，笑意盈盈，过了一会儿才说，没见过你这样的，见到有字的东西，都要拿过来看看，痴呆。

许仲杰笑笑，说，在这里，也去过几个女同学的住处，像你这样认真看书的，还真少见。说着，他随手翻看桌上的笔记本。姜红薇见到，伸出双手摁住，许仲杰盯着她的手，葱白的手指，十指纤纤，指头尖尖，一双手很好看，也不抬头，就盯着她的手看。姜红薇说，不许看。她一把抽出了笔记本。许仲杰说，收起来干吗，我也是看到书里的好句子、好段落，就抄写下来的，也有几本了。姜红薇说，哪有你这样的，不经过人家同意，随便看人家的东西。许仲杰说，我一看就知道写的是什么，又不是私人信件，小气了吧。姜红薇笑了，说道，哎，真没想到，在这个地方还能碰见你这样的人，好几年了，上门来的都是胡闹着玩，一点正经都没有。

许仲杰听了一怔，看着她的眼睛故意说道，你怎么就知道我一定是正经的？姜红薇看他一眼，低着头说，你这样的人，不正经都不行的，这个我还看不出来吗。

许仲杰听见她这么说，却在心底里突然往上翻起一股恶气，心里想，是人都这样看我，这不是跟骂我一样吗？我倒是偏要做出不正经的来给你们看看。他看着姜红薇，发现她低头的模样让人感觉爱怜交加，额头光洁圆润，鹅长脖颈光滑洁白，头发黑亮顺直，黑密的发脚一直延伸到耳际。很熟悉的影子。

许仲杰翻弄一下那本《金蔷薇》，说，你这样用功看这本书，是想以后当作家呢还是当记者？姜红薇说道，我读书不多，连高中都没有读过，怎么敢有那么高大的志向。许仲杰看她一眼，从进门看见她一直到现在说话，姜红薇的神色总是幽幽郁郁的，很沉静，眼睛看定一个地方好一会儿才转动一下，这就挑起了许仲杰更多的热情，希望更多地了解她和接近她，这是很多像他这个年龄段的年轻人容易犯的毛病。

许仲杰找话说道，什么时候过河，到我们那儿玩玩去。姜红薇叹口气，摇摇头，说，玩什么，我好像要跟这个世界告别了似的，你怎么会懂得什么叫心灰意冷？许仲杰问道，有那么严重吗，如果相信我的话，就跟我说说，不要一个人闷在心里。姜红薇一声叹息，我从小就想做演员，以后觉得家里父母都是小工人没指望，就想做老师，也想做大工厂里的播音员，在上海家里，每天夜里想得直流眼泪，哎呀，一觉醒过来，还被父母哥哥姐姐骂作木呆神经病。

许仲杰说，这个理想你应该坚持，我觉得并不很高的。姜红薇对着他粲然一笑，说道，你还是涉世不深，还有你是干部家庭子女，哪里知道如今没有背景和关系，你想回城当教师，你想进大工厂当播音员，做梦吧。许仲杰插队以来还是第一次听到这样的情况，有点心惊肉跳的感觉，问道，这里每年都有招工回城的机会吗?

姜红薇长叹一口气，说道，每年有是有招工的机会，但是名额从县里下达到公社，再分配到各个生产大队最多也只有一个名额，每个大队都有七八个生产队，都有好几个知青点，按照你来这里的年头排队，你说多难吧，要等到什么时候才有机会回城?

许仲杰一时无以言对，气氛变得很压抑，就感觉到灯光也变得暗淡了，想一想说道，我也不知道几年之后是什么前途，每天就是混吧，能吃饱了就满足，有时候就想，胡闹着玩也很好。姜红薇马上接话说，你可不要那样，那样不好。

这时候，房间里不知什么时候飞进来一只小虫子，不断“嗡嗡”地围绕着灯罩飞，姜红薇起身拿来一把团扇打那虫子，一会儿虫子飞到墙上趴在那里不动了，她够不着，许仲杰见了，就说，给我吧。接过团扇“啪”的一声，姜红薇一下子笑开了，说道，你看你，把我的扇子搞脏了，你就不会轻点吗，毛手毛脚的。说着，眼波在灯光下一闪一闪的。许仲杰说，你看你，还是多笑一笑的好，何必整天搞得像受刑似的，有千千万万的人陪着你一起过，怕什么。姜红薇听了，又是低头不出声。俩人此时一下子站得很近，许仲杰闻到了她身体散发的气息，首先是从大翻领衣服领口散发的，还有头发，一丝丝的檀香混合着她温热的体味游动着，被他吸进鼻腔，许仲杰不由自主地轻微张开嘴，一阵心悸。

姜红薇似乎敏感到他的神态变化，柔声说道，时候不早了，回去吧，下次再来。许仲杰游魂似的跟着她朝门口移动脚步，姜红薇正要拉门，许仲杰突然抱住她迅速准确地在她嘴上吻了一口。

姜红薇一下子惊呆了，瞪大眼睛要喊出来，又止住了，急速喘息，直是摇头，一会儿低声说，对了，你原来也是装的。许仲杰舔一下嘴唇，说道，我什么也没有装，只是你愿意那样把我归类。

姜红薇突然泪光点点，声音也打战，你以后就别再来好了。许仲杰正在想着怎么说，就听见隔壁的房门打开了，男女压低嗓门低语，笑声传过来，一阵推推搡搡地往门外去了。

许、刘二人走在回去的路上，刘宝杨心情很好，一路哼着歌曲，间或还要扯开嗓子大吼几声，很是快活。见许仲杰沉默不语，他也不问。俩人来到河边准备过河，这时茅河水位已经上涨了，原来的路径已经被水淹没了，只能蹚水过河。他俩走到河边的一处树丛，坐下来准备脱裤子。

头上是暗蓝色无边无际的天穹，满天星星，颗颗粒粒如银扣子镌刻在天幕上，秋风微凉拂面，面前的茅河在月光下波光闪闪，一路泛起褶皱般的涟漪，鼻息之间，一股青草掺杂着河水清冽的甜丝丝的气味，让人觉得如在《红楼梦》里描写的太虚幻境之中。

许仲杰突然看见一箭之遥的地方，急慌慌地跑过来一个人，他推一下刘宝杨，俩人定睛一看，认出是何勇。只见他先是放下手里的一包东西，然后开始脱裤子，月光清晰地映照着何勇结实饱满的屁股，同样结实粗壮的两条大腿，何勇急吼吼地脱下来裤子，此时，水位及腰，天地广阔，他就像一个冲锋陷阵的勇士，奋勇直前地蹚进河水，一手扶着头上的东西，一手划拉着河水，奋力冲向对岸，身边激起一路白色的水花。许、刘二人看得呆了，捂住嘴，一直笑得前仰后合，身体直打战。

几十年之后，许仲杰还会突然记起这个场景，辽阔星空，青白色的月光，茅河横亘，何勇青春矫健的身影，这些画面都永远镌刻在他的记忆里。

六　周校长办公室的条幅

班主任老师这几天很高兴，一连串的几件好事都落到她的班级。前几天正领着许仲杰、冯爱玲几个学生，抓紧课余时间进行少先队入队仪式的排练，周校长突然把她叫到办公室。

周校长的办公室位于一栋青砖黑瓦、斗拱飞檐的小楼，很有些年头了，一眼看上去就知道不是当代的建筑，说是民国初期一个高官按照中西合璧的建筑风格设计的，二楼带六角边落地玻璃窗的房间，全校的人都知道那是周校长的办公室，但凡从楼下经过，都会不由自主地仰着头朝着那一排玻璃窗看一眼，从窗口可以俯视操场，又正对着学校的大门，一条绿树相拥的甬道尽头，门楣上一面鲜艳的五星红旗正好与周校长的视线平齐。

周校长交代班主任老师两件事，一是入队仪式的排练她要提前召集几个老师一起看，给出修改提高的意见，因为到时候，有一个邻近城市的教师进修团要到现场观摩，记录全部仪式过程，带回去作为爱国主义教育的模式应用推广。二是全市教学观摩团要到学校听课，周校长选定到她的班，观摩她的语文课教学，另外一位秦老师准备数学课。早在新中国成立初期，由周校长倡导，这所小学就建立了“集体备课”“相互观摩”的制度，并且在学制、教材、教学方法等方面进行了创新和探索，得到了国家教育界高层人士的大力支持和赞赏。

班主任老师一路小跑着进了教室，学生们看见他们的老师身体变得像燕子一样的轻盈，脸盘像国光苹果一样白里透红，声音像小鸟一样清脆，男孩和女孩那时都认为他们的女老师就是童话书里的公主。班主任老师正说着话，看见周校长带着几个老师，正缓步走近他们的教室。

班主任老师招呼全班学生起立，周校长走近他们身边，这是许仲杰他们第一次看见自己的校长。她穿一身蓝色卡其布女干部服，黑色带襻皮鞋，皮肤白皙，身材适中微胖，脸上有一些斑点，齐耳短发其间已经有了丝丝露白，戴一副褐色玳瑁眼镜，侧面看到像瓶子底似的几道圆圈，眼镜沉重地压在鼻梁上，让她本来不高的鼻子显得更小了。

“我们周校长见过毛主席”“我们校长还跟毛主席照相的”。每一个进入这所学校的孩子，第一天就会得到这样的消息，那些年，总会有人在不同地点不同时候跟他说这件事。然后，第一天放学回家之后，孩子们会红着一张小脸儿，迫不及待、无比兴奋地告诉他们的爸爸妈妈。许仲杰当然也是这样，母亲陶文英哈哈笑了，说道，我知道我知道，我比你还早几年就知道。

周校长早几年去北京出席全国劳模大会，受到毛泽东、刘少奇、周恩来等人的接见。这个城市的政府、文教卫生和商业系统但凡有点头脸的人物，都知道周校长这么一个女人，都想着把自己的孩子送进她的学校，运用各种关系接近她，每年暑假结束之前，周校长办公桌抽屉就塞满了各路人的信件、纸条。她传奇性的人生更是人们长久谈论的故事。

周校长叫周新媛，原来是个孤儿，不知道原籍是什么地方，就有那么一个初冬的清晨，南方城市雨夹雪的清晨，被人放在这个城市一座教堂大门前的台阶上，包裹女婴的棉被花色素净，里面夹着一张字条，写有女婴的生辰八字和姓氏，也是一张半尺大小的洒金红纸，可以看出一些迹象，女婴不是城里人家的孩子，也不像是出自贫寒的人家。这样的情况在这座城市是常见的，有进城谋生的贫穷农民的弃婴，突遭变故走投无路的夫妻的弃婴，青年学生追求自由反抗家庭而生下的弃婴，等等，另一处常见弃婴的地方，是当时民国市政府建的一座扶危帮困的救济院。

数年以后，教堂的修女嬷嬷们发现，这个女孩生性恬静淡漠，却是酷爱读书，整日见到的都是，她瘦弱的手臂捧着大厚的书本，或是夹着书本匆匆走过，在教会学校，她一路读完中学，是所有功课全优学生，并且熟练掌握了英语，接着进入一所知名的师范大学。由于教会学校的教育履历和会说英语的优势，她很早就结识了一批这个城市文教界的知名人士，十七八岁就进入了这个文化人的圈子，在一些引人注目的社交场合，人们经常见到一个年轻女大学生跑来跑去的身影，人们看见，当年的周新媛也像如今的女孩子一样，有着一张阳光灿烂犹如向日葵一样的笑脸，也经常没有来由、不由自主地发出引人注意的笑声，那个时候也开始流行做慈善义工，就像今天的志愿者，她做慈善代表的大幅照片曾经刊载在多家报纸上。

按照当时的情况，周新媛会按部就班地开始自己的生活，职业的前程应该是留校任教，然后嫁给一个供职于银行、政府或大学的青年才俊，生儿育女，几十年之后满头白发地坐在家里的阳台上晒太阳……后来，修女嬷嬷一夜之间被驱逐出境，被赶回了各自的国家。当时曾经提出来把她带走的，但是，她自己觉得毕竟不是亲生母亲，也不喜欢在一个陌生的国家谋生，这样的情况在这个城市不是个例，是有一批类似的青年人，临到分别了，坚决跟着走的只有少数几个中国青年人。接着新中国成立之初，百废待兴，她随之被当时的社会贤达和有识之士圈子推荐，担任这所知名小学的首任女校长。冯爱玲的爷爷也是当时力荐周校长的知名人士之一。

许仲杰到了五十多岁年纪的时候，还经常想起第一次见到周校长的情景。周校长挨个儿询问了几个学生的姓名，每听到一个学生的名字，她都会转过眼睛，平视着注视你一会儿，眼光迅速把你从头到脚地扫一遍，然后才点头，白皙的圆脸，总是有笑容。周校长当年看他的这个神态，让许仲杰长久地记住了。

周校长的声音浑厚缓和带着一种磁性，很好听，说道，你们的老师告诉我了，你们都是班级学习成绩名列前茅的好学生，这几天辛苦你们一下了，这是为学校争光的时候，也是你们锻炼自己的一个好机会。

班主任老师问道，周校长，您看我们在哪儿给您做汇报演示，这个教室都是桌椅板凳，同学们站不开。

周校长说道，我跟几个老师说了，就去我办公室吧，他们也都去那儿观摩。

随后，周校长又对班主任老师说，你去告诉一下校工郭师傅，让他找几个人，分头去这几个学生的家，通知一下家长，说要晚一些回家，免得家人着急。骑学校的脚踏车去，就是那几辆新买的，就说是我说的。

班主任老师听了，点头弯腰，说，还是校长您想得周全，谢谢您！立即抬腿小跑着前去通知。

走进学校办公楼，有一种安静肃穆的气氛，长条窄木拼接成的回字形地板油漆光滑、一尘不染，空气里散发着一股花香，周校长的办公桌正对着门口，一组藤木结合的沙发很少见，显出与众不同的南洋风格，墙上挂着几幅字画，外窗做成了六边形，这是这座楼最大也是视线最好的一间房。

几个学生屏声静气双手背后站成一个半圆形，只有冯爱玲仰着脑袋东张西望，一会儿歪着头对许仲杰轻声说，很高级是吧？许仲杰说，是。三面落地玻璃窗，一束明亮的光线映照在背后的墙上，他的额头亮晶晶的。

他看到对面墙上挂着一个竖形条幅，上写一行大字：存好心，想好事，做好人。每一个字铁画银钩，笔体庄重遒劲。他不怎么明白其中的意思，但感觉这与所有课本和老师讲过的都不一样，于是就多看了几遍，记住了。这个时候他不会想到，四十年之后的一天，他不惜花费重金竞拍购到了这幅字。

许仲杰母亲知道儿子要参加学校的重要活动，下班后特意去市中心的百货大楼，给许仲杰买了一双中腰皮鞋，许从岳见了，皱了一下眉头，说道，小孩子穿什么皮鞋。

陶文英说道，儿子这次是领唱领誓人，全校就选了两个学生，人家女孩肯定是穿皮鞋，我不能让儿子显得寒酸了。

许从岳嗯一声，说道，温室里的花朵，都是安排得好好的，将来碰上吃苦怎么办？陶文英说，一双皮鞋怎么就跟吃不吃苦联系上了，隔壁左右的孩子，有的是三四岁就穿了皮鞋的，长这么大都穿烂了几双了，就你老古板。

许仲杰姐姐听见父母说话，走进客厅插话说道，爸，你还不知道我妈吗，心里就只有她宝贝儿子，哪儿还顾得上别人啊，自古以来母以子为贵嘛。

陶文英听见，伸手就要拧女儿的嘴巴，说道，你读了一点书就用在跟你妈斗嘴了，你冬天的毛衣夏天的裙子，哪一样不是给你置新的，你弟弟一年才做几件衣服，你皮鞋都穿破了几双了。

正说笑着，有人敲门，门口是校工郭师傅，一头的汗，拧巴着一双骨节粗大的手，结结巴巴地说明了来意。

四月天，正是江南一年之中最好的季节。流传千古的很多诗句都是描写江南春景的，“梨花似雪草如烟”“闲梦远，南国正芳春。船上管弦江面渌，满城飞絮辊轻尘。忙杀看花人！”然而有这份赏花问柳闲情逸致的人毕竟还是少数。在那个年代，这个城市大多数人由于忙于生计，良辰美景与他们多是如同陌路的。那个时候全国都一样，很多人家几个月吃不上一次猪肉，清贫生活雕塑了人们黄蜡消瘦的脸。有一天，学校开展学习雷锋活动，班主任老师讲起雷锋的故事，面对窗外繁花锦绣，枝头花苞伸手可及，她突然转开话题，很有感触地说，我们这个班级的学生都是很幸福的了，据我了解，其他学校很多学生家里，一年到头是白饭就腌菜，咸萝卜、豆腐乳，到了过年、过节也就买几块豆腐，就着腌菜炖一锅，就算吃肉了。一班学生听了，似懂非懂。班主任老师又说，什么叫幸福？生长在每天都能吃饱饭的人家就是幸福。也不是今天才是这样，其实自古已然，春色是每年依旧的，有人觉得好看，有人就看不见，就是鲁迅写的，贾府的焦大，也不爱林妹妹的。

许仲杰他们要祭扫的烈士墓也是位于一处风景尤佳的地方，登高可以俯瞰长江的一处湾流，眼睛看到的是嫩草似烟绿树如屏，山坡上，有一座松林环抱的花岗石砌就的石塔，上书三个血红大字：血衣塔。

这里埋葬的烈士，是这座城市早期共产党组织的负责人之一，死时仅有二十五岁。这里是他从容就义的地方。史载，他被押解到这块山坡准备受刑，走到如今血衣塔的位置，停步环顾周围，说，此处甚好，就是这里了。他盘腿坐在草地上，示意军警就在这里动刑。一路跟随过来围观的人群，眼见到这个青年学生血染黄沙，随后就有人收藏了他的血衣。新中国成立之后，政府为他建立了纪念陵园和这座血衣塔。

这个山坡本来面积不大，今天整个站满了人，又是红旗招展、鼓号齐鸣，打破了长年少人光顾的寂静。周校长讲话，老师宣读烈士的生平事迹，女老师刚读了几句，就泣不成声了，跟着周围就哭成了一片，那些表面刚强的男教师也是眼泪在眼眶里打转儿，人都是比较容易被互相感染的。然后学生代表宣读祭文，许仲杰、冯爱玲领读誓词等一系列程序。誓词每读一句，孩子们几乎是拼了命地喊，非得要喊破了嗓子似的，然后是合唱。这首歌如今很多人必定还会唱几句：

翻过小山岗，走过青草坪，烈士墓前来了红领巾。想起当年风雨夜，山岗铁镣响叮叮，不是你们洒鲜血，哪有今天的好光景……

许仲杰领唱第一段前两句，冯爱玲领唱第二段前两句，刘宝杨作为少先队队旗的旗手，一直举着队旗挺立在队伍的前端，顾不上自己一头一脸热汗淋漓的，很近地面对着他俩，看见许、冯二人从头到尾也是一头的汗。这一天的经历，给他们的心里打下了深刻的烙印，让他们第一次体会到什么是崇高和庄严。

参加祭扫的外地教师观摩团高度评价这次活动，跟踪记录了仪式的每一个段落，说要完整地把活动的礼仪程序带回去，明年开始落实到每一所学校的实际工作中。

队伍走在回校的路上，周校长走在最后，她一路若有所思，很少说话，身边跟随着许仲杰那个班的部分学生和班主任老师，还有教务主任等几位老师，也有三四十人。走到一处丁字路口，周校长突然停步，站住了朝一条小路看去，那是一条看过去了无人迹的小道，路面破损年久失修的样子。

周校长说道，你们可能不知道吧，那边还有一座烈士陵园，是纪念抗日战争中牺牲的英雄。

几位老师一听，很兴奋，说道，还真的不知道，远吗？

周校长说道，不远，就是十分钟的路。我也是很多年没有来过了，那次来还是抗战胜利后第二年，国民政府修建了很多抗战烈士陵园，这座陵园落成的时候，我作为大学生代表，学校派我来参加的。

大家感觉很神秘，有了很想了解的兴趣，就七嘴八舌地说，周校长您领着我们去看看吧。周校长犹豫一下，说道，也好，刚好顺路，我带你们看一眼就走吧。

约莫走了十几分钟，穿过几处杂乱低矮的农舍，一座高耸的石塔突兀地矗立在前面，约有两层楼高，塔身筑成方棱宝剑状，虽是年久失却保护，但还是能看出一种威武刚强的气势，走近看，塔身刻着一行大字：国民革命军陆军某某某师抗战阵亡将士纪念塔。有一圈石头围栏，日晒雨淋，石头已经是暗黑色，风吹动着几层台阶缝隙间的蒿草。周围有几个种菜的农民，荷锄走近，一脸惊讶地看着这一群不速之客。

于是，大家围拢着周校长，听她讲那过去的故事。

这是许仲杰他们第一次听说，在那个并不遥远的年代，一代中国军人拼死舍命，“一寸山河一寸血”，才不至于让中国沦亡。虽然没有听得很明白，但是，也留下了清晰的记忆。一直到将近三十年过后，那段历史有了大白于天下的时机，当年那些听过周校长讲故事的人，此时都是人过中年了，看到各路媒体大张旗鼓地报道抗战老兵的故事，有八十几岁的飞行员，有九十几岁的远征军尉官，有隐名埋姓终身没有婚娶的伤残勇士，破旧的老屋门前，花花绿绿的，堆满了善良的人们送来的礼物，老兵们一样都是老泪纵横，但嘴里还是不停说着感谢的话语，让人不禁思考，到底是谁应该感谢谁？这个时候，许、刘他们也就必然想起那一年的情景，不由自主地思索开了，周校长那天领着他们去看那座抗战阵亡将士纪念塔，是有前瞻之见还是别有用意？

七　被耳光惊飞的鸟

这一天的丁家大屋比集市赶街还要热闹，娶亲人家门前的院子摆开了十几张方桌，放不下的，就摆到门前的路上，一路排成长蛇阵。流水席就要吃将起来了。还有什么比吃更重要的吗？所有人都是那种欣喜若狂的模样。

许仲杰他们三个被娶亲人家专门安排了一项事情：维持现场的秩序，特别是不要让人来人往的顺手拿走招待人的糖果、香烟，那都是娶亲人家花钱买的，不招人看住，一会儿就被抢拿一空，找他们几个人，是因为那些粗质的水果糖和低质的香烟他们几个人看不上。

队长弟弟丁奉为看见，笑着说道，这样安排说明人家很聪明啊，也只有你们几个知青能看好这些吃的东西，不怕得罪人，能放得下这个脸。

十月底正是农闲时节，十里八村的但凡跟娶亲人家有一点关系的，这个时候都要赶来。到了太阳落山点灯时分，院子里亮起了一盏气灯，这是当时没有电灯的乡村所特有的一种灯，打足气，这种灯就越来越亮堂，每逢乡村过节或者露天集会看电影，就会点起气灯，一盏灯可以照亮半个篮球场那么大的面积。这个时候，满院子都是一股浓烈的酒气，新郎已经喝得说话舌头不打弯了。丁奉为说了几句祝福的话，还送了一对大红塑料外壳的暖瓶，这在当地算是稀罕礼物了，然后悄无声息地回家去了。新娘子敬酒到了队长的面前，队长坐着，哈哈笑，说，这女伢子好大的屁股，好啊，将来生伢子痛快。众人都跟着笑开了，眼睛里都闪着亮光。

说话间，一路呼啸着进来一群人，年纪都是二十七八的模样，领头的精壮的身材，国字脸，粗短脖子，两眼晶亮有神，穿一件军绿上衣。众人都认得，他是邻村一个姓王的生产队长，与本村相隔一片山地，几年前从部队退伍回乡，没多久担任了队长，他的姐夫是公社的干部，姐姐依靠丈夫的关系，结婚后就在镇子里的供销社当营业员，王队长读完初中，也不到大田里做农活，找了姐夫到公社窑厂干了一年多，之后又托关系走后门，在广州军区当了几年的兵。这些经历，使得他在当地变成头脑灵活且有些号召力的人物。王家还有一个经常夸耀的关系，现任一位姓苏的县委副书记跟他家是族亲，据说是共舅爷爷的。这位苏书记正在这个公社蹲点，带着一个工作组监督指导当地水稻新品种的推广工作。

这伙人一进院子，就一片嚷着叫新娘子敬酒，王队长看上去是已经在什么地方喝过一顿酒了，额头上正泛着一片酒红。新娘子到了他的面前，双手举杯敬他，王队长歪着一张脸，眯着一双眼，故意放慢拖长声音，说道，哎呀，大妹子好模样啊，我要你端着给我喝。

这个也不难，新娘子双手举着把酒杯送到他的嘴边，王队长这个时候一把搂过新娘子的腰，突然结结实实地在新娘子的嘴角边亲了一口，发出很清脆的声音，这个动作出人意料，当地还没有人这么做的，有些洋派的感觉，众人一阵哄笑并不在意，跟着他来的那一群人起劲儿的叫好。新娘子抬起手袖擦擦嘴角，脸上很无奈的表情，正准备离去，王队长又一把拉住她的手，走到院子中央位置，说道，前几天，我去了一家喝喜酒，学到了一个好玩的做法，特别好玩，今天，我们也做一次，就当作传经送宝来了。

许仲杰几个人看出来，王队长跟他们的队长真是不一样的人，见过世面，又年轻，这么一会儿工夫，就能看出有一股子咄咄逼人的男人气。几个人正想着，只见王队长从别人手里拿过两颗红枣，说道，这个叫摸枣，就是让新娘子从我口袋里把枣子摸出来给我吃。说完，把那两颗红枣放进自己两边裤子的口袋，说道，大妹子，你摸出枣子来给我吃吧。

众人都是一头雾水的，看不出他有什么名堂，新娘子看一眼自己的新郎，见他也是眼神木然地站在一边，就伸手插进王队长的裤子口袋，突然就尖叫一声，就像摸到了烧红的烙铁，拔腿跑到新郎身边，嘴里哭骂一声，你个杀千刀的浑蛋！

众人一下子就明白过来，那王队长是光着身子穿的裤子，裤子口袋里面是剪开的。

新郎明白过来后，冲过来就推搡王队长，新郎家族里的男人、女人也一起围过来谩骂，王队长一见，反而占着几分酒劲，还在嚷嚷着跑过去要拉新娘。新郎再不说话了，上去照着他脑袋就是一拳，没想到王队长偏就一回头闪过了这一拳头，反身一脚就把新郎踹倒了。此时，只见队长坐不住了，一拍桌子站起身，大喊，你们王家大屋也太欺负人了！

于是，众人都一起喊“打、打”，许仲杰、刘宝杨一直看着眼前发生的情况，早已是气得热血沸腾，以前在城里的公交车上见过骚扰妇女的流氓，许仲杰没有多想，冲上去拉扯住王队长，那个意思是跟城里一样，想把他扭送到派出所警察那儿。可是，许仲杰还没有什么反应，王队长抽身就甩了他一个大嘴巴，把许仲杰打得一个趔趄差点倒地，嘴唇立即就流出血了。刘宝杨见到许仲杰被打，跑过来拉架，不让王队长打人，王队长误以为又有一个人上来打他，迅即侧身过来，飞身一脚也把跑过来的刘宝杨踹到地上。看他身手矫健，应该是学过一些散打格斗。

跳出一步之外，王队长看出来了，真正敢跟他动手的，也就是这两个小伙子，其他村民多是叫喊着，并不敢靠近前来。其实，农民就是这样，大多胆小怕事，只要能忍的也都忍过去了。王队长指着许、刘二人大喊，我认得你们，你们是到农村接受贫下中农再教育的，你们敢打我就是犯错误，你们知道我是谁吗？

许仲杰听到“接受再教育”这句话，更是冒火，大骂到，去你的，就凭你这样的流氓还要教育老子。

说时迟那时快，许仲杰突然一拳就砸在王队长的脸颊上，速度之快一下子就把他打蒙了。这时，跟着王队长过来的一群人看他长得瘦长羸弱的，马上围住许仲杰一人，把他当作重点打击对象，开始对他拳打脚踢。

刘宝杨看见许仲杰被人围住殴打，没有见过这个阵势，一时蒙了，心里有些胆怯，想到何勇身体壮实，这个时候应该帮一把，于是大喊，何勇何勇！四处扫一眼，却看不到何勇的身影。转眼看到许仲杰已经被打倒在地上，身体蜷缩成一团，他反身抽出一张长形条凳，大喊大叫地冲入人群，挥舞着长条木凳抵挡一群人，许仲杰得空眼睛一扫，抓过方桌上一只尺八高的纯铜水烟筒，朝着对面的几个人乱砍乱砸。刘宝杨以前在城里跟大院里的孩子打过群架，学过一点打架的诀窍，于是，刘宝杨就对着许仲杰大喊，你靠近我，咱俩背靠背，我可以保护你。俩人背靠背打着圈儿抵挡那一群人的围攻，许仲杰闪过一个念头，明白这样下去，坚持不了一会儿，他俩肯定要被打得很惨，脑子里闪过书里写的“擒贼先擒王”那句话，看准了一个空当，突然一跃身体冲向王队长，把手里的铜烟筒狠狠地砸在他的脑袋上。

王队长正对付刘宝杨的长条木凳，把他看作主要对手，没想到突然脑袋猛烈一震，只听到“哐当”一声巨响，来不及喊一声就倒在了地上，额头上的鲜血一股一股地冒出来。

众人一见，惊呆了，都朝躺在地上的王队长看过去，只见他四仰八叉地面朝天躺着，鲜血糊满了大半个面孔，一动不动了，似乎只有出的气而没有进的气，随之有几个女人大喊，不得了啦，打死人啦……

跟随王队长来的一群人顿时傻了眼，一时站在那里不知如何是好。队长走过去，蹲下来摸摸看看，站起来挥挥手，说，赶紧的，赶快送公社卫生院抢救。说着，招呼人去拉队里的长板车。

等到丁奉为闻讯跑过来时，只看见娶亲人家的院子里桌子板凳翻倒、碗碟破碎，到处是一片狼藉，还看见地上的一摊血。

丁奉为听了众人的议论，明白了是怎么回事，他当时觉得这不是个多大的事情，当地类似这样的群体斗殴，在村民们之间每年要发生多起，夏天为了水，冬天为了肥，谁家的狗被人偷去杀了卖了狗皮，婆娘偷男人遮掩不过去，反咬一口说是那个男人欺负她了，这家的男人就纠集兄弟族亲上门打架，为了自己的面子战斗，也无非就是把对方家的锅碗瓢盆、桌椅板凳砸成一地碎渣，有那心狠手辣一些的，把对方打个头破血流，最后还赶走了人家喂的猪，后来的事情都是请人说和一番，也就了了。

丁奉为对许、刘二人说，王家大屋的人是上门闹事，又先动手打人，没理在先。想了一想又说，只要人没打坏就没有什么大事。

但是没有想到，第二天的下午，村民们正在地里干活，远远地看见公路上开过来两辆车，一辆吉普车，一辆是带车斗的拖拉机，众人正在看着这车要往哪儿开，一眨眼这两辆车径直开到了地头，吉普车领头，“嘎吱”一声停住了。队长一下子就感觉要出事了，瞪大了一双眼睛，扔下了手中的锄头，就朝吉普车走过去。

车门开处，下来的是公社武装部副部长朱亦丰，身后下来几个背着半自动步枪戴着红袖箍的民兵，从拖拉机上也下来几个精壮的小伙子，都戴着民兵字样的红袖箍。

队长跟朱亦丰熟识，因为朱亦丰曾经是他弟弟的同事。队长正要笑脸相迎打招呼，转而看见的不是朱亦丰的脸，而是他的一只手此时正摸在腰间的手枪上。队长一惊，忘了打招呼，一下子不知道说什么好。朱亦丰说，丁队长，你们队的两个知青违法乱纪，把人打成重伤，我奉公社革委会和县委工作组的指令，前来捉拿这两个人，押到公社处理，请你配合一下吧。

队长明白过来，突然上前两步，抓住朱亦丰的一只手，急促地说，朱部长，不对呀，昨天是王队长带人来搅场子，先动手打的我们家的人。

朱亦丰抽出自己的手，说，丁队长，你队里的人下手也太狠了吧，把人打成那样子，现在躺在卫生院，神智还不清醒呢，你再袒护就要追究你的责任了，我是执行领导的决定来带人，到了公社怎么处理听领导的，你要配合。

许仲杰、刘宝杨这时已经被持枪的民兵从干活的人群中拖过来，俩人没有见过这样的阵势，早已吓得脸色白里泛青，但还是一路嚷嚷着事情的原委，许仲杰说，你们没有经过调查就抓人，而且是官官相护，我们要到上级机关告你们。

朱亦丰一手按着腰间的手枪，说，今天我初次认识你们两个，一看你们就不是老实的人，还狡辩，马上给我带走。

几个民兵掏出绳子，上前就要捆绑许、刘二人。队长一见，上前向朱亦丰求情，说，这两个伢子是我队里的，他们也跑不了，我作保行吗，就不要这样捆他们了。

朱亦丰听了，看了这两个还是学生模样的年轻人，十八九岁的年纪，还是一脸的稚嫩，原本也就不忍心捆绑他们，何况他也是学生出身，朱亦丰想了一下，摆摆手，说，不捆了，我看他们两个也不敢跑，否则，罪加一等。

朱亦丰也是学生出身，家住挨近县城的城关镇，父亲是镇上粮食收购站的职工，属于拿工资吃商品粮的公家人，母亲是农民身份农村户口，就是因为跟着母亲确定户口关系，他利用政策规定，才没有被划入回乡知青的范畴，否则，他早在几年前就回乡插队落户了，他的命运也就跟眼前的这两个知青一样。

有一句俗话，叫作“寒门养高士，农家出俊秀”。在中国农村，历来就是藏龙卧虎的，孕育出了一代代或打江山或管衙门的人才。朱亦丰就是这样的人，可惜就是生不逢时。他从小也是一个在家听父母话的好孩子，在学校听老师话的好学生，在熟人眼里是社会的好苗子。朱亦丰从小就表现出少年老成的特质，高中毕业以各科全年级第一的成绩，被特招到县委办公室当秘书，跟丁奉为做了两年对着办公桌的同事。后来，他主动请调到基层公社，因为他审时度势，看出来几十年把办公室的木头椅子坐穿，到头来也就是能混到县委常委的职位，那还是一帆风顺最好的结果。调到公社后，从县委到基层立即就官升一级，又依仗着他头脑灵活、笔头快捷的素质，很快就当上了公社武装部副部长，这是一个历来让人眼热的职务，光是每年负责征兵这一项，就使他成为手握年轻人命运大权的人物。由于多年来，一直跟年轻人打交道，在朱亦丰的心里，从来就有一个隐秘的角落，他对于知青的各种遭遇和苦恼是很同情的，一有机会跟他们聊天，就会有一种天然的亲近感，但是，这一切，他都必须保持沉默，从不敢轻易暴露一点。

许、刘二人被架上了拖拉机车斗，被两个民兵摁住坐在底板上，吉普车掉头，引着拖拉机顺着公路开往公社，众人看见，许、刘二人坐在拖拉机车斗里，低了头，身体被颠簸着一上一下的。站在地头，众人一直看到不见了汽车的影子，才开始有了一片嚷嚷，其中，还夹杂有几个女人的哭泣声。

丁奉为得知情况后，又专程从县城跑回家，一进门，就见家里堂屋间坐满了人，就等着他出个主意。

队长已经带着吃的东西去公社探望一趟了，回来说没有见着许、刘二人，听说他们俩一到公社，进门就挨了一顿狠揍，有人看见俩人被吊起来打。此时，县里苏书记正带着一个工作组在公社蹲点考察，这位苏姓副书记刚好是主管政法、治安工作的，就是本地人，家就在公社附近的官窑镇。他在公社讨论这个案子的会议上讲话，认为知青把生产队党员干部打伤住院，这件事非同小可，影响很坏，必须按治安条例做治安拘留处理，以儆效尤。公社一见县里苏书记做了定论，也不再做什么讨论，大家心里清楚，王家大屋的队长跟苏书记有亲缘关系，苏书记专门到卫生院探望王队长的伤情，家属的哭诉肯定起到了重要的作用。

丁奉为听到许、刘二人这么快就被抓到公社，就明白了这件事苏书记插手了。因为对于本公社的知青发生什么事情，各方面还是从保护、袒护的角度去低调处理，不会搞得满城风雨，对于本公社的影响也不好。

丁奉为说，现在这件事情，我也没有办法帮忙说上什么话，只有去找陈祖望，让陈老出面或许能主持个公道。

说的这位陈祖望是当地的一位红军时期出去参军的老军人，因为身体多处伤残，从小没有上过学读过书，新中国成立之后没有几年，自己主动要求从南京军区回到家乡休养，那些年，当地自己要求回乡定居的红军老干部有好几个。陈老因为居住地离这里不远，所以跟生产队的群众来往比较密切，公社指定陈老家的几块菜地由生产队代为耕种管理。

这天上午八点钟上班时间刚到，陈祖望突然出现在公社会议室，一群人正要准备开会，各自打水泡茶，没有人注意到，一个穿一身崭新绿军装戴着军帽的老头，已经不请自到地坐在会议桌边，等到大家很快认出来，公社书记就赶忙先给县里苏书记介绍，苏书记说，不用你来介绍了，我认识陈老。

一边说着，苏书记就紧着走几步，握住陈老的手，嘴里直说，陈老啊，您今天怎么想起出来到公社走走，有什么需要我们办的事情吗？尽管说。

陈祖望一见他过来，就先闭上了眼睛，把手按在拐杖头上，一会儿才说，我刚听说县太爷来了半个月了，也没得工夫来磕头，今天特意是来磕头的。

一屋子的人一听见陈老这么说，当下就明白了，八成陈老是为的那两个知青的事情来的，当地人都了解陈老有过多次为民请命的故事，也只有苏书记一人还没有想到。大家也不好意思坐下开会，除了公社书记和苏书记，大家都站着，朱亦丰这时在心里暗暗叫苦，担心会把自己随时抛出来，接受这个老爷子的严厉质问。

果然，陈老抬眼扫视着苏书记和公社书记，大声说道，丁家大屋，那两个伢子打王队长，是老子叫他们打的，老子是幕后指挥者，今天就是来投案自首的。

公社书记心里有数，一看见陈老坐在会议室就大致明白八九分了，之前他也多次接待过陈老，这时接过话说道，陈老啊，您大老远亲自跑来指导我们工作，非常感谢啊，有关这个情况我先给您具体汇报一下，您再给我们做指示。

陈老好像没有听见他说话似的，接着说，老子本来是要让那两个伢子往死里打，打死了那个狗日的，老子去偿命。

本地男人，一旦到了说大话、说狠话或者吵架斗殴的时候，双方的第一人称就马上变成了“老子”，这个也有几百年的传统了。

苏书记听了，感觉不舒服似的皱紧了眉头。因为在他们当干部做官这个圈子里的男人，是不会这么粗鲁地说话的，虽然有时候也很想这么随性一把，但是总还是为了一个目的而忍住了。他举起手，对着陈老摆摆，说，陈老，两个知青把一个党员干部打成重伤，这个在本县是很罕见的案子，我们总不能坐视不管哪。这样，陈老您别着急，让具体负责这个案子的武装部副部长朱亦丰同志，先给您汇报一下具体情况，然后我们再征求您怎么处理的意见。

朱亦丰这个时候本是站在会议室门外，听到苏书记这么说，心下一惊，心想，果然会把他抛出来做挡箭牌。正在应声往里走，不想陈老从军装口袋里掏出一张白纸，举在手里高悬着，说，我怎么就不了解情况，这个是丁家大屋的诉状，五十多个村民的签名，捺了手印，都是当场亲眼所见的。

这时，一屋子的人突然发出“哦”的一声，公社书记就把头低下来了，苏书记还是很镇静地昂着头，示意人过去接陈老手中的诉状。陈老说，不忙，我一会儿去把这个贴到大门口去，让大家都来看看，评评理。我来问你们，你们看起来也是到了给儿子娶媳妇的年纪，如果新娘子过门办喜事的时候，有人搅场子，当着儿子、老子的面，让新娘子摸他的裤裆里的那个东西，你能受得了吗！这个玩法你们这个年纪的人不知道，我知道，四十年多前我出去参加红军，那个时候，我就亲眼看见过土匪恶霸这么欺负别人家的新娘子。在过去，这就叫欺男霸女，欺男霸女！

老头子说到这里，显得特别激动，突然从桌子下面抽出拐杖，把会议桌上的几只茶杯打得粉碎，说一句“欺男霸女”就敲碎一只茶杯。

公社书记还从来没有遇见过这种情况，这时早已是惊慌失措，变得脸如土色，苏书记也低下了原本是一直昂然平视的眼神，两个人的呼吸变得急促了。

只听见陈老说道，《三大纪律八项注意》，其中有一条，就是不准调戏妇女。如果当年打仗，他在我的部队当兵，遇到这种事情，老子就可以执行战场纪律，当场一枪就毙了他个狗日的，都不需要报告上级批准。

苏书记和公社的一帮人这时都感觉到事情处理时没有搞清楚一个细节，这个细节被王队长本人和他周围的人刻意隐瞒了。

一番好言把陈祖望劝说走了，会议商议怎么收场的问题，公社文教干事和一帮人说要赔礼道歉，赶快放人，有的不同意，认为这样以后公社一帮领导还怎么维护在群众之中的威信，等等。商议到中午时间，苏书记和公社书记这次表现了充分听取大家意见的民主风范，苏书记毕竟是官场老将了，说道，我的意见是这样的，下午就放人，准备一桌饭菜，还是让朱亦丰副部长和文教干事陪着两个知青吃顿饭，就说是代表公社领导的，然后，用小车把他们送回生产队。

大家一听都说，好，好。

马上又有人说道，看管他们俩人的几个民兵出于报复，这两天把他们也打了，皮肤外表也见了伤，这样送回去很不好看，只怕那两个知青也不愿意。

这个问题又是新情况了，而且很棘手，搞不好还会搅起新的风波来。苏书记想了一想，对着公社书记说道，你看这样行不行，我们这次把问题都消灭在萌芽状态，送两个知青到县城玩几天，住在县委招待所，跟生产队里就说，嗯，县里需要他们帮助宣传画廊的写写画画工作。

众人一听，当场交口称赞，真是很佩服苏书记处理事件的手段，思考问题的缜密。

八　班主任老师的记忆

许仲杰家住的大院，人员来自天南地北、五湖四海，口音驳杂，食味相异，有一半人家是黄河以北地区南下的，军队干部转业。黄昏时分，空气中飘荡着南方北方各种饭菜的香味，不时传来各家妈妈、奶奶或外婆的呼喊，拖长音调，唱山歌似的，没有什么顾忌，召唤在院子里各处疯玩的孩子们回家吃饭，此起彼伏，爱怨交加。

六七百米之外，刘宝杨家房屋临街，没有围墙大院，刘宝杨的活动场所就是门前的巷道，跟邻居的孩子玩官兵捉贼的游戏，滚铁环、砸画片，学电影里的人物，《平原游击队》里的松井中队长是大家争相模仿的，看了《英雄儿女》之后，四面八方都是“向我开炮”的呼叫，扮演敌对双方，互相打得鼻青脸肿。距离几个街区的冯爱玲家，独门独户的江南庭院，跟周边邻居，真正就是鸡犬之声相闻，老死不相往来，冯家终日大门紧闭，每到放学，冯爱玲走近院门，就有人给她开门，冯爱玲萧然闪进，从来不知道周边邻居漠然的眼神，里面都是什么意思，除了几个同学，她也从来不跟邻居孩子交往。这几个生活样式加起来，就是那一代人无法再复制的中国式童年。

邻居们都说许仲杰是个守规矩、懂礼貌的孩子。许仲杰是从来不需要家人喊他回家的，大院里也听不到他母亲陶文英的叫喊声。他从小就养成了一个好习惯，放学回家必定首先做好老师布置的作业，出去玩，先给父母说一声，一会儿就自己回来了，也不会搞得灰头土脸一身的脏，或者被人撕破衣服抓烂脸，他总是站在一旁，看一会儿这一伙孩子玩，又转到另一伙孩子身旁，再看一会儿，了无情趣般地独自回家了。

大院里的邻居也很少见到陶文英，她不喜欢串门，经常听到她家窗口传出一阵风琴弹奏和压低的歌声，那是陶文英在教自己的学生练声，间或在楼道里碰上，都夸奖许家的两个儿女都是好学生，门门功课全是优，从不惹是生非，父母教子有方。

在许仲杰的记忆里，不知道从什么时候开始的，似乎也是一夜之间，大街小巷的标语被人贴得转不过眼睛，满眼都是，高音喇叭整日间播放着大喊大叫风格的歌曲。有一天放学后，刘宝杨跟着许仲杰来到他家，进门后突然说，我妈和我爸这一段时间天天吵架，我都不想回家了。

许仲杰问道，你爸你妈为什么吵架？刘宝杨说，我爸说我姥姥家是地主，这么多年，我妈一直是瞒着我爸的，这次搞运动，我姥姥家的公社专门派人来调查，我爸才知道的。

许仲杰说，你姥姥家是地主，你爸家又不是地主，这有什么关系呀。刘宝杨说，你不懂，我开始也不懂，听他们吵架我才懂，我爸生气这件事被单位知道会连累他。我爸一生气就会砸东西，我妈就跑出去了，家里就没人做饭了。许仲杰说，你这几天就住我们家吧。

刘宝杨似乎憋了满肚子的委屈和痛苦，低着头，一会儿眼眶就浸满了眼泪，呼吸也急促了，许仲杰看见他这样，突然也感到很难过，胸口也好像被什么东西堵住了，有一种沉重感。

早晨六点半，陶文英照例在客厅的桌子上留下了两毛钱、四两粮票，还用一个墨水瓶子压着，写了一张纸条：仲杰你和宝杨一起买早点吃，中午回家我会给你们留饭菜。

许仲杰上学后，母亲就是每天早晨这样安排他吃早餐，因为陶文英上班的艺术学院在市区偏远的地方，距离家里有些远，他爸爸和姐姐也都是各自买早点吃。一般标准是大饼二两，油条一根，一毛钱，好一点的，买有肉馅的包子三个，一毛五分钱，但都必须要粮票，一两或者二两，否则，有钱也买不到这些吃的。因为刘宝杨住在他们家，陶文英特意留下了双倍的钱和粮票。

大部分生活条件一般的人家，早点是用昨晚的剩饭加上半碗开水，叫作“泡饭”，就着榨菜、咸萝卜干或豆腐乳，一年四季几乎都是这样，可能会在年节之际才会买大饼油条肉包子之类的当作早点。

许、刘二人一到学校，还没有走进校门，就看见情况跟昨天大不一样，学校大门的上方拉出了一条横空出世般的巨大横幅，白底黑字，十几个大字，每一个都字大如斗，还墨汁淋漓地往下滴流着一条条墨线，应该是刚挂出来不久。进了校门，林荫道两旁更是乱得让人不认识路了，树干、低矮的冬青树丛，都覆盖了标语和大字报，连水泥地面都被人刷上了标语口号，周校长的名字被人用红颜色画了×，笔画狂乱黑红相间，看上去犹如一幅怪兽的构图，瞪着几只血红的眼睛看着一群群走过的学生。

接着闻到一股浓烈的烟尘气味，看见操场上正在燃烧一堆火，书本燃烧后飞起来的碎片像一群乱舞的黑色蝴蝶，黑红的火焰往上蹿起一人多高，对面的人影恍恍惚惚变了形状，又看见一群人抬过来一架风琴，他们认识那是教音乐课用的，漂亮的女音乐老师踉踉跄跄地跟在后面跑，唱歌似的哭喊道：不要啊……不要啊……那几个人靠近火堆，捡起燃烧的木头就把那架风琴引燃了，火势一下子就变得更凶猛了，褐色漆面的风琴在被火焰完全吞噬之前，看上去好像一个端庄秀丽的少女，坐在鲜花簇拥的花轿里，满面金光灿烂的笑容。

接着，从他俩身边疯跑过去一群人，把一些玻璃画框扔进火堆，玻璃破碎的“啪啪”声更是清脆，那些画像都是作为他们学习榜样和人生典范的人物，此刻在熊熊燃烧的火堆里，无论有络腮胡子的还是光脸的，秃顶的还是长发飘然的，都瞪着各自的眼睛在烈火中得到了永生。欢呼声盖过了一切。革命就是革命者的盛大节日。

他们俩正在目瞪口呆之间，突然头顶上的树杈间传来了一个激昂高亢的女声，俩人顿时被吓了一跳，原来这里也安装了高音喇叭，那个女声正在宣读一篇文章，意思是号召全校师生起来大胆地造反，造资产阶级和修正主义的反。

许仲杰他们走进教室，冯爱玲早到了，在座位上倒着身体坐着，面朝教室门外，再一看，大多数学生也都那样倒着坐着，课桌是那种桌椅连体的构造，有调皮一些的男生就坐在课桌上把脚架在前面的椅子上，嘻嘻哈哈的很高兴，教室里这时充塞了一片学生的嚷嚷，你要对别人说话就要放大声音。班主任老师还没有到，平时她早就站在讲台上，监督大家早读课，这时有稍微迟到的学生，进门自己就感觉腿哆嗦，不敢正视班主任老师严厉的目光。

许仲杰看看冯爱玲，见她走到教室门口朝操场那边看。冯爱玲是班长，昨天的早读课还是她带领大家诵读课文里的古诗词。课堂里就是这么一直乱着没人管。马上就要期末考试了，天气很热，没有风，树梢头静立空中，几十个学生在教室里说话和嬉闹，空气中弥漫着一股很潮湿又裹着汗气尘土的气味。冯爱玲还站在教室门口，呆呆的，一脸的惆怅神情。

过了一节课的时间，突然看见数学老师走来了，她没有走到讲台上，急慌慌地站在那里说，你们班主任上午开会，就不来了，今天学校都不上课了，放假，同学们现在就回家，自己在家复习吧，冯爱玲，你最后离开教室，把门窗关好，然后到办公楼找你们班主任。冯爱玲听明白了吗，大家都听明白了吗？

数学老师说着就要走，冯爱玲突然大声问道，老师，那明天还上早读课吗？数学老师顿住脚步，看着冯爱玲，急速眨巴着眼睛，好像她变成了学生似的，犹豫着说，明天，啊……明天嘛，明天早读课就不上了吧。

数学老师前脚刚走出教室，学生们就爆发出一阵欢呼，一片“啊呵”乱叫，接着男学生打头，似一阵旋风般地冲出门外，转眼就消失在操场和教学楼之间，胆大一些的就奔向火堆，找来树枝和缺胳膊断腿的桌椅，一起哄笑着朝火堆里乱扔。

冯爱玲叫住许仲杰，说，许仲杰你陪我一起去吧，我一个去感到害怕。许仲杰说，去办公楼有什么害怕的，你不是也去过吗？冯爱玲舔舔嘴唇，说，我要你陪我去嘛，你是学习委员，你本来就应该跟我一起去的。刘宝杨听见这么说，说道，你就陪冯爱玲一起去吧，我在操场单杠那里玩会儿，等你们。

办公楼进门的楼厅，四周的玻璃窗都被标语和大字报贴住了，显得楼厅里光线很昏暗。上来二楼，在楼梯拐角就听见周校长说话的声音，许、冯二人听见她语气清晰缓慢，你们想过没有，按照教学进程，下周全校各个年级就要进入期末考试，现在正是复习阶段，我支持搞运动，但不能影响正常的教学和考试。

突然，一个高亢尖利的女声打断了周校长的话，语气很是蛮横，直呼周校长的名字，周新媛，看来你是死不悔改了，我们对你已经是仁至义尽，给你的最后期限马上就要到了。

许、冯二人一下子惊呆了，因为他们听出来了，这是他们班主任老师的声音，虽然因为说话高亢尖利而严重变形。跟着就是一些老师的高声质问和斥责，原来周校长办公室一屋子的人，坐得挤挤插插满满腾腾的，周校长垂手站在办公室中间，办公桌上还坐着两个人。

又听见周校长说道，我不是死不悔改，我从来都是忠实执行上级的指示。近几年，全国开展学习雷锋的活动，我校是全省学习雷锋的模范学校，音乐课的吴老师还获得了全国学雷锋标兵的称号，这些都是全校师生辛勤工作的成绩，你们这样做，会把我们这几年开展的学雷锋、学做革命事业接班人的成果毁于一旦，你们怎么就不想一想这样的后果呢？

周校长话音刚落下，就像炸了锅似的激起了一片口号，几十个人同时发声，举起的手臂像一片树干，办公室顶棚像要被掀翻，班主任老师带头呼口号，声音尖利高亢，震得玻璃窗嗡嗡作响。

许、冯二人看见，班主任齐老师穿一身土黄色女式军装，手臂上戴着红袖章，原来的齐肩长发剪得贴耳根短，更显得她的四方脸的颧骨棱角分明，她站在距离周校长一臂之遥的位置，手指着周校长大声呵斥，对着这个形象，许、冯二人一下子很难认出，她就是昨天的班主任老师。

几天之后，公布成立了学校新的领导班子，班主任老师名列其中。这成了一件有轰动效果的新闻，全校教师员工都在议论，学生们也知道了一些情况。班主任老师生长在苏南一处大湖区域，父母依靠捕鱼为生。班主任老师前几年能进入这所学校任教，全靠着她自己坚强的个性和不怕碰钉子的韧性。因为她明白，湖区师范学校毕业的学历，是比不过省级师范学校毕业生的，想进入市区学校任教都不可能，到她家乡县城任教就很不错了。但是，命运给了她一个机会，那家师范学校的校长也是湖区里的人，跟班主任老师的父亲是中学同学，这位校长跟周校长熟识，于是推荐她到周校长的学校实习。有时看似一个很不起眼的人，背后七拐八拐，勾连出来重要人物，甚至大人物，这样的情况也是多见的。湖区出了个校长，也算是个人物了，他跟市里、省里有多少人熟识，那就不知道了，再者，班主任老师的父亲是怎么求他同学校长帮忙的，恐怕班主任老师也不完全知道。那位校长的话很客气，稍一思量，又有一些底气，这个是我们学校培养的优秀学生，到省重点名校学习，拜到名师脚下了，请周校长费心教导，实习期满去留由周校长决定，怎么的也有一个在名校实习的履历。

周校长教学水平和经验是早有名声的，在平行的校长群里说是凤毛麟角也不夸张。她的故事被别人加工之后，听到的人还会增加一点色彩，再津津有味地说给其他人。如果一个女人具备名誉地位又老大未婚，那她自己就是故事的制造者。好在周校长的外貌不漂亮，性格也不活跃，又是四十开外的女人，想制造一些精彩也是困难一些。

在班主任老师实习的那一段时间，学校的老师都不怎么跟她交往，对她客客气气、冷冰冰的，她看见大家都在忙，似乎没有一分钟的时间跟她说话，即使在走廊里、办公室里碰见，也就是点点头，带着微笑擦身而过。所有老师都知道，根据各方面的条件，班主任老师肯定留不下来。这不是周校长一个人的决定，是所有语文老师多次听班主任老师试讲，经过评议打分这样的制度确定下来的，观摩课打分的制度就是周校长创立的。她知道，那些老师不会给她好评，给她优秀分。他们都是南京的、上海的、杭州的、武汉的，一听到她说湖区县的名称，都一脸的惊诧，不知道，在哪里？很远吧？班主任老师几次等到太阳落山，校园里寂静而灰暗的时候，一个人勇敢地走进办公楼，敲开周校长办公室的门，流着眼泪诉说希望留下来任教的愿望，但周校长给她说话的时间都不超过十分钟。有一次还明确地说，你不要再坚持了，你也了解，这个学校教师水平比较整齐，你就是留下来任教将来也会很难，即使付出比别人多出几倍的努力，长久下去，身体和精神也会被拖垮的。

就在班主任老师无望也无助的时候，形势突然有了峰回路转的变化，市教育局根据上级领导的指示，要在教师队伍中培养树立又红又专的典型，班主任老师的母校再次推荐了她，全省重点小学、全国小学示范教学试点学校，就这样服从上级指令，接纳了这位根正苗红的女毕业生。

执行上级指示之后，周校长的态度也有了很大的转变，她决定亲自给这位年轻的女教师补课。有几次，在观摩班主任老师的讲课之前，周校长把她叫到办公室，指点着批改过的讲课教案，一页一页地讲给班主任老师听。班主任老师记住了周校长说的那句话，“需要付出比别人多出几倍的努力”，一个贫寒的渔家女儿没有别的，天生具备要强的个性和不怕吃苦的韧性。几年时间她吃住在学校，单身宿舍的灯光跟周校长二楼办公室的灯光，遥相呼应，周校长走出办公楼，走过操场时都能看见她的小平房里还亮着灯。

有几次，周校长晚上在外面接待外地同行，晚饭后记起要回办公室取东西，看见班主任老师房间的灯光，想到，这个年轻人也不出去玩玩，看看电影逛逛商场。一个初夏晚上八点多钟，周校长出于好奇和关心，离开学校之前走进班主任老师的房间，跟她有过一次对话。

周校长说，小齐老师，你来了也快三年了吧？班主任老师回道，连带实习的半年时间，已经整整三年了。

周校长“哦”一声，若有所悟地看看周围，房间很小，这一栋平房原来是做学校储物间的，建筑很简陋，打头的住着校工郭师傅，另外一间住了两个做勤杂的工人，还有一间做储藏室。班主任老师这间不到十平方米的房间，一张低矮的木板床，没有油漆，就是原木色，挂着一顶灰不溜秋的蚊帐，床褥也十分朴素，一张两屉小书桌，几件文具茶杯，再无其他东西，不见年轻姑娘房间里常见的一些色彩和装饰，环顾四周就连一面镜子都没见到，周校长不由得暗自吸了一口气，这个年轻的女教师过的日子怕是学了“头悬梁，锥刺股”的那一套了。

周校长看见桌上放了一摞书，打开的是一本刚翻译出版的苏联初级教育标准教程，这本书周校长瞥一眼就很熟悉，因为这几天她也在看。周校长说道，这几年你很努力，很能吃苦耐劳，其他老师都看到了你的进步。班主任老师听见这话神态突然变得阴沉了，脸上的线条很僵硬，并没有觉得周校长这是在赞扬她，注视着窗外说，我哪能跟别人比，我从小就是在不公平的条件下跟别人赛跑。

周校长无声一笑，说道，说起公平，我觉得这世间原本就没有“公平”二字，历代读书人或一些仁人志士把它当作理想，但从来就是一个理想。这倒好了，激励人们去改变，争取给自己的一个公平，也成了生活的目标了。我的经历大概你也听说过。班主任老师看着周新媛校长说话，女中音，语调总是平缓舒余，不温不火，有的教师背后形容，就是碰到救火的事情，你去报告周校长，听她讲几句，心里马上安定下来了。她背着手微仰着头，身材微丰，微微驼背，一身制服挺括干净，班主任老师看得呆了，她在那一刻想到，周校长悄然变成了自己心目中的神。

沉默了一会儿，班主任老师说，校长您有所不知，我是在湖区的渔船上读完小学的，家里穷，我十四岁之前就没有穿过鞋，冬天也是趿拉着半截烂鞋头，为什么十四岁才穿鞋，校长，说一句开不了口的话，因为到了十四岁我来了月事，怕我着凉生病，我妈才给我买了一双球鞋，其实我们那里都是这样的。进城读书我才看到，都在一个天地，大家过的日子却是天壤之别。

周校长听见，有些震撼，一时沉默不语，想起自己在教堂里度过的年月，几个嬷嬷同时充当了母亲的角色，虽说管教甚严，但过的是风雪无碍、衣食无忧的生活。

周校长正在思绪纷飞的时候，班主任老师又说，我在我们学校工作，已经感觉很幸运了，跟我家乡的条件相比，这里的孩子有多幸福啊，我苦没关系，我希望我的孩子将来也能过这样的生活，再多的苦，我也能经受。

周校长明白了她说的话，说道，能忍受苦难又有所作为，才成就了一个人的美德。圣经中说，苦难日是我的避难所。我的人生体会，人生来就是经受苦难的，你的命运让你遭受到的苦难，并不会超过你的忍受力，总会在你努力走的时候给你一条路。苦难影响一个人，有的人变得暴戾孤僻又自私自利，有的人变得对世界怀有爱心，都看你自己怎么对待了。你可能也听说过，我们学校音乐教学组的组长唐老师是从孤儿院出来的，靠着自己的努力，做了一个好教师，一个好母亲。

说着话的时候，外面起了风，接着下起了小雨，稀稀拉拉地打在玻璃窗上，一会儿就飘进来一股尘土的气息。校工老郭就过来敲门，说道，周校长，您带了伞吗，我这里有。

就在那个暑期开学后，周校长突然宣布，让班主任老师担任四年级一班的班主任。当时，各年级的一班都是实验班，课程安排比一般的班级多一些，学生各科成绩的要求高一些，去实验班当班主任也是年轻教师获取进步的台阶。全体教师听了，有一些很不高兴的议论，因为学校有明文规定，新任教师必须有三年教龄之后，才可以担任班主任，而且必须从一年级开始。面对教师们的这些议论，周校长说，我们要鼓励年轻教师的进取心，让他们更快地成长。

今天，冯爱玲看见周校长一缕灰白的头发耷拉下来，遮挡了她的一只眼睛，那一缕头发或许是随着屋子里震天响的口号声跌落的，她的脸色同样是灰白，不见血色，越发显得她的面容枯槁憔悴，她双手下垂，原来还抬起的头，此刻也深深地低垂着，一个形单影只的中年女人站在屋子中间。这是许、冯二人看见的周校长的最后形象。人群暂时停止呼喊口号，变成一片低语声，班主任老师移步到窗口，跟几个人说话。从办公室门口一直往外奔涌着一股热浪，包裹着许多人的汗气和身体的各种体味，让人感觉到呼吸难受。许仲杰探着脑袋往里看，周校长办公室原先挂着的所有字画都不见了，包括上次他默读记下的那个条幅。他扭头发现，楼梯拐角处，站着校工郭师傅，其实他一上来就看见那里站着一个人，一直到现在还是站在原地，手里拎着一只饭盒。这时，郭师傅抬头看看，慢慢走过来，压低声音说，周校长从昨晚到现在，水米没粘牙，也不让回家，一直就这么轮番着来，唉，你们俩是学生，兴许好说话，麻烦给送进去。他双手托着饭盒递过来。

他们俩一见，不约而同地退后一步，只是摆手，不知道怎么说。冯爱玲突然拉一把许仲杰，俩人“噔噔噔”一路跑出楼门外，舒了一口长气。冯爱玲回头看一眼二楼的玻璃窗，就径直往大门口走。许仲杰赶上去问道，我们去哪儿？冯爱玲摇摇头，嘴里直是说，走吧走吧。

走进学校附近的巷道，一条很长的巷道，此刻巷道路上不见行人，许、冯二人一路疾奔，好似后面有一群追赶着他俩的怪兽，巷道里很静，只听得到他们自己的脚步声，两边是一人多高石块砌成的墙，也三步一条、五步一张地贴上了大标语和大字报，疾步走过，红绿白黑的颜色，晃晃的，如同电影一格一格跳过的镜头，此刻，如果从半空中看过去，走出校门的这两个男孩女孩就像被人随便扔进大江激流里的小鱼，被一下子震晕了头脑也模糊了眼睛，不知道往哪儿游走，只能随波逐流，跟着大浪一泻千里。

走出巷道，一下子变成大片开阔的视野，湛蓝的天空和明亮的阳光直让人晃眼，与此同时，有一股巨大的声浪如海潮上涨“哄哄哗哗”地奔涌过来，许、冯二人被惊得一下子站住了。前面是一处街道的中心广场，这时从四面八方有很多支游行队伍朝着这里汇集，锣鼓铜钹震天价地响，很多辆大卡车，按着喇叭催促群众让路，每辆卡车上都架着高音喇叭，或播送革命歌曲或高喊革命口号，从大街各个方向的楼顶，不间断地有人往空中抛撒传单和油印的小字报，这些五颜六色的纸片翻卷着、飞舞着，如漫天飞鸟飘落到地面上、树枝上、人脸上，飞进商店，飞进窗口，飞进无数的人家，人们不断欢呼雀跃着去奔跑、去捡拾。

不一会儿，许、冯二人就被奔涌的人流挤到一家临街卖布匹的商店，只见一群十六七岁的学生一路呼啸冲进来，个个一身土黄色军装，腰扎皮带，直嚷嚷着要买红布、白布，商店一个四五十模样的师傅说，请问要多少？一个扎着两只短辫子的姑娘两手叉腰，叫道，越多越好，这里的红布我们都要了。那个师傅惊讶地张大了嘴，问道，你们有那么多的布票吗？姑娘气嚷嚷地说，什么布票，都什么时候了，什么老皇历。师傅双手一张，说，真是对不起，凡是到我们店里买布的，都需要布票，姑娘可能有所不知吧？

一群学生已经不耐烦了，隔着柜台七嘴八舌一片嚷嚷。这时，商店里的其他几个售货员见状走过来，赔笑解释说这是上级的规定、国家的规定。没有人听他们的，领头的姑娘带领一群人开始大声诵读，“凡是反动的东西，你不打他就不倒，这也和扫地一样，扫帚不到，灰尘照例不会自己跑掉”。然后一挥手，早有几个个子高的男生一纵身，越过柜台，上前就从靠墙竖着排放的布匹里抽出几匹红布，又抽出一匹白布，挥手抛出柜台，其他人接过，一群人发出一阵欢呼，蜂拥着就往门外跑去。

这时，店内店外围观多时的人群，跟着突然爆发出一阵鼓掌和欢呼。几个师傅急了，赶紧跟过来想拦阻，嘴里都在嚷嚷，说，大白天的，你们这是明抢啊，这怎么得了啊，我们可是负不了这个责任。领头姑娘伸手拦住他们，说，你们不用这么紧张，我给你们打借条。

说完，掏出钢笔“刷刷”地飞快写了一张纸条，递给那个布店的师傅，对方双手打战着接过，脸上已是汗水涟涟的。

九　县委办公桌上的《红楼梦》

县城只有一条街道，柏油铺的路面，路面打扫得很干净，不时有自行车从身边骑过，过一会儿驶过一辆小吉普车，几声汽车喇叭响起，突然让许、刘二人感到很亲切，提醒他俩，这里是城市啊。走近唯一的一家电影院，从外形看怎么就像天主教堂一样呢，只不过比许仲杰以前看到的教堂小了一号，还有就是墙面刷成了白色，一问路人，说几十年前是教堂，后来做了电影院。

许仲杰就问刘宝杨，这个偏远的山区县城，以前竟然还有外国传教士来吗？刘宝杨说，是奇怪，他跑到这里传教有什么意思？

许仲杰看一眼电影名字，《沂蒙颂》，就说，这又是个打仗的片子吧？刘宝杨说，不是，听说是歌剧电影，不好看。许仲杰却说，哎，歌剧好，老是那几部打仗的，看得人物对话都背下来了，我要看这个歌剧。刘宝杨无奈，说，知道了，陶阿姨是音乐老师，这个我倒忘了，那就看吧。

进入电影院，看电影的大多是年轻人，又多是男女成对的，一对对看上去也是清清爽爽，衣服干干净净的，把许、刘二人看得眼睛都瞪大了，知道自己真的是从山村农田里来的，衣着没有人家光鲜整齐，姑娘大多手里捧着一包炒瓜子，把头靠在小伙子肩膀上，坐在那里看电影。渐渐地，许仲杰发现，场子里说话的人声比电影的声音还要大，就像浩大的鱼群浮出湖面，争吃水面上的浮萍水草，一片“叽叽喳喳、呜呜哝哝”，黑暗中看过去，小伙子的手都在姑娘身上摸索，姑娘的手就在不停地推搡，就像以后看到的俩人对练太极拳，手法推送有致。看看刘宝杨，见他早已不是在看电影，在看人。

许仲杰顿时就觉得自己很孤独，知道了，其实别人都是来看电影的，他俩这个样子，倒是像做贼的。许仲杰顿时心中无名烦恼，对刘宝杨说一声，走吧，这电影没法看。刘宝杨也跟着说，走。

就在街上闲逛，俩人只把眼睛朝街道两边看，就是那种乡村农民进城的东张西望的模样，因为口袋里没有几个钱，不好意思随便走进餐馆，看见炸油条的店铺，就走过去一人买它两根，站在街道上几口就吃了，吃完了，还想吃，又买了两根，这回是一口一口地吃了，边吃边逛，就这一条街，转眼时间，俩人就又走了一个来回，回到了电影院门前，正在抬头看着天，寻思着晚饭之前还去哪儿打发时间，就见到对面并肩走过来两个姑娘，俩人都把眼睛直勾勾地看向他们，很直率地投射着她们也是知青身份的热情。

一个矮胖姑娘，圆脸，嘴唇略厚，皮肤白，短发，另一个长瘦身材，枣核脸，皮肤微黑，长发披肩。俩人径直地走到许、刘二人跟前站定，微黑皮肤的姑娘站成一个丁字步，京剧样板戏女主角的模样，一只手绕着自己的发梢，偏着脑袋，说，早就看见你们俩了，走来走去逛来逛去的，是钱包丢了，还是在找什么人呢？

刘宝杨一打愣，赶紧说，没找什么，就是到处看看。许仲杰觉得对方有点那个咄咄逼人的气势，就故意说，我们在寻宝呢，这个你们就不知道了吧。

两个姑娘一听，放声大笑，短发姑娘不时地拿手捂着嘴，眼睛却直着看过来，微黑姑娘听了，微仰着头，也把一双眼睛定定地看住许仲杰，冲着他舔舔自己的嘴唇，说，那好啊，按规矩，见面分一半，我们也跟你们寻宝去啊。许仲杰又故意逗她说，话可说明白了啊，路途凶险，生死不知，深山野寨的，碰上有人要强拉你们俩做压寨夫人，我们可是撒腿就跑啊，可别指望我们俩英雄救美。

刘宝杨也是纳闷，这个许仲杰下乡一年多时间，愣是把以前沉默寡言的乖孩子，变成了饶舌风趣的粗汉子，而且还依仗着他读书多的优势，谈笑之间随时引经据典的，那随手拈来的书卷气息，十分地让女孩子喜欢，那些女孩子拍着手欢笑，加上眼神流转的样子，刘宝杨每每听到看见，就嫉妒得不行。丁奉为是个阅历丰富的人，有一次碰见这样的场景，微笑着点头说，小许啊，将来可是风流场上的才子。

两个姑娘听见这话，“咯咯咯”又是一阵大笑，短发姑娘声音沙哑，说，我们不怕，还巴不得了，多刺激好玩哪。微黑姑娘看着许仲杰说，那就这么说定了，赴汤蹈火，生死相依啦，跟你们走。刘宝杨这时反应过来，说，可别啦，还什么都没开始，就说出生呀死的誓言来，怪吓人的，我们可害怕了。微黑姑娘说，那就先请我们俩看电影吧，熟悉一下再说好吗？

微黑姑娘一眼就盯上了许仲杰，这家伙身材颀长皮肤白皙，一身蓝色旧衣裤皱巴巴的，裤脚磨破起了毛边，脚下一双土黄色帆布胶鞋，也还是遮掩不了书生气质，她看了心里喜欢。看见两个姑娘这么热情，许、刘二人也很高兴，知道都是学生，有一种似曾相识、他乡遇故交的感觉。还有，二十岁左右的姑娘，不用什么漂亮打扮，也都是让人赏心悦目的模样。

于是又买票进了电影院。电影已经开始一会儿了，几个人摸着黑找空着的座位，微黑姑娘一见黑，就一把抓住了许仲杰的手，熟门熟路地引着他，摸黑坐到一个后排靠角落的座位。许仲杰坐下，转着脑袋找刘宝杨，哪里还找得到他们的身影。

许仲杰问道，哎哎，同学，你叫什么名字？微黑姑娘说，我姓孙，叫孙敏，你呢？许仲杰回答了，表示亲切地伸手搂住了她的肩，孙敏突然扳过许仲杰的脑袋，准确无误地吻住了他的嘴，许仲杰憋住一口气，再缓缓地推开距离，说，好好，我觉得这个音乐很好听，我们好好地看一会儿吧。

这时，银幕上女主角村姑，正在跳那一段全国人民都熟悉的芭蕾，为亲人熬鸡汤，煽情动人的音乐起，电影主题曲《沂蒙颂》一时震撼了许仲杰的听觉。他一下子就很喜欢这首歌，惊呆了似的，紧盯着银幕看着，歌声，芭蕾女演员柔美而不失刚劲利落的舞步和身段，这些都是他很熟悉的，让他感到十分亲切。一时间，他看见了母亲的面容，听到了母亲在家里和着风琴轻声唱歌的声音，看见了冯爱玲的身影，听到了她的低声吟唱。

见此情况，孙敏不时地歪着头看他一眼，等歌曲一曲终了，说道，好了吧。说着，凑过自己的身体来。许仲杰只好搂过她的肩，说，哎哎，等一会儿，我跟你说啊，怎么会有这个歌呢，很好听啊，很好听。孙敏一歪脑袋，看了他一眼，说，你不会是搞音乐的吧，哦不是，你在学校肯定是文艺宣传队的，对吧。

许仲杰说，你说对了一半，我中学五年，一直是学校团委的宣传委员，管文艺宣传队的。孙敏瞪大了眼睛，看着他说，哦，那么说，你还挺有才的，还是学校团委的。许仲杰说，那有什么，现在咱们不都是一样的嘛，修地球，你呢？孙敏说，我没读高中，不爱读书学习，成绩不好，就早两年插队了。许仲杰笑了，说，哦，老干部了，失敬失敬，以后请多指教了。孙敏在黑暗中伸手掐他一下，哈一口他的脸，说，再给我说一句好听的吧，一会儿我教你。

许仲杰叹一口气，想到，他有多久没有见到冯爱玲了，拥着她的身体接吻的感觉已是遥远的记忆。而在此刻，这个记忆不由自主地跳出来，咬了他一口，于是心头就划过一丝疼痛。他在黑暗中搂着孙敏细软的腰肢。许仲杰在想，不知道自己怎么就会坐在这里，怎么就搂上了一个半个小时前还陌生的姑娘，自己怎么会变成了今天这个模样？他眼帘浮现起家里的各种陈设，父亲、母亲和姐姐，一个个的笑脸，呆看着银幕，憋一口气，那些忧伤的感觉就过去了，喉咙很干，口渴，又摸到了胸部肋骨上几条被吊打留下的伤痕，已经结了血痂，抠下一小块血痂丢到黑暗中的地上，抿紧嘴唇咽了一口口水，心就像一块铁砣。

出了影院，许、刘二人搂着各自的姑娘，故意摇摇晃晃地走在县城唯一一条街道上，故意做出招摇过市的样子来。正是各行业单位下班的时候，两排路灯亮了，远远地叠印在远处青钢色的蛇形山丘，让许仲杰油然记起，从前读过的描写街灯的诗歌。街道上行人渐渐多了一些，但一看见他们四个人对面走来，男男女女的行人就赶紧避开，刻意要躲着他们。

走进县委招待所，进了房间，许仲杰正在恍惚，想着下一步应该怎么办才是，就见到刘宝杨隔着短发姑娘的肩膀投射过来的眼光，明白了，拉着孙敏说道，走，咱俩就先出去吃饭吧。孙敏立即心领神会，对着短发姑娘哈哈一笑，说，好吧，我们先出去走走，注意啊，我们的口号是……那个短发姑娘听了，俩人对一眼，同时拖长音调，大声说，坚决把好最后一关。俩人一起哈哈笑开了，听起来是清脆爽朗的女声。许、刘二人看得呆了，不知道她俩这是演的哪一出戏，为啥一时像孩子似的这样高兴。

许仲杰领着孙敏朝招待所大门口走去，孙敏问道，我们去哪？许仲杰说，你不饿吗，这都快六点了，我是早晨到现在，就吃了几根油条，正饿着呢。孙敏看他一眼，说道，故意装模作样吧，你这人太没意思了。许仲杰又强调说他饿了。其实，他不想跟孙敏有进一步的关系，对孙敏从认识到现在，两个多小时，对她就是喜欢不起来，跟她再去寻摸一个角落说话，亲热一番，他已经没有那种激情，希望尽快请她吃个饭，了事。

看她一副生气的样子，许仲杰很诚恳地说，我们认识不长时间，我跟你说说我的过去，好吗，以后我们交往的日子长着呢。孙敏听见，上来抱住他的脑袋，急吼吼地说，不听，不就是你过去爱的一个女孩嘛，就你，还有什么新鲜的故事。说完，就一下咬住了他的嘴唇，许仲杰这时也上来了一股热情，也很紧地搂住孙敏的腰，他闻到了孙敏口腔里有一股不清新的气息，牙齿炎症带来的，不喜欢，思想一走神，一下子身体就松弛下来，拍拍孙敏的腰，意思让她松开。正在这时，昏暗的灯影下有一个人从他俩身旁走过去，一晃，马上又走过来，站在几米远的地方。

许仲杰眼角一瞥，看见那个人竟然是丁奉为，吓了一大跳，立马就推开了孙敏。这个时候才突然清醒，想起来队长的话，要他俩到了县城就先去县委办公室找他的弟弟。

丁奉为见状，背着手，慢悠悠地踱步过来，路灯照着，他的嘴角抿出来一些笑意，眼睛闪亮地扫视着孙敏，还是慢悠悠地对许仲杰说，朱亦丰今天一大早在公社给我打电话，说你们两个人要来，等了一天了，也不见你们的人影子，小刘人呢？

许仲杰红着脸，嗫嚅着说道，他在招待所房间里。丁奉为说，走吧，喊他一起我们吃饭去，还有很重要的事情要跟你们说。

许仲杰听见就慌了神，一时不知道怎么说才好，已经看见丁奉为朝那一排二层小楼走去，只好跟上去，没有忘记回头朝着孙敏挥一挥手，孙敏明白了，指着身边的一棵树点点头，意思是明天再来找他。

进了走廊，许仲杰赶紧多走几步，赶在丁奉为之前去敲门，不想门一下子就开了，刘宝杨通红着一张大脸，短发姑娘还没穿外套，身着一件红色的背心，白脸布满红晕，刘宝杨笑一声说，我们正要出去叫你们哪，一起去吃饭。许仲杰不说话，朝他使劲地挤眼睛。

刘宝杨看见了丁奉为阴郁的眼睛，他的眼睛大，两个眼球停止不动，在似有似无地看着他，也不说话，许仲杰当时也看见了这个眼神，在那一刻，他很惊诧，丁奉为怎么会用那种眼神看着他俩。以后，在许仲杰的记忆里，那个眼神变成了一个永远抹不去的影像。

一路上没有人说话，吃饭的局面就很尴尬了，几个人都不怎么说话，就是各自埋头吃，丁奉为一直绷着脸，眼睛不看他俩，餐厅里有好几桌就餐的人，末了，丁奉为说，这里不方便说话，吃完去我宿舍。

丁奉为一个人在县城生活，老婆孩子都在乡下，一居室很大，看起来是办公室改造的，顶灯、落地灯、台灯，几只大灯泡一起亮着，房间内灯光雪亮地晃人眼睛，一张单人床，挂着雪白的蚊帐，床上被褥叠得四方整齐，两张单人沙发，写字台，脸盆架，书架，书架多层都是书。进门后，丁奉为有了笑脸，神态也轻松了，招呼说，坐坐，随便了，这是到了家里了。许、刘二人也有了亲切感。许仲杰问道，丁秘书，为什么是单人床，嫂子来了怎么办？丁奉为转头看看他，笑笑，说道，小许爱动脑筋，好，你说为什么？不要让别人说闲话，也不给别人有机可乘。我一个人住在这里，树欲静而风不止啊。许、刘俩人听了，马上就“腾”一下通红了脸。刘宝杨似在讨好，语气笨拙地说了一句，哎，是的，丁秘书严格要求自己。丁奉为突然哈哈笑开了，说，严格要求自己，严格要求自己，人都是喜欢放任自由的，是因为知道别人都在监督你，才迫不得已地严格要求自己。许、刘二人听了，哎哎两声，再不知道说什么好。

丁奉为动手给他们泡茶，刘宝杨赶紧着抢过热水瓶，嘴里说着，我来我来。许仲杰看见，写字台上，文件纸张书本铺满了，绿格稿纸上，满是丁奉为娟秀的钢笔字。县委办公室秘书，本县大秀才。又看见一本《鲁迅选集》第一卷，摊开扣在桌面上，旁边还有一套崭新的三卷本《红楼梦》。许仲杰走过去，拿起一本翻看。

丁奉为见他翻书，说道，这套书是内部出版的，外边买不到。小许以前看过《红楼梦》吗？许仲杰说，家里有一套，看过一些，没有完整地看过。丁奉为说，你们还早，不耐烦，到了我这个年纪就有耐心读了。许仲杰说，是，觉得写得太烦琐了，看不下去。丁奉为说道，我是读杂书的，平时一个人，没有什么家务事，看书多一些，看来看去，还是这本书有味道，经看，还有就是鲁迅的书，也耐看。

招呼两个人坐下，丁奉为把一双眼睛看定他们俩，停顿不说话。许、刘二人知道他要说什么事情了，安静下来，等他说话。丁奉为直截了当地直奔主题，说，你们和王家大屋的队长打架斗殴的事情，苏书记和公社这么处理也还得当，原本就算了，不想陈老前些天给地区负责同志写了一封信，因为那个地区领导是陈老的老战友，这下事情又闹大了，昨天突然从地区下来了调查组，很快要找你们两个谈，要重新调查核实情况。

刘宝杨说，丁秘书，我们不知道陈老给地区领导写信的事情，但你刚才说我们打架斗殴，不能这么说啊，我们可是路见不平主持正义的，他欺负我们生产队的乡亲。许仲杰接着说，丁秘书，我们现在还憋着一肚子的气呢，你不知道，我们俩在公社被关押了整整三天，多次被吊起来打，根本没有经过任何询问和调查，就是打，你看看。

说着，许仲杰撩开衣服，露出胸前道道被鞭打的伤痕，已经结了血痂，然后，再给他看两只手腕上被绳索勒破的皮肤，形成的两个环形紫色伤疤，刘宝杨也伸出手，皮肤黑一些，也是伤口皮肤翻卷出两道绳圈。刘宝杨说，还有屁股上都是，都被打烂了，不好意思给你看。许仲杰说道，你不知道，他们先把麻绳浸在冷水里，大拇指头粗的麻绳，然后再打，这样绳子变得很重，吃进肉里。

丁奉为没有看到也便罢了，这下亲眼所见，两个年轻人身上道道伤痕，在通明耀眼的灯光下，触目惊心。当下心中很有些不忍，呼吸变得沉重，一下子想到自己也是从十八九岁年轻人过来的，十多年前也是回乡知识青年，没有想到，自己家乡人对城里的年轻伢子下手如此狠毒，都是自己人，有什么深仇大恨吗？于是，一时语塞，当下就这么沉默着不说话。

丁奉为缓一缓气，说道，现在事情都过去了，怎么办呢？什么时候都是这样，总要有人吃点苦，受点委屈吧。我这不是说官话，你们毕竟还是要在这里待几年。许、刘二人听了，表情仍是僵硬，梗着脖子，房间里寂静无声，只有椅子腿摩擦地面的声音。丁奉为拍拍大腿，站起身来，叹一口气，走几步站到窗口，缓缓地说，怎么办才好呢？地区调查组找你们谈话，如果你们照现在这样子说，那可真是成问题了，而且还是大问题，那是一定要处理人的。过一会儿听到没人说话，丁奉为似在自言自语，怎么办才好呢？

许、刘二人不解，本来他们以为，放了他们，又安排到县城住几天，吃住免费，也就这样吧，自己认为也没有被打得缺胳膊断腿，卧床不起的，只能咽下这口恶气，不服气又能怎么办，俗话说，不能撩起石头砸天，吃一堑长一智吧。现在听见丁奉为说了这些，明白事情突然有了变化，他们想，地区调查组要来调查，当然就要反映真实情况，这是完全正当的，这几天，俩人都有一个感受，这件事情什么时候想起来，心里就很难受。

丁奉为看出了他们神态的变化，知道他俩在想什么，坐回到座位，说，我把有些背景的东西给你们说说，你们就明白了。中央前一段针对各地知青情况专门发了一个文件，主要精神是爱护、帮助知青，解决他们生活中出现的各种困难，郑重提出“统筹解决”的原则。在这个节骨眼上，地区领导收到了陈老的信，非常重视，批示要严查此事。

正说着，有敲门声。许、刘二人看了来人吃了一惊，进来的是公社武装部副部长朱亦丰。许仲杰迅速地看一眼丁奉为，见他神态自若，就明白了今晚的这个局是他们早就安排好的。

朱亦丰坐下喝了一口茶，压着嗓音说，小许、小刘，我今天赶来县里，一是代表公社和公社几位主要领导，正式向你们赔礼道歉。二是，刚才丁秘书也说了很多了，希望你们二位理解目前的形势，配合一下我们的工作。你们受委屈了，一切责任都由我来负。

刘宝杨说，放我们出来，就是吃顿饭，什么话都没有，这个时候倒是想起来赔礼道歉了。许仲杰说道，我就是想知道，把我们两个吊起来打，你们知道不知道，就离得公社那么近，卫生院的吴院长都过来喊别把人打坏了，你们在干什么？喝茶看报开会呢。这个时候又要我们配合你们工作，跟调查组的人说假话，说你们没有打人，真把人当成猪呢。

丁奉为放下茶杯，喝止一声，说，小许，怎么把话说得这么难听！朱部长专程跑来跟你们谈，乡里乡亲的，大家有话好好说嘛。

朱亦丰只是眼睛平视着，耐心地听，心里也在七上八下的。当时，就有人报告给他，说有人在吊打那两个男伢子，朱亦丰赶紧去报告苏书记和公社书记。朱亦丰记得，苏书记拿起一根香烟，往会议桌上顿了几下，看着他，慢悠悠地说道，这没有什么，给点颜色看看也好嘛，那两个调皮捣蛋的，不知道天高地厚，不知道稻谷是长在树上还是田里，不知道母猪下崽是从哪里出来的。周围在座的听了，一片笑声。朱亦丰熟悉苏书记，他当过县公安局局长，这种事他就把它当作抓小偷打流氓处理了。

朱亦丰看一眼丁奉为，交换了一下眼色，清清嗓子说，我今天还带来公社领导的口信，明年冬季的招兵和明年的招工，公社会留出名额，重点考虑你们俩人。

此时，许、刘二人并不知道背后的情况，丁奉为还接到了苏书记的电话，知道他跟许、刘二人是一个村子的，明确要他担负起说服他们俩人的责任，并且说此事关系到县领导的形象问题，然后，又让朱亦丰专程跑来县里，跟丁奉为一起做说服工作。朱亦丰一见到丁奉为就说，老哥，听苏书记派我来的口气，如果做不好许、刘二人的说服工作，我可能就在公社待不下去了。

许、刘二人听了朱亦丰的承诺，一时说不出话。许仲杰想了一想说，哦，今晚这里摆的是鸿门宴吧。丁奉为听了，哑然失笑，说道，小许啊，我知道你是看过不少的书，但现在这个比喻可是不对的呀，完全不对的。你们还太年轻，父母又离得远，你们还不懂得，人活在世上，哪有不受委屈的，世界上的事情都由着自己的性子来，皇帝也做不到，就是皇帝也是要受委屈的。

这几句话，一下子就把许仲杰给镇住了。他想起来，临近插队之前，母亲父亲多次跟他谈话，父亲也说过几乎跟丁奉为一模一样的话，还告诉他自己亲身经历的故事，当时父亲很明白地说，人的一生，受委屈吃亏的时候多了。你吃了亏受了委屈，别人是看见的，是知道的，以后适当的机会你是有回报的。母亲也说，我最担心的就是这一点，你从小都是听的赞扬多，以为到了什么地方别人都会这样对你，一有点什么委屈就受不了，在家里，在学校里，养成了这样的“娇骄二气”，也是没有办法一时可以改得了的，我担心你出去会吃大苦头的。

丁奉为看见他们思想有些活动，就对朱亦丰说，你先回去休息吧，急慌慌地跑了一天，也辛苦，我来跟他们好好谈，他们俩都是读书人，知书达理，怎么也能谈得拢吧。俩人对视了一眼，朱亦丰哎一声，说，那就辛苦你了。朱亦丰这个时候突然也觉得真是对不住这两个年轻人，神态戚戚的，站起来直是叹气。许仲杰此时正想起很多的往事，却是一副失魂落魄的模样。

多年之后，刘宝杨在京城官场上谋生活，还多次想起那晚丁奉为的一番话，细细品味，仍然是有启迪作用。于是，他处理问题的各种方法就多了一些圆融贯通之处，也多次接受上司指派，去处理一些棘手事件，在单位渐渐地就有了干才的声誉，前程一路呈现出鲜花铺地、风调雨顺的好迹象。

十　白云像盛开的花朵

那一天从学校出来，许仲杰和冯爱玲一直处于迷迷糊糊的状态，在他俩的眼中，周校长头发覆盖的脸和漫天红旗飞舞的影像，一路挥之不去地叠印在七月江南的天空，那个季节的天空一望无际的湛蓝，白云像盛开的巨大花朵，绽放在湛蓝的天幕，静止不动，真是很稀罕的美丽景色，昨夜又下了一场中雨，空气就越发的透亮，蓝色的更蓝，白色的就更白，而最醒目的红色，就像到处燃烧的火炬，突突地跳动，那是人心凸显的外在镜像。

许、冯二人跟着游行的人群，在市中心区绕了一个圈，俩人怕被拥挤的人群挤倒，一路都是牵着手，这是冯爱玲主动的。许仲杰很高兴这样被冯爱玲牵着走，她的手软糯湿润，许仲杰心里一直有酥麻的感觉，这个感觉几十年之后还触景生情地很多次出现。那时，俩人跌跌撞撞地走过一条条大街，一条条小巷，一抬头，却发现怎么就走到了冯爱玲家的那条巷道。青石板的路面此时也是脏乱得不像样子，没有了往日石板上能清晰照见路人身影的干净，满眼的破纸片、被人扔掉的各种杂物，远远地，就看见冯家大门外那棵大榕树周围，聚集了乌泱泱的人群，像是在观看戏剧表演。

冯爱玲一见，拉着许仲杰的手就松了，挤进人群看见，几个壮小伙子正架着梯子，站在半空中铲除冯家大门楼上镶嵌的一个“福”字。看起来那个“福”字很难铲掉，当初可能使用的是上好的水泥，只见钢钎四周“当当当”地直溅出一片火花，那个字却不见什么破损。于是，站在底下的人大喊，钢钎不行，太软了，用大锤来敲，用大锤来敲。地面上围着观看的人群也跟着出主意，七嘴八舌的，一片混杂的人声。换了大铁锤果然厉害，“咚咚咚”只砸了几下，那墙砖就破损了一块，碎片四下里飞舞，人群里就有人叫“好”，接下来就容易一些了，只是几锤，墙上就出现了一个二尺见方的破洞，跟着从里往外冒出一股白色的烟尘，人群爆发出鼓掌和叫好声。

这时，冯爱玲突然大喊一声，爷爷奶奶！

人群对这一声尖利刺耳的喊声大感惊奇，不由得闪开各自的身体朝喊叫的小姑娘看，冯爱玲就像一条梭鱼，从人群中“飕飕”地一跃而出，犁开青黑色的水面，一跃上了台阶，冲进大门。

冯家此时满院子都是人，似在商议着什么事情。许仲杰跟着冯爱玲跑，穿过后面第三进天井，安静了，就看见厅堂上面坐着冯爱玲的爷爷和奶奶。冯爱玲看见，一头就扎进她奶奶的怀里，声音恐怖地大哭，就像家里生来就娇生惯养，突然受了惊吓的宠物犬。奶奶抱住孙女的身体，开始不停地拍打摩挲，声音带着哭腔说，囡囡不害怕不害怕，爷爷奶奶在呐。

这是许仲杰记忆里第二次来到冯爱玲家。

冯爱玲爷爷倒是很镇静，坐在扶手藤椅里眼睛平视着天井对面的月亮门和花墙，眼镜片的玻璃一闪一闪的，只是手里一根枣红色拐杖在不住地抖动，冯爱玲爷爷看见是他，就沙哑着嗓子说，坐吧，孩子，你长高了一些。许仲杰站在那里，一鞠躬，说，谢谢爷爷。

冯爱玲爷爷说，孩子，以后我们家就只有这小天井后面几间房子了，前面的都归别人了，外面正说着分配给别人家来住的事情。

许仲杰听了，只觉得头皮紧扎，紧张得攥出两手汗。冯爱玲听见，猛地抬头，大喊大叫，为什么，我们家怎么会让别人来住呢？冯爱玲爷爷缓缓地说，我也正问呢，可是这个时候问谁去呢？冯爱玲哭着说，那前面的那两棵海棠呢，那刘大伯和邹婶呢，我们也不要了吗？

冯爱玲奶奶擦去她的眼泪，说，囡囡，这些都不重要，你不要关心这些事情，只要我们爷孙几个好好的就好。冯爱玲还是一个劲儿地说，为什么，为什么会这样？

过了一会儿，冯爱玲似乎突然想起什么来，对着奶奶轻声说，奶奶，我要去一下四方街那边看看，可以吗？

冯爱玲奶奶听了，朝着她爷爷那里看着，冯爱玲爷爷没有听清楚，歪着脑袋，奶奶于是走过去靠近他的身边，说，囡囡说她想去一下四方街看看。冯爱玲爷爷叹口气，点点头，说道，是啊，毕竟是囡囡的亲妈，应该去的，在这个时候。

冯爱玲带着许仲杰从厅堂后面穿过去，原来这座院子的后面还有一个小花园，葡萄架搭成一个凉棚，下面摆着一张石桌和几只鼓型石凳，几棵枣树、柿子树，还有一口水井，青白石的井圈，兰花图案镌刻了一圈，打开一扇木制小门，他们就走到了巷道的另一头。许仲杰问道，我们去哪儿？冯爱玲说，去找我妈妈。

许仲杰好生奇怪，但看冯爱玲此刻的神情，不好多问，随着她走。路过一个卖冰棍的小摊，许仲杰站住了，说，渴了，我们买冰棍吃吧。冯爱玲不耐烦，说道，你就是一个少爷样子，就不能忍着点，一会儿喝水不行吗。许仲杰那时觉得冯爱玲这么跟他说话就像他妈一样。

公交坐了几站地，冯爱玲走进了一座简陋陈旧的三层砖楼，楼体外墙到处白灰剥落，露出一层层红砖。在门口的小院子里，冯爱玲站住了，看着他说，要么你还是在门口这儿等我吧，我上去一会儿就下来。

许仲杰看见从楼的背后跑出一只小狗，冲着他疯狂地叫，并作出要扑上来的姿态，他捡起石头追着狗打，转到这座楼的背后，看见一片草地，横七竖八地架起了木杆铁丝，晾晒了一些床单、衣服，还有两只鸡在草地里啄食。周围空无一人，临近中午，阳光亮眼地照着一切，这里听不到任何声音，小狗被他打跑了，两只觅食的鸡“咯咯”地低吟就听得十分清晰。这里远离闹市区，周边依稀看到几处房子，附近有一道河汊，路上很少有车辆经过。许仲杰转着脑袋望着天空，想着明天要上课吗，班主任老师会来吗，期末考试还考不考了？从记事以来，从来没有像今天经历了这么多的事情，一时间，许仲杰体会到了一种叫寂寞的情绪，那陌生的感觉第一次爬上心头，他不知道后面还会有多少事要发生，但那个中午体会到的寂寞感觉，已经悄然地化作了他人生的一道底色。

不知道过了多久，转过头，看见冯爱玲低着头走过来，形单影只，走近了，看见她脸上有几条泪痕，头发凌乱，许仲杰不知道说什么，俩人在一处阴凉地方站着，都不说话。空气异常沉闷，没有一点风。冯爱玲双手揉一把眼睛，突然唱起歌来，开始声音小，渐渐地越来越大，许仲杰看见，冯爱玲眼睛望着远方，眼珠不转动，略大的嘴唇一张一合，温润的气息传过来。一会儿，二楼有一处窗口打开了，探出一个女人圆白的脸，冯爱玲也不看，一直把歌曲唱完。天气闷热，冯爱玲掀动领口，往里面扇风，嘟着嘴吹气，许仲杰看得呆了，眼睛不转动，冯爱玲发现了，一瞪眼睛，说，看什么看，有什么好看的。许仲杰有些羞赧，转过身要走开，冯爱玲拉他在台阶上坐下，跟他说起了自己家里的一些事情。

冯爱玲的父母在她两岁多的时候就离婚了，她父亲是同济大学土木工程系毕业的，原来在一家建筑设计院做建筑设计师，母亲是学机械制造的，在一家大型纺织厂做技术员。二十世纪五十年代末期，冯爱玲的父亲成了右派，很快就被遣送到苏北的一处大型农场养鸭子。据说，本来是要遣送冯爱玲的父亲去青海农场的，后来因为冯爱玲爷爷出面找了当时的省委一位领导，陈述家庭的情况，说两个女儿，一个去了美国，一个嫁在上海，这一个儿子虽然犯了错误也希望离家近一些，等等，这才有了特别的照顾。她母亲跟他父亲离婚就是为了重新开始一个新生活，那个时候类似情况是普遍的，冯家对这个儿媳妇抛夫别女的决定也没有什么怨言，也答应了以后不阻拦母女正常来往的要求。很快冯爱玲母亲就再婚了，第二任丈夫是纺织厂的电工，比她母亲还小两岁，生了两个男孩。从小，冯爱玲就很少见到他的父亲，相隔好几年才有那么一次见面的机会，倒是母亲还经常来看她，母女相处半天时间。

那个夏季，许仲杰、刘宝杨他们成为整天到处闲荡的少年党。一天傍晚，许仲杰和刘宝杨正在围观一群红卫兵的街头宣传演出，周围到处是锣鼓喧天、鞭炮齐鸣，他们不断地在人群中钻来钻去，寻找着最佳观看点。只见二十几个男女中学生演出队伍跳进场地，开始表演节目。围观的人群说，别看这群男女中学生也就十六七岁，打起人来却心狠手辣，没有什么怜悯之心，无论男女老幼，凡是不听他们的话或有狡辩、怠慢表现的，都被打得头破血流、满地乱爬。这时，许仲杰突然被他母亲一把抓住，拖出人群。

在一片喧哗嘈杂的声音中，许仲杰听到了母亲的喊声，你知道现在几点了，都快晚上七点了，你还在外面乱跑，你看见你姐姐了吗？许仲杰说，刚才看见的。陶文英一听，急切地问道，什么，你看见你姐姐了，在什么地方，她在干什么？

许仲杰告诉母亲，大约一个小时之前，在市中心的十字路口，他看见一辆卡车上架着几只高音喇叭，正在广播革命造反的檄文。那女声字正腔圆，声音高昂铿锵，引得周围的人都驻足倾听，那辆卡车围着军绿色的帆布，只有后边车厢是敞开的，许仲杰一纵身就挂在了卡车车厢的后板上，简直不敢相信，他看见正在播音的竟然是自己的姐姐。她穿一身土黄色的军装，头上一顶军帽松松地搭在头发上，显得她十分俊俏，挨着她身边坐着一个年龄相仿的男学生，白白净净清瘦的样子，正给她指点着要播音的文字段落，另一只手却很自然地搭在她姐姐的肩上，一盏台灯照着他们俩，很有温馨浪漫的意味，看上去就像电影里表现的，过去年代地下党情侣为推翻旧世界而战斗的情景，让许仲杰和身旁的刘宝杨一时看得呆了，羡慕得直流口水。

等到播音间歇，许仲杰大喊姐姐的名字。他姐姐见到是他，赶忙翻身下车，领着他们来到车旁一处树荫下，一会儿给他俩端来了绿豆汤和几个肉包子，许仲杰见了问道，要钱吗？姐姐说，不要钱，这是我们的流动宣传站。又说道，吃完了你赶快回家吧，别在外面乱跑了，回去告诉妈妈，我这几天要住在学校，不回家了。

陶文英听明白了，很生气，手都在颤抖，气狠狠地对许仲杰说道，走，我们去找你姐姐，一个十五六岁的姑娘，整天在外面疯，这下可好竟然是夜不归宿了，还要住在学校，成何体统！许仲杰只好跟着母亲又来到那个十字路口广场，哪里还能见到那辆卡车，树荫下的宣传站点也撤了。

迎面开过来一溜卡车，每辆车上都站着几个戴高帽、挂木牌、脸上涂着墨汁的男人，卡车开得很缓慢，站在车上的都是各单位的领导干部，被革命群众拉出来游街示众，纸糊的高帽子上写有姓名和标语口号。

高音喇叭里的口号一遍一遍地喊，惊天动地。人群骚动之处，又有一行游街示众的队伍走过来，这群游街的有些新奇之处，除了戴着高帽挂着木牌，每个人嘴里还叼着一束稻草，所有人脖子上都被套上了绳圈像狗一样被前面的人拉着走，有的人边走边敲打着手中的铜锣。

公交车根本开不动了，他们只好下车徒步回家。自家大院里也呼啦一下变成了大字报的天地，空气里飘荡着一股墨臭。传达室的大叔此时正站在大门口，身边围了一圈人，听他讲工人造反队进来贴大字报的情况，大叔操苏北口音，说，那个阵势，乖乖隆地咚，就像过去打仗一样，十几辆卡车开过来，黑压压的，巷道里人都走不过去了，人是清一色的蓝布工装，头戴柳条帽，手拿铁棍，我的妈呀，谁敢拦阻啊，还大模大样地叫我前面带路，我两腿发抖的，到处都贴满了，还叫我看管好，不准撕掉，要保持一个礼拜，我跟你们都说了哦，要保持一个礼拜的哦。住家的人只好在大幅白纸飘忽中弯腰钻来走去。

家里卫生间里，许从岳正在光着膀子擦身体，腰身以上多处青紫淤血，脖子上一道血红的绳圈痕迹，半脸盆浑浊的水，地上是一堆污秽的衣服鞋袜。许从岳看见他们进屋，问道，你们去哪儿了，才回来。陶文英看见丈夫的半边脸肿起来了，嘴角破裂，一边眼角也是青紫色的，明白了什么，关切地问道，你今天也被斗了？许从岳说，斗了，在体育场，万人批斗大会。陶文英说，也被打了吗。许从岳说，还好，没怎么打。陶文英一下子明白了，说，这么说，今天可是全市的大行动了，你事先就知道吧，怎么就不跟我说一声。许从岳摇头，说，哎呀，说它又有什么作用，增加了你的担心，又何必呢，我能挺住，过去我坐过日本宪兵队的牢，相比起来，这个批斗会不算个什么。陶文英看到丈夫后背一片淤血，大惊失色，说，我看看，打得这么厉害，还说没怎么打。许从岳说，行了，你帮我把竹刺挑出来，我看不见。陶文英说，不是都用皮带吗，怎么对你用起了竹板子。许从岳说，我哪里知道，他们是手里有什么就用什么吧。陶文英说，隔着衣服啊，衣服都打烂了。许从岳说，好好，我就是很饿了，早晨一直到现在，没吃什么东西。

陶文英听见，不再说了，赶紧动手做晚饭。饭桌上，许从岳说起批斗会，不急不慢，语调平和，就像讲述别人的故事一样，我先是被押在台下站成一排，等着一个个地被揪上台去，快要念到我的名字，看见台上一个写着我名字的高帽子，我就一溜小跑地跑上台去，自己主动把高帽子戴到头上，一个学生就给我挂上牌子，我就赶紧伸手弯腰，做成“喷气式”形状，开始接受批斗，这中间都挨打了，我挨打还不算重的，有几位性格比较执拗，不怎么配合的，就被群众打得很重了。

许仲杰看着父亲说话，当他们父子俩眼光对应的瞬间，许仲杰看见父亲眼睛里流露出一种类似羞赧的神色，一时很惊异，这是从前没有见到过的，那一刻，他看见父亲没有了平时的威严，身体也好像被打缩了一圈，看上去有些可怜的模样，他感觉跟父亲之间的隔膜感开始冰消雪融。许仲杰主动给父亲泡了一杯绿茶，以前从来没有做过，许从岳喝一口，眼睛看儿子，变成一种很感激的眼神，说，哎，这茶真好喝，喝杯茶真好啊。许仲杰听了，突然心里一阵激动，莫名其妙的。

许仲杰的学校坐落在一处坡地上，坡地下面一块平地有一座仿照北方的四合院的建筑，白墙红瓦，四周冬青和梧桐树环绕形成围墙，那是学校所属的幼儿园。幼儿园东南角一棵古柏树下，是一口古井。这个城市古井之多，恐怕在中国也是很少见的。因而，就带来另外一个很不光彩的特点，投井而死的人也很多。千百年来，也不知道有多少旷男怨女或走投无路的人，在白天或黑夜一头扎进深井之中，再变成一根肉柱形状被人从井底打捞上来。

说起从井里打捞死人，没有见过的最好永远不要去看，连这样的好奇的念头最好都不要有，否则，你这一辈子想起来就恶心难受。打捞的人，必须是几个人联手行动，各持一串铁钩子，那一串铁钩中间是一个大的、长的钩子，形状很像船的铁锚，但要小得多，四周挂着十几个大小、长短不一的铁钩子，丢进井里，使劲在水里晃动，使得铁钩能钩住人的衣服和身体。据打捞的行家说，必定要使铁钩能钩进人的身体，才能吃住劲，否则不好用力，然后几人一起用力把人提将上来。

说来也怪，你要说这井里有人扎进去淹死在其中，那井水以后还有人再用吗？有人用，不然的话，不用千年，就是百年过去，这城市的很多井不是都被掩埋了吗？到了现代，依靠一些科学发明的便利，事情就变得越发简单了。有人跳井死了，卫生防疫站的人就会应召而来，喷洒一番消毒粉、消毒液，等等，有更讲究一些的，调来一台抽水机，一夜之间就把原来积留的井水一抽而干，待到第二天，又是注满水的一口井，人们都会说，昨天那泡过死人的水都已经抽干净了，这水可是新渗进来的水。洗衣服、洗菜，还能一边谈论市井新闻和柴米油盐。井水最大的好处是不花你一分钱，永远是那么慷慨地让人们随意索取，而那井水又是冬暖夏凉，尤其是盛夏季节，打一桶井水回家，浸泡瓜果西红柿什么的，那滋味的鲜美不比后来家家户户的冰箱差。

还没到放暑假的时候，可是也没有人再关心这个了，许仲杰他们每天唯一的功课就是上街游荡，东张西望，心情很兴奋，早上吃过早饭，饭碗一推就往院子外面跑，要么就是刘宝杨已经在楼下叫唤他了。美中不足的是，母亲再不像从前那样，每天清晨在饭桌上压着二两粮票一毛钱。

这天早晨，许仲杰、刘宝杨和一帮少年党一路呼啸着从院子里冲出来，此时见到他们的人都会侧身躲闪，惹不起躲得起，刚到院子门口，就看见冯爱玲和一个女生迎面走来。冯爱玲穿一件白色衬衣，领边袖口镶着水红色的花边，下面是一条湖蓝色白色绲边的裙子，黑色带襻皮鞋，显得十分干净利落，在这个时候和环境中，有一种不合时宜的卓然超群，让所有人都会一下子把她视为异类。

一群少年看出她俩是来找许仲杰的，马上变得一个个斜着眼、歪着身体看她们，人群中还有人打起口哨，接着就出现一片“哦哦”的叫唤，有人就大喊，小美女，跟我们一起走吧，哥哥喜欢你！有人还加上一句，跟着哥哥走，吃喝玩乐不用愁。跟着冯爱玲来的那个女生似乎没有见过这个阵势，以为碰见了一伙街头小流氓，吓得直瞪着眼睛往冯爱玲身后躲藏。冯爱玲拉过同伴，让她站在自己身边，神态傲然地直瞪着那一伙人，大声说，许仲杰，你让你的同伙让开，我们来是有重要事情说。

那伙人见到冯爱玲这么强势，一时愣住了看着她。许仲杰见状，对那一帮人说道，你们先去吧，一会儿我们再去老地方找你们。一帮人走出去的时候，有几个大胆一些的，走过去时，故意用身体蹭一下冯爱玲和那个女孩。冯爱玲一时气红了一张粉脸，只是对着许仲杰杏眼圆睁，那意思很直白，你们如今跟小痞子混成一伙了。然后，冯爱玲叹一口气，那样子像个老大人似的，说道，别的班上有人说，这几天学校出了放假通知，各班的班主任都召集班干部开了会，我们班一直没人管，我们应该到学校看看去吧？

许仲杰听了，紧跟着她说，那是要去。其实心思还跟在冲出大门的那一伙人身后，一副心不在焉的模样。刘宝杨一听，赶紧说，你们去吧，我就不用去了，到时候你告诉我一下通知内容。

走近学校，沿着石阶刚走上那块坡地，就看见学校大门口黑压压地围着一大群人，冯爱玲几个人正待走进校门，突然从门里冲出来几个人，惊慌失措地大喊，周校长跳井了，不好啦，周校长跳井啦！围在大门口的人群跟着发出一片“啊啊”的惊呼，转而就跟在那几个人后面朝着坡地下面跑去。冯爱玲他们一下子有了被雷电击中的震惊，许仲杰也不打招呼，跟着也往坡下跑去。

那口古井周围已经被人群围得水泄不通，一片草坪已被人群践踏得乌七八糟，半空中升腾着一股黄色的轻烟，走近人群立即就闻到尘土混合着人体汗液的气息，令人忍不住有一点恶心。

这口古井许仲杰他们很熟悉，一到夏天就会被人加上井盖锁上，出于安全原因，也因为怕学生贪凉喝井水。这是一口很漂亮的古井，青白石的井圈，四周是石块砌成的井栏，青石板铺地，走近可以看到，井圈口有多处深浅不一的凹槽，那是经历一百多年绳索的摩擦刻出来的印记，让人看一眼就知道这口古井的沧桑，最近的历史根据健在的老人回忆，洪秀全太平天国的将士提拉井水洗刷过战袍，曾国藩的湘军在井栏边饮过战马。许仲杰奋不顾身地冲进人群，转着圈子寻找接近井口的空隙。待他找到机会挤进人群，扒在石头井圈上往下看，一泓井水倒映着一圈蓝天，清楚地看见澡盆大小的水面漂浮着一具人体，水面狭小，使得在水里的身体蜷曲着难以展开，只是漂浮的一团阴影，看不清人的脸。许仲杰此时还存在着一个念头，井下看不清是谁，怎么就肯定就是周校长呢？

再回头寻找冯爱玲他们，看见她俩依着幼儿园的粉墙站着，远远地看向这边。许仲杰此时就听见周围有人在议论，三五成群七嘴八舌地在说，有人看见的，说是昨天夜里就跳进去了，天还没有亮呢。人群中，许仲杰看见有几个老师是他认识的，其中有教他们音乐课的吴老师，她一个人站在一边角落，正在不住地用手绢擦眼泪，抬一下眼镜擦一下，还有教美术的靳老师、教数学的洪老师，两位男教师怕冷似的双手抱紧肩膀，神态凄凉地看着面前的地面。又听见有人说，原本今天要拉周校长出去游街示众的，给她剃了阴阳头。有人就很快接过话头，说道，我觉得就是不愿意游街跳井的，这一向跳楼跳井跳江的多了，每天都有。知道一些底细的就叹息到，也好，受那份罪也是难为人呐，周校长独身一人，这样子一了百了，真的也是来去无牵挂的。

此时，看见人群又是一阵骚动，就见从学校方向的坡上走来几个人，为首的是许仲杰他们的班主任老师，许仲杰看得真切，只见班主任老师没有接着走下来，而是站在坡上往井栏这边看，远远的许仲杰看不清她的表情，只看见她对着几个人正在说着话。接着，校工郭师傅领着几个人走下来，待他们走近了，人群突然发出“哦”的一声，自动闪开一条道，许仲杰看见几个人手里拿的是一挂一挂的铁钩子，水淋淋地提着一路走过去，“叮叮当当”的声音听得真切，许仲杰不自觉地打了一个寒噤。

以前，对于死人许仲杰是没有任何概念的，跟所有人在少年时代一样，当然也想过“人为什么会死掉”这样的哲学问题，但他怎么也没有想到，第一次看见的死人是自己敬仰的周校长，还是一个女的。那几个师傅走到井边，放下绳圈铁钩，三下两下地抖动绳索，然后是发一声喊“起了”，首先是铁钩子冒出井圈，接着是赫然出现的一具人体。

人群又发出“哦”的一阵低音，争着抢着地围上去看。许仲杰看到的是面朝天空的一具人体，一眼看上去不能立时分辨性别，因为她的头发一边是短发一边是推平露出头皮的，白圆脸，脸上没有眼镜，看上去不像是她，衣服被铁钩子划得稀烂，皮肉特别的白，身体有几处被钩破翻出花红色的皮肉，胸部扁平得看不出女性特有的性征，只是两颗大枣一样的乳头挺立着，是因为被井水久泡的缘故，一条大腿以常人不能做出的扭曲形状横斜地上……

许仲杰突然觉得肚子里有一股往上翻的东西，马上就要遏制不住了，他张开双臂使劲拨开人群往山坡上冲去，跑到坡上的一棵树下，忍不住地大声呕吐起来。他蹲在地上歪着脑袋看见，冯爱玲和那个女同学就站在身边，俩人拉着手在不住地擦着眼泪，肩膀一耸一耸的。冯爱玲见他站起身，不住地扯起衣角擦嘴巴，就递过来自己的一块手绢，许仲杰犹豫一下接过来，却没有擦嘴，怕自己的呕吐物弄脏了她的手绢，只是拿在手里攥成一团。

冯爱玲他们站在坡地上，看见对面的道路开过来一辆印有殡仪馆字样的汽车，一转弯又不见了，但他们知道，再一个转弯那辆汽车就会开到井栏旁边。但是他们这次却像约好了似的，再也不想看见周校长被抬上那辆汽车的情景了。

此刻，人群都散了，周围变得很安静，他们三个人觉得很累，就坐在土坡上神情恍惚地看着前方发呆。

天湛蓝，云彩很少，高远的天际浮着几朵棉絮般的白云，突然，“呀呀”两声叫唤，他们看见一只黑背白肚的大鸟横斜着从他们眼前飞过，就像一把利刃，划开了大片湛蓝的天幕，望过去追寻那大鸟的踪影，湛蓝下面流出了火红如血的颜色，那是木棉树鲜红的花，一片片、一丛丛，一直绵延到城市的天际线那边，那里是长江。

回到家的当天晚上，许仲杰就开始发高烧，在床上躺了两天，他直是嚷嚷自己头疼，不断地用手敲打自己的脑袋。

十一　窃书不为偷

从县城里住了几天回来，许仲杰发现，村民们看他的眼神一下子变化很大，一看见他们，村民们的眼睛就突然放出光亮，很惊喜地问道，回来啦，住在县里可是享福了，好吃好喝的。

皮友也从公社做工回来了，一只手摩挲着剃得发青的枣核形脑袋，贴近许、刘二人，笑嘻嘻地问道，县城里的女伢子多啊，也没得搞她几个好看的。

许仲杰扬手拍他脖子一巴掌，说道，老子想搞来的，就是没得钱，你赶紧地借我十块，这一个多月你在公社做小工，挣了很多钱吧。皮友一听见这话，赶紧地抽身跑掉了，嘴里还不住地说，没得钱挣，没得钱。刘宝杨见了，也追上一句话，在公社做小工，每天给一块钱，你以为老子不知道啊，今晚到你家吃饭，叫你婆娘准备好。

在县城住了几天，虽说是县委招待所吃住不花钱，但是，许、刘二人很快就把身上带着的钱都花光了，着急之下也顾不得面子了，就去找丁奉为借钱。丁奉为见他俩来借钱，笑道，不瞒你们说，我是早就料到你们会来找我借钱。

许仲杰不解，问道，这是为什么，你会神机妙算？丁奉为笑笑，摆摆手，一指桌上放着的《红楼梦》说，毛主席做出指示，要求各级干部读“红楼”，并且说至少要读三遍，高级干部要读五遍。我事情忙，这一年多，抓紧时间读了两遍，搞懂了一些想不通的问题。我不懂什么神机妙算的，可是对于你们俩的现在和将来，我还能看出来一些东西，也知道你们借钱做什么用。

许仲杰听见，不好意思地笑了，微微地红了脸。刘宝杨知道丁奉为都撞见过的，倒是很坦然，说，我们俩交了一个女朋友。丁奉为说，是呀，来县城当天你们都各自找了一个女伢子，那个能叫女朋友吗？

丁奉为有些感慨，说道，照理说，你们俩也是好人家出来的子弟，我相信你们总不会这样下去的，晃荡一阵子也好，不然你们哪里知道，稻米是长在树上还是种在田里，中国的农民过的是什么生活。

许仲杰听了，想到一件事情，说，丁大哥，你上次说这套《红楼梦》内部才能买到，你能不能帮我买一套，我写信让家里寄钱，一起还给你。丁奉为说，这个好办，县委里的干部有些生活困难的，没有买，配给的书应该有富余的。

在跟女孩交往这方面，许仲杰与刘宝杨不一样。至少在现在这个阶段，许仲杰一直坚持必须自己要喜欢，愿意听从自己内心很珍贵的感受，也跟从前的家教甚严有关，还有一些洁癖，所以，很难做到随便就能喜欢一个女孩。有时候见他这样，刘宝杨以为他跟冯爱玲还在热恋，问道，冯爱玲有新情况吗？许仲杰说，没有，一个多月没有信了。刘宝杨说，她有工作了吗？许仲杰说，好像没有，还在家待着。刘宝杨自己叹口气，说，哎，你这人想不开，这年头，哪个不是各人顾各人，过一天算一天，人家即使感情转移，也是可以理解的。许仲杰听了，自我解嘲，说，也不是那个原因，跟她没关系。

自从那天认识了孙敏，许仲杰跟她有了一番亲热之后，当下就认定，孙敏不是他喜欢的那一类型的女孩。刘宝杨笑话他，说，你有毛病，也不是真的找老婆了，萍水相逢的，对上了眼，就大家快乐一把呗。许仲杰说，我看你倒是变得潇洒得很，不挑不拣的，是个母的就可以。刘宝杨听了，嘿嘿笑，说，看你说得夸张，够狠的，我还不至于像你说的，你不知道，那个胖妞真是对我很有意思的。许仲杰说，那你就把她带回丁家大屋，我给你让房，我就认下那个胖妞做嫂子，让队长再给我盖一间新的。刘宝杨赶快地摇着手，说，那是万万不可能的，如今，我一个人活着就够困难的了，还敢拉家带口。又转移话题说，哎，你现在身边也没有别人，放着那个孙敏就这么干耗着，也没有意思吧？许仲杰突然冷笑一声，哼，干耗着又怎么了，老子裤裆里的东西也是金贵的，不能随便被人用。听他说得这么坚决，刘宝杨讪讪地笑，交往很多年，他很了解，别看外表一介文弱书生，要论决心和刚强，他还真比不了许仲杰。

另外一个很大的变化，从此，再没有人敢叫许仲杰“小嫩肉”了。自从打伤王队长之后，许、刘二人一战成名，十里八乡的村民都知道了，他俩是打架敢拼命的狠角色，路上碰见，老远地就指点着他俩议论，眼睛里是很佩服的神色。老红军干部陈祖望听到许仲杰一人挑战众人，出手神速砸倒领头的王队长，对身边的人说，这个男伢子如果当兵，肯定是个好兵，英勇善战，可惜了，当今没有用武之地了。又说道，打仗就是要敢于拼命不怕死，越是不怕死的人，越是不会死。那个王队长还是当过几年兵的，那样子的不禁打，真是丢人现眼。

杏花在村道上一看见许、刘二人走过来，停下脚步，站在坡上，侧过来身体，歪着头故意朝许仲杰投来一脸的媚笑，许仲杰走过她的身边，说道，少在这里骚了，皮友回来了，看他今夜不把你捶扁了。没想到杏花冲着他说，他敢，有本事你来呀。刘宝杨大笑，一推许仲杰，说，有本事你来呀，你去把人家捶扁了试一试。

许仲杰只得暗自苦笑，沉默不作声。杏花不主动招惹刘宝杨，却多次骚扰他。有一次，许仲杰闲来无事走进茅河边的漫坡地，大片的茅草已长成一人高，正好遇见杏花在那里割草，见他走来，就把眼睛直勾勾地瞪着他，先是身体一扭一扭地，待他走近站住了，杏花突然掀起自己的衣服，故作擦汗状，一对大乳房赫然展露，许仲杰看了口干心跳，从一旁绕过去，嘴里却不服软，说，你个婆娘真是疯了，光天化日之下的，哪一天老子跟皮友一起，打你个半死。杏花见他止步不愿靠近，放下衣服，绞着自己的双手，像做错了事情，说道，你不要听我们队里那些坏男人胡说八道，我不是那种随随便便的婆娘，我就是喜欢你这样的读书人，干干净净的，斯斯文文的。

何勇见到他俩，第一句话就说，你们可是回来了，在县城被女伢子绊住腿了吧，能完整地回来就不错了。刘宝杨斜着膀子一边往屋里走，一边说道，你更快活了，这几间屋子都让给你了，门一关，闹翻了天也没人知道。

何勇翻翻眼睛，说，哎哟，茅河对过的那两个女伢子都来了两趟了，带来的东西都放在你们屋里。

在回村的路上，许、刘二人就想到要过河找姜红薇她们，刘宝杨还特意提醒许仲杰，说，我听说，姜红薇是经人介绍，跟那个青年军官认识的，见了两次面，还没有确定。我看你呀，趁早，跟她挑明了关系，那个姜红薇分分秒秒地被人惦记着，说不定什么时候就真的结婚了。许仲杰听进去了，在县城这几天，他每天都想到姜红薇，她的一颦一笑，特别是恬静忧郁的神态，随时会突然跳出来，那晚虽然只是急匆匆的一次拥抱亲吻，却反而让他回味无穷。他不相信，她这样的女孩愿意跟当地人结婚，当即决定，马上就去找姜红薇，问刘宝杨的意思，他一听，说道，现在就去吗，你也太着急了一些吧，好好好，我也是舍命陪君子，去就去。

走出屋子，外面是大好的艳阳天，没有云彩也没有风，此时茅河的水平静流淌，水位浅，河床中露出大大小小的石头，水面一片波光粼粼，反光刺眼，有几个人身背竹编鱼篓，手拿鱼叉蹚着河水叉鱼，河岸缓坡地带到处开着叫不出名字的野花。走进那座白墙黑瓦的屋子，一眼看见胖姑娘正围着围裙忙着做饭，看见他们进来先是一愣，接着就欢叫一声，哎哟……我们的两位大英雄凯旋啦，欢迎欢迎！

刘宝杨立即做出一个熊抱的姿势，胖姑娘斜着身子一躲，说道，去去去，人家正在做饭呢，你先屋里坐着，正好中午一起吃饭。许仲杰只是对着胖姑娘点点头，就径直朝姜红薇屋里走。胖姑娘见了，脸上现出怪笑，也不忙着说话，直是对着刘宝杨丢眼色。

许仲杰敲门没人答应，轻轻一推，门是虚掩着的，走进屋里看到，姜红薇不在屋里，那种熟悉的暗香气息扑鼻而来，一眼看见床上的蚊帐是放下来围好的，那张小方桌蒙上了一块绿色的塑料布，不见了那本《金蔷薇》，却见到那只“红灯牌”收音机放在塑料布上，压着一张纸条，许仲杰心领神会地感觉到，那张纸条是留给他的，拿起来看到，纸条上却没有文字，画着一幅水彩画，是一个披肩发、小圆脸模样的小姑娘，张着一双大眼睛直瞪瞪看着你，眼白用粉红画了几道，似是一层泪水朦胧……许仲杰一下子觉得自己的心脏停止跳动了，他呆在那里想到，坏了，她这是去哪儿了？

许仲杰拉开门，就见到胖姑娘和刘宝杨俩人一起看着他哈哈大笑，胖姑娘说道，好啊，白马王子失恋了，你瞧他脸上的那样子，凄凄惨惨戚戚的。刘宝杨跟着说，国王率师凯旋，却没想到王妃跟别人跑了，人生的大悲剧也不过如此了。

许仲杰也顾不得那些了，只好觍着脸让他们取笑一番，才问道，她去哪儿了？回上海还是……还是结婚了。看他着急的模样，胖姑娘接过话头说，看把你急的，告诉你吧，姜美人还没有结婚，不过真的快了，她被借调到公社广播站，不在生产队干农活了，也是他对象家的本事。

许仲杰说，当播音员啊。又问道，什么时候走的？胖姑娘说，哦，有好几天了，跟我说了，你来找就让我告诉你，她在公社广播站有收听的东西了，那个收音机就给你用了。刘宝杨说，这些不重要，姜红薇有没有留话，让许仲杰去找她？胖姑娘说道，哎哟，就你这笨瓜才这么问，你看看人家手里拿的那张图画，比说什么千言万语的都强。许仲杰飞快地看他俩一眼，什么话不说，一转身就朝门外跑去。刘宝杨看着他的背影直瞪眼，说，完了，这家伙急的，这回看来是陷进去了。

胖姑娘转过他的身体，说道，管人家陷不陷进去的，你陷进去了吗？刘宝杨就势一把搂住她的腰，把整个身体贴紧了，说，陷了陷了。说着，就拉住她，脚下捣蒜似的往屋里走，胖姑娘直是嚷嚷，松开，还没吃饭呢。刘宝杨说，我这个兄弟很难为一个女人发疯，你看这事情怎么发展才好，我也好提醒他几句。胖姑娘口气幽幽地说道，发展什么，你难道看不出来吗，姜红薇脚踩两只船，两边使的美人计。

刘宝杨吓一跳，盯住她问道，什么美人计，你赶快告诉我清楚，这可是我的兄弟，不能不管。胖姑娘两眼瞪着屋顶，还是幽幽的口气，说道，我太了解姜红薇这个人了，她就是心比天高命比纸薄，哼，我看到的，她是漂亮，漂亮到你们男人一见了就想入非非的，用她自己的话说，还没来月经的年龄就受到男人的性骚扰，哎，可就是生错了人家呀，怎么办才好呢，那么就只好靠着自己的漂亮脸皮闯世界呗。

刘宝杨听了有些急，说道，先不说漂亮了，你快点说什么美人计吧。胖姑娘伸手拧一把刘宝杨的臂膀，说，你不会用脑子想啊，姜红薇还不是希望尽快回城吗，见了人家两次，男方家办过酒席了，本地的风俗嘛，就是订婚呀，男方家庭可是配得上她的，男伢子是部队副连职干部，父亲是县委副书记，两个姐姐，一个是县卫生局的干部，一个是县中学的老师，男方家就在挨着公社的城关镇，一排两层的新瓦房，平时家里就是男方母亲一个人住。

刘宝杨问道，那个县委副书记叫什么？胖姑娘说，叫什么不知道，大家都叫苏书记。刘宝杨暗自叫一声，这可真是巧了，不是冤家不聚头。他和刘宝杨被关在公社的那几天，就多次在朱亦丰等不同人的嘴里听到“苏书记”这个称呼，就是没有见过他本人。这个情况今晚回去记着要告诉许仲杰。

此时，冒着当午日头，许仲杰正疾步走在通往公社的公路上。这是一条由碎石和黄泥巴构筑夯实的土路，路面满布坑坑洼洼，有的脸盆大小的坑里还有积水，不时因拖拉机奔驰而过带起一阵黄尘，像一股浓烟飘浮在路上。许仲杰奔走了一阵，已是汗水淋漓，感到口干舌燥的，知道还有七八里路，想到如果拦截一辆拖拉机，就可以轻松快捷多了。这么想着，就站到道路靠中间的位置，一边走一边朝身后看。一会儿，望见远方开过来一辆拖拉机，也带着一个拖斗。那辆拖拉机看见他招手，速度先是放慢了似要停车，又突然开走了，好像不愿意搭载他，开了一段距离又停下，许仲杰一见，跑步赶上，一纵身，上了后面的车斗，车斗里坐着两个中年男人，抽着旱烟袋，看他几眼也不说话。

许仲杰找话题问道，你们也去公社吧？其中一个说，是哩，去公社窑厂拉一车砖，你是丁家大屋的吧？许仲杰点点头，说，是。心里在想怎么就认识我呢。那个人说，我们是王家大屋的，我们见过你。

许仲杰上车以后，看他们的表情心里也有一种预感了，又看他俩一眼，心想，不会是跟王队长来打架的那一伙人吧？一看他俩年龄又不像，想到先用几句话镇住他们，就正色问道，你们王队长现在怎么样了，还是那样子称王称霸的吗？那人挠挠头皮，说，还称什么王，他已经不是队长了，前几天刚被撤了，公社来人宣布的。这时，另外一个中年人说话了，还给了一个党内严重警告的处分。

话匣子打开了，许仲杰也看出来他们虽是王家大屋的，也还没有什么恶意，就摸出身上的一包“东海”牌香烟，抽出两支丢给他们，他俩看看在当地算是好烟，就夹在一只耳朵上留着。许仲杰听他们说了具体情况。他们还在县城的那几天，地区调查组下到了公社，当然也不是专程为他们打架这一件事情，在王家大屋找了有关的当事人，又专程拜访了老红军干部陈老。当天晚上调查组在公社开会，就做出了有关处分的决定，第二天就上报县里的调查组负责人批准了。

远远地看见公社那一排有白色围墙的房子，许仲杰止不住心跳，待他走过大门口附近的供销社，这是小镇上唯一一间卖日用百货的小商店，看见一个年轻女人的背影站在一棵树下，那是一个很标致、很引人注目的背影，许仲杰走过她的身边止步回头，是姜红薇。她穿一件湖蓝色衬衣，腰身剪裁很合体，铁灰色裤子黑色皮鞋，头发中分，在耳边各扎成一把刷子，自然下垂，头上斜扣了一只红白相间的发夹，显得神情灵动，枣圆脸白皙透红。许仲杰问道，你知道我今天要来吗？

姜红薇对着他睁大眼睛摇摆着脑袋，做出一种得意神态，说，我会神机妙算啊。许仲杰说，那你是巫婆了。姜红薇说，总是咄咄逼人的样子，不好嘛，倒是知道你肯定要来，一个人待在屋里无聊，每天都出来走走，就这么一个小商店。

许仲杰看一眼商店，说道，你需要什么吗，我来买。姜红薇一听就笑了，一脸的笑容灿烂，很高兴的模样，说，哎哟，口气真大啊，在县城做什么发了财了，你有多少钱，说来我听听。许仲杰听见她这么说，也干脆就浑着说了，打家劫舍了，得了一大箱子的金银元宝，给你就算杀富济贫吧。姜红薇抿嘴“哼”一声，说道，不跟你说了，一说开了，你就说胡话了。

跟着她进来公社广播站，一间宽敞明亮的屋子，水泥地面，绿色木格栅窗，有窗纱，花布窗帘正随风飘浮着，如梦似幻的，靠门的一半做了工作间，话筒、扩音器、唱片机等等，一张书桌上摊开文件、稿纸，一张木框绿色轻纱的屏风隔开了后半间，当作姜红薇的卧室，这些看上去就有了特别的城乡层次的差别。许仲杰先是坐进书桌前的藤椅，手把着话筒做出试音的样子，“喂喂”几声，然后转身对着姜红薇说，这下好了，你提前实现了自己的梦想。

姜红薇站在地上，神态不以为然，说道，噢，你就让我一辈子待在一个公社广播站吗，神经！

许仲杰去过省里的广播电台，那是学校应电台之邀，组织他们去录制诗歌朗诵，见过专业的录音间，中学五年经常待在学校广播站，那一套广播设备也比眼前的这些好得多，这时想起来那些场景就像是上辈子别人的经历，遥远而模糊，不想今天却坐在这么一间简陋的广播室，一下子觉得自己有些苍老了，岁月弄人啊。

许仲杰也不说话，起身径直朝里间走。姜红薇一见，轻声叫道，你干吗呀，哪有不经人家允许，就进人家卧室的道理。许仲杰回头说，早就进去过，现在进又怎么了。卧室有一张木椅子，故意不坐，径直坐到床上，两只手撑在背后坐着，蚊帐雪白，床褥柔软，闻到被褥枕边一股甜糯清香的气息，就有些眩晕的感觉。

姜红薇却不进来，靠着屏风站着，盯着他说，现在是我的上班时间，门和窗户都没关的噢，在这里可不比村子里，四周都是眼睛。许仲杰点点头，说道，放心吧，我原本并不是喜欢胡闹的人。姜红薇说，这个我知道，不然的话我也不愿意跟你交往。许仲杰突然问道，你是真的决定要嫁给那个军人吗？

姜红薇一听这话，沉默不作声。许仲杰又问道，你不能再想一想吗，我们都喜欢对方。姜红薇听了，看着窗外，说道，喜欢也就是喜欢，我不再相信世上有真正的爱情了。许仲杰说，你的意思是到此为止了吗？姜红薇说，我也承认我很喜欢你，从第一次见面开始，但是，喜欢又能怎么样呢，我已经在这里待了五年多了，待够了，你能给我一个什么样的将来吗？

许仲杰听见这话，立即火从心头起，站起身就朝门外走，嘴里说，我给你的将来，就是抱着你一起去跳长江，哼，美丽的故事！姜红薇一把拉住他，说道，你看你，说着说着就急了，怎么这么个急脾气，我难道说的不是实话吗？你先坐下，待我慢慢地说给你听。

许仲杰听见她这么说立即生气发火，有着深一层的原因，因为冯爱玲也说过大致一样的话，几个月之前，写信结束了他们的恋情，许仲杰品尝了人生第一次失恋的滋味。许仲杰搞不明白，怎么这两个女人竟然说出相同意思的话，虽然她们从不相识。

姜红薇又说，坐下，喝杯凉开水吧，给你加了一勺糖，我也没有什么好招待你的。许仲杰点点头，突然就安静下来了。姜红薇说，你能跟我说说你过去的情况吗，还有你的家庭和父母，我也会告诉你我的事情。许仲杰想到，可能他给姜红薇的印象不是一个情场新手，显出主动和老练。许仲杰从高一开始，跟冯爱玲在公园里亲昵，在僻静处勾肩搂腰等等的镜头被邻居发现并告发许家，母亲开始坚决反对阻止，看看不起什么作用，就严肃告诫儿子一定不能越过那道红线，许仲杰明白母亲所说“红线”的意思。那时，邻居家传出读高中的女儿怀孕已经不是耸人听闻的消息，公园的树林、江边的长堤、影剧院黑暗的角落，随处看到少男少女们相偎搂抱的身影，遍观这座城市，一方面是物质和文化生活的极度匮乏，一方面是千万人汹涌不可遏制的人性需求。

大院里的一些大妈、老奶奶、老婆婆，儿女们上班之后，闲来无事，聚拢在一起，天南地北地拉家常，每次必然要把现在的女孩儿、大姑娘们如何如何的不要脸，如何如何的不像个姑娘家，声讨责骂一通，都是一副痛心疾首的模样。一群大妈、老奶奶各自叙述着自己的所见所闻，听者直是摇头叹气，其中一个倒是说了一句老实话，哎呀，他们父母都管不了，我们说又有什么用啊。

到底是家教甚严，许、冯二人倒是没有浪迹街头，那帮少男少女们的行为，不敢做也做不到，他们都是待在冯家院子里，冯爱玲有单独的一间房，把除了那条“红线”禁止的其他“作业”都做完了。冯爱玲有本事把握着许仲杰冲动的进度。有一次在她家写作文，许仲杰在旁边坐着，他特别喜欢看冯爱玲的侧面，头发又黑又厚，被她不时地用手指挑到耳后，露出白皙的脖颈和耳朵，许仲杰情不自禁地凑上去吻一下，冯爱玲看也不看，一闪让开，顺势用圆珠笔扎一下他的额头。离开冯家的时候，他们拥吻道别，冯爱玲笑着指点他的额头，说，呆子，回去数一数吧，到底被我扎了多少个点儿。许仲杰摸摸额头，这才想起被她用圆珠笔扎的经过。冯爱玲说，不要被你妈妈看见哦，你妈会恨我的，记得回去赶紧洗掉它。

不想第二天上课，冯爱玲眼睛盯着许仲杰从身边经过，下课之后，使个眼色，把他招呼到一边，气哼哼地说，你故意的，额头上的印子怎么还在呀，你昨晚没有洗吗？

许仲杰看见冯爱玲的身影，必然就憋气心跳，但是又马上装出一副望天看地的漠然神情。尤其是夏天，许仲杰特别喜欢看冯爱玲穿短裙，短袖衬衣扎进腰里，显出肌肤白皙，身材匀称。学校篮球场上的一帮男生看见她走过来，毫不掩饰地发出"哦哦"的叫声，故意把篮球扔到她的脚边。有一次上体育课，许仲杰找借口独自溜回教室，坐到冯爱玲的座位，把双手放在课桌上，一下子就感受到了冯爱玲的体温，座位上还搭着一件她的衣服，许仲杰不由自主地拿起来，捧在手里，手有一些微微颤抖，整个过程就像干了一件见不得人的事情，背后冒汗。

那一天下午，时当初夏，正是江南好季节，就好像许、姜俩人时当青春年华。坐在姜红薇房间里，俩人说了半天的话。姜红薇说道，我知道，你们男生追女生，其实不是真的有什么爱情，就是追到漂亮女孩子炫耀自己的本事，要么就是看了那些手抄本的黄色书籍，追女孩子，就是为了上床寻求刺激。许仲杰赶紧申明，说，至少我还不是，我和她是从小一块长大的。姜红薇逼问他，柔声问道，你们交往那样久，真的就没有做过那个事情吗？许仲杰说，没有，就是没有。姜红薇笑着看他，眼睛里有光影浮动，说道，是呀，许仲杰从小是个好孩子，听话，这个我是相信的。许仲杰故意说，现在我不听话了，就不是好人吗？

姜红薇转而问道，你刚才说的，你爸爸的问题，是什么问题，什么时候有希望解放出来工作。许仲杰说，我爸爸没有问题，不然早就蹲监狱了，现在很多干部都去干校了，都没有了工作，那几年的情况，有人贴他大字报，说他抗日战争时期，组织派遣到上海采买物资，被抓到日本宪兵队，关了一个多月，我爸说，他一直没有暴露身份，以后历次审查，跟组织上写了十几次的材料。姜红薇挨近他，靠一下肩，叹一口气说，哎，蛮好的人家，让你妈妈想想办法，怎么样也可以在城里找一个工作的呀，何必到这里吃这个苦。许仲杰说，我爸妈倒是支持我到这里接受锻炼，再说，不来这里，怎么能认识你呢，那不是终身遗憾吗。姜红薇举手，打一下他的肩，说，锻炼了啥，倒是学会了油嘴滑舌，学坏很容易。许仲杰趁势一把拉住她的手，就往怀里拉，姜红薇一边挣脱，一边说，快松手，你捏疼我了，快别这样了，这里人多眼杂。姜红薇害怕他又冲动起来做出什么，于是找个理由，说要出去到公社厨房打一瓶开水。

姜红薇的屋里有一些唱片，都是革命歌曲，召开集会用的“语录歌”，其中有几张是歌剧《江姐》《红珊瑚》《洪湖赤卫队》的选曲，黑胶木的，一看就知道是过去的东西，在这山村里非常罕见。许仲杰看见其中有他熟悉的歌曲《珊瑚颂》，感觉非常吃惊。想起自己家里原来有很多中外音乐唱片，是母亲因为教学需要从五十年代初陆续购买的，后来母亲担心这些东西招来横祸，自己砸烂销毁了。许仲杰后来发现，母亲还是偷偷地留下了两张，一张是她最喜欢的歌剧《红珊瑚》，另一张是几首外国电影音乐。

问了姜红薇才知道，这几张旧唱片是她从公社一间封闭的储藏室拿出来的。许仲杰很惊讶，问道，那储藏室里还有唱片吗，有没有好看的书？他一听这样的事情就知道，这些东西肯定是前几年批斗抄家汇集的。姜红薇说，应该还有，书也很多，都堆满了一间屋子。她看看许仲杰不说话在想着什么，又说道，你是不是想去偷啊，我可是不敢哦，我拿这几张唱片是经过管文教的李干事同意的，借来听几天批判，是工作需要。

许仲杰说道，批判，你准备批判谁呀，别在我跟前装出革命的模样来，我敢打赌，用不了多久，那里的好书、好唱片都会被人拿光了，你这几张也千万别还了，别那么傻。姜红薇听他这么说，摇摆着身体呵呵地笑开了，很娇憨的模样，说道，人家就是胆小嘛，哎，告诉你吧，其实我也想去多拿几本书的。

许仲杰坐直了身体，眼睛放光，说，就是今天，等傍晚这里的人都走了，我有办法，到时你配合一下就行了。姜红薇听了，两眼直瞪着他说，我就是说着玩的，你千万不要啊，我刚借调到这里工作，让人发现，说我带人来偷书，那你还让我怎么见人了？许仲杰摆手，说，不会，到了吃晚饭的时候，公社院子里的人都回家了，厨房又在老后面，隔着好远呢，这个院子的结构我很清楚。姜红薇说，我后悔了，不应该告诉你这些。许仲杰说道，你这人，大惊小怪的，过去，我见过多少砸唱片、烧书的场面，当时要想搞一些，很容易，那时候不懂，也不觉得喜欢，想不到这里还有这些东西。不怕，到时候你听我的就是。一会儿，许仲杰提出放唱片听，姜红薇知道她要听的是什么，说，声音不能大了，我都是关上门，一个人能听见就行，被人听见，告发了，我就要死了。许仲杰说，是，当然要关门，不能给你造成不好的影响，让人给你扣上资产阶级腐朽堕落的帽子。姜红薇说，窗子也要关上。停顿一下又说，你不许有歪门邪道的想法，我不答应的，可以吧。许仲杰说，可以，我不急的。姜红薇听了，喷出笑声，说道，你这人说话，什么不急的，我倒是想问，我跟你现在是什么关系？

门窗关上，屋子里暗黑，唱片吱吱地响，慢悠悠地转，女声有穿透力，似从远山深谷传来的，因为太新奇了，震人心魄。许、姜二人木然呆坐，听了一张，又接一张，全然忘记了所有的存在，只沉浸在音乐里，屋子里很闷，很热，慢慢产生一股浓重的土腥气，俩人听得到对方的呼吸，一声比一声粗重。一曲终了，许仲杰走过去，要再换一张，姜红薇提起唱针头，说，哎呀不行，太热了，受不了了，赶紧开窗户。光亮透进来，许仲杰发现自己的衬衣都湿透了，贴在身上，也看见姜红薇汗如浆出，脸上一层水亮，的确良衬衣薄如蝉翼，透见背后带子中间的搭扣。姜红薇开门，探出身体，小心地朝门外看看，回过头说，吓人，跟你在一起昏了头了。许仲杰说，我不觉得很热，一直注意在听，其实，都是你自己在吓自己。

坐下来喝了水，许仲杰见到暮色四合，似乎眼前所有的东西都被一层青灰色的薄雾笼罩了。他坐不住了，“腾”地站起身对姜红薇说，你带我去那个储藏室。姜红薇瞪大眼睛说道，原来你还在想着，哎呀，那也要等到天黑下来再说，别人看不见。许仲杰说，这个你就不懂了，越是天黑夜间越是招人警惕注意，就是现在这个时候最好，别人都在吃饭或准备吃饭。

姜红薇听了，只好报以苦笑，说道，原来我以为，你肯定一直是个好学生、乖孩子，却原来……许仲杰知道她要怎么说，不想耽误时间，赶紧打断她说道，原来是个江洋大盗，江洋大盗做不了啦，就做个鸡鸣狗盗吧，还是那句话，那些书你不拿，用不了多久就肯定没有了，他们才是江洋大盗呢。

姜红薇说，你要我怎么做，我很害怕的。许仲杰说道，不用害怕，我保证没问题，你就在储藏室外面走来走去的，碰到有人过来，就找理由跟他说话。姜红薇说，那你进去十分钟就出来。许仲杰说，十分钟不行，二十分钟吧。姜红薇急了，说，二十分钟太久了，我快疯了，那就十五分钟吧。

许仲杰很轻易地就撬开了储藏室的后窗，进入屋子里开始翻找。这里是什么东西都有，长袍马褂，旗袍皮箱，红木太师椅，长条香案，牌匾，铜佛像，字画书籍……许仲杰突然脑子里闪过一个念头，以前听说抄家带出来很多的金条银元珠宝玉器什么的，于是他就在满眼堆放的东西里翻找，马上又暗自发笑，金银细软的，怎么会这样随意堆放在这里呢，如今谁也不知道都流落到哪里去了。于是赶紧找书。

许仲杰找到了一些书，竖排版繁体字绣像插图精装本《水浒传》，插图本《青春之歌》《普希金诗歌选》《红与黑》《契诃夫小说选》《双城记》《悲惨世界》《牛虻》《基度山恩仇记》《简·爱》（想到是给姜红薇的），又找到了几张胶木唱片，翻到一本画册，欧洲著名油画介绍，色彩鲜亮，正高兴着还想再找一找，就听到姜红薇敲窗户催他出来，赶紧把这些东西塞进挎包。

夜幕拉起深蓝色的帷帐，天空大片的云遮住了星光月色，周围没有了人声，显得气温降低了几度。公社院子里还有几间房亮着灯，这里的规矩，公社的柴油发电机只供应到晚上九点，到时就停止发电，以后谁需要就只能点自家的煤油灯了。许、姜二人耳鬓厮磨般地吃了饭，姜红薇柔声说道，该走了，快九点了，这里要熄灯了，你还要走十来里山路呢。

许仲杰提出来出去走走，然后再顺路回生产队。姜红薇听了，说，那好，我送送你。俩人出了大院门，脚步不由自主地朝着公社卫生院那一排房子走去，这是镇子里两处相隔最近的建筑。看起来姜红薇也很熟悉这一块地形，俩人走到卫生院背后，在一个围墙拐角处，许仲杰搂住姜红薇，亲吻她，没想到姜红薇这次没有推搡，也迎合着他的亲吻，发出“嗯嗯”的声音，一会儿，姜红薇身体一阵阵颤抖，抱住许仲杰的脖子开始哭泣，而且声音越来越大，无所顾忌的，似乎根本就不害怕被人听见，哭声让许仲杰听了心里直发毛，他不知道姜红薇为什么要这样哭，但又似乎明白一些。想到，你就大声哭吧，让别人知道了倒是好。过后，俩人坐在草坡地上，沉默不说话。他仰望着星空，不由得想起，在地球的其他地方，这个时候都有什么事情在发生，人们都在干什么。

十二　从天亮唱到黑

许仲杰的母亲陶文英不同意他跟冯爱玲谈恋爱，除了要以学习为主等老生常谈的理由，还有两个原因让许仲杰感觉莫名其妙，不能理解也不能接受。一是嫌冯爱玲的家庭背景太复杂，海外的、国内的，都不是革命队伍里的，担心将来许仲杰的前途受影响；第二是嫌冯爱玲太漂亮了，太引人注意了。陶文英当了十几年的教师，认为对年轻学生很了解，说道，女孩子有六七分的漂亮就很好了，十分的漂亮将来麻烦多，也不是过平淡日子相夫教子的人。许仲杰听了争辩，说，不知道你的标准怎么定的，冯爱玲也说不上是十分漂亮，她也就是比较漂亮而已。

陶文英听见他这么说就有些生气，说道，你现在不晓得跟谁学的，动不动就说而已，什么东西都可以说而已，一天要说好几遍而已，你觉得自己什么都懂了，是吗？你还早得很呢，我告诉你。你爸不在家，你就以为没人管得了你了，是吧？许仲杰听见母亲一下说了这么多的话，也很不耐烦，跟着嚷嚷一句，我不过就说了她比较漂亮而已，你说这么多话有必要吗？

许仲杰的父亲对于此事很少说话，总是被陶文英逼不过了，才说几句，说道，现在说那么多都是没有用的，就让他们以朋友相处吧，你不是也规定了不准越过“红线”的吗，这就很好，有“红线”就好。

陶文英说，你说的倒是很轻巧，这少男少女的，成天地黏在一起，那万一要是越过了呢？许仲杰就急了，说道，说了多少遍了，我不会的，再说了，我想越就能越吗，人家还不让越呢。许、陶二人听见儿子这么说，不由得被他这番话逗笑了。

陶文英心里也清楚，以学生不能耽误学习作为理由不让谈恋爱，在这个年代已经没有什么说服力了。大院子里，有的人家的男孩女孩早就成双成对地进进出出，做父母的还很高兴，认为儿子早找到对象倒是好，就不会再去跟社会上小痞子团伙混在一起，到处鬼混追女孩“拍婆子”，有一个女孩从此管着他，父母倒是放心了。隔壁住的邻居许仲杰叫她黄阿姨，一次很是无奈地对陶文英说，恁说怎么办，莫办法嘛，6号楼童部长家的小子昨天被公安局抓了，看守所的吉普车直接开进院子，戴上手铐带走的，为啥，跟同学在江边拦住一个下夜班的女工，拉到旁边树林里就把人家姑娘强奸了。黄阿姨带家乡口音的一番话，越发显得神情的真诚和无奈。陶文英接过话题说道，是呀，关键是孩子们看不到出路，没有未来努力的方向，只好这么胡闹着作践自己，也害了别人家的姑娘。黄阿姨一拍手，说道，陶老师，恁说得很对，我家大小子学习很好你是知道的，是学校的数学尖子，从小的理想是考大学，自己都选好上海交大了，莫办法啊，在农村一下子就扎根了五年多，回城进了农机厂，在铸造车间当了个翻砂工，都二十五六了，现在是变得喝酒、抽烟、打牌样样都来，还整天不说话，变成了一个闷葫芦。

那次两个母亲正说着话，也是巧了，听见有人在楼梯口唱歌，跟着看见黄阿姨的大儿子唱着走过来，外面刚下过半天中雨，只见他蓝色的工装，一身水和着一身的黄泥，一双褐色翻毛大皮鞋吊挂在脖子上，一路晃荡着，双脚却是光着脚丫子，“噼里啪啦”地在油漆斑驳的地板上踩出一串脚印，一只手托着一只足球，一只手提着小半瓶白酒，眼镜片上有很多泥点子，也不知道擦干净了。黄阿姨一见儿子是这副模样，问道，你这是干啥去咧？她儿子说，几个“插友”回城了，先踢足球，然后喝酒去了。黄阿姨说道，都快立冬的天气了，外面下这么大的雨，也不知道躲一躲。儿子却僵直着脖子，说道，我们高兴。

陶文英很早就希望自己的儿女能上大学，但如今这个想法已经没有办法实现了。从小学一直到高中，许仲杰的学习成绩一直很好，读高中之后，看到学校课程安排稀松，课余时间太多，陶文英让许仲杰学画画，给他找了一位教油画的老师，六十年代初中央美院油画系毕业，每到周末就带着许仲杰和几个学生到郊外写生。但是不管怎样，很快许仲杰也要去农村插队，陶文英知道这是大势所趋，她的想法是男孩去农村待两年，经历一些艰难，还是比在城市里没有正式工作，成天胡混要好。许仲杰插队之前，家里只有母亲带着他和姐姐生活，许仲杰的父亲下放到苏北的“五七干校”劳动，只有春节期间才能回家团圆几天。

那几年，许从岳的工资只发放原来的三分之一，减少了大半，主要依靠母亲的工资收入维持开支，生活水平就受到很大的影响。许仲杰正在长身体阶段，每天都希望吃到肉，恨不得木头放进油盐煮熟了都能吃得下。母亲经常做一种菜，肉丁加上酱豆腐干切的丁、萝卜丁混成三丁，许仲杰一见端上桌，就赶紧地挑那几颗肉丁吃，还跟他姐姐争抢打闹，转眼三丁就变成了两丁了。从比较富余的家庭跌落到比较拮据地过日子，许仲杰看到了自己的变化，也看到了周围人对他们家态度的变化。有一次，许仲杰看见母亲填写政治履历审查表格，在家庭出身一栏里写的是“城市小业主”。许仲杰说，“城市小业主”是干什么的，陶文英说，我也不知道这算什么职业，你外婆就是家庭妇女，一辈子足不出户，你外公开了一个卖香烟针头线脑之类的杂货铺子，没有干过什么其他职业。许仲杰问道，我爷爷是干什么的？陶文英说，你爷爷，从前在乡村教私塾，一辈子没有种过田，靠着祖上留给他的田地，我也不晓得有多少，你爸知道，租给人家种，依靠这些生活。许仲杰问道，那我爸应该算什么家庭出身？陶文英想了一想，说道，我记得你爸填写政审表格，写的是中农。

相比之下，许仲杰知道冯爱玲家的生活质量一直没有降低多少，他暗中思忖，冯家到底是家底深厚，因为有一次冯爱玲说漏了嘴，说她还不知道一只金戒指能卖那么多的钱。

在冯家，他吃过一些从来没有吃过的东西，那些美食留给舌尖的味觉印象令他终生难忘。冯爱玲挖苦他，说，我看你现在吃东西的样子，说狼吞虎咽那是夸你，整个的就是从牢里刚放出来的饿鬼。许仲杰说，你看看我现在的肌肉，都一团一团的了。说着，伸出胳膊，冯爱玲伸手摸摸捏捏，说，嗯，是挺硬的，还没白吃。

冯家的院子住进了另外不相识的五户人家，是一九六九年之后新生的“革委会”分配的，说是要打碎剥削阶级、资产阶级的生活方式，让他们与劳动人民打成一片，接受无产阶级的监督改造。原来院子的房屋结构变得四分五裂了，搬进来的五户人家，每家都是三代人住在一起，整天都是吵吵嚷嚷，烟火缭绕，那座典型的江南三进庭院已经不复存在，失去了它原先典雅宁静的美。从外面看上去，院子门楼当中原来镌刻的那个“福”字被砸碎之后，用砖块堵上了，颜色却与墙体不一样，看上去就像一只独眼怪兽蹲踞在地上，睁着一只独眼看着人来人往的巷道。如今许仲杰要进来都是走后院的小门，因为从前面的大门走，要穿过几户人家，要看到一些男女老少或冷漠或警惕的眼睛。他看到，第一座天井的两棵海棠被砍了，在原地搭建成简易棚，变成了各家的厨房，黑色的蜂窝煤和灰白色的煤灰堆放了一地，两边厢房的彩色玻璃已经被油烟熏黑，还挂着一缕一缕的烟尘，白色的院墙到处是墙面斑驳，天井两边的花墙上挂着晾晒的腊鱼、腊肉、腊肠，楼上的窗户挑出来一排竹竿，横空搭在对面的屋檐上，晾晒着床单被褥、衣裳鞋袜，天井方砖地面，几个小孩在踢一只皮球，追打嬉闹。

许仲杰不知道冯家对于变化巨大的环境是怎么适应的，有一次问起来，冯爱玲却很平静地说，哎，都是生不带来死不带去的，只要人还好好地活着就好。说这话的时候，她的脸上是一副与实际年龄并不相称的淡漠。许仲杰知道这些话原本冯爱玲是说不出来的，是她爷爷说给她的，但也确实是如今爷孙几个人相依为命的生活信念了。

冯爱玲还说起他们冯家过去的一些情况。冯家原先在广东就是富裕的商贾之家，辛亥革命之后，从广东迁徙到江南定居，成为这个地区纺织制造业的大户之一，新中国成立之前，单是冯家的地产房屋一项就已遍布江南各地。冯爱玲指着一片花园说，这里原来也是我们家的地产，抗日战争期间爷爷响应国家号召，无偿借给国民政府做战时办公用房，抗战胜利之后政府答应归还，因为搬迁拖了两年，后来没有想到，一九四八年初，冯爱玲爷爷被选上南京国民政府“国大”代表，一时成为头上加了政治光环的人物，她爷爷不知道出于什么原因把催还地产一事搁置下来了，再以后这件事情就变得复杂了，但是从来也没有哪一家政府说不归还。那块地方经过国民政府、日本侵略军之手陆续改造修建了几栋楼房，多年来占用者和用途几经更迭变化，如今由市委党校占用。

冯家原来有两个雇工，一男一女都是四十岁左右，现在只留下了一个女佣，碰到买蜂窝煤这样的力气活，冯爱玲就要和女佣搭手搬运了。冯爱玲有时叫许仲杰帮忙，冯家的爷爷奶奶就非常高兴，看着许仲杰竭力表现有力气的样子，冯爱玲爷爷说，我年轻的时候很不喜欢被人家说是文弱书生，家父为此还请来一个武林中人教我拳脚，终究也不过学了些花拳绣腿的，倒是让我认识到，有志男儿还是要学习文武兼备的本事，不能只会读书。

冯爱玲的房间是一个小套间，走进门是一间长方形的门厅，当作了她的书房，里面一间是卧室。第一次进入冯爱玲的房间，许仲杰就感觉她的居室跟别的姑娘大不一样，许仲杰姐姐的房间摆着的、挂着的，都是五颜六色的东西，零零碎碎的恨不得搞成个小商店才好。冯爱玲的房间色彩单调，一房栗色的硬木家具，床单被褥也是一律的浅色。此外房间里看不到什么装饰物件，就是一个干净清爽。许仲杰没有想到冯爱玲有很多书，一个双门书柜每一层都摆满了，看了真是让他十分羡慕。他坐到冯爱玲的书桌旁，书桌看上去很有些年头了，浅栗色硬木制作，直线圆角，造型简洁刚劲，手摸上去木质光滑细腻。冯爱玲那只粉色布面书包就放在书桌上。许仲杰拿起书包，抱在自己的胸前闻一闻，这个动作被冯爱玲看见了，她一下子笑了，嗔怪地对他斜着眼睛，说，快把我的书包放下，你这毛病怕真是改不了了。许仲杰对于冯爱玲的所有东西都喜欢拿起来闻闻嗅嗅，就像一只小狗那样，每一次俩人拥抱的时候，许仲杰也喜欢闻她耳畔发际和胸口的气息，为这个习惯没少被冯爱玲取笑和责怪，但是有时候她又喜欢许仲杰这么做，却是一种无形中的默许了。

桌上有几本书，他看到有一本书没有见过，《花间集》，繁体字，插图老版书，问道，这是什么书？冯爱玲说，古代诗歌。许仲杰拿起书来看，书页里夹着七八张书签，看看都是冯爱玲自己做的，用各色丝绸衣料的边角料包住纸板，贴上彩色布料剪成的花卉，丝线做穗子，一张张的书签制作得很精美，把许仲杰看呆了。他发现冯爱玲对这本书读得很用心，画了很多的读书记号。冯爱玲看他正翻看那本《花间集》，就随口背诵了几句，然后说，我们家里都很喜欢古诗词，爷爷喜欢杜甫，奶奶喜欢白居易，奶奶如今还会背诵很多。

书桌上摆着一只镜框镶嵌的三人合影照片，照相馆的半身照，冯爱玲和她父母的合影，男人的脸英俊而显瘦削，女人的脸圆润略显稚嫩，被两人拥在中间的小女孩，瞪着一双大眼睛，还噘着稍微显大的嘴唇。许仲杰注视良久，不说话，冯爱玲见了，悄然靠近，把头倚在他的肩上，柔声问道，你看得出来是我吗？许仲杰说，还是蛮像的，尤其是眼睛和嘴唇。冯爱玲说，你是不是嫌我嘴唇大了一点，不是书上说的所谓的樱桃小口。许仲杰说，没有，嘴唇大一点好，我是喜欢大一点好。又接着说，你爸妈都是蛮漂亮的，尤其是你爸爸，很有电影演员的样子，不像是工程师。

冯爱玲神情一下子变得哀怨了，双手抱住自己的肩膀，低头看着地面说道，唉，也不知道我爸在农场到底过得怎么样，把一个工程师弄去养鸭子，这么多年了，他这一辈子怕是完了。许仲杰问道，你去过那个农场吗？冯爱玲说，没有，我是一直想去的，可是爸爸来信不同意我去，爷爷也不让。许仲杰发现冯爱玲有一个特点，在学校但凡是身处人群之中，她总是高兴的，身边总是有几个女生围绕着，但只要她一个人独处，就马上神情冷落，常常是一个人坐在座位上，望着窗外，长久地看着，然后轻叹一口气。跟许仲杰待在一起，正说笑着，冯爱玲经常陷入一个人的沉思，跟她说话，她也没有兴趣。这一天，许仲杰问道，很快就要毕业了，你怎么想？冯爱玲愣着神，咬一下嘴唇，说，很烦，你已经问了好几遍了，我也不知道怎么办。冯爱玲属于独生子女，父母离婚时，她判给了她的父亲，她父亲一直没有再婚，按照国家政策，独生子女可以不去农村插队。许仲杰希望和冯爱玲一起下乡，即使不在一个地方，俩人至少可以离得近一些，冯爱玲如果留在城里，那他俩的前景就不好说了。许仲杰一直在想着这件事，但又知道，他只能等待前面那个不能预料的结果。

那一段时间，学校给毕业班安排了很多学习实际生产技能的活动，电工、木工、裁缝、开拖拉机、修鞋配锁、厨师、婴儿接生、农机维修，等等，为即将到农村插队的学生提供多一种生存的技能，能比别人多混到一口饭吃，其用心可谓良苦。许、刘、冯三人依据个人兴趣，都各自报了专项技能学习班。这所中学是省内最早建立的中学之一，二十世纪二三十年代，从这所学校走出了国共两党一批精英人物，后来的各个历史时期也是教育部门树立的典型。当时，根据形势，各地都在“深挖洞，广积粮”，准备打仗，到处都贴了这样的标语口号，无论工厂还是机关，根据人数，都建有民兵连、民兵营，有一种全民皆兵的气氛，年轻人很喜欢，很多热血青年都怀有拼杀疆场，以军功立业的雄心壮志。学校了解到各地农村大队一级组织都建有民兵营，专门为毕业年级组织了一个月的军事训练，请驻军部队派人带领训练，依照军队新兵训练条例，拉到郊区住了一个月，遴选成绩优秀的学生，参加了实弹打靶，颁发了大红奖状。那一个学期，毕业班的学生都不上课了，学校连续安排学习这些七七八八的东西。

南方的冬天阴冷潮湿，经常是雨夹雪的天气，早晨起来看见屋檐下挂着一排一尺多长的冰凌。许、冯二人是学生干部，也就成了生产技能学习活动的组织者，每天都要配合老师做很多工作。这个时候人心已经散了，学什么都是心不在焉，迷茫或者是麻木。冯爱玲这个阶段反而把自己放开了，公开了自己跟许仲杰的恋人关系，不再是偷偷摸摸地变换见面地点，以前都是一前一后拉开距离到校，现在他们俩是成双成对地进出，经常看到许仲杰骑一辆破旧的二八型“永久”牌自行车，后座上坐着冯爱玲，一条大红围巾围住她的半个脸，一手搂着他的腰，一路都是行人注意的目光。

一天晚上，许仲杰回到家，一见到陶文英就说，妈，你能帮我们找一个好的英语老师吗？陶文英奇怪，问道，英语教师，怎么突然就想到学英语了？许仲杰说，是这样，今天我和冯爱玲商量了，不去学那些乱七八糟的东西了，因为我问了下乡回来的人了，学了根本就用不上，也没有人用你，黄阿姨的大儿子也是这么说。陶文英问道，那又怎么想起来学英语呢？谁的主意，冯爱玲的吗？

许仲杰说，是的，你觉得不好吗？陶文英一时沉默着，她想到，这个冯爱玲还真是有些头脑，跟一般女孩不一样。于是问道，现在学英语到了农村，也照样用不上，你们两个想到了吗？许仲杰说，我们想到了，冯爱玲说了，情况已经在变化了，现在已经开始跟外国有交往了，学好一门外语将来肯定有用场的。他跟母亲说了刺激他俩有了这样想法的几件事情。一个是，前几天他们学校分别来了几批亚、非洲的外国朋友，参观教育革命的成果校办工厂，许、冯二人等英语学习好一些的学生，被选为陪同者，这几次陪同外国人的经历给了他们很强烈的刺激，感觉到世界其实离他们并不遥远，他们感受到了迫切希望跟外界交流的冲动。另一个是，他俩去看了一场电影，北京举办亚非拉乒乓球邀请赛的纪录片，热烈欢乐的场景，各色皮肤青春活力洋溢的笑脸，一下子让他们看得呆了，这部电影的内涵和风格，跟以往所有电影大不一样，尤其是那首主题歌《友谊花开万里香》，“美丽的鲜花在开放，朋友们啊来自远方……”“美丽”“朋友”这样的词汇似乎又回到了人们中间。欢快温馨的旋律，信息新鲜的歌词，一扫过去高亢喊叫的风格，让他俩耳目一新，觉得那是一个崭新的世界，更是他们喜欢的世界。

第二天他俩又去看了一遍那部电影，散场后，还抑制不住兴奋，骑着自行车，一路哼唱着那首歌，一口气跑到了长江大桥，俩人爬上桥头堡，挽手搂腰，站在那里迎着寒冷的江风，许仲杰突然放开嗓门喊叫了几声，来往行人驻足停留，眼光惊异，冯爱玲说，别叫别叫，你看人家都在看。许仲杰说，看什么，让他们看，我们又不会跳江。冯爱玲说，你说什么呢，瞎说。风变得很大，许仲杰说，行了吧，我们走吧。冯爱玲说，我想再看看，从来没有过这样的。远望长江尽头，舟楫点点，缓缓移动，云低雾障烟波渺茫。

临到许仲杰下乡的前几天，许从岳经过申请被批准回家看看。在这之前，许从岳想让儿子去抗战时期新四军打游击的一个地方插队，想到以后有什么事情好照顾一下，因为他在那里待过一年多时间，当地的地、县两级还有他当年的战友在担任职务，有几个山村的群众许从岳也熟悉，六十年代他去那里搞过“四清”运动。但是，政策又有了变化，应届毕业生要以户口居住区划片，跟农村插队地点对口，说是为了便于对插队知青加强管理，以后不允许学生家庭私自联系插队地点。

那天晚上，吃过晚饭，许从岳主动搬了一只方凳，凑到许仲杰跟前，跟儿子说了一晚上的话。陶文英在厨房洗碗，眼睛不时地朝他们父子俩看过来。这让许仲杰很受触动，因为以前父亲从来没有这么做过，跟他说话总是三言两语就结束了，父子俩的关系虽然没有像有的家庭那样势同水火，但是也谈不上很亲切。他和姐姐凡是遇到学习上、生活上的事情，许从岳都是说，去找你们妈妈，照妈妈的话去做。那天晚上，许从岳以缓慢柔和的口气，谈起了自己十六岁跟着堂兄从家里跑出来参加新四军，他说自己没有打过什么仗，因为读了将近十年的书，在部队被当作文化人，在新四军江南第四支队做的就是抄抄写写的工作，后来做过物资买卖，把根据地的农产品和工厂做出来的东西，秘密运到上海、南京等地卖掉，换取资金，购买部队急需的物品。他说，古语说得好，“知子莫若父”，我跟你平时交谈不多，但是对你还是很了解的，你身上的优点、缺点跟我年轻时候很相似。父亲告诫许仲杰走进社会一定要夹着尾巴做人，一定不要清高，清高会给自己树敌。父亲说，多说也无益，人生的所有过程都是自己一步步走过来的，不会少多少，也不会多多少，每一代人的经验都基本一样，一路跌跤是在所难免的，只是希望你不要摔大跟头就好。

许仲杰后来知道，那天晚上，在这座城市，有很多家庭的灯光下，也在进行类似的谈话。许多年之后，那一代人在五六十岁的时候回忆起自己人生的启航点，大多数是下乡插队，很多人都会有相同的感受，类似的谈话让很多父子一下子拉近了距离，一笔勾销了以往各自心中的恼怒、甚至互相仇视的心理疙瘩，产生了一种兄弟似的感情。许仲杰和刘宝杨那一段时间每天都是深夜才回家，各个学校都有无数的同学聚会，毕业生聚在一起无非就是喝酒、抽烟、唱歌、打闹，所有人的感觉就像明天要奔赴战场，可能要有去无回。这座城市的大街小巷，到处可见中学生模样的少男少女嬉笑打闹着走过，有的故意发出一路吼啸，有的组成几十米长的自行车队，唱着歌穿街过巷地迤逦而行，整个城市是一片的乱。但是，整座城市又以惊人一致的包容，展示着她父母兄妹般的慈爱，人们似乎都在说，就这几天的乱，就让孩子们再多玩几天吧，就让孩子们尽情撒欢一下吧，谁都是做父母的，谁家没有下乡知青呢？

刘宝杨是班级的体育委员，座位下面总是少不了有一颗篮球、排球，吸引着一群男生围着他转。他这两年身体发育得很好，长得很壮实，加上稍黑一点的皮肤，使他乍一看上去比实际年龄要大两岁。大家都知道他和同班的任菲谈恋爱，这个任菲是班上的文娱委员，许仲杰认识那个女孩，男生给她起的外号叫“玻璃人”，她从六岁起，就在市文化宫学习舞蹈，以后长成了长腿细腰的苗条少女，纤细的身材细白的皮肤，到了夏天看见她裙子下面露出的腿，可怜见的，怕是还没有刘宝杨的胳膊粗，瓜子脸上一双大眼睛，看见人就忽闪忽闪的，总是给人一种惊恐的神情，或是一种警惕的眼神，说话轻声细气，慢悠悠，听着急死人。

许仲杰开玩笑，说，你这家伙人高马大的，别在亲热的时候一使劲，把这个貌似林姑娘的“玻璃人”弄碎了。刘宝杨很得意，说，这个你就不知道了吧，人家跳芭蕾的，身体弹性十分好。许仲杰一想，也是，他们那个年龄，是个男的都会喜欢跳舞蹈的女孩，这个可能跟男性的基因有关系。

这一天，冯爱玲一早就来到许仲杰家，站在楼下喊他下来。大院里的居民大都认识她了，有的就朝向许家的窗户看几眼。许仲杰知道，下午几个班级要举办联欢会，大家却起了另外一个名字叫“散伙会”，少男少女们体会到了人生第一次“散伙”的离愁。到了教室，许仲杰布置几个人挂纸质的彩带和彩球，他帮着冯爱玲和几个女生剪横幅上的大字，那一刻，教室里很安静，许仲杰看着，眼前一阵心跳眩晕，第一次发现他们班级的这些女生各个都很可爱，花衬衫，黑头发，憨憨的笑，眯着眼做手工，奶白色的脸上毛茸茸的，她们每一个动作、每一个神情都散发着女性的美，有人说，十七八岁的姑娘没有丑的，怎么的都好看，许仲杰在那一刻真的信服了。

联欢会就是先吃饭，吃饱了一起唱歌，许仲杰这个班跟刘宝杨的班互相叫板，《少年先锋队之歌》《我们的田野》《麦浪滚滚》《听妈妈讲那过去的事情》《游击队之歌》《大刀向鬼子们的头上砍去》《打靶归来》《毕业歌》《绣红旗》《英雄赞歌》《我们的队伍向太阳》《红星照我去战斗》《金色的太阳升起在东方》《唱支山歌给党听》《北京的金山上》《十送红军》《洗衣歌》《愿天下的劳苦大众都解放》《天大地大不如党的恩情大》《毛主席的恩情唱不完》《社会主义好》……大家一路不停歇地唱，都有一种今夜要把所有会唱的歌都唱它一遍的冲动。多少年过去之后，许仲杰他们还在不同的场合唱起这些歌，时代的烙印深深地镌刻在他们的身上，有些歌本来是时代的一部分，唱久了就成了生命的一部分，其中有些歌他们的儿女们还在唱。有一次许仲杰开车经过一所小学，好像是星期一早晨，听到学校操场上站满了孩子，齐声高唱《少年先锋队之歌》，太熟悉了，那一刻，许仲杰听得呆了，把车停在路边，趴在方向盘上，歪着脑袋，使劲盯着格栅里面看，心中腾起的感情十分复杂。

散伙之后，许、冯二人走出教室，看见一轮明月亮晃晃地挂在空中，可以清楚地看到月亮中间几块山形的纹路，今夜是满月。大街上行人已经很少了，不知道是夜晚几点，六月的风如轻纱拂面，这是让人感觉最舒适的时候。许仲杰骑着那辆破旧的自行车，载着冯爱玲到了她家，依靠着院墙俩人亲热，此刻，各自的身体还散发着聚会时的温度，脑子里还满是狂欢时保持的激情，俩人不知不觉地拉着手走进了冯爱玲的房间。

冯家此刻很安静，能听见冯爱玲爷爷如闷雷一样的鼾声。冯爱玲主动关了顶灯，只亮着一盏台灯。许仲杰感觉到，在亲吻时，冯爱玲表现出少有的热烈地迎合，这跟以往大不一样。冯爱玲首先站在床边打开发卡，一头浓密的头发蓬松垂挂，许仲杰感到心脏开始剧烈跳动，半明半暗，半推半就，床上纱帐如飓风搅动，七手八脚地俩人就脱了衣服，冯爱玲平躺在那里，问青葱岁月一个男孩走了多长的路才抵达这块高地。此刻，许仲杰的头却突然发出“嗡嗡”的声音，脑海里蓦然映现出那座井台，白光照耀，周校长的身体，肌肤被水浸泡过久泛着一层象牙白，冷森森的气息扑面而来。许仲杰呼吸立刻变得急促了，下体瞬间崩溃了，他压抑着发出一声呻吟。许仲杰坐起身喘气，胸膛一起一伏的，心里特别懊恼。冯爱玲微低着头，咬着嘴唇含着笑，一只手摩挲着他单薄的脊背，浓密的头发撒垂在胸前，也半遮了一只眼睛，脖颈间散发着洗发香皂的气味。冯爱玲柔声说道，没关系，没关系的，你是这几天太累了，也太紧张了。

此刻，城市中心的那座电话大楼传来了报时的钟声，这是清晨开始的序曲，声音清晰而悠长。许、冯二人相互搂抱着躺在床上，都在听，感到每一次敲打出来的音符都像是重锤打在他俩的心头，“当当当”“咚咚咚”，以前为什么没有像今天这样专注地听过钟声，俩人睁大的眼睛互相对视，看到对方眼睛里都是惊恐一般空洞的神情。当最后的钟声以一声悠长绵远的回音结束时，冯爱玲跟着吐出一口长气，黑色的长长的睫毛微微颤动，渐渐闭上了眼睛。

安静了，许仲杰突然感到很放松，身体好像瞬间失重了，接着一阵睡意袭来，他就那样在钟声缭绕之中，像一个孩子一样，搂着她的胸脯睡着了。

十三　豆腐坊的芭蕾姑娘

毕业后在家待了半年，冯爱玲存留的“不去插队多好啊”的心理，很快就接二连三地被现实打消得一干二净。她甚至想过，既知今日还不如当初选择跟许、刘他们一帮人去插队，大家在一起至少不至于这样孤独寂寞。

冯爱玲开始心情很轻松，墙上挂上了学习规划的进程表，英语、数理化、作文题等等，心里想着，这下可好了，我可以不用去上学，天天坐在家里安心读书了。这样过了两个多星期，冯爱玲就感到十分烦躁了，有时连续两天足不出户，除了跟爷爷奶奶说几句话，整天跟人就没有交流，一天到晚说不到十分钟的话，冯爱玲觉得自己都有些变得木呆呆的了。她突然明白了，那些她自己制订的学习规划是完全没有目标的，说到底就是满足自己想继续读书的冲动，是对自己的一种欺骗，读书干什么呢？冯爱玲头脑里清醒地产生了这样的疑问。

爷爷也看出来她的情绪，跟她说，囡囡啊，你不能就这样成天地待在家里，就困在你那间屋子里，一个年轻人这样下去可不行的，你要尽快地走上社会。冯爱玲听了爷爷这样说，沉默不说话，一时不知道说什么才能消解烦闷的心情。

又是好几天不出门了，这天上午，冯爱玲跟着保姆到附近的菜市场买菜，到现在为止，她还没有单独出门买过菜，也从来没有提过菜篮子，感到不习惯不好看，心里感到很憋屈，就在保姆身后跟着走，心不在焉，东张西望的。到了菜市场，一股热气和着生肉气味、鲜菜气味、阴沟流水的气味扑鼻而来，她看见保姆从衣袋里掏出一卷票证，从中找出两张淡蓝色小纸片，说道，囡囡啊，麻烦你帮我先去排队买两块豆腐，我在那边排队买鸡蛋，你看行吗？冯爱玲只得点点头，看见了卖豆腐的摊点，就走过去站到一排男男女女的身后，低着头，闲着无聊地用鞋底搓着水泥地面。

突然听到一声清脆的喊声，“冯爱玲”，吓了她一跳，抬头看见是刘宝杨班上的文娱委员任菲，于是，好像一辈子没有见面似的，两个姑娘叫着跳着抱在一起，引得周围的大妈大嫂们直翻白眼。

任菲拉着冯爱玲的手，上上下下地看了一遍，这才说道，哎呀，我们的公主姐姐什么时候来菜市场体验民情了？冯爱玲听见，佯装生气，伸手要拧任菲，说，讨厌你，找打哦。又问道，你在这里做啥，也是买豆腐吗？任菲听见，却是笑得更欢了，说，姐姐，我不是买豆腐，我是卖豆腐的。冯爱玲说，讨厌，骗我吧。任菲改了一张认真的脸色，说道，真的，我就是在这里卖豆腐，刚上班的。

看见冯爱玲那一脸的诧异神情，任菲说，我哥和我姐都去插队了，两三年了，我就留下来了，这不是嘛，在家待烦了，没有分配到正式的工作，我妈就帮我在这里找了一份临时工。

冯爱玲听了，紧张兮兮地问道，那你就真的在这里卖豆腐吗？

任菲一听，立即就“哈哈哈”笑开了，说道，临时工，知道吗，就是卖豆腐你也不够资格呢，就是干杂活，什么都做的那种，一个月十八块五毛钱，我也才上班不到半个月，就让你看见了，不过这几天我碰到同学多了，也练得脸皮厚了。告诉你吧，我一来就得了个“豆腐西施”的外号，我也挺高兴，总而言之也还把我比作西施吧，哈哈，告诉你吧，流氓小痞子可多了，每天都有一帮来骚扰你的。

冯爱玲记得，任菲在学校一直是貌似清高的，一副对谁都爱答不理的模样，整天介做出落落寡合的神情，好像这样才配得上搞艺术的名声。她自己也知道有这个资本，到了春夏季节她就成了一张男生眼里随风飘浮的美人照，走到哪儿都有人在后面屁颠屁颠地讨好，很多女生对她都心存几许嫉妒。有一年全校的年终总结表彰大会，其间有学生自编自演的节目，任菲表演的是芭蕾舞剧《白毛女》中的两曲独舞，“北风吹”和“扎红头绳”，把她的传说变成了眼见为实。从六岁开始学舞蹈，已经具备准专业的水平，大踢腿、空中划圈等芭蕾标准动作娴熟准确，姿态优雅且面部表情变化符合角色心理，这一下就把全校师生给镇住了。尤其是那些男生，没有一个人不是眼睛瞪大嘴张开的。多年之后同学聚会回忆起这一段，还有人学着电影《巴黎圣母院》中的卡西莫多，斜着眼睛歪着嘴唇大喊“美”，引得人们大笑。冯爱玲当时特意回过头去看看许仲杰，见他也是眼睛睁大嘴张开，目不转睛地看着舞台，一时恨得咬牙切齿，几天都不愿搭理他。看了演出，大家服了，都不敢再议论这个玻璃美人数理化是白痴了。再以后，任菲来学校上课的时候更少了，刘宝杨说，任菲跟她妈妈去上海了，广州军区要招文艺兵。大家就起哄，说，你怎么不住她家，跟着提个包、排个队的，你也别在这跟我们混了。

当时学生们中间盛传社会上的一句俗话“一招鲜吃遍天”。全国艺术类院校多年不考试招生，看准了这个空当机会，少数学生为了躲避下乡当知青，父母就安排他们学一门技艺，一时学小提琴、圆号等乐器的，学芭蕾舞的，学京剧相声的，还有一帮子是专攻体育项目的，八仙过海各显神通，也是千军万马过独木桥，目标就是争取省、地、市、大型国企、各大军区等各类文艺剧团的招工指标，多年学艺请老师家里要花很多钱，而且风雨无阻地跑来跑去，没有坚强的毅力和家长的监督，能学出来像个样子的也非常少。

如今，冯爱玲看着任菲，半年多不见，就变成了这样一副嘴脸，还唠叨起来没个完，再看这位被男生誉为又是林姑娘、又是玻璃美人的装扮，只见她脚蹬一双临到膝盖的大雨靴，黑色的，一身深蓝色的工装，上身是吊带的那种样式，一头黑瀑布似的长发，被她用一根五彩颜色的发带扎了，松松地垂在瘦削的肩头，站姿还保留着跳芭蕾的习惯，脚尖朝外撇着，脸上的皮肤还是玻璃似的白得透明，一双杏眼顾盼神飞的，可让内行人看出来受过专业训练后不一样的气质。

冯爱玲止不住要问关心的问题，说，那你以后呢，你以后是怎么规划的？任菲说道，我现在还没有丢舞蹈，每星期几次去文化宫练习，等着嘛，大家都一样的，有什么办法，我算是知道了，家里没有门路，没有关系，跳得再好也白搭，不过我告诉你，我现在交了一帮好朋友，挺好的，我妈也终于给我一些自由了，哪天你有空我带你出去玩。

冯爱玲听了，不明就里，只是不停地点头。这时刚好排到她买豆腐了，卖豆腐的是一个胖胖的中年妇女，胖得脑袋好像直接长在肩上的，看不到脖子，也穿着高过膝盖的黑色胶靴，蹚着一地的流水，在来回走动，面前是一只半人多高的大水缸，里面漂浮着一块块白玉似的方块豆腐，问冯爱玲，要几块，票呢？

冯爱玲听来，女师傅的声音很大，震耳，她小心翼翼地从手心里把捏了半天的豆腐票递过去，女师傅问道，只买两块豆腐，够吗？给猫吃还是人吃啊，还排了这么半天的长队。冯爱玲听到周围一片笑声，也禁不住红了脸，刚要很老实地告诉这个女师傅，是家里人只让买两块的，见她一手从水缸里捞出两块巴掌大小的豆腐块，放在一张裁好的书页上托着，又是一声大吼，后面，几块？冯爱玲的后背就有人顶了一下，她赶紧地走开了，手里又没有网兜什么的，就这么用手捧着，一路走便是引来一路的侧目而视。

此刻，一句话突然在她脑子里冒出来，转着圈子地回响，走上社会走上社会……冯爱玲踩着自己的影子想到，今天算是走出来一趟。

已是初夏的季节，回到家里，冯爱玲一时感觉有些累，就躺倒在床上，也不像以前那样，不是看书就是听收音机，仰面朝天木呆呆地看着顶棚。这时，爷爷、奶奶敲门进来了，奶奶端给他一小碗银耳红枣莲子羹，坐到床上手摸着她的额头，关切地问道，囡囡累了吗？冯爱玲赶紧坐起身，说，不累，在想着一点事情。奶奶说道，唉，你这孩子从小就是心事太重，经常是愁眉不展的，不要一个人想那么多了，有什么心事跟我们说说，也能发散发散。冯爱玲听了更是长声叹气。

爷爷说道，我知道你这一段心里烦，我已经托人跟学院联系了，希望能为你找到一份差事，那倒是很适合你的性情。冯爱玲听了，一下子就跳到爷爷对面，说，去你们学院当然好了，可是我能做什么呢？爷爷说，你当然不能当教师了，再说现在搞复课闹革命，也还没有恢复正常的教学，各学科、各专业的教师都还在学校农场劳动呢，只有少数的回城在教课。

冯爱玲听了就紧张了，想起来任菲，不会让她去做勤杂工吧？又听她爷爷说道，我是提出来，希望让你去学校图书馆做个临时工，不要工资，什么都福利都不要，就是给年轻人一个锻炼和学习的机会，接触和了解社会。冯爱玲听了眼睛都亮了，想着，这下可是好啦。

冯爱玲爷爷又亲往师范学院跑了两趟。当时学院的领导大都是老先生的后辈和以前的下级，开始表现出很为难的态度，说是图书馆目前工作本来就不多，原先的那几个人也都是半天工作半天闲着，后来几经沟通情况，又听到保证不要任何待遇，终于磨不开这个面子，就给图书馆增加了一个临时工位置，让冯爱玲跟着一个中年女职工负责各种报纸的剪报，还有修补运动中遭到损毁的图书。剪报就是把各类报纸上登载的文章剪下来，贴在一个大本子上供人阅读，因为是各类报纸综合性的整理，信息量比较大，很受读者欢迎，尤其是对于年轻人中的一些文学爱好者，很像后来《文摘报》之类的。

冯爱玲得知要去师范学院图书馆上班的消息，非常高兴，坐下来写信告诉许仲杰这个好消息。提笔写信时冯爱玲才记起来，自己有半个多月没有给许仲杰写信了，其间她收到了许仲杰的两封信，许仲杰的来信除了说他的思念之情和坚持读书学习，还要提一下吃到什么好吃的了，前一封来信说跟刘宝杨、何勇杀了一条狗，何勇很有经验，指挥着他们俩干这干那，几个人忙乱着收拾干净后就开始烧狗肉，从晚上七点多钟一直吃到半夜两点，边吃边喝酒，三个人几乎把一条十几斤重的狗吃光了，只给养狗的人家留了一条狗腿。还绘声绘色地描述了后来发生的事情，养狗的人家其实是不愿意打狗的，是他们家的儿子、儿媳妇缺钱，想卖狗皮挣几块钱，撒谎哄他们打狗。第二天早晨，几个人还没有起床，就听到门外有女人哭叫的声音，啪啪地拍门，生产队的一个大嫂进了门，号哭一声，就躺倒在屋里的地上，双手拍打地面、双脚乱蹬，嘴里喊着，把我们家的狗打死了，你们也把我打死吧，把我也打死吧！你们这群没良心的，我平时没少给你们送菜，过年节没少给你们送花生瓜果……许仲杰说，他和刘宝杨以前哪里见过这个阵势，吓得躲在屋子里不敢出面，只有何勇蹲在地上在劝说。后来队长听到消息过来了，大跨步进门，瞪着眼睛吼，起来说话，躺在地上像什么样子，要不然，干脆脱了衣裳让这几个小伙子好好服侍你一天，也就算还了一条狗钱。那大嫂听了，乖乖地站起身，许仲杰他们这才看见她脸上却是一滴泪水也没有。队长大模大样地坐在灶间中央，跷着一条腿抖着，何勇赶紧上前给他递烟点着，队长悠悠地吐出一口烟，对那个大嫂说道，我就来秉公说个价吧，你们几个出十块钱，加上剩下的狗肉、狗皮你拿回去，这个事情就算结清了，再不要闹了。

一年下来，几十封来信都整齐地锁进书桌抽屉，许仲杰一直坚持每个星期一封信，冯爱玲开始是热切盼望邮递员的到来，第一次体验到远方情郎来信带给她的喜悦，心头一阵悸动还带着些许紧张的感觉，让她十分快乐。可是渐渐地就感到没有什么新鲜的东西要说了，诉说自己的苦闷，许仲杰也不能帮助解决，他的生活处境也没有变化。近来一段时间，冯爱玲感受到生活已经让他俩有了区分，有了各自不同的感兴趣的目标。正如她不像许仲杰他们，对于打狗吃肉这件事情那么感兴趣，读了信里的描写，冯爱玲反而觉得他们野蛮，完全是因为生活无聊才这样下作地折腾，在她看来，那一点也不有趣，不好玩。

冯爱玲写了到图书馆上班的消息，舒一口气，搁笔沉思着想再写一段思恋之苦的话，终是都觉得词不达意，心理就有些烦躁，拿起那本《花间集》来翻看。冯爱玲外表看上去虽是一个柔弱女子，内心却是坚强硬朗的。这跟这座城市千百年历史文化给人的浸染大有关系，相邻的城市上海和苏州，完全就是另外一种民风和性格，女人们吴侬软语、笑不露齿，就是徐志摩诗歌里写的味道“最是那低头的瞬间”，而这里却有着明显的北方的风格和个性，走在街上，满眼看到的街巷地名，很多是跟军队、吏治、儒风等等有关的，也有很艳丽的刺激男人目光的街巷名字，那是古时闻名遐迩的花街柳巷了，如同北京旧时代的八大胡同。这里女出租司机比较多见，但是你如果对于打车钱有什么异议，付款之前多说了几句，女出租司机马上就会不耐烦了，说道，有钱没有，没钱就下车走着，多大的事啊，这会子工夫我都拉到客了。你突然会不好意思地赶紧给钱走人，回头看看跑远的出租车，心里还落了个不舒服。

有那么几年，大家突然都喜欢起了诗歌，好些俊男秀女也学着写，首先应用在写给女孩情诗的实践之中，其中必定要安插几个或香艳或典雅的字眼，以此表示自己有文化品位。但冯爱玲偏就对把长句子截成短句子，排列成行当成诗的做法很反感，还是喜欢古诗词的味道和意境。给许仲杰写信时她想到，与其写那些“情”呀、“爱”呀的字眼和山盟海誓的语言，还不如抄写一段古诗词来表达自己的感情。她从书签夹着的书页里读到了一首诗词，过去读过几遍，喜欢了，就用书签夹着，如今再读到，掩卷沉思，觉得时间过去很长了，好像他俩已经分别了很久。于是，抄写来下给许仲杰：四月十七，正是去年今日。别君时。忍泪佯低面，含羞半敛眉。不知魂已断，空有梦相随。除却天边月，没人知。

等待一个期待的消息，无疑是度日如年。冯爱玲终于接到让她去图书馆上班的通知，她告诉了爷爷奶奶，心情很兴奋，走回自己的屋里，哼着歌曲开始找衣服，她首先想到的是要穿上班人样式的衣服，第一天上班，要让自己在别人眼里表现得成熟稳重一些，她很快找了几件衣服请奶奶过来看看。

没有想到，第二天早晨一起来就听到外面哩哩啦啦的下雨声，间或伴随着雷电，出门的时候雨下得大了，地面上起了一层白雾似的水气，阵风刮起雨线不断地砸向地面，溅起一片相连的碗口大小的水花。奶奶担忧地说，等一等吧，等雨下得小一些了再走，爷爷却没有说话。冯爱玲顾不得想了，她觉得第一天上班不能迟到，就举着伞一头冲进雨帘中，就听得雨伞上面发出“丁零当啷”的打击声。

下了公交车再步行一百多米，走进学院大门再走到图书馆那座二层楼，冯爱玲发现自己白色半袖衬衣已经大半被雨水湿透了，特别是胸前那一块，衣服都贴在身上，对着门厅的一面大镜子看见了湿衣服清晰地印出了文胸，蓝色的裙子边沿也是泥水点点，脚上的皮鞋早就灌满了雨水，一走路就“咯吱咯吱”地作响。冯爱玲看见自己如此狼狈的样子，一时不知所措，尤其是后悔不应该穿粉色的文胸，这个样子去见图书馆负责人会给人什么印象？

正在犹豫间，却见一个中年女人打着伞，也是一路小跑着进了楼门，先是站在那里跺脚甩手喘气，一会儿看看冯爱玲，问道，你是不是新来的？冯爱玲一听，赶紧回答，是的，我是新来的。那位女士看看冯爱玲，笑道，还真是无巧不成书，昨天田馆长通知我，说要给我配一个助手，我还直是说，我哪里够什么资格用助手的，没有想到就在这里碰见了。我姓梁，梁静敏。冯爱玲站直身体，低头一鞠躬，口里说道，您好梁老师，我叫冯爱玲，以后我就跟着您学习了。

梁静敏此刻已是安静下来，仔细地看着面前的这位姑娘，心里想到，老院长的孙女儿，清丽文雅的气质和相貌，可惜了，却来了这间图书馆当临时工。心里当下就有了几分怜惜和喜欢。梁静敏走上前，拉着冯爱玲的手，说道，你回家跟你爷爷说梁静敏，他应该记得我。你跟我还真没有什么可学的，你就暂时忍耐两年，待将来有了凤凰展翅的机会，也别忘记咱们相处一场的缘分。

梁静敏带领冯爱玲上了二楼，在走廊尽头一间办公室门外站住，梁静敏敲敲门，说，小田，新来的小冯来啦。说完，转身走了。冯爱玲想着，这师范学院的图书馆馆长应该是个鬓发斑白模样的人吧？却听见里面一个低沉浑厚的声音，进来。冯爱玲进了门，不见人，看清了这是一间小型会议室，四张长条桌拼成会议桌，一圈折叠椅，墙上贴着一行大标语，白底红字，教育必须使受教育者，成为有社会主义觉悟的有文化的劳动者。

正有些迟疑，却听见里间屋里有人咳嗽一声，冯爱玲赶紧地走进去，看见一个男人坐在办公桌后面，也不抬头继续看着桌上的什么东西。这间屋子不大，办公桌、两把椅子和一张蓝色布面的三人沙发，显得比较拥挤了，似乎比自己住的屋子还要小一些，让她吃惊的是这个田馆长很年轻，她看一眼，思量大概不过二十八九岁吧，见田馆长还在看东西不说话，就只好站在离他三四米距离的地方等待。过了一会儿，田馆长抬头，身体往椅背上一靠，很有做派地举起一只手，手掌朝下摆摆，那意思是让她坐下。

冯爱玲并拢双腿，把双手按压在裙摆边沿，在田馆长面前的一把椅子上挺直脊背坐着，就感到后背冰凉的。这是奶奶从小就教给她的坐姿，后来在学校，多次看见过周校长也是这样的坐姿，无论对方是教师还是学生，只是周校长的脊背不需要挺得像她这样直。

田馆长见她坐得一副端庄的模样，不觉微微点头，又眼光不易觉察地在她胸前盯了一下，开口说道，冯老已经退休好多年了，他不了解如今学院的情况，现在图书馆想进一个人，那是很困难的。

田馆长见冯爱玲瞪大眼睛，不明就里的神态，接着说，这次你能来，院领导主要看我的意见，我是经过多方考虑才同意你来的。至于工资嘛，也不能一分不给，先试用一个月再说吧。

冯爱玲听见，急忙说，田馆长，我不要工资，我就是来学习的，我爷爷说已经跟领导说好了。田馆长又很有气派地抬抬手，这是示意她稍安毋躁的意思，声音提高了一些，说道，给不给不是你爷爷说了算，如今这里是我说了算。田馆长当下心里就有些不舒服的感觉，这个女孩心高气傲的，得用什么手段让她对自己变得服帖一些。

冯爱玲像被霜打的茄子，面容戚戚地走到楼下图书馆办公室，梁静敏看见她过来，把她拉到身边坐下，关心地悄声问道，是不是看见一副骑在人民头上作威作福的嘴脸，我告诉你，这就是典型的小人得志，你还真是从此要注意了。冯爱玲直是摇头，心里想，这个田馆长，怎么一见面就好像跟他们家有世仇似的，回去得好好问问爷爷是怎么回事。她嘴里却说，梁老师，没什么，田馆长布置我跟您的工作。不料梁静敏却说，呸，他也配，他才来几年，我都干了二十来年了，我倒是比他懂行。一看快到十一点了，梁静敏就拉着冯爱玲去学院食堂吃饭，冯爱玲有些诧异，说，这么早就吃饭，我今天还什么都没有做呢。梁静敏笑了，拍一下她的手挤一下眼睛，说道，第一天，这里本来就没有什么事情做，咱俩先出去走走吧，看雨也停了。我告诉你，这个破学院什么都不行，要钱没钱，要待遇没待遇，要名气更没名气，就是地方好，进来就像是个公园一样，我就图它这个了。俩人一路说着话，走出楼门，雨后，外面树木葱茏，花香袭人，梁静敏开始把田馆长的简史说了一通。

冯爱玲没有看错，这位田姓男士二十九岁，按照梁静敏的话说，他们一大家子，几代人都是吃学院饭的。她说出这句话的时候，脸上满是鄙夷和不屑的神情。田家的祖父新中国成立前就是这所学校的校工，什么活都干，打理学校的园林，蹬平板车，打开水送到各个教师办公室，那时候教师谱大，有人伺候。梁静敏一口北方口音，那时这里还叫师范学校，他的父亲后来到识字班上了几年学，摘了文盲的帽子，在学院总务处干后勤，身份变成了干部，田馆长本人从小学习板胡乐器，也是近水楼台嘛，他父亲给他找的学院的教师，十六岁的时候碰到一个机会，他父亲老家的一个亲戚来本市招文艺兵，凭借这层亲戚关系，他去一个大军区的文工团当了几年兵。据说这家伙人小却天性机灵心眼活泛，七八年下来，混得个入党提干，两年之前转业回来，先是分到江边码头搬运公司当宣传干事，干了半年，托关系走后门调到学院办公室，后来人们才知道，院办主任曾是他部队文工团的领导，虽然院办主任早年就从部队转业了，俩人并没有共事过，但是一提起那个很多人都知道的文工团的名字，俩人立即互相拍肩打膀地认作了战友。不久之后，赶上一个革命的新热潮，到处都在提倡领导班子“老、中、青”三结合，院办主任升任学院党委副书记，原来的图书馆馆长刚五十出头，是学院仅有的正经八百学过档案学和目录学的教师，因为为人木讷一些，比较喜欢钻牛角尖，经常在业务上跟领导较真，新任的党委副书记刚好分管图书馆这一块，一年不到就找个理由把他调离了，田姓馆长上任也才半年时间左右，目前还挂的是副馆长的名号，主持工作。

在学院花园里走了几圈，听了梁静敏讲的田馆长简史，还有学校的其他情况，冯爱玲不但没有听明白，反而变得更糊涂，尤其是被一些新鲜的名词困扰了，听不懂它们的含义，什么“关系”“走后门”“分管”“职能部门”“业务部门”“三结合领导班子”“活泛”“木讷”……那天几乎什么事情也没干，下午四点多钟梁静敏就对着冯爱玲使个眼色，意思可以下班了，她抬头扫一眼才发现，此刻图书馆办公室的几个人不知道什么时候走得差不多了，只有一个角落里还露出一个戴眼镜花白头发的脑袋。

在学校门口与梁静敏道别，走到公交车站，冯爱玲突然感到很疲乏，眼前看东西是一片虚茫的，脑袋是昏昏胀胀的，有一种陌生的感觉，她觉得自己好像一下子就变老了许多，心里一阵阵发紧，又有一种苍凉的感觉升起来。她当时就理解了为什么前些天碰见任菲的时候，觉得她变化很大，没有了在学校的气质，也没有了学生的模样。回到家，一走进后院的小木门，冯爱玲就感觉舒服了，踏实了，有一种以前没有过的亲切和安详的感觉。爷爷和奶奶关切地询问她了很多情况，提起田馆长和其他几个学院的领导，冯爷爷直是摇头，说道，你说的这些人的名字，我是一个也不认识了，唉，真是世事沧桑人易老。

冯爷爷末了还不忘记再叮嘱一句，要多出去走走，多接触人多接触社会，这样才能了解社会，年轻人将来的路很长，经验都是靠自己一路走来积累的，不能仅仅依靠别人说。冯爱玲这回是听进去了，想起来，自从毕业到现在，半年多了，她也真的是大门不出二门不迈的，想起来也是，古代大家闺秀还有个借踏春与公子偷情的时候，何必把自己关在深宅大院里苦度岁月，到底为谁熬白了头？想到这里，春心萌动似的高兴起来，不觉得暗自发笑。当下就决定，到文化宫去转转，希望遇见任菲，跟她说说话。

傍晚，冯爱玲洗过澡，换上一身自己喜欢的衣裙，海蓝色短裙，粉花格衬衣，开始她把衬衣放在裙子外面，觉得不见腰身，老气，改成扎在短裙里面，照着穿衣镜转一圈看看，觉得很合身。

骑车不远就看到了文化宫圆形大屋顶，大门口是乌泱泱的大片人群，今晚的电影有两部：《第二个春天》《侦察兵》，都是几年之前就看过的老片子了。冯爱玲跟人群保持距离站着观察，一段时间没有来这个地方，上次还是跟许仲杰来这里看电影，现在这里是更乱、更脏了，遍地都是乱扔的瓜果皮核和碎纸，一不小心会踩到水泥地上的一口浓痰，让人恶心，大喇叭正放送铿锵高昂、节奏感很强的歌曲，再加上所有人都在说话喊人，两个人对面说话都要放开嗓子。

冯爱玲双手抱着站了一会儿，就觉得待不下去了，想起来任菲说的，她一星期几次到文化宫跳舞，穿过挤挤攘攘的人群走进大门，就听见二楼断断续续有人在弹奏钢琴，循着音乐的声音，她找到了舞蹈训练场，走进去，看到一群跳舞的姑娘中间有任菲，正跟随着音乐做动作，距离冯爱玲也就六七米。穿着舞蹈服的任菲完全就是另外一个人，就是那个成语“婀娜多姿”所形容的，难怪男生见了都要眼睛睁大嘴张开了。任菲也看见了她，对着她点点头。冯爱玲索性也跟着一群人坐到地板上，观看她们跳舞，音乐停了，一个女教师拍着手喊着动作口令，一群姑娘就开始跟着口令做出各种芭蕾动作，她们一个个肢体开合辗转尺度很大，动作柔软又刚劲，看得人脸热心跳。

任菲下来后，拿来两瓶汽水走过来，气喘吁吁，脑门上一层细汗，舞蹈服纤薄紧绷，前胸部位洇湿了一片，冯爱玲见了，掏出手绢不住地朝她脸上打扇，连声说，跳得真好，真辛苦，真辛苦。任菲接过她的手绢，边擦汗边说，辛苦什么，每次都是这样，几天不跳，腿就会变硬张不开的。

冯爱玲呵呵笑了，说，今天我也是信服了，你让我也是眼睛睁大嘴张开了。任菲明白她说的意思，说，哎，男人嘛，不都是这样，没几个是好东西。冯爱玲听了，很吃惊，说道，哎呀，任菲，你怎么这样说话。意思是她好像经历了很多，经验丰富似的。任菲不接她的话茬，神经兮兮地说道，告诉你吧，我们这里还有女的跟女的好的，我都碰见过的，在洗澡间，她们抱在一起亲吻，还互相用手摸。冯爱玲看见有人走过来，赶紧地拉一拉任菲的手臂，说，你快别说了，瞎说，怎么会有这样的。任菲倒是不以为然，撇嘴仰头，说道，她们都敢做的，我们说说还不行吗？

冯爱玲看到她没完没了地继续这个话题，感觉不舒服，就赶紧岔开话头，说，你这个豆腐西施呀，还是应该叫舞蹈西施才好。她的眼前闪现出任菲穿着蓝色背带工装，脚蹬大雨靴的样子，滑稽又楚楚怜人。可是，任菲总是这样像一只小鸟一样的快乐，蹦蹦跳跳，叽叽喳喳，从来看不见她忧愁的时候，这个很让冯爱玲不解。听见任菲说道，哎呀，正要告诉你，我不在豆腐作坊做临时工了，我刚调到文化宫，在报刊阅览室当临时工了，以后我就叫报刊西施吧，哈哈哈。

冯爱玲很是惊奇，一时还没反应过来，但是她是听明白了，文化宫报刊阅览室，一听这个名称她就感到十分向往，上班有很多时新的报纸杂志随便看，又在文化宫这个青年人聚集的场所，那应该是她梦寐以求的工作。她跟任菲说了自己在学校图书馆的工作，任菲说道，也还行吧，就是冷清了对吧，都是大妈大叔的。冯爱玲点头，说，可不是嘛，我才上班一天，就感到自己变老了。说完，她就自嘲地笑起来，神情跟着就暗淡下来。任菲说，哎呀，不管它了，这个年头想多了也没用，你想做的就能做吗，抓紧时间及时行乐吧，再过几年还不过就是结婚生孩子，然后也是做大嫂大妈。

冯爱玲看一眼任菲，说，你们家还是有一些关系的吧，这么快就给你找了一份好工作。任菲说道，什么关系，都是我自己的关系，朋友帮忙的。冯爱玲惊讶了，瞪大了眼睛不说话。任菲说，这个星期天，我给你引荐几个朋友，他们都挺厉害的，家里的后台都很硬，正好，你们家是旧贵族，这几个人是红色权贵，应该互相欣赏吧，有什么事情大家互相帮忙嘛。冯爱玲说，你又在瞎说，什么贵族，都是一样的。任菲说道，本来就是嘛，这有什么不好说的，你们冯家一说起来，他们肯定也知道，就是不知道你这个公主姐姐喜欢不喜欢。

冯爱玲听了微微点点头，算是同意了。俩人分手后，冯爱玲脑子里热烘烘的，又在文化宫门口的小卖部买了一根冰棍，含在嘴里吃着，慢慢地推着自行车往回家的路上走，一路上想着明天要去上班，不知道怎么度过那七八个小时。

这时从文化宫一边侧门开过来一辆军用敞篷吉普车，速度很快，带着刹车的摩擦声转过弯，车轮卷起地面上的碎纸灰尘，然后飞快地朝向大街驶去，车上轰响着节奏欢快的音乐，几个男女青年一个挥舞着一面红色的彩旗，另一个挥舞着一件衣服，全都在欢呼吆喝着，一路开去，冯爱玲看见一个姑娘熟悉不过的面容，她正在举起双手跟着一起呼叫，那是任菲。

十四　茅河青粼粼的水波

去公社找姜红薇回来后没有几天，赶上生产队放电影，这是生产队农闲季节安排的对男女老少的犒赏，出钱请县里的流动电影放映队放两场电影，电影很可能是去年看过的，也没办法，但人们照样很高兴，五里八村的人知道消息，都乌泱乌泱地赶到队里的打谷场，公路上远远地看到，肩扛板凳拖家带口迤逦走来的队伍。

这也是周围年轻人的大聚会，姑娘小伙子们互相偷瞄的大好时机，附近各个知青点的人也会结群而来，许、刘和何勇三个人就理应做好东道主的一些准备。这一天，三人一早起来，就去村民家买了几个老南瓜、几斤绿豆，还有一点糯米，南瓜洗净切块放进大锅里，煮它几个小时之后，经过高温煮透的老南瓜变得柔烂如泥，汤汁裹杂着煮熟的绿豆、糯米，就成了一道美味的饭菜，其味道清甜粉糯，非常可口，几乎让人舔着饭碗，把自己的鼻子吃进嘴里，这是当地村民吃了几代人的一道美食。

何勇在煮饭的时候说，赶紧的，把你们俩值钱的东西收好、藏好，尤其是钞票要随身带着，那帮土匪来了之后没有不丢东西的。

许仲杰提前一天就让人带信通知姜红薇。那天傍晚，太阳还没有落山，姜红薇和几个女同伴走进了他们的屋子，凳子不够坐的，有人就只好坐在锅台上。姜红薇在许仲杰的屋里转着看了一圈，坐到桌前，翻翻许仲杰正在看的几本书，英语，文学读物，历史读物，解析几何课本，等等。姜红薇频频点头，说，难得你有这样的韧性，还坚持看这些书。许仲杰说，好好说话行吗，怎么说起来跟我妈一样啊。姜红薇斜睨他一眼，你想找一个妈管着你呀。许仲杰笑一下，不说话，抽烟。姜红薇说，哎，你什么时候学会抽烟了，以前没有见过。许仲杰说，抽得不多，再说，不抽烟也不行啊。姜红薇说，怎么就不行了。许仲杰不说话，姜红薇推他一下，说，快说呀，不抽怎么就不行了。许仲杰暗中观察她的举止神态，他知道，但凡一个姑娘对你上心或有意了，必然就会对你的前程提出规划或要求，你基本上就成了她的人生计划的一部分，这就预示着她爱上你了。以前冯爱玲也是这样的。

姜红薇又想起什么来，突然问道，你原来桌上放着的那张照片，怎么不见了？许仲杰愣一下，说，什么照片，你送我照片好了。姜红薇伸出一根手指在他的鼻子上划了一道，说，说谎吧，你同学，那个女孩子，以为别人不知道吗？许仲杰明白了，以前桌上放的冯爱玲的照片，肯定是刘宝杨或者何勇当中有一个人说出去的。许仲杰摸一把脸，说，唉，已经散伙了。姜红薇眯眼看着他笑，说道，跟我说实话了，这就对嘛。又问道，什么时候的事情啊，怎么上次去我那里没有听见你说嘛。

在这之前，许仲杰也预料他们的恋情难以持久，从来信中可以看出，双方感兴趣的话题不是越来越多，而是变少了。有好几次，许仲杰兴致勃勃地写了几张信纸诉说的事情，冯爱玲回信却是只字不提，不加任何评议，这很折损许仲杰的情绪，冯爱玲的信也从不出现热烈或甜蜜的字眼，以前在学校，男同学都在背后议论说她是“冷美人”，现在他也信服了。因为苦闷，几次跟刘宝杨说起来，刘宝杨说，我说也就是你，换成哪一个也坚持不到今天，你看我跟任菲，毕业前来了个最后的晚餐，亲热一番，一晚上折腾你个半死，坚守最后的关口，最后的堡垒就是不让你攻破，后来就不联系了，连个信都没有，干脆，我也不写，倒是好了，俩人都是明白人，都轻松自由了。

许仲杰听了，说道，是啊，我原来是抱着一个幻想，以为我们跟别人不一样，毕竟从小一起长大的。

刘宝杨说道，那什么，不是说嘛，越熟悉，越了解，越觉得没意思，而且伤害你更深。俗话说得好，夫妻本是同林鸟，大难临头各自飞。现在我们这样的算什么，赤贫，比贫下中农还不如，哪个姑娘真心跟你有爱情，都是因为寂寞、生活苦，互相找个安慰，寻个开心而已，就是而已吧，倒也好，就像马克思说的那句话，怎么说来着……刘宝杨正挠着头皮想，许仲杰接过来说，无产阶级在这个革命中失去的只是锁链，他们获得的将是整个世界。刘宝杨听了，叫一声，对对对，无产者好，你赶紧的，快刀斩乱麻，早了早好。许仲杰说，你是老手了，觉得姜红薇怎么样？

刘宝杨说，那没的说，我要是你也一样为她拼一把，不说倾国，倾城倒是可以算上的。

南瓜绿豆糯米饭煮好了，端上来，黄白绿一大团，热气蒸腾，一口大铁锅直接坐在方桌上，几个姑娘人手一只粗瓷大碗，筷子扒拉，吃得满屋子“咂咂”声响。一个说，好吃啊，又甜又粉。一个说道，真好吃，回去我们也照着样子做。姜红薇吃了几口，就笑眯眯地看许仲杰。有人问道，谁做的？何勇抢过话头，说，我做的。刘宝杨说，你就吹牛吧，什么你做的。

吃过饭，许、姜二人没有去看电影，俩人走到茅河边，寻到一块背风的地方，许仲杰拿出一只口琴，刚吹出一支歌曲的开头，姜红薇就跟上来唱，吹来唱去的几首歌过去，许仲杰搂过姜红薇，说，现在这里的人都知道，我跟你在谈恋爱。姜红薇说，是你故意造的声势，我才看出来，你也不是老实人。许仲杰说，那样老实木讷的，你也不喜欢啊。姜红薇看着河水一路流淌，发呆，一会儿才说，我就是不知道，你是真心的，还是胡闹着玩玩。

许仲杰正要问这个问题，于是说，我是认真的，我这人，从来没有胡闹过。姜红薇说，从来没有胡闹过，并不代表以后不胡闹，这个我见得多了。许仲杰说，你见得多了，怎么说话像个老干部一样，经验丰富。姜红薇沉默了一会儿，说道，我本来已经没有了什么幻想，怎么偏偏又遇见了你？其实，我心里还是很佩服你的，这方圆几十里，好几百人，也就见着你还在坚持看书。以前，你问过我，读书干什么，现在，我也问你了，你这样坚持看书，是为了什么呢？许仲杰听了，沉默一会儿，说，你这样严肃地问我，其实，我也在问自己，说不清楚，可能是习惯吧，欲罢不能。姜红薇说，欲罢不能，那说明你还能坚持，前一段日子，我每天都觉得要坚持不下去了，到了广播站，总算好了一些，不要下水田了，可以每天穿着干净的鞋子袜子，不怕蚂蟥咬了。许仲杰说，我知道。姜红薇说，跟你说吧，许仲杰，我有时候觉得好没意思啊，我坚持不下去了，日子太难过了，每天，天不亮就下田干活，我皮肤特别容易过敏，挨上一点化肥农药，就浑身起小包，痒，抓破了，还特别招蚂蟥，提起腿上来田埂，两条腿肚子上趴满了，拍打下来一条蚂蟥，腿上就是一个血窟窿，很多个血窟窿，都在流血。许仲杰伸手搂过她的肩膀，说，我知道。姜红薇说，这些话，跟谁说，人家也就是嗯一声而已。许仲杰说，我知道，以后有机会，我肯定会帮你的。姜红薇听了，把头偎进许仲杰怀里，说，好呀，你能管我就好。

月朗星明，草香袭人，他看见姜红薇浓密黑发半遮的脸庞，鼻息细软呼出，河边的水汽润染，脸盘和长睫毛湿漉漉的，一种怜爱的感觉油然而生，从前没有过的。冯爱玲总是强势的，消融了他很多个性特点，让他一直处在被管制的状态，现在他觉得自己就像是一个霸王，在这个广阔天地之间，可以横刀立马，随意驰骋。许仲杰低头贴近她的胸前，闻到了她身上温馨的气味。姜红薇坐起来，梳理头发，问道，你说我头发扎起来好看，还是散开好看。许仲杰转过脸，认真地看着，姜红薇也看着他，举起双手，把自己的头发拢在脑后，一会儿，许仲杰说，扎起来好看，散开来也很好看，不过，这个时候还是散开的好看。姜红薇哼一声，说，真啰唆，跟没说一样。过一会儿，她推一下许仲杰，示意有人走过来，俩人坐好。

此时的茅河，一路泛着青粼粼的涟漪，像一条青龙的脊背在大地上耸动，因为天空中星月之光映照的缘故，夜色晴朗，对岸都可以看见人的四肢活动，风也停止了，远望天穹，斜划出一顶巨大的棚帐，凛然不动的星空月色，有一种庄严圣洁的意味。

日子就是这么过的，一个月的内容跟一天没有区别，过一年也跟过一天没有多少区别。

村民们最大的乐趣，就是希望哪一天有人家摆酒席宴，可以肆意地吃一顿酒肉，嬉笑打闹一场。这一天，丁奉为的老婆生了一个男孩，他专程从县里赶回来，摆了几桌酒席，因为是吃公家饭的人，不敢招摇，只限定本村的亲友。丁奉为是个懂生活的开明人，女伢子都七岁了，才要了第二胎，他一直希望有个男孩，老婆还真满足了他的愿望，早就有人说丁奉为是个有福相的人。丁奉为每次回来，都要到许、刘他们屋里坐半天，谈天说地一番，谈话内容属于那种知识分子感兴趣的话题，忧国忧民，国内外新闻，文史掌故，或者陶冶情操之类的。

那个时候，农村没有打麻将的，没有赌博的，没有搞封建迷信活动的，没有出去打工挣了钱，赖在城里不回来的，没有在城里打工，偷偷跟同乡女人、男人同居形同夫妻的，没有女孩到城里靠唱歌跳舞做三陪挣钱的。农忙时节就是一个忙，每天凌晨，急促的哨子响起来，并且围绕着屋前、屋后吹，跟着是队长破锣似的大嗓门，吆喝，叫骂，比骂牲口还难听，还狠毒，就是这样骂，还要等多半天的，才见人影稀稀拉拉地走过来，毕竟不是耕作自家的自留地，一群人，以及一群牛马嘈杂着，一路摸着黑，睡意蒙眬，东倒西歪地走到地里，一直干到月亮升起老高的了，又摸着黑，累得东倒西歪地走回家。

农闲时节就是一个闲，整天没事情干，那男人的眼睛都是木呆呆的，坐在自家的堂屋里，看着一群公鸡母鸡跳来走去，听着屋后猪圈里的猪“哼哼”的低唤，一日三餐，早睡晚起，婆娘们的皮肤渐渐褪去褐色，变白，身体日见丰腴，因而，这个时节有一件事情开始抓得很严、管得很紧，你会看到靠近公路的房屋墙上有一些大标语，“宁拆十座屋，不生一个娃”等，白底红字，字大如斗，这是计划生育规定，不准人随便生孩子，否则，按破坏计划生育从严处理。实际上并没有拆你十座屋、刮你十次胎，也是因为凡事都喜欢凑个“十”，比如什么逢五逢十庆祝啦之类的，也是一种历史文化的产物吧。

每到这个时节，因为是在册的民兵，许仲杰他们几个人就会接到大队民兵营的指令，叫他们去大队部集中，去临近的生产队执行任务，拉超生怀孕的女人去公社卫生院打胎。每到这个时候，公社卫生院就人满为患了，吴院长、小萍他们忙得连睡觉的时间都缺少，吴院长瞪着一双布满血丝的眼睛，在躺着、坐着，等待做流产手术的婆娘们中间挤来挤去，招呼一台接一台的手术。没有人听话乖乖地去公社卫生院的，都是要拉着、拽着推上拖拉机，每次把人送到公社，步行十几里，很累，他们几个人需要休息一会儿，靠着外墙坐下，抽烟，喝水，很奇怪，这个时候，几个人都不说话，但是各人心里在想什么，互相都清楚，心照不宣，神情木然地看着远处的山形，近处的道路，一直沉默。

这一天，听到队长招呼人的哨子声，村民们都走到打谷场开会。队长说，公社要我们丁家大屋出两个人，参加民兵集训，谁愿意去？大家听了，知道这一去就是半个多月，都不想去。于是，队长当场就指派了许仲杰和刘宝杨。

许、刘俩人以前参加过学校的民兵训练，听说公社的民兵集训还可以实弹打靶，就有些高兴，正好也为逃避单调枯燥的日子。每年的民兵集训都要闹出一两起婚变事件。一大帮男女青年来自各个生产队，大多是当地农村的青年骨干，男人也就比较聪明能干一点，姑娘也就比较好看活泼一点，世界上的事情大多如此吧，平时没有机会认识和交流，到时候也都是媒妁之言，这下好了，一百多号青年男女聚集在一块，同吃同住同训练，两天过后你看吧，就有互相眉目传情的了。集训散了之后不久，就有几件新闻传来，都是办过订婚酒席的，有一方反悔了，要求退彩礼，赔办酒席的钱，女方或男方在集训期间跟别人好上了，突然碰上了爱情，就爱得死去活来的。

就在队长指派许、刘二人参加民兵集训的同一天，距离生产队大约十里的镇上发生了一件事，姜红薇见过的对象回家探亲了。男方叫苏启顺，一个北方某军区集团军的副连职干部，其父苏书记也专程从县里赶回家，家人团聚是为了办好一件事情，就是完成苏启顺与姜红薇的结婚手续，苏启顺这次回家带来了上级机关批准结婚的报告。

那一天，在公社广播站，姜红薇突然见到苏启顺走过来，有一些惊慌。苏启顺一身崭新的军装，合体整洁，五星帽徽在阳光照耀下明亮闪耀，方头皮鞋擦得铮亮，还抬手给她敬礼，一脸幸福快乐的笑容，姜红薇看到，苏启顺看她的笑容是带着几分景仰和十分真诚的，是让女人容易动心的。

当晚，在苏家院子里吃饭的时候，苏启顺说明了这次是专门请假回来办婚事的，以后一年多就不可能有假期了，因为很快要进入冬季，北方军区马上就要进行战备训练，野战军训练不比民兵集训，那可是玩真的，部队千里拉练行军，都不知道下一站在哪儿，写信几个月之后才可能回信。姜红薇听了，一直是沉默不语，在这样的气氛之下，面对苏家一家子人，她感到自己十分单薄和弱小。姜红薇端着碗，小心地往嘴里挑着饭粒，心一直在“扑腾扑腾”地乱跳，思绪纷飞。姜红薇不知道，其实这是苏家父母的合谋安排。苏家父母知道儿子爱这个姑娘，这几年谈对象一直挑来拣去，谈了几个都不满意，直到经人介绍见了姜红薇，就一下子发了痴狂症，回家直是说，幸亏从前没有定，就是这个了。

苏启顺母亲听到一些姜红薇的议论，专门跑去丁家大屋，暗中看了许仲杰，相信姜红薇跟那个男青年之间有隐情。她跟丈夫说了听到的议论，说，他们都是城里来的，没有人管，年轻人，一来二去的，不晓得哪天就会搞到一起去。你赶紧想办法，先让姜红薇去县城工作，一边等待招工指标，待在这里我哪里管得了，总要惹是生非。苏书记不同意，说，让她去县城，你也不能跟着她，我也不能看着她，还不是一样嘛。现在最好的办法就是尽快让他俩结婚，那姑娘的心才能安定下来，别人也停止了那些痴心妄想。苏书记说，本来今年就可以安排小姜一个招工名额，但是，姜红薇通过儿子跟我说，嫌那次招工名额是去一个小城市，不是省会城市，她希望再等待时机，争取进国营大工厂，在省城定居，儿子也非常支持，认为姜红薇有远见，是为他的将来铺路打前站。还说，姜红薇对于在公社广播站当播音员比较满意，感觉比到小城市当工人还要好，不着急。苏书记的传统观念很强，两个女儿他从来不管，重视为儿子的前程铺路架桥，苏启顺十六岁当兵，接着推荐去军校学习了两年，回来后提干，干了两年换了一个部队，上升了一个台阶，成为同龄人中进步最快的。苏启顺本人也是聪明灵秀的，他的最大长处是能听得进父亲的话，也能耐得住平淡和寂寞，不像同龄人，十八九岁变得桀骜不驯，父子关系视如寇仇。这次回家，父子俩人在一起说话，苏书记说，在部队要干到团职，至少副团职吧，才能考虑转业，不然的话没有什么优势，我干了三十多年了，才干到副县级的位置，现在部队一个正连职干部转业到地方，在机关里连个科员都安排不上。

一餐饭吃完，姜红薇都是以颔首微笑来应付各种问题。苏启顺领着姜红薇走进一间屋子，说，家里已经准备齐全了，你以后就搬回来住吧。一眼看去，这里已经布置成新房了，购置齐全了家庭用具。苏启顺脱去了他自己的上衣，姜红薇警惕地看他一眼，苏启顺说，屋里热，你也脱了外衣吧。姜红薇说，不热，这样挺好。苏启顺坐下，马上又站起身，走到姜红薇面前，想拥抱她，又在犹豫着不敢伸手，想一想，转身从抽屉里拿出一个小纸盒，从里面取出一块“上海”牌手表，说，这是我托人在北京给你买的，全钢的，我戴的这只还是半钢的。姜红薇眼睛亮了一下，她知道这件东西的贵重。苏启顺拿出手表，拉着姜红薇的手，要给她戴上，姜红薇见他执意要做也就随他了，苏启顺趁势就一把把她拥进怀里，抱得紧紧的，生怕有人抢他的，姜红薇立即感到不舒服，她想起许仲杰跟她亲热的时候，带着青春气息的冲动立即会挑起她的热情，而现在被苏启顺动作生疏、手法生硬地抱着，胸肋骨勒得生疼，听见苏启顺喷着酒气说，我非常喜欢你，我保证今生一辈子对你好，让你过好日子。姜红薇喘气，说，你先松开我，听我说好吗？

她分开苏启顺环抱着她腰身的手臂，盯一下他的脸，对她来说一张不难看的脸，北方的阳光和风沙浸染了一层黄棕透黑的颜色，鼻梁挺直鼻翼宽厚，眼睛不大却是黑亮有神，身体板正结实，本人和家庭里的各种条件，就是放在上海也算不差的，而她姜红薇除了容貌又有什么呢？这样想着，她不觉偏了脸，微微低了头。

姜红薇说，你看呢，我们到现在为止，也就见了三次面，每次也就几个小时，双方还不是很了解，我的意思是不着急马上结婚，等明年春天再说。苏启顺马上说道，明年我都有战备任务回不来，按照规定，探视父母不容易批准，探视妻子会容易给假期。姜红薇一时语塞，找不到对应的话来说。

姜红薇的性格属于比较温和有些柔弱的那一类，在处理情感问题时容易犯犹豫不决的毛病。就在她低眉沉思，想着什么的时候，苏启顺看见，他在军营里每天夜晚都要想到的美人，此刻坐在灯光下，皮肤细白如瓷，面容姣好，杏眼低垂，睫毛忽闪，一下一下搅动着他的热血，晚餐跟父亲喝了几两白酒，也化作激情的巨浪在周身撞击，就在犹豫之间，电灯突然“哒”一声熄灭了，晚上九点公社柴油发电机按规定停止运转。

苏启顺就像听到一声命令，一把抱起姜红薇几步就跨到了床边，姜红薇一声惊叫，已经被他重重地压在身下，苏启顺开始巴拉她的裤子，姜红薇不知为什么没有大声喊叫，只是急促喘息着，跟苏启顺推拉撕扯，她感到苏启顺力气很大，比力气更大的是他通过动作表现的决心，告诉她今晚不得到她决不罢休，她一下子感觉到特别无望和无助，眼泪奔涌而出，就摊开手脚说，你想要也不要这样太粗鲁，我自己脱好了。说完的那一瞬间，她似乎听从了某种天意，知道自己今晚犯了一个错误，竟然忘了九点会停电的规定，在这间黑屋子里，飘动着新家具油漆的气味，还有苏启顺身上的酒气，一道月光从头顶玻璃方窗照射下来，屋梁高悬，像庙宇的正殿，她像一头被猎获的小兽，被抱上了一座早已建造好的祭坛。在决定放弃的时刻，她看见了茅河那青粼粼的水波，湛蓝色的天空缀满银扣子似的星星，月亮的脸笑得安详柔和。

门外，苏书记和妻子正站在不远处听着，屋子里一阵阵骚动，人的身体在床上扑腾挣扎，一会儿就听见姜红薇几声“哎呀、哎呀”的叫声，苏书记抖一抖肩上披着的外衣，拉一把妻子，俩人一起回自己屋里了。

十五　田馆长的重新分工

也是一个晚上，冯爱玲临睡之前把小闹钟定在早晨六点半。她自己无声地笑了，多久不用闹钟了，这又预示着她回到了从前上学时的作息时间了。八点钟上班，她规定自己要提前半小时到学院图书馆，为几位老师打开水、打扫卫生等等，这是爷爷要求她学着做的。

上午十点多钟的时候，冯爱玲正在帮梁静敏贴剪报，只见田馆长走进来，背着一双手围绕着办公室慢慢地走走看看，待他走到面前，冯爱玲站起身，微微鞠躬说，田馆长好。田馆长抬起一只手往下摆摆，靠近她的身体，弯腰看着什么，嘴里说道，这个剪报听说很受读者欢迎，这一本剪贴好了，你们记着送我看看。梁静敏佯装着手里的活儿忙，一声也不搭腔。田馆长看梁静敏一眼，说，小冯，你跟我来一下，我要跟你说一点事情。

田馆长进门先把自己办公室的门关了，指着沙发前的椅子示意冯爱玲坐在那，他先是询问了几句冯爱玲目前的家庭情况和今后的志向，冯爱玲当然不敢说希望有考大学的机会，只是说自己很喜欢学校的工作，当然最好能当教师。冯爱玲很惊讶，这位田馆长说话有一副低沉浑厚的男中音，很好听，也是少有的。

田馆长跷着腿很舒服地坐在沙发上，开始侃侃而谈。冯爱玲一开始集中精力认真听他说，不多一会儿就感觉他的思维太跳跃，一会儿说东，一会儿说西，说自己小时候就极有音乐天赋，别人都叫他“板胡神童”，他坚持了十年如一日“头悬梁、锥刺股”般的勤学苦练，说了自己在军区文工团如何受领导器重，到北京、上海，还到过海岛和军舰上演出，见过多少大领导和大世面，其间突然问道，你应该知道我们那个文工团吧？却见到冯爱玲一脸迷惘地直是摇头，就很是失望地发出几声讪笑，说，你怎么连我们文工团都不知道，太有名气了，可以说全国、全军数一数二的。本来我还有出国访问演出的机会，只是那一段时间我下沿海部队了，赶不回来。

其间，田馆长情绪高昂起来，就站起身来说，冯爱玲一见也赶紧站起来，以示礼貌，田馆长却靠近她双手按压着她的肩膀，示意她坐下，冯爱玲在那一瞬间突然明白了什么。田馆长绕到办公桌前，拿起一本很厚的书对她扬扬封面，说道，我正在读范文澜的《中国通史》，你不知道吧，这是给领导干部专门配备的一套书，外面买不到的。他看见冯爱玲脸庞微红，低着头，以为戏份比较足了，哈哈一笑，走到冯爱玲面前站定，说，小冯啊，你刚走上社会，需要学习的东西还很多，特别需要有一个见过世面、有学问的领导经常给你指导一番，这样你的进步才会快一些，你的理想也可能很快实现。看见冯爱玲直是点头，心里一阵欣喜，把双手放到冯爱玲的肩上，说道，小冯啊，以后你有什么事情就直接找我好了。冯爱玲像被电击似的打了一个冷战，跳开一步说，谢谢田馆长，谢谢田馆长。冯爱玲转身跑出去，拉开办公室门，一走出外面会议室，看见门口有一个图书馆女职工，三十出头的年纪，站在门外，见到冯爱玲跑着出来，意味深长地盯了她一眼。

冯爱玲没有马上回到办公室，她双手环抱着肩膀，神思恍惚地随着脚步走到学校的操场，在画着白线的跑道上拖着脚步走着。

冯爱玲是何等聪明灵秀的一个姑娘，不说田馆长故意摁捏她的肩膀，她看见的那双眼睛，喷射着动物似的饥饿的蓝光，是毫不隐蔽的色相。这样的眼睛从她十二岁之后就经常遇见，以后读中学，在公交车上，在巷道中与人擦肩而过，在百货大楼的购物柜台，无数次经受这种想要剥开她衣服的眼光的扫射。此刻，冯爱玲不知不觉中眼睛里浸出了泪水，她用力地咬紧嘴唇，抬头仰望天空，又低头用鞋底搓擦着跑道上的沙砾，一时间，脑袋变得昏沉沉的，还有一种想要马上呕吐的感觉。天空中有一群鸽子鸣着鸽哨，扑棱着翅膀擦着树梢飞过，冯爱玲想着这事到底应该怎么办才好，可与谁诉说，却听见背后有人叫她，看见是梁静敏站在不远处，冯爱玲赶紧地整理一下情绪，用手摸一把脸。梁静敏走近后，直截了当地说，那姓田的找你，是不是摆出一副大领导的架势吧，他们家就是八辈子没有做过官，如今得了个芝麻粒儿大的官，就以为有井盖那么大了，什么东西！

冯爱玲听说过，梁静敏的父母都是抗日战争时期的干部，新中国成立后跟随部队从山东调任南方，也属于“南下干部”，丈夫在省交通厅任职。按照梁静敏在学院的资历，她应该早就有个一官半职的了，可这梁静敏生就的一副散漫加傲慢的性情，最让她不招领导待见的，是她一张嘴说话就是对单位和领导的评论，而且消息灵通、信息广泛，院领导有时还不知道的情况，梁静敏已经提前几天广为传播了，梁静敏挂在嘴边的一句话，人比人气死人，货比货就得扔，我就是要这份活得自在随性，这是我们梁家几辈子修得的福分，落到我身上了。

冯爱玲听见她这么直着嗓子说话，有点担心什么，说道，梁老师，其实没有什么，田馆长找我说了多半天的工作，还挺关心我的学习。梁静敏一撇嘴，说，少搭理他，我告诉你，我看出来姓田的对你故意摆架子，就是让你对他产生敬畏心理，他对你没安什么好心眼。

接着，梁静敏告诉她一件前不久发生的事情，这让冯爱玲又增加了对田馆长的反感。因为学院各项工作远没有恢复正常，图书馆现在老少一共才七个人，加上两个临时工，田馆长一改前任馆长的做法，把这九个人分成三个小组，美其名曰分组管理，他今后不直接面对大家，有事情只召见那三个组长。田馆长为了安抚梁静敏，事前专门找她谈话，明确说要给她一个组长的位置。却不料梁静敏当场就不给他面子，说，我要想当官，早就不在图书馆干了，我就喜欢这份自由自在。梁静敏事后对同事说，想什么呢，才当了几天的馆长，还是个副的，不想着赶紧地熟悉业务，就整天想的是怎么弄权耍人，我看这图书馆怕是要毁在他手里了。

冯爱玲听了这件事，一时还不明就里，说道，我刚走上社会，总归是要学习适应，这是爷爷一再教育我的话。梁静敏听见这话，一仰头说，那就更别在乎他了，什么时候咱们也不能在他这种人胳肢窝底下受气呀，你们冯家的家世我知道，瘦死的骆驼也比他马大，何况他如今也不过是只老鼠。

冯爱玲听见这么说，有一种他乡遇故知的感觉，靠近前挽起梁静敏的手臂，很诚恳地说道，梁老师，如今我跟您做学生，我什么都不懂，真是需要您多多指点关照了。梁静敏也有些感触，拍拍她的手，说，姑娘，我特别能理解你现在的处境，像你这样家境的孩子，如今是最难受的时候，但是我想，情况它总不会就是这样的，方方面面的都太不正常了，你千万不要灰了心，咬着牙过几年你再看。冯爱玲听了有如雷贯耳的感觉，觉得命运阴差阳错地安排却让她碰上了一个知己，心里一下子宽慰轻松了很多。

过了两天又是星期天，冯爱玲现在最害怕过节假日，过去一群要好的同学，一日之间呼啦啦作鸟兽散了，留在城里的又都有各自的工作或者忙一些事情，也早就音信全无。她原来就跟着爷爷奶奶生活，长期缺少亲生父母的关爱，从小就是一个人，小时候不需要怎么去消化寂寞，长大了才懂得，寂寞跟吃不饱、穿不暖的苦一样让人难熬。如今自己十九岁花一般的年龄，整天不是跟图书馆七八个大叔、大妈为伍，就是回家独自面壁而坐，经常打起精神看几页英语书、数学书，看见一行行字符变得从书页上飘浮起来，想到很久没有看电影了，却不知道邀谁一起去，再看那电影的名字，还是过去的那几部老片子，朝鲜的、越南的、阿尔巴尼亚或罗马尼亚的，国产的反而是寥寥无几。一部《多瑙河之波》，有的人到电影院看了八场，大部分至少看了两场，就是为了看安娜。燥热的船舱，船长年轻美丽的妻子内心也是激情燃烧，安娜的波浪形长发撩人，衣服紧贴身体，曲线凹凸起伏，等待再看一遍唯一保留的亲吻的镜头，当安娜接受亲吻之前一分钟，全场突然变得鸦雀无声，所有男女都憋住了一口气。晚上走在巷道里，突然听到有人一声喊，电影里的台词，船长说的"我要把你扔到河里去"，代替了"向我开炮"的呼叫，这也证明，当年的少年都长大了。冯爱玲是一个人去看的，当时也是耳热心跳，目不转睛。前一段听任菲说，几座大院里经常有人办家庭舞会，任菲几次来邀冯爱玲，直觉告诉她，那种舞会人员太杂，又互相不了解，冯爱玲一直不敢去。

早晨，太阳很好，刚下过一场雨，地面还是潮湿的，院子里几层石阶的低凹处残留着昨夜的雨水，像镜面，明晃晃地倒映出几片蓝天，冯奶奶养的一只黑白毛色的猫蹲踞在台阶上，看着滴滴答答从屋檐跌落的雨滴，一下接一下地低头又抬头。

留给冯家三分之一面积的院子，住了三个人，就显得不宽裕了。从台阶这边看过去，一间房门半掩，冯爱玲奶奶跪在蒲团上，双手合十，一串佛珠从手中垂挂下来，阵阵檀香的气味从虚掩的房门散出。从记事起，冯爱玲每天都会看见奶奶这样的背影。临近中午了，奶奶招呼冯爱玲，说，囡囡，今天太阳好，你帮我把几只箱子里的衣物翻出来晒晒，见见太阳，都发霉了。

冯爱玲答应一声，放下书本走进爷爷奶奶的屋子，把几只箱子搬到厅房，拿出一件件衣物打开来晾晒，这是南方每到梅雨季节，家家户户都要做的一件事情。箱子有樟木的，也有皮制的，看上去方头方脑的陈旧的样式，都很有年头了。很多衣服冯爱玲从记事起就没有看见爷爷奶奶穿过，但是现在看上去，这些衣服的质料和做工都是上乘的，在阳光下依然闪烁着各种质料的光色，爷爷黑底团花缎面的皮袄，手摸上去柔软温和，有一种贴肤亲切感。冯爱玲看见一件月白色镶嵌鸭蛋青绲边的夹袄，斜襟边几粒蜻蜓盘扣，做工精巧细腻，手摸上去感觉手工针线丝丝入扣，有一件宽体长旗袍，鲜亮的宝蓝底满缀红玫瑰，从领口一直到脚踝，还有一件白底橘红色牡丹斜襟夹袄，色彩更是亮丽夺目。冯爱玲随意地看过去，五光十色，她不明白，自己今天怎么会对这些东西看得仔细了，以前可是每年都要晒霉的，却从来不注意。

冯爱玲拿着那件月白色夹袄爱不释手，就干脆一转身去了自己的房间，关上门把衣服换上了，站在镜子前左右端详，又学着走几步看看，满脸的兴奋和新奇，出来说道，奶奶，这件衣服真好看，我试穿了一下，就是腰身肥了。冯奶奶笑着直是摇头，说，你哪能穿这样的，现在穿上，要被人说成是怪物了。厅房里弥漫着一股樟脑丸的气味，阳光下到处可见细密的粉尘。

下午见阳光已经移动到屋脊背后了，冯爱玲帮着把几只箱子都收拾好，爷爷泡一壶茶坐在厅房里沉思，奶奶盘腿闭目，坐在一只蒲垫上，手里捻动一串佛珠。本来，家里有一架佛龛，奶奶从前每天都要跪拜，诵念经文，现在改作简单了，但每天奶奶还是要做一遍功课。这时，突然有一群人，从那扇月亮门走进冯家住的后院，嘈杂地站满了一地，冯爷爷走上前去问明白了，他们是房管所的，要把这扇月亮门整个封起来，再把两端花墙镂空的窗格砌实、增高，变成一堵实体墙。

冯爱玲看到这么多人进来，听明白了他们要干什么，没有多想就大声责问那些人，说，你们这不是在搞破坏吗，这里原来就是我们家的院子，你们占了前面大半个院子了，如今又来封我们住的门，你们还讲不讲道理，还让不让人在这住了？

一群人中马上站出来一个领头的，指着冯爱玲厉声呵斥，说，你这姑娘是干什么的，这是前面几家住户多次要求，还写了书面报告，领导决定批准的，什么是你们家的，这是什么年代了，还说这种话，什么是你们家的，都是国家的。

冯爱玲爷爷站在台阶上，拄着手杖，手在颤抖，冯奶奶听见那人这么说，赶紧一把拉住冯爱玲，伸手就要捂住她的嘴，连声说，不说了不说了，孩子不懂事不会说话，对不起了，你们要怎么着就怎么着吧。院子通向前院的月亮门被堵上了，原来的那道镂空花墙也变成了一堵实体墙，高大厚实，一溜的都刷了白，很像一道拖长的白色幕布。

冯爱玲说，我就是不明白，他们怎么就任意地想怎么干就怎么干，太欺负人啦。冯爷爷一笑，“唉”一声，说道，我跟你说过，冯家祖上是岭南客家人，早年间，跟英国人做茶叶生意起家的，也是俗话说的“挑着担子盖起楼的”。冯家二百年来一直人财两旺，也到了要经历一些劫难的时候了。财聚人散，财散人聚。如今，我和你奶奶最大的希望，就是能看见你们父女俩团聚的日子，最好能看见你成家立业生儿育女，那就是冯家不幸之中的大幸，至于家道中落，只要有人在，有家教家风在，自有人挑起大梁，让它兴旺起来的一天。

冯爱玲看着爷爷说话，把一字一句都听得认真清楚，想想还有一事不明白，这几天一直困扰着她，于是问道，为什么人心这么复杂，有的人为什么那么坏？冯爷爷听了，点头，再点头，沉默一会儿才说道，好孩子，这个问题问得好啊，说明你开始经历真正的生活了。回答这个问题，几句话说不清楚，一本书也说不完，如果非得用一句话来说，我想说，那是因为每一个人都是自私的，都希望自己生活得比别人好，都想实现自己的心愿，达到自己的目的。冯爱玲还是坚持自己的思路，说，那怎么办，碰到坏人就只能任他欺负，任人宰割吗？冯爷爷说道，尽量避让他，忍耐他，再过几年你再看他。因为到后来，但凡坏人，自有人替你收拾他，倘若没有人对付得了他，还有天谴他，地灭他。从厅房看过去，爷爷住的屋子，又看见奶奶跪在蒲团上的背影。天已经完全黑了，爷孙俩相对沉默。院子外面，架在树上的广播喇叭开始播报晚新闻。

当天晚上，冯爱玲在洗澡的时候，对着浴室的一面镜子看着自己的脸，又看着自己赤裸的身体，她这是第一次这么认真地、长时间地注视自己的身体，感受到一种火热的东西在体内上下蹿动，不由得深吸几口气，在苦闷和迷惘之中，突然有了一种很清朗的思绪。

第二天下午，任菲到学校图书馆找冯爱玲，她站在办公室门口先不说话，看了好一会儿，还是梁静敏首先看见任菲的，就推一下冯爱玲，说，那边，应该是找你的吧？冯爱玲抬头，走过去招呼任菲，笑骂道，死丫头，吓死人啊，我以为是七仙女下凡呢，可惜了了，我这里没有董永，都是老大叔。任菲笑着掐一把她的手臂，说，我想看看，咱们原来的校花如今真的落在牛粪上了，真够你受的，这么冷清的，就跟在庙里差不多。冯爱玲打一下任菲，说，我倒是想看看，你这朵鲜花到底要插在哪一坨牛粪上。梁静敏喊一声，小冯，让你的同学别站着，坐下吃个苹果吧，我中午买的国光。

冯爱玲给任菲削苹果，说，怎么你今天这么清闲自在的，不上班做你的报刊西施啊？任菲说，今天我早班，上午八点到下午三点，有些日子没见着你了，想你了，过来看看。

这时，梁静敏插话问道，姑娘，你妈是不是东城税务所的邹凤兰呀？任菲听了一愣，赶忙回答，是的是的，老师您认识我妈呀？梁静敏说，认识，早些年我跟你妈上过一个财会学习班，那个时候我心血来潮想去学做会计，这说话也是十多年前的事情了。说着，梁静敏看一眼任菲，说，你小时候我见过，现在成了大姑娘了，多漂亮的姑娘，你身材像你妈。

冯爱玲惊讶地看看梁静敏，说道，这世界真小，梁老师还见过你小时候，我都没有见过哩！于是，三个人都“哈哈”笑开了。梁静敏看看她俩，说，小冯你就先走吧，看看也快到时间了，也没什么事儿，难得你同学看你来了。

出了楼门，任菲舒一口气似的，说道，哎哟，我的妈呀，你冯爱玲还真能坐得住，这里连个说话的人都没有，我们那里都是一帮子年轻的，整天说的，都是怎么玩，怎么开心的事情，我劝你换个地方吧，赶紧的。冯爱玲说，唉，找个好工作，哪儿那么容易呀，我现在有这个工作已经很不错了，再说有书看，也不累。

任菲说了来找她的原因，原来是邀她去参加一个朋友的家庭聚会。冯爱玲听了有些犹豫，说，不好意思的吧，因为都是你的朋友，我又不认识。任菲说道，哎呀，我的朋友也就是你的朋友，一回生二回熟嘛，跟我去玩玩散散心，不然咱们真变成老姑娘了。任菲在公交车上跟冯爱玲说了这些朋友的大概情况。

这一帮子年轻人二十岁到二十五六岁之间，大多是几个大院里各个省直、市直机关人家的子弟，为首的有两个，一个叫张英，在一家仪表厂当工人，后来得了肾炎，回家病休，又因为不喜欢那个工作，家里有关系搞到病休证明，大多数时间就在家待着，张英父亲的职位在这一帮人中最高。这个圈子里的人都很服气张英，因为他虽然一副文弱书生的样子，却为人十分豪爽好客，因为家里房子大，父亲在外地任职经常不在家，张英的家就成了很多人的联络站加旅馆，家里的保姆阿姨是山西人，经常要做七八个人的饭菜，煮一锅刀削面蒸一锅馒头，管饱，另一个原因，张英喜欢读书，而且读了很多同龄人不知道的书，知识面广，脑子很灵活，对很多事情都能说出比周围人高出一截的见识。另一个叫孙大军，在机床厂上班，长得高挑结实，黄褐色的长脸天生一圈络腮胡子，在学校里就是被很多女生暗恋的美男，学习成绩不好，但是喜欢动手做很多机械性的东西，比如，修理钟表、自装收音机、改装摩托车等等，还会开汽车和摩托车，在当时也是很罕见的聪明能干，在人群中自然有很高的号召力。任菲就是跟孙大军一见钟情，毕业之后俩人就恋爱了，孙大军凭借父母的关系，帮助任菲找了在文化宫的工作。

冯爱玲突然想到，认识一下这帮人也好，自己现在看到的除了家人就是学校图书馆的几个人，生活圈子太狭窄了，消息也不灵通，另外，万一今后碰到有人欺负她，也就有人替她撑腰出气了，她当时一下子想到了田馆长的作为。

张英穿一件白色的长袖衬衫，扎在军绿色的裤子里，一种潇洒和干净是很少见到的，脸是白净瘦削，挺直的鼻梁，黑亮的头发，眼神看人很沉静，握手的时候，冯爱玲感觉张英手劲很足，是一种成年人之间的方式。张英直视着冯爱玲，说，你好冯爱玲，早就听说过你，任菲跟大家说了好几次，今日幸会。冯爱玲听见这话说得很正式，也说道，刚才也听任菲说过你了，也幸会。她观察一眼周围，只见房间里已经到了几个人，还有一个姑娘冯爱玲不认识，正坐在那里跟一个男的又说又笑，看见她对着她摆摆手打招呼，任菲给冯爱玲一一做了介绍，然后突然大叫，大军呢，我叫他早一点到的，敢晾我，看我一会儿收拾他。旁边就有一个男青年说道，对，要收拾他，最好让孙大军面壁罚站，也让我们见识一下芭蕾公主的威风。

正说着，就见门口出现一男一女，冯爱玲一见，就看出来那男的应该是孙大军，只见他眼光四射地看向众人，一手搂过来任菲就在她脸上亲了一下，这个动作立即引起众人一阵拍手叫好，冯爱玲脸红心跳，感到这帮人好像从另外一个世界来的，怎么就这么胆大妄为的，从来没有直接面对过这样的场面。孙大军说，诸位，我来介绍一下，这位彭玲玲，我表妹。

大家听见，一起吆喝起来，什么表妹，这年头的表妹都是假的，搞得像电影里地下工作者似的。有的说，表妹嘛，其实就是暧昧。还有的说道，你家伙胃口够大的呀，嘴里吃着一个，手里还拽着一个。冯爱玲偷看任菲一眼，见她陡然变了脸色，瞪大眼睛看着孙大军，一副要发作的气势。孙大军委屈地说，真的，彭玲玲她妈是我舅妈，这个你们可以去调查。张英沉着声音说，别瞎嚷嚷了，不是表妹，他孙大军敢带来给大家认识，不是不打自招嘛，什么猪脑子。任菲听了，大声说道，行了行了，大军还不是那种人。大家笑笑，不说话了。按照他们聚会的惯例，每一个人都带来一份吃的东西，什么都有，孙大军带的是双份，一瓶朗姆酒，一包香肠。大家看见，眼睛惊艳得一亮，有的说，好，孙大军今天带的东西高级。有的说，是，有点学外国人的意思。孙大军说，这酒，还真是我爸从国外带回来的。有人说，好，于是你就从家里偷了一瓶。孙大军瞪眼，说，你说什么哪，我告诉家里了，跟你们聚会。张英笑笑，说，这就是典型的见不得别人好，人类的阴暗心理。鲁迅说的，我向来是不惮以最坏的恶意，来推测中国人的。冯爱玲惊讶，看一眼张英，因为第一次来的缘故，好像要为大家说话，插话说道，没有这么严重吧，大家都是说着玩的，我觉得是。一语既出，没想到众人看着她都笑了。任菲笑得脸上飞起红晕，任菲打一下冯爱玲的手，拉过她，悄声耳语，说，大家都是说笑的，这帮人就是这样，一见面，无事生非，互相讥讽，非把别人搞得下不了台，取乐，他才高兴。你第一次来，以后就知道了。另一个女孩说，各自深挖思想根源，狠斗私字一闪念。然后哪，青年导师张英就开始“吊书袋子”，名人名句，理论高度，上纲上线。冯爱玲听了，这次搞明白了，哈哈直乐，看一眼张英，见他的眼神正看着自己。孙大军的表妹一直没有说话，这个时候插话说，也说明大军从前没有这么大方过，突然这么着，公子哥儿似的，大家肯定要怀疑的。大家一听，都哄然大笑开了，七嘴八舌地说，言之有理。对了，孙大军以后要经常这样才好。孙大军说，行，我算服了你们了，我学雷锋，好吧，我去给大家切香肠。任菲一颠脚跟，站起来说，我跟你一起去。

吃的东西，杂七杂八地摆了一桌，边吃边说话。任菲说，我们放点音乐吧。冯爱玲发现，他们放的都是过去的老唱片，黑胶木密纹的，这些东西很难见到了，冯爱玲在学校图书馆整理资料时看见过一些，但是都被贴上盖了红色印章的封条，不许打开和借用。众人开始是沉默，认真听，后来跟着一起哼唱，神情渐渐都变得肃穆庄重了，大家或坐或半躺在地板上，灯光笼罩着一群年轻人的雕像，那一段时间，没有一个人脸上有笑容，冯爱玲那时候突然明白了，其实他们跟她的内心是一样的，所思所想也是一样的，她不用转眼就感觉得到，张英一直在注意观察她，有几次，冯爱玲故意把眼光朝他扫视过去，却见他一瞥之后，马上转移眼睛看向别人。

过了一会儿，任菲站起身，跟随歌声身体开始晃动，大家都把眼睛看向她，有人说，跳吧，任菲，给我们跳一个吧。众人就一起拍手叫好。冯爱玲早有预感，这个时候，任菲的独舞才是大家期盼的一个重头节目。任菲站在那里，把脸转向孙大军，那意思好像是听他的。孙大军说，跳吧跳吧，今天难得大家聚一次，我表妹也没看过你跳。任菲走进旁边一间房，出来时换上了一条白色镶着红色荷叶边的宽摆连衣裙，藕荷色的舞鞋，先是走到孙大军面前，一颠脚，转过身体，说，给我把带子系上。孙大军就“嘶嘶”地系，却听见任菲叫起来，哎哟哎哟，谁让你使那么大力气，太紧啦，看把我的腰给系断了。孙大军说，好好好，我给你松开点。

舞曲轰然作响，某个外国歌剧中的舞曲。众人都把场地让给她，任菲一个高挑腿，随着舞曲轻云般移动，疾风般旋转，双眸掠过你的时候如惊鸿一瞥，让你刹那间心跳，双臂展翅跳过你的面前又如云彩拂面，暗香浮动。舞曲快要结束的时候，大家突然发一声喊，一哄而上，开始围着任菲乱舞乱跳，又一起放开嗓音歌唱，孙大军扯起嗓门“噢”一声，抱起任菲，让她坐在自己的肩膀上，任菲高举起双手挥舞，此刻，一湖碧水，任菲像其中盛开的一朵莲花，绽放出她永久镌刻在众人心中的绚烂的花蕊。

聚会就是为了等待告别，留恋不舍的感觉是耐人寻味的。出了张英家门口，冯爱玲跟任菲拉开距离，故意落在一群人的后面，她提醒自己要知趣，任菲肯定是跟孙大军一道走，就见张英悄然地靠近她，借握手道别之际，动作迅速地在她手里塞进一张纸条，冯爱玲感到措手不及的惊慌，不知道纸条上写了什么，待到一个人走在路灯下，看见纸条上什么也没有写，只有他家的地址和电话。

十六　姜红薇的鸟飞了

因为是父母临时决定的计划，苏启顺的部队不能给他一个完整的婚假，找足了各种理由，他在家里只住了五天。现在他的心里踏实了，拿着印有结婚证字样的小本子，苏启顺笑容满面，对姜红薇说，你看，你现在是一个光荣的现役军人妻子了，我回去就向领导申请婚假，等到年底训练一结束，你就到部队来探亲。

这几天姜红薇都是在糊里糊涂的状态之下度过的。因为苏启顺着急回部队，苏家来不及操办婚宴，一般情况下，像苏家这样家境殷实又有来头的人家，亲戚、朋友、同事等等的，近在本县本乡，远的遍及省市内外，连续举办三四天婚宴是少不了的。苏书记跟儿子商议之后，说，等你批准了婚假回来再正式操办，到时候说明原因，也说得过去，不失礼，到时候按照规矩办。

苏启顺的母亲想到了姜红薇父母，说，到时要请小姜的父母和兄妹来一趟，要请亲家。苏启顺说，那是肯定的，我提前写信。姜红薇听了却说，他们来不来倒是无所谓的。她想起自己的父母只关心他们两个儿子的婚事，每次来信都提到希望帮她两个哥哥一些，她二哥基本谈定对象了，正在为结婚住在哪里愁得睡不着，好在这并不是姜家一家的愁，这是上海大多数人家共同的愁。大哥已是三十好几了，还是单身，走马灯似的谈了多少个姑娘，有的姑娘只是到家里看一眼，第二天就说不要再见面了。姜红薇母亲在苏州有一个亲妹妹，却从不见这个姨妈到上海来，都是母亲暑假逼着她去苏州，住几天也是看姨妈一家人不冷不热的脸，本市的两个舅舅也是各顾各家，平时碰到困难的事情也找不到他们出头相帮，更别在他们面前提一个“钱”字，姜红薇外公外婆去世时操办的费用，兄妹之间也是一五一十地算得一清二楚。姜红薇很早就读懂了人情冷暖、世态炎凉这本大书，明白“穷居闹市无人问，富在深山有远亲”，不是编顺口溜说着玩儿的，那其实是社会和人性的本质面貌。

那几天，姜红薇早上仍然按时到广播站上班，读几篇稿子和通知，放几支歌曲，苏启顺也觉得很新鲜，就坐在一边看着，脸上洋溢着欣赏和幸福的红光。那天晚上，电灯突然熄灭帮了苏启顺的忙，苏启顺生拉硬拽地把姜红薇的外衣脱了以后，姜红薇觉得大势已去，再挣扎下去终归还是跑不脱，就自己脱去了衣服，她心里存在着最后一个愿望，希望苏启顺能够给她一些必要的温柔和爱抚，但是，他就像步兵白刃突刺一样进入了她的身体。从第二次见面开始，苏启顺就试图亲她，但直到刚才那个重要的时刻为止，姜红薇彻底地失望了，她发现苏启顺根本就不会亲吻，也不需要亲吻，最多是把嘴巴在她腮帮子上“啵”一下，他要做的就是如牛耕地，把犁铧深深地扎进泥土里。

自那一刻起，姜红薇不可遏制地想起了许仲杰。姜红薇怎么想也抹不去那个痴心，没有亲吻就跟动物没有区别。二十多年之后，有一位女性专家获准出版了几本研究中国人的性学著作，以真实的采访统计数字和文明进化的观点支持了姜红薇的想法。

各种事情都事发突然，许仲杰并不知道姜红薇已经历了“洞房花烛夜”。这一天上午，许仲杰找了一个队里的差事，到公社窑厂买一车砖，他想借这个机会去看看姜红薇，告诉她已经给家里写信了，说了跟她交往的情况，表明这次他是认真的，还有要去参加民兵集训的事情。

许仲杰和刘宝杨一起坐上了去往公社的拖拉机。风很大，许、刘二人为了躲避横吹过来的风，躺倒在车斗里，身体下面垫着一层稻草，俩人对着天空躺着抽烟。开拖拉机的人也是生产队里的，回头看着他俩一路很舒服的样子，突然气狠狠地说，老子干脆把你两个狗日的拉进窑里烧了，也好做一堆肥料。许仲杰笑了，说道，你个狗日的觉得亏了是吧，要不你来躺着试试，老子骨头都快被你颠散了。刘宝杨点着一根烟，爬起身塞到他嘴里，拍拍他的肩膀，说，其实不舒服，颠死了，哪有你狗日的爬在老婆身上舒服。开车的人就“呵呵”地大声笑，说道，你们几个也是可怜，好不容易肚子是吃饱了，卵子总是饿着的，真是怪可怜的。

看得见公社院子了，许仲杰就大声喊要停一下车，开车的又骂开了，说，你让老子等你几时，还要赶紧数砖装车，队长等着拉砖回去用哩。许仲杰说，二十分钟，就二十分钟，回头我买一包烟送你，行了吧，你们就在供销社等我。那人一听有一包香烟，立时就笑得眼睛鼻子合拢在一块，露出一嘴的黄色大板牙。

窑厂建在距离公社院子还有四五百米的地方，是一片长着茅草的低洼山坳，两座砖窑，一排平房作为工人的住地，还有一座放置烧好的青砖的仓库，距离不远是公社的初级中学，旁边是卫生院。

许仲杰往广播站疾走时看见自己一身的衣服，有破洞还有一层灰土，一双黄色球鞋一只脚尖上也有一个破洞，出门急慌慌的，忘记换干净衣服了，这个模样跟被监督劳改的犯人差不多，怕是连拥抱一下姜红薇她都不愿意的。急忙走到广播室，却不见她人，看见房门上挂着一把锁，推一下房门，在院子里站了一会儿，抬头看看天，决定不等她了，借来纸笔，给姜红薇写了一张字条，仔细地折好塞进姜红薇的门缝里，从门缝里看见屋内，闻到了一股熟悉的姜红薇的气息。

民兵集训是各地公社的一件大事，这项工作是苏书记分管的，他还分管全县的政法和治安工作。苏书记此前还专门打来电话，要公社开会研究部署集训计划，他要带领有关领导巡查各个公社的情况，发现先进做法、培养先进典型，带动民兵训练整体工作的开展。他在电话里说，到时他要带队到现场检查训练情况，特别要观察今年的实弹打靶。公社决定武装部部长和副部长都参加这次集训，成立集训总指挥部，加强领导，武装部部长是总指挥，副部长朱亦丰是常务副总指挥。

集训指挥部经过商量，决定采纳朱亦丰的一个建议，在集训营地建立临时广播站，每天播发训练进展情况，表扬先进、鼓励干劲，营造互相竞争的气氛。听到朱亦丰宣布这个消息时，许仲杰没有想到在集训地能见到姜红薇。因为要兼顾公社广播站，姜红薇只是每天来两趟民兵集训地，播完稿件后又骑车返回。每天两次的广播，一听见姜红薇的声音，许仲杰眼帘前就出现她趴在桌上读稿子的身姿。许仲杰站在队列里，不时地转过头，或者用余光，望着不远处一面红旗，旗面飘拂，一扇窗户能隐约看见姜红薇的身影。刘宝杨站在他身旁，看见他一副魂不守舍的模样，说，这个情况，有点感人了，电影里有的，送郎当兵打鬼子，咫尺天涯，不得相见。许仲杰笑笑，说，想办法过去找她。

对于许、刘二人来说，军事课目的训练就是小儿科。从小到大，他们这一代学生记不清经历了多少次“军训”“野营拉练”等等，还有他们多年在学校参加过各种体育训练和比赛，因此，身体的柔韧度和机能反应都比周围的一帮人好得多，再加上本身的一些天赋和聪明，每天许、刘二人的训练科目都是优秀，身为现役军人的武装部长很高兴，说，你们这两个小伙子好啊，下次征兵一定要争取让你们去，部队需要你们这样的优质兵源，又有文化。朱亦丰听了，悄声对他耳语说，领导已经说了，今年年底征兵，优先考虑这两个。武装部长“哦”一声，说，对对，我想起来了，是说过这么一件事。

刘宝杨听了很高兴，说，我听说，这两年没有什么好的军兵种招兵，去年我们这里招的是铁道兵，部长是不是这样？武装部长表情一愣，问道，当兵你还要挑啊，你想当什么兵？刘宝杨说，特种兵。武装部长摸摸自己的领扣，仰头看看天，说，都说大城市长大的孩子不一样，还知道特种兵，有想法。那我问你们，当一个好兵的标准是什么？许仲杰说，简单地说，就是脑子灵活，勇敢顽强。武装部长看着许仲杰点头，转过脸看一下朱亦丰，说，他是不是那个叫许仲杰的，丁家大屋。朱亦丰笑着说，是他。武装部长想到了几天之后的实弹打靶，拉过朱亦丰走到一边，悄声说道，你看到了吧，这两个小家伙是给我们公社长脸争荣誉的，这次打靶，要提前多找几个像这样的，我给他们上小课，重点训练一下，到时候领导都来现场视察，那可是一枪一个眼，板子上钉钉的事，不像走队列。朱亦丰说，我知道了，这几天我搜集一下各个大队的情况，提前拟定一个优秀骨干的名单。

第二天，许仲杰写了一篇广播稿，先送给朱亦丰看了，朱亦丰不知道他有借机行事的想法，改动了几个字，加了几句口号似的东西，说，很好，你送去让播音员播报吧。许仲杰一路小跑，快要走近临时广播站时，叫喊几声让姜红薇听见，她站起来走到门外，许仲杰一阵风似的进来，随手拉过姜红薇，转到门后就抱住了她，姜红薇透出一口气，挣脱开来，说，快别这样了，大白天的，这是什么地方。许仲杰说，什么地方，天天听着你的声音，还不把人听成神经病了。跟你说个事情，我妈来信说，国庆节我姐姐要结婚了，我要回家，你跟我一起回去吧，到我家看看。姜红薇一愣神，瞪大眼睛说，我不能跟你去，我怎么可能跟你去。许仲杰很惊讶，说，什么意思，以前跟你说了，我要写信跟家里说我们的事情，怎么又变化了，把你的想法告诉我。姜红薇看着许仲杰的眼睛，说道，我正要跟你说我的事情，就是这两天吧。

刘宝杨看见许仲杰很快就回来了，而且神情很失落，说，你也不打招呼，一下就跑了，我还想着给你在门外打个掩护，好让你多待一会儿呢。许仲杰说，待什么待，这女人，心思变化太快，突然的，不知道她什么意思。刘宝杨说，早就跟你说过，人家想的，跟咱俩大不一样，人家需要解决实际问题，不是单纯的谈情说爱，你老爹还在干校，还没有恢复工作，工资只发基本生活费，人家跟你图个什么呀。许仲杰低头，语气迟缓，说，老是这样忽冷忽热的，这次要跟她摊牌，如果不明确，就算了，也是一个经验教训吧。刘宝杨说道，这就对哩，该玩玩的就玩玩，你也不算吃亏，是男人还怕找不到女人，何必在她这棵树上吊死。

训练休息，其他人围了几个圈子，打牌下棋，许仲杰抱着一杆半自动步枪，坐在树荫下，遥望东南方向，想起母亲在信中说的几件事情，希望他回家好好休整一下，为他新买了床单被褥，两件衬衫，一套运动服，海蓝色的，市面上正流行。许仲杰想到，回家以后，很晚不睡觉，躺在柔软的被褥上，看书，或发呆，被子有一股阳光晒过的气味，听见妈妈在厨房里忙着，锅碗叮当的声音，饭菜飘香，妈妈喊一声，仲杰，过来吃饭啦。他一阵心悸，有些微的泪水遮蔽了眼睛。上午起来，走出巷口，随意走进一家餐馆，叫一碗新鲜的馄饨，坐下吃，看大街上人来人往的影子，流水似的泻了一地，汽车喇叭，自行车铃铛，响成一片。对他来说，这就是他如今向往的生活，这就是美好的生活。人们说，男人是战士，平时很少想家，在外面受伤了，才会想到回家，像一头小兽，拖着受伤的脚步，走进家门。母亲还说，家里买了一台电视机，也是紧俏货，托了关系才买到的。信里重点说了姐姐要结婚的那个对象，一个中医医院的医生。此人他认识，也是大院里人家的子弟，因为大他好几岁，俩人从小没在一起玩耍过，记得他长着一个冬瓜形的脑袋，大长脸，门板似的身段，说话不利索，连续说话，嘴唇就嗫嚅哆嗦，爱眨巴眼睛，走路外八字。他不明白，姐姐也是秀外慧中的姑娘，老大不小，见人无数，怎么就看上了这个人，那个在卡车车厢里给她写批判稿的年轻人呢，郎才女貌，看上去很般配。思绪信马由缰，以前跟冯爱玲青梅竹马，以为感情深厚，后来因为喜欢姜红薇，一直坚守有爱才能有性的原则，怎么困难都没有放纵自己，结果一年多的时间，连续遭到两个女人的情感变化，一种被抛弃的挫败感油然而生。

实弹打靶取得了预想的效果，获得了到场的各级领导的表扬。这天晚上，公社决定要举办一场聚餐会，表示祝贺和犒劳之意。姜红薇事先就知道这个消息，朱亦丰要求她也参加，因为她为这次民兵集训做了很多工作。开始她决定不去，想给许仲杰一个距离感，然后再谈后面的情况。不料，当天她得到一个好消息，苏启顺的母亲告诉她，苏书记通过关系运作，为她争取到了一个招工名额，多年难遇的机会，省城一家大型化工厂，这家大型化工厂是隶属于中央部委的企业，明确姜红薇到工厂总部宣传部的广播室，做播音员，唯一不满意的是工厂距离市区稍远了一些。

姜红薇得知这一消息非常高兴，通知要她两天后去县城参加体检，很快就会给她发调令。她坐在公社广播站想了一个上午，想到马上就要结束近六年的插队生活，就要实现儿时的梦想，幸运之神终于为她打开了一扇窗户，她就像一只鸟儿飞出去，展翅飞翔在蓝天白云之间，歌唱着鸣叫着，俯瞰扬子江滚滚东流的浩瀚江面，前方就是人们说的东海。一切恍惚做了一场大梦。当下她决定要去参加聚餐会。苏启顺母亲不同意她去，说，你过两天就要走了，还跟他们聚餐什么。姜红薇说，我也参加了这次集训，朱部长通知要我去。她想到这是最后一次参加集体活动，对许仲杰有一种留恋不舍的情结。

聚餐会很热闹，大家还在吃喝交谈的时候，许、姜二人已经坐立不安了，刚开始他们的座位是隔桌对望，等到众人热闹起来，边喝边闹的时候，他俩已经悄然坐在一张长凳上，也不需要谁出主意，聚餐会正掀起一个高潮，朱亦丰被几个姑娘、小伙子纠缠着喝酒，许、姜二人悄悄溜出了公社礼堂。

当晚月色清明，微风拂来的清凉让他俩精神为之一振。许仲杰骑上姜红薇的自行车，带着她就往公路上走。姜红薇在后面抱着他的腰，说，你要去哪里，去我宿舍坐一会儿好了，我有话跟你说。许仲杰头也不回，说，不去那里。许仲杰知道，一会儿聚餐会结束，公社大院里肯定都是散伙的人。

他骑车一气儿蹬到了窑厂，他对这里已经熟悉了。窑厂一片悄无声息，只有看守场子的一间屋子还亮着灯光。俩人先是找了一个背风的地方拥在一起，姜红薇因为前些天的经历，产生了对亲吻的饥渴，其中，有一种报复苏启顺一家人的想法，这个想法虽然不坚定，但在她的意识里，却又是很清晰的。过了一会儿，许仲杰拉着神情迷迷糊糊的姜红薇，就着月光摸进了堆放砖块的仓库。他记得，前些天在这里看见过一堆草垫子，不知道窑厂是用来做什么的。他脱下外衣铺在草垫子上，像一个虔诚的教徒膜拜一样，许仲杰跪在姜红薇的身边，四周窗户和屋顶玻璃亮瓦透过月光，他看到姜红薇横陈地上的身体，她在闭着眼睛喘息。突然，仓库的门被人轻轻地推开了，两个人影走进来，许仲杰回头看去，几步之遥，那俩人互相搂着走近了，姜红薇突然发现有人进来，立即坐起来，进来的也是一对男女，这时突然发现他们两个，那女的跟着发出一声惊骇的尖叫。

很快就看见，仓库窗户外面灯光闪烁，有两个人提着风灯跑进来了。这是窑厂巡守人，以为有人夜里偷盗窑厂的青砖。高大的仓库顿时被照亮了，那一男一女许仲杰认识，都是参加民兵集训的。两个巡守人见到这个情景先是愣住了，继而就开始叫骂，抓住许、姜他们四个人，推搡着往窑厂办公室走，喊道，你们都跑不掉，偷偷摸摸地跑到这里干那个事，都到办公室等着你们队里来领人。

许仲杰很镇静，从地上捡起外衣，说，你们都看见了，我们衣服都穿得好好的，我们什么都没干。又指着姜红薇说，你们放她走，有什么事都由我来担着。巡守的人说，哪个也不能放走，这事得等着公社来处理。

朱亦丰被人叫到窑厂，准确地说，他是被人从家里热被窝里叫起来的。开始他很不耐烦，虽说这些事情也是属于治安范围，理应是他分管的工作，可是这种事每年都要发生多起，他见到很多了，尤其到了每年农闲或过节的时候，都是男女闹事的高峰期，一般都是吵吵嚷嚷、打打闹闹，然后男人女人各自回家，如果有一方就是不依不饶要找个说法，或者双方因打斗造成身体伤害，男方被扭送到公社，这就要按照“治安处罚条款”处理了，农村很在乎赔钱了事，轻则双方协议赔钱给一方，后果严重的，除了赔钱，还要送去县里劳动教养，三个月至半年。

但是，当他走进门，看见四个人中间竟然有姜红薇的时候，脑袋就像被人打了一棒子，“嗡”地响了一声，差一点叫出声来，他暗自说，这下可是坏了，要出大事了。当然，他还不知道姜红薇已经被招工进城的消息，他当时最先想到的是怎么向苏书记交代，这是苏家刚过门的儿媳妇。朱亦丰一夜无眠。

许仲杰等三个男女被关押在靠近礼堂的一间屋子，朱亦丰经过请示领导，出于照顾县领导的亲属，让姜红薇回自己的宿舍了。上次许仲杰和刘宝杨也是被关在这里，被吊打也是在这间屋子，这是公社专门用来临时关押违法乱纪人员的地方。许仲杰被推进来就想道，老子这是二进宫了。许仲杰在天快亮时才睡了一会儿。清晨，他知道马上公社就要开会讨论怎么处理这件事，正好看见朱亦丰走过去，就隔着窗子叫道，朱部长。许仲杰想了一夜，把事情理清了头绪，根据自己了解的一些法律知识也估计到有什么样的处罚，乐观的结果和最坏的结果。

朱亦丰刚叫人给他们几个送去了一些吃的，听到许仲杰喊他，也觉得这个时刻不应该刻意回避他，以前为了处理那起王队长当众侮辱新娘子事件，他专门去县城求助过许、刘二人，在当下不违反规定的情况下，应该尽量帮一下许仲杰。他想了一下，就让站在门口值守的两个民兵打开门，对许仲杰说，你不会跑吧？许仲杰说，我不会跑，跑了和尚跑不了庙，我就是这里的人，我能跑到哪儿去。

朱亦丰盯着他看了几秒钟，对值守的民兵点点头，让许仲杰出了屋子。朱亦丰把许仲杰带到一旁空地上站住，说，我知道你有很多话要说，你抓紧时间，拣重要的说，马上就要开会了。许仲杰把跟姜红薇从认识到交往的经过说了一遍，着重把昨晚在窑厂的经过描述了一下，强调自己和姜红薇只是在很短的时间内有过亲热举动，并没有真正做了那件事情等等，还强调一句，说，我跟姜红薇是在谈恋爱，我们生产队里的人都知道，姜红薇同屋的几个女的也可以证明，我跟家里人也说了跟她谈恋爱的事，我妈给我写信，要我国庆节带她一起回家看看，这封信放在茅河我屋子里，可以给你看。朱亦丰一直背着手，眼睛专注地盯着许仲杰，他长叹一口气，说，小许啊，按说呢，你也是个很聪明的人，怎么偏偏地就跟她搞在一起了呢。我老早就听到过一些风声，我还以为你们年轻人闹着玩的，没有想到，你还真的是跟她谈恋爱，你不了解啊，这个女伢子可是不简单哪，你太幼稚了。说完，朱亦丰直是摇头咂嘴。

许仲杰说，朱部长，我一直是这么想的，在男女双方还没有正式结婚之前，应该有各自的选择权利，我是在认真地跟姜红薇谈恋爱，没有胡搞的意思，这个情况，姜红薇自己也可以说清楚，你们可以问她。

朱亦丰挥挥手，脸上显出一种轻蔑的笑意，说道，到现在你还是幼稚，你当是在你们省城吗，这里是什么地方？这里从来有这里的规矩，你懂吗？不说了，不说了，时间不多了，赶紧把你刚才对我说的情况，写一个文字材料，等着交上去，到时候开会，有我说话的机会我会说这些，我能帮你的就这么多了。许仲杰拉一把他的衣袖，说，朱部长，求你找机会告诉一下丁秘书，让他帮我想想办法。

朱亦丰前脚离开，队长和刘宝杨就后脚赶来了，刘宝杨老远地就喊他的名字。许、刘二人隔着窗户的木栅栏无言以对地沉默着，队长说，这可是怎么好呢，小许，你态度要好一些，都认了，兴许就能从宽处理，把你关两个月就放了。刘宝杨着急地问道，你真把她干了吗？许仲杰说，没有，真的没有，刚想那样就来人了。刘宝杨说，那就好，那就没事，那就叫未遂，仲杰，我告诉你，你一定要坚决咬住这个关口。许仲杰说，关几个月也是劳动教养啊，我从此档案里有黑点记录了，我这辈子就背上了一个黑锅。说完，唉声叹气，脑袋就耷拉下来，一脸的愁容。

刘宝杨本来还要骂他几句，你这王八蛋，太固执，太自以为是了，当初怎么劝你，这个年头，大家都是玩玩，你就是不听，非要追求爱情，这下好，把自己追进去了。一看见他这个模样，也不敢再提旧事，哑着嗓子说，现在怎么办，你就别想那么多了，兴许像队长说的，你态度好，就不关你劳动教养了。许仲杰想起一件事情，赶紧说，宝杨，这个事你千万不要跟我妈说，很快国庆节，我姐正准备结婚呢。队长见状，说，先吃点饭吧，别把身体搞垮了，我让宝杨马上去县里找我家老小，让他找苏书记求求情，这才是正道。

对这个案子，公社处理的决定很快就有了，按照惯例，给予许仲杰劳教三个月的处罚，考虑到他平时表现一直很好，历史上没有违法犯罪的记录，出于对年轻人犯错误不要一棍子打死的目的，以教育惩戒为主，不送到县里的劳教所，改在公社窑厂监督劳动，无任何工分报酬。这个处理实际上就是保护了许仲杰。这个处理方案被苏书记知道后，当天就打来电话否决了公社的决定，严厉地批评了公社有关领导办事糊涂、作风软弱，领导班子严重缺乏法律观念，有法不依，公然拿法律的严肃性当作儿戏，随意根据乡情乡谊的狭隘的乡土观念处理重大严肃案件。他一锤定音，这是一起典型的破坏军婚案件，而且是蓄谋已久的。

在公社禁闭室，许仲杰有生以来第一次体会到叫天天不应、叫地地不灵的心境。此刻，他感到最让他伤心的是将来怎么面对母亲，他不敢想象，母亲一旦知道了这件事情，她的精神能否承受得了？在大院里，他在邻居们心目中从小就是好孩子、好学生的形象，消息传开就会毁于一旦，母亲陶文英在邻居们面前走路都抬不起头来，他知道母亲，爱他胜过姐姐，这也是中国传统的习惯，他因此摧毁了母亲一辈子平静的生活，他自己今后怎么办，探亲回家的时候，怎么面对众人的眼光?

中午时分，朱亦丰跟着送饭的人来了，告诉他处罚决定的内容。朱亦丰说，领导们这次都比较同情你，我告诉你吧，这次真是你不幸之中的万幸，不把你送去县里劳教，这是连我也不敢说的想法，这是最好的结果了。许仲杰马上问道，那我档案里会有这个记录吗？朱亦丰讪笑，摸一把瘦长的脸，说道，你还很在行，这个处理不出我们公社，哪里来的档案记录。许仲杰听了，放心了，连声地说，谢谢，谢谢朱部长，过几天，我一定买两条好香烟送你。但是，朱亦丰不知道，此刻，在不远处的办公室，公社领导正在接受苏书记的批评，苏书记口气严厉，公社领导额头上冒出一层细汗，一连声地检讨他的错误，表态要坚决领会和执行县领导的指示。

十七　武装部长的配枪

苏书记是从基层走上来的干部，多年来，从担任公社书记开始，对于在大、中城市长大的知识青年抱有一种认识，认为他们从小没有吃过苦，长大后自视清高不懂世事，少数人到农村插队就带着思想情绪，在行为上就不踏踏实实地干活，不老老实实地做人。苏书记一提起知青就基本没有好评价，挂在口头上的是“这帮烧包”“那一群小无赖”。调任县公安局局长之后，负责治安和政法工作，每年在农闲季节，县城的各类刑事案件中都有知青，更加印证了他的认识，因此，他在公安局局长任职期间，对于知青所犯的各类案件，从来都是以雷霆手段严肃处理。

本县和临近区域都知道他手段最厉害的一个故事。几年前有两个知青到县城游玩，在商店买东西的时候，认识了一个姑娘，当时正在读高二，三人谈笑很欢，于是，两个男青年邀请姑娘看电影，影院的黑暗中，应该有些暧昧的动作，电影散了之后，姑娘醒悟了，不想以后再交往，提出要回家，这两个青年一时恶念冲动，拉扯一番，见姑娘坚持要回家，就在街头拦截了一辆卡车，逼迫司机开往城外，在离县城不远的一间农房里，强奸了那个才十七岁的姑娘。

由于姑娘的父母是县直属机关的职工，案件一时激起全县城居民的强烈愤慨。县里经过研究，责成公安局苏局长全权处理这起案件，要求从快、从重、从严。苏局长当晚带领十几个警察和一个排的军人，乘坐军用卡车、吉普车、摩托车，开始抓捕行动。天亮就接到报告，那两个人已经逃往一个叫晴云岭的镇子。那座小镇三面环山，一面紧邻茅河，是个山清水秀的山镇。搜捕部队迅速展开，把那两个人包围在一家饭馆里。苏局长叫人喊话，命令他们出来接受逮捕。这两个青年知道，等待他们的将是严刑峻法的处置，看到这样的阵势更是完全绝望了，因此，俩人手持几把刀具挟持了饭馆老板和他的老婆，堵住了所有门窗，从上午一直僵持到下午，拒绝出来。后来有持不同意见的人说，如果当时找来两个青年所在生产队的队长，走进去，晓之以理、动之以情，就不会有以后那样令人叹息的结果。但是，苏局长是个火暴脾气，下午太阳落山之前要解决，他担心晚上里面的人有可能再次出逃，如果恶性膨胀沿途再次作案，那他就要承担更大的失职责任。他命令使用强攻手段，一时枪声大作，如节日鞭炮般四面八方响起，警察和军人一起围攻上去，从窗户和门洞开枪射击，一片硫黄色的烟雾立即飘起在饭馆屋顶，当场打死一人、重伤一人。

在全国上下“以阶级斗争为纲”的年代，县里为此案件写给地区的汇报里使用了“敌我矛盾”“阶级斗争新动向”“大快人心”等等字眼，很快，县革委会和苏书记因此而获得了地区的通报表扬，而且还被评为当年全省治安先进单位，苏书记也一战成名，成为全县民众心目中的功臣，第二年就擢升副书记职务。

当时，县里工作人员中也有少数人有不同想法，心中有戚戚不忍的感觉，他们认为，当时的情况不到山穷水尽的地步，何必要使用如此暴烈的行动解决问题，屋子里毕竟不是真正的敌人。比如丁奉为等几个年轻一些的知识分子干部，但他们也绝不敢轻言说与人听。

傍晚，许仲杰靠墙坐着，底下是一块铺着草垫和破旧棉絮的褥子，有一股尿臊气，没有灯，屋子里只剩下他一个人，非常寂静，七八寸长的老鼠在他脚前跑来蹿去，银色的月亮光照射着，老鼠浑身的毛显出瘆人的灰绿色，绿豆大的眼睛绿莹莹地闪烁。

他还不知道自己的命运因为一个电话已经发生了截然不同的变化，他的思绪仍然还落在到窑厂劳教三个月之中，“监督劳动”这个名词第一次扎眼地出现了，他有一种耻辱感。他写的文字材料有好几张纸，具体而且详细，见过几次，时间、地点，时间多长，反复强调他没有与姜红薇发生性关系，只有一般性的亲热而已。许仲杰记得，因为“而已”这个词被母亲骂过多次，这种时候写这个词他也觉得不合适，就使劲用墨水涂掉了，于是信纸上变成一个小黑块。他想到，还有一些需要申诉清楚的话，他要强调姜红薇也是自愿地跟他交往，他始终没有任何强迫的行为，要求组织上马上找姜红薇了解情况，希望让姜红薇跟他当面对质。他想到，在这个关键时候，姜红薇如果能写一个文字材料那就太好了。

许仲杰不知道，姜红薇已经跟着苏启顺的母亲到县城了，住在苏书记在县城的家。当天上午，苏启顺的母亲在公社打电话告诉他这件事情时，苏书记暴怒了，说，这个王八蛋是活得腻味了，敢欺负到老子头上，这是真正地在老子头上拉屎啊！

苏启顺母亲抱着家丑不可外扬的态度，想息事宁人，劝说丈夫，说，这个事，不像你说的那么严重，我亲口问了小姜，她说那个男的没有把她怎么样，没有做那个事。这么一说，反而又点着苏书记的火暴脾气，他说，你这是完全的妇人之见，妇人之见明白吗，没有做那个事，不等于他没有那个念头，懂不懂，就这么息事宁人了，镇上的人家怎么耻笑我们苏家，县城里的人知道了会怎么看我，我这一张老脸还要不要了，我还是个县委副书记吗，简直是浑蛋逻辑！后来他又加上一句话，说，哼，这回可是新账老账一起算哩。苏启顺母亲对这句话没有听懂是什么意思，但是她也不敢再问了，她知道自己丈夫的性格和办事作风，几十年了，别人想拦住他要做的事情，从来就是痴心妄想。苏书记说，你去告诉小姜，我马上安排车子去接你们，你回家赶紧收拾东西，我下午要到地区军分区跑一趟。

丁奉为很关注这件事情，他听了刘宝杨跑来一趟说了事情的详细经过，就开始想着怎么给公社几位领导说，又避免他们感到不舒服，认为自己有干涉他们处理的意图。丁奉为下午又接到朱亦丰的电话，他听了前后两种不同的处理决定，不到半天时间就发生了很大的变化，一句话也说不出来，但心里很清楚是什么原因。电话那一边，朱亦丰“哎呀哎呀”地啧啧有声，没有什么其他的想法。末了，丁奉为一声长叹，说道，事已至此，我们也爱莫能助了，小许这个伢子，本身不坏，就是性情急躁，做事情意气用事，不顾及什么后果，捅了这么个大娄子，怎么得了哇！

他手握话筒，心里早是明镜一样，他知道苏书记没有忘记那桩骚扰新娘引起群体斗殴的事件，地区调查组决定给予王队长严厉处分之后，因为苏书记是处理事件的主要负责人，也责令他在县里领导班子会议上做检查。当时除了县里一些主要领导之外，参加会议的只有他丁秘书，当时这件事出于维护干部威信，要求保密，不传达到基层各单位。但丁奉为明白，苏书记始终没有放下这件事。

因为没有灯，也没有书，许仲杰天擦黑时吃了一个馒头就咸菜，外加一碗玉米糙子粥，枯坐了这么久想要抽烟，就走到门口，对着门缝说，兄弟，给我两支烟抽抽，明天我去供销社买一包烟还你。

门外值守的正是民兵集训时认识的两个年轻人，其中一个说，你明天还想出去买烟，明天就要押着你去县里看守所了。许仲杰大惊，问道，你听谁说的，这是真的吗？中午朱部长还说，让我到窑厂劳动三个月。那人也是多话，有一种视别人苦难为乐事的心理在作祟。

这是一个很独特的社会现象，农村读过书的知识青年与城市来的知识青年，自然形成了两个群体，双方互相攻击，互相看不起，也很少交际，久而久之，这两个群体就产生了难以解开的心结。知识带给人的两面性也凸显了，一方面带给你认识世界的快乐，一方面带给你开阔眼界之后的痛苦。此刻，那两个年轻人觉得自己已经掌握了操纵别人命运的机会，他们早就听说过许仲杰，看到这个平时目中无人的家伙，今日沦为他们的阶下之囚，江湖上快意恩仇的感觉油然而生。

现在正好闲得无聊，许仲杰又求着他们提供香烟，两个人觉得要拿这个倒霉的家伙开开心，像老虎戏弄玩耍一下被抓住的猴子。于是，俩人带着戏弄的口气一五一十地说了下午听到的消息，末了说，你这王八蛋，这下肯定完蛋了，破坏军婚那是要判刑好几年的，你就等着给你剃光头吧。

一种绝望的情绪，像阳光掉落在山坳之后，黑暗霎时笼罩大地。许仲杰抱住脑袋一屁股坐倒在地上，像受伤的动物一样，大开着嘴，不由自主地发出一声长长的哀号。正在这时，只见不远处几支手电筒晃着光柱移动，武装部长带着朱亦丰一摇一晃地走近前来。

听到声音，许仲杰从地上蹦起来，朱亦丰把一只风灯挂到墙上，屋子里半明半暗，几个人的脸上跟着晃动着光影。许仲杰一眼看见朱亦丰手里那亮晶晶的金属铁环，那是一副手铐，他的身体立时僵硬了，许仲杰号一嗓子，真的要判我破坏军婚吗，你们说话不算数啊！武装部长认识许仲杰之后，对他有好感，觉得他单纯聪明，是个有前途的年轻人，在这次民兵集训活动中，训练刻苦，表现突出，为集体争了荣誉。但是他是职责所在，于是说道，我们今晚来就是告诉你，公社经过研究，对你的处罚决定改变了，至于是不是要按照破坏军婚判你的刑，我也不清楚，等到了县里再说，小许啊，请你配合。朱亦丰跟着说，我们是执行领导的决定。

武装部长说着，眼睛看一下朱亦丰，许仲杰明白，这是要给他戴上手铐。此刻，一股血气突然蹿动，与其束手就擒，还不如鱼死网破。他突然一个念头涌上来，就是死了，也不能被抓去坐牢。许仲杰就像一头发狂的豹子，猛地夺过手铐，就势朝朱亦丰脸上挥去，朱亦丰躲避，踉踉跄跄地退后几步，“咚”的一声，头碰到墙上，许仲杰迅即转身，一把揪住武装部长的皮带，一手以出其不意的速度抢过他腰间的配枪，站在门外的两个人听到动静刚走进来，许仲杰大喊一声，你们都给我让开！俩人看得清楚，许仲杰手里指向他们的是黑漆漆的枪口，他们前天看见过武装部长用这支手枪实弹射击，“砰砰砰”的射击声还缭绕在耳边，立马吓得呆了，许仲杰的肩膀撞到一个人，一瞬间就跑出了屋子。

几个人立即跟着追出来，朱亦丰大声喊到，小许，你可不能胡来，千万不要胡来啊！武装部长大声说，许仲杰，抢夺武器是严重的犯罪行为，赶快把枪还给我！许仲杰回身看一眼，只见已经跟他们拉开了距离，他喊道，这是有人在迫害我，我要找姜红薇对质。几个人哪里赶得上许仲杰奔跑的速度，武装部长已是中年人，身体本来就有病，朱亦丰也不敢放胆去追赶，对那两个民兵说，你们赶紧追啊，赶快把他抓住。那两个人身背一杆长枪，战战兢兢，哪里敢大胆追，只是做做样子跟着后面跑，许仲杰已经跑远了。

许仲杰跑进公社院子，径直找到姜红薇的房间，却见房间里面是黑的，踹一脚房门，门是锁着的，情急之下，他转身跑进了对面的会议室，关上门，用力移动会议桌顶住房门，关紧窗户。朱亦丰看见许仲杰跑进了公社大院，马上明白了他的目的，心里反倒有些轻松了。会议室面积不大，两扇窗户对着院子，一扇窗户对着外面的田野，院子没有围墙。许仲杰对着外面大喊，我要跟姜红薇说话，你们找她来，我要让她亲口证明，我没有跟她发生关系，有人故意迫害我。

许仲杰检查了一下，手里的是一把装了七发子弹的军用手枪。这把手枪，几天前他和刘宝杨因为看着眼热新奇，从武装部长手里要过来把玩过多次，武装部长曾手把手教习他俩怎么使用手枪。走到这一步，许仲杰很奇怪自己的心反倒是安定下来，心脏好像变成了一坨铁石，脑子也变得出奇的清醒，他坚定了想法，士可杀不可辱，鱼死网破也要搞个是非明白，怎么搞都是丢脸，倒不如死了痛快。

午夜时分，县城通往公社的公路上出现了几辆军车，满载荷枪实弹的军警，苏书记带领三十多名军人和警察急速赶往目的地。他接到电话的那一刻，心里很震惊，但很快就冷静下来，迅速在脑子里想了怎么处置的几个方案，毕竟经手此类案件多了。此时的小镇，夜幕笼罩，了无声息，连狗的叫声都听不到，安详得像一个熟睡的孩子。在苏书记到来之前，公社院子已经被几十个民兵包围了，从会议室走过来的通道都被用杂物堵住了。苏书记到了之后，很快看了一下，点点头，不用再看了，他对这里再熟悉不过。公社礼堂，苏书记带来的公安局局长，部队的一位连长，公社的领导，坐成一圈研究方案。苏书记首先强调，这次情况特殊，因为嫌犯手里有枪，要以所有人的生命安全为第一考虑要素，不到山穷水尽、万不得已的时刻，不要开枪。他要大家开动脑筋想出策略，想出好的点子，不流血、不伤人，一举拿下，拘捕嫌犯。这里是他的家乡，他的家就在附近。

大家听了，原本乱跳的心脏复归稍许平静，呼吸也变得平缓一些，希望不要在自家的小镇上出现枪战，希望没有人被乱枪打死。公社领导马上表态，检讨工作严重疏忽，麻痹大意、布置不周、行为拖沓，等等，造成了现在如此严重的局面，一切听从县领导的指示和指挥。

天刚亮，小镇上的居民立即被一个消息惊到，沿街的人家隔着自家的窗户，就看见了周围站着的、趴着的军人，都端着上了刺刀的步枪，一辆军车堵住了公社院子的大门，车轮直接开上了台阶，对过的供销社房顶上架着一挺机枪，弹夹中拖出来纯黄色的子弹，亮晶晶的，让人看了心惊肉跳，周围路口都被军警封锁了，一片如临大敌的景象。

那个解放军连长带着朱亦丰几个人围着院子观察地形和屋子结构，礼堂里，领导们还在开会研究。大家都知道，不可能考虑把姜红薇叫来当面对质，苏书记听了之后，突然有了一个想法，他招手让武装部长跟他走到一边，说，你倒是可以试一试，打电话给小姜，详细了解这个犯人的性格特点、喜好，尤其是他最喜欢的人、最喜欢的东西，还有他的最大的弱点。武装部长大致明白了苏书记的意图。

解放军连长汇报，他仔细查看了环境，如果强行进入会议室，对手先行举枪自杀或者互相枪击是不可避免的，他看到许仲杰选择的位置是面对门口的一面墙角，这个位置很好，可以面对三个方向，而斜背后的一扇窗户也是紧闭着的。如果坚决采取不伤人的打法，有一个地方可以利用，就是会议室屋顶的老虎窗，他刚才爬上去看了，如果能找到一个办法，转移一下许仲杰的注意力，然后从老虎窗射击许仲杰拿枪的手。他一边说，一边手绘了一张草图。大家听了有的点头，有的还是摇头。

朱亦丰猛地想起一个人来，丁家大屋的皮友，杏花的丈夫，此人有一手绝技，二三十米距离用弹弓射鸟、打兔子、野鸡、蛇等小动物，百发百中，也是因为皮友生性好喝一口酒，长年苦于没有下酒的菜，练就了这一手绝活。于是，结合武装部长从姜红薇那里了解到的情况，一个看起来完整的方案提出来了。苏书记说，已经快到中午了，怎么想也只好这样冒险一把了，大家都知道，我们这次是做到了仁至义尽，要有伤亡那也是没有办法，我承担责任，就这么干吧，坚决不能再拖时间了，时间越久越不利。

吉普车拉来了皮友，他老婆杏花非得要跟着他一起来，队长和刘宝杨也要来，被朱亦丰坚决拒绝了。在车上，皮友不知道要他去做什么，还问道，有给我工分吗？朱亦丰没好气地说，有，以后让队里给你补。皮友趴在连接老虎窗的屋脊上，居高临下，许仲杰的整个身体就在十来米远的距离，许仲杰的动态和面部的表情都看得很清楚。皮友突然一下子觉得很开心，不觉咧开大嘴要笑出来，旁边的那个解放军连长见状，一把捂住了他的半张猴脸，也把那笑声变成一声短促的“噢”，那个军人觉得自己的手掌就像摸到了一只刺猬或者草棵，硬生生地扎手，还闻到了从指缝间迸发出来的一股口臭。皮友看着那个军人，只见他又观察了一次许仲杰的状态，轻声问皮友：有把握吗？打中那只拿手枪的手。皮友说，能，这样近，打中眼睛都行。

屋顶的广播喇叭响了，轻轻地响起一首歌曲，渐渐声音大了，

《珊瑚颂》，是许仲杰非常喜爱的，所有人瞬间都被轰然作响的歌曲声所震撼，连院子外面的军警都听得十分惊讶，不知道这是在干什么。许仲杰立时惊呆了，他首先想到的是姜红薇回来了，正在广播站播放这首歌曲，这首歌曲是他们俩一起听过的。他紧张地盯着面向姜红薇宿舍的窗户，巴望着能看见她出现在门外。

解放军连长看见许仲杰的注意力已经转移，轻轻拍拍皮友的肩膀，皮友摸出一颗鸽蛋大小的石头，张弓搭箭稍作瞄准，放手射去，就听见许仲杰“哎呀”一声，手里的枪掉落在地上，又抬头朝上面看去，几乎是同时，早已守候在外边的一个军人奋起一脚踹开了会议室的窗户，倒地一个前滚翻，一个箭步就跨到了许仲杰的身边，见许仲杰趴在地上想去抓那支手枪，随即飞脚踩住许仲杰的手，举起步枪，一枪托砸在他的脸上，许仲杰惨叫一声，这一枪托正好砸在许仲杰的眉间骨上，砸开了一道血口子，顿时血流如注，只见许仲杰很快爬起身来，又朝着那支手枪扑过去，这个军人还真没有见过这么顽强不怕死的，毕竟第一次经历实战，一时惊呆了，这时，背后跟进来的一个军人见状，飞起一脚踢中许仲杰的嘴，许仲杰被踢得一个仰面翻滚，又是一声大叫，从嘴里喷出一股血水，混杂着被一下踢断的一颗门牙，在那道斜阳的光柱里留下短促的一道彩虹。此时，许仲杰已经是满脸血肉模糊，他看不清面前的东西了。

几个民兵赶紧抽出指头粗细的麻绳，生产队逢年过节杀猪必用这种麻绳捆绑，他们把许仲杰拉起来，摁着他跪在地上，随即一左一右，手拉脚蹬，很快把他捆得像一只端午节的粽子，只是绿叶变成了白色的衣服，这个时候，突然听见许仲杰大喊一声：妈妈……那是一种不要命喊破嗓子的嘶叫，跟着喊声喷出来的是一口鲜血，落在几个人的面前，许仲杰的白衬衫前襟立刻浸润了一道红色，看上去很像当年戴的那条红领巾，只是浸染在前胸不会随风飘动。

朱亦丰站在一旁，听见这声嘶叫，心有不忍，嘴角抽搐一下，低下头，眼睛朝另一个方向扫去，窗户外面，只见杏花那张大饼子脸伸进破碎的玻璃，瞪大眼睛看着这一切，听见这一声不要命的嘶叫，看见那喷出去的一口鲜血，一下子用手捂住了自己的嘴，随即闪身跑开去了。

十八　派克金笔奇遇记

冯爱玲是属于那种有主见，并且敢于拿主意的姑娘。

那天从张英家聚会回来之后，她失眠了。张英和一帮人的影子一直在她的眼前晃动，她以前从没有参加过这类的聚会，热烈恣情、自由奔放，很容易让人受到感染，但她冷静下来一想，总觉得有哪儿不对劲，想了半夜，也找不到一个判断，一直是纳闷，在这个城市不为人知的一个角落，还有一帮人在肆意地按照自己的方式生活，大胆地与时代潮流刻意拉开距离，甚至背道而驰，不做工、不上班，却过得自由自在，这超出了她的认知范围，却又让她心生羡慕。

张英的眼神是冷峻的，又透着一股哀怨，让人感到他是个心里有很多内容的人，行为举止从容老练，与他的实际年龄不相称，冯爱玲从小深居简出，交往范围很小，从来没有跟这样类型的人打过交道，张英聚会散了之后塞给她小纸条的做法，冯爱玲肯定，他应该是个久经情场的老手，而且心思缜密，行为果敢。

冯爱玲想到，张英他们大多家境很好，见多识广，活泼有趣，又有各种背景和关系，认识了，以后做朋友，也很有意思。如果让张英那一帮人帮助找工作，找一份自己喜欢的，或者类似任菲那样的工作，但是，冯爱玲自尊心很强，开不了口，除了张英主动提出来帮忙。冯爱玲听爷爷经常说，一个人首先要自己主动适应社会，适应环境，而不是反过来，让社会和环境迎合你，适应你。于是她想到，应该试着采取尊敬的、感激的做法来跟田馆长相处，对他热情一些，让田馆长知道，她冯爱玲是尊敬他而且也是支持他工作的人，这样做不是刻意地拍马屁，是有接近也保持距离，总之不能回避，更不能像梁静敏那样，跟领导公开对立，她知道自己没有这个本钱。

冯爱玲觉得自己的事情还是自己做主，不能学任菲，把个人的希望寄托在朋友的身上，尤其是在找工作这样重要的事情上靠别人帮忙，欠下的就是一大笔人情债，自己从此就在他人面前矮了一截。

她拿定主意，从抽屉里翻出一支“派克”牌金笔，黑色丝绒包裹的盒子。这支金笔是父亲有一年回家探亲送给她的生日礼物，听爷爷说，那还是父亲刚结婚的那一年买的，一直没舍得使用。

这一天还是提前到了班上，冯爱玲打了开水、整理卫生之后，坐下一会儿，从办公室一排大落地窗看出去，就见田馆长骑车过来了。冯爱玲突然心跳加快，呼吸急促，好在这个时候梁静敏还没到，办公室就她和另外一个人。冯爱玲看一眼手表，计算一下时间，就赶快朝二楼走去，在走廊上左顾右看，有一种似乎是做贼的心理，生怕碰见熟人，一路按着胸口疾步直走，站定后敲门进入，田馆长一见是她，脸上一下子都是笑。

他的长相属于还算过得去的那种样子，五官位置都还端正，就是鼻梁靠近眼窝的部位塌陷得厉害，显得鼻头宽大，鼻梁要是能被揪起来一点就好了，一头浓密的黑发，脸上油光光的，如果靠近他说话，就会闻到他身上总是有一股油哈哈的气息。田馆长宽厚的男中音，少有的，很有磁性，说，哎呀，小冯啊，你今天怎么想起到我这里啦？坐坐坐。

冯爱玲站在桌前微微一鞠躬，也是满脸的笑意，声音清朗地说道，田馆长好，我就不坐了，没什么事情，就是送您一件小礼物，表达学生的一点心意。冯爱玲赶紧把双手从身后绕过来，把盒子放在桌上。田馆长迅速地扫一眼，说，你这是干什么呢，不要这样客气，坐坐，坐下说。

因为天气还是很闷热，田馆长的办公室又在里间，电风扇的风力就开得很大，一股风直往她裙子里面钻，一会摆头径直吹过来，像是要掀起冯爱玲的裙子，刚好她穿的是一条膝盖以上的短裙。冯爱玲赶紧说道，不了，不坐了，我也没有什么事情，就告辞了，田馆长您有什么事情就随时吩咐我吧。说着，冯爱玲不再等他说什么，就转身跑走了。

第二天下班，冯爱玲走出学院的大门，看到学院的一个女职工站在那里，见她之后就朝她走几步，这个女职工冯爱玲认识，去年第一天上班，她很惊慌地跑出田馆长的办公室，她就站在门外，当时很让冯爱玲感到奇怪。此时，那个女职工一脸冷漠的神态，倨傲地昂着头，说，田馆长让我跟你说，他要约你谈一件事情，给你。说着，伸手递过来一张折叠成卍字形的纸条，再不说什么仰着头走了。冯爱玲看了纸条，原来田馆长说明天是星期天，他要请她吃个饭，写了时间和地点。冯爱玲不由得笑了一下，想到，他就不能自己说吗，还非得要派一个人递送。

第二天中午，冯爱玲应约来到那条街，很快找到田馆长约的那家餐馆。她抬头四处一望，这个地方很熟悉，她站的位置是一条小巷子，穿过巷子就是一条市区的主要大街，车水马龙，人群熙熙攘攘，各类商店鳞次栉比，其中有一家名气很大的西餐馆，名叫“红馆”，冯爱玲一家以前多次去过，她记得西餐馆内部的装饰和设施豪华雅致，深红色的落地大窗帘，金色的大花枝型吊灯，褐色细格柚木地板，木雕皮质软椅，描金图案的骨瓷餐盘，三角钢琴，碰上重要节庆日还有四重奏弦乐队。好多年没有去过了，冯爱玲看看时间还早，就朝“红馆”那里走去，走近看见，“红馆”已经改名叫“红太阳”大众餐厅，从门口看进去，里面的装饰和陈设都大变脸了，各种陈设都换了，只有细格柚木地板还在，也已经到处漆面剥落，看菜品名称，这里已经改成中餐了，估计还卖早点，冯爱玲看见门口有一堆笼屉，正在卖肉包子、烧卖、馒头、油酥烧饼等等。

冯爱玲回身走到那家餐馆门口，等待田馆长。一会儿，看见他骑车过来了，不知为何，他脸上却戴着一副墨镜。坐下来，田馆长连说了几句，来晚了，在家里赶着写馆里的汇报材料，过几天市里要开交流会，我还要讲话。冯爱玲就笑着说，田馆长真是忙啊，星期天也不得休息，辛苦得很。田馆长看一眼周围，往上抹一把头发，冯爱玲看得眼睛一亮，这个动作还有年轻人的样子，比较潇洒，田馆长说，是啊，当领导的嘛，没办法，想吃什么，你自己点吧。说着就递过来菜单，两片油脂麻花的纸板。冯爱玲一看，明白这家餐馆以卖当地小吃为主，五丁肉包、糯米碎肉烧卖、鲜肉馄饨、素三鲜生煎包、五香豆腐干、香辣麻油萝卜条等等。

冯爱玲当下心里就不解，按说田馆长也是一个有职务的人，还一口紧一口地说自己是领导，第一次请一个姑娘吃饭，怎么着也应该到一家稍微像样子的地方，隔条路就是一家有炒菜的餐馆，五六张桌子，也还清爽整洁，而这家是吃小吃的地方呀，再不然就是小两口逛街饿了，随便吃几口垫一垫肚子的。她又想了，也许人家田馆长就喜好这口呢。因而嘴里说道，田馆长，我就随您吧，早晨起来的晚，现在其实也不饿，您随意。田馆长点了几样，等着上东西的时候，他显得有些急躁，一直用两根手指敲击桌子，“叮叮叮”“当当当”，看一眼冯爱玲，又转过头看外面，看起来像是考虑说什么，一会儿，他从挎包里掏出一个纸包，递给冯爱玲，说，来而不往非礼也，送给你的。冯爱玲赶紧站起身，双手接过来，手里觉得很轻，故意调皮地说，哎呀，大领导还想着给我礼物，真是受之有愧。田馆长听她这么说很高兴，说道，打开看看，喜欢不喜欢？

冯爱玲打开纸包，见是纸板上夹着三只不同颜色的发卡，塑料的。她差一点笑出声来，这是何等的好笑，她从初中开始，那些不间断暗恋她的男孩子，没少在她书包里、桌斗里塞这些玩意儿，哪一件也都是当时时新的，比这个好看，更别说许仲杰送的，让她惊喜连连爱不释手的各种礼物了，她一看就知道，这就是巷子口小摊子上的东西，还真的不如没有这个，少了很多的露怯。冯爱玲还是聪明的，赶紧压住情绪，说道，没想到啊，大馆长还真会给女孩子挑东西，好看。

田馆长哪里知道她的心思转动，跟着一味地笑道，我过去毕竟是搞文艺的，这点事情对于我来说，还不就是小菜一碟嘛，三种颜色，你还可以每天换着戴的。冯爱玲赶紧收起来，嘴里说，好好，谢谢馆长谢谢馆长。都不想再抬头看他了。转而心里又在为他想另外的理由，也许，人家就是喜欢女人的发卡，也许，他就是不善于为现在的年轻姑娘挑东西，反而有一种拙朴的意味在其中，那兴许也是好的。

俩人吃着，随口说着一些闲话。田馆长还是喜欢谈论他当文艺兵的生涯，这次说起来文工团几个跳舞女兵的隐私故事，怎么怀孕了，然后冒险打胎，被领导发现了如何如何的，他怎么洁身自好，没有被身边的大染缸所污染，所以才很快入党提干了等等，冯爱玲只是听，嗯嗯地回应着，其间走神了，都不知道他刚才说了些什么。

过了几天上班，快到中午吃饭的时候，梁静敏在外边转了一圈回来，走近冯爱玲，捏一下她的手臂，使着眼色叫她出来。跟着梁静敏走到操场，梁静敏一站住就说，我这人是个急脾气直肠子，我就直说了，小冯，你真的在跟小田谈恋爱吗？冯爱玲听见，就如头顶一声晴天响雷，蒙了，一迭声地说，没有，怎么会呢，没有啊。

梁静敏端着一个脸，也不看她，说道，有也没有什么，那也是你自己的事情，我是说嘛，本以为我把你当作朋友，没有想到你瞒我这么紧，防备我什么呢，小姑娘年纪轻轻倒是城府很深的。冯爱玲听她这么说，心里急，眼泪一连串地就下来了，一时呜咽着说不出来什么。梁静敏看见她这个模样，知道不是装出来的，赶紧地拿出手绢递过去，改用好言好语劝慰。冯爱玲就把这几天发生的事情，一五一十地，全部告诉了梁静敏，末了说，梁老师，我也是想着，这两天找时间，好好地跟您聊聊，我心里很苦，你知道的，我把您当老师、当长辈，要您教我的。

梁静敏听了，脑子也在跟着转动，嘴里狠狠地骂道，我说呢，这几天，姓田的走路脚后跟都一颠一颠地不着地了，癞蛤蟆想吃天鹅肉，原来是这么着的。冯爱玲很着急地问道，您听别人是怎么说的，这不是在毁坏我的名声吗，我还是一个姑娘，叫我今后还怎么过啊？

梁静敏把事情经过说了。她上午到总务处领办公用品，一个多年要好的职工问她这件事情，她还替冯爱玲否认，说，怎么可能，小冯不可能看得上姓田的那种货色，再说，人家姑娘才二十出头，天天想着有机会考大学。可是，那个职工说的故事也是有鼻子有眼的，连双方互送的礼物是什么都一清二楚的，梁静敏将信将疑。回到图书馆，一个在馆里干了二十多年的女教师，平时跟她谈得来，把梁静敏拉到一旁问她，说，小冯是你的徒弟，她跟田馆长谈恋爱你应该知道的吧，都在传呢。这下就把梁静敏气坏了，恨恨地说道，我怎么就一定会知道，也不是我的女儿跟别人谈恋爱，关我什么屁事!

冯爱玲听了这些，感到一种从未有过的羞耻，她马上想到，以后每天中午到食堂吃饭就会遇见那种审视的目光，还会带着一种讥笑。她想起来那个站在学院大门口递给她纸条的女职工，也说给梁静敏听了，梁静敏立即就明白了，拍一下巴掌，说，哎呀，你早就应该把这么重要的细节告诉我，小姑娘，太傻。明白了，都是那姓田的设计好了的，让她当了传声筒，到处说你的事，谁都知道，她就是个婊子。冯爱玲很惊讶，梁静敏的嘴里也会蹦出这么粗俗的字眼。

梁静敏告诉冯爱玲，那个女人也是临时工，丈夫是个铁路职工，跟车跑，隔三岔五地不在家，她原来在一家大型纺织厂上班，因为纺织厂女工都是“三班倒”，熬夜班很辛苦，去年托关系调到学院，她在纺织厂就是一个招蜂引蝶的女人，曾经被同事老婆堵在家里，调来学院之后，很快就和田馆长走得很近，俩人的故事被人到处风传，好在这个城市人口众多，人人都忙，这点子风流韵事哪个单位没有，当作故事，在茶余饭后讲讲听听嘛，还是蛮有趣的。

梁静敏说，小冯，你记住了，人跟人就是不一样，你换个别人，送他一支金笔，还是“派克”牌的，他会很看重你，知道你的分量，知道你的身份，这个年头，有几个人家还有“派克”牌金笔的，怕是很多人听都没听说过的。但是姓田的，他不这么看，你看他，你报到上班的头一天，就对你耀武扬威地耍派头，就是要让你服他、怕他，好让他以后对你做什么，你都会依着他，逼着你上他的道，这就是学来的官场上的一点小手腕儿，没想到你还真的就上了他的套儿，还自己主动地倒贴上去，这不是让他觉得你有这个心思吗？是呀，我知道你没有这个意思，你其实就是想着拍个马屁，巴结他一下，好让他今后不再为难你，好让你今后在图书馆工作顺心一些，稳定一些，因为他知道你很在意这份工作，这就是你的短处，你让人过早地发现了，抓住了你的短处，这下好了，顺了他的心意了，他做梦都笑醒了，他才敢这么快地让人到处散布你跟他谈恋爱的谣言，他没有什么错，小冯啊，你倒是让他一下子把你看轻了。

这一番话，听得冯爱玲如雷贯耳，浑身细汗涟涟，似有无数的虫子趴在身上蠕动，欲哭无泪。当下，她想到，这个地方，她怕是再也待不下去了。其实，在这之前，她还是抱着很单纯、很善良的想法，希望以自己的诚恳，以自己愿意把他视为亦师亦长的态度，把这个暂时的栖身之地经营好。现在看来，她把事情搞复杂了，错在把对方想得跟她一样的简单。她曾经想努力培养对领导的尊敬和好感，但是，这个男人所有的做派实在让她恶心。男人可以不英俊、不儒雅、不富有，但一定不能猥琐，如果是，那就像饭碗里看见一只臭虫，不但让人恶心，还要把整个一碗饭都倒掉才好。

下午，冯爱玲感到身体很疲倦，脑袋疼，肚子也疼，知道这是来例假第一天的原因，几乎每个月都是这样，就跟梁静敏告假回家了。睡了一觉起来，觉得好多了，坐在床前发呆，也不想干什么。偌大的一座城市，就没有几个可以说说心里话的人，冯爱玲感到刻骨寒心，感到失落和孤独。想起来张英，人家既然留给她字条，也应该回个音信吧，把握好分寸就行了，毕竟年龄相仿，说起来什么来好沟通。起身换了一件衣服，准备出门。以前冯家有私人电话，前些年没有理由就被强行撤除了，冯爱玲只好去打公用电话。

张英听见冯爱玲要来找他，口气很高兴，说，正好，孙大军在我这里，他这一段手里有一辆摩托车，我让他去接你一趟。

冯爱玲说，不用麻烦，我坐几站公交车很方便。张英在电话里说，这点小事情就不必客气了，孙大军也是闲着没事，就这样吧，你在路口等着，他马上出发。说完就放下了电话。当时，冯爱玲感觉张英的做事风格跟他们这个年龄的人很不一样，干净利落，甚至有一种说一不二的气势。冯爱玲一想，他也只比自己大了四五岁呀，从来没有接触过这样的男生。

二十多分钟后，冯爱玲在路口看到一辆军绿色三轮摩托车朝她这个方向飞驰而来，而后戛然停住，一辆“长江750”，身后坐着一个女孩子，上次见过的孙大军的表妹彭玲玲。

孙大军扯下脸上的风镜，对着冯爱玲很潇洒地举手敬礼，露出一口好看的白牙看着她笑，朗声说，孙大军奉命前来报到，首长请上车。当时，各个影院正在放映国产片《侦察兵》，演员王心刚成了男女青年膜拜的对象，国军军官的美式军服，小开领、紧腰身，男青年争相模仿，一时军绿色布料卖断了货，各家裁缝店赶夜班。时髦男青年的标准装扮，蓝色涤卡中山装不穿了，军绿色小开领短风衣，深色长裤，脚上上海产“回力”牌篮球鞋，有红白相间的线条，最好是高帮的。那天下午，孙大军就是这身装扮。冯爱玲看孙大军，眼光亮闪闪的，想到，如果有机会，孙大军真是一个好电影演员啊，哪儿长得都好，难怪任菲对他抓得那么紧。冯爱玲读高中之后有了自己的想法，她不喜欢长得很好看的男生，认为太招女孩子，学习不用功，自己又容易把外表当资本，变得很自我，这一点，倒是跟漂亮女孩一样。冯爱玲很高兴，笑得声音很响亮，说道，孙大军，你好威武啊，勇士加美女，一路招摇过市。孙大军说，这是我表妹。冯爱玲说，我知道，上次你不是介绍过吗，见过，你好！彭玲玲说，你好。就从摩托车车斗里起身，坐到孙大军背后的座位。冯爱玲说，你别，你坐那里挺好。彭玲玲嘿嘿笑，说，我哥要我坐他后面。仔细地看她一眼，感觉彭玲玲挺可爱的模样。

孙大军开车穿过这条街的时候，两边的行人和店铺都投来各种不一样的眼光，孙大军左拐右转地，一会儿就把车开上了滨江大道，一下子加快了速度，两边的建筑和景物都变得模糊了。冯爱玲从来没有坐过摩托车，有些害怕，紧紧地抓住身前的把手，大声喊，哎，孙大军，你慢点吧。孙大军一转脸，说，坐我的车，你就放一百二十个心吧，我带你兜兜风。冯爱玲看一眼孙大军壮实的脊背，露出肌肉的手臂，想问任菲最近怎么样，又觉得这是人家的私事，不好随便问。

到了张英家的楼前，看见张英已经等在那里，孙大军下车，看见冯爱玲在车斗里挣扎着想赶快出来，上前伸手，一把就把她带起来，攥得她手疼，就听到孙大军对张英说，一只刚出林子的画眉。张英笑笑，说，养在深闺人未识。冯爱玲听见，就有些生气了，听这俩人的口气，不是当面表示轻蔑吗？一个把她比作画眉鸟，一个把她比作杨贵妃，就没好气地大声回敬，孙大军你这乌鸦嘴，你少来，我不姓杨，我姓冯。孙大军转身要走，说，尊贵的小姐，我的任务完成了，告辞了。冯爱玲那一句话说出去，觉得很舒畅，一种很久没有过的感觉回来了，有一种自信，瞬间充盈到了全身心。张英听见，脸上有点挂不住的神色，说，冯爱玲，开个玩笑，别在意。冯爱玲说，你们这是随意乱发挥，对女性的不尊重。张英说，看你，没那么严重，抱歉啊，以后我说话注意了。听见张英说话这么诚恳，冯爱玲有一种亲切感，很久没有过的。张英有一种兄长一样的厚重气质，以前许仲杰是没有的。于是，看一眼张英，正好跟他眼光对视。

张英家客厅里坐着几个人，像是他父母的同事或朋友，张英带着冯爱玲直接走进自己的房间。看一眼，房间里到处是书籍和报纸杂志，有两张桌子，一张一头沉写字台堆满了书报，另一张小号桌子上摆了唱片机，还有一台油印机。冯爱玲说，你看起来像个当老师的。张英说，我不会当老师，也不喜欢。冯爱玲一听这正是她感兴趣的话题，想了解张英，就跟着问道，那你将来想做什么？张英说，我的理想是当记者，当作家。

冯爱玲觉得很新鲜，她正感觉十分茫然的时候，问道，那怎么做才能实现你的理想呢？张英说，我希望能上大学，读几年书，接受系统的学习和训练，国外杰出的记者和作家大多是这样的。冯爱玲看一眼周围，说，你已经读过很多书了，必须要上大学吗？张英说道，上大学不一定就是为了读书，而是可以结识到很多比自己更优秀的人，其次，是为了接受某个专业的正规训练。冯爱玲说，第一次听到这样说，上大学是为了结交比自己更优秀的人。张英说，是啊，那你认为上大学干什么呢。冯爱玲突然有了一种要倾诉的欲望，说，我从前就是想，上大学就是读书，学一门专业，像我爸爸那样子，毕业以后嘛，做一个工程师，或者当一所学校的校长。张英问道，你爸爸是工程师，哪个方面的工程师？冯爱玲说，现在不是了，很久就不是了，在农场养水鸭子。

冯爱玲跟他说起了父亲的情况。张英听了，沉默了一会儿，说，如果把我放在那个时候，我大概也去养鸭子了。冯爱玲瞪大眼睛看他，说，我不懂。张英笑笑，说，不懂最好，女孩子，刚才你说的，做一所学校的校长，很好，我觉得特别适合你。冯爱玲笑笑，说，我没有你那么明确的志向，就是随便瞎想。张英说，这个想法挺好，以后我有孩子了，就交给你培养教育，省心。冯爱玲听了，呵呵笑，坐在椅子上转动身体，眼睛里都是光亮，说，说话老里老气的，都想到孩子了。张英听了，笑声更大，说，革命浪漫主义的理想。张英又跟她聊了他交友的情况，告诉她，孙大军这帮朋友就是大家一块玩得高兴的一群人，他交往密切的，最好的朋友是大学里的几个青年教师。

这时，走道里传来一阵婴儿的哭声，很响亮，让人惊讶，接着就听见几个人在跑动，张英立即笑了，眼睛发亮，说，我姐姐的孩子，刚出生两个月。冯爱玲也笑了，悄声问，哎，你姐比你大几岁？张英说，比我大四岁，二十九了，在陆军医院做眼科医生，以后你眼睛有什么问题，尽可以找我姐姐。冯爱玲说，你们这个家挺温馨的。张英说，是吧，就是我，好像是个局外人。冯爱玲想说，你也蛮有生活情趣，刚才还说到孩子呢。又一想，女孩子这么说不合适，好像给人感觉有想法了。

冯爱玲问道，我可以看看你的书吗？慢慢地看过去，她发现张英的很多书以前没有见过，而且有一些书背面都印着“内部出版”“内部发行”的字眼，翻译过来的，大多是外国政治、历史和哲学方面的书。张英走过来，伸出胳膊从后面抱住了冯爱玲，把脑袋搁在她的脖颈上，是一种轻柔的动作，冯爱玲立即紧张地吸一口气，身体有些颤抖，她没有表示抵制，似乎有预感他会这样的，张英轻声说，很早就想拥抱你，从第一次见到。有多久没有听到这样的甜言蜜语了。冯爱玲吐出一口气，放下书，转过来身体，带着颤音说，张英，求你别这样，我们还是做好朋友的好，我真是怕了，不想再谈恋爱了。

张英看着她，问道，为什么，是有人伤了你吗？冯爱玲说，不是，是没有这个心情，现在这个时候，我们连自己都养活不了，对于将来更是一片茫然，还谈什么爱情，到头来，肯定又是互相伤害，又何必呢，千万不要再开始了。张英听见，很诧异地点头，松开冯爱玲的手臂，说，很好，我听到了有一个人的想法跟我一样。

停了一下又说，而且，我对自己的未来怎么样也很难确定，也不可能承诺跟她结婚。冯爱玲很奇怪他这么坦率，问道，你爱过吗，为什么这么说？张英说，爱过，后来都是人家发现我不适合她，害怕了，舍我而去。冯爱玲问道，这么说还不止一次了。

张英说，经历过两次，坦率地说，我也了解了自己不适合过一种周而复始的家庭生活，也许，等我到了三四十岁的时候，会有所改变吧。冯爱玲第一次听到一个男子说话这样坦诚，反而引起了对他的好感，感觉到这个人年龄不大，却有着一些与众不同的特质。她看一眼张英，这个外表并不强壮甚至是瘦弱的男青年，在与她共处一室的这段时间，一直有一种明显的忧郁情感，行为举止稳重老练，很多在这个年龄段的男子热情洋溢加夸夸其谈，对一切好像都有把握，整个世界都在他的脚下，一说话就是引经据典，向女孩子炫耀，张英坐拥书城，没有把阅历和知识当作资本来展示，而且，跟女孩说话非常坦诚。她想起张英先前提到他密切交往的几个朋友，他们又是什么样的一群人？没想到，同在一个城市，却存在着很多自己不知道的隐秘。很多年过去之后，冯爱玲碰到机会还要打听张英的情况，在她心里，张英带给她的情感撞击，就像一块陨石，从天外飞来撞击地球表面，留下的是一个抹不平的坑洼，她甚至觉得，她做姑娘的时候，真正为之动心的男子是张英。

在这之前，冯爱玲从任菲那里听到一些关于张英的故事。张英跟冯爱玲是一个小学也是一个中学，比他高几届。任菲说，张英在住家大院里，也是一个很招女孩喜欢的人，张英只要走到外面，身边很快就围拢起一群人，打篮球，玩吊环，听他说话，几个女孩知道了，跑出来，就站在自家楼前台阶上看他。冯爱玲听了，故意说，夸张一点吧，张英相貌也一般，像你说的这样的，又不是唐伯虎。任菲说，有些女孩不喜欢唐伯虎那样的，知道吧。她们喜欢张英，我知道是什么原因，一是张英聪明，性格好，有大哥的气派，另外是他爸爸的职位，还有他自己的经历。

临别时，冯爱玲看出来，张英表现出一些犹疑不定的神态，眼神更见忧郁。冯爱玲看出来他在想什么事情，在房间里走动几步，张英说，我送你一套书吧，也是我很喜欢的。一听送书给她，冯爱玲很高兴，从来没有人送给她书。张英从书柜里取出书，《悲惨世界》，冯爱玲在学校图书馆书库里见过。张英说，此书来路不明，到我手里也好几年了，有些旧了，有些残破的地方，我都修补好了。冯爱玲说，真好，谢谢你。我还没有看过呢。张英说，哎，请你读一下书的扉页上那一段话，可以吧。冯爱玲笑一下，说，什么意思，我可没有做过播音员啊。张英说，这段话我很喜欢。还有，我想看你读书时候的模样，听听你读书的声音。冯爱玲沉默一会儿，点点头，开始读。

张英说，真好，你读得真好。我再背诵一遍给你听吧。只要本世纪的三个问题——贫穷使男子潦倒，饥饿使妇女堕落，黑暗使儿童羸弱——还得不到解决；只要在某些地区还可能发生社会的毒害，换句话说，同时也是从更广的意义来说，只要这个世界上还有愚昧和困苦，那么，和本书同一性质的作品都不会是无用的。出了房门，站在楼道里，张英说，以后希望你经常来，放心，我们已经说好了，不谈恋爱。说着，走上前，眼神沉郁地看着冯爱玲。听他说得这样明确，冯爱玲却突然产生了一种不舍的感觉，也定定地看住张英，说，有空去我家坐坐吧，我家现在就是乱一些，喜欢听你说话。张英说，等到过了十年，我再向你求爱的时候，我们会在哪里呢？冯爱玲心里一惊，不知道这话什么意思，含糊着说道，怎么会呢，十年，那时候我们都老了吧。张英嗯一声，说，冯爱玲，我还是要说出来，我喜欢你。冯爱玲吸一口气，说，还是不要，以后吧。张英认真地点头，说道，我记住了。这个时候，楼道对过的窗户，一道斜阳照射过来，他的脸上是以前没有见过的笑容，灿烂而生动。

冯爱玲回家后想了一晚上，决定索性不管田馆长怎么使坏，她用自己的行动来证明，打破这个谣言，她想到，如果自己就这么不声不响地离开了，还不知道周围的人又是怎么编排她的流言蜚语呢。她想，我就这么待着，跟以往的时候一样，看你能把我怎么样？

过了几天，田馆长看她没有什么动静，也没有任何表示，有些奇怪，就在公开场合找机会接近她，在食堂吃饭排队时故意靠近她的身体，冯爱玲早就有准备，斜眼看见他脚步移动，就立即走开了，每次有梁静敏在一旁帮着打掩护，俩人故意说说笑笑，制造气氛，让周围的人都看着他们。渐渐地，明眼人也看明白了其中的名堂，就有了对冯爱玲赞许的目光。她看到，田馆长的脸色越来越晦暗了。

梁静敏说，你可要想好了，这样僵持下去的后果。冯爱玲说道，想好了，梁老师到了我吃不上饭的时候，您也不会忍心撒手不管的。梁静敏笑了，说，哎，你这小姑娘可真是人小心大啊，把我拉作垫背的了。又说，你就别管他，看他能怎么样，这毕竟还是共产党的天，不信他姓田的能一手遮天，他才有多大的天。

相安无事地过了一段时间，田馆长由等待到观望，接着是彻底失望了，他感觉自己竟然被这个小姑娘耍了一通，有一种恼羞成怒的感觉。有几次他站在楼上的窗户后面，眼看着冯爱玲骑车而来，身段、脸盘、头发，他微微张开嘴，呼出一口气来，本来一只熟透的鲜桃，自己压弯了枝头送到了他的嘴边，张嘴就可以咬一口，却又突然一蹦老高，挂在了高高的树梢，引诱他直流口水，茶饭不思。还有，如果就这样罢了，他以后怎么能镇住其他人，学校里认识他的群众岂不是笑话他吗？他分析情况后，知道冯爱玲背后有梁静敏，但是，眼前这个年轻姑娘一副坦然处之的神态更让他恼怒，是可忍而孰不可忍。田馆长想到，忍一忍，等待时机。

市图书馆要举办一个进修班，为期半个月。于是，在星期一上午政治学习的会议上，田馆长宣布让梁静敏去参加，梁静敏听了，说，我还进什么修，你让年轻人去吧，比如小冯啊。田馆长语气不容商量，说道，已经定了，你就不要推辞了，进修班以后还有，到时再考虑其他人，但是临时工总是不能考虑的。

这一天，快要下班时，还是那个三十出头的女职工，昂着头，一张白皙的苹果脸，微胖的腰身，齐肩长发，穿一件苹果绿的确良衬衣，铁灰色裤子，皮鞋后跟一路“咯哒咯哒”清脆地响着，手里拿着一个文件夹，走到冯爱玲面前，把文件夹“啪”地随手一扔，说，田馆长来电话，说让你跑一趟，把这份材料给他送过去。

冯爱玲正在埋头登记刚到的新书，吃一惊，问道，叫我去送，我还正忙手里的事情呢。女职工一笑，登记新书的事情，你着什么急，这是田馆长等着要的，市委党校招待所，田馆长这两天在那里开会，你到了，一问总服务台就知道了。说完，斜睨她一眼，转身走了。

其他几个人抬头看这里一眼，装作没听见一样的，继续忙着各自的工作。她低头想想，预感到这不是什么好事情，扫一眼梁静敏的空座位，怅然若失，接着心里突然变硬了，穿上短风衣，从桌子上拿起一支细竹竿制作的圆珠笔放进口袋，走出办公室。背后，几个人互相交换一下眼风，有叹息的“哎呀”声传过来。

市委党校是一组有江南园林风格的花园建筑，靠近市中心，却是闹中取静，由一条仅能通过一辆卡车的小道连接大街，两旁高大的梧桐树绿荫蔽日，几栋四层楼房白墙红瓦，坐落在几条曲径通幽的草地上，一个人工土堆上建有一处亭台，也是雕梁画栋，已是过了“中秋”，园子里各处树木葱茏、花红柳绿，正是好看的时候。

冯爱玲走进来才猛然想起，这里正是爷爷抗日战争时期借给国民政府使用的冯家花园。

很快就找到了田馆长住的房间号，房门是虚掩着的，敲门后推开，看见屋子很小，放了两张单人床、两把沙发圈椅等家什，就站不下几个人了，冯爱玲说，您好，田馆长，东西给您放在这里，我就不进去了。田馆长也不起身，说，不忙，你来坐下，我有重要的事情跟你说。

冯爱玲紧盯他一眼，见他眼睛也不看她，直是看着手里的文件，只好半退着身子坐到圈椅上，中间隔着一张小茶几。冯爱玲坐直了身体，等他说话，一起吃饭之后有一段时间没有这么近距离的对坐。

田馆长嘬着嘴呷一口茶，清清嗓子，浑厚的男中音响起来，小冯啊，最近你的工作可能要调整一下。他说完，侧过头来看一眼，见她微低着头脸盘泛红，便接着说，学校园林花圃队那里一直人手紧张，几次提出希望各部门支援一下，院里领导开会研究，决定从临时工里抽调人手去帮忙，我考虑准备让你去，也不是长期的，你别紧张，干一段时间，表现好，还是可以考虑回到图书馆的。你看，你从学校门进了学校门，基本上就从来没有跟工农兵打过交道，那怎么可以呢，知识分子要和工农相结合，要与生产实践相结合，对吗，调过去劳动一段时间，对你有好处，经历点风雨见一点世面，有利于更好地成长嘛。

冯爱玲的心一阵抽紧，呼吸也急促了，跟着问道，田馆长，这是已经决定了的事情吗？田馆长抬抬头，转动一下脖子，说，决定不决定嘛，我是这么考虑的，现在听听你的想法啦。冯爱玲低头，沉静地说道，我没有什么想法。田馆长笑笑，说道，小冯啊，我毕竟比你大了好几岁，经历得多一些，我实话告诉你吧，咱们是个讲究关系的社会，你们冯家到底已是衰落了多年了，还有什么人吗，据我所知，没有啦，你要想在社会上立足，就应该发展自己的关系，你看我，在市里很多地方都有战友关系，你应该依靠像我们这样新生一代的掌权人，我今天可是说了一番肺腑之言啊，把你小冯当成自己人，你听懂了吗？

冯爱玲眼睛直盯着对面的房门，几乎没有听他在说什么，气呼呼地问道，我就想知道，这事情你决定了吗？说完，双手捂着口鼻，哭出声来。田馆长看见，以为她受不了这个刺激，看着她眼泪挂在脸上，长长的眼睫毛在激烈地扇动，口气嘘嘘，一副蛮可怜的模样。心里一动，就走过去，一手搂住她的肩膀，一手掏出手绢，冯爱玲突然跳起来，喊一声，田馆长，请你放尊重点。她从衣袋里掏出圆珠笔，照直就扎进他的脖颈窝处，田馆长正低着头，一下剧痛，他“啊”地喊一声，退后一步就跌坐在床上，手捂住脖子，冯爱玲站起身，想一想不解心头之恨，又拿起茶几上的茶杯，把半杯残茶也不管它水烫不烫，照着他脸上泼过去。

冯爱玲一路慌张跑出去的时候，园子里正在布置召开大会的事项，看过去，满眼彩旗林立，大红标语、大红横幅迎着夕阳的光辉，一片金红，灿烂耀目。

冯爱玲当晚回家跟爷爷说，我不想再去学院图书馆上班了。

爷爷不解地问道，你这是为什么，不是上得挺好的吗？冯爱玲说，不好，没什么意思，不去了。

“待业青年”这个名词就是在那个时候被创造出来的，如果你自己没有关系，想依靠组织找工作，你就需要到街道办事处登记，申请就业机会，等待组织通知。如今无奈之下，冯爱玲决定走一次这条道路，她到街道待业登记处留下了自己的资料和就业要求。

又回到一个没有闹钟叫醒，不需要晚间为明晨上班挑选衣服的生活状态，冯爱玲这个时候才知道同学关系的珍贵，掰着指头算，她在这座城市才认识几个人？人是需要社会关系的动物，也是它的产物。

爷爷、奶奶给上海的小女儿写了一封信，让冯爱玲去小姑妈家玩几天，散散心。这个姑妈是冯家最小的姑娘，冯家大姑娘一九四九年春跟随在外国银行任职的丈夫去了美国，“文革”开始后就断了音信。小姑妈比她父亲小了十一岁，爷爷奶奶是中年得女，她是家里最小的女孩，难免各方面都是娇惯纵容着她，好像富贵人家在走下坡路的时候多会出此人才。听奶奶说，她从小爱哭爱闹的坏脾气是出了名的，有一次因为一件事情不顺她的意，就从上午一直哭到晚上，躺在床上不起来。一件新衣服穿上身，同学说了一句不好看，放学回来拿起剪刀就把新衣服裁了。奶奶说这个姑娘谁也不像，好像是别人捡来送给冯家的。小姑妈从小不爱读书，学习成绩不好，也不打算考上大学，她让父母头痛的人生起点还没开始，就赶上了新中国成立，她看到了姐姐的婚姻，也无师自通地懂得怎么为自己选择丈夫。青春靓丽的外貌，活泼爱笑、伶牙俐齿的性格让她交到了好运，她成功地让两个刚毕业的大学生对她一见钟情，南北各一，几经对比考察，小姑妈选择了家住苏杭地区的一个年轻人，选择他，一是因为这个人脾气好，对她是俯首帖耳，言听计从，二是勤快爱做家务，连她换下来的内衣内裤都主动拿去手洗了。小姑妈无师自通，知道自己需要什么类型的丈夫。

小姑妈好像总是运气好，结婚后几年，丈夫作为技术干部调到了上海，一家四口，安居乐业，小姑妈的家庭相比冯爱玲的父母，只能用天壤之别来形容。小姑妈并不同情冯爱玲的父亲，听奶奶说，当年冯爱玲父亲当了右派，小姑妈对爷爷奶奶说，关他什么事情，七讲八讲，乱说乱讲，捉进去了，好了吧，端人碗，受人管，读书读到狗肚子里去了，傻呆。爷爷听了，沉默无语。奶奶说，你大哥遭难，你这么说你大哥，还讲个兄妹之情吗？爷爷缓过气来，说，兄则友，弟则恭。人伦道统不可偏废。小姑妈一跳起来，说，老花腔啦，老皇历都翻过去了，懂不啦。小姑妈一年到头没有几封信，春节也不一定每年都回来，到了父母的生日也不见问候之语。冯爱玲对这位小姑妈从小有一种隔膜感，但到了这个时候，自己百无聊赖的心情，整天待在家里，一天又一天，真是“人比黄花瘦”，也愿意到外面转转。

去上海有火车和轮船，她想想打算去买船票。奶奶说，轮船怕是慢一些的。冯爱玲说，如今我就是一个闲云野鹤似的人，还怕它什么慢，巴不得在长江里漂荡它几天几夜才好呢。爷爷听见，说，也是，这个时候坐船倒是好时候，扬子江两岸正是好景观，说起来，我也有十来年没有坐过轮船了，上次还是六几年到上海开会坐的，囡囡随我，我也是喜欢坐船，甲板上走走，随性不拘束。奶奶说，买二等舱吧，三等舱挤得很，人又杂。

下午，冯爱玲看见奶奶把自己收拾穿戴好，一个人出门去了。她知道，奶奶这是要去中国银行，兑换家中尚存的那些东西，她也知道，去小姑妈家，那是什么便宜也别想占到的。

几年没有见到小姑妈，看见了，心里立即泛起一股酸疼来，到底是骨肉至亲，老远看见，就感觉到自己身体接收到了对方发出来的信息。小姑妈跟父亲长得太像了，尤其是脸盘和眉眼那一块，简直就是一个模子刻出来的。小姑妈一见到她，也是紧走几步，喊一声就一把抱住，两人都是哭得身体颤动，拍肩打膀的，又是抹泪擦鼻子，末了，小姑妈才拉住她，一番左看右看，说道，哎呀，到底是我们冯家的姑娘，跟我做姑娘的时候一模一样的，你看你这眼睛和眉毛，一会子我拿给你看我二十来岁的照片，囡囡你简直就是照了我的样子长的。小姑妈看看她，又撇一下嘴说，外面看过去都还好啦，就是鞋子的样式太老旧了，这个样式，在上海小姑娘穿不出去的，明天我就带你去买时新的鞋子。

一路拉着手进来家门，屋子也是小，没有客厅，一进来就看见一张小餐桌，靠右手是卫生间，那个狭窄，两个成年人就怕要挨着身体进出，厨房是一个小阳台改造的，两间卧室，有一间是上下铺的床，冯爱玲知道，小姑妈生了两个儿子，大儿子正在读高中，大一点的卧室有一张双人床，床的一边靠了窗台摆放的，这样进门的空间就大了一些。小姑妈指着大床，说，囡囡，你跟我睡这间。冯爱玲正要问，小姑妈又说，你姑父晚上搭折叠床睡餐厅，房子小，可是在上海这是算很好的了，很多人家有我们一半大小的房子也要念阿弥陀佛了，你姑父的厂子蛮大的，才有这样子的房子。

冯爱玲一直在听，眼睛眨巴着看，心里直是打鼓，暗自想到，自己从小就是一个人一间屋子，一张床，一个人睡觉，从来没有跟别人同过床，这可怎么好？果然，当晚她几乎一夜无眠，听了一夜身边小姑妈的轻鼾声，跟不远处姑父因鼻塞发出的重鼾声，一起一伏，遥相呼应，到了凌晨才睡了一会儿，又被楼下电线杆子上喇叭播放的中央人民广播电台的新闻节目吵醒。

早晨起来洗漱，冯爱玲踌躇着走不进去卫生间，那个洗脸刷牙用的小陶瓷盆就紧挨着便池，便池竖孔冒出一股腥臊气味直往鼻孔里钻，小姑妈已经坐在餐桌前喊她吃早餐了。

这么多人一起吃早餐，也是很少有的，那两个堂弟也不说话，那看她的眼神也必然当她是一个乡下来的。只是姑父倒是很热情，问这问那，特别关心冯家的那座江南三进两天井的老宅，关心地问起来，说当年第一次进门拜见冯家父母，就被那座院子震惊得目瞪口呆的，嘴里喝下一口豆浆，连声说道，漂亮漂亮，从来没有见过那么漂亮的院子，还有花墙砖雕，那两棵海棠还好吗？

小姑妈斜睨他一眼，说，什么花墙砖雕的，我怎么就没觉得它有几多好看，听你这样子的说话，那好像是你们家的一样。冯爱玲说，没有了，花墙海棠都没有了。于是，就把院子四分五裂地被人家占用的情况说了一遍，姑妈姑父俩人听了直是摇头叹气，脸上就布满了愁容，也说不出什么来。此时，小姑妈的大儿子说话了，爱玲姐姐，你们乡下的房子好大的，旁边就是菜地河沟吧，夏天可以捉到青蛙、蛐蛐儿什么的吗？小姑父听见儿子这么问，一时呆了，说，胡说，你外婆家怎么就是乡下了，那也是大城市。脸上的眼镜片闪亮，冯爱玲笑得"嗷嗷"的，说，蛐蛐儿是有的，青蛙倒是从没见着过，你是从课本中读鲁迅文章读到的吧。

第二天冯爱玲说自己要一个人出去走走，小姑妈听到她的计划还要去和平饭店，就大惊失色般地说道，哎哟，你去那里做什么，是钞票多得花不了啦？冯爱玲说，哪里是去花钱，就是进去看看嘛。

接下来的几天，小姑妈吃过早饭，就跟她把几件要做的家务交代清楚，洗碗，拖地，然后是择菜，小姑妈说，中午你姑父赶回来做饭，我上班离得远，就赶不回来吃饭了。小姑妈家似乎很喜欢吃毛豆，肉丝炒毛豆，酱干炒毛豆，萝卜干炒毛豆，青笋炒毛豆，还有就是西红柿鸡蛋汤，几乎每餐必有的，小姑妈指着餐盘说，毛豆是好东西，营养丰富，又便宜。毛豆剥起来可是费劲，一颗颗地剥壳，一上午，屋子里就她一个人，坐在矮板凳上，听着隔壁有一个女声在唱京剧《杜鹃山》，家住安源，萍水头，三代挖煤，做马牛……剥了大半碗，她看着一粒粒绿莹莹、圆鼓鼓的豆子，觉得就像一年多来自己流下来的眼泪，一滴滴的。

十九　渠主任的积德行善

陶文英听到儿子出事的消息，如五雷轰顶，差一点就晕倒在地上。她强撑着接待了公社专程来通报情况的两个人，待他们离开后，努力让自己的头脑清醒过来，做出的第一个决定是推迟女儿的婚事，因为婚礼就在半个月之后。她毕竟是做了多年的大学教师，惊恐和慌乱之后，还是有着克制情绪的自制能力，马上收拾行李，赶往关押许仲杰的看守所。

许仲杰被制服后，当天就被押送到县里的看守所，等待审讯宣判。那天中午，许仲杰昏死过去之后第一次醒过来，发现自己还是在公社那间禁闭室里，手臂和双腿都被捆得很结实，屋子里，他看见一个军人正持枪靠墙站着，眼睛一刻不停地盯在他的脸上。门开了，进来几个人，朱亦丰，卫生院吴院长，药房的小萍。

许仲杰一见朱亦丰就愤怒地叫喊，我是冤枉的，你们这是在制造冤案，我要起诉，我要告你们！朱亦丰已经不知道怎么跟他说了，他想，到现在你还是糊涂的，你不是涉及破坏军婚一件事情了，你还背上了抢夺武器的罪名，这可是比破坏军婚罪更大的刑事犯罪啊。他为这个年轻人感到十分痛心。丁奉为在电话里也是无可奈何，直是责骂，说，这个年轻人太不知道轻重，太不知道天高地厚。丁奉为说道，就是说你破坏军婚，到了审讯你的时候，还可以说清楚事情的来龙去脉，还有转折的余地，怎么就这么意气用事，直接把自己一下子葬送掉了，现在，谁还能够帮你说话，就是抢夺武器这一桩，按照现行的法律，就够判你个八年、十年的。

丁奉为问道，通知小许家里了吗？朱亦丰说，公社正在准备行文，尽快发出去。丁奉为突然生气了，说，这么大的事情，怎么说起来也是我们公社的人，不能做得这样冷漠无情，发文发文，发什么文，让人家里还活不活了，你们就不能派个人跑一趟吗，通报一下情况，也还像个一级组织做的事情。朱亦丰听了，说道，你说的完全在理，可是现在这个时候，苏书记还在这里，谁还敢说这样的话，唉，你在上面不知道情况。丁奉为急了，少有的高嗓门，说，什么不了解情况，有点人情味好不好，我来说，我就不相信人心都是铁做的，干什么呢，真是敌人吗？

丁奉为说到做到，马上直接给苏书记打了电话，没想到苏书记这次的态度却出人意料，说，小丁啊，你这个建议非常好啊，实行革命的人道主义嘛，看来你考虑问题很周全，比周围的人要高出一个层次，就按你说的办。

朱亦丰说，许仲杰，你现在什么都不要说了，还有你准备材料申诉的时间，你现在要做的是让吴院长和小萍给你包扎好伤口，吃点东西，你这次可要听我的了。

吴院长和小萍俩人蹲下身体，查看他脸上的伤口。一处是眉间骨，一处是嘴巴。枪托在眉间骨上砸开了一道五六厘米的裂口，婴儿嘴似的，还在往外不断地渗着血水，吴院长观察了一下，说，小萍，这个需要缝针了，你带了麻药吗？小萍说，带了一支。吴院长翻起许仲杰肿胀的嘴唇看看，见前面的一颗上门牙断裂掉了，留下参差不齐的牙桩。吴院长说，这个牙，我就没有办法给你补上了，等你以后再去镶牙吧。说完，摇头叹气，也是劝道，不要想那么多了，人还好就是好的，你总是还很年轻，多看看今后吧，事情已经是这样子了。小萍蹲在旁边，眼睛虚虚地含着泪，不住地吸着鼻子，咬着嘴唇。

几个月之后，许仲杰以引诱、胁迫军人妻子发生性关系犯有破坏军婚罪，犯有盗抢武器罪，两罪并罚，判处有期徒刑八年。据说，本来是判得比这个要重的，是陶文英上下奔走，动用了所有的关系，才有了一些松动。

这个星期天的上午，冯爱玲正在房间里轻声读英语，听见奶奶喊她说有人找，出来看见是任菲，有一段时间没有见到她了，冯爱玲看见她明显长胖了，就笑她，说，报刊西施怎么不保护好身材呀，看你胖多了。

任菲跟她使着眼色，要她进屋，冯爱玲瞪着眼睛，看见任菲有些怪异的神情，任菲站好了身体，说，你看仔细了，我是长胖了吗？冯爱玲看看，说，是啊，你就是长胖了。任菲说，我怀孕了。

冯爱玲嘴巴张大，成了一个O形，不知道该怎么回应，任菲嘴里发出“哼哼”的声音，说道，没有想到吧，我也是没有想到。冯爱玲问道，你家里知道吗？任菲说，怎么不知道，这事哪能瞒得过去。冯爱玲说，孙大军的？任菲“嗯”一声，点点头。冯爱玲脱口而出，任菲，你不能要啊，你这个时候就生孩子，将来可是怎么办才好。

任菲低头沉默，不说话，冯爱玲看见她脸上冷漠如霜的神态，过了一会儿任菲说，我要把这孩子生下来。

冯爱玲想想，明白一些，说，你这样想，关键的就看孙大军了，他怎么样？任菲说，是，我就是因为这个事情来找你聊聊的。

任菲说了这几个月来跟孙大军相处的情况。任菲是怀孕三个多月后才知道的，她因为跳舞练功一直保持节食，身体处于营养不良的状态，月经日期经常紊乱，俩人又缺乏有关这个方面的知识，孙大军也一直不相信任菲会怀孕，确认这个事实后，他的态度发生了很大的变化，跟所有这个年龄的年轻人遭遇类似情况一样，先是惊慌失措，一筹莫展，然后就矢口否认是他的失误，怀疑她还有其他男朋友，这就让任菲特别生气，俩人就开始天天吵架，孙大军开始躲着她，到处找不到他的踪影，即使见了面，除了争吵没有好话可说，这样的方式把任菲拖入了癫狂的状态。

任菲眼睛望定窗外，说，孙大军想一推四五六的，做他的梦，孩子就是他的，他别想抛弃我，有了这孩子，他就跑不掉。

冯爱玲听出来任菲的意思，她是跟定孙大军了，她是拿自己和孩子在跟孙大军赌现在、赌将来，是一种非常人所能想象的决心，任菲想的就是让孙大军跑不掉，这是一种分不清爱和恨的感情。知道任菲想得很清楚，决心很大，冯爱玲不好再说什么了。

冯爱玲这才知道任菲的父母也在早些年离婚了，任菲跟她母亲生活，后来双方都已经再婚。一直到任菲的身体已经显出了怀孕的体态，她的母亲才知道女儿出了大事，任菲母亲见过孙大军几次，也找到孙大军父母，双方经过协商，孙家口头表示要负责，让任菲先不上班了，为了避人耳目，给她另外找了一处房子住下，又找了一个保姆陪她，等孩子出生之后再说。

冯爱玲看见，任菲细白的脸盘上长了好几块妊娠斑，感觉她突然就长大了好几岁。冯爱玲如今也懂得了，生活是很实际的，婚姻不比谈恋爱，哪个姑娘不希望找个各方面条件都好的男人结婚，今后长期生活有个依靠，任菲如果能跟孙大军修成正果，也还是有福气的。看见任菲这样，冯爱玲突然对男人产生了讨厌的感觉。男人跟你交往的最终目的，从一开始的装模作样，到后来的遮遮掩掩，都是指向了侵入女性身体中那条柔软而神秘的通道。她想起来田馆长，几个月之前，如果她软弱一些或是犹豫一些，任菲的今天也就是她的明天。

梁静敏托人带信，说有事情跟她商量，要她去一趟。

冯爱玲走近学院大门的时候，虽说也就是几个月没有来了，还是感觉有变化了，学生明显地多了，有了一种大学的气氛和模样了，看见走在林荫道上男男女女的青年学生，冯爱玲羡慕又有一些气恨，她不知道迎着她走来的这些幸运儿都是从哪儿来的，是怎么走进这所学院大门的？她自己为什么又被拒之门外？

抬头看见梁静敏已经走到她身边了。梁静敏拉着她坐到一处树荫下的长椅上，说道，看见别人上大学羡慕死了吧，这些都是工农兵学员，各个地方推荐上来的，而且大部分都是关系挺硬的，我跟你说，没有你的份，就别指望它了。冯爱玲叹气，说，那我这辈子就这么瞎过了，连个图书管理员的工作都混不上。

梁静敏搂住她的肩，说，小冯，千万别这么灰心丧气，我爱人前一段去北京开会，听小道消息说，以后大学逐渐恢复招生是有可能的，你看，我们家的大孩子眼看着明年就高中毕业了，我们两口子也开始愁得睡不着觉了，也希望国家赶快出政策，给年轻人多几条生活道路，让他们多一些奔头。冯爱玲叹气，点头。梁静敏逗她，说，开心一点，别老是这样子，唉声叹气的，小姑娘唉声叹气容易变老，嫁不出去的，今天找你来知道是为什么吗？

冯爱玲转而一笑，说道，有好事呗，梁老师帮我找到了工作了。梁静敏笑笑，打一下她的手背，说，聪明丫头，拍头顶脚底板都动荡，什么你都知道，是帮你找了一个工作，我爱人帮着找的，合适你的还真不好找，本来想早一点的，一直没有合适的空档。

冯爱玲双手挽住她的胳膊，头倚在她的肩膀上，笑得“咯咯”响，心里却又涌上来一股凄楚和酸痛。冯爱玲父亲被划为右派之后，两岁父母离婚，很少享受到父爱和母爱的滋味，她最看不得几岁的小女孩被父母亲抱着，牵着手，在公园、在街道、在商场、在学校门口、在影剧院，亲亲热热地走着、玩闹着，只要一碰见这个情景，她立即转过脸去不看，或者低下头加快脚步走过，这么多年来，她的心某一块地方，已经被岁月磨出了一层茧子，很少再有类似的温情能够轻易地打动她了。

这一刻，她搂住梁静敏的胳膊却突然感到柔情涌动，有一种幸福的眩晕，感觉梁静敏的身体很柔软、很温和。突然趴下身体，伏在梁静敏的腿上，说，我趴你腿上待一会儿，行吧。梁静敏说，怎么像个小孩子，好。梁静敏说，光华路百货商场，你知道吧，当营业员，行吗？冯爱玲说，就是卖东西呗。梁静敏说，你可是不知道，现在的营业员，那可是抢手的工作，谁家不想买一些紧俏东西，一点好东西，从市里批发站分到各个商场，还不等柜台前面见到，就在后面内部分光了，如今谁家娶媳妇，找到一个百货商场的营业员，那就是捡到一个金元宝了。

冯爱玲说，行，这样子，我每天就可以碰见很多人跟我说话，我也可以经常不理不睬的，看见不顺眼的，就是有，我也说没有，不卖给他。梁静敏笑了，说，什么话，到底还是孩子，净是想到一些不着调的。我跟我爱人商量了，先干一段时间，以后还有更多的机会，到时再调动，我知道，这也不是特别适合你的工作。冯爱玲听了，说，好，我听你的。

就在冯爱玲准备去上班的前一天，一男一女两个人径直走进了冯家，先是东张西望一番，冯爱玲奶奶很奇怪，询问道，同志，请问你们找谁呀？一个穿一身蓝色制服的中年男人说，我们是街道办事处的，这位是我们的秦主任。他指着一位四十多岁的女士介绍。

那位叫秦主任的用手在空中比画了一下，说，这个院子我有好多年没有进来过了，这一看起来变化太大了，都不认识了。冯奶奶听见，赶快让座，说道，干部同志，坐下嘛，喝杯茶。那位秦主任摆摆手，说，不必客气了，我们说几句话就走，我们是来告诉你们家好事的，最近组织上经过研究，给冯爱玲分配了工作。冯爱玲已经从屋里听到了动静，赶快跑出来，说，领导好，真是感谢你们，就是不知道是什么工作？

秦主任背着手站着，上下打量一番她，缓缓地说道，东城区市政工程队第二筑路队。有一点要事先说清楚，这个单位建立时间不长，还不是全民所有制的，大集体性质的。冯爱玲听了，问道，筑路队，那就是修路的工作吧？秦主任点头，说，筑路队就是修路，现在市区好多地方的道路都是年久失修，都需要改造，重新铺整路面。

冯爱玲听明白了，神态傻了似的站在那里，说不出话来，吸一口气，问道，如果我不喜欢这个工作，我可以再等等吗，以后的机会？男的早就看出了她脸上的神态变化，这时插话说，可以放弃，那是你的自由，但是，我们实话告诉你，待业青年可是排着大队等工作呢，你待业都两年多了，轮到一次，如果放弃了，什么时候再有机会给你，那可说不好了。

秦主任很严肃地说，什么叫不喜欢？筑路队怎么了，也是当工人嘛，也是一份正式的工作嘛，你是看不起还是怎么了，我看哪，不改变资产阶级的大小姐作风，那是找不着合适你的工作的，在家待着是最合适的。

冯爱玲紧咬嘴唇，不说话，脸盘涨得通红的，站在那里使劲地绞着手指。冯奶奶此刻正张罗着布置茶点招待客人，也听明白了，赶紧过来打圆场，说，秦主任，这位干部同志，小孩子不懂事，不会说话，请你们原谅，我们一会儿跟她爷爷商量一下，就过去给你们一个回话，你们看可好？秦主任说，你们商量吧，还真没有见过你们这样的人家，什么思想。男的说，就这两天吧，赶快拿定主意，我劝你年轻人，机会珍贵得很，你不了解形势。

冯爱玲爷爷从医院看牙回来，听说了这件事情，也是沉默着半天不说话，只是抬头，仰面望着屋顶上的一小块天空出神。冯爱玲哭着嚷着，我知道没有给他们送礼，我们家又没有托关系找人，这帮子人就是欺负人，好工作都给了别人。说着，把在外面获悉的一些情况说给爷爷奶奶听。冯爷爷也猜得到她突然不愿意在图书馆干的原因，知道人走茶凉的世道人心，何况他这个身份的人，如今是列在被时代淘汰的阶层，冯家在历史上的贡献和影响已经被遗忘了。冯爷爷站起身，手杖戳一戳青砖地面，说，唉，不幸生在冯姓家。孩子，你要有心理准备，多吃苦，多受一些磨难。

梁静敏说得对，光华路百货商场是一个综合性的商场，虽说比不上百货大楼，但也是市民经常光顾的地方。大门口经常有很多人半夜起来，用破砖块、旧竹篮、小竹椅子做记号排队，天亮之后人再过来排成长队，等着商场开门，买各种紧俏商品。

冯爱玲所在的柜台是一个售货小组，另外三个女人，都是四十几岁的年纪，其中一个年龄大一些的，都喊她缪师傅或缪姐，二短身材、扁平脸，一头齐耳重发，像一个帽盔扣在头上，她是商场的正式职工，也是这个小组的组长。缪师傅第一天见到她就问，你很不错啊，这个年头，能捞到百货商场的工作，家里都是干什么的啊？

冯爱玲一时语塞，嗫嚅着答不上来话，只是微微鞠躬，说道，以后请缪师傅多多指教。缪师傅看她一眼，还是在想她的问题，说，你家住在哪里呀，你父亲是干什么的？

冯爱玲简单地陈述了，缪师傅听了，双手一合就拍了一个巴掌，声音很大，说，嘿，我说呢，怎么会突然就增加了一个人，上头可是什么都没有说，原来你是冯家的，就是那个中山南路转过去，纸坊巷顶头的冯家，我认得的。继而转过头来，对着整个大厅众人，说道，你们可知道纸坊巷的冯家，那可是过去的大户人家，这么多年从来不见一些动静了，那也是俗话说的，瘦死的骆驼也比马大，瞧瞧人家还是有门路的，哪像我家的姑娘，当个小毛巾厂的工人就欢喜巴拉的。

此时商场还没有开门，都在做一些日常准备，大家就都像集体开会似的，听她一个人说了一通话。

半个多月，冯爱玲就基本熟悉了自己这个柜台的工作。因为经常大半天都没有什么顾客，大家都是很闲，冯爱玲就带来一本书，看师傅们凑在一起聊天时，就掏出来看几页。

这天下午三点多，正是清闲的时候，来了两个二十来岁的男青年买茶叶，数量还比较大，俩人要冯爱玲每一两包一个纸包，说要送人，冯爱玲大致算了一下，那就需要包二十多个纸包。她忙开了，走前走后，弯腰低头，手里不停地忙，额头上就开始出汗了，她没有注意到，那两个男青年靠着柜台，一直在饶有兴趣地看着她转来转去的样子，柜台上出现了一溜茶叶包，待到还剩下一个就完成的时候，那俩人突然不知为何，互相埋怨，继而争吵起来，然后说，我们没有商量好，茶叶就不买了，说完，转身就走了。

冯爱玲站在那里呆了，气不打一处来，捏住拳头砸了一下柜台，喊到，早不说，神经病啊！她从来没有这样失态。缪师傅也一直在一旁看着，此时走过来说道，生什么气啊，干我们这一行的，就是服侍人的，我告诉你，先学不生气，再学气死人。这个话哩，是我师傅说给我的，今天我也说给你，来我们这里的，什么人都有，早着哪，慢慢熬吧。冯爱玲站在那里，气得胸脯一起一伏的，眼睛圆睁，样子很像电影里大义凛然的正面人物，听见缪师傅的一番话，也不说话，定定地看着门外。

又过了几天，上午商场正准备开门，一个老师傅手里拿着一张半张报纸大小的白纸走过来，说，你们都没看见吗，这是写的什么意思，是写谁的？大家问道，是发的传单啊。那个师傅说，什么传单，就贴在商场前面门柱子上，人来人往的，你们就没有看见？冯爱玲也凑过来，看见是一首打油诗：这个商场真不赖，新来漂亮女招待，今晚我们约一回，打一炮来五十块。

她的脸“腾”地绯红了，心脏就“咚咚”地跳，赶紧转身走回柜台。她马上想起来，这几天经常有一群十八九岁的年轻人，进了门来就直奔她的柜台，也不说话也不看东西，直是拿眼睛不住地在她的脸上、身体上瞄来瞄去，偶尔会要她拿出一件东西看看，并不买，那眼神还是盯在她的身上，她明白，这就是一群小流氓。冯爱玲当时倒是很镇静，毕竟也经历过一些了，就拿眼睛狠狠地瞪住他们几个，下班回家，骑车时也会看见两三个人跟着她，没有想到小字报贴到了门前。她想起这首打油诗似曾见过，再一想，记起来，小说《青春之歌》里的，书里写流氓骚扰林道静，他们做了改动，原来还是读过书，有点文化的小流氓。

众人一时议论纷纷，一会儿就不约而同地把眼光直接扫向她站的柜台，缪师傅手里拎着热水瓶往外走，说，哎哟，这些天我也是奇怪，一群小伙子在场子里逛来逛去的，什么也不买，现在知道了，只怕不是逛商场，当作过去逛窑子的。

跟着她的话是一阵压低声音的笑，一阵交头接耳的窃窃私语。冯爱玲感到自己脚下的地面刹那间在急速下沉，眼前顿时变得一片昏暗，她什么也看不见，耳朵里都是外面马路上混成一片的“嗡嗡”声。她无力地转过身体，头抵在货柜上，眼泪慢慢地渗出了眼眶，一时觉得周围的人和外面的世界都离开她很远，她感到身体在一阵阵变冷。

中午时分要换班去吃饭了，商场里的顾客不见几个人，走过来一位五十多岁的男人，穿一身深灰色的制服，精瘦的身材，脸上戴一副玳瑁框架的眼镜，有些气度的模样，先是站在一边，远远地看着冯爱玲的柜台，后来几个人看见他了，都向他主动打招呼，冯爱玲听见别人称呼他渠主任。

渠主任跟他们点头，脸上不见笑容，径直走到冯爱玲柜台前，问道，你是冯爱玲，请你跟我来一趟。她想到，渠主任应该是商场的领导了，这时叫她做什么？肯定是跟贴的小字报有关，了解情况还是要批评她，凶多吉少，一路心里直是打鼓。到了三楼渠主任办公室，渠主任立即换了一张柔和的笑脸，一连声地说，请坐，请坐，哎呀，小冯啊，我今天才知道你是冯老的孙女儿。冯爱玲惊异地看着他，一时反应不过来，不敢坐下来。

渠主任对她摆手，说，坐下，坐下，哎呀，这个，介绍你来这里上班的也是人托人，到了我这里，也不知道拐了几道弯，具体是谁的关系都不能问，这是规矩。其实，我跟你爷爷是老相识了，说起来话长啦，听我慢慢给你说来。

二十世纪初期起始，冯家祖辈就在江南创办纺织业，那时叫纱厂，到了四十年代中期，冯家产业已是集多种实业和商业于一体，冯爱玲爷爷当时是这个地区知名的富商和社会贤达人士，抗日战争时期，他曾经领衔倡议为国民政府捐献了很多物资和钱款，最有影响的是“武汉保卫战”期间，组织一些实业家为空军捐献过一架作战飞机，当时报纸做过连续报道。渠主任的父亲在冯家开的一家纱厂干了几十年，从学徒做到厂部经理的跟帮助手，后来渠主任又到纱厂做学徒。几年之后，冯爱玲爷爷一次偶然发现，渠主任一笔正楷小字写得规矩端正，很喜欢，当即让人把他从车间叫过来，询问一番后，就把他调到财务室做记账，朝鲜战争期间渠主任还在纱厂，再后来是公私合营，冯家交出了纱厂，渠主任才转到商业。

渠主任说，那个时候我才十七岁，说起来，我们渠家两代人，都在你们冯家的厂子里做过事，不容易的，别人我不敢说，我很了解你爷爷，那可真是个有良心的人，还有文化，疏财仗义，为国家不惜舍财。新中国刚成立的那几年，我经常听到你爷爷的消息，他还是市里的领导，知道他老人家过得很好，这些年世道变化太大了，我也经常想起来，觉得应该去拜望一下老人家，感谢当年有恩于我的冯老，可是转念一想，总觉得我过去的身份跟你爷爷差距实在太大，如今突然上门，生分得很。

说着，渠主任想起什么，说，你也没有吃饭吧，正好，我们一起吃。打电话叫附近的面馆送两碗鸡蛋肉丝面。冯爱玲看见那张小字报就搁在他的办公桌上，看见她的眼神，渠主任扯过来，几下子撕碎了，说，这个事情就不再提了，我们这里年轻漂亮的女营业员，总是要受到这样的骚扰，不足为奇，你不要往心里去。我上午就在忙着给你重新安排工作，从明天起，小冯你就去场子的办公室上班，跟着唐会计做帮手，唐会计是我老伴。

当天冒着大雨赶回家，冯爱玲说了渠主任帮助她重新安排工作的事情，冯爷爷望着墙外的天空，很是感慨，说，囡囡，你要记住，这是冯家祖上几代人积德行善带来的福报。

晚上，密集的雨点在屋顶上落成“哗哗”的一片声音，空气中有一种类似走在树林草地上闻到的清新的气息。冯爱玲翻出一本写历史的书，是爷爷让她多看看此类的书。这一类写历史的书，前两年看得很吃力，如今却看得进去了。曾经有人说，女人看历史是浪费，她觉得那是对于没有历史积淀的家庭和个人而言。整个晚上，她都在对着那些作古一千多年的名字沉思，想到他们的艰难起伏，爱恨情仇、悲欢离合，史书上没有留下一点点位置来记载，但是在他们活着的时候，那些都是大如天的事情。

第二天上班，冯爱玲带给渠主任一件礼物，是昨晚爷爷备好让她带来的，一块红纸包裹得很严实的条状的东西，拿在手里沉甸甸的压手。金条她见过一次，那是在去上海小姑妈家，奶奶为她准备东西的时候被她看见的。过了一天，唐会计下班之前拉过她，走到走廊，悄声说，老头子说晚上一起吃个饭，你有得空没有？

这几天一直下雨，南方的雨季，街道上的行人在雨帘之中穿梭而行，看起来像是隔了一层轻纱，人影是模模糊糊的，由于都是集中精神走路，就很少说话，平时充塞于耳的各种嘈杂听不见了，只听得见沙沙雨声，安静得使人颇有一种世外桃源的恍惚。街道被洗刷得少见的干净，尤其是那些青石板、麻石条铺装的路面，石头经过雨水夜以继日地冲刷，终于露出了它的本色，在暮色之中反射着明暗相间的微光，有细心的行人走过，踌躇着脚步，生怕自己的鞋底会弄脏了它的干净。

冯爱玲喜欢下雨天，不仅是空气好了，主要是觉得心情清爽了许多。渠主任已经在一家餐馆的雅间里等候，见到她们俩人进来，站起身要为俩人倒茶，冯爱玲一见，赶紧说道，哎呀，渠主任，我来我来，您请坐。渠主任还要相让，唐会计说，你就让小冯来吧，年轻人，学学场面上的规矩也是好的。她是苏州人，一口吴侬软语，轻柔甜糯，叫人听得耳朵根子舒服。渠主任说，这个是今年真正好的雨前龙井，我记得，过去你爷爷就好这一口，我已经备好了一斤，待会子你带回去。

冯爱玲立即想起，前几天商场到了一些龙井新茶，不到一个小时就被闻讯赶来的市民抢光了。席间，渠主任先是拿出了那个红纸包，站起身，恭恭敬敬地在冯爱玲面前放好，说，冯老对我，那是有知遇之恩的，我跟你说小冯，我十六岁进纱厂做学徒，一年之后就到了厂部办公室当文书，就是时来运转，我的今天跟过去是有很大关系的，你唐师母知道，不然的话，我一定就是做一个工人或者一个营业员到老了，我怎么敢接受冯老的酬谢，不能够的，我倒是一直惦记着，要好好感谢冯老，小冯你给我带来了机会，也真是天知我心，老天作美。

唐会计说道，你不知道，昨天我家老头子一夜没有睡好，跟我说了很多从前的故事，哎呀，他真是不容易的，当然他人也是很聪明，自己很努力，刚解放那几年，市里举办打算盘比赛，他还得过奖状呢，当时报纸上是怎么说的？渠主任挠挠头皮，哈哈笑，说道，手指上下翻飞，令人目不暇接，快如疾风扫落叶。

几个人听了一起笑。渠主任说，我过了大半辈子，经过的世事也多了，我是看清楚了，这人哪，积德行善不是为了做给别人看的，不是为了报纸表扬，到头来是为了自己，老话说得好，三代积德，必有福报，也是为了自己的儿孙后人。唐会计叹一口气，说道，小冯，我家两个儿子都结婚成家有孩子了，小女儿比你小一岁，去年下乡了，我就是老放心不下我家小女儿，也希望孩子在乡下碰到困难了，遇到难过的事情，有人能帮她，就是陪她说说话也是好的，在乡下生病了，有人能给她送一碗汤、一碗稀饭。说着，唐会计掏出手绢擦眼泪。

末了，渠主任拿出两瓶绍兴黄酒、两块香云纱衣料、一包绿豆糕，还有高档香烟、茶叶，叫冯爱玲带回去，这些都是世面上紧俏的东西。

二十　考场上唱起了国歌

许仲杰出事之后那些天，刘宝杨经常一个人看着对面的那张空床发呆，半夜起来小便，还习惯性地看一眼许仲杰的床铺，感到过去的很多经历就像做了一场梦。从此，人也就变得心灰意懒，少了很多过去的玩心，他跟何勇一商议，在屋后的坡地上开了一块菜地，种了一些豆子、倭瓜和西红柿等等。

队长见了，说，这才像个想过日子的人，过去吃菜，这家要一点，那家拿一点，要不就娶个媳妇吧，也省得天天夜里憋得着急。何勇说道，省点心吧，我还不想跟我儿子一起种自留地。

许仲杰获刑之后半年多，传来一个消息，让陶文英痛苦得无以复加，“大学要恢复招生了”“要恢复高考了”。师范学院是最先获悉这个重大消息的单位之一。冯爱玲很快也知道了，她终于等来了这个改变千百万青年人命运的历史转机。梁静敏赶来找冯爱玲，俩人跑到商场附近的小花园里说了半天话。梁静敏说，这下我大孩子可是赶上了，不用再下乡了。转而又说道，可是也得要他自己争气呀，高校这么多年停止招生，有多少人想考啊，怕是比过去考个状元还难。冯爱玲回去后又跟唐会计说了这个消息。

十月初，“恢复高考”的各种小道消息纷至沓来，一些头脑灵活的家长已经开始叫子女暗中准备。一九七七年十月二十一号，全国各大报纸正式公布了恢复高考的消息，并透露本年度高考将于十二月中旬前后在全国范围内举行。掐指算来，准备参加高考的时间最多只有四十多天。

一时间，市区的火车站、汽车站、轮船码头，各大交通要道的路口，几天之内就出现了人流涌动的景观，大量下乡知青从全国各地、从四面八方急速返城，复习功课准备参加当年冬季的高考。这是中国历史上第一次在冬季举行的高考。多年后统计资料显示，当年有五百七十万考生大军涌进了考场，被录取的只有二十七万三千人，录取比例为二十九比一，如果算上以往各届毕业生的人数，说录取比例百里挑一也是符合实际的。这是高考历史上竞争最为激烈的一年。

冯爱玲把书带到班上来，利用各种空闲时间看书，还偷偷摸摸地担心被人看见。一天，唐会计悄声跟她说，你这个样子怎么行啊，没有几天工夫了，我女儿也从乡下回来复习功课，你听我说，去找个熟悉的医生，搞一个证明休病假，回家专心看书复习，老头子那边我去帮你说。

冯爱玲听了，也是急得出汗，一下子想到了张英，他姐姐是陆军医院的医生，马上就给张英家打电话，打了几次，电话那边没有人接。她跟唐会计商量，唐会计说，你提前走吧，现在就去跑一趟，有人问到我替你遮掩着。乘坐公交到了张英家天色已经昏黑了，有一段时间没有见到张英了，楼门口，看见一个戴眼镜的女军人朝她走来，眉眼之间就像是张英的模样，冯爱玲的心无来由地紧跳了几下，她紧盯着女军人看，女军人走上台阶，问道，请问你找谁呀？听说是找张英，是张英的朋友，女军人立即神色突变，警惕的眼神上下打量冯爱玲。又问了冯爱玲的名字，女军人说，我是张英的姐姐。女军人很审慎地又看看冯爱玲，说道，你跟我来吧，进屋再说。

冯爱玲坐下之后，张英的姐姐告诉她，张英在六月份因参与反革命小集团活动被逮捕了，以“现行反革命”罪被判处有期徒刑十五年。这个消息无异于晴天霹雳，冯爱玲紧张得一时说不出话。冯爱玲问，他真的做了一些反革命的事情吗？张英的姐姐说，听说是做了，他们那几个人成立了名称叫“中国新青年读书会”的组织，制定了章程，有定期的聚会活动，定期出油印小报。张英父亲的一位老战友转告一个高层领导的话说，这个年轻人书读得太多了，想的问题太多了，做了根本不是他应该做的事。

张英的姐姐说，我弟弟跟我说起过你，当时我看得出来，他喜欢上你了。但是，据说他们这一伙人都共同起过誓，献身真理、献身国家，不结婚。冯爱玲听了，沉默一会说，我能再看看他的房间吗？到了张英的屋子里，看见里面一片凌乱，张英的姐姐说，这里已经被搜查了几次，我们暂时也没有心情收拾。

冯爱玲转着眼睛看，心里很难过，眼前浮现出张英的模样，想想问道，我想拿一本张英的书，放在我那里，可以吗？张英姐姐懂了，看看她，轻叹一口，说，你自已挑吧，我们也不看这些书。

临走时听了冯爱玲要求开证明的想法，张英的姐姐表示愿意帮忙，说，张英从小就希望能上大学，如果张英赶上了这个转机，走上读大学这条道路，就不会被判刑坐牢。冯爱玲听了，终于忍不住眼泪，站在门口与张英的姐姐相拥而泣。张英的姐姐认真地看着冯爱玲，说道，我看得出来，你是个好姑娘，只是怪张英糊涂，走上了一条邪路，今生没有了那个福气。

一天晚上，刘宝杨在母校阶梯教室碰见了冯爱玲。

这一段，一些老师主动利用休息时间为以前的学生开课复习。今晚是讲高考作文。主讲老师早年间复旦大学中文系毕业，资深语文课老师，还在省报上多次发表过文章，他根据多年积累的教学经验，又根据目前的形势，出了几道押题作文，说，各位同学回家之后，一定要在规定的时间之内完成作文的写作，多写几篇，有这样的训练，临场才不会慌乱。此刻，偌大的阶梯教室挤满了人，座位不够，窗台上、台阶上、讲台周围、教室门口，都站满了一批赶来听课的人，只给讲课老师留下了他一人站立的空间，看过去一片亮晶晶的眼睛。那天晚上，不知什么原因，赶上了停电，于是，教室里手电筒、蜡烛都派上了用场，摇曳的烛光在汗涔涔的脸盘上晃动，一明一暗的，映出的都是格外严肃认真的神态，有些像那些年电影描写的地下党秘密集会时的情景。

语文老师举例讲作文写作，老师在黑板上写了一个字，水。然后，停住不说话，昂扬背手，看着全场的人，眼镜亮晶晶的。大家嘴里默念有声的，水。老师说道，是啊，水，怎么写，怎么水呢？底下一片笑声。老师说，水，可以写记叙文，也可以写论述文，关键是立意、立主题。记叙文你可以写一个节约用水的故事啊，防洪抗汛的英雄人物啊，一个辛苦为民的水暖工，等等；论述文呢，立意就更重要了，没有一个好的立意，写不了几句话就写不下去了。你们思考一下，想想各自的立意吧。等了不多一会，就听见有人咕哝了一句，女儿是水做的骨肉。因为很安静，大家都听得很真切，愣了一下，就响起一片笑声，继而越发不可收拾，还有人拍起了桌子，似乎为笑声伴奏，像打鼓似的，教室里轰然作响，把老师惊呆了，他突然生气了，一拍讲台，嚷嚷说道，成何体统啊，成何体统，一个严肃的话题被你们搅和成低级趣味的东西，你们还像个学生吗，你们自己看看，自己看看，这已经不是搞“文革”闹革命了，搞什么搞，我是尽义务给你们补课，没有拿你们一分钱，我看你们这些人，根本就不是个读大学的材料。

大家一下子都老实了，似乎回过神来，明白了在什么地方，教室里顿时变得鸦雀无声，有两个机灵的女生赶紧上前，提起热水瓶给老师的茶杯加水，眼神虚虚的，柔声劝慰说，老师您别生气了，别生气了，他们也不是故意这样的，就是不太习惯上课了。老师愤愤地说道，我看是野性难改，不习惯，以后不习惯的地方多了。

散场后站在一边说话，刘、冯二人三年多没有见面，都感到有些生疏了，刘宝杨首先就不见了以前的一副油嘴滑舌，甚至还有点腼腆，只是看着冯爱玲呆笑，过了一会才缓过神来，说，冯班长，如今我真是农民进城，赶学来啦。冯爱玲此前已经知道了许仲杰的事，神情幽幽的，说道，唉，我们就算是幸运呢，到底是赶上了，许仲杰怕是悔恨死了，他可是一直等着有这一天的。一句话说出来，冯爱玲有了一种恍惚如做梦的感觉。刘宝杨听了，掏出烟来抽，猛吸一口，吐出一口浓烟，说道，唉，他这辈子不能想这个事了。俩人像是约好了似的，跟着一声叹息，一时沉默着不说话。

冯爱玲说，你刚回来，有什么需要我帮忙的尽管说，有些书和资料，我那里应该比你要多一些，你随时到我家来取。刘宝杨说道，高中阶段的课本我都还保留着，就是政治和历史方面的复习资料手里很少。冯爱玲问道，照这样子看，你是想报文科了？刘宝杨说，是这么想的。冯爱玲说，据我所知，报文科的人特别多，很多“老三届”的毕业生数理化丢开久了，也都是转过头来报文科了，竞争非常厉害呀。刘宝杨说道，我不能跟你比，这几年我基本没有摸过课本，这次仓促上阵，就是拼过去的一些老底子了，不行的话，我就再考一次。

冯、刘二人匆匆道别，都说要赶紧回家看书复习，冯爱玲说她的时间安排是每天早晨五点起床，晚上一点钟睡觉，就是两个字，拼了。

一个月的时间很快过去了，刘宝杨按照属地管理的规定，必须回到插队所在地参加高考。他先是赶回公社报名并填写高考志愿，然后回到生产队待了几天，等到临考前一天，背起一床捆好的棉被，带了必需的洗漱用具，步行十来里山路，到镇上乘坐长途汽车到县城。考试地点是在县城的一所中学，这个地方他熟悉，以前许仲杰跟他来过这里溜达，坐在台阶上无所事事地看别人打篮球。

考生晚上的住宿安排在学校的一座礼堂，三分之一处用一些医院的白布床单隔开，进门男左女右分开睡，水泥地面什么也没有，学校门口就有人做生意，一毛钱一小捆稻草，拿来铺在身下当作褥子，刘宝杨铺好稻草，躺下试一试，少了一个枕头，又起身到外面，踅摸到一块半截砖头，拿回来用一件衣服包裹了，当作枕头，试一试，觉得有一些硌脖子，但总比没有的好。于是，就赶紧躺下来休息，从早晨到现在天黑，都是在路上奔波，感觉有些累，这一个多月没日没夜地看书复习，身体透支得很厉害。考试这两天，家里经济条件好一些的，就结伴去街上的饭馆吃饭，差一些的就自己带来馍馍，就着咸菜、豆腐乳之类的凑合。

晚上，学校出于对考生的照顾和支持，特地在礼堂加装了几盏大瓦数的灯泡，以供大家看书，规定熄灯时间是十一点。刘宝杨听说，这是早两天从山林深处走出来提前赶到的一些考生提的建议，县里领导通知县教育局做的工作，考生们于是感激不尽，大家围坐在草堆上交流信息，互相提问，有一个人像过去的和尚打坐，找一个角落，面壁而坐，很长时间，僵着脖子，就那么一动也不动地坐着，谁也不愿意过去问他，此刻为什么表现得如此清高？大屋子里有很多人在抽烟，有两个讲究的女生，用带来的煤油炉煮面条、煎鸡蛋，一阵香味飘荡过来，刘宝杨和很多人一样，就抬起头来看过去，不可避免地抽一抽鼻孔，咽一口口水，心里在说，这婆娘，还不如带来一个跟班的伺候着，有钱就去饭馆吃啊。

旁边一个年龄看起来大一些的喊道，喂，那边的要小心啊，可不能着火了，这要是烧起来，稻草、棉被连成满屋子的，火烧连营，一个也跑不掉！又有人学着当地方言，扯起喉咙叫，那个婆娘，我可不情愿跟你殉情去死咯，连个边边儿都还没得摸到，老子还是童男身子哩！众人一起笑得“嘎嘎”的，就听见隔着布帘传过来女生的嬉笑怒骂，也是学着当地的话，你个挨千刀的坏种，吃枪炮子儿的乌龟壳。刘宝杨听了，哑然失笑，心想，看来都是调情高手，必定是“老干部”了，自己这样的，遇到陌生人都不敢胡抡，出来混，看来不是他们的对手。

熄灯之后，情况反而更不妙了，挨着刘宝杨左边睡的一个人开始背化学元素周期表，右边的背政治历史，整个大厅到处是“嘤嘤嗡嗡”的声音，间或还传来一声压低了的放屁声，如此这般的，一直折腾到天快亮了，刘宝杨才得以迷糊了一会。不远处传来高音喇叭播放的乐曲，大厅里就像听到一声号令，所有人“腾”的一声，很整齐地从地铺上翻身起来，一片嘈杂的人声立即充满了空间，刘宝杨感到自己的心脏突然剧烈地跳动起来，他看看旁边的那位，果然，他似乎也是心有灵犀，问道，心跳得很厉害，你呢？刘宝杨也点点头。

吃了一点东西，大家又都分秒必争，各自找一个安静一些的角落，抓紧最后一点时间再读一点、再看一遍。提前一个小时，操场上已经有工作人员招呼大家排队，刘宝杨看见，不知道什么时候，周边的围墙下站立了一圈荷枪实弹的军人，教学楼的屋顶上也站立了几个，一辆军用卡车停在进门的路口，一个军官模样的军人腰间挂着手枪，背着手，站在操场的台子上，很严肃地看着众人，转着头看看四周，很有一些肃杀的风格。横幅凌空挂着，红底白字：提高警惕团结一致打好恢复高考后的第一仗。工作人员手持铁皮喇叭，大声说，根据上级领导指示，时时刻刻绷紧阶级斗争这根弦，为了防止阶级敌人的蓄意破坏，确保恢复高考后的第一场考试顺利进行，驻地解放军特地前来帮助我们维护考场秩序，保障大家的安全，我代表县革委会表示热烈的欢迎并致以崇高的革命敬意，大家鼓掌！

本来是十二月中旬，江南各地都进入了隆冬季节，寒风嗖嗖，侵人皮骨，每一个人精神很紧张，加上周围这样肃杀的气氛，刘宝杨感觉上下牙齿开始“咯咯”地打战，脸冷得发紧，马上想撒尿，可是刚才已经去了一趟厕所，于是，强迫自己分散精神找别人说话，就听见身后一个人正在背诵诗词：“独立寒秋，湘江北去，橘子洲头。看万山红遍，层林尽染；漫江碧透，百舸争流……”深沉的男中音，很好听。于是，打断他的诗兴，问道，兄弟，你也是考文科吗？那个诵读诗词的直是摇头，说了一串英语单词，然后才说道，不，我考上海戏剧学院，艺术类。刘宝杨很是惊讶，说，你要当演员哪？那个诵读诗词的转过身去，迅速地在嘴唇上塞了一圈小胡子，转过身，双手抿了一把头发，微仰着脑袋，一只手臂端在胸前作持烟卷状，对刘宝杨说，你看我是不是很像鲁迅，他们都这么说。刘宝杨一愣，赶紧说，是，是，挺像的。心里却是嘀咕，神经病，像什么像，装神弄鬼的出来吓人。

看看时间还有半个多小时，有一个高个条、黑脸盘的男青年站出来说话，看来是那个工作人员要求的，被让到了台子上，有人认识他，介绍说他是县里知名的知青先进代表，前几天刚出席了省级先进代表大会。只听他说，同志们，我们感谢党中央的英明决策，今天我们站出来参加第一次高考，接受祖国的挑选，我们一定要奋力拼搏，考出最好的成绩，向党中央和人民汇报。马上就要进入考场了，我提议，大家一起唱一首歌，振奋一下精神。

操场上几百个人一起拍手叫好，接着又是一片乱嚷嚷，不知道唱什么好，你说我说，说了一大串歌名，一时也定不下来，一个高亢的女声突然叫道，唱国歌！众人一听，都跟着嚷嚷说好。高个子青年就开始挥臂指挥，歌声响起："起来！不愿做奴隶的人们！把我们的血肉，筑成我们新的长城！中华民族到了最危险的时候，每个人被迫着发出最后的吼声。起来！……"因为大家心里都很恐慌，于是就借着唱歌，张开喉咙使劲地吼叫，是一种发泄或转移情绪，歌就唱得不整齐，但又是很卖力，周围的军人此刻像听到了命令，每一个人不约而同地站直了身体，作肃穆敬礼状，一时歌声汇成声浪，充塞了头顶上的空间。

当天晚上，刘宝杨找到以前跟许仲杰一起吃过的一家小饭馆，胡乱地吃了一顿，走在街上，乌泱乌泱的，撞见的都是进城赶考的那一帮人，他已经连续几夜没有睡过好觉，拖着一双脚，埋着脑袋，无精打采的神情状态，就像当年范进中举之前，怀抱一只插着草标的母鸡沿街叫卖。正走着，忽听有人叫他，抬头看见却是丁奉为。

丁奉为站住了，说，小刘，你怎么不去找我啊，我刚才去了县中学找你，哪里找得到人，我哥告诉我才知道你来了，我在下面公社开会，今天特地赶回来的，走走，你今晚就住在我那里，吃饭也在食堂里吃。多年之后，刘宝杨查到了自己当年高考的成绩单，第二天的考试成绩明显比第一天好很多，肯定跟住到丁奉为家，又在县委食堂吃饭大有关系，甚至可以推测，如果没有第二天的成绩，他就不会被录取。

丁奉为带他进门，这是刘宝杨第二次走进这间屋子，不由自主地想起来许仲杰，本来应该是他俩人一起来的，丁奉为看出来他的思想活动，说，不要想其他的，集中精神考好，然后我们再好好聊。

考试结束之后，刘宝杨回到生产队，得知当年征兵开始了，又立即报名参加征兵的体检和政审。在公社，朱亦丰说，你可要慎重考虑好，我实话告诉你，今年我们这个县招的是兰州军区的铁道兵，你好好的刚考完，怎么又想到去当兵了？等等有了好的机会再说。刘宝杨说，我心里已经乱了，今年就是想着要离开这里，死活都要走，不管他是什么兵了。他对自己高考成绩没有什么信心，看到那么多的人参加考试，更觉得没有指望，想去走当兵这条路。

到镇上体检遇到了吴院长，知道他是这次征兵体检的负责人，就赶紧悄悄地说，吴院长，我的视力可能差一点，帮个忙咯，事成之后一定感谢！吴院长问道，你以后不考大学了，真想走吗？刘宝杨说，待不下去了，想走。吴院长“嗯”一声，点点头，俯下身写了一张字条，递给他，说，去找小萍，让她带你找负责检查视力的医生。刘宝杨看见字条上什么都没有写，就写了一个名字：吴荣辉。心里纳闷，这是什么道？一想到是找小萍，心里立即高兴了。

刘宝杨体检很顺利过了，回来看见队长跟何勇坐着抽烟，说得正热闹，队长说，这下好了，两个该走的都要走了，年底的招工你是有指望了。何勇说道，我今年都二十五了，还没有工作找不到婆娘，把我儿子都耽误了。刘宝杨听了，接过话来说道，你的儿子周围村子里留下了好几个，只怕你有朝一日回城了，人家打上门去，找你要抚养费。队长听了跟着一起笑。

这一天，傍晚已是掌灯时分，刘宝杨正跟何勇下象棋，听到窗外一阵“咚咚”沉重而急促的脚步声，队长推门进来，跟着后面是一阵冷风，队长扯起喉咙大喊，好事啊，我家老小托人带口信，说县委大门口贴出了高考录取名单，你刘宝杨榜上有名。刘宝杨看着棋盘，一直不说话，何勇递给队长一支烟，推了一下发呆的刘宝杨，说，哎，这棋不下了吧，你拿五块钱，我去人家买两斤肉，搞点酒，请请队长吧。

这是一个寒冷的冬天，连着下了几场雪，田野银装素裹，山丘平地，一望无际都被白雪覆盖，灰白色的云，形成一个巨大的穹顶笼罩着大地。懂天象的老人说，今夜还要下大雪。冰封的茅河像一条长龙，从远山逶迤而来，两岸的茅草都被当作柴火收割干净，极目远望，荒草如烟，树枝如一根根铁条耸立，满眼是严冬肃杀萧索的世界。真个是白茫茫大地真干净。

第二天太阳升起老高的时候，公路上走来了一帮人，一路敲锣打鼓，是公社来送喜报的。走到刘宝杨住的屋子前，先是放了一挂鞭炮，一阵炸响引来了全村的人，然后大家站定了，拉着刘宝杨一一握手，介绍说这个是什么领导，那个是什么领导，刘宝杨都不认识，有几个是队长认识的，队长说，不晓得领导们要来，不然的话，队里提前杀一头猪，感谢领导们的关心。有个领导把手一挥说，那个就不用了，我们公社就刘宝杨同志一个人考中了，这是我们全社人民的光荣。大家听了，又一起鼓掌吆喝了一阵，公社妇女主任送给刘宝杨一包东西，花花绿绿的，床单被罩胶鞋等物件。于是，刘宝杨忙不迭地躬身说，谢谢，谢谢。队长看了喜笑颜开，说道，到底是新社会，要是搁在旧社会的话，你刘宝杨还要给报喜的人送银子呢。刘宝杨一脸的诧异，队长得意地说道，这个你就不懂了吧。

待众人走后，刘宝杨一个人站在地上，点了一根烟来抽，眼睛眯缝着看着周围，地上一圈鞭炮残骸，血红的，在雪地里形成一个图案。刘宝杨蹲下身体，从雪地里捡起一个一个鞭炮，然后掏出手绢，包成一块，放进口袋。他想，或许将来的某一天，他会拿出来自己再看看，或者给自己家里人看看。

光华路百货商场收到了冯爱玲的录取通知书，上海一所全国重点大学物理系。

冯爱玲在报考阶段找过街道办事处，希望开一份身份证明。那个叫秦主任的女干部用十分严肃的口吻说，这个证明我们不能给你开。冯爱玲心里着急，问道，为什么，我家不是住在这个地方吗？秦主任眼光一横，说，你家是住在这里，但是，你不服从组织分配工作，就是目无组织、目无领导，像你这样的人，我们认为就不适合推荐去上大学。

冯爱玲一听，耐住性子说，我不是请你们推荐，现在不需要推荐了，就是证明一下我是这里的一个居民。秦主任一摔手里的文件夹，说，既然不需要我们推荐，还要我们的证明干什么？你们家那么有本事，自己去找证明好了。你去吧，不要再说了。

冯爱玲走出街道办事处，气得没办法，浑身颤抖着紧缩身体靠墙站立了一会，想到去问问渠主任，让商场给开一份证明。渠主任听明白了，说，这好办，虽说是临时工，也是我们的职工嘛，我去市商业局给你开一个证明。

那段时间，随着各地高校录取通知的陆续传递，整个城市真可谓“几家欢喜几家愁”，少数性情张狂一些的人家，干脆放了鞭炮庆贺，晚上走在街上，听见人家窗户里传出聚会喝酒的喧闹声，那肯定是儿女考上了大学，没有接到录取通知的人家，走在街上，最怕碰到熟人问起，干脆就自己提前绕道溜走。你看邮递员，如果他手里有一份待送的录取通知书，他会一路嚷嚷，一条街都知道了，谁家的孩子中了。

秦主任在办公室发牢骚，说，啊，这是什么情况啊，大资本家、大右派的女儿，绕过了我们办事处，就这么顺当地考上了大学，而且还是重点大学，难道大学改了，不是面向工农兵了，那还要我们这一级组织干什么？

冯爱玲的小姑妈听到这个好消息，从上海寄来了几本笔记本，各色鲜艳的塑料封皮，只是下沿都印着某某机械厂的字样。

这一天，冯爱玲正在准备行李，她刚给父亲写了一封信，告诉父亲，她听到很多消息，过不了多久，父亲的问题也会解决，他们一家就可以团圆了。刘宝杨突然来找她，此前他们已经在学校班主任老师家里见过，约定了临走之前本年级几个考上的同学聚会一次，以为他来是为了说聚会的事情。看见刘宝杨涨红了脸，沉着嗓子说，任菲出事了，死了。

刘宝杨是从他的同班同学那里得到的消息，就是昨天的事情。任菲自从那次找过冯爱玲，以后就住到了孙大军家给她安排的郊区一处农场，两个多月前生下了一个女孩，此后，孙大军突然杳无音信了。问孙大军的父母，也不知道他的踪迹，任菲不相信他们的话，孩子满月之后，她找遍了跟孙大军有过交往的人，都不知道他的去向，张英出事之后，那一帮朋友都作鸟兽散了，从此谁也不敢再继续联系，任菲也没有了他们的任何音讯。任菲又多次去孙家，吵闹、求情，各种办法都用过了，孙大军母亲后来拿出一个存折，说，这些钱应该够你们母女用个几年的，你先回去，耐心等几年，也许大军他想明白了，就会回来找你们。

任菲彻底绝望了。她跟母亲什么都想到过，就是没有想到这样的结果。这样的处境一天天地把任菲逼得几近疯狂，她一会神情呆滞，一会又精神狂躁，整天在外边闲逛，扔下孩子不管。昨天是个星期天，天气雨夹雪，俗话说，霜前冷雪后寒，街道残留雨雪的地方结了一层薄冰，空气变得冷冽侵人，冻得人鼻流清涕，下午五点钟天色就很暗了，街上的行人稀少，任菲爬上文化宫六楼顶层，纵身跃下。她柔软的身体撞击水泥地面那一声沉闷的声音，当时没有什么人听见，因为文化宫规定星期天下午四点下班。

在城市的另一端，一处机关大院居住区的传达室，有人在窗台上放置了一个包裹，蓝底碎花棉被包裹得很严实，布面用别针钉了一张纸条，写道：孙大军父母亲收。婴儿的哭声惊动了传达室的一个老职工，也引来路过的几个人走过来观看。

刘、冯二人走进任菲家居住的那条小巷，远远地看见几个警察正从她家出来，他们站在门口说了几句话，转身迎着刘、冯二人走过来。任菲母亲已经哭干了嗓子，说话都很困难，俩人安慰了好一会，见任菲家里各方面都很简单，可见日子过得不富裕，从几句话中了解到，警察要求任菲的遗体暂时不能火化，等待案情有了一些进展后再定时间，俩人倾其所有，给任菲母亲留下一点钱，临出门，悄悄地放在任菲读书时用过的桌子上，这是冯爱玲的主意。

冯爱玲觉得天气太冷了，后悔出来没有戴帽子、戴口罩，此刻，两边的人家和店铺都是关门闭户的，越发见着冷清，巷子里的穿堂风吹得人透骨寒，全身的血液好像要被冷冻住一样，青石板路面泛着一层冰碴，在脚底下“吱吱喳喳”地发声，似乎地底深处有活的东西在私语什么。

他们俩走着，不知不觉地就到了文化宫的大门前，冯爱玲站在台阶底下，犹豫着不想进去，刘宝杨却已经走在前面。

她最终还是走到了那座楼下，看见有一些人站在那里议论，有几个熟悉的面孔，看见她，勉强微笑。她双手环抱身体，紧裹住棉袄，抬头望，这里是文化宫大楼的背面，她知道电梯和楼梯只能到四楼，五楼是一处大平台，说的六楼其实是一个小帽子似的阁楼，就是当作一个建筑物外立面的立体装饰，除了电工节假日装彩灯的需要，平常就没有人上去过。她在想，凭任菲纤瘦娇柔的身体，她哪儿来的力气爬到那上面去的，在那最后的时刻，她哪儿来的勇气和力量，可以跃过平台的边沿，飞落到地面上。冯爱玲知道几步之遥的地面，有一摊殷红的血迹，但是，她不敢走过去。看见刘宝杨转了一圈，停下来，先是站着，低头到处看，发现什么，弯下腰，然后蹲下来，伸手去捡东西，身体跟着移动，跪在地上，趴进矮树丛。冯爱玲不知道他在干什么，轻声喊，刘宝杨。没有回答，冯爱玲颤抖着声音问道，刘宝杨，你在干什么？停一会又喊，提高了声音，刘宝杨。这时，看见刘宝杨站起身，慢慢地朝冯爱玲走近，两手血红，手中一粒粉色的纽扣，两个发夹，还有一块布条。刘宝杨神色呆滞，张着嘴呼吸。冯爱玲双手捂住脸，转过身体。

二十一　了不起的七七、七八级

刘宝杨考取的是本省一所综合性大学，经济系。就在家门口上大学，各种开销节省了很多，他的父母都很满意。他们家四个孩子，母亲长期身体不好提前办了退休，他哥哥在工厂当工人，弟弟马上就高中毕业，如果也考上了大学，对于刘家来说，家庭的经济负担还是蛮重的。

冯爱玲小时候就知道这所历史悠久、有很高知名度的大学，近百年来，它培养的各科毕业生很多都成为国家的栋梁之材，授课名师如云，学生自然就个个自命不凡，彼此争强好胜，使得她一进入校门就感受到了巨大的压力。老早听她父亲讲过，民国时期这所大学几个校花名媛的故事。二十世纪二十年代，就是在上海这样的城市，街道上轿车也还很少见，这所大学第一批女生中，就有一个每天开着“别克”轿车出入校门的女大学生。时光荏苒，二〇一五年五月，这位仍然健在的当年的女大学生，在她女儿的帮助之下，写作并出版了一部个人传记，《一百零九个春天：我的故事》，一部很有意思也很好看的书。

进校之前，冯爱玲就给自己定了一个规矩，大学期间，不担任任何学生干部。一入校，班主任老师发给大家填写个人基本情况的表格，其中一项就是担任过什么学生干部、在社会上和工作期间担任过什么职务，冯爱玲都简单地写了一个字“无”。

寝室里的几个人每天晚上都暗中比赛，看谁从图书馆和教室回来得最晚，熄灯之后打开各自的台灯继续看书，早晨起来晚一点，就会感到心里惭愧，转眼看去，每张床铺都是空空如也，被子都没有叠好，人都不见了，初春季节，天还没有大亮，路灯也没有熄灭，视线所及之处晨雾弥漫，依然春寒料峭，轻纱薄雾中到处可见捧着书本晨读的男男女女，这样的势头和氛围，不被裹挟其中是不可能的，除非你自己变成一个异类。

跟冯爱玲不一样，刘宝杨入学后就担任了班长，很快又做了年级体育委员，延续了他中学时代担任的学生干部。第一个学期快要结束时，他经过一番审时度势地考虑，向系党总支递交了入党申请书。第二个学期开始，他申请到的助学金比原来的提高了一半，刘宝杨那个月份多买了几本书。

一天晚上，整个走廊都在传递一个消息，明天市区新华书店要到一批世界名著，各种学科和类型的都有。刘宝杨寝室的几个人当即约定，明晨四点半起床，赶第一班公交进城到书店排队买书。

一个崇尚读书、尊崇知识的时代刚刚开启。

第二天，同一个寝室的老房——房援朝，他在部队当过几年兵，年龄比刘宝杨几个大八九岁，他像个闹钟一样准时醒来，招呼几个人起床，走出宿舍楼，外面还一片漆黑，路灯映照着几个人鬼鬼祟祟的，看起来就不像好人。刘宝杨就笑了，说，这就像电影里鬼子进村一样。他见几个人都是蔫头耷脑，像一群树丛中被雨淋湿了的鸟，就对房援朝说，老房，你给大家喊几句操练的口令，好清醒清醒。老房听了，立即精神十足，自己先站出一个军人的标准身姿，扯开喉咙喊将起来，全体都有，向右——看齐，立正，报数！一、二、三、四、五、六、七，老房自己喊道，八！老房说，稍息。转身，脚后跟磕一声响，说，报告班长，本寝室实有八人，实到八人，报告完毕。

大家轰然笑道，你这个老家伙，给你根鸡毛就当成令箭了，你还真想练练我们过把瘾是吧，赶紧走，走啦。于是，八条汉子嘁嘁喳喳地，走的、小跑的，校园里灯光明灭，一路往公交车站迤逦而行。

经过一个学期的相处和观察，刘宝杨发现，本班四十五个学生，除了有一个是应届毕业生考上来的，跟他说几句话就知道还是单纯的学生，其他人都是来自各行各业，军人、工人、农民、教师、机关干部、大队党支部书记、生产队会计、演员、待业青年，其中插队知青大约占了人数的一半，年龄最小的与最大的之间相差了十二岁。平时大家很少交往，除了一个寝室的同学，跟其他人连续说话一分钟以上的机会都很少。由于上学之前各自截然不同的生活道路和职业经历，刘宝杨感到，本班同学一个个表面上看都是温文尔雅的，其实内心里个个老谋深算，少了一些年轻人的意气风发，多了一些暮气沉沉，少了一些激扬慷慨，多了一些低眉顺眼，平日里小心翼翼，举重若轻地把各自豪情万丈或者按图索骥的心思都掩藏在不动声色的眼神背后。这是可以理解的，因为他们就没有真正拥有过年轻的时光。

下了公交车，天色已经大亮了，大家一路狂跑到新华书店大门口，看见长长的队伍已经排到了街道拐角了，有人就骂道，什么情况，昨晚有人不睡觉吗？没想到一旁就有人搭话，说，什么情况，我们几个就是昨晚没有睡觉，昨晚八点多钟就在这里轮流排上队了。

刘宝杨问道，你们是哪个学校的？对方说了校名，几个人听见了，立即把头低了，那是一所全国知名的重点大学，建校也有近百年的历史了，是莘莘学子日夜向往的地方。

刘宝杨第一次受到了一些感动。听人说过一句话，怕就怕比你强比你还优秀的，却一直比你更努力。突然认识到自己真的不如别人，要求不严、标准不高，也没有建立什么职业理想和目标。老房私下聊天说，我的目标不高，毕业后，最好能到省直机关，八年、十年左右处级，十七八年左右厅局级，也就很好了，副省级那是野心太大，听天由命，不是人力可为的事情了。听了老房的一番话，刘宝杨反问自己毕业之后的目标，想一想还真是糊涂的，他知道班里还有几个立志要当名教授的，他觉得也很好。

就在他走到队尾的时候，一个熟悉的身影突现在视线里，那个女人正在边走边跟身边的人说话，朝着队伍指指点点，神态很是兴奋，肯定也是赶来买书的，认真看一眼，没错，姜红薇。

刘宝杨的第一个反应是想躲避，转念又一想，我躲什么呀，搞得好像我做了什么见不得人的事情一样，我倒是要看看她怎么样的。就故意转过身体，朝着她走来的方向看着。果然，姜红薇看见他，立即停住脚步，站在几步远的距离，惊讶地瞪大着眼睛。刘宝杨干脆对她点点头，像警察捉住违反交规的人，说，没错，我是刘宝杨。

姜红薇点点头打招呼，悄声说，你好。刘宝杨说，世界真小，没有想到在这里碰见老朋友了。姜红薇说，这么说，你回城了，在哪里工作？刘宝杨哈哈一笑，说道，回城是回城了，没工作，无业游民。姜红薇看他一眼穿着打扮，明白了什么，说，你上大学了？刘宝杨不说话，只是把眼睛盯住她。

姜红薇还是那样，只要出现在人多的地方，肯定成为一道亮丽的风景，成为男人们目光扫描的对象。她穿着一件浅咖色风衣，深色长裤，脖子围着一条几何图案红蓝相间的丝巾，浓密的黑发垂落两肩，衬托了鹅蛋脸，白皙姣好。刘宝杨很长时间没有见过她，姜红薇胖了一些，增加了少妇的成熟韵味，越发具有女人的魅力。刘宝杨刚见到她，心里翻腾起一股怒火，本来想说几句刻薄话，转念一想，干嘛，又不是跟你拍拖过的女人，跟你有什么关系吗？

姜红薇见到他不太理睬的模样，神情很尴尬，说也不是，走也不是，就把头低了。刘宝杨抬头看看天，说，怎么不见你那位青年军官呐，一起来买书，多有浪漫的情调。我买书是要寄给坐牢的人看的，人家在里面度日如年哪。他到底忍不住原形毕露了。

姜红薇听了，立即涨红了脸，警惕地看看四周，什么也不说走到队尾去了。刘宝杨一直看着她的背影走远，心里翻动着七荤八素的各种情感。

房援朝几个人看见他过来，嘻嘻哈哈都说话，怎么不多黏一会呀，模样不错啊。房援朝靠近前来，悄声说道，蛮漂亮的，就是年龄稍大了吧，我看跟我倒是合适。刘宝杨突然气不打一处来，说，你想找死啊，那是军婚，已经死了一个了，你就把她当成剧毒农药吧。房援朝听了，觉得他话里有话，就说，看来故事很复杂，方便的话说来听听，军婚我知道啊。

书店开门后不到一个小时，当天上柜的所有新书就被抢购一空。因为排队买书的人很多，书店临时规定，同一本书，每人只能购买两本。刘宝杨抱着一摞书走出来，在拐角处看见姜红薇在等他，见他过来，递过来一张字条，说，这是我们厂的地址和电话，有什么事可以跟我联系。刘宝杨看见姜红薇走远的身影，在想，这女人心思缜密，这是要我有朝一日给许仲杰的。

冯爱玲认识了一个叫陈佳芹的女生，比她晚半年入学，是同一年七七级第一批高考之后，恢复暑期考试后入校的，史称七八级。陈佳芹家在广州，俩人一见如故的缘由是偶然谈起来出国留学的事情，这是冯爱玲第一次知道，有人这么快就在考虑出国，对她来说当时这是一个很陌生的名词。

广州是中国历来得风气之先的地方，陈佳芹的家族在海外的亲友很多，经常获悉到各种消息，她得知冯爱玲的姑妈早年就在美国定居，就说了自己已经在联系去美国读书的计划，冯爱玲问道，你不等到在这里毕业了再考虑吗？陈佳芹说道，也别那样死心眼呀，只要你申请到奖学金，或者有人给你出钱，什么时候都可以去，何必非要等到毕业。

她跟陈佳芹还有一个共同爱好，喜欢中国古典诗词。冯爱玲是受了奶奶的影响，靠着家里的藏书，自己摸索着读了一些，陈佳芹是直接接受了母亲的正规教育，她母亲"文革"前中山大学中文系毕业，是广州一所知名中学的语文老师。因此，陈佳芹中国古典文学的素养比较全面，这是冯爱玲比不了的。俩人谈起这个话题，又有了共同的伤感，一个迫于社会传统影响，一个迫于母亲的干预，都舍弃了自己对文学的爱好，选择了攻读理工科。

陈佳芹长得身材小巧，浅栗色的皮肤，有一张似乎总是在笑的娃娃脸，人是聪明灵秀透顶的，跟她说话，看着她眨巴眨巴的眼睛，感觉她的脑筋在飞快地活动，跟上她的思维速度让冯爱玲经常觉得吃力。冯爱玲从小到大，还没有碰上一个让她服气的人，这个陈佳芹让她开了眼界，知道了天下很大、聪明人很多，名校之所以是名校，天资聪慧的人齐聚一堂成就了名校的大气候。再加上陈佳芹跟她大不一样的个人经历，高中毕业在家待了半年，就赶上了恢复高考，一步都没有耽误，冯爱玲很羡慕，说，你好命。冯爱玲觉得她俩虽然相差不了几岁，可是好像是隔了一个时代的人，陈佳芹生性简单、快乐，冯爱玲却老气横秋，没事也是一副心事重重的模样，总是快乐不起来，就连她自己也搞不懂什么原因。

冯家自从跟大女儿恢复通信之后，每隔一段时间就有变化，儿子从农场返回家了，正在等待恢复工作，冯爱玲的爷爷奶奶说，终于盼到了全家团圆的日子。现在，冯爱玲爷爷想的是怎么尽快解决院子被占用的问题，大女儿很快就要回国探亲，他希望给大女儿看到一个往昔完整的冯家。

冯爱玲获悉父亲回来了，请了两天假赶回去看望，她在一家人吃饭的时候说，要想恢复冯家院子原来的模样，没有几年时间根本做不到，最要紧、也是最难办的事情，要把住在里面的几户人家迁走，再依照原样整理修复，这是政府有关主管部门的责任。冯爱玲说道，我想好了，这两天在家待着，写一份报告交上去。这种事情，你不催着办，没有人替你想的。

冯爱玲父亲看着女儿，是一种完全陌生的感觉，他大概计算了一下，二十多年来，跟自己女儿相处的所有时间加起来都不到两个月，如今看到女儿长大成人，而且有一种敢想、敢做的爽快凌厉的性格，心里既惭愧又感激，将来女儿的生活完全不用自己操心，想到将来冯家的希望应该是在女儿身上了。冯爱玲在吃饭的时候说，现在提出口号叫振兴中华，我也在家里提出一个口号叫振兴冯家。

爷爷听了，击节赞叹道，囡囡说得很在理，家国兴旺，才是真正民富国强的表现。冯爱玲父亲听了一时难以理解，心有余悸地东张西望，一脸的惆怅。

冯爱玲在学校的各种场合都很低调，很少做抛头露面的社会工作，但还是引起很多男生的注意。在图书馆看书，经常收到以各种方式传递给她，要求跟她认识的小纸条，她都是不予理睬。每天在食堂吃饭排队的时候，总能发现那些如猎手一样的眼睛，在她的身体上瞄来瞄去，她觉得很无奈，如果是在公交车或其他社会场合，她会给对方一个厉害的眼神对视，逼迫他自惭形秽地退缩，但是，在大学校园里面却不一样，在这里追求女生被视为跟做作业一样自然，你不可能在社会公共场合给女孩子写字条，要求她跟你约会，而在大学校园里，这却是常见的，而且被视作很绅士的表达方式。有经验的、胆子大的那些男生，甚至靠近着看你，还故意对你点头，那是一种公开的带有挑逗性地示爱，你反而被他火辣辣的眼神，故作暧昧的神情搞得很慌张，大凡女生遇到这种情况，自己先就落荒而逃了。

陈佳芹却嘟着嘴说，怎么就没人来骚扰我呢？然后又双手叉腰，对着大厅落地窗户，在地上转一转身体，说道，哦，我是不是太瘦了，我听说，现在的男生都喜欢丰满的，把你的胸部给我一半就好。冯爱玲听了，骂她一句，说，下作吧，你从哪儿学的这么贱的想法，你看好的男生你自己主动去找，这多好啊，你愿意像一件商品被别人挑来拣去的吗？

陈佳芹说，哦，冯爱玲你真的很进步哎，有点像女权主义女性。冯爱玲说道，我不懂什么女权主义，你入学之前没谈过恋爱吗？陈佳芹的脸盘往下一拉，挂着眉毛，说，没有哇，我看上班上文体委员男生，不敢说，也没来得及说。冯爱玲问道，他现在人呢？陈佳芹说，不知道在哪里。冯爱玲笑着打她一把，说，这个方面，你还傻。

冯爱玲不知道，距离三百多公里之外的刘宝杨，有了广阔天地里的征战经验，已是老练的情场高手。但入学以后，刘宝杨却对此淡漠了许多，自己也不明白什么原因，他随意地看见一个女生，眼睛好像X光射线，能一眼看透对方，反而觉得没有意思。因为有了一些经验，他反而显得不急不慌，沉稳淡漠的做派反而让他别具风格，对于女生更有吸引力。几个女生暗地里议论，都说班长真像个班长，成熟，有成熟男人的味道。有一天，早晨起来照照镜子，男生每人都有一个小镜子，或方或圆，压在枕边，但很少使用。他看见一张有些陌生的嘴脸，眼睛半睁半闭，有一种忧郁不快的意味，以前的圆脸，厚实有肉，现在瘦削了，看出来颧骨，有了像朱元璋那样的下巴，凸出。刘宝杨感叹，暗自说，已经不是孩子了。知道不能像在农村那样恣意率性了，就给自己立下了一个规矩，大学四年，首先要搞好学习，这是关系到前程的大事，最多谈两次恋爱，一次最好，一定要先动心，再上床。他记起来许仲杰骂他的话，你这家伙完全是动物性的，总是器官先冲动起来，不问心里是不是真的喜欢。刘宝杨自己默念，你这家伙看着吧，从此以后我肯定是先动心，再动器官了。

一天上午下了课，房援朝把他拉到一边，神态着急地说，兄弟，有没有钱借给我一些？房援朝跟他睡上下铺，俩人成了好朋友。刘宝杨吃惊，说道，一些我可是没有，你要钱做什么？房援朝说，唉，我不是前几天回家一趟了吗，你知道我去干什么了？刘宝杨看他一眼，明白了八九分，问道，回家离婚还是休妾去了？

房援朝摸一把脸，笑道，唉，还真让你说着了，一个未婚妻已经把我闹得人仰马翻的，哪儿还有什么妾。回去赔礼、赔钱，被女方家的几个兄弟截住一顿好打，要不是有部队锻炼的底子跑得快，我就缺胳膊断腿的了，你看看。刘宝杨看见他的半边脸都肿起来，一只眼睛肿成一条缝，耳朵旁边是一片青紫，头上还有伤，不然老房不会这个天却戴着帽子。房援朝说了自己的故事，两年之前家里给他说了一个邻村的姑娘，比他小五岁，各方面都挺般配的，两家办了订婚酒席，房家送了彩礼。后来房援朝上了大学，第一个学年还正常来往，第二年房援朝春节都故意找理由没有回家，要悔婚约的迹象一步步明显了。

刘宝杨说，你肯定把那个姑娘睡了，现在又要把人一脚蹬开，人家可是纯正的黄花闺女呀，你这狼心狗肺的东西，农村讲究这个，你不知道这个规矩吗。老房无声地咧开嘴，一脸的羞赧色，一会儿才说，骂得好。再多骂几句，就像领导那样。刘宝杨说，谁是你领导，我才没有那个闲心思呢。

在恢复高考后七七、七八级的大学生中间，类似的情况很多见。经常有女子几百里路寻夫，手牵着会走路的孩子，到宿舍楼追寻当代“陈世美”，痛诉某某人过去的斑斑劣迹，说没有自己的牺牲就没有某某人的今天，等等；另有性情刚烈的汉子，闯进女生宿舍楼，不顾体面地骂出一连串的脏话；也有文弱书生类型的，高呼某女子的姓名，声泪俱下地哭道，你难道忘记了，救你于水深火热之中的情人吗？

后来的专家有研究文章面世，说新中国成立之后有三次离婚高潮。第一次是初期，以许仲杰父亲那一批进城做了官的为代表，休妻毁约，忙着新娶城里的女学生。第二次是“反右运动”之后，一大批人被打成“右派”送去劳改之后离婚，以冯爱玲的父亲为代表。第三次是“文革”之间和之后的离婚潮，前后十多年波及了千百万个家庭，房援朝勉强可以代表其中一类人。这三次离婚潮，到底涉及了多少家庭，遗憾的是专家至今没有给出具体数字。

刘宝杨读大学以后，学会了从历史角度看现实问题，从经济发展看社会生活的变迁，他懂得了，每一次的社会大动荡、大变革时代，个人的命运其实跟大森林起火，兽类们都作鸟兽散，跟突然被主人遗弃在郊野的小狗没有什么区别。他几次看见系党总支书记好言劝慰，送走了来告状的房援朝未婚妻之类的男男女女，站在那里若有所思地说，全国此类情况甚多，容当统筹解决。

刘宝杨说，我在农村待过，其实找个农村媳妇也很好，每天衣来伸手，饭来张口，生了一窝孩子也不用你操心，摸摸脑袋都长大了。老房听了，直是摇手，说道，你那是偶尔尝尝鲜、解解闷，日久天长地在一起过生活，还是需要有一些共同的语言。

刘宝杨说，现在学校里，满世界都听到这个话，共同语言共同语言，这都是在谈恋爱时一对狗男女说的托词和昏话，到头来谁还不是柴米油盐酱醋茶地过一辈子，你应该学一学人家胡适先生，成了文化大师了，也是糟糠之妻不下堂，看你还是老党员哪，一点精神境界都没有。老房听了就“嘿嘿”地笑，知道是故意损他开心，也不在意，摘下帽子戴上，戴上又摘下来。

刘宝杨翻遍了自己的口袋，一共不到十块钱，说，我宿舍里还有十几块，你都拿去吧，我也只有这些了。老房就点着头千恩万谢的，说道，救急就是救人，你不知道，跟别人都不好意思开口，我口袋里买一包“东海”香烟的钱都没有了，这个月的饭票也还没有买呢。

后来刘宝杨知道了，老房正在跟本系七九级的一个女生热恋，那个女生是应届考生，正值少女好年华，青岛人，长得身量高挑，站一起，比房援朝还高了半个脑袋，大眼睛、大嘴巴、大胸脯，不笑不说话，整天快乐得像一只“喳喳”叫的喜鹊。房援朝一说话，那女生就把崇拜的眼神直投过去，老房看见了，就更加兴高采烈地高谈阔论，亦师亦长的做派，一种十分惬意的模样。当时，男生群体看见这一对男女，相互依偎走在林荫道上，大多都觉得不相称，有好事者为此编了打油诗，贴在女生楼前的告示牌：我是黄泥巴，你是一朵花，没有黄泥巴，你往哪里插。女生走过看见，都笑作一团。以后，此类情况很多见了，很快大家就改变了看法。大三暑假，房援朝和那女生俩人都没有回家，山盟海誓地把今后的规划都做好了。

老房说，人家是独生女，他父亲还是一个区长，高中毕业没有下乡，在家待了一年多，然后就考了大学。刘宝杨听了，笑道，老房你这家伙，我知道你心里得意的，看重这个是没有经过任何污染的花朵，将来的老岳父还是一个靠山，是吧，你可是在滚水里煮过、碱水里泡过、酱缸里腌过的。他心里想，又是一个阴谋与爱情的故事，一个单纯的姑娘，被一个老奸巨猾、经历复杂披着羊皮的狼猎获了。房援朝笑笑，说道，你也别这么说我，咱俩半斤对六两吧，彼此彼此。停顿一会又说，哎，从前不懂，现在知道了，我们都是学经济的，婚姻其实就是一场男女双方的投资经营，不考虑利益是虚伪的，为了利益冒险是值得的。

在图书馆看书的时候，刘宝杨翻到夹在笔记本里姜红薇写的那张字条，仔细看，一行字写得很好看，字体流利又娟秀，真不像是只读过初中的人写的，比他的字写得好，以前刘宝杨父亲就多次骂过他，字写不好，将来工作给领导的第一印象就不好。父亲文化程度不高，却写得一手好看的毛笔字和钢笔字。有一件事很奇怪，父亲那一代人，很多人没有读过什么书，但却可以写一笔漂亮的字，他莫名其妙地摇摇头，搞不懂这是什么原因。

过了一段时间，专业课布置了一次对实体经济调研的作业，刘宝杨通过系里联系了姜红薇所在的那家化工厂，约了寝室里的几个人一起去。老房明白他的用意，开他玩笑，说，朋友妻不可欺。刘宝杨说道，这个女人我可不敢沾她，如今就是倒贴给钱，我也不干，我就想看看，这个女人在人前人后到底是个什么样的人。

化工厂位于城市近郊，一处靠近长江冲击滩的开阔地带，职工有一万多人，是当地的工业纳税大户。工厂党委宣传部一个女干事接待了他们，一见面很热情地说，你们是恢复高考后第一届大学生，很稀罕的，将来都是各行各业的栋梁之材，希望你们多看看，将来毕业欢迎到我们企业来，我们现在特别需要懂经济的管理人才。交谈之中，刘宝杨有意套话，了解到姜红薇现在是工会的干事，还兼做播音员工作，叫“以工代干”，有一个女儿，丈夫是军队转业干部，现在也是一家工厂的领导。刘宝杨看见宣传栏里贴着一张海报，通报职工演讲比赛各个分厂产生的选手，决赛将在下午举行，再看参与决赛的名单，排在第一位的就是姜红薇。

刘宝杨跟谁都没有再提这件事情，下午找个理由，一个人到了厂部的大礼堂，里面已经是座无虚席，气氛很是热烈，看来这个活动很受职工的欢迎。姜红薇出现在台上，气质和装扮都让刘宝杨眼睛一亮，她说，今天我演讲的题目是：“我与一本书一路相伴。”

我的父母都是工人，而且他们都在规模很小的街道办的厂子，父母只读过小学三年级。从我记事开始，我们家就找不到一本完好的书，除了一个小本的哥哥用过的新华字典。因为家里孩子多，我从小就在清贫的生活环境里成长，但是，却跟两个哥哥和一个妹妹不一样，特别喜爱读书。因为没有钱买书，找同学借书、去文化馆看书，就成了我读书的主要渠道。说来惭愧，像我这样只读过初中的人，却成了近视眼，只有我自己知道，那是因为家里只有一盏十五瓦的灯泡，悬挂在屋子中间，我每天晚上搬来一张小凳子坐在底下看书，久而久之，多年下来，眼睛就近视了。

刘宝杨很吃惊，一下子就被这一段话吸引住了，全场也立即安静下来。只听姜红薇说道：

> 我至今仍然记忆犹新，那是我上初一的一个夏天，我在家门口碰见收垃圾的老伯，在他的平板车上，我看见一个既熟

悉又陌生的字眼一闪，也许是冥冥之中有神灵感应，我停住了脚步，定神仔细看，是一本书的名字：《金蔷薇》。我知道，这是因为书名中有一个字跟我的名字相似，于是，我就求老伯能不能把那本书送给我？老伯说，我也是靠着收垃圾、卖废品挣钱养家糊口，这样好了，你给我一毛钱吧。我立即翻遍全身的口袋，却只找到五分钱。各位也许不知道，在上海炎热的整个夏季，我都不会买冷饮喝、买冰棍吃，看见同学买，我会借故走开，因为我必须节省下来每一分钱，用在买书或者给自己添一件新衬衫、一双新鞋子，我毕竟正处在非常爱美的少女阶段。我对老伯说，老伯，今天我真的只有五分钱，你把书先给我，等明天我会记得还你五分钱。老伯听我这样说，叹一口气，说，小囡囡，我不要你的钱了，书你拿走吧，就算是我送给你的。但我还是把那个五分钱的硬币放在老伯的平板车上，拿着那本《金蔷薇》，如获至宝，高兴地唱着歌跑回家。

这本书的封面有一些污迹，我回到家饭也不吃，赶紧用旧画报给书包了封皮。从此以后，这本《金蔷薇》就成了我每天必读的书。我可以这样说，我能有今天的一切，各位朋友你们所认识的我这个人，都与这本书大有关系。是这本书开启了我对美好世界的认识，对美好人生的向往，对美好情感的追求。从此，我变成了完全不一样的一个女孩。我的作文开始经常被老师选为范文，由我在全班给大家朗读，我写的第一篇短文在学校的校刊上刊登了，使老师和同学们刮目相看。只有我知道，是这本《金蔷薇》，开掘了我对于文学艺术的爱好，于是，我成了学校年龄最小的记者、广播室的播音员。一年时间过去了，我读了几遍《金蔷薇》，又借练习钢笔字开始抄写这本书。以后，这本书又跟着我去了农村插队，伴随着我度过了人生最艰难、最刻骨铭心的六年生活。在物质生活贫困、文化生活匮乏的那些年，我手捧着这本书，就感觉拥抱着一个丰富多彩的世界，就像书中所描写的那个故事，一个巴黎的清洁工为他心爱的姑娘收集金粉，经年累月，积少成多，打出一朵金蔷薇送给姑娘，表达他的爱情，我也在日积月累地打造自己的金蔷薇，立志要实现自己的人生理想。

两年前，我获悉市区新华书店新进了一批世界名著，我想到应该会有这本书再版，就凌晨四点起床赶到书店，终于买到了一本崭新的《金蔷薇》。如今，在我的书架上，一共有三本《金蔷薇》，一本是我十四岁时花了五分钱买的，一本是我历经艰难岁月抄写成书的手抄本，一本是我近期买到的再版新书。在我走过的岁月路途上，我读到的书中的每一句，抄写的每一段，都是滋养和陪伴我成长的花瓣，十几年来，每一朵花瓣铺成了一条金蔷薇花之路，送我走到这里，我还将沿着这条金色的光明之路，走向明天和未来。

全场观众在姜红薇转身走向台口的时候，才从静默之中反应过来，继而爆发了经久不息的掌声。刘宝杨使劲憋着，才没有让眼泪流下来，周围坐着的好些职工都是多次擦拭着眼泪，一片“唏唏嘘嘘”的叹息声。刘宝杨也跟着大家使劲鼓掌，看到姜红薇在跟前排几位观摩的领导握手。

刘宝杨被人群裹挟着走在路上，眼前的印象，怎么也重叠不上茅河岸边的那个姜红薇。

二十二　冯家后院风波乍起

南方的雨季，雨下起来就是连着几天。

一天晚上从教学楼出来，雨下得很大，冯爱玲一路紧跑，看见一处楼门，赶紧低着头跑进去，直接撞在一个人身上，见他却并不像平常人一样避让一下，仍然低着头就着楼门顶上的灯光看书，头都不抬的，冯爱玲没有见过这种傻不啦叽的人，开口责怪，说，你是故意的还是装傻呀?

那人抬头，说道，这位同学，是你碰到我的，而我本是好好地站在这里的。冯爱玲听他的口音，判断是上海本地的，就不想跟他理论，瞥他一眼，站到一旁去了。

大雨像扯不断的棉线，织成了一道巨大的雨幕，“哗哗啦啦”的雨水从楼顶直泻下来。冯爱玲抱着膀子站立着，希望能看见一个路过的同学。站得也心烦，她就来回走几步，当作活动一下身体，侧脸瞄一眼，那个人还站在原地看书，旁若无人。她想，看来他不是装的。闲得无聊就哼起一首歌，自我感觉还挺好，于是声音就大了，那人把书放下，等到她唱完了，看着外面的雨，说，蛮好蛮好。冯爱玲也不理他，继续唱下一首。

那人见她不理睬，于是又接着看他的书。这样子却把冯爱玲好奇心挑动起来了，她想，这还真是个怪人，我再唱下去岂不是给他看书做伴了。于是，就使用了女人惯用的手法，说，哎，这位先生，你住哪个楼，能不能请你跑一趟，帮我借把伞？那人说了宿舍楼号，说道，这样大的雨，我跑回去也淋得透湿。冯爱玲问道，那你就在这里等着？那人说，回到宿舍也很吵，倒不如在这里看书安静，一样的。冯爱玲听见感到无望了，她想，完了，算是碰上了，鸡同鸭讲。但凡遇到一个有些心思的男生，还巴不得趁机结交一个漂亮的女生呢，别说这时让他冒雨跑一趟借伞，就是冒着枪林弹雨的，他也要假戏真做地表现一番，竟然碰到这么个猪头，这可怎么办？

这次偶遇之后过了几天，物理系跟化学系联合上篮球课，冯爱玲又看见了那人，白天看上去跟晚上大不一样，那人长圆脸，一头半长齐耳的黑发有些卷曲，秀琅架眼镜，眉目间也是蔚然深秀，看他一身衣服、皮鞋的质料和做工，冯爱玲知道此人出身必非一般工薪阶层人家，因此，就很留意看他的动向。

学校为了培养学生的体育爱好，增强体质，每学期都安排重点体育课程，今天篮球课两节连着上。那人很讲究，换了一双鞋之后，根据老师的要求做完了规定动作，转身就坐在一边待着，冯爱玲故意坐到离他几步远的一侧，装作看别人玩球，化学系的女生有几个跟她认识，其中一个走过来坐下，说，冯爱玲你跟侯俊杰认识吗？

冯爱玲看她一眼，问道，谁是侯俊杰呀，不认识。那个女生说，那我看你们俩坐到一起，以为你们认识的。那人这时转过头来，才认真地看看她，点点头。那天吃过晚饭，冯爱玲耳边一直回响着“侯俊杰”这个名字，觉得很上口，想想知道了，这个名字跟许仲杰有关联，觉得有些黯然神伤。

以后的交往几乎都是冯爱玲主动，侯俊杰倒是很听话，怎么安排怎么是。第一次出去看电影也是冯爱玲买好了票，黑暗中，她以为侯俊杰会有所小动作，哪知一场电影看了大半，他一直很入戏，静坐如钟，看到动情之处，跟着剧中人一起动感情，鼻息一阵阵加重，眨巴着眼，倒是冯爱玲左看一眼右看一眼，有些燥热不安。迅速让他们恋情升温的也是出国留学的计划，侯俊杰已经过了谈论这个话题的时候了，他正在着手申请美国的几所大学，希望尽早去美国读书。冯爱玲被他带动起来，也改变想法，很快跟大姑妈联系，请她做赴美读书的经济担保。冯爱玲跟侯俊杰交往之后知道了，他本来没有很多男生要在大学期间谈恋爱的想法，侯俊杰的父亲就是本校化学系的知名教授，他的父母早就跟他商量好了人生目标。

侯俊杰比她大七岁，冯爱玲对他这个年龄很满意，有一种父兄般的感觉，因此，俩人在一起时就故意喊他“老侯”，一声一声地叫，侯俊杰开始还有些不喜欢，担心把他叫老了，几次纠正她，却是拗不过冯爱玲娇声嘘嘘的口气，喊着喊着，连他也觉得自己就是老侯了。老侯也是知青出身，在安徽淮北农村插队七年，旁人从他言谈举止看不出那些年的艰难困苦带来的痕迹，他平常不多说话，从来也没有听到他口吐脏字，跟所有人不冷不热地保持着距离，爱整洁，衣冠楚楚，一双皮鞋每天保持铮亮，冯爱玲去过他的宿舍，其他人的床铺多少都有些凌乱，只有侯俊杰的干净整洁，比女生还讲究，很多不认识他的人在教学楼里碰见他，都以为他是本校的青年教师。

一个星期天，冯爱玲带侯俊杰去小姑妈家，意思是帮助她看一看。侯俊杰很会做人，在巷子口买了几斤时令水果，加上从家里带出来的一盒进口巧克力，冯爱玲也觉得挺有面子的。小姑妈事后一连说了几个“蛮好”，还说，我一进门看小侯的一身衣服，就知道那不是小户人家出来的，囡囡你还是蛮有眼光的。

暑假计划集中时间突击学习英语，冯爱玲留在学校没有回家。冯爱玲去过侯家一次，是一栋建于二十世纪三十年代初期的二层小洋楼，砖木结构，青砖立面，原来是带有一圈花园的，后来几十年，周边陆续建起了一片住宅，侯家被包围在里面，经过没有规划见缝插针建起来的那片住宅小区，一路弯弯斜斜地走到侯家那座小楼，倒有了一种庭院深深的风格。听侯俊杰说，这原是他祖父修建的，“文革”期间住进了几家住户，也是前几年才迁走，完整地归还给侯家。冯爱玲说，我们家的院子还在催促房管局，安排几家住户迁走，还要修整，应该更麻烦一些，需要一些时间。

听了她的一番叙说，侯俊杰很有兴趣，说道，我以前在安徽去看过徽州那一带的民居，真是蛮漂亮的，你们家这座院子一定要想办法要回来，将来可是价值连城，我敢肯定。冯爱玲说，价值怎么样我不知道，我是蛮喜欢这座院子的，从小住习惯了，这件事情都是我一直在盯着办。

夏天，一直在学校待着，整天看书，伙食单调，也很烦。此时看见留校的男女，都是成双入对的，进出男女宿舍楼，有的手里拎着一点菜，偷偷烧电炉，俨然小夫妻过日子的模样，黑黢黢的走廊里，经常飘出一股油烟气。这一天下午，侯、冯二人约着出去看电影，暑期看电影的很多，买票的时候排出很长的队伍，侯俊杰显出了少见的机灵劲头，只见他很快瞄准了一个年纪相仿的女士，过去跟她闲聊起来，很快就站到了她的身前位置，装作熟悉的人。冯爱玲看见，自己替他不好意思。想到这个家伙，什么时候都是见机行事。从电影院出来，他带着冯爱玲走街串巷，绕着几处繁华闹市，一路讲给她听他小时候的故事，末了说，我们去吃正宗的杭帮菜。侯俊杰带着她找到一家酒楼，乘坐电梯直达顶层，在那里可以瞭望到中心地带的璀璨灯光，这座城市正在日新月异地恢复它大都市的面貌。

侯俊杰要她当晚不要回学校了，告诉她父母去青岛旅游去了，家里很安静。冯爱玲想想，跟他也到了生米煮成熟饭的时候了，说，那我们说好了，各睡各屋，不准侵犯我的领地。侯俊杰说道，你了解我的，我不是那种随便的人。

进了侯家客厅，冯爱玲看见书柜里有一些唱片，欧洲古典音乐为多，还有几张梅兰芳的京剧唱片，她很好奇，拿出一张，这时侯俊杰问道，你喜欢听京剧吗？冯爱玲说，不喜欢，除了样板戏，我没有听过别的京剧。侯俊杰说，其实，京剧的梅派旦角唱腔优美，非功底深厚唱不出来。他拿着唱片，缓缓停顿，读出上面的文字，梅兰芳的嗓音圆润甜脆，温婉华丽，有很高的音乐水准，他让京剧旦行的唱腔、表演艺术臻于完美的境界。冯爱玲笑笑，说，你别在那里吊书袋子了，你跟谁学的喜欢京剧，跟你爸？侯俊杰说，不是，跟我妈，后来我爸也变得喜欢京剧了。我们听一段吧，我看不了整场的京剧，只喜欢听一些著名的唱段。

冯爱玲说，我就看不得以前的京剧男作女相，扭捏作态的。侯俊杰听了，说，这是一种很常见的误解。其实最了解女人的是男人，因此，也只有男人才更清楚，女人怎样的神情和姿态最雅致、最优美，女人对自己的姿态反而通常不会在意，由男人模仿做出来就出神入化了，特别是表现女人内心的情感活动，就比女人还女人了，表演出来让女人看了也惊叹不如。冯爱玲说，你这是什么理论。侯俊杰说，哪里是我的理论，从小听我妈说过很多。侯俊杰打开冰箱，问道，有汽水和酸梅汤，你喝点什么。冯爱玲说，酸梅汤吧。听了一会，他坐过来，抱住了冯爱玲。冯爱玲让他抱了一会，手一抬，说，行啦，都是一身的汗，腻歪死了。冯爱玲站起来，举手拢一下头发，她头发多而且厚，一只手抓着，举在脑后，说，去把我的书包拿来，里面有发卡。侯俊杰拿过她的包，走近了，又抱住她，把脸贴近她的脖颈，冯爱玲说，热，松开呀，我要洗澡。

她洗过澡，身上散发着水气走过来，侯俊杰指着一间房，说，你睡那间大的房间好了。她走进去，看见里面是一张双人床，灯光是昏黄的，闻到一些暗香浮动，头也是昏昏的，她转过身，说道，好了，你去睡吧。却发现侯俊杰是贴身站着的，直接一把就揽她入怀了，她刚说出一句，坏蛋，说话不算数。就被他的嘴唇封住了，俩人一阵热吻，其后的过程他是翻身腾挪，熟门熟路的，冯爱玲忍受了那一阵皮肉撕裂的锐痛之后，一会就被他搞得娇声连连、气喘吁吁的了。那一套床上动作做得有板有眼的，如行云流水，兴奋之中，她有那么一刹那的清醒，突然明白了，他肯定是个老手，她暗自想，原来这还是一只披着羊皮的狼。

半夜醒来睡不着了，她频生诸多感慨，就像精心保存了好多年的一件心爱的物件，毫无准备地就相送与一个原本不相干的人，转身过后，自己心里却落得空落落的。

第二天，她对侯俊杰又捶又打，逼他交代过去跟几个女的上过床。侯俊杰说，没有，哪里有这样的事情，我在农村很老实的，再说，那些年，家里的父母都在倒霉，谁看得上我这样没钱没势的人。此后，无论冯爱玲巧言温存或是威逼耍横，侯俊杰一口咬定说没有，而且态度坚决、神情淡定，搞得冯爱玲很无奈，说，你好像受过地下工作者训练的，不管怎样地严刑拷打和威逼利诱，坚不吐实。

从此，冯爱玲得机会就要旧事重提，追问侯俊杰的过往经历，说，上大学之前的经历，你肯定对我隐瞒了很多事情，你就不是一个坦诚的人。有一次，侯俊杰被她搞得有些烦，说道，爱玲，你外表看上去蛮沉静的，温文尔雅的，其实还是很厉害的。冯爱玲眼睛一横，说，怎么了，现在才知道啊，后悔啦？侯俊杰连忙说，没有，没有，其实也蛮好，我母亲也是这样的，南方女人聪明能干，都是这样的，我知道。冯爱玲说，什么意思，南方女人，这么说，你结识过北方女人了。好吧，跟我说说吧。侯俊杰听了，着急摆手，说，没有，没有，我就是一个比方，根据一般性的常识。

因为有姑妈的经济担保和援助，冯爱玲在大三下学期就拿到了美国加州一所大学的录取通知书，而陈佳芹一直在等待消息，她已经连续给美国几十所大学发去了申请书。不久，依靠父亲的帮助，侯俊杰也接到了芝加哥大学的录取通知，虽然没有拿到多少奖学金，但是对于侯家来说，选择好学校是第一位的，其他的他们有能力承担。

陈佳芹最大的问题是家里的经济能力，海外亲友在关键的时候并没有伸出援手，多年不见之后的聚会，一时热泪盈眶的感动和承诺，经过一番沉淀，就如烟消云散了。她很苦恼，说，钱钱钱，如今我才搞懂，这一年多的时间，搞来搞去的，都是这一个钱字，钱是一个什么鬼东西？

冯爱玲看着她清秀的小圆脸，尚未浸染人间烟火，说道，钱，说到底，就是你需要的时候的通行证，或者是你开山辟路的时候要用的一把手杖。

冯爱玲准备出国的那一段时间，经常往来学校和家里之间，冯家发生的几件事让她又受到了一次伤害。父亲从劳改农场回家后，安排了工作，很快找了一个女士结婚了，是一种急吼吼，一刻都不能耽误的态度，结婚也没有事前告诉冯爱玲，这是让她很不高兴的做法。冯爱玲见过那位女士，三十七八岁的年龄，听奶奶说，她是“文革”开始前一年毕业的大学生，一直单身没有结婚，父亲像捞着一把仙人草，十分欢喜，就像人们形容的那样，焕发了第二次青春。冯爱玲回去住几天，爷爷奶奶知道她过一段就要出国，都集中心思帮着她准备各种东西，父亲只陪她跟家人吃了一顿饭，第二天就偕新妇同游黄山去了。

冯爱玲故意说，他们俩搞不好会给我带回来一个同父异母的兄弟吧？奶奶说道，怎么会的，都多大年纪了。小姑妈专门从上海跑回来几趟，要求分冯爱玲爷爷补发的各种薪金。小姑妈按照她父亲的级别计算过，知道那是一笔为数可观的钱。小姑妈说，我家两个男孩子，将来都是需要钱的，上大学，以后买房子娶老婆。冯爱玲听了，暗想，天下没有这样的事情，做父母的，养大了女儿，还要负责给孙子辈买房。冯爱玲也是个不省事、不怕事的，那几天，小姑妈回来要安排住处，小姑妈说，我就跟囡囡住一个屋吧，挤两个晚上。冯爱玲故意不给小姑妈面子，说，我一个人住习惯了，多一个人晚上睡不好。小姑妈心里明白，这是故意给她难堪。但她知道自己这次来有求于人，理短，按捺着，冯奶奶见状打圆场，说，有地方，有地方，在那间小书房搭张床吧，也安静。

冯爱玲跟奶奶说，见过这样的人吗，从前我到她家住几天，您让我给的钱，住大饭店都够了，还要给她家做半天家务劳动，算计得好厉害。提起往事，奶奶说，你说的这个，我比你更清楚，她只会从我们这里往她家里扒钱。冯爱玲气哼哼地说，知道爷爷补发钱了，就急吼吼地跑来要，从前她过年过节都见不到个人影子，我们那么难过的年代，她知道我们靠变卖东西过日子吗，恐怕我们没米下锅了，她也装作不知道。这么多年，她尽过什么当女儿的责任吗。奶奶拍拍腿，哎，也不能这么说，她那个家，就两口子挣工资，啥人也帮不上，日子过得也不宽裕，所以就把钱看得重一些。冯爱玲说，按照法律，就是不给她，她也不能怎么样。爷爷说，哎，你说的这是孩子话，气话，都是骨肉至亲，不要因为钱，撕破了脸。奶奶说，那些钱，我跟你爷爷也没有跟她说全部的数额，留给你的有一份。冯爱玲说，我不是稀罕要那些钱，我就是特别看不惯这样子做人。爷爷奶奶听了她这番话，沉默着，轻声地叹气。

冯爱玲和小姑妈都是厉害的角色，小姑妈临走之前跟冯爱玲大吵一架，终于撕破了脸面。那天，冯爱玲听见小姑妈催促着奶奶，要去银行提取一笔现金，终于忍不住了，说，你们家也并不是困难到揭不开锅的地步，就这么着急要钱吗，不至于的吧，要说分钱，放到明面上算，一五一十地，也要算上我的一份。

小姑妈一听，神态愣住了，缓过心思来，终于发作了，说道，你算什么东西，我是我父母嫡亲的女儿，钱，这个院子，还有那些地产、房子，原本跟你就没有关系，你要是想要一份，也是跟你的父亲要他的那一份，晓得不晓得，你读书读到腿肚子里去了，跟我说这个，你还不够格，我可以分分秒秒认不得你是谁，你还不要跟我耍横，我是说到做到的。

此话一出口，就如口吐钢钉，一个个地就钉在人的身体上了。冯爱玲顿时如气绝一般地呼吸困难，说不出什么话，只是瞪大眼睛看着自己的这位亲姑妈。奶奶赶紧作和事佬，推着、赶着她回到自己的房间，爷爷什么话都不说，一个人默默地站起身来，走到后院去了。

冯爱玲在回学校的火车上一路沉默，仔细想来更是黯然神伤。冯家给外人的印象是家道中落，这几年又都知道冯家发了财，都在疯传得了多少多少的钱。那个后妈倘若不了解冯家的底细，凭什么嫁给父亲，一个年近六十又一身病的人？她将来必定又是她冯爱玲的暗中对手。说什么骨肉至亲，在钱财的面前，到头来都是为了自己而不顾其他，变脸比变天还快，变天下雨还先落几个雨点。她想到，父亲现在都是听后妈的，肯定是靠不住了，小姑妈摆出来一副要当家的架势，根本目的就是为了要钱，恨不得马上就把院子卖了，父亲不是她的对手。她突然想到这个时候出国并非明智之举，出国读书以后将来做什么，自己也还是糊涂的。

那一天，冯爱玲不断地想起家里的人和事，心里一阵阵发凉，中午和晚上都没有胃口吃饭，整个人就像一场大病初愈。

二十三　看不见的手

刘宝杨在大四上学期入党了，全班只有一个被批准入党的学生，房援朝做了他的入党介绍人。

刘宝杨的各科成绩在班级虽说列不上前茅，也还不错。临到毕业之前两个多月，系党总支书记找他谈话，表达了希望他留校的意思，接着系主任又跟他谈，先是明示刘宝杨考他的研究生，肯定他是一个有培养前途的学生，将来应该能成为专家型的领导，系主任一番分析之后，说，二十年左右吧，你也能坐到我这样的位置。

刘宝杨的父亲不同意儿子留校，一番义正词严，说，你开始不是明确说要去省直机关吗，当然还是应该这么选择，你们是恢复高考后第一届的大学生，现在可是人才奇缺的时候，你选择留校，准备一辈子做个教师，又能搞出什么名堂来?

刘宝杨有自己的想法。他想到系主任说过的话，先读他的研究生，拿到硕士学位应该很轻松，二十年左右，就能坐到他那个位置。他觉得很好，毕竟经过四年的专业学习和训练，刘宝杨已经把自己重新打造了一遍，不仅成熟沉稳了很多，也具备了一些为理想而献身的精神。另外，他利用实习机会也在省直机关待了一段时间，发现那种人人戴着面具，处处暗流涌动的生活，也让他感到心惊肉跳的，反而觉得倒不如在高校，人际关系和竞争环境，相对要简单一些，专家型领导，他喜欢这个社会角色和人生位置。

房援朝听了，也觉得不无道理，又好像是羡慕似的，说，我就要过那种坐办公室，朝八晚五，明日复明日的生活，你看这大学校园，有安静的去处，也有热闹的去处，怕也真是动静相得的好地方。刘宝杨说道，老房，你这家伙老谋深算的，道很深，我跟你比不了的，往后混到了升官发财的时候，别忘了弟兄就是了。

说话间就到了大家要作鸟兽散的时候了。刘宝杨提议同寝室的人去照相馆照一张集体照留念，刘宝杨那一天身边还伴着一个姑娘，是医科大学八〇级的女生，竟然也姓刘，叫刘春，已经跟刘宝杨拍拖两年了，基本确定了关系。

中午先是找了一家餐馆，大家凑份子钱吃了一顿大餐，有酒、有鱼、有肉，似乎都是从苦日子过来的，又夹杂了即将毕业的话题，席间就不免产生了诸多感慨，既有豪言壮语的未来宣言，也有小溪流淌般的温情回忆，八条汉子都是拍肩打膀地说话，出现了一番感人的景象，把一旁的刘春姑娘看得一惊一乍的，想到男人们动起感情来都是真实的，说到激动的时刻，只差了模仿古代歃血为盟结拜为异姓兄弟了。

吃饱喝足了，就齐聚照相馆，又为在照片上写一句什么话讨论开来，一个说，就写我们曾经在一起。

有人说，不好，太没有情调了。

另一个说，直白点吧，同室相伴四年。

大家哄然大笑，说道，你家伙还不如说同居四年呢，将来老婆看到了说不清楚，自找麻烦，又是何必？

有的说，我们一起走过青葱岁月。大家一听，说，哎，你别说，这个听起来还有点那个意思。

老房接过来说道，什么青葱岁月的，我就没有，一进校我就快进入中年了，如果那时候生了儿子，现在都能拿钱去打酱油醋了。

照相馆的师傅听了，为了帮忙而出主意，说道，忆往昔峥嵘岁月稠，这一段时间用的人很多。大家听了还是摇头，说，太滥，不好，用得太滥。

刘春跟着着急，说，我们不会忘记。大家不说话，那意思是看在刘宝杨的份儿上，以沉默来否定。

刘宝杨反而一激灵，说道，干脆写，苟富贵勿相忘。

大家听了竟然都齐声说好，老房说，解气，有气魄，就是要这个意思。

老房对刘春说，我说弟妹，你们俩人趁着今天的热乎劲儿，也拍一张订婚照吧。大家都起哄叫好，刘宝杨对房援朝眨一下眼，觉得正和他意，也不说话，用眼光征求刘春的意思。

刘春有点脸红，说道，什么订婚照，老房你可别瞎说，我跟刘宝杨还早着呢。刘宝杨说，拍一个吧，也是难得来一趟，大家为证，我觉得，也是象征我们的感情日益牢固了。

老房听了，说道，刘宝杨老师如今真是让人刮目相看了，说起话来不是引经据典，就是出口成章的，富有感情色彩。

刘春想一想说，那就拍一张全身的吧，给他做个毕业纪念，不拍半身那种的。房援朝听了，一声坏笑，嘎声嘎气地说道，刘姑娘，既然全身都给了，还差那个半身吗？大家一起哄笑，气得刘春甩起书包要打房援朝。

刘宝杨看着刘春追打房援朝，觉得她还是个不谙人事的小姑娘，对这一点他尤为满意。入学不久，他利用身为班长的一些便利机会，在得到班主任老师的允许之后，不但浏览了全班男生的档案，也特别认真地看了所有女生的履历表，心里就有了主意，他不会选择跟本班女生谈恋爱。为什么？他看过所有女生的履历之后，一是发现大多数不是比他大几岁就是跟他同年，只有两个比他小几个月的。二是通过履历表，了解这些女生都是从社会各行各业、各个阶层考上来的，都经过一些生活的艰难磨炼，少数的更是有过风霜雨雪的心路历程，其复杂的程度不在他刘宝杨之下，这让他失去了追求她们的兴趣。以后，他公开宣称，我不会跟本专业的女生谈恋爱，男生有本事的，也别把眼光盯在本班女生身上。此话一经传出，多数男生叫好，却得罪了同班的一些女生，坏了人家正在经营的计划，有的女生人前背后的，没少咒骂他“断子绝孙的阿Q”之类的话。

医科大学的女生多，有同学带刘宝杨去那里玩，认识了刘春，交往几次之后，刘宝杨就兴奋得好几天睡不好觉。因为他知道刘春是应届毕业生考上大学的，经历单纯，基本上就是一张白纸，而且性格开朗活泼，女孩相貌长得不算漂亮，中等看得过去，身材正是他一直喜欢的，丰满结实有肉感的，就是皮肤稍黑，刘宝杨想他自己的皮肤也不白，正好吧。一次房援朝见过刘春之后，有些为刘宝杨惋惜，跟刘宝杨提到班上的某某女生，说，她的脸盘、身材、皮肤，哪一样都比这个姑娘强多了，你这是什么眼光？

刘宝杨说，什么眼光，历史的眼光，用历史的眼光审视现实的问题，这是科学研究的方法。老房说道，谈恋爱是动心，不是搞课题动脑子。刘宝杨想，自己以前既不动心也不动脑子，无论对谁，无论多少次都是这样，只是动专属男人的那个器官，甚至连嘴都爱动不动的。这次对刘春是动了心，也动了脑子。当然，他不会跟老房说自己过去的故事，他坚持这个原则，个人的隐私一旦说出去了，那就不属于个人的了。

刘宝杨的身份改变为经济系的青年教师，从七八个人一间，总是臭烘烘、闹嚷嚷的男生宿舍楼，换到两个人一间的单身教师宿舍，两张单人床，各人都有自己的书桌，各方面的条件用一句话形容，同样大小的房间，过去住八个人，现在住两个人。刘宝杨心里既有踏实也有兴奋的感觉，跟那一批留校的青年教师一样，暗自下决心，安下心来读书做学问，屁股要有坐十年冷板凳的准备。中文系有豪情迸发的好事者，写了一张条幅贴在洗漱间，有道是：板凳要坐十年冷，文章不写一句空。大家上厕所或洗漱都会看到，有的刷着牙，咕哝一句，说，干什么呢，洗脸撒尿的时候，都不让人轻松，非得贴在这里。有的说，人跟人的屁股不一样，几年以后就有人坐不住的。

刘春来了几次之后，说这里特别适合自己看书，疲乏的时候，可以出去转转，趁着房间另一个人有事出去了，俩人还可以亲热一番，从职工食堂把饭打回来，俩人挨在一起吃，刘春爱搞一些小孩子的动作，间或伸出筷子夹着菜给他喂一口，还要撒娇，坐在刘宝杨的腿上吃。有时候俩人偷偷地使用电炉炒一个小菜，刘春就兴奋得"呵呵"笑，以为这就是幸福生活了。但是，不管怎么亲密，刘春坚决把握着最后一道关口，说一定要等到她毕业之后。刘宝杨表现出清心寡欲的模样，或浅尝辄止，或不动声色，像电视里播出的，非洲大草原的花豹潜伏在猎物的身边，身上的皮毛已经进化到跟大地和草原浑然一色了。刘春就相信了他说的，以前就在高中时期谈过一次恋爱，女孩的名字和模样都交代了，谈了多久，到什么程度也说了，当刘春听到任菲后来的结局，很茫然，想了一会儿，说，听你说起这个女孩，还挺有感情的，师范学院就在旁边，你怎么不找搞舞蹈的，我们学医的，多死板啊。刘宝杨沉着脸，说，还找搞舞蹈的，现在我在电视里看见有人跳芭蕾，心情就不好。刘春看了，伸出手，摸摸他的脸，说，哎，真可怜。

有一次，刘宝杨故意挑起一个话题，说，刘春，你是学医的，你说说看，喜欢上一个人，是先动了感情呢，还是先动了身体的器官。刘春想也不想，马上说道，当然是先动心了，才会喜欢。

刘宝杨说，那心也是器官啊。刘春说道，你怎么不明白，心是个代名词，就是指动了感情。刘宝杨问道，那还是说器官先动起来了，然后带动产生了感情，对吧？刘春听了，一时有些蒙，沉默下来，又说，不对，喜欢上一个人是有很多复杂因素的，心理变化才引起生理的变化。刘宝杨说，是呀，如果生理产生变化了，那就说明是心理变化引起的，这是一个道理。比如说，我一看见你就心跳加快，这是感情在起作用，还是器官在起作用呢？刘春说，当然是感情在起作用了。刘宝杨说道，感情起了作用，自然就通过器官表现出来，心跳就加快了，是这样的吧？刘春听了，似乎同意他的说法，默默点头。

这一天下午，刘春给他带来了两块新窗帘，进门就说，这是我专门到商场买的，赶快，把那个别人的窗帘换下来，皱巴巴、脏兮兮的，就像一块抹布，挂在那里太难看了。刘宝杨一见，忙不迭地端来一张椅子，刘春说，我来吧，你这笨手笨脚的。刘春先登上椅子，再登上书桌，刘春说，快扶住我。刘宝杨双手抱住她的腿。一会儿，刘春嚷嚷，别，别，痒。刘宝杨仰着脑袋，说，我没有干什么啊。刘春急得不住口地嚷嚷，我要掉下来了，要掉下来了，你别这样。刘春按捺不住兴奋，看看窗帘已经挂上了，就一个转身，盘在他的身上，刘宝杨跟着一连串的趔趄，差一点摔个仰面朝天，他想，多大的重量，亏得自己有多年体育训练的本钱。走几步把她搬动到床上，“咚”的一声闷响，刘春的脑袋碰上了蚊帐后的墙壁，她带着哭腔嚷嚷到，讨厌，疼死我了。刘宝杨嘴里直是说对不起对不起。刘春睁大眼睛说，你快别闹了，你们同事回来，看见多不好啊。刘宝杨说，他昨天刚出差去了，还有好几天才回来呢。

不久，就在刘宝杨正在准备考研究生的时候，一个女人的出现使他改变了人生轨迹，就像火车正在铁轨上运行，他像一只球，突然被一种巨大的力量吸引出窗外，像三维动画电影表现的那样，在天空中划出一道长长的弧线，穿山越岭，飞溅入一片大海，那海的空阔和广袤，是他从来没有见识过的。

一个周末，学校小卖部贴出了一个告示，说明天要到一些奶粉，有需要的请记得购买。刘宝杨看见记住了。第二天一大早就到小卖部门口排队，一会儿身后跟着排上了一个女士，有一种着急赶来的神情，上来就问道，哎呀，还有这么多人排队呀。刘宝杨说，不多，也就十来个人。那个女士说，今天来的这种奶粉是进口的，铁罐装的，很抢手，不一定能买得着。

刘宝杨是不喝奶粉的，他是为刘春买的，看到她这一段时间课程很紧张，刘宝杨鼓励她专业课都要考出好成绩，这对毕业分配很重要。他听她说话，转过身，注意了那位女士一眼，看上去比他大几岁的年纪，身材齐高到他的耳朵，姣好的面容，眉眼之间透着一种傲然的底色，让人过目难忘。刘宝杨虽转身回去，但脑子里刻下了她的影像，瓷白的皮肤，眉眼部分乍看上去有点像当红的一个电影演员。果然，等排到他只剩下了两罐，铁罐本就不大，他带着歉意地看了她一眼，只见她眼睛盯着看印着一只花奶牛的铁罐，说，唉，这个地方真是差劲，买个破奶粉还挺费劲。

刘宝杨这次听出了她说话的口音，一口顺溜的北京腔，就好心说道，干脆，我让你一罐，咱俩一人买一罐吧，省得你排了半天的队也没买着。她“哦”一声，说，好，一大早起来遇见雷锋了，太谢谢了。刘宝杨看见她满脸是笑，露出两排贝壳似的牙齿，在柜台灯光映照下整齐闪亮。

俩人走出小卖部，她很健谈，说，其实我见过你。刘宝杨自嘲地说道，你怎么会见过我呢，像我这样无名小卒，只怕将来老死在宿舍楼里，也没有人知道。她听了，很有女人味地笑得捂住了嘴，说，不至于这样狠毒地损自己吧，好像学校多么地对不住你似的。

刘宝杨看着天，着意挺直身体，提醒自己此刻要保持一些绅士的模样。她说，去年全校运动会，我在会务组帮忙，你是四百米决赛的冠军吧，跑完了，是我一路跟着你对照单位和姓名，又提醒你到哪儿领奖，你可能不记得了，我是外语系的张彬彬。刘宝杨一听，站住了，手抚在肚子上，一躬身，朗声说道，久仰久仰。张彬彬笑笑，说，站好了，别学那样的酸腐气。

张彬彬自我介绍说她是最后一届工农兵学员，留校当教师有几年了，去年学校给她一个机会，让她去英国进修了一年多，主修英国文学，这才回来不久。一路听她说话，声音舒缓温和，很好听。走到宿舍楼分手时，刘宝杨竟然有点怅然若失，希望脚下的路立即延伸开去，可以继续听张彬彬说话。转身说过再见之后，张彬彬对他一瞥而过的眼神，如惊鸿般地在面前掠过，让刘宝杨憋了一口气。

一连几天，刘宝杨走路时默念着心思，希望再次遇见张彬彬。就好像有天人感应，一天早晨，因为晚上熬夜读英语，他们这一拨人，英语都是短板，起来晚了，没有赶上早餐时间，他提着一只热水瓶去开水房打水，准备回来吃泡面，一进开水房，就看见张彬彬正弯腰给热水瓶灌水，他一阵心悸，却故意放慢脚步，等着她先说话，张彬彬回头看见，笑着说，嗨，看来有人比我还要犯懒。刘宝杨说道，我是踩着你的脚印跟来的。说着，就看住她的眼睛，张彬彬说，真会说话，你还跟我去哪儿了。说完，提着热水瓶站在那里等刘宝杨。

他眼睛一转，看看四周此刻正无一人，赶紧说，小张老师，有空我想请你出去看场电影，可以吗？声音听起来有点打战，全然没有在广阔天地里那种说干就干的豪气和霸道。没想到张彬彬听见他的话，“呵呵”发出一阵清脆的笑声，说道，俗了一点儿，都什么年代了，跑四百米决赛的冲劲儿哪儿去了，不过，我听了还是挺高兴的。刘宝杨听见她这么一说，立即大红了脸，一下子恨不得钻个地缝跳进去，很不好意思，想到自己在她面前不老练，很露怯。张彬彬感觉到了他的窘态，说，走吧，去我那坐一会儿，一起吃个早餐吧。

路上，张彬彬昂着头，甩一下发梢，问道，今天有什么安排吗？刘宝杨说，没有安排，现在没人管我。张彬彬听了，又是笑得合不拢嘴，点着头，说，嗯，好，还是个挺老实的人嘛。

刘宝杨的心脏剧烈跳动起来，这是从来没有过的境遇。一年多之前追求刘春，他从第一次约她吃饭，到第一次搬她上床，都是想好了就做，说一不二，一副霸王硬上弓的架势。刘春有时撒娇，好像有所醒悟似的，捶打他的胸膛，叫嚷，你就是一个坏蛋。刘宝杨说，我是跟你在一起才变成了坏蛋，先是动了心才动了器官的。刘春瞪着一双铃铛大小的眼珠，眼神在他的脸上转来转去，很感动的模样，好一会儿不说话。但在张彬彬面前，他感觉从一开始自己就矮了半截，这是很莫名其妙的，她身上那种傲然洒脱的气质，足可以让他朝夕之间变成女王麾下的一名卫士，而且还是自己站直了身体够上去的。

进了张彬彬的宿舍，刘宝杨故作轻松地说，哎哟，张老师一人住一间房啊，真够奢侈的。张彬彬说道，这有什么，如果我想长期在这儿扎下去，要一套两居室的房也容易。刘宝杨问道，这么说，你在这里待不长吗？张彬彬改用英语说，坐下慢慢说，咖啡还是茶？

刘宝杨环顾房间，首先看到是墙上的一张丝质挂毯，中东地区的艺术风格，有金碧辉煌的气势，那是他第一次见到挂毯，从前看过的都是地毯。双喇叭收录机、电视机、冰箱、软垫床，这些东西在当时一般人家还很少见到。张彬彬说，你坐那张沙发吧，挺舒服的，我最喜欢坐在上面看书了。

张彬彬说话之间，拖过来一把折叠椅，挨着他就坐下来，膝盖碰上了，刘宝杨又是一阵紧张，可是看见张彬彬，却见她没事人一样，神态自若，用小勺搅动咖啡。刘宝杨说，张老师生活已经率先达到小康了。张彬彬说，刚才还是小张老师，怎么这会儿就变成张老师了。刘宝杨一时无法回答，想换一个话题，说，小张老师。张彬彬说，打住，难听，直呼其名好吧。刘宝杨笑了，恢复了底气，说，好，以下时间就直呼其名了。上大学之前，你在干什么？张彬彬哈哈一笑，说，工农兵学员嘛，那肯定是工农兵了。刘宝杨发现，张彬彬笑的时候，喜欢嘴张开，唇形和牙齿都很好看，可能她自己知道这一点。刘宝杨笑笑，说，我猜，你肯定是兵了。张彬彬说，聪明。张彬彬很坦率地说起自己的情况。她履历简单但是比较独特，父母是中国驻外使馆的官员，她也在国外出生，九岁回国进入小学插班读书，十八岁高中毕业当兵，一年后，被选进空军专机师暨“空34师”乘务队，二十二岁被推荐进入这所大学外语系读书。她父母现在都是国家部委的司局级领导。在北京，司局级干部很多，但父母双方都担任司局级职务的还是很少见。张彬彬一路走来可谓是顺风顺水的，一个坎儿都没有绊过脚。她一直在考虑调回北京，找合适的单位。张彬彬说，这件事情已经落实了，快的话暑假之后就可以接到调令。刘宝杨说，还是大学吗？张彬彬说，不是，去国家机关，我还是觉得适合坐机关。

刘宝杨听了，很感慨，说，你一路走过，都是阳光灿烂锦衣玉食，而我是风雨坎坷温饱不易的。张彬彬听了，说，犯酸了吧，你的意思不说我也知道，这都是沾了我父母的光，大家都这么看的，没错，事实也是这样，可是我并不是像你所看到的那些干部子弟，这辈子就想躺在父母身上混饭吃，我这些年没有满足过舒服日子，一直都是在摸爬滚打，否则，我也不会争取到英国进修一年，坐冷板凳读书，你不知道，英国菜要多难吃有多难吃，我经常就饿着，一年下来，落下了经常胃疼的毛病。我知道后半辈子，自己的孩子终究要靠自己，我结婚选择丈夫，从来不考虑那些干部子弟，坚持寻找像你这样普通家庭出来的，你们这一拨人，现在是青年才俊，将来肯定都是主政一方的国家精英，因为你们从底层走过，吃过苦、受过委屈，了解中国社会。

刘宝杨听了，说，这是我第一次听到，有人这样分析我们这一代人将来的发展趋势，你比我大不了几岁，看来不同的经历给人的影响是很大的。张彬彬说，你上次跟我说，你要考本校的研究生，我可要给你泼一瓢冷水。应该往北京考才对，否则，在本校读本科，又接着读研，鸡生蛋蛋生鸡，一辈子围着这个土围子转，都能看到二十年后自己的发展，自己的位置，有什么意思？张彬彬建议他考北京一所知名大学的法学专业，说国家将来的经济发展需要更多的法学人才。张彬彬说，你本科是学经济的，如果再有一个法学方面的学位，将来的前程就大不一样了。

本来说是一起吃个早餐，但俩人吃了早餐，然后是午餐晚餐合二为一吃了。一直到第二天上午，刘、张二人都没有走出房间。因为他们说了很多的话，其中的很多话是不能公开说的，也不能随便说。两个青年男女聊了很长时间。经历过的人都记得，一九八四年的中国就是这样的，没有很多娱乐生活，没有很多聚餐活动，信息没有泛滥，人心没有浮躁，人们有兴趣坐下来面对面交流，比较容易坦诚相待。刘、张二人都有相见恨晚的感觉，在俩人上床交流之前，进行了长时间的精神交流、知识交流以及对国家政治看法的交流，这应该说是符合高层次的人类交往规则的，符合文化人、有修养的人、受过高等教育的人所认定的交往规矩的，不是随便起性的，不是像刘宝杨过去那样，进门就要滚床单的。刘宝杨深刻认识到，从进门的那一刻开始，他就处在一种高压状态之下，有关的器官一直很老实地蛰伏在鸟窝里，耷拉着脑袋，只有他的脑筋一直在高速运转，以此来应付张彬彬不断变化和扩展的话题。后来刘宝杨明白了，跟这样类型的女人交往，真是对智商、情商和体能的极大挑战，他居然对付下来了，有一种鲤鱼跳过龙门，焕然一新的感觉，一下子觉得，过去的所有经历只不过是小儿科了，翻过了这座山，他觉得还有什么山不能攀越的，他很高兴，他的器官和脑筋经过了如此严格和高级的考验，全科成绩优秀，赞，必须给自己鼓掌欢呼。

张彬彬知道很多高层传来的消息，很多听起来不能不让人怦然心跳，有的甚至都不敢相信，不知道是真的还是有水分，这当然不奇怪，这是她的家庭和朋友圈的特点带来的。张彬彬给他的感觉是，不说出来给他听是不行的，她憋在肚子里难受，就像他那个蛰伏在鸟窝里的器官，憋胀着难受一样的。那时，张彬彬说的一句话让他印象很深，也让他举一反三明白了很多世故。她说，乱世出英雄，治世出贼臣，这种事儿太多了。像我们这样的，应该说是比较幸运的，占有了一定的优势，跟大多数的人拉开了距离，有了区别，但还是远远不够，充其量也就是能过个衣食无忧的日子，一旦你发现了更多的秘密，有了更广阔的视野，肯定就不甘心了，人这样才对，小富即安，尤其是男人，太没有出息了吧。

当晚，张彬彬又拿出一瓶红酒，俩人对着喝光了。张彬彬的生活习惯也怪，她可以吃饼干、喝牛奶当饭，好在她屋子里各种吃的东西丰富多样，都被刘宝杨拿来填饱肚子，支撑长时间地聊天，热情高涨的床上活动所消耗的体能。每次做完之后，张彬彬又谈兴不减，说到后来，刘宝杨觉得自己有一种头轻脚重的感觉，全身轻飘，而她不紧不慢，带有磁性的好听的声音还在耳畔萦绕。刘宝杨暗自思忖，张彬彬老师，你真厉害，我应该拜你为师，心甘情愿。

多年之后，刘宝杨还经常想起跟张彬彬的那一段关系，认为他从中受到的影响胜过任何一个老师，也胜过任何一本书。这就再次印证了一句话，男人的成长不能离开女人的帮助，了不起的男人都是女人教出来的。张彬彬说的一些话，经常言犹在耳。有一次穿好衣服互相吻别的时候，都有一种留恋不舍的感觉，张彬彬神态突然很认真，说，你很聪明，而且性格温和，这很好，因为聪明又能干的男人，很多都脾气不好，往往就坏了自己的大事。记住，和平年代，要想一步步地往上走，特别需要一个人的忍耐力。那一段时间，刘、张二人隔三岔五地见面，刘宝杨也小心翼翼地维护跟刘春的关系，这也锻炼了他应付复杂局面的能力。好在也就两个女人需要耗费他的精神，还不像后来有些官员，发展到一个人张罗了十几个情妇，好像手握一把扑克牌，每天思索着怎么出，出哪一张，而且本职工作也还做得不坏，那真可以算得上是一种特殊的人才。几个月之后，张彬彬调走了，刘宝杨体会到了什么叫怅然若失。几次孤身一人，坐在学校一处长椅上，刘、张二人多次在这里促膝长聊，面对一块湖水，思索，或者发呆，手上一本书，任清风乱拂书页。

后来有一天，在校外开学术讨论会，他遇到中文系也是刚留校的一个教师，那人主动跟他提起张彬彬，言谈之中，刘宝杨发现他透露出一个信息，张彬彬喜欢交往比她小几岁的青年才俊，有几个青年教师都认识她，都是他们这一届留校的，此人也是其中之一，交往几次之后，却发现张彬彬对他的态度变得故意疏远了，他留意观察了刘宝杨的行踪，了解了他获得的机会独特一些，也就提高了奔跑的速度，捷足先登。他说的意思很明显，如果不是你刘宝杨，就是他了。

张彬彬调去北京之后，刘宝杨频繁给她写信，他对张彬彬亦师亦姐诚恳的态度，也让张彬彬对他保持了一种欲罢不能的热情。但张彬彬不写信，喜欢打电话，她有这个便利，于是，刘宝杨宿舍走廊的电话，就成了连接两人的空中桥梁。这样就让刘宝杨热情高涨，精力倍增，对刘春说，我一定要考去北京。刘宝杨日夜疯狂看书，南方酷暑天，屁股、手肘，先是被汗水浸出一层痱子，然后又磨烂了。刘春见了这种情况，一下子特别佩服他，趁机让她父母专程来学校见了刘宝杨，刘春父母私下对女儿说，年轻人有志向，也真能吃苦。

二十四　快乐的何勇和其他

将来的历史学家会写到，一九八六年在中国历史上独特的地位。

冯爱玲在美国重新读了一个金融专业的学位，很快就跟侯俊杰结婚了，在姑妈的帮助下，获得了一个工作的机会，为她取得长期居留铺垫了道路，侯俊杰继续攻读他的博士学位。陈佳芹申请到了美国一所大学的奖学金，转去学习化工新材料专业。

刘宝杨接受了张彬彬的指教，经过一番艰难鏖战，考进北京一所知名大学，几年之后，顺利拿到了经济法专业的硕士学位，又赶上了一个好机会，被选作第一批优秀青年教师赴新加坡国立大学学习一年。按照学校给他的承诺，回来经过一年左右的教学实践，他就可以取得副教授的职位。考到北京之后，刘宝杨就去看张彬彬。

长安街上，一座高大气派的建筑。下午临到下班时分，站在张彬彬的办公室，正好俯视长安街上密集的人流、车流，远眺西山山形如龙，蜿蜒起伏。张彬彬说，就在我们单位食堂吃吧，这儿伙食很不错的。刘宝杨说，知道，你们就是管物资的嘛，还不紧着你们吃喝拿。张彬彬说，望文生义吧，管什么就吃什么，拿什么，你以为是地主土豪啊。中央部委管得都很虚，见不到实的东西。刘宝杨说，我说笑的，信息社会，信息才是最重要的，谁掌握了信息，想当官的升官，想发财的发财。张彬彬听了，睁大眼睛看他，说道，到底是有天赋，进步真快。刘宝杨说，你平时回家做饭吗？张彬彬说，关心得还挺细，我跟我丈夫很少做饭，他给部长当秘书，我下班还有个点儿，他，好嘛，没点儿。吃饭的时候，刘宝杨禁不住总把眼睛看着她。张彬彬发现了，说，以后注意了，我们就是好朋友关系了，我准备生孩子，年龄大了。刘宝杨听见，沉默不说话，心里却是无限懊恼。张彬彬说，晚上有安排吗。刘宝杨一愣，说，没有。张彬彬说，喜欢看话剧吗？人艺演的《雷雨》，好几个老演员。刘宝杨本来心思不在这里，又担心张彬彬责怪他，说道，名剧啊，我还没有看过。张彬彬说，我丈夫也去，正好你们认识一下。刘宝杨说，啊，这不好吧，这不是很难堪吗。张彬彬说，怎么了，你不难堪就好。

刘春毕业后也来到北京，找到一家民营企业办的医院任职。那些年，因为市场和大量患者的需求，民办医院如雨后春笋般地在各地冒出来，各地不断出现各种神医和药到病除的神药，这一类型的医院每天人流涌动，半夜起来排队挂号看神医，医院更是日进斗金，社会上就传出一句顺口溜，劫道的不如卖药的。那些年，类似的顺口溜很多，搞导弹的不如卖茶叶蛋的，拿手术刀的不如拿菜刀的，教书的不如卖肉的，等等。

刘春那一拨毕业生，因为履历简单如一张白纸，反而特别容易接受新生事物，管他民营还是国营，自己能挣到银子就是好的营生，刘春上班后第一个月的工资就是刘宝杨的三倍多。

那一天，刘春拿着一大沓子钞票，欢呼雀跃，像孩子似的欢笑不止，刘宝杨顿时有些傻眼。他原来以为，刘春为了跟着他来北京定居，放弃了省城大医院的职位，委曲求全地委身于一家民办小医院，没有身份、没有保障，将来也很难评定什么职称，一切都变得不确定、不稳定，她的心情一定不好受，没想到刘春却是很适应，还很高兴，他的私心也获得了满足，想到，女人嘛，生儿育女、相夫教子是天性和本职，到大医院任职，开始五年左右时间，安排你每周都要值夜班，然后从住院医生、主治医生、副主任医生到主任医生，一路竞争、一路挣扎，每天自己都累个半死的，哪儿还有精力照顾家和孩子，弄得不好，碰到不讲理的患者或家属，医生被谩骂、被殴打，甚至被患者伤残的事件，经常见诸媒体报道。还有，到北京之后，他才相信了张彬彬说的话。北京这个地方就像大海，不管你是做哪一行的，在事业奋斗上，任凭你怎么折腾，想要为自己翻起一点儿波澜出来，那可是千难万难的事情。这里没有人关心你的任何私事，只认你最后的努力结果，只要你拿成功的事实说话，无比现实，也无比残酷。他跟几个从外地考到北京的同事交流，他们也都有类似的认识，都有从一条小河跳到了汪洋大海的感觉。刘春从小家境很好，吃不得苦受不了累，以前他认为这是个缺点，如今看来，倒是坏事变成了好事，以后，他就可以安心于自己的专业研究和教学。他对自己选择刘春当老婆很满意，看来这个宝到底是押对了。他想，一辈子的事情啊。

远在一千二百公里之外，刘宝杨的家乡城市，姜红薇那次职工演讲比赛获得了全厂的冠军，在观众热烈的掌声中，市总工会的一位领导当场就决定，推荐她到省总工会干部学院学习了一年，又借调到市总工会工作了一段时间，开阔了眼界，得到了历练，回到工厂不再做播音员，调到厂部机关担任宣传干事。这个阶段，丈夫苏启顺已经转业了，先是在一家工厂担任车间党支部书记，作为有军队资历、有军校学历的青年干部，因为时代发展的需要，两年后担任了工厂党委副书记，这是其父早有的远见卓识的安排。后来，赶上全民重学历、考文凭的热潮，获得了函授大学的一个文凭。就在刘宝杨研究生毕业的那一年，苏启顺又碰到了一个好时机，各地都在建立健全纪检监察机构，这是一个应运而生的新的单位。苏启顺调到初建的市纪委，升任县处级纪检干部。其实，单就苏启顺的履历看也是很漂亮的，出身农村，当过兵，进过军校，军队干部转业，基层工厂领导经验，大学专科学历，有这样的履历，干部考察部门也是眼睛一亮。苏启顺一路走来，当兵、提干、上学、升官，一步跟着一步，一步也没有耽误。

那些年，姜红薇一家生活得很舒适，在这座城市各方面的情况都是让人羡慕的。

那些年，何勇的日子也过得很快乐，娶妻生女，不但衣食无忧的，也完全解决了一直困扰他多年的性生活缺乏的问题，工作也不忙，按照他自己的话来说，有时候一整天都没有什么鸟事。何勇在一家国营针织内衣厂当电工，几年后又当了机修班的班长，也管着七八个人。何勇溜溜达达地整天在厂区各个车间里晃荡，每天晚上下班回家炒两个小菜，喝上二两白酒。何勇的老婆是一家大型纺织厂的女工，他们的女儿刚上小学。有工厂经历的人都知道，电工是很受人们器重的工种。何勇坚实的屁股后面吊着一个工具袋在厂区晃荡，哪里有人叫他就出现在哪里。

内衣工厂是女人窝，叫他去的都是女工，于是，何勇在农村学到的跟女人打情骂俏的本事发挥得淋漓尽致，恨只恨当时还学得不多、记得不牢。一个女工看见他，老远就喊，何师傅，赶快来呀，我这里又停机了，不动了。何勇踢踢踏踏地走过去，说道，你那里不动了，我动几下子它就动了。那个女工绯红了脸，知道说错话，又被他占了便宜，就朝他背上抡几拳，嘴里骂道，我打死你个鸡头。于是，她嘴里骂着，一边举起手中的物件追着何勇满车间打，引起大家拍手叫好。

那些年，何勇师傅是厂子里有名的爱吃女人豆腐的人，于是，人们给他起了个外号叫“何大豆腐”。但是他技术好，干活勤快又不惜力，也是大家喜欢的。“何大豆腐”的外号传到他老婆耳朵里，老婆回家就跟他大吵，何勇一生气，抡起拳头就揍了老婆。因为他觉得自己如今本钱大了，再也不怕老婆了。何勇的老婆是个老实人，又怕他真的跟别的女人好了，落下她寡妇孤女的，怎么过日子，也就随他去了。那些年，机修班长何勇的生活稳定而且快乐。

许仲杰提前半年多出狱了，当年赶上了回家过春节，见到了从新加坡回来过节的刘宝杨。

刘宝杨去许家之前，刘春一听也要跟着去，刘宝杨说，你去干吗呀，人家刚放出来的。刘春说道，就是因为刚放出来的，我要去看看，我从来没有见过刚放出来嘛。刘宝杨说，哎，你这人奇了怪了，这有什么好看的，不还是个人嘛。刘春嚷嚷说道，那不一样，从大牢里出来的人，肯定不一样，你为什么就不愿意带我去，你们有什么见不得人的？

刘宝杨被她一阵胡搅蛮缠的，搞得哭笑不得，只好耐住性子跟她解释，说，不是那个意思，你想啊，我现在这个情况，你看，各方面都挺好的，是吧，又刚从国外回来，你再跟着出现在人家眼前，夫妻双双的，给他自己和家人的刺激也太大了不是，我们从小一块儿长大的，又在农村一个屋里住过，一口锅里搅过食，你如今过得好了，也不带这样地刺激别人，有点同情心，为他人着想一点好吧。

刘春一听，顿时释然，莺声燕语的，说道，嗯呢，你想问题真的是周到细致，看来我老公是个好人。刘宝杨说，什么看来，我一直就是一个好人。

走近许家住的那处大院，多年不来这里，变化很大。首先是路面变了，多少年、多少代青石板铺的路面改成了水泥的。主张这么做的人肯定是个革命派，而且是在很少有出国机会的年代去了一趟美国，回来就布置，把铺了几百年的青石板路面敲掉，换成水泥的，然后又下文件指令，拉倒路中间那座木制的门楼，拓宽路面，于是，一条现代化气派的街道就初具规模了。那么好的青石板都去了哪里，几百年的东西了，石板硌你脚了？刘宝杨首先想到的是这个念头，踩上去，脚感也不是那么一回事，看过去，一览无余，路面是干净平整了，却没有了过去古朴的韵味。

刘宝杨抬头，看见一个人站在那里注视着他。许仲杰比八年之前大了一号，皮肤黑了一些。许、刘二人紧走几步，拥抱在一起，拍打对方的肩膀后背。刘宝杨感觉到，许仲杰的筋骨比过去壮实了很多。变化大的是许仲杰的脸，原来椭圆形的下巴变成了有棱角的方形，细白的脸皮粗糙了很多，还满布着细小的颗粒，一双眼睛，眼角有点耷拉，眼睛显得小了，额头上有几道深浅不一的皱纹，两道长眉更黑，左眉靠近额角处有一道明显的伤疤，把眉毛切成两段。那是当年许仲杰挣扎着去捡手枪的时候，被枪托砸中留下来的。

陶文英苍老了，上大学之后刘宝杨来看望过许母两次，还帮着给许仲杰邮寄过需要的东西，看见她头发白了很多，身材也变得臃肿了。许从岳恢复工作之后担任郊区开发工作委员会书记，简称“郊区工委”，是个新设立也很重要的部门。许从岳临到退休还有几年，比从前在市委工作时更有干劲，脸上红光满面，精神矍铄，好像真的焕发了第二次青春。跟着许从岳职务的改变，许家换了房子，现在住的是这个大院里比较好的房子了。许、刘二人见面之后一直说话，刘宝杨留在许家吃了午饭，俩人又继续聊，刘宝杨说，我就直说了，你打算做什么啊，我帮你想想主意。许仲杰说，不用想了，我算好了出来的日期，提前一年多就开始想了，天天想，想了几千遍了。

还在过节期间，没有过正月十五，县城街面上就出现一个流动照相摊，自行车改装的小摊上插着一面旗帜，红底镶黄边鎏金字，“许多照相”。

正赶上节日期间十里八乡的群众拉家带口地进城逛街购物、走亲访友，见着这么一个装饰奇特的照相摊，就过来看几眼，见到不断地有人让照相师傅拍照，受到感染似的，很快就围拢起来一个人群，排起队来拍照了。

许仲杰身着蓝色海军呢大衣，铁灰色长条围巾，脸上一副茶色的蛤蟆镜，在熙熙攘攘的人群里显得很是扎眼，县城的群众看见他这副穿着，就有一种新鲜感，随机产生了对他的信任，这人照相肯定不赖。

许仲杰以前看过一本介绍如何摄影的书，曾经认真琢磨过怎么拍照片的技术，在他那一拨人里，有类似爱好的多了。没想到如今却用上了。许仲杰对着人群吆喝，说，黑白的，一块钱一张；彩色的两块钱一张。到了傍晚收工回到旅馆，今天大半天的工夫，他就净挣了将近一百块钱，旅馆一个床位住一天两块五，一块钱能吃两菜一汤有炒肉的饭。

第二天下午正在忙着拍照的时候，来了两个县工商局的干部，走近许仲杰就大声呵斥，说，你叫许多吗？许仲杰答到，我不叫许多。那人瞪着眼睛说道，你那里不是写着许多照相吗？许仲杰说，写的是我照相馆的名号。那人背着手训斥道，什么名号不名号，是谁让你在这里摆摊设点的，你办了执照吗？许仲杰说，正要办呢，你们不是来了吗，正好。

那人听了，说，我看你是吃了什么豹子胆了，有什么后台老板，敢这么对我们说话。另一个立即横眉立眼，上前一把推开许仲杰，说道，不跟他啰唆，先没收了他的摊子和照相机，拉到局里再罚款。许仲杰伸手拦住，说，麻烦二位转告朱亦丰副县长，或者丁奉为副书记两位领导一下。说着，掏出香烟，自己先抽出一支，又把烟盒递给他们。

几个月前，获悉许仲杰将要提前释放的情况后，陶文英就通报了丁、朱二人，这些年，他们俩很关心许仲杰，俩人都给他写过信。一年多前，丁奉为和朱亦丰先后升迁履新，担任了现职，也是赶上了干部队伍改革和经济发展的需要，他们是年富力强又有文化的一拨干部。丁奉为从年轻时就是有头脑、有预见的人，他几次跟朱亦丰说，小许的家庭各方面都很不错，我想到，将来他的父亲肯定还会出来工作的，我们关心他一些，也是建立一些新关系的机会，史书上记载的，官员被贬黜后来又启用的故事很多。朱亦丰当时就听进去了，他一直佩服丁奉为，认为丁奉为虽然只比他大几岁，头脑清醒、思维缜密是他所不能比及的。丁、朱二人这两年利用到省城开会或办事的机会，去过许家几次，许家父母知道他们二人曾经帮助过儿子，对他们也有感谢之意，互相就以朋友之道交往了。陶文英只听到许仲杰说要自创门路，并且制定了第一个五年奋斗计划，五年之后干不下去再说，她并不知道他的五年计划的具体内容。

那天是一个星期天，朱亦丰在家里接到了工商局的电话，这正是他分管的部门，打电话的是当天值班的副局长，说话的口气是把许仲杰当作街头流动小贩来处理的，说本来不应该为此小事打扰朱县长，但有人冒充认识朱县长，而且不服管理，跟管理干部发生了争执。朱亦丰听了先是奇怪，而后觉得好笑，这个许仲杰还是跟从前一个性情，孙猴子一样的，做事不按常规，想到怎么干就怎么干。真是俗话说的，江山易改本性难移。朱亦丰说，我是认识这么一个人，你们现在把他直接送到县政府，把人放在办公楼前就不用管他了。

许仲杰看见朱亦丰走进大门，不紧不慢地通过楼前的甬道走近前来，心里翻腾起五味杂陈的感觉，时空交错地拉出电影画面似的影像。从下乡半年之后就被这个公社武装部副部长押上拖拉机带走，那天夜晚在丁秘书家劝说他们妥协的交谈，民兵集训时融洽愉快的时光，到后来带着卫生院的吴院长和小萍给他缝合伤口，好像命里注定的，这个人与他有前世今生的不解之缘，跟他从前不能算作朋友，但是也从来没有加害于他，总归还是一个好人。

这样的见面方式是他想了许久的谋划，他就是要县城认识他的人看到他现在的状态，把风声传递出去，看到他许仲杰没有倒下，没有变成一个癞皮狗一样的人，今天见到朱亦丰，他还要详细了解当年办他案子的情况。

朱亦丰隔着几步远站住了，问道，小许，你怎么就不打招呼，也不申请执照，就跑到街头摆摊营业，不知道这是违规的做法吗？许仲杰说道，朱县长，这回我事先看了有关法规，想好了，无照经营按所得的营业收入罚款，我认罚，今天的收入全部交公。朱亦丰笑了，反倒是神情有些尴尬。俩人握手互相注视，朱亦丰眼光在许仲杰的脸上扫视，看到了他眉骨间的那一道疤痕，给这张原本是英俊的长方脸画上了强悍冷峻的符号。

朱亦丰说，丁书记不在家，出去开会了。去我办公室吧。你真的打算开照相馆谋生吗？你父亲在郊区工委，找一个工作还是容易的。许仲杰说道，我现在一无学历，二无专长，第三，年龄也老大不小的了，跑到机关里混，能干什么，有意思吗，到工厂企业，还不如一个学徒工。我想自己创业，思考了很久了。俩人在办公室谈了一个多小时，期间，许仲杰问起苏书记，朱亦丰早有准备，说，苏书记已经退休了，在这之前，他有几年处于闲置状态，改革开放后，上级有关部门收到多封检举信，针对那起两个知青因强奸少女造成一死一伤的案件，认为苏书记处置方式过于强暴，造成社会负面影响长久难以消除，要求重新审理，追究负责处理案件领导的责任。许仲杰听了，很诧异，表情很失落，原来他以为苏书记还在任职，搞出一些动静，就是为了做给他看的，想了一想，说，那我的案子呢，当时也是他定的调，也是他一手处置的。

朱亦丰点头，说，情况你都知道了，你也可以提出重新审理的诉讼。许仲杰沉默不说话。朱亦丰又说，不过，依我看，案子要想翻过来，很难，情况你也清楚，后来是你自己把事情搞复杂了。许仲杰听了，冷笑，沉默一会说道，我准备自己来处理。朱亦丰听了，赶紧劝他再不要干那些一时冲动不顾后果的事情，许仲杰说，多谢你的提醒。在里面，我专门自学了法律课程，知道应该怎么做。

许仲杰的计划是在县城做几个月的照相生意，有一些影响之后，到原来公社所在地开办照相馆，再承包供销社的小商店，把它扩大成初具规模的百货商店。他结识了几个做生意的朋友，从广州购进各类服装和塑料制作的新式生活用具。小镇位置处于省道和国道的交叉地带，除了当地居民，流动人口也比较多，潜在的购买力很大。

县城本就不大的范围，没有几天人们都知道了，许仲杰就是当年被判刑入狱的那个知青，大家开始津津乐道地传说他的故事。到后来，就是不照相的人也跑过来看他，照相摊子周围终日人群围绕，生意也就跟着见天地好。许仲杰很高兴，这正是他所需要的效果。

一天下午，许仲杰正在给一对年轻夫妇拍照，来了一个年轻姑娘，一身的装扮时尚新潮，高挑个子，细软腰肢，粉嫩的鹅蛋脸，一双修饰过的吊梢眉，看你的眼神斜睨过来，似有一种挑衅的意味。许仲杰看她一眼，顿生疑惑，这等偏远的小县城哪里冒出来这等尤物？

那姑娘看了一会许仲杰照相，摇摆着腰肢过来，说，照相的，我要拍一套照片，很多张，你收拾摊子跟我走吧。许仲杰一时不明白，询问几句之后知道她是要到几处景点，换衣服拍一套照片。他想，碰到内行人了，这是好事情啊，正好可以练练手艺。俩人谈好了价钱，许仲杰推车就跟她走了，引得周围一些人狐疑的眼神，交头接耳地一阵议论。

正是江南四月天，梨花白，桃花红，油菜花黄，大地犹如织锦般铺上了大块的色彩，空气中飘浮着沁人肺腑的香气。许仲杰感觉有些喝过酒似的兴奋，脚底下走路都是软绵绵的。他有八年多时间没有单独跟女人近距离走在一起，何况她又是个此地很少见的年轻时髦的姑娘，走一路他说一路，热情地为她参谋和选择各种景点，指点她摆出各种身姿。

拍到后来，他建议，县城保留着一座明代时期的城门楼，去那里拍一组以古建筑为背景的照片，应该很有特色。那姑娘听了，很高兴，说，没想到，你还真的很有情调的。

许仲杰说，听你这么说，好像你知道我似的。那姑娘说，知道啊，都说你以前谈恋爱，为了跟人家抢一个女的，被军队和警察包围起来，差一点被乱枪打死，说你色胆包天，不怕死，也不怕打，被打得头破血流还敢打，都说你是个奇男子。许仲杰听了哈哈大笑，直笑得身体打战，这是第一次从别人嘴里听到说他的故事，原来人们是这么看待这件事情的，是这样评价他这个人的，乍一听，还有点草莽英雄的色彩，大约从前民间说唱故事就是这么创作出来的。

拍完了走出城门楼，许仲杰架好车，掏出烟来吸，那姑娘见了，说，给我一根。许仲杰诧异，说，你抽烟？姑娘说，少见多怪。说话身体就贴近过来。许仲杰靠在城墙上，站住了看着她，意思是结账走人。那姑娘说，我带的衣服多，就是忘记了带钱，放在家里，你跟我去拿吧。于是，俩人来到她的住处，进门就知道这是一个单身女人的屋子，到处都是女人用的物件，屋子中间晾着几件女人的内衣，绣花镂空的三角裤、文胸什么的，颜色鲜艳、式样新潮，吊在那里一排，风吹动晃荡着，很是扎眼，桌子上还堆着几只没有洗的碗碟。许仲杰环顾左右，吸一口气，屋子里空气温馨，有一股女人身体甜香的气味，他的心莫名其妙地乱跳了。

那姑娘说，过来坐一下吧，喝口水。许仲杰过去问道，我什么时候拿钱走人？那姑娘哈哈笑了，说，什么时候走随你的便。许仲杰听了，也很奇怪，自己怎么就脱口问起人家什么时候走。姑娘说着，走两步歪倒在床上，看着他说，不给你钱了，过来做一次吧。许仲杰立即觉得心脏跳动很快，直往喉咙口窜动，他大口呼吸了一次，说道，别开玩笑了，我们刚认识，给钱我走人，我就是干这一行挣钱的。那姑娘跟着说，我也是干这一行挣钱的。

许仲杰明白了，他知道近几年各地歌舞厅、桑拿等娱乐休闲场所，卖淫嫖娼的情况已是多见，但没有想到，在这个偏远的县城也会碰到妓女。他按捺住情绪，让自己安静下来，首先想到，这是不是有人故意设计的骗局，碰到了玩“仙人跳”的团伙，提醒自己不要被别人暗算了，出这个丑是不值当的。却见那姑娘款款地走过来，一下子就坐到他的腿上，一伸手就抚摸到了他的敏感部位，然后就开始解开他衣服的扣子。许仲杰立即膨胀起来，热血直往头顶上冲去。在牢房里，他听到最频繁的话题就是谈论女人，听到最多的故事也是怎么勾搭女人，在押犯人最喜欢谈论的就是两个字“食”“色”，特别是那些年龄大一些的犯人。许仲杰后来暗自承认，他有关男女之事的启蒙教育是在监狱里学到的，不仅如此，那些年他听到的各种各样、奇形怪状的扭曲的人生故事，耸人听闻，内容丰富，足可以写一本书了。

许仲杰忘记了，他有多少年没有接近女人了。现在被她一番撩拨，大脑和身体都不听指挥了，一时间把刚才的犹豫和怀疑丢到九霄云外。俩人翻倒在床上，她嘴里说道，别急别急。说着，手指头指一下，示意他戴上安全套，看许仲杰一种动作生疏的模样，折腾了好一会也办不成事情，她抬起头来，一副眼光迷离的样子看着他，问道，天哪，你是第一次吧？他心里非常懊丧，却极力地保持着镇静的神态，说，哪里会是第一次，我就是这几天太忙了，累的。她头靠在枕上，斜睨着眼睛看他，说道，我下海一年多，经手的男人多了去了，我还不知道嘛，原来还是个嫩秧子呢，我好有运气呀，按照我们行规来说的话，这个会预示我今年要发财了。他突然火起，坐起来，扬手朝着她的脸上打了一巴掌，一迭声地骂道，找死吧你，胡说八道，信不信我现在就弄死你？她却是没见生气，反而神情兴奋，从床上跳将起来，说，行啊，名不虚传，你还真是很厉害，我服你了，你是第一个敢打我的男人。许仲杰气哼哼的，只抽烟，不说话。姑娘说，行吧，一起去洗澡，我帮你洗洗去。

直到这个时候，许仲杰才想起问她叫什么，本来是想做完了就走，可是大脑又不听指挥了，突然有了一种温柔缠绵的感觉，姑娘听了倒是很坦然，问道，你是想知道我的真名还是艺名？许仲杰笑了，说，你还有艺名，还真把这个当成手艺了？她回道，你凭你的本事挣钱吃饭，我凭我的本事挣钱吃饭，怎么就不是个手艺了？许仲杰只好连连点头，说，好好好，你的手艺不错，很厉害。姑娘说她叫蔡小凤，然后说，许大哥，我觉得你人不错，我们也算是朋友了，这一段时间我不做了，打烊休息，你就没必要知道我的艺名了。许仲杰听她说的当回事似的认真，笑笑，也不表明态度。

蔡小凤今年十九岁，家住距离县城一个小时车程的一个镇子。许仲杰去过这个地方，这个镇子依山傍水，遍山茂林修竹，山泉清冽，几乎家家都有豆腐坊，古法制作的豆腐味道鲜美，远近闻名，得益于山清水秀的一方水土，自古以来也是一个出美女的地方。因为母亲做手术住院，蔡小凤从外地赶回来看护，支付医疗费用。她十六岁初中毕业到广东东莞一家台商企业打工，周围都是她认识的乡亲和同学，十八岁那年经不起朋友的撮合，一万块钱，把她的初夜卖给了一个开歌厅的小老板，从此就做起了这种营生。蔡小凤入道，是受了同乡加同事的劝诱，但后来，她也这样撮合劝诱了身边其他年轻的姑娘。那座城市，有上百万天南地北的打工者，一个厂区就有十几万人，每年有成千上万的女孩，从工厂流水作业线跳出来，辞掉一天干十二个小时，每月拿八九百块钱的工作，拿着年轻漂亮作为本钱，自愿从事此种人类最古老的职业，不是因为生活所迫，也没有谁拿刀子威胁，都是很清醒地选择趁着自己年轻诱人的几年时光，更快、更多地挣到钱，还可以结识各种各样职业的男人，运气好的，会一夜之间洗白了身份，嫁给一个不错的人家，或者碰上一个财大气粗的被包养两年，此后的一生就有了着落了，比起那些模样长得一般，人又老实胆小的女孩来，后来的岁月结果是，她们的人生其实过得并不差。

说起这些的时候，蔡小凤光着身子在屋子里走来走去的，好像特别知道她的身体具备青春骄人的魅力，许仲杰看着她想，小小年纪就如此世故，手段老辣，没有丰富的社会经验还真不一定搞得过她，又想到，如果自己是在二十出头的时候遇见她，说不定死在她手里，还会以为是为了爱情呢。

当晚回到旅馆，许仲杰失眠了，很久不能入睡，连续做了几次床上运动，好比是久旱逢甘霖，又好似初次深入快乐福地而乐不知返，神经受到了强刺激，太累太兴奋了反而睡不着。一个人躺在黑暗中，他禁不住感慨万千，怎么也没有想到他的第一次竟然是跟一个妓女完成的，是屈辱还是悲哀呢？他告诫自己，这个隐私坚决不能告诉任何一个人，一定就让它埋藏在自己的记忆里。

第二天傍晚收工之后，许仲杰一个人在街上闲逛了一圈，脚步不听大脑的指挥，不知不觉地走到蔡小凤住的地方。见到她说，收工路过你这里，晚上一起吃饭吧。她一见到他就笑得直捂嘴，说，我就知道，你还要来找我的。许仲杰又诧异了，嘴里支支吾吾，说，哪里，我本来没想来，后来出来买东西，顺便走到了。蔡小凤说，编，编吧，是男人就直说，假模假式的，我见到多了，书读多了，都是这样。许仲杰问，怎么样。蔡小凤说，虚伪。以前我认识一个男人，斯斯文文的，也是一个当官的，完事之后就开始说，你这么年轻，人也还聪明，还是找个正当的职业吧。叫我挣了钱去上学，学一门专业，自食其力，做个正派干净的人。我就生气了，马上把他骂出门去了，你是什么东西，你是正派干净的人，跑到我这里逛窑子干什么，真虚伪。许仲杰笑笑，说，好好，我承认，我想你了，好吧。蔡小凤笑了，说，怎么样啊，我好吧，咱们就做一回露水夫妻吧。他问道，我还不懂，怎么样才算露水夫妻？蔡小凤说，哈哈，我说你还是个嫩秧子嘛，你还不服气，在我打工的地方，这种事情多了，两个人喜欢，就在一块搭伙住一年半载的，到时候就拜拜了，谁也不耽误谁。在这些事情上，你要虚心一些，拜我为师才对，知道吗。许仲杰无语。

此后的一段时间，许仲杰隔一两天就去找蔡小凤，县城里谁也不知道她是什么人，俩人一起逛街，到饭馆吃饭，许仲杰经常在她那里过夜。那一段时间他乐此不疲，在她身上也舍得花钱，蔡小凤甘心委身于他，一种有情有义的表现，他很快变成了这方面的一把好手。有一天夜里，他睡醒了去卫生间撒尿，回来就睡不着了，说肚子饿了，蔡小凤听见，就爬起来给他煎鸡蛋煮挂面，然后，坐下来看着他吃。蔡小凤长发披散，睡眼迷离的模样，许仲杰看着，如置身梦幻之中，一下子想到了很多的往事，很快就懂了“露水夫妻”这个词富有创意性的表述。露水啊，见不得阳光，隔夜又会从天而降。再一次认识到社会真是一个大学堂。

二十五　丁奉为做的红娘

镇上“许多照相馆”“许多百货商店”接连开业了，成了当地的头号新闻。许仲杰让人买来数量惊人的鞭炮，又请来了县里一支知名的舞狮队，大张旗鼓地鼓吹宣传他的两家店面开业，热闹了两天。

许仲杰知道苏书记家就在公路附近，沿着大路蜿蜒排列的一大片白墙黑瓦的院子，大多盖起两层楼，每家院子中间都有一块菜地。正是桃红柳绿的季节，满眼赏心悦目的好景色。许仲杰租了一辆卡车，后面还加上了一辆拖车，装饰一番，变成了一辆流动售货车，走村串户售卖小百货、食品、衣服鞋帽，尤其是女人需要的各种东西。这辆售货车每天一早从镇子里开出去，必经苏书记家的院子，车上高音喇叭播放出的歌曲都是《珊瑚颂》，许仲杰站在车头的位置，喝令车辆放慢速度，缓缓地开过，再掉头回来，让车子来回走几遍，然后他才下车回到商店，坐在经理办公室经营生意。

这样过了几天，他专门买了一支望远镜，站在车头观察苏书记家院子里的动静，果然看见一个老者走出院门，仰着头，眯着眼睛看着卡车驶来，他叫车靠近一些停下，隔着一条水沟和菜地，站在车头与苏书记对视，许仲杰相信他能认出来是谁，只见苏书记看一眼掉头走回屋子，关上了大门。许仲杰索性让车拐进一处空地，一个上午都停留在那里，对着苏书记的院子一遍又一遍地播放《珊瑚颂》。

过几天就是“五一”劳动节，许仲杰接到丁奉为的电话，说他要回家休息几天，到时希望跟他好好聊聊。电话之后，许仲杰突发奇想，带信给队长，定了一个日子，说要请原来生产队里的乡亲吃一顿饭，十来里山路老人小孩就不参加了，他会专门准备一些礼品。

临近吃饭的前两天，许仲杰叫人把靠近镇政府的一块空地打扫收拾干净，摆了十几张方桌，他也要宴请镇里的头头脑脑和周围有关系的街坊四邻，又想到了老红军干部陈老，借了一副滑竿，准备派人抬着接陈老过来。镇子的四周都拉起了横幅，特别在靠近苏书记家院子的电线杆子上挂上了条幅，上书一行大字：热烈庆贺许多百货商店月营业额突破五万元大关。

许仲杰准备了几十份礼物，一只脸盆装了饼干、糖果、洗衣粉、香皂之类的东西，“五一”劳动节当天一大早，安排一些人挨家挨户送给镇上的人家。他站在苏书记家院子门前，示意跟来的几个人敲门。出来开门的是他的老伴，许仲杰让其他人说明了来意，自己没有说话，此时，听到门内有人大喝一声，不要他的东西，给我扔出去。

跟着出来的是苏书记，见他单手拄着一支手杖，一走一拐地几步抢到门口，满面怒容地盯着他们，从他老伴手里夺过东西，扬手扔在门外的地上。许仲杰一见到他，身体就产生了一阵痉挛，双手不由自主地握住了拳头，恨不得冲上去对着他的脑袋一顿乱拳狂砸。但他看见，这个苏书记已与当年判若两人了，身体虚胖臃肿，面容苍白，口鼻有些歪斜，一只眼角耷拉着看不见眼珠了，这是明显的脑卒中之后留下的后遗症。

许仲杰拨开几个人，站到他的面前，语调高昂地说，你好啊，苏书记，我给你送过节的礼物来了，还要请你出席中午的宴会。他招一下手，随行的人就递过来一张大红请柬。

苏书记抬头眼睛瞪着他，挥手一指外边，说道，滚开，赶快滚开，我不会参加你的宴请。过去，他见过两次这个年轻人，都是把人当作被擒拿的羔羊一样打量几眼，态度是傲然的，不说一句话，那时他的身份是主宰别人命运的大神，吐口唾沫就是板上钉钉，身边前呼后拥都是听命于他的部下，他的喜好、性格甚至当天的情绪都直接影响了对于某件事情的决定，他记不清楚做出了大大小小多少次决定，也不会去想那些决定对一些人产生的影响。今天，突然面对这一段时间搅得他不得安宁的年轻人，他还是不可遏制地恢复了往昔的威风。

许仲杰抬手放在他的肩膀上，说，苏书记，这就是你的不对了，如今你也是削职为民，退隐归田，这俗话说得好，伸手不打笑脸人，我来登门送礼，你却连一句客套话都没有，还对人这样呵斥，可见你真不是什么好东西。

苏书记听他一番话，不紧不慢地说得头头是道，怒气更是不可遏制，大喊道，我不认得你，你给我滚，赶快滚，我不认得你！

许仲杰感觉怒火已经按捺不住了，拳头就要砸向那张泛着一层细汗的大白脸盘，但他强忍住了，现在乾坤倒转了，这个老头变成了他擒拿住的一只羔羊，他要好好享受猎手戏弄猎物的过程，他提吸一口气，提醒自己按照想好的话说，苏书记，你好忘性，你可以不认得我，但我却是一辈子都记得你。过去的八年，我每天都要想到你，没有你，这八年我就活不下去。今天，我要让你记住一句话，只要你不死，我就是天天活着给你看的。

许仲杰说这番话的时候，一句一顿，说一句就往前靠近一点，到后来脑袋挨近他的脸，许仲杰一只手使劲按压他的肩膀，看见他的双腿在不住地颤抖，大颗的汗珠渗出他的脸，一双眼睛是惊恐的神色，半张着嘴，呼吸紧促，露出一口焦黄又参差不齐的牙齿，喷出的一股口臭让人窒息。他的老伴见状，连声说，不要说了不要说了，他有病，他的病还没有好呢，求求你们赶紧走吧。

走到公路边，许仲杰吩咐流动售货车上的人，播放《社会主义好》，中间穿插播放《在希望的田野上》，反复播放，一直到太阳落山收工回家。一行人走在乡间田埂路上，继续给镇里的乡亲们送过节的礼品，就听到背后嘹亮的歌声传过来。

许仲杰宴请活动办得很成功，乡亲们很高兴，交口称赞他是个重情重义的好人。也得到了镇里所有领导的赞赏，镇长说，许总啊，你重要的不是请几顿饭，送点礼，现在，我们饭是有得吃了，我们是山区贫困县，经济基础薄弱，资源贫乏，不能跟经济发展快的区县相比，可是我们的劳动力资源很丰富，我希望你的企业发展得更大、更快，多为我们镇子解决一些人口就业的难题，多为我们镇子招商引资，我当镇长的，就是千恩万谢了！以后，你的事情就是我的事情，就是全镇老百姓的事情，我保证给你做好服务工作。

许仲杰已经招了一些人，多是原来丁家大屋生产队的人。当年队里各家各户常年给他们三个人送菜送米接济，平时干活也很照顾，如今也算是一个报答。其实，许仲杰对做生意并没有很大的信心，他父亲复出补发了一笔钱，他借机要了一些作为启动资金，原本是想干一阵，完成一个目标就收手，回家再找适合自己的职业，没有想到这大半年的生意做下来，他率性而为天马行空地一番折腾，还真的赚到了一些钱。正所谓，无心插柳柳成荫，他想，原来做生意就像写文章，想象力比知识更重要，一个没有任何负担、任何顾虑的人，胆子大、思路活，竟然干得像模像样的，这就让他兴奋不已。于是他想到，也许自己天生就是块做生意的好材料，只是从前没有机会发现而已，既然对于未来做什么没有确定的目标，反而不如就这样继续干下去，并且有了一个从来没有过的感受，赚钱很享受，有钱很重要。

他发现，现在所有的人，见到他都是老远就笑脸相迎，到什么地方办事，他转身走了，知道背后也必是笑脸相送，走得老远的，回头看看，人家还站在那里赔着笑脸呢。为什么？都是因为他如今是有钱的老板了，他的名号改称“许总”了，都是因为他可以给别人带来发财的机会，他给人家送钱来了。这种被人捧着的感觉是从未有过的，彻底颠覆了从小到大对于金钱和财富曾经抱以鄙视的认识。许仲杰在“五一”劳动节大宴宾客之后，有了当老板的底气。

那一天，从早到晚，他都是全镇的中心，所有人心目中的主角，丁奉为和镇里的一些干部，也都是围绕着他来行动的，他体味到了某种英雄凯旋的感觉，就是缺了一匹高头大马，骑在上面像古代的战将，远远地朝着家乡走来，男女老少箪食壶浆，道旁迎接。当时他坐在主桌，大家都等着他首先举杯招呼众人，他站起来，眼睛迷离恍惚，看见远处人群中站着一个戴着红领巾的少年，瘦高的个头，一脸羞涩的笑容，皮肤细白，眉眼清秀，一副不食人间烟火的模样，人们叫他“小嫩肉”。队长和他弟弟丁奉为坐在一桌，吃酒期间，他看见皮友和杏花一直躲在后面，不敢上前见他，就招呼队长，端着酒杯走过去。他一把揪住皮友的衣领，说，你个狗日的，那年你为了挣几个工分，打了老子一个弹弓，老子今天要把你的卵子割掉。

皮友不知就里，瞪大眼睛，嘴里说，何得了，何得了。队长知道他是玩笑，说道，小许，当年不是皮友那一弹子，你恐怕早就去见阎王爷了。杏花到底是一个熟练跟男人过手的婆娘，马上接过话，尖着喉咙说道，是的嘛，要不是我家皮友那一弹子，许总就吃了几多枪子，当时好多兵都把枪对准了你的。许仲杰转过脸看看杏花，正要说话，杏花突然不好意思似的，把脸一捂，说，我乱说的，你许总命大福大，没人敢打你。回到座位，许仲杰叫过来手下的经理，吩咐安排皮友去做百货商店的保安，夜间负责看护巡逻，白天做做货物搬运。

第二天，队长请许仲杰到家里吃饭，正好他很想回到茅河看看，就让卡车司机开车送他去。那条土路没有大的变化，只是铺上了一层煤渣和碎石，路面坑洼里积留了雨水，车轮开过泥浆飞溅，路人纷纷躲避，许仲杰不停地招呼司机避让，不要溅到路人衣服上，司机小伙子说，从前公家的事情还有人管，现在个人都忙着挣钱，公家的事情没有人管了。

这个季节茅河水面已有三四十米宽了，昨晚下过一场雨，阳光和水面交汇产生的光晕让人晃眼，远近山野云烟氤氲，到处草木葱茏、繁花织锦，随处都可以看到中国水墨画似的美丽春光。许仲杰记得，“五一”一过，很快麦子就要收割了，到时候家家户户都要蒸粑，新麦甜香清冽的气味就会笼罩了整个村子。

回头看见丁奉为已经站在身后，说，我也是喜欢这条河，这是哪里也找不到的上天的恩赐，在县城住久了，就心里烦躁，回到家在河边走走，什么烦恼都消化了。许仲杰说道，你现在还有什么烦恼，有儿有女，又升了官，正好享受的时候。丁奉为说，那是旁人的说道，我告诉你，很多时候人都是做了给别人看的，其实是怎么一回事，只有自己知道。小许，我见过你父亲两次，一起吃过饭，我们很谈得来，你父亲有能力、有文化，为人又正派，是难得的好干部。听到丁奉为的话，许仲杰一时被触动了心思，父母从小希望他走从政为官这条路，尤其是母亲陶文英，上高中的时候，有一次在饭桌上闲聊，听许仲杰说将来要去大学当教授，陶文英当即就反对，说，你别以为当教授就那么舒服、那么自由，那是你不了解情况，我在大学待了大半辈子，我太了解了。仲杰，你还是去机关好，就像你爸爸这样。

吃饭的时候，丁奉为提起许仲杰给苏书记送东西的事情。许仲杰笑笑，说，领导了解民情很快呀。丁奉为也笑，你的心思我懂，只是没有想到，你的做法很有一些戏剧性，哎，也只有你许仲杰才做得出来。许仲杰说，有礼有节，这回我没有什么过火的地方吧。丁奉为说，你大张旗鼓地折腾，镇里的那些干部谁都知道你的真实用意，为什么没有人出面说话呢？这就看出问题来了吧，领导干部得不得人心，能不能得到别人发自内心的尊重，退休之后就看出来了。在位的时候飞扬跋扈、刚愎自用，几乎不可一世，周围的人敢怒不敢言，怎么就不想想，谁都有老的一天，谁都有要死的一天，苏书记在县城有房子，没有什么人跟他交往，我亲眼所见，打乒乓球，他拿着一个球拍子，走近球台，周围的人像没看见他一样，没人跟他打招呼，回到家乡，镇上的干部也是尽量回避他，这样的人干了一辈子的工作，曾经风光过、威风过，到末了，结局却是失败的。

许仲杰说道，这些年来我也反省自己，我把别人想得太简单，把社会想得太简单，认为世界上没有那么多坏人，加上性情急躁，不断地引火烧身，直至后来闯下大祸。说着这些话，他想到，在他感到最无望、人生最黑暗的时候，一些文学名著里的人物，还有现实中像丁奉为这样的人，给了他很多希望，很多力量。每个人或多或少的都在年轻的时候做过一些让自己后来感到羞愧的事，这些事将会如影随形地伴随自己的一生，让你低着头去看它。

丁奉为说，人的性格是需要磨炼的，靠个人的悟性了。小许，你终究没有倒下去，跟你性格坚强有关系，跟你的家庭教育有关系。另外，我是一直认为，读书是最好的修炼性格的办法，近两年胡适的著作解禁了，我看了几本他的书。胡适做学问和做人，跟鲁迅大不一样，跟林语堂也不一样，他的书确实是值得一看。一个人到头来跟别人不一样，又能做成一些事，其中很重要的一点我认为，就看他读不读书，读了什么书。

当晚回到镇上，许仲杰改变主意，要流动售货车不要再绕着苏书记家的院子播放那些歌曲了，管事的人说，开店卖货的，都要放音乐吸引人群，不然就冷清了，耽误了生意，尤其在农村，大家就喜欢一个热闹。许仲杰说，这个我知道，你去买一些民乐合奏的音乐带，听起来欢快喜气的那种。交代过后，许仲杰带着两个人去广州进货去了。

几天后回来经过县城，许仲杰带了一些东西送丁奉为和朱亦丰，请他们两人吃饭。席间，丁奉为说，苏书记昨天突发脑出血，先送县医院抢救，当天又转到地区医院，县委办公室派人去探视，人已经深度昏迷，不认识人了。朱亦丰说，我们去看他，医生说，第二次突发脑出血人就难救了，尽力维持生命也不会超过几天。许仲杰没有料到事情变化这么快，有这样的结果，似乎跟自己做的事是有关系的，沉默不作声，丁、朱二人说了几句也沉默了，几个人神情都有些木然，似乎有一些话要说出来，又都觉得说出来也没有什么意思。

过了一会儿，丁奉为问道，小许，我听说你找了一个女秘书啊，是哪里人？许仲杰惊讶，说，哪里是什么女秘书，谁在给我胡编故事呢，那是我们公司的会计。朱亦丰笑笑，说，有女秘书也不足为奇，你们当老板做生意的，都喜欢身边跟着一个漂亮的女人，端茶倒水、拎包跑腿的，这几年我到处招商引资，见到的都是这样的，还经常换。

许仲杰笑笑，说道，再多解释也没用了，我知道，两位领导和大哥也是关心我，巴掌大的地方，一点事情都是新闻。丁奉为问道，我记得你今年是三十了吧？许仲杰说，谢谢你还记得我的年龄，年前就过了三十了。丁奉为说道，老大不小的了，我不知道你是怎么想的，那些女伢子，是活泼，也漂亮，如今跟着你到处跑，也是因为如今你有了一些钱，这终究不是一个长远的打算，应该找一个能踏实跟你过日子的，你要愿意，我们就做一回红娘。许仲杰看一眼丁奉为，说，我这样的情况，如今想结婚，难找吧。他想起母亲陶文英前一段打电话，让他回家见一个女士，离婚不久，没有小孩。他马上拒绝了。他想，我还不至于惨到这一步吧。丁奉为说，实际一点，也不难，就怕你高不成又低不就。

丁奉为介绍的这个姑娘叫薄云霞，县委总机接线员，父亲是县委一个普通干部，母亲没有正式工作，在县印刷厂做临时工，两个哥哥都是工人。因为是丁奉为介绍，女方家对许仲杰的事情也早有所闻，许仲杰的其他情况也都摆在明面上，双方就约定了一个日子见面。许仲杰特意穿了一身深蓝色西装，灰底红格领带，黑色皮鞋，人显得很精神，看上去也年轻了几岁。薄云霞穿一套粉色女西服，皮肤暗黄，细瘦的身材，模样还能看得过去，见到他眼睛低着，没有几句话，许仲杰中午请他们一家吃饭，气氛才轻松活跃了一些，从薄云霞父母的态度看，他们对许仲杰还是满意的。

许家父母也见了薄云霞。那天中午，招待她到外面吃饭，出现了一个细节，陶文英就喜欢上了薄云霞。吃过饭，从酒楼出来，外面下着小雨，门口聚集了一群人，拉家带口，都是吃饭的，地面潮湿，薄云霞挽起陶文英的胳膊，嘴里说，小心，小心啊。一步一步走下台阶。薄云霞那只手举着伞，歪向陶文英一边，一会儿，薄云霞的肩头就淋湿了一片。回家坐下来说话，陶文英说，哎呀，这个姑娘很懂事啊，仲杰你从来也没有这样，走路只顾自己。许仲杰听了，有些高兴，但又不怎么高兴，说，扶一下，你就至于高兴了半天。陶文英说，什么至于高兴，养儿女做什么的，你说说。许仲杰一愣，一时不知道怎么回答，没有说话。许从岳一直沉默，插话说道，心地善良，这是考察一个人的根本所在。许从岳说这话，神态严肃。接着问起来其他一些情况，许仲杰咂巴一下嘴，说，其他的嘛，都还好，就是不怎么爱说话。陶文英说，该说的说到了就好嘛，你话多，别人听你的还不好吗。你爸话少，几十年，我跟你爸过得相安无事。

几个月之后，许仲杰带着薄云霞到北京旅行结婚。这么计划是因为刘宝杨住在那里。一座城市如果你一个人也不认识，即便景色美、好玩的地方多，对你来说也是陌生的，只有在那里受到了朋友的招待，带着你满处乱转一天，这座城市才对你亲切起来，你才会了解并且喜欢上这座城市。许仲杰很认同这个观念，经营生意到各地出差，他着意培养和建立意气相投的朋友关系网，多年之后，他在十几个城市都有自己的朋友。当他在电视里看到一个城市相关新闻的时候，他马上就会想起住在那里的几个朋友，心里觉得很温暖，高兴起来还会马上给对方打一个电话，胡扯乱说一通无关痛痒的闲话。

上初中的时候，母亲带着他和姐姐来过一次北京，那个年代这座城市给他的感觉并不好，到处是灰蒙蒙的，他记得住在北京展览馆附近的一家旅馆，街上行人不多，早晚甚至很冷清。那时候北京的饭馆比较少，吃饭的人多，你正在吃饭，排队的人一只脚架在你坐着的凳子横隔上，一边等着，一边不时地看看你，或者挨着你吃饭的桌子站立着，用焦急的眼光扫描着你的餐盘，让吃饭的游客很不适应。在他们那个城市里，餐馆和饭店也要排队，但排队的方式就尽显南方人的灵活机动，各人拿一张钞票或粮票，压在门口的长条桌上，自己退回到一边站着，不时地拿眼睛瞄一下钞票移动的位置，到了就走进去坐下点菜。

一路上，许仲杰跟薄云霞说起这些记忆，她听了安静地点头，也不多问什么。他跟薄云霞在一起，各方面的情况可以用一个词形容，安静。薄云霞休息日哪儿都不去，自己一个人坐在家里织毛衣一天不动窝，说话慢条斯理，即使很着急的事，她说出来也是慢慢悠悠的，往往是她说了一半，许仲杰就明白了，转身跑出去老远了。

刘宝杨在北京站接到他们两人，直接带到他们学校的宾馆。刘宝杨说，这是我们学校自己的宾馆，本校教师可以享受价格优惠，旁边的那栋楼就是留学生宿舍，刚盖起来的。许仲杰说，你也住在学校里面吗？刘宝杨说，对，别提了，筒子楼，不是住家的地方，待会儿你就看到了。刘宝杨站到收款台前，许仲杰看见了，拉开他，说，兄弟啊，这你就别管了啊，你那点工资留着养老婆孩子吧，我现在经济方面应该比你要好一些。刘宝杨看看薄云霞，有点不好意思地退出来，说道，也是，我就不跟你充大方了，孩子刚满十个月，到处都要钱。

在刘宝杨家里，许仲杰也是第一次见到刘春，他看见刘春哺乳期间更显丰满的身材，心想，刘宝杨矢志不改，从来就是喜欢这样人高马大的女人。刘春很健谈，一见面就说，许哥啊，你的英雄事迹我可是早就如雷贯耳的，我跟宝杨认识的第二天，他就把你隆重推出，我当时就特希望见到你。

许仲杰赶紧摆手，说道，说不得说不得，再不要吓着人家纯洁女青年了。刘宝杨说，是啊，没吓着纯洁女青年，可是如今，你还是寻摸到了纯洁女青年啦。他说笑的意思显然是指薄云霞，几个人都朝她看，薄云霞却不搭腔，只是眼睛看着刘春怀里的婴儿，显出很有兴趣。刘宝杨跟刘春对视了一下眼光，那意思好像说，这薄云霞好像跟他们不是一路人，许仲杰怎么找了她呢。

刘春的母亲也在屋里，招呼着俩人，是喝茶还是吃西瓜？许仲杰说，吃西瓜吧，这天气跟家里一样热。

他环顾房间，这是筒子楼办公室改作住宅的屋子，门对门，各家隔一面墙，一间房，双人床、单人床、婴儿床，这三张床就占据了屋子的大部分空间，折叠圆桌上、窗台上都摆满了婴儿的各种用品，屋子中间拉了一道蓝白格子的床单，隔开一块地方给刘春母亲睡觉，唯一可显示屋子主人身份的是一只两门书柜，靠门后立着，好像一个人总是站在门边向进来的人肃立敬礼，门也因此不能完全打开，总是虚掩着，来了客人屋子里就没地方坐，好在有两张折叠椅，有人就坐在床边，大家坐下继续说话。

许仲杰看见一面墙都是刘宝杨和他老婆的照片，就站过去浏览了一遍，说，宝杨照相总是那样严肃，就是搂着老婆也不会笑。刘春说道，就是，老是一副忧国忧民的样子，以前忧什么我不知道，现在是忧房子了，应该是吧。刘宝杨说，我知道自己，照相笑起来像狼，难看。许仲杰感慨，是啊，你们这房子是挤了点。刘春说，何止挤了点，挤得都没法过了。许仲杰看见，刘春母亲的脸霎时拉得老长。

刘宝杨说，北京高校教师住房太紧张，我们学校还算好的，还给你一间半间的，有的学校教师结婚都几年了，还住在集体宿舍，周末夫妻俩聚一次，跟宿舍的人约定时间互相让房，双方夫妻约会的时间都是计算好的。刘春说道，刘宝杨就是死脑筋，当初就不应该留校，如果到国家部委，像他这样的研究生，早就住上两室一厅的房子了。

看这个样子也很难在家里吃饭，许仲杰在附近一家餐馆要了一个包间，吃饭的时候，刘春跟她母亲轮流照看孩子，期间抽出一个人上桌吃几口，刘宝杨倒是像个大爷似的一直不插手。过后，俩人单独聊了半天，许仲杰说，你老丈母娘看来很帮你们啊，这不错。刘宝杨说，你知道什么呀，就是这老太太在这儿捣乱，我跟刘春都差点闹离婚了。说完，直是摇头叹气，说道，唉，这年头，结什么婚啦，仲杰你傻，换成我，肯定再多玩几年，到三十五六岁结婚也不迟，你现在经济条件又好。许仲杰说，你这是饱汉子不知饿汉子饥，我那里不比你这个北京，你可以随便带个人回家睡觉，每天换着样地带，都没人搭理你，我那里可不行，用不了几天，县城里的警察就会把你当流氓给抓了。丁奉为也是做好人好事，这次是坚决挽救失足青年，朱亦丰又是分管政法的，多次给我口头警告，我生意上事情也是忙，哎，拉倒吧，一了百了，结了算了。刘宝杨笑道，知道，这话我也听我一个山西运城的师兄说过，说他回家结婚就是让自己的性生活合法化。许仲杰说，对着哩，你现在是研究法律的专家了。

许、刘俩人自然地聊起来过去的日子，倒是尽说些快乐的回忆，而那些吃了上顿没下顿，没有菜用酱油拌饭吃，经常偷人家的菜和鸡蛋，这些事情却是都忘记了似的，说到忘情之处，俩人哈哈大笑。许仲杰说，我在牢里读过几本马、恩的原著，无产者四海为家，不但是自由的，也是无所畏惧的，我们现在倒是都变成笼子里的鸟了，有人管，也有所畏惧了。

刘宝杨不止一次地说自己结婚太早了，说到了北京读研才打开了眼界，原来世界这么大，让他心仪的姑娘那么多，身边的小师妹各个比刘春有魅力。他跟许仲杰说起张彬彬，又是满脸兴奋不已的模样。许仲杰几次听到刘宝杨说起张彬彬，对于这个话题，你不让他说都不行，许仲杰感觉到那是他心目中的一尊女神。其间，刘宝杨总要感慨一次，说，要是早认识张彬彬就好了。许仲杰笑笑，说，是，养于深闺，长在相府，经过这样出身的夫人长期调教，你完全有希望成为流芳百世的封疆大吏，比如，曾国藩、左宗棠、刘坤一之流。刘宝杨讪笑，说，你这是没吃过葡萄才冒的酸水，告诉你，张彬彬跟冯爱玲可是大不一样，两路人。许仲杰听了，心下就有些不高兴，暗想，这么比有什么意思，你了解冯爱玲多少？他知道，这是刘宝杨故意在跟他显摆，挑破了也没什么意思。许仲杰问道，你跟张彬彬一直有交往吗？刘宝杨说，有，到北京读研之后，我们还经常约，后来她生孩子，见面就少了一些，经常电话说说。

许仲杰说道，张彬彬这样的姑娘我们大院里也有，家境优越，从小见多识广，满肚子经世济人的道理，就喜欢交往提携比她小几岁的男孩，满足自己好为人师的心理，也确实是这样，凡是她过手的男孩，后来都得到了终生难忘的教诲，得了真传，进步很大，感激不尽地怀念她的好，多年以后，都混成了表面上正人君子，一肚子阴谋诡计的厉害角色。我准备以后到了四五十岁，也学着这么干，寻摸天资聪颖的女子加以调教，为国家培养人才。

刘宝杨哈哈笑，说，要不怎么说，女人天生就是政治家呢。女人跟女人真是不一样，也是印证了那句话，优秀的男人都是女人调教出来的。你碰上了一个姜红薇，得了道，我遇见了张彬彬，也悟了。男人好像就是这种动物，心动记不住，心痛才让你记得住。

许仲杰听了这些话，一下子像被打中了某个要害部位，沉默不语。他不想再提及姜红薇。却不知道刘宝杨有准备，要继续说这个话题。他打开一个笔记本，拿出一个信封，说，自己看看吧。许仲杰一脸狐疑，说，搞什么鬼？接过来打开看，是一张纸条，字迹很熟悉，知道是谁的了。看了几遍，吐出一口气，说，是她让你交给我的，什么时候的事情？于是，刘宝杨把这张纸条的来历，还有当年在化工厂目睹的情况说了一遍。许仲杰听了，身体坐着往下弯腰，眼睛看地面，停顿一会说，我刚出来，你去看我，怎么没说这件事情。刘宝杨说，一是纸条没放在老家，二是那个时候说，我觉得不合适。许仲杰说，很对，如今我要这个东西更不合适，还是你留着吧。刘宝杨一手推过去，说，你这是什么话，你还不了解姜红薇的心思吗，她是有话跟你说，想澄清一下过去的事。许仲杰突然火起，说，我不想听，这个女人就当我从来不认识，这个纸条也没必要保留。说着，举手就要撕。刘宝杨一把按住，说，你别急，撕不撕那是你的事，我就劝你，再想想，再想想，哪怕年纪大了再想想也行。许仲杰听了，吐出一口气，点点头。他想到，姜红薇可以把握的物质的东西，什么都没有留下，他俩那些气息贴近、发肤相亲的日子，都恍惚如梦，有时夜半梦醒想起来，就好像不是自己经历过的事情，虚幻的，但是，跟着一阵心痛袭来，提醒他，都是真实的。

刘宝杨说，不说了，不说了，继续喝酒，现在咱俩都基本一样，豪情壮志，基本上残留无几了，过好日子吧。许仲杰说起着手计划的一个项目，他正在跟一个台湾人谈合作，那个台湾老先生是本地人，退休了回大陆故乡寻根，想到要在大陆投资做企业，认识了许仲杰的父亲，又自然地认识了许仲杰，俩人都看好当地潜在的婚礼消费市场，决定投资经营上规模、高档次的婚纱影楼。许仲杰说他当初创业的时候，做了一个五年计划，没有想到两年时间就实现了，明年上半年，他经营的省城第一家高档婚纱影楼就要开业，他的影响力就扩大到了自己的家门口。

刘宝杨听了，羡慕得直是咂嘴，说道，兄弟，现在看哪，你这条路算是走对了，如今可不像前几年了，崇尚读书，尊重知识尊重人才，现在是一切向钱看，全民经商的年代，叫我给赶上了。

二十六　丈母娘才是王

从北京回去后薄云霞就发现自己怀孕了。陶文英知道了特别高兴，担心县城各方面条件不好，让薄云霞搬到市区来住，把许从岳复职之后分的一套两居室让他们夫妻居住。这也是陶文英留给儿子的房产。倒是许仲杰的脑筋一时转不过弯来，他没有准备要孩子，所有的事情都是以惊人的速度在发展，时代像是一匹脱缰的野马，变化之快超出了所有人的经验，也超出了以往的任何规律。他想到，根据自己各方面的条件，胆子应该更大一些，步子应该更快一些，放手去干，家庭就交给薄云霞和母亲去管了。

在北京的刘宝杨又等了一年多，房子问题还是看不到任何解决的希望。

刘宝杨他们住的筒子楼，原来是作为办公室用的，没有厨房，各家都把厨房设在门口，搭一个简单的台子，锅碗瓢盆油盐酱醋的，都搁在上面，各家每天吃什么，好哪一口，大家瞟一眼就明了。两排各设有一间男女卫生间。依照公约，每家轮流打扫卫生间，到时上家打扫的会把一个小木牌，挂在你家的门口，提醒明天该是轮到你家打扫卫生间了。做饭的时候，刘宝杨他们男教师议论说，这个办法真是聪明，有一种公平、公开、公正的意味，操作也很简单，这可能是人类氏族公社时期遗传的基因在起作用。有的说，干脆，也轮流做饭吧，省得各家每天做。有的就开始发挥了，说，把隔断墙打开，都住在一起。有做妻子的女教师听见，表现出不屑的神情，说，这才叫无聊吧。就你们，搞成这个模样了，还要高谈阔论人类社会的变迁。每天傍晚，筒子楼走廊，刘宝杨他们边做饭边嬉笑怒骂，现在他们那一身打扮都不像大学教师，男的穿背心大裤衩，女的着薄纱裙、吊带裙，一个个油光粉面的，在走廊里如狼奔豕突，热闹非凡。一时间，各家煎炸烹炒、油烟弥漫，小孩闹大人叫，到了吃过晚饭才安静一些。

房子拥挤毕竟还是他单位分的，刘宝杨说话腰杆还比较硬，刘春的每月收入比他多几倍才是他心头之痛，丈母娘有时一句话就让他在屋子里待不下去，说，我住在这里给你们带孩子当保姆，没有吃你们的，也没有花你们一分钱，倒是每月往外贴钱买奶粉。又说，我是看我女儿辛苦，整天在外面跑挣钱养孩子，一个女人，真是可怜！刘宝杨不像在单位上班，早去晚归，他没有课就可以待在家里，丈母娘这样说话，他只好夹起书本到图书馆去了，中午也不回来，就在学校食堂糊弄一顿。

刘春从医院辞职做了一家公司的医药代理，收入之高，听起来让人吃惊，刘宝杨在家里感到抬不起头来。以前他还询问过老婆一个月挣多少钱，刘春有一次说了一句气话，他再也不敢问了，刘春说，我挣的钱不是按月拿的，是按照每一笔医药销售拿回扣，少的几千，多的几万，跟你说得清楚吗？说话底气之足，神态之傲然，好像从前的公主或女王。

刘宝杨自幼身体强壮，又爱好各种体育活动，现在每周打两次篮球，还经常被拉着去踢足球，一直是精力充沛性欲旺盛，没有孩子之前，他不忙的阶段每天都要拉着刘春做床上运动，至少也要隔两天做一次，好在刘春身体也壮实，俩人一度乐此不疲，平时也很少做饭，就在学校食堂吃，度过了一段神仙似的快乐时光。因为夜静时分床上动静和刘春的声音大了一些，第二天在公用卫生间遇见隔壁邻居，俩人擦肩而过时，对方突然说，刘老师，夜间声音小一点好吗，我天天听实况广播，你吃饱了，我饿着呢。自从丈母娘来了，他和刘春的夫妻生活减少到每周一次。而且，刘春变化很大，总是睁着眼睛紧张地听着屋子里的动静，她母亲的鼾声一停，她的声音也跟着停了，刘宝杨一个人卖力地运动听不见反响，真是一个人在战斗，感觉特别不尽兴，第二天变得无精打采的。再后来，刘春听多了她妈妈的话，受了她的影响，觉得刘宝杨就是一个窝囊废，要钱没钱，要房没房，每周一次活动的门票也停售了。女人也很怪，她说没有兴趣就没有兴趣，任凭刘宝杨怎么使出浑身的解数也无用，一点反应都没有。刘春私下里干脆说，我做那个事，喜欢尽兴了就要喊出来，老是这样子偷偷摸摸地，憋得我难受，你不懂，这样下去会得妇科病的，干脆别做了，等有了房子再说吧。刘宝杨心想，也是，我已经得病了。

元旦过后，刘宝杨得了几百块的稿费，在教师中间算是大数了，大家知道了都觉得他发了一笔财。他首先给刘春买了一根金项链，走出商场，午饭时分一家人在王府井大街吃了一餐正宗的涮羊肉，高高兴兴地回家来，丈母娘好像有意要犒赏和奖励一下女婿，说了一句，我带宝宝到楼下去玩玩。刘宝杨心中窃喜，关上门就拉着刘春开始活动，刘春那一天吃了羊肉，喝了一点酒，也对重新售票开场有了兴趣，欣然而从，她拉上窗帘，冬日阳光透过来，昏暗的色彩立即使人晕乎乎的，屋子里立即有了那种氛围，夫妻俩立时做得气若长虹，就在很快要进入酣畅淋漓的时刻，楼下孩子突然大声哭喊，妈妈。刘春一睁眼睛，“哎呀”一声翻身跳下床，就那么光着身体走到窗前撩开窗帘朝下看，然后就抓起衣服穿，说，宝宝出什么事了，摔了还是怎么了？刘宝杨看着她不管不顾地出了门，看看自己，他的小兄弟依然忠实地挺立着，红光满面，像一个站岗的哨兵。

刘宝杨请一个师兄吃饭，一股脑儿把这几年的痛苦倾诉了出来。师兄比他大几岁，说道，唉，作为一个男人，最难堪的有两件事，看老板的脸色吃饭，看老婆的脸色过日子。兄弟你都碰上了，实属不幸，本人深表同情，顺致诚挚的慰问。说完，举一下酒杯。

刘宝杨说道，烦不烦啊，你别跟我文忽文忽的，赶紧帮我出出主意吧。师兄呷口酒，嘟着嘴呼口热气，说，关键是你的这位夫人，不像我媳妇，小地方来的，没有什么学历，这种日子对她来说已然是不错的了，这些年跟着我来了北京，开了眼界，当然也受到邻居的影响，对我偶尔也有一些怨言，但终究还不至于那样强势，连个正常的夫妻生活都不愿过了，这成了什么话。

刘宝杨说，当初哪里知道刘春是这样的，谈恋爱的时候还想着，她安安稳稳地做一个医生，跟我一样是个工薪阶层，哪儿料到她如今变得这么能挣钱，又把钱看得这么重。师兄说道，老弟，你这么说就是不讲理了，老婆也不是你制造的机器人，什么都听你的指令，这年头一切都变化得太快，我带的这个班，有女生周末晚上到夜总会坐台挣钱，久而久之的，跟着去的女生多了，大三、大四，研一、研二的，还美其名曰兼职，社会上有钱的老板还真好这一口，专门喜欢找高校的女生，每到周末，你看看吧，学校大门口停了一片的高级轿车，都是来接人的。刘宝杨说，这个我也听说过，女人的选择历来就是社会的风向标。我想过要离婚，就是因为有了孩子，一直狠不下心来。

师兄说道，当断不断，反受其乱，别人说得再多也无用，主意还是你自己拿，北京各高校此类情况甚多，容当统筹解决就是一句空话。刘宝杨说，那怎么办，死等，硬憋着。师兄说道，要我说，两条路子，一是送礼求人，舍得花钱，还要把自个儿的脸当成屁股使用，力争早日改善住房，二是下决心改变人生轨道，变换门庭另寻他路。

刘宝杨问道，你给咱们学校的房管处长送过礼吗？师兄把眼睛看住他，半晌无话，然后才吐出一口长气，说道，我说兄弟呀，这年头在北京，谁没有受过房子的气，没有受过房子的苦，谁就不是男人了。那王八蛋，你给他送礼他未必稀罕，你送什么礼他没见过，没戏！除了给他送人。刘宝杨诧异，说，那咱们不成了拉皮条的吗？你还让我送礼，怎么送？师兄说道，我的意思是要送就送大礼，但是，要记住，一定得要找跟他关系铁的人引荐，不然，他照样不理睬你，那王八蛋鬼精着呢！

师兄见他一脸茫然，又说，像咱们这样的都打分登记了，都在排队等待分房，要想快一点给你，那就看你跟他走得近不近了。刘宝杨说，还真是，我就从来没有找过他，一直相信打分排队这一套。

过了几天，几经犹豫和彷徨，刘宝杨厚着脸皮、提着胆子走进房管处长的办公室，他特意挑了时近午饭的时间，这是师兄给他提供的宝贵经验，也许碰到他高兴，你就赶紧提出中午一起吃个便饭，师兄连连叮嘱说，这很重要啊，这很重要。

办公室里就一男一女两个人，对桌坐着，女的正歪着身子靠在椅子背上看电视，男的在电脑上打麻将，精瘦的脸，眼睛瞪得老大，看见他进来，女的坐好了身子，问道，你找谁呀？刘宝杨说，我找赵处。女的立即斜睨赵处一眼，赵处听见，并不抬头看他，说，噢，你哪个系的，什么事儿说吧。

刘宝杨站在那里，把自己的情况和要求一一说了，赵处眼睛还是盯着电脑，只是对着女的抬抬下巴，说，你给他查查，他多少分，排在什么位置？女的很快就查到了，赵处一听，说，先排着吧。刘宝杨问道，那大概什么时候才能分到？赵处说，嘿，你这话问的，你问我我问谁去呀，咱们学校培养学生也不培养房子，我没房给谁分啊？

刘宝杨心里已经在窝火了，从进门到现在，这俩人都没有说一句话叫他坐下，真不拿人当人，又追问一句，我是说，领导，您能不能给我一个大概的时间？

赵处一听，“啪”地一敲键盘，说，不能。刘宝杨说，我的情况刚才做了介绍，我是我们学校最近评定的最年轻的几个副教授，是不是应该考虑提高一些分数，提前一些时间分房，不然，怎么体现职称的实质意义呢？说着，拿出职称证书递到他的办公桌上。赵处看也不看，伸手把证书划拉到一边，“哼哼”笑两声，说道，职称的实质意义，什么实质意义，我不知道啊，学校分房委员会给你打的分儿，这就是最实质的意义，你知道吗，你别跟我在这儿啰唆了，中午我还有个饭局，这就要走了。刘宝杨提高了嗓门，你怎么这样说话，我这是第一次来这里。赵处说，怎么说话，你是第一次来，可是你知道，我每天要见到多少跟你一样的人吗？我就是看你眼生，才跟你说这么多，否则，我跟你没话，就这样吧，赶紧忙你的去吧。

刘宝杨懵了，蔫头蔫脑地走出来，在走廊里站住了，想打火抽根烟压压火气，却听见背后赵处的声音，什么教授副教授，我整天见到的都是这个教授、那个教授，现如今在北京，一条好看的京巴儿不容易见到，教授副教授满大街都是，跟我这儿装得人五人六的。女的“咯咯”跟着一阵笑，说，您甭跟他置气，见天儿的都是这样的。

刘宝杨猛抽一口烟，一下子攥紧了拳头，血就直往脑门上涌，他什么时候受过这等羞辱，打死这一对狗男女。他转身旋风一般冲进屋里，猛扑过去，一把攥住他的后领，把他脑袋狠狠地摁在办公桌上，喊道，你个狗日的，你不就是个小处长吗，北京城里的处长比狗还多，告诉你，老子不是好欺负的，当年什么没干过，就差杀人放火了，信不信立马打扁了你，老子也去坐牢！

他说一句，就把摁住那颗脑袋的手往桌上顿一下，就听到“噔噔”的声音，女的大声惊呼，哎呀，刘老师快放手，打人是违法的。赵处趴在桌上使劲挣扎，喊道，赶快，快给保卫处打电话，快报警！刘宝杨猛然惊醒了，想起过去的经历，随之又使劲顿了一下他的脑袋，放开了手，跳开距离等着，原本以为对方要冲过来跟他格斗，却见他爬起来整理一下衣领，什么也不说一溜烟地跑出去了。

刘宝杨跟什么人都没说，回家也没有告诉刘春，又约了师兄到学校附近的小饭馆喝酒，说了事情经过。师兄听了，直是摇头，说，照说哪，你也是个性格温和的人，这些年从没有见到你跟谁急过，这次也真是把你逼急了，该打该揍，兔子急了还咬人呢，我听说过，那王八蛋这么损教师也不是第一次了。

他做好了最坏的准备，按规矩，保卫处谈话，系党总支谈话，然后轻则做检讨，重则党内警告处分或者全校通报批评。然而，等了一个星期，却不见任何动静，也没有什么人找他谈话。刘宝杨奇怪了，那房管处长会善罢甘休吗？一个月风平浪静之后，他心里一块石头落地了，师兄分析说，这王八蛋聪明，他知道闹出去让他脸上太不好看了，干脆来个民不举官不究，你让他难受几天，他要让你难受几年甚至十几年，要让你难受得说不出来，你在他手心里攥着呢。

约师兄吃过饭，刘宝杨知道了，看来自己在学校是待不下去了。他原先是想忍耐坚持，用五六年时间做到知名教授，再踅摸一家企业做法律顾问，人生的道路就宽广了。可是，这日子如果再这样子地过几年，恐怕不是他变疯了，就是他一不留神闯下大祸，直接毁了自己的前程。那一刻，他十分想念张彬彬。沉了一口气，就给张彬彬打电话。他原本设计好了，见面不会一下子说那么多，见机行事再说，不能在一个女人面前表现得太脆弱。这个时候，听一听张彬彬的想法，是很有必要的。电话打了几次，张彬彬都没有接，又给她家的电话打，也是没人接。刘宝杨想到，这个季节，正是出去旅游的时候，张彬彬是个讲究生活享受的人，先别打扰了，过几天再说吧。

这一天傍晚，因为刘春去成都出差了，刘宝杨想，回家也没有什么事，也因为心情不好，下了课，就一个人在食堂吃了饭，然后溜达到附近的书店闲逛。刘春这几年经常出差，穿着打扮越来越时髦，小梳妆台上摆满了各种进口化妆品，摆不下的就往窗台上放，她指着一瓶香水说，这是法国原装进口的，五百多块钱。她变得喜欢穿高跟鞋，让自己的身材显得凹凸有致、苗条一些，而不是像一根移动的长方体立柱，床底下都是她各色皮鞋，衣柜不够用，就在屋子中间又拉了一道铁丝，挂满了她每天需要换穿的衣服，搞得跟商场一样，人在屋子里走动，必须要时时地在衣服中间穿行。

刘宝杨就寒碜多了，冬天一件羽绒服几条牛仔裤，春天两件夹克衫，还是读研的时候买的。看着老婆如今的各种做派和模样，他想到，什么医药代理、品牌推广，实际上就是过去说的推销员、采购员。师兄曾经善意地提醒他说，这年头，一个年轻女人整天五湖四海地跑，什么人都接触，要注意防止她红杏出墙。刘宝杨说，刘春应该还不会，每次到了外地还都要给我打一个电话。但他心里明白，这么说也是为了维护做男人最后的那一点尊严了。几千公里之外，谁也没有办法管住谁，想象一下就明白了，医药代理每天都有各种各样的应酬，晚上都要在酒楼包间里请医生和医院各部门的头头吃饭，除了塞红包，碰到好色之徒也要把自己变成肉弹，就是那些相貌平常一些的，碰到不捡不挑，好这一口的，也摆脱不了。他听说过一些这个行当的内幕，不按照潜规则办事你就挣不到钱。有一个理由能让他稍微安心一点，刘春相貌平常，身材也不是很招人，除非她自己为了完成承包数额和利润主动献身，那就另说了，这是很难想象的尴尬情景。

晚上从书店买了两本书回来，丈母娘看见他抱着书溜进来，脸色马上变得很难看，问道，你吃过饭了吗？他说，吃过了，在学校食堂吃的。丈母娘立即变脸，说，你们还真把我当成不花钱雇的保姆了啊，一个说走，抬腿就走，十天半个月的在外面跑，一个是整天见不到一个人影子，我是什么人，啊，农村妇女还是家庭妇女，我好歹也是机关干部退休的，事业单位，有自己的退休工资，不是没有饭吃，跑到这里要你们养老，在这里我还贴钱给你们，就靠你每月那点工资，也只够养活你一个人的，我从早忙到晚带孩子，到现在连口热饭都没有吃上嘴，你倒是好，自己一个人吃饱喝足了，抱着书回来，真是清爽，你倒是也想着，给你们家的老保姆带一点残羹剩饭的，也是你的好心啊。等刘春回来，我就回去了，不再伺候你们了，也伺候不起！听完这一顿没头没脑、劈头盖脸的痛责，刘宝杨耸立着脑袋，找不到回话的机会，他争辩了几句，丈母娘竟然对他拍了桌子，更难听的话也说了出来。他不敢跟丈母娘再争辩什么，却是气愤难抑，坐在那里沉默，心里想，就是自己的亲妈也从没有这样责骂过他，这过的什么日子，一摔房门跑到外面去了。

刘宝杨气鼓鼓地从车堆里拽出自行车，一偏腿，骑上就往校外一处城市公园奔去，没想到骑不多远，撞上停在一家小卖部门前的面包车上，一下子翻身落地，额头被撞开了一道口子，立即鲜血直流。原来，这辆小面包车掀起了后盖，正在往外卸货，后盖的高度差不多就在骑车人的额头位置，刘宝杨被丈母娘一顿臭骂，晕头晕脑的也不看路。旁边正好有他班上的几个女生，立即涌上前来，一迭声地喊道，刘老师，刘老师你怎么了？你伤到哪儿了？其中一个女生马上掏出纸巾替他捂住伤口，刘宝杨坐在地上，说，没什么大事，你们赶快帮我找找我的眼镜。头皮是人的毛细血管密布的地方，此刻鲜血止不住地往外流，从他的手上滴流下来，把衣服前襟染红了一片。一个女生见状焦急地说，刘老师，这样捂着不行，得赶紧去医院处理伤口。说着，招呼另一个女生跑去外面叫出租车。

两个女生陪着他到附近的医院，进了急诊科，一个中年女医生看了说，伤口比较大，需要缝几针。刘宝杨说，要缝针，需要打麻药吧。女医生说，怕疼吗，能忍住疼，不打麻药最好。刘宝杨说，还是打吧，我这脑子让它麻木一点也好，就是担心会不会留疤。女医生说道，肯定会留一点的，一条白线吧，你也不是年轻小伙子了，有老婆孩子了吧，那还担心什么。那两个女生听了就捂着嘴吃吃地笑。刘宝杨看一眼，说，你们俩出去待一会吧，看着别吓着你们。

急诊室里很安静，两个女生都站到了门外等着。只听见额头上一阵“嗞嗞啦啦”的声音，女医生弯针勾线跟缝一件皮具一样。那一刻，刘宝杨安静得很，感觉到心里某种柔软的东西一下子变得坚硬了。

二十七　望江楼上望江洋

刘宝杨看看近期课程不多，跟学校请了几天假回老家调整一下心情，也是为了躲避丈母娘的不断增长的气焰。许仲杰请客为他接风，告诉他，冯爱玲也回来了，刚好一起吃个饭。

刘宝杨进到酒楼包间，许仲杰就看见他头上贴着一块纱布，笑着问道，刘宝杨，你又偷别人家的东西了？刘宝杨一听就明白，他在借用鲁迅小说中的人物，高中语文课本里的，就学着孔乙己的口气，有些口吃，不……不要取笑。取笑？许仲杰说，要是不偷，怎么会打破头？刘宝杨低声说道，跌破，跌、跌破……

说完，许、刘二人心领神会一起笑起来。许仲杰这才关心地询问，怎么回事啊，说说。刘宝杨长叹一口，说，哎呀，兄弟我，现在是身处生命中最黑暗的阶段。

听说了他有关房子的故事，许仲杰说，这点痛苦不算什么，没有在深夜痛哭过的不算懂得真的人生，不让自己的血浸染一下衣襟的不是真的男人。宝杨，这都是你缺乏的经历，如今有了才是好事情。刘宝杨一听，神情无奈，说道，如今你说话怎么就像个圣人似的。

俩人坐下喝茶，一边等冯爱玲。又听刘宝杨说在学校可能待不下去了。许仲杰说，这么考虑就复杂了，你那个可是名牌大学，可惜了，这么多年的专业，还去过新加坡国立大学，换个大学试试看呢？刘宝杨说，目前也在这么想，只是经过这么一闹腾，心里烦了，坐不住了似的。许仲杰说，那就是要坐机关了，也挺好。我下海经商这些年，净跟当官的打交道，以后官场上有个兄弟照应着，我巴不得呢。刘宝杨说，也不敢匆忙定，进机关，我也没有什么门路和靠山，将来怎么发展，想起来也难。许仲杰说，那个谁，跟张彬彬说起过吗？刘宝杨沉吟一下，说，说什么，我自己先处理好再说吧。刘宝杨本来想说，几天前多次打电话找，都没有联系上张彬彬，转念之间，觉得还是不要说这么具体，让许仲杰越发觉得自己孤立无援。

马上说起了冯爱玲，刘宝杨说道，这么说，你们两个已经旧梦重圆了，多年的老情人，这一下终于要修成正果了。许仲杰笑了，说，按规律说，好像应该有点什么故事发生哦，可是人家冯少奶奶一回来就忙得见不到人影，听说在打官司呢。

刘宝杨一听打官司，有了兴趣，问起来是怎么一回事。许仲杰把情况说了一下。冯爱玲此次回国，主要是因为冯家出了两件事，冯老爷子病重住院，放在一般人家早已是没有救了，因为冯老爷子过去和现在都是当地知名的民主人士、社会贤达，近几年来，各地都在兴起寻访和补偿老兵、老专家、老知识分子的风尚，一时形成了很大的社会影响，省市领导指示要尽一切能力救护他，来表示政府不忘前贤、铭记历史的情怀。冯老爷子在省里最好的医院重症监护室待了半年多了，每天各项费用需要四五千元，都是由公家买单，冯家当然更愿意让老爷子保持一口呼吸，有利于要回冯家当年借给政府的那片花园，尽力趁着老爷子还活着的时候，催促政府归还。冯家为此聘请了律师向法院提起民事诉讼，这是一起民告官的官司。另外一件事，冯爱玲小姑妈把冯家整个告上了法庭，为了争夺冯家那座清代三进大院子的遗产继承。

许仲杰说道，到现在我也没有见到冯爱玲，只是一些道听途说，但我问了一个在法院的同学，他说基本上是这么回事。冯爱玲现在一人担了两件官司，前头当原告对政府，后头当被告对着自己的小姑妈。她在美国的大姑妈不能待在国内，而且家境很好，授权给冯爱玲全权处理，实际上已经把自己的一份遗产继承权转赠给了她。冯爱玲父亲从农场回来之后，变成一个害怕树叶落下来也会打破头的人，再婚之后，就是想过太平日子，加上对冯爱玲总是抱着亏欠的心理，都由着冯爱玲的主意，继母没有生孩子，虽然暗地里很想插一脚进来，无奈冯爱玲对她的态度很冷漠，也知道冯爱玲的脾气，不敢明着提出什么来，只能看结果自己的丈夫能分多大的份额了。

刘宝杨听了，眼镜后面是瞪大的眼睛，说，复杂啊，怎么听着就像电视剧似的，冯爱玲枪挑两头，孤军奋战，了不得了。许仲杰说道，电视剧算什么，生活本来就比电视剧丰富多彩。刘宝杨想起自己为了房子经历的故事，感叹道，这个冯爱玲也是，要那么多房子干什么用，也不能当饭吃当衣服穿，搁我有那么两间房就知足了。

许仲杰看看他，说，话不能这么说，我知道冯爱玲，她这是要做冯家的当家人，是把这些事情当作个人事业来做。唉，人啦，都不要说那些过早的话，人都是在变化的，都是到了什么山上唱什么歌。

刘宝杨点头称是，心里想到获悉消息太晚了，否则他倒是可以担任这两起官司的法律顾问。想起来问道，冯爱玲在美国干什么职业，我也是多少年没见过她了。许仲杰说，我听人说，她这些年一直在跟国内做出口贸易，把国内的轻纺产品拉到美国去销售。刘宝杨感叹，好，你们两个如今倒是成了同行了，干脆另起炉灶，合伙开夫妻店吧。许仲杰说，我没这么想过，以前她就是一个主意大的人，多年不见，如今这冯家少奶奶不知道变成了什么样的。刘宝杨笑笑，说，冯爱玲的脑瓜，咱俩绑在一块，未必能抵得过。一会，刘宝杨突然歪过身体，问道，那个谁，姜红薇你联系过吗？许仲杰愣一下，说，没有。刘宝杨仰着头，想一想，说，唉，别人看得明白没用，人都有自己过不去的心结。

许仲杰自从听到冯爱玲回来的消息，心情就一直处于兴奋的状态，每天都要想起她，想马上就能见面，又想设计一个特别有意思的见面效果。他相信冯爱玲应该知道自己现在生意做得不错的情况。在市区最繁华热闹的大街，“许多梦圆婚庆制作影楼”开业几年了，白天那条大街人潮涌动，傍晚各色霓虹灯竞相闪耀，省内各地和周边的城市，每天都有大量的人群来这里游玩购物，影楼原来是一座当地知名的影剧院，许仲杰租用了两层楼面，他不惜花费大价钱，请来香港的专业设计师，为影楼设计外立面的装饰和霓虹灯广告，开业后每天生意的流水额让许仲杰吃惊，他非常高兴这一项策划成功了。因为是跟一个台湾人合作投资，注册性质就是外商企业，这就让他享受到了各种政策的优惠。他知道肯定要跟冯爱玲见面，这几天，多次想象在什么地方见、用什么方式？太正儿八经地显得小家子气，太随意潦草让她感觉不尊重，怎么样才能既显示出自己的身份，又能干净利落地洗去过去遭遇带给她的影响，他知道不能一时兴奋贸然登门去看她，巴结的意思太明显了，还是找一个吃饭的地方，而且第一次要拉着刘宝杨作陪，这样才显得自己不急不躁，有一种淡然处之的模样。

吃饭定在市区一处叫望江楼的地方，因为一百多年前这里就是吃饭宴客的酒楼，也是历史悠久，远近闻名，几经战乱兵火、人事更迭，都是毁了再建、崩塌了再修，最近看中这座楼出钱重修的老板人迹神秘，不知道是哪路的神仙，投资巨大，远看红墙黄瓦、雕梁画栋，走进来到处是红漆柱、绿窗棂，水磨青砖地，白石做栏杆，过去时代的客人必定是达官贵人、富贾名流之类的，如今倒是人人平等了，但凡有钱的都可以来了，其实在这里不是吃饭，而是为了摆身份、显面子，老百姓说，谁跑那儿去吃饭啊，去那儿吃饭就是吃饱了撑的。

许仲杰让司机提前把刘宝杨接来了，然后又去接冯爱玲。

刘宝杨走上望江楼白石砌成的台阶，听到身后一个人喊他的名字，侧身一看，既眼生又似曾相识，正在努力搜寻对方姓名之间，那个穿一身深蓝色西装的男人一把抓住他的手，说出来自己的姓名，说道，贵人多忘事啊，如今你是京城来的贵客，记不起来我是谁也是正常，正常啊。

刘宝杨想起来了，他跟面前这位叫沈跃的经理从小就在一个学校，但不在一个班，一直到高中毕业。他记得此人干过一件轰动全校的事情，有一次，他因为上体育课捣乱，在列队跑步时做恶作剧，拽前面女同学的辫子，几次让女同学痛得“哇哇”叫喊，体育老师罚他站到操场外面示众，不久被经过的周校长看见，就走过来关心地询问他一个人站在这里是怎么回事，为什么不去上课，没想到，这浑小子把憋的一肚子怒火发到周校长身上，不做任何回答，却是猛然一头撞向周校长的胸口，一下子就把她撞倒在地，体育老师在不远处看到，疾步跑过来挥手就要揍他，被周校长喝止了。那时周校长已经是四十出头的年纪了，很吃力地从地上爬起来，胳膊肘皮肤被地面磕破了。班主任老师也闻讯跑来，吓得脸都白了，连声说道，这个学生就是一个害人精，一天不干祸害别人的事情他就手痒，赶紧让他退学，让他走，这个学生我教不了了。

后来才知道，他是全年级最调皮捣蛋的学生，每学期都有功课需要补考，他父亲是外地一个军分区的参谋长，长期不在家，这孩子是托关系进来的插班生，学校对这一类的生源难以拒之门外。那天，学校叫他母亲领他回去的时候，他母亲生气打他一下，他也打他母亲一下，俩人就在办公楼前打成一团，被人拉开之后，她母亲靠在树干上号哭不止，看见这种情况，体育老师说，我要是养这么个儿子，我打断他一条腿，我去坐牢。

刘宝杨还记得他干的另外一件事情。上高中期间，一次两个班同时在新建的阶梯教室上化学课，课间大家三三两两分小组做化学实验，他亲眼看见，这个家伙故意选了一个穿新衣服的同学，悄悄地从后面把硫酸滴到他的肩上，一边滴了两滴，还悄悄地跟人说，我给他晋升中尉军衔了。过了两天刘宝杨看见，那个穿新衣服同学的肩膀上多了两个补丁，很显眼。家长告到学校，学校来班级调查这件事，当时看见的不止刘宝杨一个人，但是谁也不敢站出来说。又一次上化学课时，老师很气愤地大声喝问，这是谁干的？硫酸会把人的皮肉腐蚀了，这是好玩的吗？那个同学家里经济并不富裕，父母节衣缩食的，给他添了一件新衣服，第一天穿上就被人毁了，干这种事的人不仅是缺德，而且心理阴暗，行为卑鄙龌龊！刘宝杨回过头，看见沈跃坐在教室的最后一排，歪着一个脑袋，舌头伸出老长，试图够着自己的鼻子，做出毫不在乎的一脸的怪相。

当年的那些情景，刘宝杨记得清晰，就像发生在昨天一样。这么些年过去了，不想这家伙却在这里谋得一份饭碗，想一想，倒也是适合他，算计人和服侍人有时候本是分不清楚的。刘宝杨有一个直觉，看此人的做派，跟当年没有多大的变化，可能就是坑害你的手段更高明、更隐蔽了一些。比如，用隔夜剩菜掺杂新菜端上来，海鲜短斤缺两，活鱼走过场死鱼端上桌，食材药水泡，买散装白酒充作茅台，等等，为了捞钱，还有他什么不敢干的？刚才他说的都是故意抬高客人身份的行话，什么贵人多忘事啊，京城来的贵客，你还看得上我们这样的小地方吗，等等的，先把你抬到云端里待着，让你不好意思跟他讲什么价，就随他去了，自己装大，在同学或朋友面前摆阔一回，他知道行内的话叫“杀熟”。

沈跃经理一路陪着刘宝杨，说着话把他引到了二楼，递过来名片，说，许总是我的大客户，是我这里的常客，我们很熟了，酒水之外我打的都是最低折，就是收一个成本价吧，别的不敢说，这个主老板还是授权给我的，今后只要你一个电话，到我这里也是照样，啊，今天吃好喝好，一会我还过来给你们敬酒。

刘宝杨也跟着说了一通感谢的话，进了包间，窗明几净，灯火通明，一色的枣红色硬木家具，服务员送过来擦手毛巾。刘宝杨心里感到从未有过的一种失落，许仲杰还是超过了他，比起他过的清苦日子，许仲杰可谓是风光无限好了，这才几年，就把他心里还保存的某种优越感冲击得一干二净，什么教授副教授，在这座酒楼里面子价值几何呀，他刘宝杨敢在这里请客吗？

许仲杰招呼他坐下喝茶，似乎看出来了他的心思，说，你看，我是误打误撞地成了生意人，因为本来没有什么顾虑，才不担心什么后果，反而就变得一发而不可收，就这样做得风生水起的了。实践也证明，本人脑筋还灵活，一拍脑袋一个主意，这一点别人还真的跟我比不了。我现在搞懂了一个道理，任何社会，一个人只有在经济上独立了，他的人格才能独立，只有具备了必要的财富，才会得到他想获得的自由，古今中外概莫能外吧。

一番话说出来，刘宝杨听了觉得虽是与他只隔了一张茶几，却看对方如在云里雾里一般。

许、刘二人趁着热乎劲，说了一番话，茶续了两次水，许仲杰看看时候不早了，起身说，冯爱玲这小姑奶奶还真跟我们摆谱拿大，让我们两个在这枯坐干等，不讲规矩。就起身走出去找洗手间。看见一个二十出头身材瘦削的姑娘站在门外，怀里抱着一条狮子狗，一身黄白相间的长毛，金鱼眼珠往外凸着，看见他走过来，嘴里发出“呜呜”的低鸣。许仲杰扫一眼人和狗，疾步走进去，却与一个女人撞出一个满怀，身体几乎挨在一起了，双方同时“噢”地一声惊呼，再抬眼，真是来得早不如来得巧，对方都是自己要见的人。

冯爱玲身着一件宝蓝色短旗袍，长不过膝，暗红玫瑰洒花。冯爱玲从小就爱穿，也会穿，会打扮，细白的枣圆脸盘，反衬得一头黑发滋润晶亮，单看她一头厚实黑亮的长发，就知道她身体底子好，后天又保养得方。冯爱玲也把眼睛上上下下地打量一番许仲杰，抚一抚头发，这才嗔怪地说，你还是这样子急吼吼的，差点把我撞倒，去救火还是怎么的。

许仲杰脑子一机灵，故意说道，尿急也好比救火。冯爱玲觉得不中听，知道他是故意打岔，说，别在这里堵着人家洗手间的门说话了，走走。

许仲杰一见，慌不择路地，也忘记了本来要干什么的，跟着她往包间走。

跟刘宝杨见了，俩人也是一阵大呼小叫，好久不见。寒暄几句，许仲杰见到都安静了，招呼她坐下喝茶，冯爱玲对那个姑娘说，平平，你就到楼下一个人吃吧，到时结账就说是这个包间的。姑娘答应一声，问道，那，冯总，皮特我也带去楼下吧。冯爱玲说，好吧，一定记着，不要给它喂东西吃。许仲杰等到那个姑娘出去了，问道，这个平平姑娘是你带回来的？冯爱玲说，哪能呢，我在这里雇用的助理，临时的，回来事情太多，需要有个人帮着跑跑。许仲杰知道，这是公关公司出来的。刘宝杨一仰脖子，说道，冯大小姐也是今非昔比了，俨然一副海外华侨老板的派头。冯爱玲听了，说，一个大男人，说话怎么这样子酸里酸气的，不好啊。

冯爱玲起身站到窗前，看见底下就是长江，可以一望无际地看出去，那天空缥缈的远方，就是海洋，浑黄的江水此刻正浸泡着一轮落日的边缘，如车轮大小，耀人眼目，烟波浩渺的江面上航船穿梭来往，却听不到什么声音，可见房间装修之精细。许仲杰走过去说，此处，一百五十年前，两江总督曾国藩曾经大摆宴席，犒赏湘军。刘宝杨听了，笑笑，说，再往上追溯，三国时期这里就有酒楼茶肆了。冯爱玲回头看他们，说，你们男人怎么坐到一起就是这样的，吃个饭，也要拽一下学问，就不能消停一会，什么毛病。许、刘二人对视一下，笑笑。冯爱玲注视一番，说，许仲杰还真会找地方，原来只知道市中心有几家不错的餐馆，这个地方还是第一回来，果然不一样的气势，看来，我们许仲杰已是大老板了。许仲杰说，哪里的话，就是找个安静一些的地方说话。刘宝杨接话说，我们许仲杰，这话有些意思了啊，我是不是碍着你们俩什么了。许仲杰说，你这不是找骂吗，有事也从来没有瞒过你。刘宝杨听了哈哈笑。冯爱玲先是盯一眼许仲杰，尔后才说，教授讲话，怎么总是话里有话啊。

坐下来，冯爱玲说道，我来晚了一些，知道我去做什么了吗，我看要路过你家婚纱影楼，就让司机停下来，进去转了转，真的很不错，跟纽约、巴黎类似的影楼比也不差，听说是本市最大规模的一家影楼，不是周末时间，我看顾客也蛮多的，生意好成这样的，干脆我也做一家。许仲杰说，冯大老板还能看上这等小生意吗，如今你是推动中美贸易的美丽使者，应该有大笔进项。说着，看看刘宝杨说，不谈这些了，我们喝酒。

刘宝杨顿两下酒杯，说道，为我们在历经磨难之后的重逢，并预祝某些人旧梦重圆干杯！冯爱玲神情一愣，吐吐舌头说，乖乖，到底是首都来的教授哦，说出话来就像以前的“两报一刊”社论。许仲杰说，学者凡事就是喜欢总结提高，喝个小酒还顶着这样大的帽子。

冯爱玲坐在许仲杰的左手边，这是许仲杰有意的安排，是他从前最喜欢看她的侧身角度。他看见她漆黑的鬓角下雪白的脖颈，连着耳畔白皙的皮肤，也真个是肌骨莹润，眼睛、嘴唇，都是熟悉的模样，一举一动近在咫尺，一阵阵馨香浮动，心里多年坚硬的东西，瞬间冰融崩塌了，他没有办法阻止自己旧情复发，面对这个世间除了母亲之外他最爱的女人。

第一次举杯相碰的时候，许仲杰发现，自己的手指竟然有些微颤抖，而冯爱玲也故意低垂眉眼，避免去看他，许仲杰捕捉到她的神态，心里却是一阵轻松，他想，这说明她也有心理活动。

席间，几个人都说起来各自的生活，光阴荏苒，转眼都是为人夫、为人妇，都是做父母的人了，但是都感觉戴上红领巾的那天恍惚如昨日，旧日情景历历在目，每一幅画面都重现在面前，你一言我一语抢着说来，也跟父母一辈聚在一起忆旧的情景大致一样。过去，许仲杰很看不上父母一辈人的聚会，老战友、老同学、老同事，一见面，大呼小叫，拍肩抹泪，车轱辘话，说一些陈芝麻烂谷子的故事，到头来，还是脱离不了张家长、李家短的一番议论。如今想来，大凡人类的经历，大致都是一样的，螺旋似的重复而已。冯爱玲语出惊人，说自己已经离婚了，现在是单身母亲的状态。许、刘二人听了，一时感觉诧异，也不好深问什么。

刘宝杨坦然地接话，说道，婚姻嘛，都说因为不了解而结婚，因为了解而离婚。我目前处于分居状态，看来我是在座的第二个将要离婚的人了。许仲杰本想接着说，自己的婚姻属于一时急需，如今看来也很草率，几年生活下来，发现跟老婆不是一路人，转念一想，几个人都这么说下去，岂不成了诉说各自婚姻不幸福的聚会了。再说，冯爱玲刚说她离婚了，自己跟着说婚姻也不理想，其用意也太昭然若揭了。本来，十几年一路走来，谁都有了不一样的历史，其中多少曲折也难以对人言说。

冯爱玲感叹，说道，原来我总觉得许仲杰倔头巴脑的，是个当专家教授的料，刘宝杨心里想得多，经常含而不露的，倒是适合做生意当老板的，现在看，都搞乱了。许仲杰说，乱搞嘛，就搞乱了，大家其实都不知道怎么搞，都是糊涂的。刘宝杨说道，我读过一个朋友写的一本书，其中有一句话说得好，我们的父辈打造了一个时代，如今是时代打造了我们。许仲杰说，冯爱玲你以前是想做校长，就像周校长那样的，现在不也是阴差阳错地做起了贸易吗。

冯爱玲一听，突然面容紧张了一下，说，哎，你怎么说话的，像周校长那样的，讨厌啊！许仲杰明白，因为见到冯爱玲一直有些激动，说话口误了，连忙打圆场，说道，说错了，打嘴打嘴，我是说你从小就立志想当周校长那样的名校校长，这样的意思。一口气，像绕口令似的说完，许仲杰吐出一口气，心里想，这冯爱玲比从前更厉害了。刘宝杨听了，也明白是怎么回事，笑道，对，许仲杰不会说话，应该掌嘴。三个人就一起哈哈笑开了。

吃到差不多的时候，刘宝杨站起来说，我约好了去看一个在省政府工作的大学同学，就提前告辞了，你们两位接着好好聊。许仲杰看他一眼，知道他是托词，让出空档给他。冯爱玲也站起来说，也吃得差不多了，我也走了，这屋里闷得很。出门来，冯爱玲招呼助理平平自己打车回去，明天再到家里跟她见面。许仲杰提出带她沿着江边走走，她说，不走了，这几天忙得够累的，你想说话还不如到我家坐坐。许仲杰听了，暗自笑了，觉得那样岂不更好。这时才明白，她是心里早有主意，就是不愿意让刘宝杨看出来而已。

司机很快就把他俩送到了，许仲杰知道冯家大院腾退之后就修缮一新，在路灯下看上去似乎比过去更显漂亮了。冯爱玲指着门楼告诉他，当年大门边一对抱鼓石被人运走了，那是冯爱玲曾祖父时代置放的，可见年代久远，为了修缮院子恢复原样，冯爱玲在报纸上刊登告示，愿意出钱赎回，结果还是找不回来，无奈之下，她正联系福建泉州的一家石雕厂重做。冯爱玲说，整修院子事情太多，我也不可能从头到尾盯着，沥沥拉拉的事情，到现在还没有搞完。说话间，飘起了雨点，一会就“噼噼啪啪”地下大了。

一进大门，他马上想到过去天井两边的那两棵海棠，走近看，原地放了两只大盆景，认出是碧桃。他问道，以前那两棵海棠很好啊，你怎么不继续栽种呢？冯爱玲说，这是临时凑合放在这里的，这一段太忙，我也想着栽种什么好。月光朦胧，树影摇曳，许仲杰看着，点头，说，还是海棠好吧，古人说，海棠集梅、柳的优点于一身，美艳却无俗态。冯爱玲听了呵呵一笑，说，你什么时候开始喜欢花草了，附庸风雅吧。许仲杰也笑笑，看看粉刷油漆一新的院墙和门窗，问道，你爸住在哪一间，他身体好吗？冯爱玲说，好，提他干什么，人家正抓紧时间，要把过去的损失都补回来。许仲杰说，我还没有见过呢。冯爱玲怪异地看他，说，这话说的，跟你有什么关系吗。许仲杰看她一眼，不说话，径直往里走。冯爱玲见了，说，喂，干什么去，这是我家，讲点规矩好吗。许仲杰扭头笑笑，说，我给主人前面带路。

进来屋里，许仲杰东张西望，冯爱玲说，这间屋子基本上还跟过去一样。她的眼光转向那张床上，许仲杰看到了，目光也跟着游弋过去，十几年前的画面就跟着重现了，而自己就像旁观者。许仲杰转移了目光。刚才在吃饭的时候，他的心里一直有很多东西在涌动，到了这个时候，却又出奇地平静下来。冯爱玲身体依靠着书桌，指着身旁的一张圈椅，说，过来，坐这里。许仲杰脚步迟疑，说，我一直想搞清楚一个问题，我可以说吗。冯爱玲神情愣了一下，说，说吧。许仲杰皱紧眉头，迟疑一会，说道，唉，其实，我不说你也知道。算了，不说了。冯爱玲说，我知道你要说什么，其实，我也想过跟你一样的问题。这么多年了，想也想不清楚。许仲杰低了头，不说话，眼睛看着皮鞋，铮亮的皮面，倒映着灯光。冯爱玲转移话题，说，许多梦圆，这名字起得还真有意思，是你想到的吗？许仲杰说，当然是我想的。她问道，那，你许多的梦，如今都圆了几个了？许仲杰笑笑，说，其他的梦都有把握圆，唯独跟你的梦，一直都在路上。她说，少来，还是油嘴滑舌的，说说你的情况吧，我听到的都是一鳞半爪的。

许仲杰把自己的事情说了一个大概，问道，真没想到你离婚了，因为什么原因？冯爱玲说，离婚这样的事情，相对于结婚的时候只有一个原因，到了离婚时的原因，说起来都是一火车拉不动。有人说，美满的婚姻要由瞎子女人和聋子男人组成，像我这样的女人，既然做不到睁眼瞎，那就只能离婚了。

他想到跟薄云霞结婚，那个时候对自己的未来没有把握，朋友关心，家人催促，个人需求，像买一件东西那样简单作决定。但是，听刘宝杨说起的他的家事，精心策划了好几年，经过居心叵测地挑选的，到头来也有那样令人不堪的局面，几乎被撵出了家门，可见婚姻不是像演算数学题，即使每一步的运算过程都是对的，结果也未必对。

他看见墙上挂着几幅照片，其中一张他很熟悉，是冯爱玲十七岁的时候拍的，用的当时还是很稀罕的彩色胶卷。正在读书的半身像，侧逆光下，眼神有些慵懒，反而显得自然，长睫毛像扑闪的蛾翅。他想说，经过了很多的世事摧残，他觉得春日江南的梨白桃红，茅河青粼粼的水波和田野间的星辰月光，此刻都敌不过她眉宇间的风情。你少女最美的时候我见过，你那时候的美，只有我知道，如今带着十几年岁月磨炼的痕迹，你变得比那个时候更美。他指着照片说，我最喜欢这张照片，插队的那几年一直放在我的桌子上。冯爱玲说，现在呢，这照片还有吗？许仲杰戚然一笑，一时无语。本来他想说，他问过刘宝杨，当年搜查他的屋子，所有的书本纸册都被拿走了，还回来的时候，一些书本包括这张照片就不见了。冯爱玲不知道他在想什么，看他神色变得戚戚然的，也就低头不语。

以后跟冯爱玲每一次见面，许仲杰都很快乐，况且他们都是具备实力并乐意为对方花钱的，有这样好的条件，俩人相处起来各种时候都很轻松惬意。

这样过了十来天，医院突然传来消息，冯爱玲爷爷去世了。虽然冯老爷子挺过去了医院下达的多次病危通知单，但这一天冯老爷子终于耗尽了身体最后的一点能量，这个时候，解决冯家历史遗留问题已经有了很大的进展。

许仲杰帮着处置冯老爷子的后事，这天下午接到冯爱玲的电话，他又来到冯家那座院子，走近大门，飘落的树叶在地面上翻动，光影婆娑，清风飒飒，仿佛有一个老者在低吟诉说，人类如果真的有灵魂存在，那就应该是冯老先生在门口徘徊的身影。他不知道这座院子还能保存多少年代，却在内心叹息，但凡一个超过百年历史的家族，开山立业的，肯定是叱咤风云豪气冲天的人物，后来守家业的，大多是一群昏昏然不知所终的人。

二十八　金条的新包装

许仲杰跟冯爱玲商量后订了一个计划，做一次长途旅行。俩人先到上海住了几天。临行，许仲杰预定了和平饭店的客房，因为他记得，冯爱玲给他看过她父母当年新婚旅行在和平饭店住宿的照片，讲过饭店里的设施，他想到，住这家历史悠久的饭店，是冯爱玲一件未了的心愿。

这是可以看见黄浦江的江景房，也是饭店单价很贵的房间，一个套间。那几天，他们很少出去，大多数时间就在房间里待着，有时会点餐叫人送到房间。此刻，冯爱玲看着躺在身旁的许仲杰，手指抚弄一下他的眉毛，说，从前，你的眉毛是你脸上长得好看的地方，你就没想去做一个美容手术，把那道疤痕修整一下。他问道，为什么要做，你觉得很难看吗？她笑笑，说，也不是很难看，就是不习惯，有些别扭。许仲杰听了，明白她为什么说这些，一时沉默不语。

过了一会，他转过头看着窗外，说，到了这个时候，才体会到以前读过《庄子·梦蝶》那篇文章的深意。冯爱玲说，“庄生晓梦迷蝴蝶，望帝春心托杜鹃”。我也是，想到心里就满满的装不下。许仲杰坐起来，伸手越过她的身体去够烟缸，她给他递过来，他抽一口烟，说道，过去我们总是接受教育，谈人生的意义，其实人生是没有什么意义的，非要说意义，就是你经历了各种磨难的感受或者记忆而已。冯爱玲点头，说，唉，有些经历你躲都躲不过，其实，我很害怕有这些经历，无端地想起来，让人难受，又不能从脑子里挖掉。知道任菲的事情吧。许仲杰说，知道，刘宝杨早就说了。冯爱玲说，开始我不明白，后来我懂了，任菲真是太厉害了。许仲杰说，我知道你的意思，以前我也是不懂。冯爱玲说，你不知道，当时我看见刘宝杨趴在地上，找任菲落下的东西，我都快疯了，刘宝杨对任菲真是有感情，让人好感动。说完，冯爱玲看一眼许仲杰。他无声地笑笑，没有说话。他在想，我能告诉你刘宝杨在农村的那些事情吗？不可能的。还有，我的一些事情，你也不可能知道，也没有必要跟你说那么多。

冯爱玲起身披上睡衣，下来床，坐到窗前的沙发上，斜靠着身体，看着远处的江面，一片雾气朦胧，像笼罩了一层轻纱，太阳升起很高了。她喃喃自语般地说，我在想，如果不是碰上那些大动荡的年代，我们的情况会是什么样子呢？应该就像当时很多人所说的，真的是金童玉女般的一对，不管是家庭还是个人，会按照旧时办婚事的规矩，轿马迎娶、红烛高烧，三拜九磕地完成许、冯两姓喜结连理的大事，然后我必然是做相夫教子的全职太太，儿女绕膝，屋子里小儿女书声琅琅，笑语连连，也偶尔参与一些社会公益事业的活动，到了你四十多岁的时候，发现你在外面养了小，开始瞒着我经常夜不归宿了，于是就嘶哑了自己的喉咙，抓破了你的脸皮，吵来吵去，亲友劝来劝去，也不见你有悔过的存心，于是就这样，在俩人如仇寇的眼光和心思里过日子，转眼也就到了鬓发染霜的年纪，儿女留洋学成归来，我们又期待孙儿绕膝之欢，也把过去几十年的夫妻恩怨化成如水亲情，嗯，如果我们重新来过，情况是不是这样？

他眯缝着眼睛，听她催眠般的声音，说道，你这是张恨水小说改编的电视连续剧，没有这样的如果。其实他心里想到的是，如果当年她继续与他保持恋爱关系，他不会那样疯狂地爱上姜红薇，后来都是另外一种结果，比如，他肯定会考上大学。母亲陶文英曾经多次这样说他。有一句话不是说嘛，人生提起“如果”这两个字，多少人都是眼泪可以装满一大脸盆的。许仲杰想到，只有那些没有出息的男人，才经常让自己沉湎于“如果”之类的遐想之中。

她一偏腿走过来，问道，是不是这样，你是不是很希望过一种这样的生活？他看一眼，说，唉，很难讲的。她站在那里说，如果是那样，我不会过那种睁眼瞎的日子，不管在哪个时代，我这个人，挺爱较真的，不是你做了什么，说一声“对不起”，我会像怨妇似的说一句“你走吧”，我会说“滚你的”。他听了沉默不语。

冯爱玲要到北京待几天，请几个做贸易的朋友吃饭，了解一些国内的市场信息。她跟许仲杰说，她很清楚，这些年国内经济发展的势头很好，她要把握好国内改革开放的大好时机。许仲杰也有项目要在北京投资，一个交好的杭州朋友要在北京投资一所高档酒楼，约他们几个人实地考察几天，几个人都十分看好北京的消费潜力，当时那里高档次、高消费的酒楼还不多。另外，有人提醒，要他关注今后房地产市场的发展，私营企业正在大举进入房地产业，他也想到北京看看那里的房地产情况。

而在另一边，刘宝杨正在为一件事情焦虑不安，很长一段时间，深陷一种走投无路的处境。

这个时候，他们夫妻已经正式分居了，刘春一个人出钱，带着孩子和母亲在外面租了一套两居室的房子住下，也不完全是因为跟刘宝杨闹矛盾，她也忍受不了母亲的唠叨，但是也不能离开她，毕竟要靠母亲带孩子，这可是大事，也很生气刘宝杨没有真本事，却是经常空谈自己宏大的目标和光明的前景，在家里还放不下男人的那种架子，还要当甩手掌柜，完全是死要面子活受罪。这样，刘宝杨终于下决心要调离大学，选择调进一家国家部委。但是，经朋友介绍，第一次到那个部委的人事司递交个人材料，见到的是一个处长，五分钟左右，就被人家几句官腔官调给打发了回来，知道了引荐的朋友身份分量不够，想调进来，一定要见到主管干部调动的司长，着急上火不知道从何处找到入口。

有经验的人告诉他，这家部委属于热门单位，是很多人都想调进去的，这个时候最好能找到跟这位司长熟悉的人，晚上请他出来吃饭，私下交流一番，这样才有希望，哪有像你这样，仅凭着一个朋友的介绍，就大白天地跑去找一个处长，那个处长肯定不是一个人一间办公室的，见到你，当着其他几个人的面给你打官腔，就跟演戏一样，那还不是热脸贴人家的冷屁股。刘宝杨又约那个朋友吃饭商议，像排兵布阵一样，把所有的社会关系都梳理了一个遍，也没有找到能搭上关系的人。他惶然不知所措，偌大个京城，千万人里，到哪里找到一把钥匙开一把锁的人。知道许、冯二人到北京旅游办事，刘宝杨就约了他们一起吃饭。

那一天晚上，刘宝杨看见许仲杰一个人过来跟他吃饭，就问道，怎么的，你还跟我保什么密呀，冯爱玲怎么不跟你一起来？许仲杰说，她不好意思过来。刘宝杨说道，有什么不好意思的，你们一路北上，走走停停，莺歌燕舞，都是夫妻双双的，怎么到了北京就一本正经的了，到底北京还有这么大的威力吗。

许仲杰笑笑，知道他有取笑的意思，说，主要是冯爱玲，还磨不开这个面子，这不是也说明，你在人家心目中的形象很高大全嘛。刘宝杨看他一眼，说，我有什么形象。许仲杰抽一口烟，说，我家里那边已经分居了，正提出来要办离婚，我妈死活不同意，临出来之前跟我吵翻了脸，只好暂时缓一缓，但也是迟早的事情。刘宝杨问道，陶阿姨知道你又跟冯爱玲搞到一起了吗？许仲杰吸一口烟，牙齿发出“嘶嘶”的声音，说，我妈那人，哪能不知道，骂我昏了头，自己毁了一次不记得，如今又情愿地送上去，又要毁人家薄云霞。大院里也是议论纷纷，男女老少指点着我，好，可是我许某人，如今是太上老君熔炼炉子里出来的，金刚不坏之身，还怕什么议论。刘宝杨干笑一声，拖长音调说道，这种事情，一不要拖得太久，造成事实婚姻，二不要在当地太过招摇，引发女方掌握证据告你，搞得你人财两空。薄云霞什么态度，这很关键。许仲杰说，我老婆那人，你也知道，好人，不哭不闹。听我说明了意思，她说，我早就知道有这么一天。又说，我也管不住你。我妈说了，要媳妇，要孙子，不要我了，这几个月不接电话，也不见面。

俩人沉默，喝酒。一会儿，刘宝杨说，好嘛，瞧咱们这三个人，连离婚这事儿，都紧赶慢赶地赶到一块了，哼，要是电视剧，人家会说是瞎编的。许仲杰一口喝干半杯啤酒，说，丁奉为知道了，专门打来电话。刘宝杨说，是呀，人家做的红媒，也把他给坑了。许仲杰摸一把脸，说，唉，我准备丁奉为骂我一顿。没想到丁奉为上来就说，夫妻之间，但凡一方真有了离婚的想法，再过下去也是味同嚼蜡了，折腾个几年，还是要分手，我见过的也多了。我就赶紧承认，说是我的问题，我对不起人家薄云霞，她是个好女人。丁奉为说，不是好女人的问题，你许仲杰也不是一个坏人。当初我和朱亦丰都以为，你一个摆摊谋生的，后来在小镇上开个百货店，也就这样吧，能养活一家人，过个小康日子就很好了，没有想到，你精明胆大，占据先机，几年工夫就把生意做大了。我怕他接下去会骂我有了几个钱，就要当负心汉，赶紧说，都是我的错，我平时在外面跑得多，照顾家里少，夫妻之间交流少，天长日久，感情就淡了。丁奉为却说，你不用跟我说这些托词了，到底什么原因，这么多年，依着我对你的了解，在这件事情上，到底还是我犯了主观臆断的错误，你许仲杰，根本上就看不上人家薄云霞，当初就当是人家给你救急救荒的，唉。听了这几句话，我当时真是惭愧得很，拿着电话，恨不得拿头撞墙。丁奉为又说，我跟朱亦丰都说，世事人心，如白云苍狗，谁能挡得住变化，只能证明，当初是我们目光短浅，判断失误了，也耽误了你们两个。如今这样子，拦也拦不住，迟早的事情，还不如早了早好。我就代表薄云霞父母，拜托你做一件事情，把她们母子俩今后的生活安排好，至于安排到什么程度，你自己看着办吧，总之，让人家可以后顾无忧。

刘宝杨听了，有些动容，说道，丁奉为是个明白人，也是个厚道人，哀而无怨，至情至义。许仲杰说，他这个态度，反而要让我扇自己几个大嘴巴子，什么时候想起来心里就难受，今天都跟你说出来了，似乎轻松一些。刘宝杨看他一眼，递过去一根香烟。许仲杰说，我给薄云霞买了一套新房，在新城区，又在楼下买了一处商铺，因为她跟我进城之后说过，希望自己做一个店面，我出来时，已经叫人装修了，她想做快餐店，我说做餐饮太麻烦，叫她做便利店，我看了周边情况，居民新区，靠近高架立交桥，做便利店应该很好，先做两年，找机会，加盟一个国际品牌的大商家，生意就更好做了。刘宝杨说，哎，这样也不错了，说到底，你还是有钱啊。

刘宝杨看看许仲杰没有其他要说的了，开始一五一十地诉说他的问题。然后说，我这一段真是着急上火，四处求爷爷告奶奶，烧香找不到庙门，真觉得自己是个废物，干什么什么不成，学校还催着给我排课，我现在哪儿还有心思给学生上课。许仲杰问道，张彬彬呢，她应该有路子帮你啊。刘宝杨听了，摆手，不说话。许仲杰说，怎么了，跟她掰了，你不应该这么小气量嘛，又不是你老婆。刘宝杨吐出一口气，说，你不知道，找不着她，怎么也找不着了。前一段心情很坏，打电话想约她出来，办公室的人说她调走了，我问，调去什么单位了。回答说，离开北京了。我一下子很吃惊。心想，不应该啊，张彬彬调回北京，安顿下来，生孩子，日子过得很舒服啊。再次打电话问，人家才说，去深圳了。又问深圳什么单位，名称电话。对方说，没有单位，自己办公司，其他情况都不知道。我这才听说，这几年有背景的人都往深圳跑，在那边找一个香港人做托儿，注册一个公司，回到内地就摇身一变成了外商，再依靠一些亲友的裙带关系，找一些城市的领导批条子，就做起了开发区、房地产这方面的生意。以往我跟张彬彬联系，就这么一个电话号码，也只知道她家在北京的哪个区，靠近哪座立交桥，具体地址也不知道，北京这么大，一个区都有好几百万人，上哪儿找去。她怎么会这样呢，这一段时间，我一直想这个问题，脑袋疼。还突然发现，我跟张彬彬交往好几年，交往到这么个程度，却连一点留下来的东西都没有，我是说没有留下一点物质上的东西，比如，一张照片，一张纸，她的字迹，统统没有。以前在学校，后来在北京，我们出去玩，我给她拍过一些照片，问她要，她说要给，后来也没有给，我也没再想。如今想想，觉得心里发毛，这个女人就这么消失了，从人间蒸发了。这人有过吗？真实的吗？不会是碰到聊斋里的女人吧。刘宝杨瞪大眼睛，伸手摸一把脑门。

许仲杰一口一口地抽烟，饶有兴趣地听讲，心里想到，这家伙这回是真动了感情了。嘴里却说，聊斋，哪里比得上聊斋，聊斋里的花妖，倒是很讲仁义的。刘宝杨双手一摊，说，兄弟我现在就是这么个模样，河滩上的一条鱼，要死不活的。许仲杰想想，说道，你别着急，我认识一个北京生意场上的朋友，一起吃饭时听他说过一嘴，好像记得他父亲是这家部委的，也是一个头头脑脑的，我来问问他。

电话打过去，还真是找对了入口，只不过那人的父亲已经离休了，在位时也是个司局级，他听了这个情况，答应帮着问问。许仲杰在电话里赶紧加一把火，把刘宝杨的履历说了一遍，又说，人家就想弃文从政，这可是现在不可多得的法学专家，又有新加坡国立大学留学的背景，令尊大人工作过的单位正需要这样的人。我看这样，明晚吧，咱们几个先约个地方坐一坐，也让您认识一下我的这位发小。

刘宝杨直是摆手使眼色，小声说，不对，新加坡是进修，不是留学。许仲杰斜睨他一眼，放下电话说道，这个你不用担心什么，但凡有个五六分，说成个八九分的，这是规矩。

第二天晚上，许仲杰请那个朋友吃饭，俩人谈笑之间，刘宝杨的要办的事情就不提一个字，只是东扯西拉地说话喝酒。其间，刘宝杨一直按捺着，等待许仲杰说到自己的事情，好随时推销自己，也没心思吃喝。同在一个城市，但刘宝杨发现，人家眼里好像就没有他这个人似的，只是跟许仲杰说笑。

北京海淀区名气很大的一家粤菜大酒楼，他第一次知道这个地方，觥筹交错之间，说的都是一些不着边际的话，但气氛又是很好。吃到快九点钟的时候出来，许仲杰说，怎么样兄弟啊，是想唱唱歌呢，还是去桑拿按摩，疏通一下筋骨。

那人一听，立即笑得眼睛跟鼻子挤到一块，说道，许总您随意，您随意，我都行。许仲杰叫司机开车送他们到了一个地方，刘宝杨抬眼一看，知道到了魏公村，因为周围有好几所高校，门口站着两个身高一米九以上的壮汉，身着黑色西装，把他们迎进门来，又上来了两个身着花红旗袍的姑娘，面容姣好且娇声朗朗，一迭声地问“先生晚上好，请问需要大包还是中包”？许仲杰也不看他们，直着往里走，嘴里说，就中包吧，六个人坐得下吗？姑娘回道，坐得下，我们的包间蛮大的。一路弯弯曲曲，脚底下踏着透着灯光的玻璃地板，头顶上枝型吊灯金光闪烁，进了包间，果然比吃饭的包间还大，一个年轻的女子袅袅婷婷地挺着身体走进来，一股香水气味直冲脑门，自报家门是这里的领班，黑色的短旗袍缀满了珠子紧包着腰身，领口开叉很低，酥胸半露，闪身坐到许仲杰身边，一只手很自然地搭在他的大腿上，侧着脸朗声问道，请问三位先生，有什么特别的要求吗，我好给你们带女孩子过来。许仲杰转过脸看那个朋友，意思是听他的，见到他已是半酣半醉的状态，听见他说，你们这儿有多少人呐？领班回道，我们这儿姑娘挺多的，到齐了也有百八十个吧。他说，那就多带几拨来走走，先让我们看看。许仲杰听他说了，朝领班往外挥挥手。灯光暗了，歌曲循环响起，葡萄酒和水果香气沁人。那姑娘依偎过来，把一只手搭在刘宝杨的肩上，柔声说，先生，我们喝酒吧。刘宝杨身体一抖，他没有来过这种地方。他转过脸看看，一个姑娘坐在许仲杰的腿上，那个朋友领着一个女孩，寻到屋子里的一个角落，搂着跳贴面舞，长时间不走动一步。

午夜过后出来，看见大门外边站着的都是从屋子里走出来的人，一时人声起伏，比进来的时候热闹多了，周围停了一片的各色车辆，还有几辆出租车。许仲杰说，晚了，我们也想早点回去休息，让司机送您，我们就不陪您回家了。那个朋友说道，没说的，多谢了，明儿下午我给您回信。

到这个时候，刘宝杨才听到一句跟他有关的话。

许仲杰回头招呼刘宝杨，说，走，咱哥俩找个地方吃点夜宵吧，光顾着跟他周旋了。刘宝杨叹一口气，说，唉，让你费心费力又费钱，看来我是门外汉啦，如今办事，非得如此这般的吧。许仲杰说，你说呢，今非昔比，此人你看着我跟他很熟似的，其实也就一起吃过一次饭，做起事情来却彼此都是这样的，我听他的口气，你的事看来找对路子了，但肯定还要送点实在的，才能最后落实，北京话叫点屉。

第二天傍晚，许仲杰接到了那个朋友的回话，说应该没有什么大问题，但是近几年找关系想调进部里来的人很多，都是有背景的，部里的政策研究室刚设立法规处，根据刘宝杨的履历，可以考虑先安排到那里任职一段时间，然后伺机内部调整到业务局，等等。末了，许仲杰说，兄弟辛苦了，咱们是朋友好说，来日方长有感谢的机会，领导那里是必须要表示一下的，部里的规矩我还不太在行，您指点一下，看多少合适？那个朋友说，许总真是爽快人，那我就不客气啦。接着，说了一个数字。许仲杰马上说道，没问题，明天我就备齐，直接送到您府上，也专门给您准备了一条烟，孝敬令尊大人的，就是表示一个意思，我就不多说什么谢谢了，改天咱们再聚。那个朋友说，许总是个实在人，我也不跟您客气了，事情有我盯着。

刘宝杨在一旁听了这个数字，说，仲杰，目前我还真拿不出来这个数，我也不好意思朝老爹开口，就当成是我借你的，其他的我就不多说了，来日方长。许仲杰说，咱俩之间就不要这么客套了。刘宝杨想到什么，又加了一句，这事就咱俩知道，别跟任何其他人说了。第二天，许仲杰叫人到银行取来了现金，又差人买了两根一百克的金条，很熟练地塞进一包中华牌烟盒里，大小长短看不出来，重新装进整条烟盒，都封好包好了，让公司跟他过来的人给送过去了。

刘宝杨都看见了，想到，原来是这样，难怪当官的都喜欢跟当老板的人打交道，是实在。俩人吃饭的时候，许仲杰见他低沉着脸，一直不说话，知道他从小家境清寒，一直把钱看得比较重，就劝他说，人总有碰到艰难之处的时候，很可能从此你就柳暗花明了，来日发达也是有的，这样结交了部里人事司的一个领导，旁人想巴结还不得门路呢，我看对你将来大有好处。再说，我就着你的事情，也跟这个人真正交上了朋友，多个朋友多条路，以后我在北京也好办事了，花这个钱，值。

办调动手续的时候，刘宝杨系里的好多教师都很惊讶，有两个相处不错的同龄人就明说，你不声不响的，说走就真的走了，还是要慎重考虑一下吧，怎么说高校毕竟要简单一些，官场上的饭碗也不是好端的，整天的如履薄冰地过日子。

系主任也为他表示惋惜，问了几次想好了没有，又说，学校和系里这些年来对你很不错，让你出国进修，又破格提前给你评了副教授，可惜了。看刘宝杨已经铁定了心思要走，最后才签字同意放人。

把各种借用学校的东西归还干净，就剩下去房产处交钥匙了。他沉静下来想了一会，故意挨到午饭时分走进房管处，进门就碰到赵处正要往外走，刘宝杨大大咧咧地伸手拦住，说，签字盖章。赵处一看是他，知道来者不善，双方眼睛对视的瞬间都看见如仇寇般的怒气，赵处一仰脖子，说，签什么字啊，下班了，下午再来吧。刘宝杨一指墙上的挂表，说，还有半小时下班，你认得字吗？那女的见状赶紧跑几步拿过表格，说，是调动工作签字。赵处气狠狠地说，你这人说话怎么像吃了枪药似的，不能文明点儿啊。刘宝杨回道，好，你也知道什么叫文明了，上回是我教你的吧。

大家都有这样的感觉，大学毕业之后，头一个十年，在匆忙和混沌之中一晃就过去了。

房援朝和一帮同学，大部分都分配到了省直机关，十年，朝八晚五的日子，由青涩忐忑小心谨慎，成长进步到应付自如如鱼得水，在犬牙交错冰火交融的生活旅程之中，到了这个阶段，如履薄冰的心情有了些许放松。如果列一个这个十年的流水作业清单，那大概是这个样子的：

一、赶紧地结婚生子；

二、赶紧地申请住房；

三、赶紧地解决组织问题；

四、赶紧地托关系走后门买电视机、洗衣机和冰箱，那时候都很难买到，谁家买齐了这几个大件，都会让人羡慕得眼红；

五、赶紧准备再婚，第一拨离婚高潮基本结束，这是当年种种难为人言的原因留下的后遗症；

六、第一拨调动工作基本结束，大家都找到了可以谋生又愿意老死其中的单位；

七、整天价提心吊胆，小心谨慎地察言观色，意图早日谋得某个职位，懂得了许多这规则、那规则，已经习惯官场生活了；

八、基本上都有了一官半职的，几次更换名片，都拿出来印有科类、处类等等头衔的名片，家里渐渐多了各地送来的土特产，吃的、用的、穿的，老婆花工资买东西少了；

九、中山装换成了西装或西服便装，衣服皮鞋渐渐增多，头发开始减少，屁股坐得住了，说话声音小了，肚子开始大了，眼睛看人神情淡了，梦想火光日渐稀少了；

十、少数人心里开始从一时的安定转向不安定了，开始捞钱，开始搞各种见不得人的勾当了。

房援朝每见到刘宝杨都有新的感慨，说道，唉，生活磨人哪。

后来，房援朝给他打来几次电话，催促他，赶紧策划本班同学十年聚会的事项。房援朝说，别的班都已经聚过啦，大家说你这个班长要起作用，你看，大家觉得你还是班长。又压低声音说，听说你调到部里去了，很快就春风得意，老弟给交流交流经验吧，待遇实在多了吧，不瞒兄弟说，我早就想调走了，苦于一直没有解决副处的问题，现在解决了，我也看好了，想去做实业管理的厅局委办，或者大型国企，省委机关太清汤寡水了。

刘宝杨听了，知道房援朝意在通过毕业十年的同学聚会，梳理一下他们的社会关系，寻找一家既好听又实惠的单位，以便做终老此生的打算。一个经验丰富的老兵。

刘宝杨后来想到，自己还是很庆幸的，快刀斩乱麻一踩脚调走了，一年多以后他就提了副处长，因为调进来的时候法规处统共就两个人，他有各种优势，又赶上国家正在强调各行各业建立健全法规制度的当口，有法学硕士和副教授的资历在部委里就成了香饽饽了。而且，他的文字能力、表达能力和擅长于逻辑思维这几项在学校练就的本事，经常让人刮目相看，到了年底，他被领导指定作为年度总结的写手，对这样的年度总结和综合性的汇报材料，大家都叫它“大文章”。要知道，在大机关里，写“大文章”可是一个人展露身手的绝好时机，遍观升迁速度比较快的，大多曾经都是部里行文写作的好手，写这样的“大文章”，到时候部长会召开各厅、司、办负责人会议，要求随时提供需要的材料和数据，刘宝杨写作“大文章”的那些天好像手握尚方宝剑，成了随时可以号令诸侯的人，这类的文章，在部委里可谓是大事，因为谁都知道，写“大文章”、大报告一般送部长，重要的呈报分管副总理，或者再往上。

没几年，刘宝杨的模样变化很大，肚子凸起了，额头秃谢了，露出了在学校被面包车割伤的那道疤痕，它像一条蚯蚓一样，趴伏在他的额头上。刘宝杨每天起早上班之前，面对镜中的额头总要审视观察一下，把几缕头发梳理下来遮挡一下，屡次考虑是否要去做一个美容手术，去掉这条疤痕，有人已经帮他找了做美容手术的医生，协和医院的专家，据说因为医术高超，一些当红明星都找他做美容手术，拉皮、垫胸、美臀、抽脂、瘦脸、隆鼻等等，专家看了他的情况说很简单，可以做到完好如初，看不出曾有疤痕的程度。但是，另外的一种说法又让他犹豫再三，而且听起来事关重大。

刘宝杨到了部机关之后，很快有了自己交往的圈子，也跟着周围其他人一样，开始信那些虚无缥缈、神秘莫测的学问，也经常看《周易》了。有一次，某省的一个处长来京办事，通过同学关系周转一番，认识了刘宝杨，省里来的处长委托刘宝杨牵头，又约了其他部委的几个处长一起周末吃饭。几个人听说京郊有一处很知名的庙宇，新近在山坡上开了一家茶馆，品尝一下禅茶是令人新奇的事情，几个人都是七七、七八级文科毕业，按照过去科举录士的说法，有同年同科之谊，又有一些文雅的爱好，说难得北京天清气朗，偷得浮生半日闲，于是驱车前往。省里来的那个处长跟庙里很熟悉，说是管理处的头儿是他的老乡，给了特别关照，就可以一路把车开进了庙，径直开到了禅茶馆的门前。一行人下了车，环顾周围，青松翠柏，红墙黄瓦，白石台阶，香烟缭绕，就有人感叹，好个幽静美妙的所在。有人说，这庙，据考证，比北京的历史还悠久。当然就免不了感慨一番。吃茶期间，也是处长的朋友，庙里的大和尚看了他的相貌，听他说嫌弃额头上的那道疤痕难看，要去做美容修饰手术，大和尚听了，把眼睛看住他审视片刻，眼睛突然如电光一闪，双手合十，说道，施主差矣。他指着刘宝杨的额头说道，此图乃龙翔云底、虎伏山冈，实乃吉人天相，万万不可轻易去之。同行的处长赶紧说，大师是很有学问的，已经预示刘处有不断升迁的前程。

刘宝杨听了当即表现得很高兴，心里就像揣进了一只兔子，七上八下地乱跳。此前他也经人引见，暗地拜访过从西北深山云游天下路过京城的高人，据说是五十来年没有出山，江湖上都称呼为仙人，经朋友介绍找仙人看过，说的意思竟然与此处的大和尚不谋而合，想到外省的那个处长毕竟不是周围的同事，防范心理可以少一些，于是，刘宝杨放开胆子问道，虽说天机不可泄露，但还请大师明示一二，本人仕途经营的未来。十月金秋，山中鸟叫虫鸣、微风拂面，松香阵阵沁人心脾，恍惚人间仙境，大和尚手捻半白胡须，眉目半闭，沉吟半刻说道，我观施主气象正盛，至少可上三个台阶。刘宝杨大喜过望，摩挲双手，高举过额，当即表示，定会再选良辰吉日，亲自前来拜谢大师。如此，几个人在山中盘桓了大半日，各自尽欢而返。

这年十二月，刘宝杨由领导提名，从政研室的法规处调到业务司担任处长。这个司是部里一个很重要的业务管理部门，处室最多，人数最多，按照国家部委与各省、区和直辖市行业门类进行条块管理的规定，刘宝杨任职的这个司权力很大。接着，办公厅房管处给他分了一套一百二十平方米的三居室，并且告诉他这是在京的国家部委最后一次分房，以后由单位分配职工住房就宣告退出了历史的舞台。听了此话，他当时惊出了一身汗，他算是赶上了一趟末班车。这两件紧跟而来的事情让他深有感触，想到人生的道路虽说漫长，但紧要之处也就是那么几步，这几步走好了，走对了，你就什么都赶上了，倘若走岔了，走错了，你的人生列车就会改变方向，至于前景是什么样的，只有天知道了。

房管处长姓罗，早就风闻他现在是部领导器重的笔杆子，将来的前程可期可待。见刘宝杨进来，忙起身让他坐到沙发上，自己搬把椅子坐到对面，很是热情周到，跟刘宝杨说话时一直是坐直着身体，两手交握着置于自己凸起的肚子上，听口音也是江浙那一带的人，交给他房子的钥匙，送他走出办公室，这才悄声说道，刘处啊，这套三居室虽说面积不大，却是整栋楼把头的位置，南北通透，我留在手里已经好几年了，一直没有给出去，也没有合适的人嘛，呵呵，我已经招呼后勤公司的几个人，替您把房子打扫干净了，窗户也新换了窗纱，随时可以搬进去住。刘宝杨听了，定神看了他一眼，心里很明白，微微躬身，嘴里连连致谢。

他告别了住了一年多的一居室，思考一番，决定还是告诉刘春，趁势把老婆孩子接过来。两年多时间，虽是分居，但他们还没有闹到必须离婚的地步，刘宝杨隔几天要去看孩子，带孩子出去逛公园、吃顿饭，碰上刘春高兴找理由支走了丈母娘，俩人赶紧火烧火燎地亲热一回。

那两年，刘宝杨更愿意刘春去他那里，那时房子虽是一居室，居住一家三口不合适，但是当作约会的场所却赛如世外桃源。他跟刘春的性生活从婚前一直到现在都是很和谐的，这也是没有离婚的重要原因。此类情况有专家研究后做出论述说，这符合人性的特点，也符合人类婚姻的特点。可是刘春去过几回就不愿去了，说是名不正言不顺的，搞得像一对偷情的男女，也因为是旧房，邻居的房门都挨得很近，出来进去的动静大家都知道，每次去不起火不做饭的，进门就是为了做这个事情，让邻居知道了，她以后还怎么在外面抛头露面？刘宝杨说，我跟邻居说了，你是我老婆，还怎么的。刘春说，今天我来了，是你法律名义上的老婆，明天你换了一个女的带进来，谁能分辨得清楚，少拿我当幌子，要住就天天地带着孩子一起住。

刘宝杨听了直摇头，觉得这女人的思维方式真是不一样，法律上讲究“疑罪从无”，怎么她始终抱定一个怀疑他有事的态度呢？刘春又说，我告诉你啊，这一段时间你好自为之，别往家带女人，我会随时来这里看看，要叫我给逮住了，我让你身败名裂、死无葬身之地。

刘春经常这样说话，他已经习惯了，他想，死无葬身之地倒不害怕，但凡是人，生而平等不可能，但是死而平等是毋庸置疑的，都进入了那一个小盒子，以后土地越来越金贵，只怕连那个小盒子也无处安生了，哪里找到你的葬身之地？拉倒吧，就是给你秦始皇陵那么大的一座山头，你躺在里面什么也不知道，只是因为供奉你的人的需要，拿你做工具反复折腾，你反而死了都不得安宁，真是一种高级残忍。但是，身败名裂却是万万不好玩的，那却是生不如死，自己的升迁道路终结之日，就是生命之树倾倒之时，是男人还活个什么劲？那一刻，他懂了，刘春还真是很厉害的。他想起来其他人的事例，便一一加以排列检索，认识到，历史的经验值得注意，认了吧，不折腾了。

毕业十年聚会，他以前还担心面子上不好看，现在好了，名片上的职务跟大家平齐，拿出来也还好看，他这个班长还没有落伍。于是，就和房援朝一起，做了毕业十年聚会的组织者，费心费力地做了很多义务工作。

二十九　刘宝杨的博士学位

许仲杰在外面转了一个多月，跟冯爱玲一起，从北京出来就去了五台山，计划取道西安入川，八百里秦川，自然和人文的景观看不完。

在西安住了好几天，有一天去看大明宫，许仲杰没想到，在这一处就盘桓了半日，因为冯爱玲喜欢，说，从前看书，读诗词，到处都提到这个地方，那些人，那些事，都记在脑子里了。许仲杰说，门口石头上刻着字，有十七个唐朝皇帝，曾经在此处理朝政，二百多年。冯爱玲说，二百多年，厉害。她随口诵读："寥落古行宫，宫花寂寞红。白头宫女在，闲坐说玄宗。"许仲杰听了，随即神情肃然起来，说，前面，我好像看见有很多人影子在活动。冯爱玲斜睨他一眼，说，神经，又要发魔怔了。许仲杰见识了冯爱玲人文知识积累之丰厚，已在他之上了。许仲杰说，哎，你当初倒是应该学文科的。冯爱玲说，那个时候都重视学理工，看不上学文科。不过，我读的物理系，跟人文的东西并不隔阂，看世间万物，反而能提供不一样的视角。许仲杰笑笑，说，是跟以前不一样了，经常冒出来有高深的意思，挡都挡不住，我要跟冯老师好好学习了。

在成都住了两天，看了青城山，登上了峨眉金顶。这么安排是冯爱玲的计划，一路遍访名山古寺，说都是她以前仰慕了很久的地方，态度虔诚，遇佛便拜。许仲杰说，我以为你在国外待了这么多年，不大会对这些感兴趣了。冯爱玲说，我在国外待的时间长，还是在国内待的时间长，你还不知道吗？

本来，许仲杰计划从重庆乘船，顺江而下回去，都说三峡大坝修了之后，长江三峡的景观变化很大，要趁早看，坐在邮轮的客房里，既看了三峡，又享受了家一般的温情，这是一条很享受的道路。冯爱玲的计划要经青海去拉萨，走青藏线，一路爬高，火车，汽车，有些地方，还要背着背包走路，风餐露宿的，这是一条很辛苦的路。俩人在成都的酒店里，第一次因为分歧发生了争执。许仲杰只好让步，但是，心里却是老大不高兴。冯爱玲说，出来玩，老想着软香金玉的享受，公子哥儿似的，不能吃苦，还不如我一个女人，照说，我从小倒是在锦衣玉食里长大的。许仲杰听了，觉得这是教训的口气，不想搞得不愉快，沉默不说话，记得以前看书读过的一句话，忘了是哪本书，“况锦衣玉食者未必能安于荆钗布裙也”。认真想来，冯爱玲还真没有养尊处优的那些毛病，从小就比他刻苦，也能吃苦，也是难得，就是这个脾气，是更见倔强了。又想起薄云霞，那几年跟她过日子，凡事都是由他许仲杰当家作主，遇到吃苦受累的事情，薄云霞更是从无怨言。坐在酒店客房里，争执过去后，俩人沉默不说话，许仲杰独自感慨，看看冯爱玲，见她在临窗眺望，也不知道她在想什么。

许仲杰想起，出来玩的这些天，一路都是难得的良辰美景，但是，俩人却一路上都是心事重重的，总是轻松不起来，快乐不起来。见到很多年轻的情侣热情高涨，女的快乐得跟一只小鸟一样，在景区跑来跑去，男的登高爬梯，追拍美景，俩人拥抱着欢呼、吆喝，如入无人之境。这边，冯爱玲走过来，四处看看，淡淡一笑，一会儿还是沉静的表情，许仲杰也是这样，感觉里总有一种沉重的东西积压着，不能释放出来。在峨眉山，许仲杰说，爱玲你在想什么呢，开心一点。冯爱玲坐在那里，望着远处山峦起伏的景色，转过脸说，我没想什么，你开心就好嘛。许仲杰原本要说，你总是一副心事重重的模样，我怎么能开心起来。话到嘴边，意识到这样说不好，自己也是不能完全放松开来。

许仲杰记得有一次理发，得知给他洗头的男孩子刚二十岁，看他一眼，觉得他衣着虽朴素，却是一脸的笑容灿烂，怎么看都是美少男。许仲杰到了四十出头的时候，才明白自己最好的时光也是二十岁，可当时却觉得，二十岁的那一年怎么那么漫长，整日愁眉深锁地，怎么弄都觉得不快乐，我们为什么不懂得在二十岁时消费掉最珍贵的时光，来换取最难忘的快乐呢？可是那时谁也不让啊。许仲杰心想，我应该开心地欣赏这美丽的景色，可是，他就是开心不起来，反而顿生孤单的感觉。他明白了，如果一个人在二十岁的时候没有快乐的经历，以后就很难真正快乐起来，就像树干已经长起来了，是什么模样的就是什么模样了，二十岁之前的经历对于一个人实在太重要了，你的味觉、视野、格调，你的灵魂和性格已经被铸造定型了，要改，比剁掉一只手臂还难。从来没有过二十岁的时光，没有二十岁的胡造折腾，胡言乱语，胡来胡往，东北的跑到海南，西北的跑到上海，云南的跑到北京，上海的跑到东京，北京的跑到纽约，浙江的跑到巴黎，没有二十岁时的错误和眼泪，没有二十岁时的冲动和傻乐，没有二十岁时的憧憬和目标，后来我们所做的一切，就是处心积虑、老谋深算，想着、做着一件事，跟别人比怎么更舒服，更有面子地活着，却从来没有想过，自己是否真的过得快乐。许仲杰想，我们缺少这根神经。

一路上，冯爱玲不间断地跟家里联系，关注她家两起官司的进展情况。到了格尔木，有好消息传来，对于冯家花园的历史遗留问题，鉴于全国此类情况甚多，市政府提出两个解决方案，一是以土地置换的方式，在市区新区提供民用建筑地块；二是双方商定时间，逐步退还，以至完全归还产权。这也是参照其他城市的解决方式提出来的。冯爱玲问道，你觉得这两项怎么选择？

许仲杰说，当然要选择原地、原产权归还了，哪怕是逐步呢，现在，冯家花园那个位置，属于靠近城市中心地带了，我们做梦想拿，都拿不到的。将来既可以考虑开发商住楼，也可以建设高档公寓，而且，你又没有土地的成本，都是净赚，想想，那得多大的纯利润。你可以去看看北京王府井商业街，附近有几座高档公寓。冯爱玲说，许总真是让人刮目相看啦，分析得头头是道，看来，我在国内办公司离不开你了。许仲杰笑道，冯总过奖啦，你应该全身心地离不开我才好。冯爱玲说，皮厚，给你三分颜色就敢开染坊。

许仲杰说，房地产市场肯定是潜力巨大，我这次在北京跟几个朋友谈了几次，看得很清楚，以后重点就搞这个了。冯爱玲听了，突然一阵笑。许仲杰说，你笑什么，我这么计划不好吗？冯爱玲说，不是，我总是不习惯，你许仲杰怎么就变成了一个精明的商人，说起来，我倒是有做生意的基因传承。许仲杰说，是啊，你的基础其实比我强，你可以考虑做强做大起来。冯爱玲听了，摇头，说，早年间，爷爷就跟我说过，在我曾祖父那时候，不算在广州的祖业，单是上海的工厂就有五六家，房产有十几处，到了我爷爷这一辈，又在南京、苏州开办了几家工厂，购置了一些地产，我怎么努力，怎么能干，也做不到他们那样的，再说，做到了，又能怎么样呢。我是学物理的，我了解，任何可把握的物质的东西，都不是真正属于你的，只有你格物致知获得的经验和感受，才是属于你的。许仲杰听了，心下不理解，说道，你打官司要回冯家花园，还开了两家贸易公司，不是为赚钱吗？冯爱玲说，打官司是为了争一口气，为了公道，开公司开头是想赚钱，现在想想，也是觉得没什么大意思了。许仲杰听了，沉默不语。冯爱玲说，仲杰，如果我们就此收手，我们赚的钱，也是几辈子花不完的，你现在赚钱是为了什么？许仲杰说，如果我就此收手，很快就会被别人甩过几条大街，公司很快就会破产关门。冯爱玲抬头看看远山，说，你现在已经不是为了发家致富了，是想争强做大，富甲一方，有这样的目标，雄心勃勃的，也蛮好。

回来之后，许仲杰利用父亲担任郊区工委书记留下的关系，率先拿到了全市第一个“安居工程”建设项目，不久又承包了市中心古旧街区的恢复改建工程。古旧街区恢复改建工程让许仲杰名利双收，由于是重点项目，各路媒体不间断地跟进报道，许仲杰很快成为省内知名的企业家，也跟省、市里的一些领导成了朋友。

许仲杰牵头招呼几家企业的老板，几个人专门出资买了一块地，修建了一家茶馆，当作企业招待朋友的一个门面，也为了方便自己人聚会喝茶、交流生意场上的信息，很快被媒体捕捉新意，冠以本市第一家企业家俱乐部的名称。

茶馆建在一处靠近河汊的新建商业区，小时候这里还是一片菜地，水沟纵横交叉，种着西红柿、黄瓜、辣椒等等，按照他们的想法，找来古建专家设计，建了一座江南风格大三进、两天井，有十一间茶室的院子，面积比冯爱玲家的院子大，所用的建筑材料都是新近上市的好东西，定做了全套中式硬木家具，许仲杰又托朋友在景德镇定制了一批高级骨瓷茶具，院子修建安置停当之后，收藏了一些他们各自喜欢的知名书画家的作品，其中有真迹，也有赝品。许仲杰送来两幅字，一个是鲁迅写的一个条幅：放下屠刀立地成佛，放下佛经立地杀人。另外一个是他在拍卖场竞拍到的，当年挂在周校长办公室的一幅字：存好心，想好事，做好人。许仲杰收藏的这两幅字，很多人看见了驻足欣赏一番，都说好。有一个朋友送来的一幅字，大家也很喜欢：有些书，改变了我们的人生。反复咀嚼其中的意思，虽是很平白的一句话，却又道出了大家都有的经历。此外，石头、盆景、根雕，等等的东西，也各处摆了一些，圈子里有一个开装饰公司的朋友，画过二十来年的油画，他搜罗来十几幅临摹欧洲印象派大家的作品，挂在茶馆各处，经过一番用心思地摆设，整座茶馆就有了移步换景的别样风格。院子里还专门留出一间房子作为图书室，各自买来喜欢的书放在里面，可以随意进来读半天书。

茶馆建好还没有正式开业，冯爱玲过来看，里里外外地转了一圈，不知怎么的，脸上渐渐地像抹上了一层冰霜，若有所思地对许仲杰说，你从小就喜欢我们家的院子，现在自己建了一座，这一回满足了你的心愿了。

许仲杰笑笑，说，不是我的，产权是几个人的，就是想有个聚会的地方。冯爱玲说，你是牵头的呀，你的本意就是想建一个院子。许仲杰听了没说话，想到冯爱玲真是太聪明，也太敏感了，本来还想解释几句，又一想，多说反而无益。那一刻，冯爱玲想到，许仲杰在无意之间，已经暴露出了隐秘的心思，建这座院子，表明了冯家的院子与他无关，也预示了对于他们的关系，他没有做未来长久的打算，虽然没有明说，但是这一举动不经意间暴露出来的深意，她读懂了。

就在许仲杰的企业规模不断扩大的时候，何勇谋生的工厂倒闭了。他先是变成下岗工人，又按政策买断工龄，发给一次性经济补偿后，与工厂解除了劳动关系，成了失业人员。接着又听到姜红薇所在的化工厂全面停产，那根竖立在长江边的高大的烟囱终于停止了冒烟。

那家大型化工厂二十年前是年轻人向往的地方，看见你穿着印有厂标的工作服，周围的人马上会投过来羡慕的眼光，找对象都比一般单位容易，各种福利收入要比一般工厂高出三分之一，工厂占地范围大，各项设施齐全，电影院、银行、文化馆、澡堂、商场、医务所，还有自己的职工住宅小区，里面就是一个小社会，足不出户可以在里面生活得很好，多年来是上缴利税的大户，但是，也是区域之内闻名的污染大户，治理环境污染提到了国家战略层面，这家工厂不得不顺应时代发展的步伐加入了“关停并转”的队列，一万多人的个体命运随之发生了逆转。化工厂停产后，有一段日子，姜红薇凭借自己以前跟市总工会的关系，在总工会机关的总务处当了一段时间的临时工，做些会务组织、后勤服务的工作。

何勇坐在家里一个人喝着闷头酒，掐指一算，过了二十年衣食无忧的舒服日子。有一天，何勇留恋不舍，独自走进工厂，看到厂区荒芜了，路面龟裂，车间里空无一人，没有机器的声音。以后厂区里，再也见不到鼓起的屁股后面挂着电工包，嘴里吹着口哨，走起路来一颠一颠的，快乐的机修班长了，也没有跟他打情骂俏的一帮女工了。坐在厂区的路坎上，何勇感叹自己这一辈子倒霉，小时候苦，长大了下乡苦，好不容易过上了舒心一些的生活，一觉醒来就深陷噩梦之中，关键是两口子都是失业在家，老婆比他还早一年就没有了工作，如今跟别人合伙，在老市区一处叫作“下岗职工夜市”的地方摆摊卖衣服，一天也赚不到什么钱，女儿没有考上大学，在一家宾馆的前台当接待员，挣的工资只够她自己用。

何勇想来想去，只好去找许仲杰。早就知道他生意做得越来越大，大家都在说他很有钱了，让他帮着找一份工作。他本来以为，自己回城之后不会跟许仲杰再有来往的，以前他们就没有什么交情，自己那时候经常摆出一种比他们早来两年的架势，还给许仲杰留下了爱占小便宜的印象。何勇想起来很无奈，生活是实在的，一个男人才五十岁的年纪，每天的日子不能张着嘴过，总要穿衣吃饭，往后的日子还很长呢，掰着指头数，在他家几代人的社会关系之中，有头有脸，有钱有势的，找不出来一个，不找许仲杰，还能找谁呢?

见到何勇，许仲杰留他一起吃了一餐饭。虽说许、何二人认识很多年，但这是第一次俩人一起吃饭，何勇进了包间有些拘束，眼睛只是盯着自己的手，问一句，说一句。何勇很能喝酒，看见许仲杰的司机从车里拿过来一瓶红酒，眼睛盯着那红酒，想说什么，许仲杰说，何勇，你是要喝白酒吧。何勇说，哎，我喝白的吧。许仲杰叫过服务员，随口点了一瓶白酒，何勇听见，立即咧开嘴笑了。许仲杰想起在茅河边，三个人同住一屋的日子，他知道，此刻何勇也会这么想。

何勇说，许总，我有一句话，不知道当讲不当讲。许仲杰丢过去一根烟，说，抽我这个吧，咱们老哥们，别叫什么这总那总的，私下里直呼其名，哎，你说。何勇说，我听说你办了五家公司了，还建了两处住宅小区，我是想啊。何勇眼睛看着许仲杰的表情，停顿不说了。许仲杰笑笑，说，知道了，你是想让我多招一些失业工人。何勇说，对对，那里面有很多人的技术不错，你也需要。许仲杰说，我这两年，已经招聘了一些，但是，管理岗位，还是需要学过专业的年轻人。何勇说，我当过机修班的班长，仲杰，你要是让我带一班人干小区物业，负责水电维修，那是再好不过了。

听到这话，许仲杰明白了何勇的心思，想到，这老家伙，还挺有心机，要求还挺高的，还不是给个工作就乐意的那种人。许仲杰说，老何，我不具体管物业公司，但我知道，维修部人员都齐全了，不缺人。何勇说，哎，负责保洁队也行啊，让我带一帮大姐大妈，我保证把小区环境给你搞得漂漂亮亮的。许仲杰笑笑，说，不瞒你说，物业公司那些小头头脑脑的位置，早就有人跟我打过招呼，安排他们家的七大姑八大姨的人了，还轮到你来想。何勇听了，脸上都是失望的神色，一个人喝闷头酒，也不知道跟许仲杰碰杯，说一些酒席宴上的那些话。吃过饭，许仲杰坐进车里，想一想，何勇的要求提醒了他，不管干什么，还是不要安排在自己的公司，太熟悉了以后不好说话，何勇的那张嘴自己管不住，不知道什么时候说出一些影响他的言论，从过去的熟人变成了雇佣关系，本来就是一件让人警惕的事情，一旦变成了恶人就很不好看了。

许仲杰给一个开制鞋工厂的朋友介绍了何勇，请那个朋友给何勇安排了一份工作，在工厂的传达室当门卫。了了这件事情之后，却不由得想起了姜红薇，就让何勇去打听一下情况。何勇跑了一趟回来跟许仲杰说，不知道什么原因，姜红薇已经不在市总工会做临时工了，她干了一段时间之后，自己主动离开了，跟别人合伙，在工厂住宅区的商业街开了一处报刊售卖亭，每天上午九点钟开门，晚上六点钟收工，还起了一个名字叫金蔷薇报刊亭。

许仲杰听了，低头沉默不语。何勇想起什么，问道，要不我再替你跑一趟化工厂那里，看看是什么情况。许仲杰摆摆手，说，不麻烦你了，以后再说吧。他不明白，苏启顺在市纪委当官，如今有多少人挖空心思想靠近他，求他帮忙办事，却任由自己老婆在家门口开报刊亭谋生，是故意显示个人的廉洁还是夫妻关系不和，姜红薇不愿意要他帮助。

过了几个月，省里几家大的媒体联合民营企业家协会，组织了一次失业职工招聘活动，许仲杰参与了一些组织工作，期间就听到了姜红薇的一些情况，知道了她为什么离开市总工会的隐情，那个时候她已经被检查出来得了卵巢癌，可惜已经是晚期不适合做手术，医生说她的时间已经不多了。那几年，隔一段时间就传来化工厂职工得癌症的消息，很多人就传言是化工污染造成的，化工厂的防范设备和措施不到位，等等。为此，市电视台专门请来了著名医学专家做了专题节目，说远离化工厂的区域也有不少人患癌症，而且病情种类也是多样的，可见身患癌症是多种原因造成的。专家说，总体而言，因为多种原因，这些年，癌症患者人数有幅度比较大的增长趋势。

到了南方的梅雨季节，一连十几天都不见太阳，整天灰蒙蒙的，给人的感觉如在梦中。这天下午，许仲杰站在办公室往远处看，突然决定一件事，叫来司机，把车开到楼下等他，司机打伞站在台阶上迎他，许仲杰说，今天事情不多，我想一个人开车出去遛遛。司机很诧异，但也不好问什么。许仲杰径直把车开到长江边的那条大路，出了老城区，开到化工厂职工住宅小区，进了那条商业街，在一处丁字路口，找到了姜红薇的报刊亭，隔了一段距离停了车，车窗侧对着姜红薇，雨刷转动，他看见姜红薇坐在里面，低着头看什么东西，一会，又抬头往外面看看。那一刻，许仲杰突然想到，也许姜红薇早就这样暗中探访过他，自己也不知道。

雨刷一下一下转动，许仲杰的视线清晰又模糊，茅河边的那一幕情景浮现出来，姜红薇双手拢着头发，转过脸问，你说我头发扎起来好看，还是散着好看。脑海里这幅画清晰闪现。许仲杰张开嘴，一口深呼吸。六点钟过去一点，许仲杰看见姜红薇关好那间小屋子的门窗，撑开伞走出来，佝偻着身体，斜风细雨之中，因为身体变得太瘦，她一身衣服显得肥大不合体，扑棱棱地向两边展开，像鸟儿的翅膀，径直走过他的车，形象地说是飘过，又在草木和楼体后面忽闪了两下，她随即就消失了。十几秒时间，许仲杰都没来得及看清这次姜红薇穿的衣服的样式，什么颜色，她的容貌现在是什么样的。这个撑着雨伞从眼前飘过去的人影，这个变得骨峭干瘪的身躯，曾经激发起他山洪暴发般的热情，那些一起谈读书、听唱片的日子，耳鬓厮磨，几颗奶糖互相推让着吃，是那个年月艰苦生活之中两人最大的快乐。但是现在，假如两人能正常见面，别说拥抱了，许仲杰觉得连握一下她的手的热情都没有了，记忆里的那些情景似乎都是虚幻的，是别人经历的故事。

刘宝杨毕业后，留在省里的同学关系几乎覆盖了所有重要部门。

许仲杰经常有事要刘宝杨介绍他在省里的同学帮忙。他现在很看重跟刘宝杨的关系，他知道，这个几十年的朋友关系是他一个独特的人脉资源，他觉得用不着跟刘宝杨客气，两人在一起待的时间比亲兄弟还要长，过去许家和他自己都对刘宝杨有过帮助。经常打电话，许仲杰有时也不忘记恭维他几句，说，从国家部委到省直机关，你建立了一张关系网，就凭这个，你也变成了身份重要、说话算数的人物了，差不多也是跺一脚，地皮跟着颤动了，迅哥儿，如今你变阔了。刘宝杨说道，我算什么重要人物，我哪儿阔了，你不知道，在国家部委不比在省里，什么都是虚的，浮在上面落实不了。

许仲杰听了不明白他什么意思，也就没有深问。电话里，刘宝杨问起他跟冯爱玲相处的情况，许仲杰说，看来，这又是一次冲动的惩罚，有时候把梦想变成现实并非好事。年轻的时候，希望把梦变成现实，人过了中年，倒是希望把现实还原成梦。刘宝杨哈哈一阵笑，说道，你跟冯爱玲又搞到一起，其实我早就看出来了会有这个结果，现在我提醒你，结束这种现状越快越好，否则，爱情没了，连过去几十年的友情也毁掉了。

许仲杰说，什么叫我跟冯爱玲又搞到一起，你怎么说得这么难听。刘宝杨在电话里笑骂一句粗话，说道，你搞得这么讲究干什么，这有什么难听的，我倒是觉得，人生过程中的一切活动，都可以用搞这个字来概括，来形容。许仲杰听了，本来想解释一番，他跟冯爱玲在一起跟一般搞女人是有本质区别的，但又一想，这种事情，即便你说了一火车的话，别人也未必真的理解，还是会把它当作趣味故事来传播而已，也早有一个生意上的朋友，告诫过他一句话，但凡老同学或是知己朋友，千万不要牵扯“钱色”二字，到头来，就没有见过一个有好结果的。他改口问道，你怎么样啊，又回到老婆孩子身边，以后就安心过日子了吧？

刘宝杨长叹一声，说，不回去又能怎么样呢，那句俗话已经说了千百年了，贫贱夫妻百事哀。我们过去那些年在茅河，不也听到队长和杏花他们说的一句话嘛，嫁汉嫁汉，穿衣吃饭。那个时候年轻，听到了也是白听，不懂。如今想来，以前人家刘春的要求也不高，也是合理的，我以前想做名教授的想法也是合理的，只是生活是很实际的，女人等不及你给他描述的美好前景实现的那一天，你让她和孩子有房住、有钱花，她就对你露出笑容了，她就高兴了，就是这么简单，只是从前，我们都太过于天真，还会期待这个年代也有寒窑苦等十八年的女人，是我们自己犯了方向性的错误，抱着我们父母那一辈人的价值观念和思维方式，期望过已经进入信息社会的现代生活，所以，是我们要反思啊，要深刻反思。

许仲杰耐心听了，咽一口口水，说，教授毕竟还是教授啊，如今你说什么都是一套一套的，理论联系实际，我想到的你都说了，我没想到的，你也说了，你牛得很了，干脆，你在网络上开一个如何经营婚姻的讲座好了，肯定受年轻人的欢迎。

电话里，刘宝杨说他过几天要从北京回来办点事情，到时有事也需要许仲杰帮忙。

以后几天，许仲杰忙于事务，没有见到冯爱玲，这天一早起来，想到应该约她晚上一起吃饭，电话打过去，铃声响了很久无人接听，一会儿，许仲杰的手机收到了一条短信，冯爱玲说她人已经在机场，等候回美国的班机了。短信说，从我们一开始的重逢，我就有不好的预感，但是，激情还是淹没了理智，毕竟人心还是人心，我不后悔，也不责怪你。

许仲杰倒抽一口凉气，把信息反复看了几遍，读出了后面隐藏的多种含义。他很吃惊，此前他俩没有发生任何口角，没有出现分手的征兆，扫视短信内容，他身体发热，额头上马上冒出星星点点的汗珠。这是冯爱玲第二次主动提出分手，二十多年的交往让许仲杰明白，冯爱玲总是有敏锐的预判，总是掌握事情发展的主动权，从不给对方有伤害到她的机会。

这一段时间，他们一直住在一起，大多时候住在许仲杰那里，许仲杰的房子在新区，现代化设施和配套更好一些，有时候也住在冯家院子。有一天下午，茶馆经理请来了一位古琴女演奏家，是音乐学院的教师，四十出头，已经有了一些知名度。二十来个男女女女围坐一圈，听她讲课、抚琴，她的女学生不时和声加入。歌毕茶歇，朋友们聊了一会，那时候，冯爱玲跟许仲杰挨着坐，有人就开玩笑，直呼冯爱玲为嫂夫人或许家大掌柜的，冯爱玲含笑不语，也没有表现出异样神态。俩人一起吃过晚饭，许仲杰对冯爱玲说，晚上我还有一个应酬，广州来了两个生意上的朋友，你先回去吧。冯爱玲看他一眼，说，别又去喝酒了，别搞得太晚，我睡觉轻。后来，许仲杰回到家里已是十二点多了，屋子里却不见冯爱玲，洗澡间也没有用过的痕迹，四下张望，许仲杰正要给冯爱玲打电话，看见餐桌上有一张纸条，写道，我还有几封国外的邮件需要处理，今晚我不住这里了。许仲杰看了心里不快，但他也没有办法，冯爱玲的个性他是很了解的。

过了几天，看准了时差，他打电话过去，问道，你怎么也不说一声就回去了，是那边有什么急事要处理吗？许仲杰是想故意不挑明什么，希望留有缓和的余地。冯爱玲说，说急也不急，对你是不急，对我是当务之急。他问道，到底是什么事情，可以跟我说说吗？她回道，我自己的事情，跟你没关系。他知道，再这么说下去，你一句我一句反而会很无趣，挑起俩人的争吵，不问也罢。

刘宝杨利用国庆节放假回来待了几天，却是忙得白天黑夜连轴转，还动用了他在本地多条同学关系线。

他要办两件事情，一件是要请他读大学时候的老师吃饭，希望读他的博士，现在兴起一股在职领导干部回炉深造拿学位的热流，而且基本上都是在职攻读学位，又都是找各自上大学时候熟悉的导师，其中的奥妙自当不必言说。

今非昔比了，刘宝杨请吃饭是在本市最知名的西餐馆，红馆。“文革”结束之后，这家西餐馆又很快恢复了原样，只是很多细节地方的装饰还是少了那么一股味道，老顾客走进来，抚今追昔一番，就会指出，哪儿哪儿跟当年没法比，不对，找不到过去的感觉了。刘宝杨刚上了一个台阶，升任了副司长。如今情况有了很大的变化，按他自己的话来说，只要在地球上吃饭，什么地方都有人替他买单报销，对他来说，在哪儿吃饭不重要，跟什么人一起吃饭才是重要的。

刘宝杨要商议的是自己的私事，没有招呼其他人，只让房援朝作陪，一番寒暄之后，老师听明白了他的意思，有些为难地说，我知道在职读博，可是学校目前还没有这个先例，在北京可能是因为政策灵活，要求在职读博的人也多，我们这儿可能要慢一步，要么你等一等再说，我这儿没问题，你想读我的博士，也是我的荣幸。

刘宝杨看看房援朝，说，老师，我不能等啊，你可能不太了解我现在身处的情况，差一步跟不上，就会步步跟不上，援朝跟省高教局熟悉，他已经跟那边有关领导疏通过了，援朝，你把情况跟老师汇报一下吧。房援朝说道，疏通的工作我已经提前做在了前头，高教局也认识到要跟上形势发展的需求，已经在拟文准备逐级报批，批下来应该不成问题，所以，我们今天说的意思是，双边同时进行，老师您这里可以先预备好一个名额。

老师沉吟半刻问道，就那么着急吗，我是怕学校领导知道了，不等到批准布置，有暗箱操作的嫌疑，就不能等个一年半载的？刘宝杨说，老师啊，我跟您实话实说了，等一年与提前一年拿到博士学位，就像赛跑一样，关键时刻能不能弯道加速超过别人，对我来说很重要，很重要的。

房援朝说，批文下来没问题，也就是一两个月的事情，我找人一路跟着程序呢。老师笑笑，说，如此说来，万事俱备，只差你临门一脚了，没问题，你大概也准备一下吧，我回去就让助理给你发一个书目，你还要提供几篇论文，哎，就是我来看看，过过目而已。

几个人都很高兴，举杯碰了一下。酒店女经理不时地闪身进来，引导服务员上菜，包间内佳肴异香，杯觥交错，房援朝抓住时机说，老师啊，我比宝杨落后了，今天借宝杨的酒敬您，我想请您给我介绍一位导师，我也想读在职研究生。老师说道，你们有这个想法都很好，现在你们都是各个单位的骨干精英，我估计，再过几年，你们这一届学生中间出现几个省委常委或者主政一方的封疆大吏，也不足为奇了，看来当初你们选择走出来是对的。

第二件事情刘宝杨是在请许仲杰吃饭的时候说的。

许仲杰一见到他就说，回来几天了吧，都干吗呢，也看不见你人影。刘宝杨说道，都是很麻烦的事儿，天天在外面跑，吃饭，跟人谈。许仲杰说，好，不会是小三以怀孕来逼宫，你从北京带回来处理的吧。

他扶扶眼镜，笑笑，说，跟小三沾点边，跟你也有点关系。许仲杰惊讶，说，不会吧，跟我有什么关系，你别跟从前一样，在外面拈花惹草，弄出了什么麻烦，拉着我一块儿跟你出去磕头作揖的，那个不行了，现在我可是金盆洗手，不管了。刘宝杨说，如果事关人间大义，你管不管？

许仲杰晃动着酒杯里的红酒，盯着他，问道，哎，今天情况不对呀，怎么越说越像电视新闻里说的了，什么情况，赶紧说说。刘宝杨问道，你还记得，有一个女同学任菲吗？许仲杰说，记得，高中的时候不是还跟你谈过恋爱吗，都知道，玻璃美人，早年跳楼了。刘宝杨紧跟着说，她留下了一个孩子。许仲杰一听，眼睛睁大了，说，知道，也是你跟我说的，怎么了，啊，是你的？刘宝杨摇摇头，不是，这事儿开不得玩笑。

刘宝杨说了正在外面跑动处理的这件事情。一九七七年那个寒冷的冬天，恢复高考后各科考试结束不久，任菲从文化宫六楼的阁楼纵身跃下，雨后彩虹闪现一般地结束了她的生命。在这之前，只有她自己和她母亲知道，两个月之前她刚过二十岁的生日，没有人送她鲜花，没有蛋糕和点燃的蜡烛，也没有生日祝福歌，她放在男友孙大军家传达室窗台上的女婴，小棉被上写有孙大军的姓名，她离开之后，很快有人叫来了孙大军的父母，但是，这个女婴在孙家只养了几天，就被秘密送到了孤儿院，孙家父母对外说是家里没人照看，送去外地老家请人抚养，而这个时候，孙大军被他父亲安排到大西南深山里的军工厂，待了三年才回到家里，在一家海军直属的军工厂当工人，结婚之后生了一个女孩，然后是离婚，再婚之后又生了一个男孩。

孙大军刚回来的那两年，可能是出于良心上过不去的原因，每年几次大的节假日，还能去看看任菲的母亲，带点当时的紧俏商品，结婚之后就见不到他了。任菲母亲这才知道孩子在孤儿院，她赶紧去找那孩子，才知道女婴送到孤儿院不久，在十个月大的时候就被一对夫妇领养了。任菲母亲马上告诉了孙大军这个情况，希望他趁着孩子才三岁多的时候认下她，当时孙大军有些犹豫，说要考虑一下再来找任菲母亲，但是孙大军自从那天回去之后，从此就再也没有出现。

从去年开始，情况突然发生了变化，当年的女婴如今已长成二十五岁的大姑娘了，在市区一家私人办的幼儿园当教师。几年前，姑娘就找到了任菲的母亲，俩人相认了，经常来往，姑娘渐渐地知道了自己亲生父亲的住址，任菲母亲鼓励她写一封信去试探一下，却不见回复。这种态度让任菲母亲和姑娘非常生气，任菲母亲大骂孙大军是个十足的混蛋，说以后再不要提起这个混蛋了。市区修建第一条地铁的路线图公布了，要经过占用孙大军家的住宅区，政府拟定的新住宅位置和房屋置换的方案公示之后，姑娘决定站出来要求参加孙家的分房，这一下子成了小区里的大新闻。因为姑娘考虑得也很实在，两年之后，搬迁过去的住宅是在城市的新区，那里各种市政硬件设施和商业配套都很现代化，除了市中心位置，那里是这个城市房价最高的区域，还有，姑娘很快就要结婚了。

这么多年来一直半明半暗的事态终于完全暴露了，姑娘的男友是一个警察，她得到了男友的理解和支持，男友代表她几次约孙大军面谈，但是都谈崩了，姑娘直接写信给主管拆迁的政府部门，公开了那一段历史和自己的身份。孙大军恼羞成怒，马上予以否认，说当年那个女婴不是他的，还列举了几条根据，这一下激怒了任菲的母亲，旧怨新恨一起涌上来，老太太以前当过会计，是能写东西的人，写了一篇几千字的信，贴到了孙大军小区的公示栏里，历数孙家二十几年来的种种恶劣行状，再也不能容忍他们违背人伦天理的做法，说这次不是为了争房子，而是为了争世间的公道。孙大军见到撕破脸皮了，也不管不顾了，写了一封回信贴在旁边，陈述了另一番事实，列举了一些不为人知的隐私，意在表明过去那么做，也是迫不得已而为之。

许仲杰听了，感叹一声，说道，所以有人说嘛，坏人能坏到什么程度，是善良的人想象不到的。你还记得吗，以前在茅河，那个王队长侮辱人家新媳妇，老红军干部陈老骂他叫欺男霸女，土匪恶霸行为。如今这个王八蛋孙大军更坏，没了一点良心，这应该叫伤天害理。刘宝杨沉默着点头，突然说，你就认定，当年那孩子就是孙大军的吗，这是问题的关键。许仲杰反问道，你说呢，凭着你对任菲的了解，你们谈过恋爱，刘宝杨说，刚才我问你，其实我那是自问自答，我敢说肯定是孙大军的。许仲杰说道，也好办，做亲子鉴定嘛，如今这样的新闻经常听得到。

刘宝杨告诉许仲杰，已经正式提起诉讼了，也是很多年没有联系，任菲的母亲通过其他同学找到了他，知道他是学法律的，在省里人脉关系多，让他一定要帮这个忙。刘宝杨说，昨天我见到了那个姑娘，感觉心里很难受，人真的很奇怪，从那姑娘的神态里，随处能看见任菲当年的影子，我当时想，当年如果任菲不提出分手，如果我坚持不放手，就这么一路谈下去，我会不会跟任菲结婚?

许仲杰说道，别想那么多的如果了，我要想起来如果，眼泪都可以装一水缸。当时，他想起来大家都说过的一句话，出来混，早晚都是要还的。又说道，这件事你当然要管，要让坏人知道错在哪里，让他知道晚上睡觉心痛是什么滋味。

刘宝杨说，找你是想到了你这几年企业发展很快，平时跟媒体打交道多，到处合作做广告，想请你联系几家严肃的大媒体，帮助发布有关任菲的真实信息。他告诉许仲杰，这次打官司，孙家不断地通过一些小报和网络，发布各种信息和言论，后来有人告诉他，孙大军的父母亲“文革”前就在新闻界任职，是老报人了，在新闻界人脉很广，有些舆论和民间的传说，反而在抹黑任菲和她的女儿，特别让人气愤。刘宝杨还希望他能提供一些资金的支持，说，官司打赢了，就会还给你的。

许仲杰说，你有把握打赢吗？看起来，孙家在此地经营了很多年盘根错节的关系，这可不是在北京啊，搞不好，你把自己也折进去了。刘宝杨听了，手里正拿着打火机，就往桌上一扔，说道，人心都是肉长的，看见任菲一家三代人被人欺负成这样，我不管，我还是个人吗？他猛吸一口烟，又说，我也是拼了，官司如果打输了，我就辞职，自己开律师事务所，下海自己干，跟你一样。打赢了，他孙大军一家就是遗弃婴儿罪，主要责任人就要承担刑事责任。

许仲杰听了，说，你想清楚了就好。招呼媒体的事好办，我们公司的顾总，上次吃饭你也见过，他是从省电视台跳槽过来的，这方面的人缘多，至于资金上的困难，我可以支持一些。许仲杰当即就给公司打电话，叫准备一些现金，让刘宝杨转交给任菲母亲，表示同学的慰问之情。

刘宝杨作为原告一方的重要证人出席法院庭审。法庭因为考虑牵涉到个人隐私，整个案子不做公开审理，许仲杰只参加了其中一次重要的庭审，看到了另一个他没有见过的刘宝杨，有专业素养、思维敏捷、表达流畅、并且言辞灼灼，不时听到在场的旁听人低声啧啧称赞，这让他知道了，能在国家部委谋得司局级职位的人，还真不是吃干饭的，也算是人中俊杰了。其间，刘宝杨向法庭出示了几件物证，当年那块用来包裹女婴的蓝底碎花小棉被，任菲亲笔写的“孙大军父母亲收”那张纸条，还有任菲跳楼当天衣服上的纽扣和发卡，一一陈列在案，逐一说明出处，被告一方一时惊慌失措，但很快就强作镇定，对物证提出质疑。现场，许仲杰看着那个叫孙大军的男人的背影，一时疑惑，想到一个人的心要坚硬并且冷酷到什么程度，才能有这样的精神支撑，到了这个时候还能坚持辩解。许仲杰想，看见这样的人，我也算是长了一回见识。

回应被告一方律师的质询，刘宝杨向法庭陈述了小棉被这件物证的来历。一个多月前，他在单位收到了一件快递包裹，疑惑之间打开后看到了这块小棉被，被撕碎之后又拼贴好的纸条，还有一封信，写道：有人丧尽良心，天理不容。我是二十五年前那个弃婴的见证人之一。那年冬天，我亲眼看见孙大军父母从传达室抱走了弃婴，当天晚上，孙大军父亲出来，把一包东西扔进大院门口的垃圾车，刚好被我看见，我当时就感觉到，这条小棉被将来是有用处的，也是孩子长大之后的一个纪念物，就把它捡起来，第二天上班，收藏在单位的一间杂物间。如今听到你出面替那个姑娘打官司，我支持你，这件东西可以作为一个物证，必要的时候，我也愿意出庭做证。现在的社会，太需要像你这样敢于主持正义的人了。我们邻居都支持你，一定要打赢这场官司，不要让好人流血又流泪，不要让坏人心安理得什么都不在乎。刘宝杨先是语调沉缓，念完了这封信，然后，很有职业气度地走上前，双手呈送给主审法官。

往后的一段时间，刘宝杨多次穿梭来往于京城和家乡的城市之间，成为这场官司的组织者和牵头人，充分展示了他的才干和为人仗义的风貌。一时间，在同学圈子里赢得了很多诸如“敬佩”“有本事”“是我们那一届的骄傲”等等的赞美之词，许仲杰的帮忙协助变成了他整套计划之中的配角。许仲杰暗自想到，就算做了一回听从刘宝杨调遣的幕后部将吧。看着刘宝杨身兼专家和京城国家部委官员的光环，衣锦还乡，一战成名，许仲杰心里有了被利用了一回的感觉，他知道刘宝杨是个争强好胜的人，这一回让他抢了风头，挣够了面子。

这以后几年时间，许仲杰感到刘宝杨变化很快。因为帮任菲女儿打赢了官司，迅速传播了个人的影响力，省、市的一些公司纷纷希望结交刘宝杨，特别看重他在国家部委任职有广泛人脉的优势，再加部委主管的领域跟他们的业务关系密切，又知道他在省里各委、办、厅、局，都有大学同学的关系，一些人经常专程跑到北京，请他吃饭，送礼品，许仲杰圈子里的几家私人公司老板，私下里聘请他做顾问，实际就是找借口给他送钱，便于在需要的时候随时提供帮助。刘宝杨只要回到家乡城市，必然会成为圈子里的新闻，待几天，每日宴请应付不过来，经常需要一个晚上跑两三家应酬饭局，饭后，市区几家高档的俱乐部、歌厅和桑拿，经常能看到刘宝杨的身影。

有一天晚上九点多钟，许仲杰请浙江来的两个商界朋友去桑拿消遣，正坐在大厅换鞋子，突然看见刘宝杨被四五个人簇拥着走进来，看见许仲杰，刘宝杨倒是很坦然地走过去，说，今天下午刚到，出了机场就被拉到了酒楼包房，吃完了又到了这里，来不及跟你说了。许仲杰问道，你这次回来准备待几天哪？刘宝杨说，待不了几天，明天下午的飞机回去，这次咱俩就算了，下次有时间再聚吧。

许仲杰看着他跟那几个人有说有笑地走进门，想到，你也可以临出北京给我一个电话呀，不至于搞得这么紧张的吧？他想起来一句俗话：亲戚要好接远方，邻居要好高筑墙。看来刘宝杨是在有意回避见他，因为在本市，他已经有了自己的朋友圈子，鱼跃江河，鸟翔蓝天，在这个圈子里他活得很精彩，很有面子，也更能展现他的价值，他的影响力。

以后几年，许、刘二人见面少了，但有关刘宝杨的信息，反而是越来越多。刘宝杨接触的圈子，大多是许仲杰认识的人。有一些消息，让许仲杰听到后很不高兴。有人透露，刘宝杨在酒桌上说，许仲杰能发达起来，不是他个人的真本事，是靠他父亲复职之后当了郊区工委书记，如果没有这个过硬的条件，他能拿到地块做房地产？刘宝杨此语一出，一起吃饭的人就纷纷议论开了，说许仲杰的公司最近又拿到一块地，就在市郊的位置，那里已经变成了城市的新区，是一处最有发展潜力的地方，有两条地铁的线路经过，紧靠一处正在建设的二十多万平方米面积的Mall，要想买到那里新建的房子都要托关系。房子，近几年变成了很多人酒桌上谈论的热门话题。还有人告诉许仲杰，刘宝杨还同时说道冯爱玲，说，她更不是一般人，如果没有她家老厚的家底儿，她拿什么钱去做启动资金，不是依靠她爷爷几代人的关系，她凭什么这么快地做成几家大贸易公司？她家那座院子，腾退还给冯家之后，后来光是装修的钱，据我所知，就花了几百万的。

许仲杰听到这些议论，想到，如果刘宝杨真是这么说的，那就是在做损人不利己的事。人，管天管地，就是很难管住自己的嘴。刘宝杨新近扶了正，担任了司长。如今回家跟人说话，大多时候是一口京腔京调，他说，因为工作关系，每天上班说话的时候多，在单位说习惯了，临时要改家乡话反而别扭，各位见谅了。许仲杰听了，可以想象得到，当时一桌子的人听他这么说，肯定都是点头称是，然后七嘴八舌地奉承，刘司讲得对。刘司说的完全有道理。

不久又是国庆节长假，这回刘宝杨提前几天就打电话过来，要请许仲杰一家吃饭。许仲杰说，请我们一家，你这不是拿我开涮嘛，我哪儿来的一家，你让我带前妻薄云霞去啊。刘宝杨说，哎，你带冯爱玲啊。许仲杰笑笑，叹一口气，说，冯爱玲，我都忘了有多久没见过她了。刘宝杨沉吟一下，说，明白了，我知道你身边从来也不会缺妙龄佳人，大老板嘛，随你吧，你愿意带谁就带谁吧，主要是给你介绍几个朋友，对你做生意有用处。

去赴约吃饭的路上，正是下班时段，到处堵车，许仲杰坐在车里，眼睛一瞥，看见路边树荫下站着一个他熟悉的身影，是何勇，穿着一件浅蓝色印有“停车管理”字样的背心，正吆喝着指挥一辆小车停进划线的车位。

许仲杰随口说道，这个何勇，什么时候跑到停车场干了？司机听见了，转过头说，哎呀，许总您还认识这个人呐？停顿一下，又说道，这老家伙可不善了，听说前几天刚放出来，拘留了七天。许仲杰听了觉得惊异，问道，他怎么了，还被关了七天？司机说道，怎么了，打人呗。一个送快递的外地小伙子，骑的电动车撞倒了他的自行车，送快递的小伙子连声地说对不起，他走上去就打人，说一句你瞎了眼看不见啊。伸手就抽了人家一个大嘴巴。送快递的捂着脸说对不起，他还是不依不饶的，骂一句，抽人家一个大嘴巴，就这么一边骂一边连续抽。路过的群众看不过去了，过来拦阻，纷纷指责他，随即又报了警。快递公司知道了，维护员工人身权利，把他给告了，就给逮进去拘留了。闹得很大的一个新闻，电视台晚间新闻都报道了。许仲杰听了，暗自骂一句，你这王八蛋怎么混到这个份上，有事你说话呀。

到了刘宝杨指定的地方，许仲杰下车走两步，想起刚才看见何勇的情景，在车上打电话不方便，站到路边，给那个开制鞋工厂的朋友打了电话。那个朋友长叹一口气，说道，哎呀，许总，你如果不问起这个人，我是不会说的。许仲杰说，说吧，这个人毕竟是我介绍去的。那个朋友说道，说实在的，何师傅做门卫，还是蛮认真负责的，起早歇晚的，经常要住在厂子里，没有怨言。但是手脚不干净这个毛病，我真是被他搞怕了。他先是在工厂附近的超市偷，被人家保安当场逮住，坚持要送派出所，幸好超市老板也是朋友，我赶去当面保下来了。接着又在厂子里偷，把鞋子偷出去卖，还不是当场发现的，是厂里的工人在夜市小摊上发现了我们家的鞋子，他老婆在卖，好多种样式。我跟他说，你是许总介绍来的，你缺钱你跟我说呀，何必这么干呢，这不是监守自盗嘛。在我这里干了一年多一点时间，临走，我多给了他三个月的工资。这个事对不起了，许总。许仲杰叹一口气，说，知道了，兄弟啊，给你添麻烦了，多谢了！打完电话，许仲杰抬头看一眼周围，已经到了吃饭的地方。

刘宝杨请客，地点选的也是望江楼。此刻正是上客的时段，车马人群接踵而至，真如过江之鲫，人声、喇叭声此起彼伏，好一派热闹的气象。主人订的是一间最大的包间，可以坐下十八个人。房间的装饰豪华气派，用具的精致讲究，自不必细说，但就楼前迎宾这一项安排，就尽显主人的规格。望江楼专门从职业学校挑选了六个女模特，身着六种花色的旗袍，车子径直开到大厅门前，一个姑娘上前拉开车门，一路引导贵宾进入包间。许仲杰想，看这个架势，今天来的多是一些当地头头脑脑的人物吧，不然的话，酒楼不会这样做赔本买卖，这顿饭不为了赚钱，为的是结人缘，造影响，这点生意经，他懂。

许仲杰突然心里有一些不快，停下脚步，对身边的姑娘说，小妹，你去忙吧，我抽根烟，我知道怎么走。他转身走到洗手间，站在外面抽烟，又进去方便了一次，磨蹭了十几分钟，这才走进包间。果然，已经是一屋子的人。但见一个个西服革履，头面清爽，皮鞋铮亮，领带五彩缤纷，都是笑容可掬的模样，听了刘宝杨一一的介绍，轮流握手，礼仪有加，说，许总，久闻大名，今日幸会；有的说，久仰久仰；有的说，许总好，前天咱们还见过。刘宝杨站在中间，扫一眼，说道，哎，你这个许仲杰，今天怎么穿的这样随意啊。许仲杰拎一下自身的衣服，说，吃饭嘛，我就穿了个T恤衫了，方便自在。一旁的人听见，说，许总潇洒得很。有的说，许总这样，更显别样风格，很好很好。许仲杰看他一眼，心里骂一句，你是什么鸟人，什么时候说话，都是领导的口气，都是把自己摆在主人的位置，我穿件什么衣服，还需要你来表扬和肯定吗？

众人站在那里热闹一阵，又为了座次推拉一番，这才坐下。许仲杰看见，那六个姑娘分站在周围，燕瘦环肥，各个亭亭玉立，眼波流转。大家都把眼睛看向刘宝杨，有人就说，刘司，还是你给个号令吧，我们就可以开始了。刘宝杨坐在上首，顿一下酒杯，说，这样，我首先声明一句，今天的这个饭，我就是一个召集人，为大家服务的，请客的主人是庞总，大家都熟悉，不用我介绍。叫庞总的就站起身，微微躬身，又举手过额，朝大家晃动了一圈，然后才说道，应该还是刘司请的客，不然的话，我庞某人哪里有这么大的面子，能请到省市厅局里的各位领导，还有几位商界的大佬，今天略备薄酒，不成敬意。庞总说过，大家就拍了几下巴掌。

酒过三巡，人人面酣耳热，个个宽衣解带，话也就多了，一时包间里热气烘烘，人声喧喧。刘宝杨站起身，走到许仲杰身边，说，咱俩去给大家敬杯酒吧。刘、许二人端着酒杯，挨个走了一圈，然后，俩人站在一处窗口，说了一会话。刘宝杨说，前一段，丁奉为带着老婆来北京旅游，说是他老婆以前没有来过北京，住了五天，吃、住、行都是我给安排的。许仲杰说，那是应该的，丁奉为这人，好人，对我们不错。刘宝杨点头，说，我还想起来，当年高考，如果不住到他家，我可能考不上大学。许仲杰听了这话，叹口气，点头不语。

刘宝杨说，丁奉为还说了一个事，他儿子，大学毕业后，工作一直不理想，想活动一下，希望咱俩帮忙。许仲杰说，这是你的长项啊，今晚来的这些人，都是各路英豪，你挑个地方，给安排一下吧。刘宝杨说，你那里不行吗，拿钱肯定比蹲机关要强。许仲杰说，最好别这样，也是很近的关系，进了我的公司，以后话说深了，说浅了的，都不好管理。刘宝杨听了，略一思忖，说，也是，有道理。

又说了一会儿，刘宝杨回到座位，伸出双手摆摆，示意安静一下，说，今天来的各位，有的是尊敬的领导，有的是身家亿万的企业家，我和许仲杰，从小撒尿和泥一起长大的，今后凡是他的事，就是我的事，但凡有求你们各位的，请一定鼎力帮助，我先干了。大家听了，都一起站起来，举杯喝干，七嘴八舌地说了“刘司的朋友，请放心”以及“没问题”之类的话。

许仲杰坐下来看看四周的人，有半数是熟悉或见过面的，看刘宝杨正侧耳跟身边的人说话，想到，你也不事先说一下，我什么时候也没有说过，想托付给这些人的意思，本人还不至于如此无能吧。这以后的时间，许仲杰坐在那里，闷头抽烟，在薄雾一样的烟尘酒气之中，看见众人围坐大圆桌，都在交头接耳地说话，极像水面上浮起的鱼群，只露出一颗脑袋在呼吸，看上去，每个人的脸都有点变形。散场往外走的时候，刘宝杨拉过许仲杰，悄声说，跟我走吧，一会儿去一个地方，轻松一下，我请客。许仲杰听了，脑子一转弯，说，哎呀，我这几天感冒还没好，每天也都有应酬，很累，想早点睡，我就不去了。刘宝杨说，那儿很不错，档次很高的哦，玩一会呗，你提前走嘛。许仲杰说，不了，下次吧，来日方长。刘宝杨说，那行吧，你稍等一下，我车上有几件东西，你带回去。

站在台阶上，刘宝杨跟众人一一握手，间或还要说几句，等一长溜的车都开走了之后，才示意司机把车开上来，许仲杰一眼看见，这是一辆挂有武警牌照的黑色奥迪。看见许仲杰盯着车看，刘宝杨眼睛里有闪光的东西在波动。他从后备厢里拎出两个大纸盒，包装都很漂亮，递给许仲杰，说，武夷山来的，上好的金骏眉，明天噢，我让人送你两瓶茅台，我拿来的茅台，那肯定是真的。他转过身，急匆匆地又说道，那我就赶紧过去了噢，那边有人正等着呢。

许仲杰回到住处，下车就要走，司机说道，许总，您的东西，我给您送上去吧。许仲杰说，给我吧。他走近一排垃圾箱，看也不看，把那两个大纸盒扔进去，“咣当”一声合上盖子。

许仲杰也承认，刘宝杨其实比他更适合在生意场上打拼，对于挣钱，天生有着极大的热情，也具备敏锐的市场洞察力，他参与策划的几个大项目，帮一些企业出的主意，后来都取得了很好的市场效益。因此，他很自信地在不同场合重复洛克菲勒一句名言：“我不靠天赐的运气活着，但我靠策划运气发达。”许仲杰知道，不管是一起长大的发小，还是多年的好朋友，随着各自不同的人生道路和生存环境的改变，各方面都会发生很多变化，都会有各自不轻易暴露的另一种面目。前不久，他看了一部法国电影，里面的人物有一句话，人都戴有七种面具。可谓一语道尽人性的复杂幽暗。

那天夜里，许仲杰睡不着，一直在想当晚吃饭这件事情。宴席间的每一个细节，此刻都放大了镜头，闪现在眼前。他不懂刘宝杨出于什么心理和目的。从小到大，许仲杰都是压他刘宝杨一头的，可是，他许仲杰是摔了大跟头的人，吃了大苦头才有了今天的，你当你的官，我做我的生意，不至于非要争个谁高谁低的吧。刘宝杨半秃的额头和壮实的身体一直在眼前摇晃，一会变成学生时期的模样，一会又变成下乡时的模样，一种不好的感觉油然从心底产生，挡都挡不住。

三十　橘红色衣裳

许仲杰第二回结婚听从了母亲的安排，经母亲陶文英出面，托人介绍认识了一个女教师，教化学的，也在陶文英以前任职的那家师范学院。

女教师相貌尚可，主要是人的经历单纯，性格开朗，除此之外，陶文英对他说，理科女好，学理工科的女人性情稳定，做事踏实细致，你就适合跟这样的人生活，你再不要招惹那些花花草草的事情了，四十八九的人了，我不看着你家庭落定下来，死了也闭不上眼睛。

圈子里的朋友知道了却说，以你许仲杰现在的条件，找一个女演员女明星多好，或者找一个电视台的女主持人，再或者找一个高官人家的姑娘，年轻、美丽、名气，认识的人多，交往的圈子里，权贵富贾什么人都有，为你的事业广接人脉、增光添彩，既找了老婆又得到一个不花钱的活广告，一个枕边的公关经理，现在企业老板的婚姻都愿意这么搭配，这个年头做企业的，谁还考虑只为生儿育女过日子找老婆结婚的？那言下之意，找老婆组成家庭，也可以像做生意一样，定了一个项目，贷款，投资，收回成本，赚取利差。

就在许仲杰举棋不定的时候，丁奉为到省里来治病，他已经到县政协当主席。丁奉为见到他说，我上个月已经退休了，身体这几年一直不好，年轻的时候经常熬夜写东西，也没有什么营养的东西吃，把身体的一点底子透支完了，这副臭皮囊不知什么时候就扔掉了。许仲杰说，不会，你工作轻松一些，身体就会慢慢恢复，你儿女都大了，教子有方，如今都很有出息，你各方面都可以说是成功的。丁奉为告诉许仲杰，他决定搬回山村老家居住，说，你还记得那个老红军干部陈祖望吗？许仲杰说，那怎么不记得，陈老是救过我的恩人哪！丁奉为说道，哎，陈老前两年才去世，102岁，大年初四上午坐在自家门口，晒着太阳走的，周围是儿女、孙儿辈和重孙辈，从各地回来陪他过年的，有福之人啊。许仲杰听了，突然想起这么多年，就没有想到去看望一下这位老人，如今人已经走了，顿时感到五味杂陈，长叹一声。丁奉为说，陈老这一辈子，建立新中国有战功，后来回乡又做了很多有功德的事情，所以，我也决定回老家居住，趁着身体还能动，为乡亲们做一点事情。许仲杰说道，茅河那块地方，除了经济发展落后一些，山清水秀的，很适合养老。

丁奉为笑着点头，说，我看到了市政协内部简报，说已经推举你当选新一届的政协委员，这是好事情啊。许仲杰说，也是一个虚的头衔而已，就是想多一些跟政府部门接触的机会，多一些及时获得信息的便利条件。

吃饭期间，丁奉为突然有一种欲言又止的表情，许仲杰看了，心里感觉到他可能有事要自己帮忙，便不急于询问，只是闷头喝酒、吃菜。一会儿，丁奉为踌躇一番才说道，哎，许总啊……许仲杰接口说道，丁大哥，使不得使不得，你可千万不要对我称呼这个名号，在我心里，你是有恩于我的人，你有什么需要我做的事情，我一定尽力。丁奉为这才神情轻松下来，坐直了身体，说道，茅河你知道的，方圆一百多里就是这么一条河，多好的河啊，周围几十万老百姓吃的、喝的、烧的、用的，都是这条河供养的，几百年了。但是这十几年来，偷挖河沙卖钱的人越来越多，屡禁不止，县里虽说有一个管理机构，但是鞭长莫及，管不住啊，又缺资金和编制人员，所以这个挖河沙的现象就一直在泛滥，现如今已经到了农民觉得不挖白不挖，有钱不挣是傻瓜的地步了，两岸植被严重沙化，堤岸多处崩塌，终于到了今年秋冬季节，茅河出现几处断流，这是从古以来没有过的事情，这是老天爷发出的警告，这样下去，这条河要毁掉了，就要毁在我们这一代人手里。我给县里写了几次报告，希望成立一个茅河保护巡查工作队，我来牵头负责，有关部门把人员、设备和修建办事场所，等等预算搞出来了，说要一次性投入七八十万元，还有后续的各种费用支出，乖乖，这可把他们吓住了，不谈了，束之高阁，没人再理会这个事情了，也是啊，我们现在还是一个贫困县哪，我也知道，本县范围之内，此类事情多了。

说到这里，丁奉为长叹一口气，脸上的气色由潮红变作灰白，眼睛看着地面不说话。许仲杰刚听了几句就明白了，心里已经在做打算怎么应对。他脑筋在飞快地运算钱数，同时在估算自己公司目前的资金状况。许仲杰也不说话，靠着沙发椅不停地抽烟。丁奉为觉得这个气氛很压抑，哈哈一笑说道，许总，我知道如今做企业也很不容易，钱少有钱少的难处，钱多有钱多的难处，我就是随便说说，你也就随意听听而已。许仲杰伸手把烟蒂摁在烟缸里，吐出一口烟，抬起眼睛看定丁奉为说，这七十万元我来出。

丁奉为放在餐桌上的手明显地抖动了一下，他的眼睛盯着桌面，没有马上说话。过了一会儿，他点着头，缓缓地说道，哎，小许啊，我还是叫你小许觉得自然一些吧，我们这个县也就出了你这么一个有成就的企业家，真是我们县父老乡亲们的光荣啊。许仲杰听了赶紧插话打断他，说道，丁大哥，你可千万别这么说，我哪里有什么成就，你可能没有交往过大企业家，我也就比过去的土财主要好一些而已吧。他停顿一下又说，你别忘了，茅河这个名字还是我起的。丁奉为眼睛亮了，直是点头说，对对，这个可是你的知识产权哪！许仲杰说道，茅河，我对它是有特殊感情的，我的最好的年华岁月是在这条河身边度过的，我跟它有缘分哪，有天生的缘分。丁奉为也动了感情，突然站起身，端起酒杯双手平举齐额，眼睛看定许仲杰说道，小许，我丁奉为没有看错人，我代表父老乡亲们，也代替茅河的河魂，请受我一长揖！说着，弯腰鞠躬，再起身一饮而尽。许仲杰一见，慌不迭地站起身，酒杯晃动洒了一手的酒，也举杯一饮而尽，赶紧说道，丁大哥，你可别这样，折煞我也折煞我也。坐下之后，许仲杰有点喘气，口气幽幽地说道，其实，我这么做出些钱，也是为自己，消除一些我自己心中的羞愧之感。可是，丁奉为却没有接他这个话题，他坐直了身体，正色说道，我准备在茅河边修建几座碉楼，领着一些人长年累月地守在那里，安装探照灯，配备摩托车，凡偷挖河沙者，见一个抓一个，见两个抓一双，老子今后就跟这条活（河）共存亡。许仲杰听了，哈哈笑开了，想来结识丁奉为几十年了，从来没有听见过这个乡村书生出身的人这么说话。许仲杰思忖一下，说道，丁大哥，除了那个七十万元之外，我再捐赠一辆吉普车吧，你身体又不怎么好，春夏秋冬，风霜雨雪的，茅河两岸又都是山坡地，没个车可是不行啊。

俩人又说起了许仲杰的婚事，丁奉为说，如果你要问我的看法，我是站在你母亲这一边的，活到我这个年龄，才把世事看得很清楚。有一句话说，人要到了六十岁才能真正懂事。这话听说是一位已经离世的前国家领导人说的。带领一帮人干事业，千军易得，一将难求，对于家庭，一个品德贤良，性格适合你的妻子，就是人间的天堂。

人很多时候就是这样，对于一件事情犹豫不决之际，因为听进去了别人的一句话，自己的想法就明确了。许仲杰听从母亲的安排，去跟那个女教师见面，在一家星巴克咖啡，女教师选的。他提前到了等她，心里直是打鼓，因为知道比她大了将近二十三岁，许仲杰坐在那里，不断地东张西望，神情有些古怪，也有些紧张，担心站在一旁的服务员把他当作勾搭人家年轻姑娘的好色大叔，包养女孩做小三的人，如今这种事情很多见。

女教师颠着快乐的小碎步来了，一进门许仲杰断定就是她，脸盘上是无遮无拦的快乐的红晕，大眼睛扫一下就认定了是他。聪明，许仲杰想，他站起来，心就莫明其妙地跳，脸上也开始发烧，好像是在做什么坏事。年轻的女教师可是自然大方，伸出手来给他，握住觉得小手凉凉的，瘦长纤细，柔若无骨的。许仲杰喝咖啡，女教师要的是冰激凌蛋糕，对她的印象就是健康、简单、快乐、话多，许仲杰一下子跟着轻松了很多，什么也不想，就跟着她的思维走，俩人竟然聊得十分投缘和开心，却都是一些很琐碎的话题，东一榔头西一棒子。许仲杰当时有很奇诡的感觉，差了两个时代，却又不觉得。其间，许仲杰说，你不觉得年龄是个需要考虑的问题吗？女教师说道，年龄不是问题，等到你六十岁的时候，我也快四十了，正好各方面都合适。许仲杰听了，惊诧莫名，握着纸杯的手指已是冰凉，脑筋有些转不过来弯，努力思索这句话的丰富含义。

第二次见面，女教师的一个细节举动，让许仲杰当即就知道了，就是她了，他要跟这个女教师结婚。

那一天，是在许仲杰院子的茶馆里喝茶，俩人喝茶，听音乐，她带了几首歌来听，《我用所有报答爱》《征服》，又要许仲杰推荐一首他喜欢的，许仲杰先说《一块红布》，后来又说《十年》，女教师乐得直是笑，说，你怎么跨度这么大呀，挺好，说明你一直在跟紧时代，在进步。许仲杰有点不好意思，抓挠着头皮，含糊着说道，嗐，我就是胡乱地听，落后了。后来俩人说要去一个酒楼吃饭，许仲杰要去洗手，女教师等在洗手间的外面，见他出来，从包里掏出一管手霜，挤出来，捏着他的几根手指，缓缓地擦在他的手背上，一边柔声说，洗完手要抹点护手霜，手是人的第二张脸，知道吗？许仲杰说，嗯嗯，我知道。他猛然想起，小时候母亲也是这么做的，当时不知怎么的，有一种要哭的感觉。

几个月之后，当许仲杰着手准备举办婚礼的一些事项，一边还有公司的事务，忙乱之中，有一天突然明白了，他就是要找一个跟他的生活境遇没有交际点的女人，这样他才可能有一个完整的自我。他活了半辈子，现在明白了，跟简单的人在一起，自己也跟着简单了；没有了解，也就没有误解，倒是各自轻松自在了。而他的未婚妻就具备一竿子到底的智慧和率真见性的天性。

许仲杰特别看好北京的房地产市场，他的朋友圈子有好些人都喜欢在北京投资买房，有几个浙江生意圈里的朋友看准了好的位置，买下一栋二十几层楼的整个单元，而且是一次性付清。果然，北京奥运会之后的房价是打着滚翻番地上涨的，所有买房的人都赚到了几倍的钱，有的老板很感慨地说，做企业能有百分之十几的纯利润就很好了，哪里想到，在北京买房子能翻几倍地赚钱哪？

许仲杰想在北京买房，还不是单纯为了投资，他很喜欢这里的大环境，觉得到处都建设得很大气，又有深厚的文化底蕴，老百姓的整体素养也要好一些，尤其是冬天没有南方那样的湿冷天气，夏天也不像南方，有两个多月的湿热高温天气，有闲暇时间，来北京小住一段也是很舒服的。

这年初夏季节，他特地在北京住了几天，拉着刘宝杨四处跑，看房产项目，刘宝杨也愿意借机跟着看看，也有他的想法，他想再买一套商品房，面积大一些的，如今在北京像他这样的，哪个人没有两三套房子的。

许仲杰看中了王府井商业街附近的一处高档住宅，寸土寸金的地方，买下了一套二百九十平方米的大平层房子，又在同一栋楼买了一套一百八十多平方米的。许仲杰说以后年纪大了，跟儿女在一起住，互相不干扰。第二天又经朋友的推荐，在北京东五环的位置，购买了一座带私家花园的独栋别墅，两层地下室，地上三层，室内双车位，带私家电梯。这三处住宅的总价之高，让刘宝杨一时惊讶得瞠目结舌，暗地里非常羡慕许仲杰花钱的大手笔、大气魄。此外，许仲杰从小喜欢油画，也懂画，到京郊一处画家集中居住的小区，购买了一些画。许仲杰说，这些画家，现在都还没有什么名气，画比较便宜，你再过十来年看，肯定翻几番地涨了，我去欧洲，以前他们那里也是这样的，提前收购，到时再参加拍卖。刘宝杨看到，一张油画，少的八九万，多的三四十万。这一趟跟下来，他知道了，许仲杰已经真正步入了富人的阶层，已经把他甩开了不止几条大街了。

他回到家里，心里就像受了强烈的刺激，什么也没有跟刘春说，沉默着看了一会电视节目，上了床，大半夜也没有睡着。

刘春这个女人也是奇怪了，自从刘宝杨调到了部里，几年之中从副处到正处，分了房子，以后职务晋升路上一路春风，四十出头就坐到了副局级的位置，跟着她的各种怨言就没有了，脾气也变得温顺了很多。这些年来，很多时候，不知道刘宝杨是在单位弄得心情不好还是工作累了，回到家，整晚上不说话，看谁的眼神都是呆滞的，刘春看他几眼，不动声色地给他端去一杯热茶或是一杯榨好的鲜果汁，一个人默默地坐在一旁看她的电视剧。孩子上初三之后就住校了，一星期只回来一次，家里变得安静了很多，但她并不抱怨刘宝杨的冷淡。如今刘家堆满了全国各地的土特产，吃的、喝的、穿的、用的，基本不用动用工资了，刘宝杨隔三岔五回家，很随意地递给她一张王府井百货、西单老佛爷百货、长安百货，等等大商场的购物卡，少则几千，多则一两万的，刘春的皮包换了一个又一个，一双鞋动辄就是两三千，内衣也必须要穿某个外国的品牌，名牌化妆品，瓶瓶罐罐地摆满了梳妆台。有一次请外地来京的同学吃饭，席间，刘宝杨听到老婆对身边的一个女同学说，现在我们家东西都有，基本上不用在外面买，吃的东西都吃不完，老是过期就扔了。刘宝杨不禁暗自苦笑，想到，你纯粹就是一个土鳖，没见过大世面，就看到吃吃喝喝的这点东西，以为家里有吃不完的海参、喝不完的茅台，以为藏着几只劳力士表就是富豪了，差姥姥家了，你就没看见真正的有钱人过的什么日子？有钱的老板请他吃饭，开一瓶还不算顶级的红酒就是你几个月的工资，冯爱玲戴的一只百达翡丽表就抵你好几年的收入。

刘宝杨自从坐到了正处的位置，就开始了他人生中完全不一样的生活，渐渐地在行政审批、项目招投标、央企改革资产分配等方面有了发言权，在部里对于人事安排也有了一定范围内的决定权。熟悉国家部委情况的人都知道一个“处长政治”的说法，国家部委体制中，“处”是最基本的单元，处长的权力实际是执行权，经常是一个处长提出一种具体方案，经层层上报、讨论后，最终成为一种刚性的规定或政策文件，一些退休后的司长、局长和部长们，后来被问到部委里谁最有实权，都一致认为最有实权的往往是处长。

曾经有一个实例证实了这个说法，一个副省级城市的处长到一个部委办事，可能是没人告诉他这个实情，也可能是一个刚被提拔风头正盛的愣头青，此人大大咧咧的做派让部里对接的处长看着不顺眼，想给他一点颜色看看，就找了一个理由回避了跟他谈工作，以后接连几天都让他在走廊里等待，请吃饭不去，下班要接孩子，后来有好心人看不过去，人家大老远地跑一趟，在走廊里一等多半天，着急上火，嘴唇都起燎泡了，才暗中说和解决了问题。新闻里报道过，几届总理都公开批评过部委里一些处长架子大、脸难看的现象。刘宝杨正是在做了处长后，才真正体会到什么是当官的滋味，也开始享受当官的好处、当官的乐趣。他还计算了一下，按照年龄和职务任期的规定，他比别人晚到了两年，他知道就应该比别人要多跑几步赶上去，唯一的捷径就是比别人多劳累一些、多忍耐一些，还要尽最大努力，多为自己创造一些别人没有的条件，比如，那次回去跟老师谈读博就是一步很好的棋。

他有一个读研时的师兄，早几年，研究生毕业就眼光独到地选择进了部委，第一站是在部值班室担任秘书，在部里部外积累了广泛的人脉关系，等到刘宝杨调进来的时候，他已经有了在业务局处长位置上任职两年的履历，让刘宝杨佩服得五体投地。此人后来一路平步青云，一个磕绊都没打，多年之后被外放到一个省担任副省长，目前还在任上，还有可上的台阶，成为他们那一届事业成功的代表人物。幸运的是有高人提醒，刘宝杨调进部里不久就得到了这位师兄的真传。

当时刘宝杨虚心求教，问道，师兄，要想在部里发展，有没有什么秘诀或者规则？师兄回道，有倒是有，不知道你是否能够做得到？刘宝杨说，做得到，既然我调离了高校，就冲着当官来了，拼死拼活地，死活也要做到。师兄看他一眼，沉吟再三，说道，三句话，七个字，我只说一遍，说多了太伤人，你可记得住？

刘宝杨听了，立时坐直了身体，眼睛盯着他的嘴，生怕听错了一个字，听见他一字一顿地说，忍，再忍，再忍一忍。

后来，刘宝杨喜欢读曾国藩的书，看到了曾老先生也说过类似的话，甚至告诫儿子，在走向自己目标的路上，要有“好汉打脱牙和血吞”的隐忍精神。虽然是距今一百六七十年了，竟然也有如此同声相应之处，着实让人惊叹。于是，更是对师兄增加了敬仰之情。从此，视他为师长和知己，每逢年节，必要登门看望，态度之恭，几近执弟子之礼。刘宝杨的仕途从此得了真传，也找到了靠山。

刘宝杨在家里的地位随着他的职位变化而跟着变化，首先是丈母娘再不敢对他呼来喝去的了，如今让他做什么事之前，倒要先看一看他的脸色，老太太说话的声音也小了，后来，刘宝杨干脆找了一个理由，打发她回老家住去了，做到了眼不见心不烦，刘春也不敢再坚持自己的主意了，家里的大事都是由他拍板决定。体会到这些变化，他明白了一个道理，家庭就是社会的一个缩影，妻子在乎的，其实还是你社会角色的定位，爱情是要的，感情也是要有的，但肯定不能代替衣食住行的。

唯有一件事情刘春是坚持不懈地去做的，而且是由她说了算，必须隔一段时间要刘宝杨交一回“公粮”，种一次“自留地”。有一句话，刘春经常在吃饭时挂在口上，说，你别忘记了，我是学医的，没有正常的性生活，女人会老得很快，原因你懂不懂？刘宝杨吃着饭，嘴里咕哝着说道，女人变老的原因很复杂，教授专家也搞不懂，电视台连天价地播出此类话题节目，出版社各类专著出了火车拉的，不是也没有搞清楚吗？

这些年，工作之便，围绕刘宝杨身边女人的身份和层次也在不断发生变化，但每次碰到艳遇，刘宝杨首先要了解女方的底细，然后考察一番再决定可否深入交往，这也是师兄多次警告过他的行规。一些跟他走得很近，了解他的人，渐渐地知道了他好这一口，在需要他起作用的时候，不管是自己的事情，还是外地求他帮忙的，都把情色作为晋见的第一道礼物，但刘宝杨还是很谨慎小心，不管是在外面玩碰到的女人，还是有人引见的，即使到了临门一脚的时刻，他也要询问得很清楚，事后也绝不会留下任何痕迹。以前，许仲杰嘲笑他见到女人总是器官先动，如今，他觉得自己终于彻底改变了，程序变成了：动脑，动心，动器官。但跟刘春又不一样了，这三者如今都动不起来了，只好听命与她做。每次床上活动之前，刘春除了焚香沐浴，穿上性感内衣之外，还必须让刘宝杨接受十几分钟的健康情况检查，经过对他全身进行一番目视手抚地仔细检查，接着对有关重要器官用她自配的消毒水清洁一遍之后，然后才进行下一步的活动。

在这个时候，刘春表现得非常自信，说，你少跟我辩解那些话了，你现在经常出入各地的桑拿、歌厅什么的，那些地方我还不知道吗，只要出钱，想跟什么女人玩都行，你们男人，哼，过去那些年，我在外边请客户吃饭的时候，什么事情我没亲眼见过，我是怕你染上了脏病，为了你好，也为了我好。刘宝杨听她说得如此具体，好像电视剧里表演的敌方卧底，知道了说也无益，便不搭话了，把眼镜取下来，闭起眼睛当作休息，四仰八叉地躺着，随她爱干吗干吗。

这一天，许仲杰接到市政协秘书处的电话，说，海外有一个同学会的组织要跟本市企业家协会，举行一次茶话会，商议有关合作的事项。许仲杰是这个城市民营企业家协会的第二任会长。许仲杰问道，他们想谈什么？那边的女秘书说，我们马上把文件给您传真过去，具体情况都在上面，该事项已经呈报主管部门批准了。许仲杰听了，马上有一个预感，接到传真，翻几页，果然就看到了冯爱玲的名字。

明年是许仲杰他们中学和小学母校建校九十五周年，两所学校的校庆日先后在半年之内，冯爱玲是海外同学会的牵头人，很早就接到了两所学校的邀请函，他们同学会在北美地区已经有二百多人，决定组织校友回国参加这项活动，并且要为两所学校各捐建一座图书馆，届时希望也能获得本市企业家的协助。

两家协会商议的地方选在许仲杰他们的院子。这天下午，许仲杰召集几个商界的朋友提前在门口等候，一边听主管女经理跟他们报告几件要办的事项，其中一件是马上就要到夏季了，一些民间艺术家看上了茶馆这边清静的环境和文雅的装饰，要求合作定期举办雅集。所谓雅集，在古代专指文人雅士吟咏诗文的集会，如今的雅集却很宽泛，变成琴、棋、书、画、茶、酒，太极、昆曲、紫砂、玉雕等传统文化小型展览和表演，这几年到处兴起恢复传统文化的热潮，很多地方搞得过火了，有一种画虎不成反类犬的滑稽。

几个人正说着，看见一辆中型面包车开过来，下来十来个人，冯爱玲在人群中还是很引人注目。

正是适合漂亮女人穿漂亮衣服的季节，许仲杰看见冯爱玲上身是白底橘红色牡丹斜襟夹袄，枣红色绲边，下面是海蓝色长过膝盖的旗袍裙，两边侧身开叉位置镶缀着一排暗红的盘扣，一身打扮新颖别致招人眼球，却把厚实的长发剪短了，显得脖颈更是颀长和白皙。

因为大家都是认识的，一时就嘻嘻哈哈地互相问候了一番。首先都是赞美冯爱玲的衣服很漂亮，很有特色，又说她怎么不见老，还是那么年轻美丽，等等。冯爱玲笑着说，这件衣服你们当然没有见过，这还是我奶奶年轻的时候穿的，都有一百年了，还有这件玉手镯。大家听了，一个个表情惊诧，这次是真的听进去了，于是都走近前来，挨着仔细看，有的还伸手摸一下。冯爱玲有些嫌他们贴近了，摆手说道，罢了罢了，可别把我当作什么怪物观赏了。

许仲杰一直站在人群外围，冯爱玲看到许仲杰并没有流露出异样的神态，倒是许仲杰一直是提着一颗忐忑不安的心，类似于做贼心虚的，不好意思正眼直视她。许仲杰先说了几句欢迎词，然后说，正是江南暮春好时节，欢迎各位老同学不辞辛苦，回家乡考察，我们这座院子闹中取静，环境还不错，先请各位随意走动看看，喝杯茶，今年的明前新龙井，再开始商议正事，冯会长，你看可好。冯爱玲也站在人圈外边，听他说得很周到，脸上似见一些笑意，点头。

厅间正在放送歌曲《蓝莲花》。许仲杰站在那里听了一会，觉得词曲都很有意思，问身边的服务员姑娘，这歌碟是我们茶馆的吗？回答说，不是，是刚才冯会长他们送的礼物，其中有这张碟。许仲杰想想，说，你们抽空也给我买一张。

座谈之中，冯爱玲介绍，原方案有一处变化，海外同学会计划在捐建的图书馆内单建一处校史纪念室，各铸造一尊他们校长的塑像，要增加一些费用。冯爱玲说，我们这些同学，都是从这所小学毕业，接着上这所中学的，各位都知道，当时这两所学校的校长，都是中国当代著名的教育家，为国家的教育事业做了许多开创性的贡献。大家听了，都很赞成这个提案。

许仲杰说，本市的企业家协会，理所应当有支持和赞助的责任，除了资金支持之外，搜集校史档案和资料，需要组织一帮人来做，时间比较长，冯会长他们长期不在国内，这项工作程序比较繁杂，用时比较久，要从长计议落实。冯爱玲接话说，我以后大部分时间就待在国内了，这件事情，我很有兴趣做，海外校友会的同学我都知道，便于联系，况且，你们都是商务繁忙的人，时间就是金钱，耽误不得，这项工作就由我牵头承担吧。许仲杰听了，眼睛看向冯爱玲，却见她故意转过眼神。其间茶歇，许仲杰邀请冯爱玲去一间单独茶室，冯爱玲听了，有些犹豫，有不想去的神态。许仲杰说，没有别的意思，那是我自己布置的一间书房，请冯老师参观指导一下。冯爱玲正色说道，以后说话，再不要跟我这样子嬉皮笑脸的了，好吗？许仲杰说，好好，知道了。

进屋环顾左右，冯爱玲说，正好想起有一件事情，想请你帮忙。许仲杰笑笑，本想插科打诨说笑，想起冯爱玲刚才说的话，马上转换脸色，点头作答。冯爱玲说，你这里挂了不少字画，我以后想学写字、画画，你认识不少人，帮我介绍一两个老师，年纪大一些，学问好一些的，学费由老师定。许仲杰说，我知道了。坐下喝茶，冯爱玲突然轻轻说了一句，老大抱得美人归，真是所谓，江山易改，人心如旧啊。许仲杰听了，知道她是暗讽自己新婚这件事，身体一激灵，低头不说话。冯爱玲说完了，也感觉心里突然一道刺痛掠过，眼睛有些潮润，不由自主地张了张嘴，吐出一口气来，想到，见面才知道，人心毕竟还是人心，这回是真的被他伤了。

许仲杰脸上一紧，赶紧转移话题，端上来两个包装很漂亮的锦盒，层层剥离，取出一个翡翠挂件，一把紫砂壶，摆放在冯爱玲面前，说道，这两件玩意儿，都是国家级“非遗”传承人制作的，有大师级的证书，扬州玉雕，宜兴紫砂，给你闲暇时把玩一下吧。许仲杰本来还想说，这把紫砂，是他收藏多年的心爱之物，已经市值好几十万元，知道冯爱玲是见过大钱的人，不敢随意，把这句话又咽回去了。冯爱玲眼睛挨个看了一下，叹一口气，说，你也玩起这些东西来了，看来，人到了一个时候，又有了一些钱，大多是这样的。许仲杰说，闲暇的时候，当作消遣之物。冯爱玲说，我是想，当年的热血青年，抱定理想，献身一个目标，恨不能跟定一个人，征战天涯，就像古诗里说的，铁衣冷，战马血沾蹄，凤凰诏下，步步蹑丹梯。到头来却还是暮气沉沉，香消月冷，沉迷于这些玩物，人没有精神信仰还是过不下去啊。你可能不知道，我家里，这些东西很多，从小看见爷爷闲来无事，就拿这些来消磨时光，我反而不怎么喜欢，你要我拿它们回去，也还是收在一个角落里，一下子就相忘了几十年，到后来，也不知道是谁来收拾。

许仲杰听了，大觉突然，想到冯爱玲这次的神态和说话，跟以前有很大的变化，他却不知道如何应对，刚才又答应她，跟她不许随意说笑，他一下子觉得口舌笨拙了。许仲杰又转移话题，说，有一段日子没见到你了，都好吧，孩子读中学了吧，以前提过，想送回国内读两年，现在怎么想，我倒是愿意照顾。冯爱玲说，两年零四十二天。那边也有中文学校，也是国内过去的老师，蛮好的，多谢你还惦记着。说完这个，冯爱玲不觉有些触动，把头低了，欲言又止，然后才说，人虽是远隔重洋，但如今，你许仲杰也是一方叱咤风云的人物了，消息不断，想不知道都不行，网上经常能看见你的照片，挽着年轻的娇妻，游历欧洲，喝过巴黎咖啡，住过瑞士小镇，又去罗马品尝美食。不仅如此，许总过的又是夜夜笙歌、天天美女环抱的日子，也可谓是上马一提金，下马一提银，还美其名曰，生意场上的应酬。前几年，我在你身边的时候，就经常听到这样的传闻，你总是有托词，说在外面有应酬。我也怀疑过，我知道你在说谎，你也知道我可能知道你在说谎，可是，你仍然在说谎。开始，我一直不相信，因为，我们从小一起长大，后来，我才猛醒，我喜欢的人，还停留在那个站在小巷深处，身材单薄，面带青涩，聪明灵秀，让人看见心生怜爱的英俊少年。唉，世道人心，我到底还是没有参透。当年两江总督李鸿章享受不到的，想做又做不到的，如今你都轻而易举地做到了。从前，我奶奶跟我说过，我爸爸出生之后那几年，爷爷在外面暗地里跟一个女大学生恋爱，也是搞得满城风雨，但也就几个月的时间，爷爷就幡然醒悟，回归家庭，从此再没有过任何花花草草的传闻。我是知道了你后来的一些私生活情况，知难而退，我还是很庆幸，不然的话，我们互相会伤害得更深。

许仲杰听了，开始心脏跳动有些剧烈，神色有些难堪，沉默了一会儿，很快恢复平常了，他呼出一口气，反而感觉轻松了，想道，既然你这样想，那就这样吧。即使我把经历过的，想过的，都诉说给你听，你也未必能理解。如今叫我为一个什么目的，为一个什么人，而去墨守成规，你说还有可能吗。跟冯爱玲的关系怎么会搞成这样尴尬的境地，只有许仲杰心里明白。一件自己钟情良久的事情做了一半中途而废，后来时来运转又可以做了，何况那又是一件想了十几年梦寐以求的事情，情不自禁地就想继续做。但是，事做完了，情也就没有了。这种满足愿望的心理，是很多成年人都有过的经历，许仲杰也是经过了才懂得。他不知道冯爱玲的心理，但他是不会跟冯爱玲说的，一个字都不会说。

许仲杰跟刘宝杨说了筹办校庆活动的事情，刘宝杨说，对小学和中学十一年我跟你们一样，都是很有感情的，如今到了我们这个年龄，最喜欢回忆的就是那一段年月。我在资金上不能跟你们这些当老板的人比，在政府支持的力度和线索查访方面，我多做一些工作吧。有一件事，你们可能不知道。许仲杰说，那是啊，我们哪有你的路子广，信息多。刘宝杨说，周新媛校长，都知道她一直没有结婚，其实，周校长做学生的时候，就跟她的一个学长同居了几年，事实上就是夫妻关系，后来这个人去台湾了。新中国成立初期，又有一个男士很爱她，他们保持了多年很密切的关系。周校长自杀之后，那位男士一直没有结婚，一直到现在。许仲杰听了，使劲吸一口香烟，说，你这家伙，以前就不透露一句，就像潜伏的我党特工。刘宝杨说，我也是才知道，也是接到参加校庆邀请函，北京这边的同学，先搞了一次聚会。

冯爱玲很快找到了几个老同学，组成了一个筹备组，负责联系海内外的历届校友，搜集史料，走访人员。许仲杰负责联络政府各部门，本市商界，筹措资金等等。有一天，冯爱玲看到一本杂志上刊登了一篇长文，作者是省内一位知名老作家，记述了他跟周校长交往的几十年的故事，从周校长受聘担任校长，到她自杀之前的几天，披露了很多鲜为人知的细节。周校长在新中国成立后十九年，为教育事业全身心付出的事迹，作者通过近期公开的有关档案，第一次讲述了当年给周校长所罗织的各种罪名，自杀之前所遭受的各种迫害。除了剃阴阳头、挂大牌子、戴高帽子游街示众，在夏天中午，连续几天，他们用大字报糊满她的全身，拉到操场中央，喝令她跪在水泥地面上，几个人退回到办公楼内监视，让她在炎热的太阳底下连续暴晒几个小时。

那一段时间，她被关押在学校，睡在一张没有床褥的光板床上，没有换洗的衣服，没有热水洗澡。那天傍晚，住在学校的校工郭师傅给她端去了一碗水，问她想吃点什么，周校长说她想喝一碗绿豆稀饭。郭师傅想，稀饭他能做，屋里却是没有绿豆。郭师傅后来回忆说，周校长临死之前那天晚上，就是想喝一碗绿豆稀饭。以后，只要有人让他说当年的情况，郭师傅就要把这句话重复一遍，说他没有让周校长吃到一碗绿豆稀饭。他们给她罗列了十大罪状，一式两份，一份贴在学校操场，一份贴到市中心地带的大字报墙。一如鲁迅当年说的“十景病”：“点心有十样锦，菜有十碗，药有十全大补，连人的劣迹或罪状，宣布起来也大抵是十条，仿佛犯了九条的时候总不肯歇手。”作者从档案里抄录了那十条“罪状”，比如，资产阶级在学校的代理人；利用名校校长的权力结交权贵阶层，拒绝接收劳动人民的子弟入学；长期保持资产阶级生活方式，一个人居住一栋二层小洋楼，雇用保姆伺候，喝鲜牛奶，吃海外寄来的高级饼干和巧克力，夏天每天上午、下午都要更换不同的衣服；腐化堕落，与教育局一男人长期保持不正当的男女关系；专横跋扈一手遮天，大事小事一人说了算，压制教职员工的民主要求……

作者在文中为周校长澄清说，那几年，她特别敬仰雷锋，崇尚雷锋的精神，不管是在校内还是到民主党派开会，每次都要说到学习雷锋的必要和学习雷锋的好处，私下跟朋友吃饭也要提到学习雷锋，在后来运动如火如荼地遍地开展起来之后，她还曾经对作者说，这样搞很不好，一下子就把这几年学习雷锋的成果毁于一旦，把好不容易才建立起来的良好的社会风气搞乱了，把人心搞坏了，太可惜了。作者在文中详细描述了她当时说这话的时候，那种既痛心又忧伤的感情。文中还披露了一个情况，收养周校长的那座天主教堂是市区内最大规模的主教座堂，“文革”期间教堂本身和所属地产都被没收，曾经被用作电扇厂、制药厂和一家食品厂的仓库，二十世纪八十年代初，教堂获批准，重新开放恢复了宗教活动之后，提出了归还所属教产的要求，其中就包括周校长居住的那栋二层小楼。

这栋小楼红砖灰瓦，面积不大，一层南北两个小房间，二层一个客厅，一间卧室。小楼并不是周校长的私产，而是当年教堂外国神职人员撤离之后，她接受委托，作为临时监护人居住在那里，作者还提及当年周校长还向政府有关部门出示过主教写的委托文书。如今居住的是在市政协工作的两个人家。教堂的其他教产都归还了，并由政府划拨专款整修，唯独这座小楼的居住人，几经轮换至今没有归还。这篇文章一经刊出，立即引起了一些政协委员和人大代表的注意，因为周校长当年也是省政协委员，引发一些人在各类报纸杂志上连续发表了纪念周校长的文章，接着，省电视台又派出摄制组，采访制作了纪录片，播出后反响热烈，很多观众才得以了解，本市那所知名小学第一任女校长的生平故事，周校长已经平反恢复了名誉，但观众还是感慨唏嘘，说着都是“好人”“可惜了”之类的议论。

获悉要建立校史纪念室，很多人捐献出了自己当年的成绩单、课本、奖状，各个时期的照片，校服、队旗、红领巾，一些八十多岁的老教师捐献了新中国成立初期的校徽、工作证，广播室用的唱片机、录音机，筹备小组还在堆放破旧桌椅和杂物的仓库找到了一架风琴，引来很多校友的围观，这架风琴已经残破不堪，是当年上音乐课时用的，每个学生都见过它，对它存有温暖和快乐的记忆。九十多年来，这所学校为国家培养了大批优秀人才，一些学生为国家做出了杰出贡献而成为知名人士，他们写的文章都提到了一个引人关注的话题，初期教育对于一个人的性格和命运有着至关重要的影响。这源于周校长当年提出的一个理念：“初期教育最重要的是培养孩子良好的习惯。”有几位在大学担任领导的校友撰文说，初期教育主要的目标，就是培养一个人的良好习惯，尤其是处于3～12岁这个年龄段的孩子，在这个阶段内，引导和督促孩子培养好习惯，将会让他受益一生，这与中国古语“三岁看小，七岁看老”的观念不谋而合，习惯往往决定了一个人的命运。比如，当年周校长制定的校规上有一条，“轻声，慢语，靠右行”，从小培养了这样的行为规范，就让他们几十年来在日常生活中，时时处处地感受到受益很多。

那一段时间，许、冯二人因为捐建图书馆，组织校友参加校庆活动，经常见面，每见一次，许仲杰看见，冯爱玲的衣服都是新的或者是从来没见她穿过的。他知道，冯爱玲从小衣服就多，喜欢衣服，也会穿衣服，以为是她的爱好和修养，抑或是女人爱美的本性。但他听到有人说，冯爱玲回国之后这一段时间，每天要换一套衣服，从不重样的，许仲杰当时感到有一些疑惑，觉得这样不正常，想一想，还是觉得这是中年女人的爱好，不过铺张奢侈了一些而已。有一天，大家约好了，去学校实地看看校友聚会的几个地点，商议需要准备的事项。许仲杰走近操场，远远地就看见了冯爱玲，人群中，她一袭红旗袍，站在那里宛如一抹红霞，把周围都照亮了。会穿衣服也要有些天赋，不是任何女人都敢穿红色旗袍的，除去身材的原因之外，冯爱玲肤色白皙，头发厚实黑亮，于是，那鲜艳的红色反衬得白的显得晶莹，黑的显得温润，再有腰身微丰，大家一边走，一边说话，眼睛都不时地看向冯爱玲，男人和女人，眼神里什么样的意思都有，因而个个脸上的笑容都不一样。那一次，整个参观时段，许仲杰没有靠前，一直跟着走在人群外围。

有一天，许仲杰接到冯爱玲的电话，说，你听说了吗，市区道路要改造拓宽，学校旁边那口古井就要被填平了。许仲杰知道冯爱玲的意思。为周校长制作塑像的是美院的两个教师，一起讨论创作方案的时候，冯爱玲说，你们前几天提到塑像的眼镜，说，要么是雕塑出来，要么是找一个实物，我想到，如果能找到周校长当年戴过的眼镜，不是更好吗？

两个青年雕塑家露出了惊喜的眼神，说道，那当然更好了，如果能找到塑像本人戴过的眼镜，这座塑像就活了，具有了她本人的气息，这可是一个很有价值的创意。许仲杰想了一会，说，我觉得应该还在那口古井里，找人打捞一下试试。

这座城市原有很多古井，走到哪儿都可以遇见，有几百年的，有几十年的，年代长短不一，近十几年来都在快速消失，城市建设变化是一个原因，但主要是因为人们生活不再需要它们了。因此，很多有识之士也感觉这座城市的魂丢了。南方城市的井曾经是它重要的风貌特征，你可以想象一下，当你走在七拐八弯的小巷深处，看见一棵大树，树冠如屋，遮掩着一口古井，或者在一座院子的天井一边，看见一口井，青石铺砌的井台，雕刻有兰花图案的白石井圈，你走到井口，探身看一眼井水，会看见一片蓝天或周边古树的倒影，如果是晚上，你会在井水里看见一轮弯月，那是一幅让人动心的图画，如今已经很难遇见了。有人建议保留几处古井，在其上修建一个亭子把它围起来，作为纪念物。有人反对说，狗尾续貂之作，好好的东西又要把它供起来，养着，一口古井可不像一只羽毛漂亮、声音好听的鸟儿，关进笼子里变成了私家玩物，怎么就总是跳不出这样的思维方式。

就在许仲杰找人准备打捞古井里的物件的时候，那天晚上，刘宝杨给他打来电话，问道，你们做塑像的事情报过主管部门批准吗？许仲杰说，报过，批了，光是那个各种请示和报告，就写了十几个来回。刘宝杨又问，你们搞的塑像是准备永久放在那里，还是暂时的，过了校庆周期就收起来啊？

许仲杰听了，觉得很奇怪，说，现在谁也没有想到过这个问题，是永久的还是暂时的，再说了，这世界上有永久的东西吗？刘宝杨说，这件事情有些复杂，说起来头绪多了，我劝你还是不要掺和进去好。许仲杰说道，什么情况啊，我们这个活动是由市政协领导牵头的，也是经过上级领导批准的。许仲杰热心做这件事，主要是想到，新当选了市政协委员，有必要做几件回馈社会的公益活动，也借机扩大个人和公司的社会影响力。

刘宝杨说道，有批准让你们干的，也会有不高兴让你们干的。许仲杰听了，如坠云里雾里，说，我知道。刘宝杨说，兄弟啊，我这是为你好，我毕竟获悉消息的渠道比你多一些，好好做你的生意，发你的财，不要老想着通过搞一些事情给自己增加光环，我告诉你，有时候反而带来了麻烦。

许仲杰回家睡不着，他很重视刘宝杨说的意思，仔细想其中的因果利弊，想了半夜，做好了打算。即使没有刘宝杨的电话，就其本意，他也不想做跟那口古井有关系的事。只有他自己知道，终其一生也无法忘记看见打捞周校长的影像，雪白的身体刹那间提升出石头井圈，笔直地悬挂空中，很快就“啪”的一声，硬邦邦地倾倒在青石井台上，一种阴森寒冷的气息扑面而来，让人不禁打个冷战，而在周围各处，木棉树盛开的花朵，如血似火，蓝天，丽日，井台周围地面潮湿，因为阳光照射，释放出一片氤氲之气，与花木葱茏飘散开来的气味混合一起，把人笼罩在一种像厨房里的甜腻酸腥的气味之中。那个情景和气味，对于他就是一个永远挥之不去的噩梦，偶尔想起来，还是会突然被它惊诧一下。许仲杰第二天一早起来，头昏昏的，给冯爱玲打了一个电话，说，公司有一件着急的事情，我要去广州，一个星期左右吧，丢下来几件事情，让你受累了，抱歉。冯爱玲听了，停顿一会儿，说，你是在担心什么吧，想逃避一下。许仲杰听她这么说，以为自己撒谎被她看出来了，说道，我担心什么，我有什么好担心的，那个，确实是公司突然有重要的事情。冯爱玲说，许总不必说那么多了，你的事总是很重要的。放下电话，许仲杰呼出一口气，坐在那里发了一会儿呆。

这天上午，筹备组找来几个修水管的师傅，准备打捞那口古井里面的东西。各路媒体知道了消息，一早就聚集在古井周围，电视台还开来了直播车，要进行实况直播。有人报告了冯爱玲这个情况，说，我们没有通知媒体来呀，也没有让他们搞报道。市政协的一个女士，是派来参与一些工作的，见状拉过冯爱玲到一边，说，媒体报道打捞这件事，以前方案里没有的，也没有报领导批准啊，冯总，还是跟他们说，不要这样报道了，请他们回去吧。冯爱玲说，为什么，这是好事情啊，并没有什么出格的，要是问起来，就说我负责的。从那口古井里打捞上来一些东西，残破的磁盘碗碟、铜钱、长剑，一些材质、形状各异的纽扣，女人的发卡，男人的皮带扣，还有一支短枪和少许子弹，几个当年跟周校长熟悉的老师站在一边，看着打捞上来的东西，从中找出来一副眼镜架，虽然铜锈斑斑，却没有什么损坏，他们立即辨认出就是周校长当年戴的眼镜。

铸铜塑像是半身的，底座有一行字：周新媛1923.2—1968.8。找到的那副眼镜框，给塑像注入了她本人的气息，让所有看见的人知道这是真的，因为她的所有物质的东西都消失了，没有了，只有它能让看到它的人相信，这人世间有一个叫周新媛的女人来过、活过、走过一遭。

图书馆和校史展览室建成后，每天都有一些人专门过来参观，有些老校友、老教师专门给两座塑像献花，尤其感叹周校长的塑像做得很像，特别是神态和那副记忆中熟悉的眼镜框。

校庆活动伴随媒体的连续报道，出现了一个吸引人们关注的高潮，然后很快复归平静。过了几天，人们又开始被一条新闻吸引，一家很知名的民营公司，几个亲兄弟持股人突然相继抽资，企业法人外逃，股票瞬间跌到底，法院封账，封门，企业转眼间宣布破产。许仲杰也认识这家企业的老板，看了新闻，他的副手顾总说，内部肯定出现了大问题，只好各人顾个人，哪管企业还存在不存在了，留点钱，各人今后过好小日子罢了。许仲杰笑笑，沉思没说话。转眼快到年底，这个时候许仲杰都很忙，但有一天，突然心里有什么东西触动了一下，想起来冯爱玲，几个月不见她，也没有听到她的消息，不知道她在哪里。抽出一根烟，正在想，顾总急匆匆地推门进来，说，许总，快看新闻，冯爱玲裸捐资产了，还捐出了冯家花园，捐出了两家公司的股份，以后冯家院子也要捐出去。

许仲杰吃了一惊，打开电视，新闻已经播报完了，转而是后面的深度专题报道，没有冯爱玲的画面，只听见解说，标题是，冯爱玲女士义捐冯家花园地块。许仲杰知道，那就是多年前，冯爱玲跟政府打官司，争取回来的那块地。新闻报道说，这块地靠近市中心，无疑是一块风水宝地，向政府捐出这块地，冯爱玲女士只提出一个条件，原地建设一处城市花园，用作市民休闲娱乐，增加市区绿化面积，不能用作任何其他用途。许仲杰听了，目瞪口呆，张嘴深吸了一口气。电视报道说，冯爱玲把两家贸易公司，捐赠给老年福利院，小部分股份分赠给公司骨干管理人员，让公司继续经营。电视镜头转换，一位女记者站在冯家院子外面，手持话筒作现场报道，根据我们了解，近日，冯爱玲女士还跟文物主管机构签订了文件，身后还要捐出冯家祖传院子，使其成为一处省级保护文物建筑，保留院子的格局和里面所有的物品陈设，提供后人作为历史研究和旅游参观。冯爱玲女士手书一张字条，委托我们表示，感谢以往多年社会各界给予冯家的支持和关爱，从此辞去所有职务和社会兼职，暂时谢绝各界朋友的探视，居家专心于拜师学佛、读书写字。随即，女记者展示了一张字条，镜头跟拍，做了一个定格特写。许仲杰坐在公司办公室，看了几遍电视回放，主要想看冯爱玲的画面。捐赠仪式上，冯爱玲只出现了一次，时间很短，没有说一句话，许仲杰看见她一身灰色长衣，素雅干净，头发剪得很短，类似男式发型，摘了所有的配饰，脂粉褪尽的模样，几乎不敢相认，随即心里一阵疼痛袭来。他突然明白了，前几个月，冯爱玲在服饰上故作繁华灿烂的表现，每天换一套衣服，意在跟过往做一个诀别，渐行渐远，给世人留下一个美丽的影像，然后，繁花谢落，转身离去。

晚上，许仲杰出了公司大楼，走到旁边的便利店买一包香烟，店内墙上的电视，正在重播有关冯爱玲捐赠地产和家产的报道。一个身材矮胖，头发花白的老阿姨，手臂上戴着一条红袖箍，倚着墙，跟旁边的保洁员聊天。许仲杰随意听了一下，保洁员大叔说，乖乖龙的咚，人家一出手，就把几十个亿的钞票扔到长江里去了，够厉害啊。老阿姨眼睛瞄他一眼，说，这你就不晓得了，你外地来的，她能捐出去这块地，说明家里有多少钱啊，数不清楚的呀，丰年好大雪（歇），珍珠如土金如铁（贴），我晓得的，冯家家底老厚的，就是现在，她拔根毫毛，也还是比我们的大腿粗。

过了几天，立冬日，许仲杰记起来，明天就是冯爱玲的生日，想到要去看看，媒体报道说，冯爱玲谢绝了所有的采访，并且改变了她以往的联络方式。这天从早晨起来就在想这件事，一直犹豫不决，快到下班时候了，突然一跺脚，心里说，现在就去。路上，闻到糖炒板栗的香味，想到这是冯爱玲从小爱吃的，带别的东西，可能还不合适，随即叫司机停车买了一包，暖暖的，托在手心里。

到了冯家院子，两扇黑漆大门紧闭，隔开十几米，站在那里看，天空又放晴了，彤云笼罩，院子不但跟以往一样好看，而且外观整洁了很多。两边各有一尊石狮子，石头泛着一层青光，刀刻印记簇新，看上去是新近坐落在此的。许仲杰按捺一下感慨的心情，走几步台阶，上前敲门，门后有人打开一扇小方窗，许仲杰说明了来意。过了一会，出来一个中年女人，也是一身灰色布衣长衫，双手合一，说道，冯女士说，知道许先生来过，心里感谢，见面就不需要了，从此往后，天涯不遇各自珍重吧。许仲杰问道，冯女士在做什么？中年女人看他一眼，低头不做回应，微微躬身施礼，转身关了大门。

许仲杰心里翻腾起来，有一股气涌上来，他转身走下台阶，来到院子的后门，原以为那扇小木门是开着的，伸手一推，门背后锁上了。他靠近门缝看进去，后院小花园里，冯爱玲就站在离他很近的地方，许仲杰看见，冯爱玲一袭茶褐色衣裤，微微低头，凝神想着什么，听到门的响声，她警觉地看过来，很快明白了，数秒时间，冯爱玲转身，一步一步地走进那扇月亮门，从许仲杰的视线里消失了，随即，一个人影一闪，把那两扇门关上了。

许仲杰呆站了一会，一时觉得神疲气泄浑身松垮，感觉很累，他走近树下一块石头，坐下抽烟，一连抽了两支，眼睛看东西模糊了，起风了，风越来越大，大有飞沙走石摧枯拉朽的力量，他看见冯家院子突然随风拔地而起，升腾在空中，而后渐渐后退，缩小，在空中化为一团黑影不见了，原地马上钻出小草，很快就长满了花草树木，几处水泊草滩，狼奔豕突，虫鸣鸟唱，天边升起一道彩虹，一个小姑娘身穿白色碎花连衣裙，长发披肩，飘然而至，伸手拉他走，她的手软糯温润，但许仲杰像是被钉在地上，就是起不了身，小姑娘笑笑，说，我先走，以后你要是想起我来，就去那里找我吧。她一指花木深处的方向，朝他挥手转身，刚走了几步，就在他眼前遽然消失。许仲杰一呆，喊一声，你别走啊，等一等行吧。可是，他的喉咙却被什么东西堵住了，怎么张嘴，也喊不出来声音。他着急了，一番挣扎，手脚乱舞。这时，听到耳边有人叫他，轻推他的臂膀，许仲杰睁眼看见，是司机找来了，这才发现自己靠着院墙外的树干迷糊了一觉，坐直了身体，抬眼一看，周围已是华灯初上，就听到了街道上各种嘈杂的声音，再看脚边方圆几米，糖炒栗子撒了一地。

三十一　航船VS高铁

京沪高铁通车之后，许仲杰去北京的次数多了，刘宝杨回来也频繁了。在那条飞驰的钢铁长龙里面，如今像许、刘二人这样的人，充塞了每节车厢，你今天往北去，我却奔南来，大家都在为什么而奔忙，只有他们自己知道，有没有乐趣，也只有他们自己知道。

刘宝杨有时候安排双休日周五晚上回来，周日下午赶回去，不到四个小时的时间，比飞机方便，何况每次都有人替他订好车票，商务座，上车小睡一觉，或者看看没来得及看的材料，一下车就坐进了接他的小车，再下车就进了酒店的房间或酒楼的包间，一路很舒服。

许仲杰的圈子里经常听到有关刘宝杨的信息，知道他帮了不少人的忙，家乡的人去北京，需要几经周折托人介绍，才能见到他，请他吃饭，又说他这些年来已经换了几个女人，近来又喜欢上了一个在电视台当主持人的姑娘，当然那姑娘也是通过他的关系才进的电视台。他听到关于刘司的传言很多，只是跟刘司一起吃饭，一起出去玩的机会日渐变得很少了，神龙见首不见尾，每次都是有事找他，求他帮忙，提前约他的时间。因为刘宝杨如今再也没有什么事情要求他许仲杰的了。

许仲杰的父亲已经退休多年了，刘宝杨和他的同学关系网所形成的势力，已经远远超过了许从岳那一辈人。

有一次，因为一个项目的招投标，他打电话的次数多了，发现刘宝杨语气变得不耐烦了。事情往往就是这样，有人说，即使是亲兄弟，你要是经常这么麻烦他，他也会给你脸色看，朋友反而会好一些，因为人家克制着，不好意思轻易表现出来。世事如白云苍狗，变幻无常，你要是自己硬气，凡事都不找人，也当然省心了。

对于刘宝杨来说，回去并不是像许仲杰想象的，都是有人找他帮忙办事，其实一些真正需要他出手帮忙的事情，往往在办公室就做好了，也真是跟过去说的那样，运筹帷幄，帮人（决胜）于千里之外。刘宝杨喜欢回去，就是为了让自己获得放松和休息，喜欢那种众星捧月、前呼后拥的排场。北京是享受不到这等待遇的，很多司局级干部，都是自己骑自行车上下班，要么就是挤公交车或地铁，有人笑话说，早晨的公交车，一不小心，就会挤下去好几个司局级干部。

刘宝杨是生性好玩的，是好女人的，声色犬马、软香金玉他都喜欢。在北京就不行了，一是真忙，二是太压抑，三是不自由。这几年，对领导干部的监督越来越紧了，出入一些娱乐休闲的场所都心惊胆战的。还有一个传言，刘宝杨听了就更加小心谨慎了，说司局级以上的官员都会受到不同程度的监督，监察机关可以随时调取他们出入各处的视频资料。但回去就大不一样了，那是他的地盘，一帮人已经把方方面面的事情安排得天衣无缝。比如，那里有几家很高档的娱乐休闲场所，专门设有隐秘电梯，专供一些特殊贵客使用，直接进入特别楼层，走两步就是房间，而普通客人走大堂电梯。在单位，天天都是板着脸装，你试试看，是个人，日子久了都会得抑郁症，现在得抑郁症的领导干部日渐多了起来。千方百计想办法让自己活出本来的面目，“顺乎本性，就是身在天堂”。刘宝杨经常拿林语堂的这句话告诫自己，不能让公务把自己湮没成一个小老头，五十几岁的男人正是人生最好的时机，只有回去之后，他才能变成一条大鱼，扑腾出“哗啦啦”的水花，闻到水浪翻腾出来的水腥气息，刘宝杨特别喜欢这种气息，倘若十天半个月地闻不到，身体就像出毛病似的，浑身哪儿都不舒服，对他来说，这样的水腥气息，才是生命的气息，男人的气息，是他跟女人一起创造出来的欢乐的气息，欢乐是需要制造出来的，不然的话，他还活个什么劲?

这一段，许仲杰正在准备参加一个住宅地块的招投标，那是一个靠近长江边的地块，原来也是一家化工厂，由于其位置优越，这几年一直被多家地产企业盯住，都在尽各自的能力希望把它拿下。前几年，许仲杰特别看好一个地块，却在竞标时被人夺走了，那次他的公司可是下了大功夫的，后来还是没有搞过另外一家公司，他们得手了，许仲杰为此很是懊恼了一段时间。对于这一次招投标，许仲杰公司几个高层经理也是热情高涨，铆足了劲儿要拿到这个项目，他们心里明白，由于位置优越，拿到这个住宅地块，对于公司和个人都将是获利巨大的。

顾总是他的副手，从九十年代中期俩人就开始合作，多年的心腹亲信，生意场上也是一把好手。有一次开完会，只剩下他们俩，顾总说，许总，你还是有必要找一下你那个老同学，这次一定要让他帮忙，我知道，如今去求他帮忙，你心里老大不愿意，但这次竞争比上一次还要激烈，有几家实力很强的公司也参与了投标，为了公司的利益，就请你委曲求全了。许仲杰听了，深皱起眉头，说，真是没有把握吗，我们的对手能数得过来，就那么两家。顾总点头，说，公司这几年的经营状况很不乐观，特别需要一个好项目，给公司挣钱，拿到这个住宅项目，就能获得银行贷款，不然的话，公司会出现资金链紧张，要辞退一些员工，至少要关闭两家公司。许仲杰沉默一会，说，前几年，公司扩张太快了，又碰上全球金融危机，决策有失误，我的责任。

许仲杰本来想，以后不会有事求刘宝杨了，这次听了顾总的话，思考了一番，也觉得必须要找刘宝杨，给他打了电话，说要北上跟他面谈一件重要的事项。刘宝杨问道，也是为了那块地吧？许仲杰一听这话，立即明白，找他说事的人肯定不少，马上接话说，刘司英明啊，怎么样，这次一定鼎力相助，帮我们拿下这个项目吧？刘宝杨沉吟一会说道，很复杂，见面再说吧。

高铁接近北京南站时，许仲杰接到刘宝杨的电话，说让他直接到一家俱乐部酒店跟他会合，手机上跟着就发过来一条地址。许仲杰下车后一看时间，已经快到吃晚饭的时候，想到刘宝杨一是真的很忙，二是考虑事情思维缜密，这都是以前他所不了解的另一个刘宝杨。

到了之后，许仲杰走近门厅，看出来这是一家不对外的会员制酒店，酒店规模不大，但装修和装饰都是尽显富丽堂皇，前台服务员小姐迎过来直接叫出了他的姓名，他知道这都是有人事前打过招呼了。首先请他到了更衣间，沐浴更衣，换了一身轻便宽松的衣服，一路灯光金红，大幅壁画上横卧的女人体，堪比真人大小，鲜亮香艳，不由得就生出来一种暧昧的情怀，暗香佛面，冷森森、甜腥腥的，令人情欲膨胀的气味，许仲杰头重脚轻的，跟着一个身穿白底碎花和服的姑娘，走到一处包间，纸门轻拉，看见刘宝杨盘腿坐在里面。

许、刘俩人见面，互相拍了拍肩膀，算是打过了招呼。刘宝杨穿着深褐色的和服，半敞开，光着脚，露出结实的脖颈和双臂，身体很壮硕，也刚洗过澡，头发润湿着，露出脑门上一条浅红色蚯蚓似的疤痕，说，来来，一路辛苦了，坐下先喝杯工夫茶，刚为你泡的。身边坐着的一个姑娘用托盘递过来，核桃大小的青花杯，许仲杰接过一口就喝干了，说道，庭院深深深几许，如今见刘司一面不容易啊。

刘宝杨说，哪里的话，我也是难得来这里一趟，这不是因为你招呼我嘛，为了你特意安排的。说着，招呼一声，又进来一个姑娘，光着脚踩着小碎步走来，挨着许仲杰跪坐着，和服领口半敞，露出奶白的脖颈和半边肩膀，低眉顺眼地提壶斟茶。许仲杰听出来他的话外之音，问道，看来这里的节目很丰富了，沾一把刘司的光，我也见识见识。刘宝杨说，对你许总来说，咱们这里都是常规性的项目了，对你而言，还有什么没有见识过的。

许仲杰从来就是一个心高气傲的人，随着他说完了这一番话，心里已经开始老大不痛快了，搁在过去，他肯定会嚷嚷开来，我大老远的，从一千公里以外跑来，就是为了陪你跟女人喝茶的吗？但是如今他明白，他俩之间已经不存在这么随意说话的可能了，分明感到他们都在实行江湖上的那一套互相恭维的俗套，全然没有了往日兄弟般情谊的味道。如果真的是知己，是四十几年的朋友，何必找这样的地方来炫耀？何必让他像清朝地方官晋见京城一个王爷似的，一层层的摆设，让他平添了无辜的怨气。许仲杰想起顾总说的话，只好按捺着心情，跟他周旋。席间，一只只拳头大小的碗盏，轮番上来下去，几个上菜的姑娘，穿的样式和花色都不一样，手臂或肩颈露出来，一段莲藕，细溜的，浑圆的，领口低垂，随便瞥一眼，看得见丘山起伏，这个就是此间老板的经营特色了。许仲杰没心思注意这些，吃什么，嘴里都不知什么味道，吃得很快，面前的碟盅杯盘都是空的。刘宝杨只吃一点，而且吃得慢，姑娘又端上来一道菜，指着还没吃的碗碟，柔声问道，刘总还要吗？他摆一摆手指头，说，撤了吧。许仲杰说，我眼下很难了，都是拆西墙补东墙。刘宝杨听明白了，说道，还不至于的吧，我听到的，都是你做强做大的风声。许仲杰不说话，本来要说北京的房子都要卖了，话到喉咙口，却又咽回去了。

他不知道接下来的谈话应该怎么说，也产生一种怀疑，即使说了一晚上的话，把自己的难处和实情都说给他听了，到头来还是不能获得一句实在的承诺。面前的这个人，让他产生了一种前所未有的陌生感。

许仲杰的感觉是准确的，刘宝杨自从进了国家部委，征战二十多年，一路从副处长坐到了副司长再坐到司长的位置，围着他的都是各地的达官富贾，都是为了“名利”二字而跟他屈身周旋。成年人的世界里很多交往都是和利益关联的，有的人因为利益接近你，也有人因为利益的消失而离开你。许仲杰以前曾经相信，一起长大的同学关系、恋人关系可以保持纯粹一些，以后也渐渐地明白了，那是一厢情愿的理想境界，现实如绞肉机般的残酷，谁也不能保证人与人关系能够做到纯粹，更何况，大家都是为了各自的利益而来，正所谓，天下熙熙，皆为利来；天下攘攘，皆为利往。以前，他在酒席宴上听过一个传说，当年乾隆皇帝微服私访下江南的时候，站在金山寺的台阶上问一个高僧：“长江中，整天航船来来往往，千帆竞驰，一天到底要过多少条船啊？”那高僧回道：“只有两条船”。乾隆问道：“怎么会只有两条船呢？”高僧说：“一条为名，一条为利，整个长江之中，来来往往的无非就是这两条船。”

如今，长江中的商旅航船大多变成了高铁、飞机、汽车，但是乘坐的还不是人吗？

一个月之后，许仲杰的公司获悉招投标失败的消息，众人一片气嚷嚷，顾总拍桌子骂街，许仲杰反而很平静，他已经预料到会是这样的结果。中标的也是一家民营企业，跟许仲杰的公司没有合作的往来，但基本情况圈子里的人都了解，大家知道招投标结果之后，都不再议论了，有一种心照不宣的默契。

顾总的一句话让他醒悟了，说，他跟你不好提出想要的条件，因为你们是几十年的朋友，撩不开那最后的一层面纱，跟别人就不一样了，大家也称作朋友，却可以明码开价，彼此都知道是赤裸裸的利益交换的关系。几个高层经理开会的时候，脸上都挂着愁苦的神情，私底下开始筹划各自的退路。有一天，公司例会过后，会议室只剩下顾总和他两个人，顾总的表情愤恨，说，这次完全是暗箱操作，拿我们几家企业作陪衬，玩了一把招投标的游戏，应该举报他，把他送进监狱。

许仲杰坐在他对面，微仰着头看着他，手指轻敲桌面，也不说话，然后打开烟盒，给他递过去，俩人眼光交流碰撞的一瞬间，顾总明白了，许仲杰早就有这个想法了，只是希望有人能挺身而出持矛冲锋。顾总又说道，据我打探他的情况，前两年就已经有人写他的举报信了，这边圈子内的人都知道，这个人胃口很大，他是什么都想要，票子、女人、房子、车子，他倒霉是迟早的事情。

还是在几年之前，一起喝酒的时候，喝到欢快迷瞪的点上，许仲杰偶然听到刘宝杨诉说自己的故事，说去年春季，他差一点被一个女人闹翻了船，那个女人是个歌唱演员，出道之后一直没有唱出名来，结识刘宝杨之后，他动用传媒渠道的关系炒作，又花费资金包装她，不知道后来因为什么原因，俩人闹翻了脸，这个女人跑到北京，连续几天堵在单位大门口，指名道姓地叫嚷要刘宝杨给个说法。当时许仲杰问道，你处事谨慎，思维严密，这么多年来，凡事都做得很有逻辑性，怎么让这个女人闹出来这么大的动静？刘宝杨说，百密一疏吧，百密一疏，我告诉你吧，只要你在世上行走，总要留下痕迹，武林高手对决，输掉的总是露出破绽的一方。

刘宝杨也说到平息了几件针对他的举报，神情很是自信，说，都是捕风捉影，查无实据，后来怎么样呢，我都跟查我的监察组的人成了朋友了，我很认真地告诉他们，在我们国家，但凡一个人要想做点实事，就有十个人盯着你使坏，准备看你的好下场，这是一个很不好的风气，要改也难。

这次举报他的人，跟以前大不一样了，纪委书记亲自找他谈了一次，询问时候的几条线索让他感觉到了，有人掌握了他多年的证据，并且提供了真实的数据。刘宝杨看着形势的变化和发展，开始真正体会到什么叫寝食难安了。这天晚上，刘宝杨经过几天的反复思考，决定先跟老婆透透风，万一出事不要让她接受不了，女儿正在国外读书，也要提前做好资金转移的准备。他们已经搬到了北四环一处高端住宅小区，那天晚上，刘宝杨只说了一会，刘春就开始痛哭流涕，呜呜哇哇的了。刘春擦着眼泪，说，你要是出事了，今后我跟孩子怎么过啊？刘宝杨看她这样，越发心烦，说，这不是正在想办法嘛。

现在人们形容这样的官员，发明了一种说法叫“某某也被收进去了”。刘宝杨一天比一天紧张，感觉就是四个字，度日如年。经常夜里睡着觉，一下子突然惊醒，浑身大汗淋漓，然后就睁着眼睛到天亮，再也睡不着了。他感觉到自己随时也会被“收进去”。现在他在单位大楼里，偶然看见身穿一套深蓝色夹克或西服套装的人向他走过来，他们都有一张端庄和严肃的脸盘，胸口都别着一枚徽章，他就不由自主地双腿打战，更糟糕的还有一种要尿出来的感觉。

这几个月，每一天都是这样过的，前一段，老婆不知道他心里的秘密，劝慰说，他已经进入了男人的更年期阶段，这些表现都是典型的症状，老婆仗着她以前是学医的，说出的话经常故意憋出一些专业术语。他骂一句，胡说八道，什么更年期，我还没有到那个时候哪。

这样的日子，他觉得实在撑不下去了，利用周末回去了一趟，想打听当地针对他的情况，都在说些什么，推测有关部门掌握他的问题到了什么程度。乘坐高铁下午到了，打电话约许仲杰晚上吃饭，许仲杰早有准备，知道他迟早要打这个电话，说，真是抱歉得很，我今晚有一个饭局，是提前定好的，改在明晚吧。许仲杰挂断电话想到，这么说，你也知道了风从何处吹来的了？要见面不提前打招呼，想来就来，想见就见，我也不是你的下属随时听从招呼。这次是刘宝杨表现得很耐心，马上接话说，你先忙，明晚也行，咱哥俩好久没见了，好好絮叨絮叨。

刘宝杨转而又给几个大学同学打电话，在重要位置上的，也是推脱说，很不巧，明天有一个重要会议，我主持的，今晚要加班准备材料，走不开。在敏感位置上的，就直接说了，那个，吃饭就不必了吧，咱们都是老同学，有什么事情，就在电话里说吧，我能帮到的，一定尽力。那几年老同学聚会开玩笑说，他们这一届毕业后留在省直机关的，只要不呆、不傻、不犯错误，经过二三十年，都干到了副厅级以上的职位，实职位子不够的话，也有一个巡视员的身份。听起来，他们形成了一个庞大的气场。刘宝杨却没有想到，打了一圈电话，没有约到他想见的老同学，怅惘忧愁，仰天长叹，他想，风声这么快地就吹过来了吗？

第二天晚上，刘宝杨提前到了包间，当看到许仲杰走进来的时候，他突然感到自己有些不好意思，就在俩人目光对接的瞬间，刘宝杨把头低下去了。

他用了整晚上的时间跟许仲杰聊，多次感叹说，想来想去，还是几十年的老朋友靠得住，能说说自己的心里话。整个过程，许仲杰装作什么都不知道，不动声色地听他说，自己很少插话。许仲杰脸上有一种平静的笑意，看刘宝杨的眼神，就像看一个演员在表演，也像一个老猎手，在看着一个束手待擒的猎物。这个时候，他想起过去刘宝杨住在他家的情景，俩人倒脚睡在一张窄小的单人木板床上，早晨，他拿着母亲压在餐桌上的粮票和两毛钱，一起出去买早点吃，俩人在茅河同住一间土屋，他经常让出空档给刘宝杨跟女人厮混，自己跑到茅河边溜达一阵，打发无聊的时间。他想，如今有谁还相信，我们曾在一口锅里吃过饭？曾在一间屋子里睡过觉？他不知道刘宝杨什么时候会想起这些，也许想过，也许根本就忘了，或者不愿意想起。许仲杰听他一直在说，那一刻突然醒悟到一个道理，从前我们摔跤，是差在不懂得人情世故上，而现在摔跤，又是差在太懂得人情世故上。

许仲杰浅浅一笑，说，我劝你还是去自首吧，壮士断腕，争取个宽大处理，这才是正道，就你刚才说的数额，我估计最多是判个十来年。刘宝杨失声叫道，我的天，十来年，在牢里头，我的日子怎么过啊。许仲杰说，你别急呀，我说的是最多，也许没有那么多。他当时心里暗想，嗯，老子坐了八年牢，不也是熬过来了嘛。

回北京之后，刘宝杨经过几天的犹豫和思考，下了决心，开始给自己准备材料。他叫来了综合处副处长罗晓卿，说，你把这些年我到咱们这个司担任领导之后，凡是我参加的所有的会议记录都汇集起来，要快，这两天，加几个夜班吧。罗晓卿有了很奇怪的表情，有些紧张地眨巴着眼睛，迟疑着说，那就有将近十年了，刘司，您是说把过去十年的会议记录都调出来？

刘宝杨说，是的，所有的。其实很简单，都在电脑里保存着，就是需要搜寻整理出来。罗晓卿听见这么说，似乎明白了，说，好的，我明白了，我现在就去做吧。

坐在高背皮转椅里，刘宝杨看见她西服裙装包裹着凹凸有致的腰身，臀部一扭一扭地走向门外，想到，晓卿见不到几次了，这把椅子也坐不了几天了。罗晓卿跟着他多年，“人大”毕业，从普通秘书做到副处长。刘宝杨曾经对别人说，晓卿是他手把手带出来的。只有他们俩人的时候，刘宝杨对罗晓卿说，我也是三十一岁走到副处级这个位置，可我还是双学历，研究生。罗晓卿明白领导对她的用心培养，对刘宝杨经常流露有知遇之恩的意思。这个时候，刘宝杨想，过几天消息一传开，罗晓卿会是什么反应，会怎么看他，是早就有预料他会有这一天，还是私下里为他捧上一掬同情之泪。听到消息，身边很多的人肯定都很震惊，议论他以前多少年来都是装的，各种议论是免不了的了，不过如今这种事也多了，吃惊一下，议论几天，新领导到任之后，大家就改成围着新领导转，一忙，很快也就把他忘记了。近几年，每当他听到同僚或同学被“收进去了”，不也是这样的反应吗？

又过了两天，一上班，刘宝杨出了电梯左转，径直走进了纪委书记兼监察室主任的办公室，把大概情况说了一遍。那种谈话的套路都是那样的，在政府各大机关工作的人都很熟悉的。

下午，刘宝杨在办公室没有午休，一是睡不着，二是知道时间很紧了，赶紧准备一些必要的东西，三是他有一种直觉，可能用不着等到明天，自己就会被带离这间办公室。现在，在他头顶上的某间屋子里，已经有几个人在讨论怎么处置的方案。

一直就这么忙着，从文件柜的底层翻出一堆旧档案袋，多年没有动过，灰尘扑鼻，里面都是刘宝杨大学和研究生期间写的一些文章，少数的发表了，大多数都是手写的讨论稿，其中有一篇讨论文章，主标题是：掌握自己的命运，为祖国现代化事业建功立业。副标题是：“人生的路啊，为什么越走越窄”一文之我见。

刘宝杨记起来了，那是八十年代初期，青年人关于人生观的一场大讨论，全国各地、各个行业的年轻人都参与了，很快形成了一股席卷全国的热潮。据后来统计，在开展讨论的七个月时间里，仅《中国青年》杂志编辑部就收到来信、来稿六万多件，专家说，这个数字，打破了二十世纪一百年报刊专题讨论来稿数量的纪录。当时，各地的大学生是这场大讨论的主力军，刘宝杨是班长，班级组织了几次讨论会，他都有发言，那个时候，大家认为这个话题很贴合自己的思想，讨论的气氛很热烈，刘宝杨综合大家讨论的内容写了这篇文章。

如今，拿着这一沓已经泛黄变脆的稿纸，刘宝杨突然精神崩溃了，控制不住泪流满面，压抑着不敢大声哭出来，随即坐到地上，使劲哽咽着，像突发心脏病的模样，许多眼泪就径直流进了张开的嘴巴里，咸涩发苦的味道。总结自己这大半生的经历，前半部分是稀里糊涂玩闹着走过，后半部分是苦心经营梦想成真，一路走来亲身经历所见所闻，刘宝杨闭起眼睛看到一幅这样的图画，无数的人吊挂在半空中，密密麻麻的，就像一根爬满了甲虫的巨大树干，身下一边是沼泽泥塘，一边是峭壁深渊，大家都争先恐后地往上爬，力图高人一头，目的是为了比别人早一点见到天日，到达福地。

他神情呆滞地注视着这一沓稿纸，沉默了很长时间，才塞进了碎纸机，看着机器的钢牙瞬间就“嘶嘶”地搅碎吞没了它们，然后又销毁了一些照片和几个电话本。这时看看手表，六点半了，已经过了正常下班的时间，长舒一口气，把已经写好的材料，十来张银行卡放进公文包，立在办公桌上，可以随时提起就走。

正在想着今天是怎么了，不会等到他回家之后再行动吧？那样给刘春的刺激就太大了，还有动静一大，邻居们看到了更是难堪。希望组织上还是给一点面子吧。这时，门上响起了三声敲门声，“噔噔噔”，很坚定很清晰，他撑着椅子的扶手站起身，朝门口走去，平时是要喊一声“进来”的，这个时候喊不出来了。刘宝杨看着那扇门，眼前却浮现出武夷山的水道，去过很多风景优美的好地方，不知何故，他却独爱武夷美景，绿水轻漾，两山之间翠峰倒影，在河面上形成一道门的影像，轻波折叠，一道道地推涌着他朝那扇门走去。

三十二　望江楼下望江洋

外界不知道，许仲杰公司已经面临资金链断裂的局面，这源于近几年市场的急遽变化，也是因为公司扩张过快，摊子铺得太大，目的就是一个，快挣钱，挣快钱。本来寄希望建好的一栋商务楼回笼资金，投放市场之后，售卖、租赁的情况很不好，闲置两年了一直卖不出去，材料款、工程款等等，欠下了大笔资金，银行也不给贷款，许仲杰跟浙江那边的朋友借了几笔钱，这一段人家开始每天电话催要还款，话说得很难听，已经到了要绝情绝交的程度了。他忍痛割爱，卖掉了北京的那栋大别墅和一处公寓房，用作发放员工工资和一笔催得特别厉害的欠款。

顾总知道了那笔卖房的巨款到账后，搓着双手，说，许总，当初你就应该多买几栋别墅，你看看，八年时间整整涨了四倍还多，还做什么生意，做什么都不如卖住宅房子挣钱。许仲杰摇头，说，算不到，谁算得到啊，当初跟我一起到北京买房的几个浙江朋友，一买就是一栋楼的整个单元，如今他们也在卖房子回笼资金。

情况每一天都在不可控制地恶化，一切都是钱的问题。这天上午一到办公室，顾总就告诉许仲杰说，许总，有几个很不好的消息，第一，我们拖欠人家工程款的公司，请了律师，打算向政府申请冻结那栋商务楼的销售，主张拍卖还清欠款。第二，浙江那边的债主，已经向当地法院提起诉讼，告你诈骗罪。许仲杰听了，神色凛然，凝神看着窗外，心脏开始剧烈地跳动。突然，他转身朝着顾总大叫一声，告我诈骗罪，这还是朋友吗？我是这种人吗，我是故意的吗？

许仲杰明白了，他最担心的事情来了，雪崩开始了。缓了一会儿，他对顾总说，拍卖就拍卖吧，如今只能靠卖它还钱了，只怕是现在也很难找到接手的下家。顾总说道，也还是能卖出去，但是这个时候卖，我们会亏很多。即便卖了，我跟会计师估算了一下，归还欠款，维持公司运转，各项资金还是有一些缺口。

许仲杰沉默着。顾总走近一步，悄声说道，许总，情况很不好，你还是赶紧出国躲一阵子吧，如今碰到这样的情况，都是这样对付的，拍卖一时半会儿的，不会那么快就能卖出去，我担心，万一这些天就有人找你呢。这里我来盯着，到时候拍卖的数额都有公开的报道。

许仲杰觉得顾总说的有道理，想到，事不宜迟，可不能被从浙江跑来抓他的警察堵在家里，这样的新闻最近多了。先躲到国外待一段时间是上策。他当天就订好了两天后直飞墨尔本的机票。前几年，他已经在那里买下了两套公寓房，他去过多次墨尔本，认为那里气候好，很适宜人居住。

一边收拾东西，准备行李，许仲杰看一眼桌上的记事本，还有两件事要办，老婆正在邻近的城市参加一个职业培训，还有几天才能回家，无论怎么紧张也要跟她见一面再走，把能说的情况说一些，以后，难以预料情况会怎么样。第二件事，父母都是年龄很大了，朋友推荐了郊区一块墓地，位置很好，价格也是一年一涨，几次说要去看看，临走之前去一趟，如果满意，可以先交定金签合同买下来。

那时，他独自一人坐在办公室里。公司已经搬到了新区，这里的道路规划和各种设施都跟老城区完全不一样，街道宽阔、整洁，建筑体量高大，风格现代，巨大的电子显示屏，密集的昼夜闪烁的霓虹灯，两条地铁中转站，在体量巨大的Mall里面，只要你有钱，从袜子到轿车都可以一站式购齐，中心区人行过街天桥都安装了上下滚梯，很多从国外回来的人都很惊讶说，走在街上，感觉跟国外发达国家没有什么区别。但是，随地吐痰、乱扔垃圾的习惯，也被人从老城区带到了这里，本市电视台曾经做过连续批评报道，意在呼吁一些人改变这个习惯，其中拍到过一个细节，记者等在一家高档大酒楼门外，几个客人吃饱喝足走出来，嘴里发出“啊嗨”一声，就看见一口浓痰划出一条抛物线，砸地有声，落在光滑漂亮的磨石地面上，毫不顾忌旁边就有一群游客。电视台的编辑把那个人吐出来的一口痰做成慢速画面，那口浓痰的抛物线，在霓虹闪烁、灯光璀璨的光影里让人看了触目惊心。专题片的解说问道，请各位观众跟我们一起思考，到底什么才是现代化？怎么培养社会公德和讲文明的习惯？

许仲杰坐在落地窗前，可以看到一大片城市中心花园，靠近楼前的是川流不息上下地铁的人群，远看过去，一大片灰白泛着波光的水面，雾气蒸腾，那就是长江。

许仲杰怅然若失，一个人坐在那里看着窗外发呆，好长时间没有起身。

随后的两天，许仲杰一直在路上奔波。回来的路上，他在手机导航上看了地图，知道了，他们走的这条高速公路紧邻他当年待过的官窑镇，长江上又新建了一座公路桥，以前需要两天的时间，早起赶路，车船周转，才能到达那个山区小镇，现在只需要三个多小时。许仲杰告诉司机，到时开进镇子停留一下，他想下车转转。但是，到了看见地名指示牌，汽车放慢了速度，准备下高速进入辅路时，许仲杰突然改变了主意，让司机不要并线直接开过去了。

他默数了一下，在高速公路上，以六十公里的时速，开车通过这个镇子，大约只需要十秒左右的时间，他一生中最美好的年华，他的青春、爱情、屈辱、伤痛，他误打误撞做生意赚取的第一桶金，他所有的心跳的经历，都在风驰电掣的十秒之后被车轮抛在了身后。许仲杰坐在车里，想到了这个，突然有一种恍惚如隔世的感觉，一种不真实的感觉。那个时刻，他的眼前一片空白，也听不到任何声音，只是觉得自己的心脏一阵阵发紧，紧缩成了一个铁砣。

下了高速，进城的路上，许仲杰的手机屏幕上突然跳出一条新闻。刘宝杨和另外一名国家部委的官员正在接受纪律审查和监察调查。消息说，刘宝杨在获悉有人举报他之后，不顾组织上的警告，多次与他人串供，订立攻守同盟，转移涉案财产，对抗组织审查；此前，利用职务之便，长期为他人谋取利益，非法收受他人财物，数额特别巨大；违规从事营利活动，长期搞权钱交易、权色交易，构成职务违法并涉嫌受贿犯罪，还公布出了刘宝杨的个人履历。

1975.6—1978.1，南江市河岭地区官窑公社知青；

1978.1—1982.1，南江大学政治经济系经济学专业学生；

1982.1—1983.8，南江大学经济系教师；

1983.8—1986.8，北京国际政治大学法学院研究生；

1986.8—1989.11，北京国际政治大学法学院教师、副教授；

1989.11—1993.7，国家某某部政策研究室科员、副处长；

1993.7—1999.10，国家某某部计财司审计处处长；期间，带职攻读南江大学经济学博士，并获得博士学位；

1999.10—2005.5，国家某某部办公厅副主任；

2005.5—2016.10，国家某某部市场管理司副司长、司长；

2016.10，因涉嫌严重违纪违法，接受纪律审查和监察调查。

许仲杰的车一路飞快地驶进市区，手机屏幕连续不断地刷新这条新闻，还有一些好事者，搜寻到了近些年来很多有关刘宝杨的资料，出席各种会议，到各地出差巡视工作的照片，在市区几处地方看房子的照片，跟刘宝杨关系暧昧的几个女人的照片，等等。其中一张照片让许仲杰注视良久，刘宝杨穿一件白色的衬衣，红格领带，金色的领带夹和袖扣，油光满面，笑容可掬，举着酒杯接受别人向他弯腰敬酒，硕大的脑袋，明亮的眼睛，拍摄的角度使得刘宝杨的眼神刚好跟他对视，似乎就是着意在看着他的，许仲杰赶紧把这一屏翻过去了。待到他的车进入市区的时候，手机屏幕上已经显示出有一百多条信息，许仲杰一路跟着删除，信息跟着往里面涌入，许仲杰烦躁了，嘴里咕哝着骂了一句，把手机一把扔到座位一边，脑袋沉重地往车座头枕上一靠，闭上了眼睛。

已是傍晚时分，许仲杰让司机开车去江边的望江楼大酒店，他想一个人到那里找一个包间，叫几个菜，一个人安静地吃点、喝点，一个人安静地看看长江。走在路上，他突然有一个很不好的直觉，决定今晚不回家住了，去住酒店，让司机把车开回他家的地下停车场。他想到，明天就要走了，假如就在今夜有人要抓捕他呢？近来，经常看到这样的新闻，有欠钱不还的企业老板，被一帮警察千里奔袭，从自家被窝里提了起来带走。明天下午的飞机，上午直接从酒店去机场。他知道，这可能是自己精神紧张的缘故，但还是防范得严密一些更好。这么多年来，许仲杰的性格已经从过去的狷介急躁，变成了隐忍多疑。他的头脑里整个下午一直在盘旋小时候算命先生写的那两句话：逢难有贵人，荣华独飘零……此刻，他猛地想起过去读过的书中的一句话，“惶惶然如丧家之犬，不可终日”。许仲杰摸一把脸，暗自笑一笑，不愿意再继续这么胡思乱想了，转而看着车窗上自己有些模糊的影像，飞快地跟沿途各种物象不断地重叠。

车子开到那里，适逢这般好秋天，无风也无霾，一轮落日，金红浑圆如蛋黄，悬挂在天青色的空中，底下是一线黄浊的江水，没想到深秋的夕阳还这么刺眼。

他走近才看到，那座红墙黄色琉璃瓦的酒楼已经变得渺无人迹了，往日的威风和热闹已不复存在，巨大的门扇上贴着一个告示，看一眼才知道，这里已经停业几个月了，又看见一面墙壁上贴有“此楼整体出售”的标语，环顾四周，到处都是纸片、果皮、包装袋等废弃物，人的脚步踩不到的地方已经长出来青草。他转过身，在旁边卖烧烤的小摊子上买了一瓶啤酒，喝了几口，提着酒瓶走上江堤，坐在堤坝上，望着水天相连的地方，水泥堤坝很粗硬，硌得他屁股有点疼。他想，几千年了，脚下的这块土地，每一步都浸透着前人的血泪，每一步的地底下都埋藏着故事，他们这些人的故事又算个什么？

第二天，许仲杰乘坐的航班准点起飞。他看着舷窗外面的地面倾斜了、楼宇倾斜了，上升到高处，又见到那一大片浑黄贴合着青蓝的水面，虚无缥缈的，应该是东海的方向。许仲杰昨晚一直睡不着，想到了很多事情，最后思绪萦绕着一个问题，这一生我究竟拥有过什么东西呢？想了很久，电影似的画面一幕一幕闪过，自问自答，不是，都不是。后来他确认，有过吧，只有过一件东西，就是那个毕业联欢之后跟冯爱玲在一起的夜晚，床上纱帐里温馨的气息和凌晨报时的钟声永久地印刻在脑海。这世上有过许仲杰这么个人吗？有过的吧。这个时候，飞机还在爬升，他最后看见的影像是一片城垣和田野连接的天地，一个男孩在奔跑，但影像时间很短，他不知道那到底是谁。他的座位侧面，是一对情侣，衣着配饰鲜亮，年轻姑娘把自己的整个身体都倾斜过去了，匍匐在男孩子的肩膀上，一起看着窗外，很是惹人眼热的模样。飞机有些颠簸，许仲杰日夜悬着的心刚落定，又随着飞机的颠簸怦怦乱跳。他就这样从这个城市消失了。

2017年10月初稿

2021年7月修改稿

后　记

很多年来，一直有写一部小说的欲望。我记得很清楚，写作《望海楼》的基本构想，产生于2009年的初夏，在重读雨果（法）、陀思妥耶夫斯基（俄）和加缪（法）小说的过程中。往后的日子就一直在留意、积累，搜集有关信息，整理积攒的一些资料。2017年5月某一天早晨，突然有一种按捺不住的心情，走进书房，我在键盘上试着打下一段文字，没有想到，好似掘开了一处涌泉，一发而不可收，就此一路奔涌地写下去，历时五个多月，初稿33万多字。而从此自己彷佛背上了一个沉重的十字架，欲罢而不能。迄至出版，经历了六次增删补缀，历时四年半，其间之曲折，若讲起来可能滔滔不绝，却难与人言说。文学史上有个为人津津乐道的现象——作家的第一部长篇小说，往往是他的代表作。其中原因很多，我认为重要的有两个，一是作者倾注了他以往很多的生活积累和思考；二是有一种毕其功于一役的热情和坚持。

"七七级"是"文革"结束后恢复高考的第一届大学毕业生，与其后的"七八级""七九级"一起，史称"新三届"。

1982年之后，中国的政治、经济、文化等各个领域几乎都是他们在遍历天下，建功立业、胜败荣辱，驰骋疆场四十年，引领世道和人心。这一代人的故事只能用“传奇”来形容，后来历史恐怕再不会有一代人能与其比拟了。如今，这一代人对于后面几代人，对于中国历史的影响还在继续。而更为重要的是，历史将如何记载和评价这一代人？

每一个人都是他所在的时代的产物。我认为，了解历史除了要多看杂书，更要紧的是留意观察现实。因为，历史就是活在我们身边的现实，你身边的每一个人，就是一部活着的历史书，你看他们，就是在看历史；你面对他们，就是面对历史；你跟他们处事交往，就是跟历史交往，反之亦然。这部作品对于“新三届”那一大拨人是一次回顾；对于他们的子女和后代，则是了解他们父母长辈的一个窗口。2013年，时隔近70年，德国制作了一部系列电影《我们的父辈》，以后代人的眼光解读二战时期他们父母一辈的历史，不局限于战争的对与错，而是整体反省一个民族的历史和人性。据看过《望海楼》初定稿的几位作家和学者朋友说，这部书塑造了那一代人具有代表性的几个崭新的人物，似有挖掘某一类人人性缺憾的努力。我听说了，心下很有些触动。这个努力我确实是有的，并且持续了十几年，经常挂念着、思索着，经常处于神思缥缈之中（在单位开会时候的笔记本，经常有写作本书的片段，多年积累了几万字），职场和阅读的经历所培养的判断力，都在为有一天写作这部书做铺垫。为什么这么放不下？一是因为命运让我认识了几个难以忘怀的朋友（曹雪芹若不是“半世亲睹亲闻的这几个女子”令他难以忘怀，怎么会去为“闺阁昭传”）；二是我一直坚信，人类必须要有外在的约束力才能遏制其本性的泛滥。经过几十年职场和人生的历练，我有一个突出的感受，如今我们似乎什么都不缺了，但唯独缺乏的是羞耻之心。而这个羞耻之心是雨果、陀思妥耶夫斯基等作家经典著作所表述的最为重要的人文精神，也是中国自先秦至明清、民国到现代，一代代“为往圣继绝学”的万千学者所薪火相传的民族文化精髓。如今，“许仲杰和刘宝杨们还走在大街上”，却是风光满面依然趾高气扬……就这个选题，我们的话题很多也很长，可以写的东西更是很多。简单地说，实现现代化尤其是人的现代化，我们要走的路还很长，也必然是反复和崎岖的。

写作本书的这几年，身处信息时代，感世伤怀，严肃文学的创作已经变成了一件十分奢侈甚至痴愚的事情，我也很多次地想到过放弃努力。一掬水在大地上的作用，难以用沧海一粟来形容，因为它毕竟脱离了沧海。

我以为，爱好阅读文学书籍的读者，应该对文字有比较高的要求。正如内行观众观看影视作品，比较注重画面和声音，以期获得视觉和听觉的艺术享受。文学是语言文字的艺术，影视作品用画面和声音塑造人物描述事件，文学作品则依靠文字。好的文字需要人用心去体会，才能获得比较影视作品不一样甚而更丰富、更细腻的感受。本书写作过程中，在语言文字的打磨上颇费了一番精神，意图在小说的文本追求上做一个认真讲究的作者。另外，也借鉴了一些影视作品创作的特点，场景变换和时空移位，采用了城市和乡村、现实与过去交替穿梭的方式讲述故事。

多年来，除了喜欢看杂书，我还喜欢诵读古诗词，案上、车上、座上，随手可以摸到一本古诗词的书，疲乏或心烦之时，翻读几页，随即便心神安定了。如果出一个题目，每个人选一首最喜欢的诗词，我会选元稹的《行宫》。“寥落古行宫，宫花寂寞红。白头宫女在，闲坐说玄宗”。寥寥四句，平实朴素，却道尽人世巨变和沧桑，而且时间、地点和人物俱全，意境深邃高远，文字张力极大，画面感极强，激发人联想的内容也很丰富。洪迈《容斋随笔》说这首诗“语少意足，有无穷之味”，此评也实在是“语少意足”之高论。由此说来，玄宗尚在闲说之列，又何况尔等？如有本书读者，在闲暇之时，置身于桌上、枕上、车上，读到某些情节或对话，看到书中某个人物，有似曾相识之形状，引起会心一笑，萌生一种类似“不虚此行”之感，便是本书的知音之一了，我要借此说一声，谢谢。

2021年10月11日

鸟栖高楼之一刻

——重印后记

这本书的写作和它面世之后的经历，也是我观察和再次深入认识人世的一个时机。我又体会到那种熟悉的感觉，我们早就无法改变自己了，更无奢望能改变别人。正如这部书里讲述的人物都有自己生活的逻辑，一旦出现之后就有了他们的行动轨迹，不但听不进去作者的意见，而且自己都有主张，我多次为他们各自的“深谋远虑”和一路狂奔之后的结局而叹息，而无可奈何。因为我跟很多刘宝杨、许仲杰式的人物打过交道，很熟悉，可以说是他们在暗中引导着我的写作；这也在启示读者，《望海楼》里面讲述的人物，他们各自的命运都是谁也没有办法改变的。

人对于“意义”和“价值”的自觉和诘问，是躲避不了的。虽然有些时候人们会用类似“活着本身就是意义”“活着就是活着”等等说法暂时应付一下，甚至还一时表现得有些“嘚瑟”。但对于这个说法，其内心深处还是缺乏坚实基础的，他自己也是无可奈何的。所以，我在写《望海楼》的时候，始终对冯爱玲这个人物给予了不一样的寄托，我希望通过她特殊的经历和她的天赋，来表达一种对于生命本质意义的思考。书里后面几章所讲述的，许仲杰以破釜沉舟、舍我其谁的气概想要得到的，却是冯爱玲最后决意全都舍弃的。或许会有人对此表示质疑，但是试图不想进行类似思考的其本身不也是一种思考吗?

跟很多人一样，我相信一个人是有其命运的；到了一定的年龄，我们还会承认一个事实，一个人的命运很多时候是由不确定的因素决定的，偶然的一件事情或者你遇见的一个人，因为无法预料的情况而改变了他们生活的道路，到后来只能接受“种瓜得豆”的结局，人们无法像精算师一样预计各自的未来。刘宝杨们既是时代的幸运者也是立在潮头上的人，他们可谓是恢复高考之后“新三届”中的一些典型人物，经历过忍饥挨饿的艰苦，也有过被损害、被欺辱的记忆，从底层走来一路打拼一路经营，上下求索八方布局；他们有一个显著的特征，几乎从来就没有过年轻的时候，一进入职场就有了无师自通的老谋深算、韬光养晦的本事。正如一个读者在某网络平台留言：“新三届”经历了太长时间的社会磨练，心灵已经被污染，毕业之后把主要精力放在功利追求上，并且在很长时间里影响了以后的毕业生（我要加一句，岂止是影响了以后的毕业生）。这跟我讲述许、刘二人故事的深层意图不谋而合。

我一直对这一代人抱有极大的兴趣，认为文学创作特别适合表现他们丰富多彩和难以把握的人生故事。用文学语言记载和物化一代人的心灵历史，这也是文学这门古老的手艺长久得以生存的原因和价值。有几位熟悉的朋友看过书之后，电话跟我说：“读这本书很痛苦很痛苦。”我还看过很多网络留言，一些读者说“在书里面看见了自己的身影”；“阅读时感到心情复杂，有时候感到心力憔悴”。这就证明了，在这些交集点上，我跟他们的心情是一样的，写作和阅读《望海楼》都不是一件轻松愉快的事情，是自讨苦吃。因为严肃文学的创作，作者不感叹怎么可能让读者感叹，作者没有切肤之痛怎么可能让读者感到疼痛。

在为写作而做准备的很长一段时间，我苦于不知道怎么深入剖析、评价自己身处的这一代人，因为身处其中了解的很多，反而头绪纷杂。大量的阅读，所获得的还是走在大平原上的感觉，平淡而缺乏力量。后来偶然读到普里莫·莱维的著作，我才找到了写作这部长篇小说的突破口。这位大作家对于“耻”这个概念创造性的论述，不仅给我们以极大的心灵震撼，也与中国古代先贤们的经典著述一脉相通。时至今日，我们看见的很多现实情况，大多都可以在过去的记载里找到它们的踪迹；也会认识到，拂开五光十色的时代光影，人性的变化其实是微乎其微的。

从这一点来说，好的长篇小说之所以好，重点是要写好人性和人的命运。读长篇看别人的一生，读者犹如过了一遍自己的人生。有人惊讶于许仲杰这个人物巨大的变化和表现出的人性之复杂，他从小是人们眼里的好学生，酷爱读书，有着永不服输的意志，既心狠手辣又充满了正义感，经历过磨难和生死，行事果决目标明确，直到举报送自己几十年的朋友去坐牢，就好比生气了故意打碎一只茶杯那样决意，毫不动摇心硬如铁。他从一个聪明俊秀的青涩少年蜕变成“当年两江总督李鸿章享受不到的、想做又做不到的，你都做到了”（冯爱玲语）的富商，“这一个人”就是生活在我们身边某一类人的代表。这也给我们一个启示，在信息时代，文学还有多大的价值？可以肯定，文学现实主义的影响力是永恒的，作家现实主义的责任也是永恒的。今天读杜甫、白居易的诗（三读《新丰折臂翁》）和吴敬梓的小说，眼底的文字，仍然给我们带来穿越千百年的画面视觉和情感冲击力，依然激发我们做一些探究历史、研判人性的思考。

因为汉语言文字的特性，中国文学对于内容的表现和传递具备形象化的便捷特性，给读者提供了从字里行间体会到的多维感受，这无疑是一个独特的优势，当然也就给严肃文学作者提出了很高的要求。一种干净、明确、鲜活又有内涵的汉语文学语言，是信息时代已经小众化的文学赖以生存并一枝独秀的优势，从更高的层面说，也是中国文化承上启下的物质载体之一。

一点说明：书里的人物刘宝杨读书和曾经任教的大学的名称，均为作者虚构，原本就有避免让人“对号入座”的想法（已有喜好考据的读者提出质疑）。很多读者对书里写的两张列表很感兴趣，一是毕业十年之际各人打拼的“成绩表”，二是刘宝杨的履历表；说是很打眼，完全就是一代人的人生写照。这也说明，文学创作综合了现实的虚构却可以超越现实。刘宝杨的履历表看上去是很漂亮的，是足以比肩历代出入仕途求功名的读书人的，而他只是“新三届”千万人中的一个。刘宝杨最后精神垮掉的时候，手里捏着的是几张三十几年前读大学时候的稿纸，标题是那一代人都被打眼过现在也还记得的“人生的路呵，为什么越走越窄”。对于人类历史而言，一代人四十几年的梦想和实践，也只是一次海洋潮汐的涨落而已。繁华和喧闹终将远去和消失，在等待下一波潮汐再次覆盖海滩的时候，好似鸟栖望海楼，我们会有片刻的时间看清海底的真面目；此时，大家看到的东西和生发的感触应该差不多吧？

中国文史出版社和本书的编辑，他们为这本书的出版，做了很多的工作，借此致以敬意和感谢。

2023年9月6日